中國古典文學基本叢書

後山詩注補箋

上册

〔宋〕陳師道 撰
〔宋〕任 淵 注
冒廣生 補箋
冒懷辛 整理

中華書局

圖書在版編目(CIP)數據

後山詩注補箋/(宋)陳師道撰;任淵注;冒廣生補箋;冒懷辛整理.—北京:中華書局,1995.6(2023.1 重印)
(中國古典文學基本叢書)
ISBN 978-7-101-01034-3

Ⅰ.後… Ⅱ.①陳…②任… Ⅲ.古體詩-中國-宋代-注釋 Ⅳ.I222.744

中國版本圖書館 CIP 數據核字(98)第 07137 號

責任編輯:馬 蓉
責任印製:管 斌

中國古典文學基本叢書
後山詩注補箋
(全二册)
〔宋〕陳師道 撰 任 淵 注
冒廣生 補箋 冒懷辛 整理
*
中 華 書 局 出 版 發 行
(北京市豐臺區太平橋西里 38 號 100073)
http://www.zhbc.com.cn
E-mail:zhbc@zhbc.com.cn
三河市宏盛印務有限公司印刷
*
850×1168 毫米 1/32 · 23¼印張 · 5 插頁 · 391 千字
1995 年 6 月第 1 版 2023 年 1 月第 5 次印刷
印數:9901-11100 册 定價:86.00 元

ISBN 978-7-101-01034-3

冒廣生二十年代攝於淮安

冒廣生與其孫冒懷辛合影(一九二六年)

前言

一　關于本書的寫作經過

一九三二年，冒廣生鶴亭（一八七三——一九五九）先生在廣州，見到雍正時雲間趙駿烈刻的《後山集》。趙刻《後山集》中詩的部分是根據詩體編排的，按五古、七古、五律、七律、五絶、七絶的順序，共八卷，六百七十九首。冒先生在封面上題了以下的話：

「行篋無任淵注本，粗讀一過，尚擬檢宋人諸集及地志説部，爲淵補注。炳燭餘年，或恐徒成結想，然書成自是不朽之業也。疚齋壬申八月朔題。」

那時冒先生不但没有任注本，還不知道陳後山詩的其他版本。隨後他即已查到陳唐刊本和馬暾刊本，並發現蔣光煦别下齋《斠補隅録》中有《陳後山集校記》一種。於是在趙刻本第二册和第三册封面上，分别作了以下的題記：

雍正間有嘉善陳唐刻本，即魏衍本，無注。衍所未收，分體爲逸詩，馬暾本已全載。别下齋《斠補隅録》有《陳後山集》一種，乃以舊鈔本、任注本、毛鈔本校明本。並傳録何義門校語。兹一一迻寫書眉。三月廿四日慕園。

上面所記的三月當是一九三三年。前一則題記中所説的馬暾本，也就是後一則題記中所稱的明刻本。

別下齋《斠補隅録》所載的就是何焯(義門)的校語。

按一九三二到一九三四兩年中,冒先生進行《後山詩注》的補箋工作。在他的自訂年譜草稿一九三一年壬申項下有「赴粤,四月游羅浮,五月歸在南京,六月返皋」一段。番禺陶氏愛廬覆刻的趙本《後山集》,便是那時在廣州所得。回如皋後,家中有大量書籍可供引用。年譜草稿一九三四年項下有「三月以《後山詩箋》付拔可印行」一句。可見兩年後已經全部定稿。那兩年冒先生是六十歲到六十一歲。商務印書館出版此書是在一九三六年。

書出後,二十年來冒先生在上海度過了他的學術生活的晚年。起初致力於宋詞的研究,著有《四聲鈎沉》、《疚齋詞論》、《宋曲章句》、《傾杯考》、《東鱗西爪録》、《新斠定云謡集曲子》等書,並編訂了不少宋詞的校記。其後十多年中,研究《管子》、《文子纘義》、《京氏易》、《新書》、《新語》、《春秋繁露》等,著有《管子集釋長編》、《管子校正勘誤》、《列子釋文》、《春秋繁露釋文》、《周易京氏義三種》等,並將有關經、子的短篇論文彙成《小三吾亭雜著》四巨册,約計字數在百萬以上。而這二十年來,對《後山詩注補箋》却没有什麽修動。一九五七年,冒先生八十五歲,重來北京,心情很是興奮激動。詩稿中有「正是新邦紅五月,天安門上樹紅旗」之句,表達了對新中國欣欣向榮的喜悦。那時出版社的同志來聯系,擬將《後山詩注補箋》重版,於是訂立了稿約。回上海後,曾經集中精力整理過一短時期並得見潘博山先生提供的蜀宋大字本《後山先生文集》進行校訂。終因年高,顯示出「晚歲心存力已疲」的狀態。從五七年底到五九年八月逝世,幾乎大部時間在華東醫院卧病。然而由於學術研究是他一生的事業,從留存的任何片紙只字中，處處可以看到他謹嚴不苟的認真負責精神。五九年六、七月中，我那時在河南商城，冒先生還曾來信問過一次，可見他對這書一貫非常重視。冒先生五九年八月（農曆七夕）在滬逝世後，我在京一直未能前往整理遺稿。今年一月才有機會去滬將後山詩箋的原本携京。到今年（一九六一年）四月下旬，才有時間開始整理。

陳後山名師道（一〇五二——一一〇一），是所謂江西詩派的主要人物。吕本中所著《江西詩社宗派圖》中把他的名次僅列在黄庭堅之下，作爲第二。宋元間江西派的方回著《瀛奎律髓》，作出一祖三宗之説，以杜甫爲祖，三宗便是黄庭堅、陳師道和後來較晚的陳與義。方回並説：「老杜詩爲唐詩之冠，黄、陳詩爲宋詩之冠。」可見當時之推崇。但以後反對江西派的人則對陳後山攻擊不遺餘力，如清初主張西崑體的馮班等，認爲他生硬、費解、晦澀、拙俗。這些我們應綜合起來加以研究。

陳師道的一生浮沉在下級官吏中，在徐州、潁州和棣州當州學教授，到四十九歲臨死的一年，才從棣州教授調到祕書省爲正字。他的門人魏衍在《彭城陳先生集記》中，對他的事迹、著作，都有詳細記載。箋文更引證《宋史》本傳、《曾鞏傳》、《東坡集》、《山谷集》、《荆公集》、《雞肋編》、《老學菴筆記》、《能改齋漫録》以及其他文集、筆記、詩話等，對陳師道的一生提供了詳盡的資料。

陳師道一生事迹的突出之點，可以從南宋學者朱熹的幾句話中看出。《朱子語類》記載朱熹看過《東都事略·陳無己傳》以後説：「只是説得個影子，《陳無己傳》好處都不載。最好是不見章子厚，不著趙挺之棉襖。傅欽之聞其貧甚，懷銀子見他，欲以賙之，坐間聽他議論，遂不敢出銀子。」章惇、趙挺之是朝廷的權貴，關於章、趙的事，箋文已有詳釋。這些地方表現出陳的風骨嶙峋和耿介。他除了對朝貴的冷峻，對所欽敬的人，却是極熱情的。在徐州教授時，蘇軾出守杭州，陳師道没有得到州官許可，毅然往南京和蘇軾話别，因此失去了徐州教授的職位，而在詩集中留下了「一代不數人，百年能幾見」的詩句。

陳師道的詩集和文集是魏衍據陳的手稿甲、乙、丙稿編定的。南宋初年，四川新津人任淵爲黄庭堅和陳的詩集作注，所以陳的詩集今日分有注本和無注本兩種。《四庫全書總目提要》對任淵注的評語是：

淵生南北宋間，去元祐諸人不遠，佚文遺跡，往往而存。即同時所與周旋者，亦一一能知始末，故所排比年月、鉤稽事實，多能得作者本意。

事實上任注主要是注解詩句的典故出處，附帶注陳的交游和社會情況。箋則是主要箋釋陳的交游和當時社會政治情況，對於典故出處，任注基本上完備，所以祇偶一涉及。這是任注和冒箋的區别所在。任淵注陳詩以後，到冒廣生作補箋，中間相隔八百多年，時間隔長了，有利條件是能看到更多的資料，如本書卷十二《欽聖憲肅皇后挽詞》二首中「決策天同力」一句，任淵没有注，冒箋引李燾《續資治通鑑長編》元符三年正月己卯一條，説明章惇與神宗向皇后爭執宋王朝皇位繼承人的經過。而李燾的書是任淵來不及看到的。

箋釋的工作，非常細密和認真。舉一個例説，如卷二《追呼行》㈠，箋引莊季裕《雞肋編》所載陳師道使用俗語的例子共有二十一處，而箋文將二十一個例子的出處都一一檢出。對於補箋的價值，試爲歸納幾點如下：（一）補充了任注的不足。所引用書多，箋釋的範圍廣，包括當時政治、文化和詩壇等各個方面。（二）補箋修正了一些史書和筆記的錯誤。如卷一《嘲秦覯》一首的箋文根據任注，並引證《高郵州志》和《山谷詩集》，證明《宋史》和《東都事略》的誤載。《逸詩》卷上《登鳳凰山懷子瞻》一首的箋文，根據後山自注所引蘇軾詩證明施注蘇詩中熙寧九年編入密州的詩，應改編杭州。（三）補箋開創了一種新的研究方法。歷代爲古人詩補注、集注的很多，大都限於釋虫魚、注草木，斷斷於典故的出處。宋人詩集，從李壁注王安石詩、胡穉箋陳與義詩，到清沈欽韓注范成大詩，都不外如此。而這一箋本，從當時的社會背景入手，箋釋的是北宋後期社會政治情況的一個側面，以陳師道的經歷爲綱，因此使後學者更易於理解陳詩，而且對文學史、社會史提供了有價值的資料。

由於我的水平和時間的限制，衹能對箋本做以上簡略的介紹，其內容優缺點還待讀者的進一步提出。

在整理箋本的過程中，發現冒先生爲箋本所作序的一個開頭，以後就沒有寫下去。原稿如下：

後山詩分有注無注兩種，無注者連文，詩曰五七，文曰千百，凡二十卷，《詩話》、《叢談》則各自爲卷。政和五年乙未其門人魏衍編，有次年丙申元城王雲題。宋末元初茶陵陳仁子……

根據這啟發，進一步探索《後山集》的各種版本，和各個時期的藏書目録，首先草成了《陳後山詩集的流傳》一文。然後把宋、元、明、清所有《後山集》的序跋作一彙編。並根據所能見到的後山詩版本輯録了一個校記。

關於箋文本身方面，除了將冒先生自己補充的很少幾條列入外，還有陳彰先生和鄭雪耘先生的一些見解，也都補入，並加注明。此外，對商務原本誤排的字也作了改正，對少數箋語的引文，作了修訂。至於整個箋文的體裁和内容，還不可能作更多的覈對和變動，我想必然還有可以修正的地方，這些都要求讀者的指正和進一步的加工。

㈠這一首詩題，最早的宋蜀大字本作《追呼行》，其餘各本均作《嗚呼行》。

二、關於陳後山詩集的流傳

根據陳師道門人魏衍《彭城陳先生集記》的叙述，陳於宋徽宗建中靖國元年（一一〇一年）死後，陳的兒子陳豐、陳登將師道全部遺稿交魏整理。共有甲、乙、丙稿，都是陳師道的親筆。魏衍依原來目次編爲二十卷。其中詩的部分分六卷，四百六十五首，文分十四卷，一百四十篇。這便是最早《後山集》的編定形式。魏衍作集記時，在宋徽宗政和五年（一一一五年），距陳師道死時已十四年。

魏衍所編後山詩集的原來面目今日尚保存在南宋四川刻的大字本《後山居士文集》中。卷首有紹興二年（一一三二年）謝克家的序言。傅增湘在弘治馬暾本《後山先生集》的跋語中對這一部宋刻大字本曾有以下記載：

余昔年游吴門……遍觀藏書，得見宋刊大字本正二十卷，字大如錢，氣息樸厚，每半葉九行，行十五字，版心刻工有眉州某某刊字，前有紹興二年五月十日汝南謝克家序，蓋南渡初蜀中刊本與蘇文忠、文定二集並行，故字體行格宛然如一，因知魏衍所編詩文之外，不附《談叢》各種者，正是此本。卷末有翁蘇齋題詩，蓋即荷屋舊藏。

因此傅斷定這部《後山居士文集》實爲後山集傳世最早之編。這書在清代曾經翁方綱收藏，翁在謝序後、目録前題七絶一首。清末曾在南海吴榮光處，後歸吴縣潘氏。傅所稱「昔年游吴門」，便是在潘家見到此書。

傅氏對蜀大字本推崇備至，認爲「顔書大字，精雅絶倫」，其實這本宋本的價值，還更在於：（一）保存了魏衍編訂本的原來面目，與後來的任淵注本相較，可以探索任淵選注陳詩時，去取的用意。（二）由於這一版本最接近陳師道的原本，因此最爲準確，可以校正以後宋、元、明、清各種版本的錯題、錯字。此外根據陳振孫《直齋書録解題》，《後山集》當時還有四明刊本即劉孝韙臨川刊本，今未發現。

南宋初，四川有一位任淵，曾經把陳師道的詩和黄庭堅的詩共同加以注解。當時鄱陽許尹曾爲任注黄、陳詩作序。許尹的序現在保留在《山谷詩集注》卷首。任注的山谷詩比所注後山詩流傳較廣。對於任淵和他的《後山詩注》，《四庫全書總目提要》認爲他的時代接近北宋，所注多能得到陳詩的本意。

任淵注陳後山詩時，把原來六卷每卷分爲上下，但尚未明確標爲十二卷。詩的總數比魏衍本少三分之一弱。今天尚存的任注最早刊本是蜀小字本。今天存在的一部蜀小字本已不全，存卷第三下到卷第六下，共七册，傅增湘在宋刊殘本《後山詩注》跋語中敘述這一蜀小字本說：

原書半葉十三行，每行二十四字，注亦大字，低二格，詩題低三格……刊工姓名可辨者有李彥、甘祖、小甘、張小四、張小五、張小八、小十諸人……字體古勁，與《册府元龜》、唐人詩集相類，斷爲蜀中所刊，宋諱缺筆止於構字，而慎、敦不缺，蓋南渡紹興刊本也。

這一部蜀小字本到宋元間又有覆刻。張金吾《愛日精廬藏書志》卷三十載《后山詩注》十二卷，宋刊本，就是指這一覆刻本。張氏的書後歸常熟瞿氏鐵琴銅劍樓。傅增湘考證蜀小字本《後山詩注》與瞿氏所藏覆刻本的區别是：

細審之則又並非一刻。瞿本標題作后山，此本作後山，一也。瞿本題卷六，此作卷三下，二也。瞿本版心上有字數，此本無之，三也。瞿本詩題低五格，注低一格，此本題低三格，注低二格，四也。依此四者推之，知此本爲蜀中初刻，而瞿本必出於覆刊……非深知版刻者殆未足語此耳。

這一鑑别主要是分清時代的先後。蜀小字本的覆刻本，包括瞿氏的一部，今日共存三部，但都是殘缺不全。瞿藏的一部第一、二、三卷，是以愛日精廬抄本補配。補抄本卷首有劉辰翁序一篇，序中有「后山自謂黄出，理實勝黄。其陳言妙語，乃可稱破萬卷者，然外示枯槁，又如息夫人，絶世一笑自難」等句。然而這實際是劉辰翁爲陳與義詩所作序。可能在補抄前三卷時，抄書人以序中有提陳後山的地方，所以誤抄上去。檢查存有卷首的另一覆刻殘本，其中衹有魏衍題記，無劉辰翁序，也可以證明這點。

從上可知宋元以前《陳後山詩集》已分有注、無注兩種。有任淵注的比無注本少三分之一弱。爲什麽任注本比魏衍編本少？是任淵没有見到陳詩的全帙，還是任淵衹選録了一部分加以注解？這一問題由於魏衍編本和任注本今天都存在，我們還可加以比較研究。

關於無注本，元初湖南茶陵人陳仁子曾將《陳後山集》加以編校。直到明弘治時，山西潞安守馬暾根據陳編的《後山集》，刻版印行。據王鴻儒在馬暾刻本序言中所説，這一部《後山先生集》是「昔録之於仁和陳氏者也」。馬暾刻本没有陳仁子的序言，但陳的另一著作《牧萊脞語》中有《後山先生集序》，是一篇仿古文字，佶屈聱牙，同時也没有説明編校所據的《陳後山集》原本和刻印經過。馬暾刻本除詩集十二卷外，還有文集八卷、《談叢》六卷、《理究》一卷、《詩話》二卷、長短句一卷，共計三十卷。其中錯誤舛訛很多，文集部分甚至有兩篇文混爲一篇，加上一個標題的錯刊。詩的部分更是錯字、漏字不少。清初，何焯以舊鈔本校勘此本時，在跋語中説：「明人錯本誤人，真有不如不刻之嘆也。」何焯曾根據舊鈔本和汲古閣鈔本校正馬暾本的錯字。從何焯校本的跋中，可以看出他校勘的經過情況。何的跋語一則是：

> 《後山集》，十年前始得見明弘治己未南陽王懋學所刊，誤脱至不可讀。訪求宋刻於藏書家而未獲也。康熙己丑，吴興鬻書人邵良臣持舊鈔殘本五册來售，余取而與弘治本互勘，則其所脱誤者皆在，雖出於元板，已非魏昌世所次詩六卷、文十四卷之舊，猶之爲善本也。其中缺第三至第六凡四卷，非仍得陳同倩編校者及向上宋本，不敢妄爲補字。蓋新刻有與無均耳，不讀而充數者尚之弗如其無也。是歲中秋日何焯記。

另一則是：

康熙庚寅，毛十丈斧季以萬曆間人抄后山詩，自卷第一至第六一册借閲，因略校正自第三至此卷誤字，焯記。

清末蔣光煦輯《斠補隅録》，其中有一種《陳後山集校記》，就是根據何焯的校本。然而《斠補隅録》逐録不全，比何的原校缺漏很多。此外歸安陸氏《皕宋樓書目》和錢唐丁氏《善本書室藏書志》都載何校本，然而都是過録本，不是原本。何校原本現已無從尋索，道光時，顧廣圻在揚州五笥仙館曾經見過，借回全部過録，而且移録最全。顧書現在尚存，所以傅增湘在另外一部馬暾本的跋語中説：「今得千里留此校筆以補正諸家傳本之缺失，斯亦此集之厚幸也乎。」

根據顧廣圻的過録，考察何焯所作的校勘，可以看出何所依據的舊鈔本，與蜀小字本《後山詩注》大致相同。所以何焯在校勘没有任淵注的馬暾本時，把任注也引入不少。顧在何跋的後面有一段話説：「此卷以上，何多摘任注，今不録。千里臨並識。」可見顧對何引任注的地方也没有全録。

從明代弘治馬暾刻本以後，直到清代雍正時，又出了兩種無注本後山詩。一種是雍正三年嘉善陳唐刻本，一種是雍正八年雲間趙駿烈刻本。陳唐刻本僅是詩集，没有文集和其他。卷首吴淳還序中説：「世有善讀者，當自能得之，可無事鄭箋爲耳。」所以陳唐本即是除去了注的任淵本，詩題編次相同，但十二卷又合爲六卷，而任淵注本所缺的二百餘首，陳唐補輯爲《逸詩》五卷。陳唐所補《逸詩》的卷一到卷三相當於現在《後山詩注補箋》本《逸詩》的卷上，其卷四到卷五，相當於箋本《逸詩》的卷下。陳唐補輯時所據是弘治馬暾本還是其他版本，序中没有説明，祇籠統地説了一句「徧搜他本，補所未備者也。」

趙駿烈本刊行時是根據馬暾本的傳鈔本。趙序中說曾由青浦王原帮他「訂訛考異，補其殘缺」，並且「釐定爲若干卷」。馬暾本詩集部分原是十二卷，「釐定」以後，根據詩體重新改編爲八卷，而詩的總數是相同的。趙本其餘是文九卷、《談叢》四卷、《詩話》、《理究》、長短句各一卷，總共二十四卷。四庫全書編纂時，没有發現馬暾本，而即用這一重編本。

趙駿烈本光緒十一年番禺陶福祥曾加以翻刻，通行最廣。陶在目録後加上「校刊」二字，每頁板心，都有「愛廬校本」字樣，而事實上没有做什麽「校」的工作，因此傅增湘對這一「校刊」本頗不滿意，在馬暾本《後山先生集跋》文中說：「檢《斠書隅録》（按：應作《斠補隅録》）逐卷証之，其奪佚文字竟無一條補列，是義門校記陶氏固未曾寓目，虚構校訂之名以自張耳。」

稍後於陶氏覆刻本的，還有烏程張氏《適園叢書》本《陳後山集》。張本刻於一九一四年，又恢復了馬暾本三十卷的形式，詩、文、《談叢》、《詩話》等所占卷數也與馬暾本相符。張鈞衡在跋語中說：「此舊鈔本過臨義門先生校本，卽別下齋《斠補隅録》所據，實比刻本爲佳，讀義門兩跋，便知其勝處，今據之刊行，固高出於弘治本，更非趙本之可及矣。」然而張不知道《斠補隅録》中所録何校並不完全，而張又未見顧廣圻過録的校本，因此他這一刊本也還是不够完整的。

有任淵注的《後山詩集》，從南宋蜀小字本和宋元之間覆刻本以後，以明弘治時袁宏刻的《后山詩注》爲最早。袁刻本有弘治十年楊一清序。袁宏刻《后山詩注》，前后有兩個刊本，而第二刻本較完整，楊序中說：

然予尤酷愛后山，嘗携其遺稿過漢中，令生徒録過，用便旅覽，而憲副朱公恨世無完集，不與歐、黄諸家並行，遂屬知府袁君宏加板刻焉。顧舛訛太甚，兼有脱簡，嘉其志而惜其費，蓋不獨予然也。丙辰歲，予南歸獲定本於江東故家，朱公喜得如重寶，復以屬袁君，遂再板以行，精繕奚翅什百，而爲功爲惠，固不尠矣。

袁宏本以後，明代中葉和末葉，尚有嘉靖梅南書屋本和高麗活字本、日本活字本。梅南是嘉靖時遼藩光澤榮端王朱寵瀼的書屋名。梅南書屋所刻書很多，除《后山詩注》外，今日留存的有一部醫學書《東垣十書》，序言後尚有「梅南深處」的圖記。在梅南本、高麗活字本和日本活字本内都有楊一清爲袁宏第二次刻本所作的跋文，可見這些版本所據的底本都是袁宏本。後山詩集流傳海外，這已實現了陳詩中所謂的「五字虛隨萬里船」（卷三《八月十日》絶句），同時也可見到當時中朝、中日文化交流的情況。此外日本元禄三年（一六九〇年）尚有柳枝軒刻本《后山詩注》十二卷，除仍有楊一清跋外，並附有日本假名訓注。

清代《四庫全書》中浙江巡撫採進的《后山詩注》十二卷，《總目提要》没有説明所據是弘治袁宏本，還是嘉靖梅南書屋本。《四庫全書》中有一部分用活字刊行於世，稱爲武英殿聚珍本。《後山詩注》也在聚珍本之内，這一聚珍本後有同治江西重刊本和光緒福州修補本，光緒二十五年廣東廣雅書局又曾經重刊過一次。江西或福建刊本又作過一些校訂，因此三個重刊殿本也不盡同。

以上所述，是後山詩集流傳的大略，至於各家選本没有列入。明萬曆四十三年潘刻本《宋元詩》有

《陳后山詩集》的選本。卷首有「潘是仁訒叔甫輯校」的字樣，包括五言古詩《寄答王直方》等三十八首、七言古詩《謝趙使君送烏薪》等二十六首、五言律詩《登鵲山》等三十八首、七言律詩《和寇十一》等二十首，共計一百二十二首，占後山詩全部的五分之一。清代紀昀編《鏡煙堂十種》中有《後山集鈔》一種，計選詩一百四十八首，文四十篇，並曾作序，對後山詩文作了評論。此外，宋人編的《宋文鑑》、宋元之際方回的《瀛奎律髓》、清初吴之振的《宋詩鈔》等書中，都選有陳師道的詩。（附表見文後）

三、關於箋者以及關於陳後山詩的社會文化背景

這一序言第一、二段寫於一九六一年，記録《後山詩注補箋》的寫作過程與陳後山詩集的流傳。於今二十五年後，這書又得重版時，對箋者冒廣生先生以及對陳後山其人其詩的社會文化背景，略加一些補充，拉雜寫出，作爲和讀者的交談。

冒廣生先生之所以箋釋陳後山詩，原因之一是由於陳師道是江蘇省歷史上的文化精華人物。爲鄉先輩著作進行搜輯整理，是中國文化的優良傳統之一。

我本人對中外文學一無所得，然而在十歲即見到《後山詩注補箋》在商務印書館的出版。商務的董事長張元濟（菊生）在二、三十年代對文化出版事業的卓越貢獻爲中外學者所公認，他是冒先生的三百年通家世好。商務總經理李宣龔（拔可）是冒先生的甲午同年，又是當代名詩人，錢基博《現代中國文學史》有專章對李論列。還有一位夏敬觀（劍丞）也是名詩人、詞人和學者。他們常在冒先生家中

會晤，時而也有青年學者在旁，包括冒先生的第三子景璠（效魯）以及龍榆生、吕貞白等人。他們每見必談詩，談的主要是宋詩，也談明清的詩。他們的用語是歐公、坡公、荆公，以及廣陵、宛陵等等，陳師道則被稱爲後山。我不知近代的法國沙龍情景如何，但冒先生家中充滿了融洽的切磋、尖鋭的争執和爽朗的神情。看來他們對所討論内容有自覺的愛好和感情。我當時作爲一個初中生，不知誰是宛陵、廣陵，但往來其間耳熟能詳，覺得他們是在舉行暢無拘束，不定期而又經常的學術討論會。這種以文會友的形式也是中國文化史上千百年來的優良傳統之一。

孟子説，讀其書，誦其詩，不知其人可乎？我於八五年寫了《冒廣生的生平與詞學》一文，作爲《冒鶴亭先生詞曲論集》的前言，現寫《后山詩注補箋》前言時不再重複。我於八六年一月又寫了一篇《記冒廣生生平、學術與軼事》，内容包括《老輩的交遊獎借》、《清末的五周先生》、《戊戌變法前後》、《中年傳播文化的努力》、《詩、文、詞、曲的創作和理論》、《晚年的學術成就》和《軼事》等八節。有的學者見後認爲：「詳述鶴亭先生一生交遊與學術，尤多近代文壇掌故，對研究近代文史不無啟發。」在此提出，以供有意研索的學人得以關注，這是對讀者要説的一事。

本書附録中「序跋題記」輯録的原則偏重於《陳後山集》在歷代刊刻的記録，目的供研究者結合另一附録「書目著録」，瞭解後山集各種版本的源流，作爲進一步研究陳後山詩的資助。至於對陳詩的評論文字、歷代詩話、筆記、文集中記載甚多。據我知見，中華書局一九七八年版《黄庭堅和江西詩派卷》中輯録宋、金、元、明、清以迄近代達一百六十餘家的評論和記録。臺灣一九八四年聯營出版公司版鄭騫《陳後山年譜》中附録《後山詩輯評》達二十四頁，内容與中華所輯互有出入。中國科學院圖書館收藏《中國文學史論集》第二册有巴壺天《陳師道》一文，文前引近代詩人吴展齋《讀後山詩》七絶「詩人要瘦言真譃，怪底閉門長忍飢。聞道神仙須换骨，可能親見五銖衣」一首。巴文又指出陳後山詩有情真、色淡、意新、格變、詞練、句活等六個特點，一一加以評述。此外，一九三七年江蘇省立國學圖書館第十年刊有陳兆鼎《陳後山年譜》共四十九頁，尚未見，不知輯録如何。

以上所舉各種輯録的範圍包括陳詩的社會背景、傳授淵源、寫作特點與對後世的影響等等，結合本書的箋釋，爲今後讀者提供了對陳後山研究的基本資料。

對於陳後山詩的評價，近年所見各文學史論陳詩的部分，綜合有以下幾點：一、普遍認爲陳後山詩感情真摯。二、在一定程度上對國家人民關心。三、生活圈子狹窄，有的認爲他生活極度貧乏。

就其生活的貧乏與範圍狹窄來説，這是事物的一方面，我認爲尚待進一步研究。陳後山作爲傳統士大夫階層的一員，是有其抱負和政治主張的。試從當時社會背景作一片段的分析。

一、北宋以來國家政策重視文士，在俸禄和職位上都予以優待。這一措施結合當時的相對穩定局面與經濟生産發展，使中國文化在北宋中期以後形成一個高潮。韓、柳古文運動到北宋歐、曾才奠定基礎，從而影響於後世。唐代儒家思想已日趨淡泊無力，北宋二程、周、邵以儒家融合佛、道，形成新興的理學，其作用滲透到全國各階層，成爲不成文的法律。其利弊功過又當别論，而歷史説明八百年來理學是封建文化的主體。在文學藝術方面，北宋産生了像蘇、黄、周、柳這樣的大家和名家，他們作品内容接觸到上自廟堂的政治鬥争，下至市井的風俗人情各方面，其風格與特徵一直影響到南宋、金、元、明、清以及近代。而陳後山及其創作便是在這樣一個文化高潮的形勢下產生的。

二、當時文人學士與士大夫階層的特點之一是緊密與社會政治結合，迥異於唐代文人的以詩歌詞賦自進。這思想溯源到儒家的「修、齊、治、平」以及「窮則獨善其身，達則兼善天下」的傳統。仁宗時宋祁提出「先策論則文詞者留心於治亂矣」，神宗時王安石提出以經義取士，在措施上反映了這一實際。同時的劉摯所説「一爲文人，便無足觀」集中反映了他們的思想狀態。《周清真集》序言第一句「文章政事，初非兩途」也説明了這一問題。

當時的文人職業是入仕，入仕的途徑通過科舉考試，而無論應試或入仕，都必然接觸到社會的各種情實。二蘇在歷史上以文學家著名，他們作品中除家人、父子、兄弟外，可以見到大量的政治論文和歷史與學術論文。蘇門四學士黄、晁、張、秦的詩文集中也是如此。陳後山作爲其中的一員，實際上也不例外，因爲他們的社會環境和進身途徑大體是一致的。

三、自漢代儒家定於一尊以後，士大夫階層作爲朝廷助手，遍布全國各地，一切行政、教育、文化事務都通過他們管理執行。從一定意義上説，士大夫階層是封建社會的産物，而他們的思想行動反過來決定了封建時期的文化前途和社會命運。這種狀態到北宋愈益形成一個典型，是西方中世紀史所没有出現的現象。

他們無論從民間或世家出身，經過科舉成爲朝廷或地方官吏後，便能對政治與文化起一定作用。

他們的思想理論與行動設施，通過歷史的綜合，形成封建社會中國文化的主體。

他們的指導原則是儒家思想。由於儒家没有宗教的排他性，在思想上形成三教合流。政治上，他們愛國愛民，社會生活中守信循禮，關心他人。國家民族危亡時刻，他們見義勇爲，舍身取義。他們對社會的未來有崇高的理想，對文化的發展有創造的想像。他們中的文學家、思想家、學術家在歷史上創造了大量光輝燦爛經過時間檢驗的優秀作品。所有這些記録在史書的文苑、儒林、循吏、忠義等傳記和筆記、小説、詩歌、文集中。儘管史料不盡如實而且有歪曲之處，但是可以從側面看出歷史實際的本來面目。這些都是中國文化的精華，也是使西方學者認爲值得妒忌和羡慕之處。

另一方面，這一傳統最悠久和有價值的中國文化又有愚昧和迷信盲從的方面，有保守的方面，有重社會不重視自然科學的傾向，更嚴重的是等級觀念、殘酷專制、男尊女卑等等，如人身的贅疣癰痔一樣，其根源同樣來自儒家傳統以及歷代統治者對儒家傳統的假借。這也是世界歷史上少有的。然而，從總體來説，中國文化既有光輝的歷史，又有無限的未來，説明它的主流是健康和具有生命力的。

陳後山作爲北宋士大夫階層具體而微的一個代表人物，當時歷史文化環境對他的薰陶、培養和影響在他的一生經歷、思想和創作中必然反映出來。

陳後山故籍徐州，據其文集所紀，自幼隨父任冀州觀察支使（今河北冀縣），又隨任陝西汧陽縣令，少年時回到汴京，又隨父任金州通判（今陝西安康）。二十餘歲時往襄州（今湖北安康）以文謁曾鞏，三十歲時因其兄師仲官錢塘主簿，曾往杭州，《逸詩》中許多記杭州寺觀名勝的少作即作於此時。從杭州北歸時，又經揚州遇秦少遊，又因其舅龐元英官主客郎中，外舅郭槩官大理寺丞，曾一度寄居開封，這時與二蘇以及二蘇門下士往還最密。又在客潁昌（今河南許昌）時遇黄山谷。此後又任潁州（今安徽阜陽）教授，後又攜家依外舅郭槩於山東曹州，最後入京開封爲秘書正字。

綜其一生，説明他對社會接觸較多，以「閉門覓句陳無己」（黄山谷《荆江亭詩》）概括其創作過程的全貌是不全面的。他有「探囊一試黄昏湯，一洗十年新學腸」（卷一《贈二蘇公》）的政治主張，説明他不贊同王安石新學。他認爲新學是「萬口一律如吃羌」（同上）指出王安石在策略上的執拗。他在《送邢居實序》中又説：「患在於俗學（指新學）。俗學之患，枉人之材，窒人之耳目。」陳後山本人的見解是：「聖作《詩》、《書》端有意，猶須用心科舉外。」（卷三《送黄生兼寄二謝》）説明他對待文化有創造的想像，不盲目隨從。這些是陳的思想中有價值處。

社會關係是複雜的，陳不依附王安石但與吕惠卿又有往還，章惇也准備爲他薦舉。《逸詩》卷下有《吕使君生日》一首，宋蜀大字本作《吕吉甫使君生日》，吉甫即吕惠卿之字。如其不錯，陳後山詩中對正在當軸的吕惠卿是有期許的，這是值得研究之處。

陳的外祖父龐藉皇祐時官丞相。《宋史》本傳稱其「長於吏事，執法深峭，治民頗有惠愛」。陳詩卷五《東山謁外大父墓》有「土山宛轉屈蒼龍，下有槃槃蓋世翁」之句，表示對外祖父的景仰。陳的外舅郭槩是四川、山東等地高級司法官員，王明清《揮麈録》稱郭爲「法家者流」。陳後山本人詩中形容郭是「丈人魯諸生，明刑如皋陶」。（卷一《寄外舅郭大夫》）任淵則説：「郭槩爲人，頗喜功利，二蘇章疏，皆嘗論列，故後山此詩多有諷戒。」（卷一《送外舅郭大夫》詩注）其中「功利」一詞係指賣鹽、榷茶及市易法的比較、收息等方面。二蘇的參劾當牽涉到新舊黨的政見不同，可作研究。觀陳此詩內容，如「盜賊非人情，蠻夷正狼顧。功名何用多，莫作分外慮」等語，他所寫並不僅家庭瑣事，而是國家大事。

由於外家的社會關係，陳後山關心刑政，在文集中，他能指出「古之爲盜者」是由於「凶年窮里，老弱死溝壑，壯者起而自救」的原因。（《彭城移獄記》）這也不是閉門覓句所能得到的見解。

此外，陳詩集中還有「山西豪傑知吾老，爲説猶堪舉萬鈞」（卷九《送馮翊宋令》）之類反映豪邁氣概的詩句，也説明他有志用世。結合他文集中《商君論》、《霍光論》和其他策問等，可見陳後山與當時的士大夫一樣，有其政治主張和見解，尤其是他的策問十五道中，言及水旱、經界、租税、言行、吏民、風俗、用人等各方面。由於其一大部分時間爲州學教授，浮沉下僚，不能發抒懷抱的感情時有流露。如「功名欺老病，涙盡數行書」（卷一《寄外舅郭大夫》）和「小作三年别，聊爲五斗謀。要須乘下澤，不待到壺頭」（卷十一《登寺山》）等類詩句所占比重較多，因此也給人們以「卧家還就道，自計豈蒼生」（卷十一《宿合清口》）的一種自蔽泥水的感覺。每一事物都呈現正反兩方面的現象，應當綜合起來研究分析。

最後，回顧數十年來首先促成此書出版的是李拔可先生與張菊生先生。五七年則是人民文學出版社麥朝樞先生提出重印的建議。校訂稿轉交中華書局後，編輯部程毅中、許逸民同志始終注意這事，馬蓉同志審閱全書，提出體例、標點各方面問題，改正甚多。至於社會上人士，就我所知，有邱漢生、張政烺老師的促進和建議，陳邇冬先生的關切以及對前言提出改進意見，錢仲聯先生在古籍會議上的書

「經複核證明冒氏引書忠實可靠」的評語，此外尚有不少注意此書問世的學人，處處使我感到責任重大，須兢業從事。由於時間與力量的不足，整理中如尚有不少疏漏錯誤等缺點，均應由我負責。在此向海內外學者表示感謝。

面發言推薦，以及鄭騫先生於《陳後山年譜》中認爲此書「於後山事實搜羅詳備」，

本文第一、二部分寫於一九六一年八月，第三部分寫於一九八六年三月。

冒懷辛　一九八六・三

點校凡例

一、《後山詩注補箋》分兩部分。第一部分有任淵注本十二卷，其來源爲武英殿聚珍版《后山詩注》。殿本誤字除箋本有逕改者外，其餘正誤與箋本全同。第二部分《逸詩》二卷，來源於雍正八年雲間趙駿烈本《後山先生集》。趙本無注，按詩體排列共八卷。其中除相同於任注十二卷之原詩外，餘詩箋本編爲上、下卷。卷上五古、七古、七律，卷下七律、五絶、七絶，其詩體順序、詩題目次及文字異同，箋本悉與趙本一致。又箋本《逸詩》之卷上相當於雍正三年武水陳唐本《後山先生詩集》中《逸詩》之卷一至三，箋本《逸詩》卷下相當於陳唐本《逸詩》之卷四至五。箋本《逸詩》與陳唐本《逸詩》編目次序稍有出入，文字略有異同，另有校記。

一、本書中任注前均加〔注〕字，冒廣生箋前均加〔箋〕字，校訂者極少量增補均加〔補〕字。

一、箋文之增補來源有二：其一爲冒先生留存手稿之片段。其二爲陳彰及鄭雪耘二先生攷證。此外間亦附他人説。

一、北京圖書館藏明遼王梅南書屋刊《後山詩注》，有所謂惠棟手批多則，但無確證肯定。批語有朱、墨二種，朱批時間在墨批之前。鄧邦述攷其中必有一爲惠手跡。兹將朱、墨二批悉補入，分別稱爲梅南本朱筆批及梅南本墨筆批，以供讀者參攷。

一、北京圖書館藏聚珍本《後山詩》又載有無名所臨惠棟批校，而亦未能肯定確否。仍將所臨批語補入，稱爲聚珍本批。

一、各版本諸家序跋、歷代有關記載、書目提要、版本源流表等，著爲附録。

一、後山詩集今存者，自宋蜀大字本以下，共十餘種。今以宋蜀大字本、宋有注分行小字本（均藏北京圖書館）爲主，旁及明、清各版本，輯爲校記，分列各詩後。

一、校記以箋本爲主，用以下各本參校：

（一）吴縣潘氏藏南宋紹興二年蜀大字本——無注——稱潘宋本。

（二）至德周氏藏南宋蜀小字有任淵注——缺卷一至卷三上，存卷三下至卷六——稱周宋本。

（三）傳盧文弨校勘所用宋本——有注——稱盧宋本。

（四）常熟瞿氏鐵琴銅劍樓藏宋元間小字有注本，第一、二、三卷缺，以清鈔本補——稱瞿宋本。

（五）明弘治十二年潞安守彭城馬暾刊本——無注——稱馬暾本。

（六）明嘉靖十年遼藩朱寵瀼梅南書屋刊本——有注——稱梅南本。

（七）明代後期朝鮮活字本——有注——稱高麗本。

（八）清初何焯用舊鈔校勘本，原書今不存，所據爲顧廣圻全部過録本。別下齋《斠補隅録》有《陳後山集》何校本一種，但不全——稱何校本。

（九）清惠棟校本——稱惠校本。

（十）清雍正三年武水陳唐刊本——無注——稱陳唐本。

（十一）清雍正八年雲間趙駿烈本——無注——稱趙駿烈本。

（十二）張鈞衡適園叢書第九集刊本——無注——稱適園本。

一、箋本原出殿本，凡二本異同處，皆殿本誤字而箋本逕改者，不再出校。

一、其他本誤而箋本不誤者，除特殊情況外，不列入校記。

一、任注出處有誤者，如卷一《贈二蘇公》詩注「呂蒙傳」應作「周瑜傳」，卷七《和魏衍》之三「劉禹錫詩應作「白居易詩」，此類均引原著出校記。

一、以箋本較諸本，詩目大體相同，惟有三題爲宋本或少數版本獨有而他本皆無者，輯録《逸詩》後。

後山詩注補箋總目

前言……一
點校凡例……一
卷首……一
詩注補箋目録……一
逸詩箋目録……二八
詩注補箋卷一至十二……一
逸詩箋卷上下……四六二
附録……五七九
一　書目著録……五七九
二　序跋題記……五九一
三　版本源流表……六二七
後記……六二九

後山詩注補箋卷首

彭城陳先生集記

門人彭城魏衍撰

〔箋〕《徐州府志・魏衍傳》：衍，彭城人，遊陳師道之門。師道吟詩至苦，世所傳多僞，衍編輯人稱爲善本。《却掃編》：魏衍者字昌世，亦彭城人。從無己游最久，蓋高弟也。以學行見重於鄉里。自以不能爲王氏學，因不事舉業。家貧甚，未嘗以爲戚，唯以經籍自娛。爲文章，操筆立成，名所居之處曰曲肱軒，自號曲肱居士。政和間，先公守徐，招置書館，俾余兄弟從其學，時年五十餘矣。見異書猶手自抄寫，故其家雖貧而藏書亦數千卷。建炎初死於亂。生平所爲文今世無復存者，良可歎也。按：衍家世見《後山文集》所作《朝奉郎魏君墓銘》，文云：魏君諱濤，字信卿。其先自魏徙徐，爲彭城人。父吉，贈宣德郎。母王氏，壽安縣太君。元祐二年四月六日卒，年五十七。娶劉氏，昌樂縣君。有子曰衍，有文行。君始以進士爲濮州參軍，爲河東從事，佐經略使劉庠，《宋史・劉庠傳》：庠字希道，終樞密直學士，知渭州。知承縣，監團柏鎮。徐守見而賢之，數薦宰相，君辭。又按：衍母昌樂君劉氏墓銘亦後山作，並載《文集》。

先生姓陳，諱師道。〔箋〕按：北宋有兩陳師道，其一名洙，建陽人，令烏程。荆公集中有《得書知二弟附陳師道舟上汴》詩及《陳師道宰烏程縣》詩。《能改齋漫録》：館中有陳師道《春秋索隱》三卷，士大夫以爲陳無己所作，非也。師道建安人，仕至殿中侍御。呂南公所謂深於《春秋》，蓋與泰山孫復齊能。而師道位望並高，故不倚經以名者也。閩陳行義，又見《厚德録》、《八閩通志》、《吴興備志》，兹不具。字履常，一字無己，〔箋〕《山谷集·陳師道字序》：「師道陳氏，懷璧連城，字曰無己。我琢爲萬乘之器，維求王明。我則無師道，則是我其師道者。卽水而爲波，高明一路，入自聖門，觀己無己，而我尚何存。人以萬物，出以萬物，寂寥法窟，伏興用其律。其入無底，其出無竅，是謂要妙。噫來陳子，在汝後之人，則不我敢知。我觀萬世，未有困於母而食於舅，嬪息巢於外舅。無以昏晝，文章滿瓨。士之號窮，屋瓦無牡，造物者報，而天無壁以爲牖。不病其傾，惟有德者能之。」按：此文不署年月，然以「困於母而食於舅，嬪息巢於外舅」語按之，蓋作於元祐元、二年，後山在京時，猶未得徐州教授也。彭城人。幼好學，行其所知，慕古作者，不爲進取計也。〔箋〕《宋史》本傳：師道少而好學苦志。熙寧中，王氏經學盛行，師道心非其説，遂絶意進取。年十六，〔箋〕按《疑年録》：後山生皇祐五年。是歲嘉祐三年也。謁南豐先生曾公鞏。曾大器之，遂業於門〔一〕。〔箋〕《宋史》本傳：十六，以文謁曾鞏。一見奇之，許其以文著，時人未之知也，留受業。朱子《南豐先生年譜後序》：師道見公於江漢之間，而受教焉。然竟公時，爲布衣。《朱子語類》：後山煞有好文字，如《黄樓銘》、《館職策》皆好。又舉數句，説人不怨暗君怨明君處，以爲説得好。廣又問：「後山是宗南豐文否？」曰：「他自説曾見南豐於襄漢間。」後見一文字，説南豐過荆襄，後山攜所作以謁之。南豐一見愛之，因留款語。適欲作一文字，事多，因託後山爲之，且授以意。後山文思亦澀，窮日之力方成，僅數百言，明日以呈南豐。南豐云：「大略也好，只是冗字多，不知可爲略删動否？」後山因請改竄，但見南豐就坐，取筆抹數處，每抹處連一兩行，便以授後山。凡削去一、二百字。後山讀之，則其意尤完，因歎服，遂以爲法。所以後山文字簡潔如此。元豐四年，神宗皇帝命曾典史事。且謂修史最難，申敕切至。〔箋〕《宋史·曾鞏傳》：帝以三朝、兩朝國史，各自爲書，將合而爲一，加鞏史館修撰，專典之。不以大臣監總。既而不克成。按：是年後山二十九歲。曾薦爲其屬，朝廷以白衣難之。方復請，而以憂去，遂寢。〔箋〕《宋史》本傳：鞏典五朝史事，得自擇其屬，朝廷以白衣難之。南豐《行狀》：（弟肇撰。）元豐五年九月，丁母憂。《揮麈三録》：秦會之暮年作《示孫文》云：「曾南豐辟陳無己、邢和叔爲英宗皇帝實録檢討官。初呈藁，無己便蒙許可。至邢乃遭横筆，又微聲數稱亂道。邢尚氣，跽以請曰：『願善誘。』南豐笑曰：『措詞自有律令。一不當，即是亂道。請公讀，試爲公檃括。』邢疾讀，至有百餘字，南豐曰：『少止。』涉筆書數句。邢復讀，南豐應口以書，略不經意。既畢，授歸就編。歸閲數十過，終不能有所增損，始大服。自爾識關楗，以文章軒輊諸公間。」以上秦語，其首略云。文之始出，秦方氣餤熏天，士大夫爭先快睹而傳之，今猶有印行者存焉。是時明清攷國史及前輩所記，即嘗與蘇明仲、訓直父子言之矣。按曾南豐元豐五年受詔修五朝史，爲中丞徐禧所阻，寢命，繼丁憂而終。蓋未嘗濡毫，初亦不曾修《英宗實録》也。陳無己元祐三年始以東坡、傅欽之、李邦直、孫莘老薦於朝，自布衣起爲徐州教授，距南豐之殁後十年始仕，亦未始預編摩也。邢和叔元豐間雖爲崇文館校書郎，不兼史局。《英宗實録》熙寧元年，曾宣靖提舉。王荆公時已入翰林。請自爲之，兼實録修撰，不置官屬。成書三十卷，出於一手。東坡先生嘗語劉壯輿義仲云：「此書詞簡而事備，文古而意明，爲國朝諸史之冠。」不知秦何所據而云。《老學庵筆記》：會之跋《後山集》，謂曾南豐修《英宗實録》，辟陳無己爲屬。孫仲益書數百字詆之，以爲無此事。南豐雖嘗預修《英宗實録》，未久即去。且南豐自爲吏屬，烏有辟官之理。又無己元祐中方自布衣命官，故仲益之辯，人多是之。然以余考其實，則二公俱失也。南豐元豐中還朝，被命獨修五朝史，實許辟其屬，遂請秀州崇德縣令邢恕爲之。用選人已非故事，特從其請。而南豐又援經義局辟布衣徐禧例，乞無己檢討，廟堂尤難之。會南豐上《太祖紀》敍論，不合上意。修五朝史之意寖緩。未幾，南豐以憂去，遂已。會之但誤以五朝史爲《英宗實録》耳。至其言辟無己事，則實有之，不可謂無也。《後村詩話》：秦會之嘗記曾南豐辟陳後山爲史屬，且塗改後山史藁。世謂元無此事，乃秦謬誤，殆以人廢言也。按：魏衍爲《後山集記》，明言元豐四年神宗命曾典史事，曾薦後山爲屬，朝廷以白衣難之。衍乃後山高弟，《集記》作於政和五年。秦説有按據，非誤。**太學又薦其文行，乞爲學録。不就。**〔箋〕晁補之《鷄肋集・太學博士正録薦布衣陳師道狀》：竊以朝廷患庠序不本於教，而糾禁是先；學者不根於古，而浮剽是競，故選置舊學，削去苛規，爲之表儀，使有趣向。所以助成風化，實繫得人。伏見徐州布衣陳師道，年三十五，孝弟忠信，聞於鄉閭。學知聖人之意，文有作者之風。懷其所能，深恥自售，恬淡寡欲，不干有司。隨親京師，身給勞事，蛙生其釜，愠不見色。方朝廷振起滯才，風勸多士，謂如師道一介，亦當褒采不遺。伏睹太學録五員，係差學生。見今有闕。師道雖不在學籍，而經行詞藝，宜充此選。某等職預考察，不敢蔽而不陳。伏乞選差師道充太學録。儻不任職，某等同其罪罰。謹具申國子監，乞賸申禮部施行。按：此無咎與張文潛合詞爲之，故文内稱某等。山谷《奉和文潛贈無咎》詩「吾友陳師道，抱獨門掃軌。晁張作薦書，射雉用一矢」，即詠此事也。**樞密章公惇高其義，冀來見，特薦於朝。而終不一往。**〔箋〕《宋史》

本傳：章惇在樞府，《(宋史・姦臣傳》：章惇字子厚，浦城人。）將薦於朝，屬秦觀延至。師道答曰：「辱書，諭以章公降屈年德，以禮見招，不佞何以得此，豈侯嘗欺之耶？公卿不下士，尚矣。乃特見於今而親於其身，幸孰大焉。愚雖不足以齒士，猶當從侯之後，順下風以成公之名。然先王之制，士不傳贄爲臣，則不見於王公。夫相見所以成禮，而其弊必至自鬻。故先王謹其始以爲之防，而爲士者世守焉。師道於公，前有貴賤之嫌，後無平生之舊。公雖可見，禮可去乎？且公之見招，蓋以能守區區之禮也。若昧冒法義，聞命走門，則失其所以見招。公又何取焉。雖然，有一於此，幸公之他日成功謝事，幅巾東歸，師道當御款段，乘下澤，候公於上東門外，尚未晚也。」及惇爲相，又致意焉，終不往。按：此書載《文集》。《宋史》於「所以成禮」上奪「夫相見」三字，「東門外」上奪「上」字，今據集補。元祐初，翰林學士蘇公軾與侍從列薦，〔箋〕《東坡集・薦布衣陳師道狀》：元祐二年四月十九日，翰林學士知制誥蘇軾同傅堯俞、孫覺狀奏：右臣等伏見徐州布衣陳師道，文詞高古，度越流輩，安貧守道，若將終身。苟非其人，義不往見。過壯未仕，實爲遺才。欲望聖慈，特賜録用，以奬士類。兼臣軾、臣堯俞皆曾以十科薦師道。伏乞檢會前奏，一處施行。又《與李方叔書》：陳履常居都下逾年，未嘗一至貴人之門。章子厚欲一見，終不可得。中丞傅欽之、侍郎孫莘老薦之，軾亦掛名其間。會朝廷多知履常者，故得一官。軾孤立言輕，未嘗獨薦人也。乃官之，俾教授其鄉。〔箋〕《年譜》引《實録》：元祐二年四月乙巳，徐州布衣陳師道充徐州學教授。《鷄肋集・賀教授陳履常啓》：擢領掾曹，歸臨鄉校。與從游之良舊，私慰喜以居多。竊惟國之求才，病取舍之膠於法；士之涉世，患進退之失其中。設科舉爵位以誘人，假誦數詞章以干禄。須其出試，則鄉黨自好者恥夫屢獻；不以禮際，則山林長往者豈其肯來。故上安於有司之區區糊名以爲公，而士惑於古人之皇皇載貧以爲辱。莫聞覽德之鳳，率多食餌之魚。恭以某官，行獨而通，志潔而降。不落落以如玉，矧泛泛其若鳧。窮無立錐，術可濟國。至於博覽之學，絕出之文，要其平生，固曰餘事。尚不屑去，安有求聞。聲自籍於諸公，章數停於當宁。拔起閭里，朋類之榮；收還妻孥，親黨所喜。未促公車之詔，聯從泮水之行。庶觀成山，必自累土。辭尊及富，仕何往而非安；有爲與行，志苟存而皆可。貽箋良幸，修慶獨稽。傾詠之誠，倍於儕等。《文集·謝徐州教授啓》：四月二十八日，蒙恩授亳州司户參軍，充徐州教授者。誤膺公舉，所譽過情。伏讀訓詞，以榮爲懼。惟士之於世，如女之從人，必待禮而後行，將正身以及國。唐虞在上，無自獻之八元；魯衛之間，有歷聘之一老。雖用舍之有在，乃天命之適然。苟非其人，則爲亂俗。若師道少則不敏，老而無聞。竊懷匹夫不奪之心，庶幾君子難進之節。是古之學，勤而無功；自好之文，華而不實。然賤而多藝，乃孔子之不爲；雖窮則益堅，待文王而後作。既所長之無取，敢有意於多求。豈惟天幸之來，辱在薦賢之數。起於徒步，召以師儒。慄股汗顔，不勝愧畏。爝火不息，幸依日月之光；馬羣既空，遂及駑駘之輩。再念師道羈孤百出，度越千生，方寄食於游從，期轉死於溝壑。母子不保，更懷喜懼之心；夫婦相望，限以河山之阻。惟茲五斗之禄，足爲十口之生。追還妻孥，收拾魂魄。扶老攜幼，稍比於人。飽食煖衣，少緩其死。捧檄以喜，知毛義之有親；倒道而行，顧主偃之已老。此蓋某官仁而偏愛，明以有容。爲國求才，與人同樂。顧羣能之畢用，憫一夫之向隅。方施咳唾之餘，已戴邱山之重。德無以報，徒懷犬馬之心；命苟乘時，願效鉛刀之用。

未幾，除太學博士。〔箋〕《宋史》本傳：又用梁燾薦，爲太學博士。《續通鑑長編》：元祐四年七月甲戌，亳州司户參軍徐州教授陳師道，候太學正闕日差。從左諫議大夫梁燾請也。《文集》有《賀許州梁資政書》，（《宋史·梁燾傳》：燾與同列議夏國地界不能合，遂乞去。罷爲資政殿學士，同醴泉觀使。力辭，改知潁昌府。事在元祐七年。）略云：某向以不虞之名，誤被非常之舉。間緣罪戾，（按：卽指越境送東坡事。）自取棄捐。雖百毀之交興，而一顧之不改。永惟厚施，何日可忘。念方佐理之秋，莫效寒暄之問。畏人言之爲累，豈日遠而遂疏，夢得自憐，不識平津之閣；仲郢圖報，敢寄奇章之門。區區之愚，筆舌莫竟。《山谷集·答太平州梁大夫書》：陳無己蒙朝廷簡拔，豈但慰親戚朋友，於學士大夫勸焉。仁人在位，國家宜數有美政如此耳。

言事者謂先生嘗謁告詣南都見蘇公爲私，遂罷。〔箋〕《年譜》：東坡出知杭州，道由南京。後山時爲徐州教授，告徐守孫覺願往見，而覺不之許。（按：《宋史》孫覺及李昭玘兩傳，覺守徐時，學官乃李昭玘。事在元豐七年以前。其後覺入爲太常少卿，易祕書少監，哲宗卽位，兼侍讀。遷右諫議大夫，進吏部侍郎，擢御史中丞，除龍圖閣學士，兼侍講，提舉醴泉觀。求舒州靈仙觀以歸。卒年六十三。蓋自元祐以後，覺官京朝，未出國門一步，任譜誤。又按：《文集·徐州學記》：元祐四年，中書舍人番陽彭公出守。彭名汝礪，字器之。《宋史》有傳。則是時徐守爲彭汝礪矣。）乃託疾謁告，來南京送別。同舟東下，至宿而歸。事見東坡《答陳傳道書》及劉安世彈章。《東坡集·與陳傳道書》：數日前，屢常謁告，自徐來宋相別。王八子安偕來，方同舟東下，至宿而歸。又承傳道亦欲至靈壁，以部役沂上不果，佩荷此意，何時可忘。（按：傳道名師仲，後山兄。文詞卓瑋，志節高亮。荆公集中有《龐籍外孫陳師仲試將作監主簿制》。又：《與張君子書》：某春來多病，時復謁告，乞宣城或一宫觀差遣。蓋拙者雖在遠外，尚忝劇郡，故不爲同事者所容。近者言陳師道，因復見及。）本集《送蘇公知杭州》詩，任淵注引劉安世章云：士於知己，不無私恩。既効於官，則有法令。師道擅去官次，淩蔑部將。徇情亂法，莫此爲甚。按：《文集》有《謝再授徐州教授啓》。此記及《宋史》本傳皆不言後山有再授徐州教授事。當是既爲安世所糾，奉有差替。已而事寢，得回本任耳。文云：中臺望絶，邈如天漢之光；孤臣易危，慄若秋霜之肅。方去留之未定，顧聲聞之不遑。逮此逾時，復伸故意。昨緣知舊出守東南，念一代之數人，而百年之幾見。間以重江之阻，莫期再歲之逢。使一有於先顛，爲兩塗之後悔。又謂中山之相，仁於放麑；亂世之雄，疑於食子。惟其信之既篤，所以行之不疑。豈意妄傳，遂煩公議。方衆言之成市，雖百虎而可疑。賴日月之並明，而仁人之在上。深知曲折，公賜保全。憐其母子之窮，還以斗升之禄。原恩有自，攬涕無從。願爲執鞭，喜有逢於晏子；期之異日，報不後於奇章。（「奇章」二字，原注缺文。據别下齋校本。）《能改齋漫録》、《劉貢父詩話》云：陳子昂云：「吾聞中山相，乃屬放麑翁。」放麑本秦西巴孟孫氏之臣也，謂之中山，誤矣。余觀陳無己《謝再授徐州教授啓》云：「中山之相，仁於放麑；亂世之雄，疑於食子」，乃知誤者，非一人也。（按：《雲莊四六餘話》亦舉後山之誤。）移潁州教授。〔箋〕本集《謝胡運使啓》：爲吏經年，以身待察。既免譴逐，復加薦論。顧無一日之長，猶有二天之覆。當喜而懼，豈人所能。竊惟甚愚，莫宜於世。一從底仕，皆異所聞。閉門自守，則人以爲高；事上盡禮，則衆目其異。動而得謗，語輒忤人。顧一世之數奇，辱衆人之譏笑。自省如所，人謂斯何。此蓋伏遇運使大夫，以高世之能，當東方之寄。乃倉廩空虛之後，而水旱流亡之餘。召和氣以致祥，收人材以報國。謂拔十得五而可得其半，故匿瑕含垢而以求其長。致此下愚，乃有至聽。施而無報，見君子之用心；得於不求，全匹夫之素志。謹當勉以不逮，行其所知。庶及後車之塵，無累知人之目。按：此當移潁州教授時所作。《宋史·職官志》：教授得由運司及長史薦充。胡運使當是胡宗回，《宋史》附其父宿傳。言方回用蔭登第，嘗爲京東轉運使。其兄宗愈，亦入黨籍。宗回夫人爲錢塘關氏女。《春渚紀聞》載其繪像答語事。《後山集》與錢塘諸關多唱酬。紹聖初，又以餘黨罷。〔箋〕按：《宋史》本傳謂後山改潁州，以言者論其進非科第罷。（《東都事略》同。）而《文集・與曾樞密書》有「向緣餘黨，例罷故官」語，與記文合。授江州彭澤令〔二〕，未行。〔箋〕按：後山以紹聖元年春初罷潁學。《文集》有紹聖二年二月十七日，爲張居士撰墓表。其結銜爲「江州彭澤縣令陳某。」而是年三月二十九日，卽居母憂。（見《文集・先夫人行狀》。）故曰「未行」也。丁母憂，〔箋〕《雞肋集・安康郡君龐氏墓誌銘》：國子博士彭城陳侯之夫人安康郡君龐氏，（按：博士名琪，字寶之。以國子博士，通判絳州。熙寧九年四月卒，年六十。見《文集・先君事狀》。）紹聖二年三月壬戌卒，年七十有七。將以其秋七月丁酉，祔於彭城白鶴鄉之吕栅博士之兆。（《文集・先夫人行狀》作「龍山之陰」。）其子江州彭澤令師道以書來曰：「師道不幸，先君之喪也，高郵秦觀嘗銘矣。（按：今《淮海集》無此文。）不克葬，今舉夫人以祔。惟子實銘吾母。」補之曰：「唯。」龐氏單州成武人，故丞相贈司空兼侍中潁國莊敏公籍，（按：莊敏《宋史》有傳，其墓志載《司馬温公文集》中。）忠厚有謀，功在王室，夫人考也。妣邊氏，秀國夫人。初潁公從其考魏公格，宦於彭城。（《先夫人行狀》：王考格，國子博士。）魏公始見夫人之舅三司鹽鐵副使贈工部侍郎洎，而賢之。（《鐵網珊瑚》載陳亞之詩後有司馬光跋云：天聖中，先太尉與故相國龐公同爲郡牧判官。故省副陳公，與龐公善。光以孺子得拜陳公於榻下。元豐二年八月乙丑晦，陳公之孫法曹過洛，以公手書詩稿相示。追記五十年矣。又孫覺跋：陳公固所嘗聞，然不及見也。今公之孫以公詩示，想見其風采。又蘇軾跋：故三司副使吏部陳公，軾不及見其人。公之孫師仲，録公之詩二十五篇以示軾。三復太息，以想見公之大略。又蘇轍跋：轍頃在南都。傳道陳君，以鹽鐵公詩草相示。後六年，自歙州還京師，見君於鄮陽。復出此詩，不可以再見而不之志。又徐積跋：故吏部陳公，仁廟時，以御史奉使關中。積以故人子見公。又見之於河內。其後五十年，見公孫於淮南，於是獲見其詩稿。又顏復跋：陳公亞之三十丈，復不逮承其教晦也。少於先子遺書中，得公啟聞詩章讀之。熙寧九年冬，居彭城。公孫師仲，出雜詩稿一卷，大小二十二篇。此外有林希錢世雄跋，見另箋。又眉山李臯跋，陳留張徽、眉陽任希夷，各題一詩，不備載。李臯跋在嘉定癸酉，其詩軸已不屬陳氏矣。《雞肋集》有《書陳洎事後》云：補之先君，嘗記見聞數十事，未編次。其一，陳公洎初爲開封府功曹參軍，時程琳尹開封。章獻太后臨朝，族人貴驕，自杖老卒死。人莫敢言。公當驗屍，卽造府白琳。琳望見公來，迎謂曰：「驗屍事畢乎？」公曰：「未也。」琳遽起，隱屏間曰：「不得相見。」公唯而出。適屍所，太后已遣中人至，曰：「速視畢奏來。」公起，再拜曰：「領聖旨。」未畢，使者十輩督之。吏等皆懼，謂公應以病死聞。公怒曰：「何不以實。」吏等駭曰：「公固不自愛，某曹不敢。」公復怒曰：「此卒寃死，待我而申。爾曹依違懼禍，法不爾赦。」卽自實其狀詣琳。琳又迎問曰：「如何？」公曰：「杖死。」琳大喜，撫其背曰：「如此陰德，官人必享前程。」遽索馬入奏。已而太后族人有特旨原，公亦不及罪。公自此名顯。歷官臺省，終三司副使。人以謂積善之報未艾云。補之少聞是，恨不及識公。後二十餘年，乃見傳道於淮南，見履常於京師，實惟公諸孫。二君詞學行義，爲東州聞人，以謂公之餘慶在是也。後補之執喪於緡，傳道始出公詩數十篇。確然其政，溫然其和，想見德操之所發於言詞者，聳然增慕。昔韓愈有云：本深而末茂，實大而聲宏，仁義之人，其言藹如也。由公事，於愈之言益信。又按《樂善録》亦載洎驗屍事。至《侯鯖録》引沈文通云：省副陳洎死後，婢附語云：當爲貴神。坐不葬父母，今爲賤鬼，足頸皆生長毛。《東齋紀事》：三司副使陳洎既卒，數下語，處其家事。今三司使薛公，因謂其子，下語時幸一相報。一日二更後來報薛，薛因往。才至廳上，洎卽云：「薛殿丞在廳上，請入來」。薛遂入，謂之曰：「以副使平生，且將享遐壽，至大位，何爲止此。」洎曰：「有罰，惟犯上帝與不孝則然。」薛因謂曰：「公平生未嘗有犯上帝與不孝事，何爲有罰。」曰：「上帝則不犯，然三世不葬矣。」所憑而下語者小婢，才十二歲耳。）語潁公，必與厚。故夫人歸於博士。陳氏故儒者，有家法。夫人宜之。始封南安縣君，徙封郡，皆潁公恩也。（按：《荆公集》有《故贈司空兼侍中龐籍遺表長女南安縣君冀州支使陳琪妻安康郡君制詞》云：「勑龐氏，封爵吾所重也。爾考嘗爲將相，而其殁也，以爾爲言。加錫郡封，蓋非常典。爾維令淑，往復寵榮。可。」）三子二女皆令孝。師黯，光山令。（《先君事狀》：「師黯，壽州酒稅。」）師仲，河中府録事。（《先君事狀》：「師仲，前下邳主簿。」）師道，其季也。淑，嫁張舜民。瑗，嫁章珙。皆先卒。舜民今以直秘閣爲陝西轉運使。而師道好古自修而有文，恥以其技干時。將老焉，鄉人推之。士嘗與遊者，拔而出之。其在位有力者，以其行聞於天子而官之。乃以亳州司户參軍教授其州。又教授潁州。既迎夫人還潁，已疾病。夜次東阿步，星墮其旁賈人舟上，如丹如橐，出芒下尾。無幾何而夫人没。（按：晁文太簡。《年譜》引後山作其母行狀云夫人從其不肖子，就食河北。舟及鄆之東阿而卒。今《文集·行狀》無此句。惟云潁公姊弟趙氏婦，及夫人居鄆之東阿，年七十七而卒。義又不明，必有脱誤。嗣得别下齋校本，乃知「姊弟」二字作「之姊」，「趙氏婦」下奪一百十字，「夫人居」三字爲衍文也。兹録其文於下：潁公之姊趙氏婦及孫而卒，與其夫子藁殯山陽。久而殯壞，夫人過之，力不能葬，爲治完之而歸。告其親使舉之而莫得也。先君以嫁貲讓孽弟，蓄孤振窮，斂死恤終。夫人同之，不以累其夫。先君卒，貧不能家。夫人以大家子就下養，人以爲憂。夫人安之，不以累其子。年高而家益貧。從其不肖子就食河北，舟及鄆之東阿，年七十七而卒。）且瞑，西向卧，諷彌陀不絶口，亦異矣。爲人慈儉，所知甚遠。蔡女子于（按：《行狀》「于」作「虞」。）不嫁，稱師聚徒傳。一世以爲仙。自大人顯族，爭奔向之。夫人獨不然曰：「道貴清浄，反此禍也。」後于卒敗。博士推貲以業羣弟。夫人安之，不以累其夫。（按：後山有仲父，極悖悍。嘗至京師上書，訟博士於有司。又欲殺其子。博士徙妻避之。仲既侵博士妻，至辱其妻之親。後坐罪繫獄。博士盡鹽鐵槖中裝直數百萬與之，又收其孥以歸老。見《文集·先君事狀》及《先夫人行狀》。）既從其子仕州縣，御菲而甘，不以累其子。人皆曰：「生貧賤若是固易，以大家子爲此而泰，可哉！」銘曰：嘗儉而爲奢，一飽已多；由豐而得約，則難以樂。居難而裕，惟龐公有女，惟陳侯有婦。士不其爾，或養以移志。我銘夫人，以愧世之士。」寓僧舍，〔箋〕按《文集·持善序》云：「元祐二年春，徐之東禪主者懷超，夢出庭中。見二道士，相繫於木下。怪而問之，對曰：「此陳教授氏之物也。」是夏，師道始承命至，則館於東禪。又《老柏詩序》：勝果院後有柏，余寓其舍。此後山在徐州所寄之僧舍也。又《佛指記》有「余迎致興國院，率私屬而敬焉」之語，豈就食曹州時，亦寄僧舍中耶！人不堪其貧。暨外除，猶不言仕者凡四年。〔箋〕按：後山以紹聖元年罷潁學，元符三年除棣學。中間除居憂三年，其不仕者實四年也。又《文集》中有《與魯直書》，於罷潁學後未除棣學前，情事最詳，備録之。書云：紹元夏末，（按：即紹聖元年六月也。）以例罷官。（按：以餘黨例也。）遂赴部得監海陵酒。（按：後山監酒税事，《宋史》本傳、魏記皆未言，僅見於此。可補《年譜》。）明年之春，復遭家難。（按：即二年居母憂也。）居貧口衆，轉舍往來，而卒歸鄉里。（按：後山此數年間，依其妻父曹州，往來曹、徐。迨妻父没，卒歸徐州。）逮今三歲矣，而法當居外射闕，（按：即記文所謂「暨外除」也。暨，及也。謂及居外射闕之年也。）亦既申部而請矣，不辦。一到京師，又不敢數數申部。（按：後山服除後，曾到京師。亦可補《年譜》。）今亦再歲矣，不蒙注擬。罷官六年，（按：此書當作於元符二年。）内無一錢之入，艱難困苦，無所不有。溝壑之憂，近在朝夕，甚可笑也。左右圖書，日以討論爲務。蓋其志專欲以文學名後世也。元符三年，除棣州教授。

〔箋〕《年譜》：是歲正月，徽宗即位。七月，除棣州教授。其冬往赴。未至間，十一月除祕書省正字。《文集·回棣州守書》：祗荷誤恩，復思外學。方承大芘，徒切至懷。伏惟某官，清白承家，文明燭物。出入省寺，已宣布於風聲；選用循良，足慰安於疲瘵。顧玆漏右，方報政成。豈意妄庸，獲奉條教。青衫白首，尚懷五斗之謀；黄卷赤文，莫副諸儒之問。傾瞻之素，翰墨奚伸。又《回交代書》：（按：「交代」二字，出《漢書·蓋寬饒傳》即今所云前任也。）永惟平日，邇聞聲烈之詳；豈意暮年，獲託交承之末。輿言及此，爲慰可量。伏惟某官，學以成家，德方名世。抗諸儒而著節，度兩漢以修文。方聖君側席之求，乃賢者彙征之會。佇膺嚴召，即慶峻遷。某已戒行舟，方趨賓次。傾瞻之切，翰墨奚伸。（按：《文集》尚有判官推官一書不備録。）隨除祕書省正字。〔箋〕《文集·與曾樞密書》：（按：曾布也。布爲南豐弟，故有「引領師門」語。布，《宋史》列《姦臣傳》。）納溝斷木，僅逃樵爨之憂；抱極列星，但仰文明之燭。向緣餘黨，例罷故官。一廢七年，日有投荒之懼；十生九死，卒完填壑之軀。既逃影而匿形，故使人之忘己。比再蒙於除吏，敢自比於常人。稍行平生之懷，復修左右之問。永惟陳迹，未賜削除。引領師門，莫知遠邇。恭惟樞密光禄大夫，材兼文武，身任安危。毅然處羣枉之中，隱爾如九鼎之重。仁人之言屬乎耳，公家之利知則爲。鎮撫四夷，已告功於清廟；平章百揆，方申命於大廷。重念某早辱知憐，晚罹憂患。每竊聞於親舊，數見問於死生。白首元文，終不移於素志；日暮途遠，已有愧於初心。傾倒之誠，敷陳罔既。秋陽尚熾，幾務惟繁。伏冀上爲廟朝，精調寢寤。（按：後山除棣學，及此居館職，疑皆由布論薦，故有此書。然措詞却有體。方虛谷則云：其除正字，乃由韓忠彦。）又《謝正字啟》：帝者居尊舉要，因任以責成。（缺二字。）

爲官擇人，作新以續故。必須養之有素，然後求人非難。恭維祖宗之遠猷，創爲館閣之清選。由二府之共舉，開數路以博收。不爲常員，務在多得。給大官之上膳，假四部之異書，加以其年，孰不爲用。凡百年名世之士，莫不由是以興；而一代致平之功，其原蓋出於此。名雖文學之選，實爲將相之儲。尤難其人，可稱此舉。如某材非適用，實不追名。徒以生逢文武之興，夙被父師之訓，粗於翰墨，小有專勤。誤蒙哲匠之評，隨在勝流之數。每深惟於弱質，久自絶於仕途。本願下鄉，没有善人之號。豈期暮齒，名玷薦賢之中。粗蒙一命之微，已致七年之廢。方睿聖之有作，而公道之大行。乃於斯時，復與此選。頭童齒豁，敢辭乳媪之譏；聞淺見輕，但畏金根之謬。顧惟忝冒，有愧情顔。此蓋伏遇某官，樂育英材，修明前政。以水鑑之平，而邪正洞照；以湖海之量，而細大畢收。憐其衰殘，借以光寵。老馬伏櫪，不忘萬里之行；弱羽衝風，敢期百發之中。感幸之至，但切下情。將用矣，歿於建中靖國元年十二月之二十九日，年四十九。〔箋〕《宋史》本傳：詔爲秘書省正字卒，年四十九。《朱子語類》：陳無己、趙挺之（字正夫，密州諸城人，《宋史》有傳。）、邢和叔（名恕，鄭州陽武人，《宋史》入《姦臣傳》。）皆郭大夫壻。陳在館職，當侍祠郊邱，非重裘不能禦寒。無己止有其一。其内子爲於挺之家，假以衣之。無己詰所從來，内以實告。無己曰：「汝豈不知我不著渠家衣耶！」却之。既而遂以凍病而死。謝克家作其《文集序》中有云「篋無副裘」，又云「此豈易衣食者。」蓋指此事。（按：挺之妻亦健婦，《老學庵筆記》載其爲挺之請謚事云：趙正夫丞相薨，車駕臨幸。夫人郭氏哭拜請恩澤者三事。其一乃乞於謚中帶一正字。餘二事，皆即許可。惟賜謚事，獨曰待理會。平時徽廟凡言待理會者，皆不許之詞也。正夫遂謚清憲。）又後山推尊蘇、黄，不服王氏。故與和叔不合。南郊行禮，其妻於邢家，借得一裘，以衣後山。不肯服。或曰，非從邢借，乃從趙借也。《鶴林玉露》：元次山避水於高原，餱糧不繼，遂餓而死。陳後山爲館職，當侍祠郊邱，非重裘不能禦寒。後山止有其一。其內子與趙挺之之內，親姊妹也。乃爲趙假一裘以衣之，後山問所從來，內以實告。後山曰：「汝豈不知我不著他衣裳耶！」卽却去之，止衣一裘。竟感寒疾而死。嗚呼，二子可謂志士不忘在溝壑者矣。充二子之才識德望，曳絲乘車，食養賢之鼎，其誰曰不宜。然志節清高，寧甘於餓死凍死，而不肯少枉其道，少失其身，此所以皜皜乎不可尚也。陸龜蒙《杞菊賦》曰：「我豈不知屠沽兒有酒食耶！」亦略有二子風味。《責備餘談》：陳無己，介人也。章子厚欲見之，終不可得。傅欽之知其貧甚，懷金以往，竟不敢以出口，可謂介矣。雖然，《易》所謂「苦節不可貞」者，此其人歟。無己之妻，與趙挺之妻，兄弟也。無己當齋宿，而乏禦寒之具。其妻假趙緜裘以衣之，無己却之，遂凍而死。夫姻婭之裘，非盜跖之物也，暫假以用之，事竣而還之，亦何害於義哉！無己不然，故曰「苦節而不可貞者」歟。《山谷集·答徐甥師川書》：自東坡、秦少游、陳履常之死，常恐斯文之將墜。又《答蘇黃門書》：或傳陳履常病且死，豈有是乎？《春渚紀聞》：建中靖國元年，陳無己以正學入館。未幾得疾。樓异世可時爲登封令。（异，明州奉化人，《宋史》有傳。）夜夢無己見別，行李忽甚。樓問：「是行何之？」曰：「暫往杏園，東坡、少游諸人在彼已久。」樓起視事而得參寥子報，云無己逝矣。（按：少游以元符三年八月十二日卒於藤州，東坡以是年七月二十八日卒於毘陵。）友人鄒公浩，買棺以殮。〔箋〕《後村詩話》：後山生不肯著趙挺之丞相背心。其死也，友人鄒道鄉買棺以殮。二事尤偉。魏衍作《集記》，不敢書前事，豈趙公時貴盛，有所避就乎？按：浩字志完，常州晉陵人。《宋史》有傳。徽宗立，浩自新州召還，復爲右正言，遷左司諫。又按：浩所著《道鄉集》有《送郭照赴徐州司理序》，言後山與傅欽之事，詳下《謝傅監》詩箋。《景迂生集·王立之墓志銘》：彭城陳無己，卒於京師，立之割田十畝，以周其孤。《具茨集・過陳無己墓》詩：以我懷公意，知公待我情。五年三過客，九歲一門生。近訪遺文録，重經故里行。寄書無鄭尹，誰爲葬彭城。又：鎖門脱落封將盡，題壁污漫字不分。我亦嘗參諸弟子，往來徒步拜公墳。朝廷特賜絹二百疋，嘗與往來者共賻之，然後得歸。初先生學於曾公，譽望甚偉。及見豫章黄公庭堅詩，愛不捨手，卒從其學，黄亦不讓。士或謂先生過之，惟自謂不及也〔三〕。〔箋〕《宋史》本傳：喜作詩，自云學黄庭堅，至其高處，或謂過之。《文集・答秦觀書》：僕於詩初無師法，然少好之，老而不厭，數以千計。及一見黄豫章，盡焚其稾而學焉。豫章以爲譬之奕焉，弟子高師一著，僅能及之，爭先則後矣。僕之詩，豫章之詩（一作論。）也。豫章之學博矣，而得法於少陵。其學少陵而不爲者也。故其詩近之，而其進則未也。故僕嘗謂豫章之詩如其人，近不可親，遠不可疏，非其好莫聞其聲。而僕負戴道上，人得易之。故談者謂僕詩過於豫章。足下觀之，則僕之所有，從可知矣。先生既歿，其子豐、登，〔箋〕按：後山三子，一名豐、一名端、一名登。端七歲殤，詳下《别三子》詩箋。《渭南集・跋後山居士詩話》：後山二子豐、登。登過江爲會稽曹官。李鄴降虜，登亦被驅以北。《老學庵筆記》：陳無己子豐，詩亦可喜。晁以道集中，有《謝陳十二郎詩卷》是也。建炎中，以無己故，特命官。李鄴守會稽，來從鄴作攝局。鄴降敵，豐亦被繫纍而去。無己之後，遂無在江左者。登亦不知存亡，可哀也。（按：兩説不同，放翁必有一誤記。）以全稾授衍，曰：「先實知子〔四〕，子爲編次而狀其行。」衍既狀其行矣，親録藏於家者，今十三年，〔箋〕按：自崇寧二年至政和五年也。顧未敢當也。衍嘗謂唐韓愈文冠當代，其傳門人李漢所編。衍從先生學者七年，〔箋〕按：紹聖二年，後山始有《九月九日魏衍見過》詩。所得爲多，今又受其所遺甲乙丙稾，皆先生親筆。合而校之，得古律詩四百六十五篇，文一百四十篇。詩曰五七，雜以古律；文曰千百，不分類。衍今離詩爲六卷，類文爲十四卷，次皆從舊，合二十卷，目錄一卷，又手書之。〔箋〕《郡齋讀書志》：「陳無己《後山集》二十卷。右皇朝陳師道無己撰。師道彭城人，少以文謁曾南豐。南豐一見奇之，許其以文著。元祐中，侍從合薦於朝，起爲太學博士。紹聖初，以進非科舉而罷。建中靖國初，入祕書，爲正字，以卒。爲文至多，少不中意則焚之。」《附志》：「《後山先生文集》五十五卷。《讀書志》云二十卷。希弁所藏，乃紹興二年謝克家所序者。（按：紹興本今未見，謝克家序，載《三朝名臣言行錄》。序云：彭城後山居士陳師道無己，苦節厲志。自其少時，早以文謁南豐曾舍人。曾一見奇之，許其必以文著，時人未之知也。元祐中，侍從合薦於朝，起爲徐州教授，除太學博士。言者謂當官嘗私至宋謁眉山蘇公，改教授潁州。紹聖初，以進非科第而罷。退居彭城者累年，復教授棣州。入祕書省，爲正字，以卒，實建中靖國元年也。未仕，貧無以養，寄其孥婦氏。當權者或召之，顧非其所好，不往。此豈易衣食者哉。在潁賦《六一堂詩》，有「向來一瓣香，敬爲曾南豐」之句。而太守則蘇公也。其罷而歸彭城，家益窮空，至累日不炊，妻子慍見而不恤。諸經皆有訓傳，於詩禮尤邃。爲文至多，少不中意則焚之，存者財十一也。世徒喜誦其詩文，乃若奧學至行，或莫之聞也。）或謂二十卷者，乃魏衍所編，而《讀書志》不載。」《直齋書錄解題》：《後山集》十四卷，《外集》六卷。蜀本但有詩文，合二十卷。按：魏衍作集序云：「離詩爲六卷，類文爲十四卷。」今蜀本正如此。又言：「受其甲乙丙藁，詩曰五七，文曰千百。」今四明本如此。此本劉孝韙刊於臨川，云未見魏全本，仍其舊爲十四卷爲正集。蓋不知其所謂十四卷者，止於文而詩不與也。《外集》詩二百餘篇，文三篇，皆正集所無。《郤掃編》：陳無己平生所爲至多，而見於集中者，纔數百篇。今世所傳，率多雜僞，唯魏衍所編二十卷者最善。《拜經樓藏書題跋》：《後山集》二十卷，舊鈔本。先君子以秀水濮氏校義門先生評本，倩先師朱巢飲夫子過録。記卷首有云：何義門先生評本。乾隆丁酉，從濮自崑先生校本過録。義門跋云：康熙己丑秋日，從吴興鬻書人購得舊鈔《後山集》殘本。中闕三、四、五、六凡四卷。勘校一過，改正脱訛處甚多，庶幾粗爲可讀。而明人錯本誤人，真有不如不刻之歎也。焯記。又《後山集》，十年前始得見明弘治己未南陽王懋學所刊，脱誤至不可讀，訪求宋刻於藏書家而未獲也。康熙己丑，吴興鬻書人邵良臣持舊鈔殘本五册來售。余取而與弘治本互勘，則其所脱誤者皆在，雖出於元板，已非魏昌世所次詩六卷文十四卷之舊，猶之爲善本也。其中缺第三至第六凡四卷，非仍得陳同倩編校者，及向上宋本，不敢妄爲補字。蓋新刻有與無均耳。不讀而充數者尚之，弗如其無也。是歲中秋日何焯記。竊惟先生之文，簡重典雅，法度謹嚴，〔箋〕《困學紀聞》：東坡得文法於《檀弓》，後山得文法於《伯夷傳》。《四庫提要》：其古文在當日殊不擅名，然簡嚴密栗，實不在李翺、孫樵下。殆爲歐、蘇、曾、黄盛名所掩，故世不甚推。棄短取長，固不失爲北宋巨手也。詩語精妙，蓋未嘗無謂而作。〔箋〕《朱子語録》：陳無己平時出行，覺有詩思，便急歸擁被，卧而思之，呻吟如病者，或累日而後起，真是閉門覓句。《文獻通攷》：石林葉氏曰：世言陳無己每登覽得句，即急歸，卧一榻，以被蒙首，惡聞人聲，謂之吟榻。家人知之，卽貓犬皆逐去，嬰兒稚子亦抱寄鄰家，徐待詩成，乃敢復常。《敬齋古今黈》：陳無己每登臨得句，卽急歸，卧一榻，以被蒙首，謂之吟榻。金國初，張斛德容作詩，亦以被蒙首，須詩就乃起。《泊宅編》：陳去非謂余曰：「秦少游詩，如刻就楮葉。陳無己詩，如養成内丹。」又曰：「凡詩人古有柳子厚，今有陳無己而已。」《却掃編》：陳參政去非嘗語人言：「本朝詩人之詩，有慎不可讀者，有不可不讀者。

慎不可讀者梅聖俞，不可不讀者陳無己也。」敖陶孫詩評：陳後山如九皋獨唳，深林孤芳，冲寂自研，不求賞識。《四庫提要》：其五言古詩，出入郊、島之間，意所孤詣，殆不可攀。而生硬之處，則未脱江西之習。七言古詩，頗學韓愈，亦間似黄庭堅，而頗傷謇直。篇什不多，自知非所長也。五言律詩，佳處往往逼杜甫，而間失之僻澀。七言律詩，風格磊落，而間失之太快太盡。五、七言絶句，純爲杜甫《遣興》之格，未合中聲。大概絶句不如古詩，古詩不如律詩，律詩則七言不如五言。方回論詩，以杜甫爲一祖，黄庭堅、陳與義及師道爲三宗。推之未免太過。馮班諸人肆意詆排，王士禎至指爲鈍根，要亦門户之私，非篤論也。（按：班所著《鈍吟文稿》、《鈍吟雜録》無肆意詆排語，但散見《瀛奎律髓》紀昀批語中。士禎「鈍根」云云，見《池北偶談》，詳後箋。）其志意行事，班班見於其中，小不逮意，則棄去，〔箋〕《却掃編》：陳後山吟詩至苦，竄易至多，有不如意則棄稟，世所傳多僞，惟魏衍本爲善。按《詩話》云：余登多景樓，南望丹徒，有大白鳥飛近青林，而得句云「白鳥過林分外明」。《王直方詩話》云：元豐中，晁無咎詩極有聲。無己以詩戲之曰「聞道新文能入樣，相州紅纈鄂州花」，蓋是時方尚相州纈、鄂州花也。晁堯民子損之云。（按：《復齋漫録》亦載此兩句。）今集中不見諸句，蓋其棄去者。故家之所留者止此。昔漢揚雄作《太玄》、《法言》、《箴賦》，如劉歆號知文，始敬之，後而短毁，謂其必傳者桓譚一人而已。先生之文早見稱於曾、蘇二公，世人好之者，猶以二公故也。今賢士大夫，競收藏之，則其傳也奚待於衍耶？後豈不有得手寫故本以證其誤者？則不肖之名，因附兹以不朽爲幸焉。其闕方求而補諸。又有《解洪範相表》、《闡微》、《彰善》、《詩話》、《談叢》，各自爲集云。〔箋〕《郡齋讀書志》：《後山詩話》二卷。右皇朝陳師道無己撰，論詩七十餘條。

《歷代詩話考索》：「《後山詩話》。《郡齋讀書志》云，二卷七十餘條。今據毛氏汲古閣刊本，條數不減，其卷亦合爲一矣。（按：通行《後山詩話》實八十條。）《直齋書録解題》：《談叢》二卷、《理究》一卷、《詩話》一卷。《談叢》、《詩話》，或謂非後山作。《渭南集·跋後山居士詩話》：《談叢》、《詩話》皆可疑。《談叢》尚恐少時所作，《詩話》決非也。意者後山嘗有詩話而亡之，妄人竊其名爲此。《復齋漫録》：《後山詩話》謂退之以文爲詩，子瞻以詩爲詞。如教坊雷大使之舞，雖極天下之工，要非本色。余謂後山之言過矣。子瞻佳詞最多，其間傑出者，如「大江東去，浪淘盡千古風流人物」（赤壁詞），「明月幾時有，把酒問青天」（中秋詞），「落日繡簾捲，庭下水澄空」（快哉亭詞），「乳燕飛華屋，悄無人桐陰轉午」（初夏詞），「明月如霜，好風如水，清景無限」（夜登燕子樓詞），「楚山修竹如雲，異材秀出千林表（詠笛詞），「玉骨那愁瘴霧，冰肌自有仙風」（詠梅詞），「東武南城，新堤固漣漪初溢」（宴流杯亭詞），「冰肌玉骨，自清涼無汗」（夏夜詞），「有情風萬里卷潮來，無情送潮歸」（別參寥詞），「缺月掛疏桐，漏斷人初靜」（秋夜詞），「霜降水痕收，淺碧鱗鱗露遠洲」（九日詞），凡此十餘詞，皆絶去筆墨畦徑間，直造古人不到處，真可使人一唱而三歎。若謂以詩爲詞，是大不然。子瞻自言平生不善唱曲，故間有不入腔處，非盡如此。後山乃比之教坊雷大使舞，是何每況愈下。蓋其謬耳。《鶴林玉露》：詩惟拙句最難，至於拙則渾然天成，工巧不足言矣。劉禹錫《望夫石》詩「望來已是幾千載，只是當年初望時」，陳後山謂辭拙意工是也。《能改齋漫録》：《陳無己詩話》：望夫石在處有之，古今詩人，承用一律，惟劉夢得云「望來已是幾千歲，只似當年初望時」，語雖拙而意工。黄叔達，魯直之弟也，以顧況爲第一，云「山頭日日風和雨，行人歸來石應語」，語意皆工。江南有望夫石，每過其下，不風卽雨，疑況得句處也。余家有《王建集》，載《望夫石》，乃知非況作。其全篇云「望夫處，江悠悠。化爲石，不回頭。山頭日日風和雨，行人歸來石應語。」豈無己、叔達偶忘王建作耶。（優古堂詩話》亦載此條。）又《陳無己詩話》：歐陽公謫滁陽，聞其倅杜彬善琵琶，酒間請之，杜正色盛氣而謝不能，公亦不復强也。後彬置酒，遽起還内，微聞絲竹聲，且作且止。久之，抱器而出，手不絶彈。盡暮而罷，公喜甚過所望也。故公詩云「坐中醉客誰最賢？杜彬琵琶皮作絃。自從彬死世莫傳」，皮絃世未有也。以上皆陳説。葉少藴《避暑録話》云：文忠在滁州。通判杜彬，善彈琵琶。故其詩云云。此詩既出，彬頗病之。祈公改去姓名，而人已傳，卒不得諱。又云：琵琶以下撥重爲難，猶琴之用指深。故本色有轢絃護索之稱。文忠嘗問彬琵琶之妙，亦以此對。乃使取教他樂工試爲之，下撥皆斷。因笑曰：「如公之絃，無乃皮爲之耶！」故有「皮作絃」之句。而好事者遂傳彬真以皮爲絃，其實非也。唐人説賀懷智以鵾鷄筋作絃，人因疑之。筋比皮雖有可作絃之理，然那得許長。且所貴者聲爾，安在以絃爲奇乎。梅聖俞《醉翁吟》亦云：當時滁州所樂者，惟有杜彬彈琵琶。使誠有之，亦當以異見於詩也。以上皆葉説。余按：陶岳《五代史補》云：馮道之子能彈琵琶，以皮爲絃。世宗令彈，深善之，因號琵琶爲繞殿雷。乃知以皮爲絃，古有是法，而杜彬得之，無可疑者。且文忠詩云「我昔被謫居滁山，雖名爲翁實少年。坐中醉客誰最賢，杜彬琵琶皮作絃。自從彬死世莫傳，玉練鎖聲入黄泉。」則公作此詩時，杜彬已死之後，葉安得有祈公改去姓名之説哉！余以意料之，當是葉只據兩句，而遂爲此説。又不考《五代史補》，偶忘馮氏舊事耳。何舛訛之甚也。又，《歸田録》謂晏元獻曰「老覺腰金重，慵便玉枕涼」，未是富貴語，不如「笙歌歸院落，燈火下樓臺」，此善言富貴者也。然此乃樂天詩。樂天又有一詩類此云「歸來未放笙歌散，畫戟門前蠟燭紅」，陳無己皆所不取，以爲非富貴語，看人富貴者也。又陳無己記秦少游云：《元和聖德詩》，於韓文爲下，與《淮西碑》如出兩手。蓋其少作也。然荆公於《淮西碑》，不以爲是。其《和董伯懿詠晉公淮西將佐題名》詩云：「退之道此尤儁偉，當鏤玉版東燔柴。欲編詩書播後嗣，筆墨雖巧終類俳。」而孫莘老又謂《淮西碑》序如《書》、銘如《詩》何耶？信知前輩嗜好不同如此。又，《陳無己詩話》云：某公用事，排斥端士，矯節僞行。范蜀公《詠僧房假山》曰「倏忽平爲險，分明假奪真」，蓋刺之也。某公，荆公也。余又嘗記一《假山》詩云「安石作假山，其中多詭怪。雖然如是假，爭奈主人愛」云云。世以爲東坡所作，未知是否？又，東坡嘗記云：世傳王子敬帖有「黄柑三百顆」之語，此帖在劉季孫景文家。景文死，不知今入誰家矣？韋蘇州有詩云：「書後欲題三百顆，洞庭須待滿林霜」，蓋韋蘇州亦見此帖也。故《東坡集》中有《劉景文藏王子敬帖》詩，略云：「君家兩行十二字，氣壓鄴侯三萬籤。」然山谷及陳無己之説，乃右軍帖，其語曰：「奉橘三百枚，霜未降，未可多得。」非子敬帖也。東坡以爲子敬，何耶？子敬乃獻之字。又，僞蜀主孟昶，徐匡璋納女於昶，拜貴妃，別號花蕊夫人，意花不足擬其色，似花蕊輕也。又升號慧妃。以之爲號，言其性也。王師下蜀，太祖聞其名，命別護送。途中作詞自解云「初離蜀道心將碎，離恨緜緜，春日如年，馬上時時聞杜鵑。三千宮女如花貌，妾最嬋娟，此去朝天，只恐君王寵愛偏」。陳無己以夫人姓費，誤也。又陳後山云：歐公謂「袖中諫草朝天去，頭上宫花侍讌歸」，誠爲佳句。但進諫必用章疏，無直用稾草之理。按：此詩乃太宗朝王操《投贈李昉相國》詩，不若印粲《與徐翰林》詩云「諫書未上先焚草，御筆曾傳立制麻」。粲，五代人。然余見《雅言系述》載操詩，乃「詔」字非「諫草」。（按：今《後山詩話》及《談叢》，無歐公論此詩語，當是吴曾誤記，姑附於此。又《曲洧舊聞》引《詩話》蘇詩學劉禹錫條，見下《和參寥明發見鄰家花》詩箋，此不重載。）《優古堂詩話》：前蜀王衍降後，唐王承旨作詩云「蜀朝昏主出降時，銜璧牽羊倒繫旗。二十萬人齊拱手，更無一個是男兒」。其後花蕊夫人記孟昶之亡作詩云云。《陳無己詩話》載之，乃知沿襲前作。

《野客叢書》：《後山詩話》載：世語云「蘇明允不能詩，歐陽永叔不能賦，曾子固短於韻語，黄魯直短於散語，蘇子瞻詞如詩，秦少游詩如詞。」苕溪漁隱引蘇明允「佳節每從愁裏過，壯心還傍醉中來」等語，以謂後山談何容易，便謂老蘇不能詩，何誣之甚。僕謂後山蓋載當時之語，非自爲之説也。所謂明允不能詩者，非謂其真不能，謂非其所長耳。且如歐公不能賦，而《鳴蟬賦》夫不佳耶！魯直短於散語，而《江西道院記》膾炙人口何耶！漁隱云爾，所謂癡兒面前不得説夢也。又，《後山詩話》載：王平甫子斿謂秦少游「愁如海」之句出於江南李後主「問君還有幾多愁，恰似一江春水向東流」之意。僕謂李後主之意，又有所自，樂天之詩曰「欲識愁多少，高於灩澦堆」，劉禹錫詩曰「蜀江春水拍山流，水流無限似儂愁」，得非祖此乎！則知好處前人皆已道過，後人但翻而用之耳。《春渚紀聞》：後山詩評云：「詩欲其好，則不能好。王介甫以工，蘇子瞻以新，黄魯直以奇。獨子美之詩，奇常工，新易陳，無不好者。」至荆公之論則云：「杜詩固奇，就其中擇之，好句亦自有數。」豈後山以體製論，荆公以言句求之耶。《漫齋語録》：韓子蒼言作詩不可太熟，亦須令生。近人論文，一味忌語生，往往不佳。東坡作《聚遠樓》詩，本用「青山緑水」對「野草閒花」。此一字太熟，故易以「雲山烟水」，此深知詩病者。余然後知陳無己所謂「寧拙毋巧，寧朴毋華，寧粗毋弱，寧僻毋俗」之語，爲可信。《王直方詩話》：陳無己云：山谷最愛舒王「扶輿度陽焰，窈窕一川花」，謂包含數個意。又，荆公晚年詩傷工，魯直晚年詩傷奇。《滹南詩話》：陳後山云：「子瞻以詩爲詞，雖工非本色。今代詞手，唯秦七、黄九耳。」予謂後山以子瞻詞如詩，似矣。而以山谷爲得體，復不可曉。晁無咎云：「東坡詞小不諧律吕，蓋横放傑出，曲子中縛不住者。」其評山谷，則曰：「詞固高妙，然不是當行家語，乃著腔子唱好詩耳。」此言得之。又晁無咎云：「眉山公之詞短於情，蓋不更此境耳。」陳後山曰：「宋玉不識巫山神女，而能賦之。豈待更而後知。」是直以公爲不及於情也。嗚呼，風韻如東坡，而謂不及於情可乎。彼高人逸才，正當如是。其溢爲小詞，而間及於脂粉之間，所謂滑稽玩戲，聊復爾爾者也。若乃纖艷淫媟，入人骨髓，如田中行、柳耆卿輩，豈公之雅趣也哉。又陳後山謂子瞻以詩爲詞，大是妄論，而世皆信之。獨茆荆產辯其不然，謂公詞爲古今第一。今翰林趙公亦云，此與人意暗同。蓋詩詞只是一理，不容異觀。自世之末作，習爲纖豔柔脆，以投流俗之好。高人勝士，亦或以是相勝，而日趨於委靡。遂謂其體當然，而不知流弊之至此也。文伯起曰：「先生慮其不幸而溺於彼，故援而止之。特立新意，寓以詩人句法。」是亦不然。公雄文大手，樂府乃其遊戲，顧豈與流俗爭勝哉。蓋其天資不凡，辭氣邁往，故落筆皆絶塵耳。《梁溪漫志》：作詩當以學，不當以才。詩非文比，若不曾學，則終不近詩。古人或以文名一世，而詩不工者，皆以才爲詩故也。退之「一出餘事作詩人」之語，後人至謂其詩爲押韻之文。後山謂曾子固不能詩，秦少游詩如詞者，亦皆以其才爲之也。故雖有華言巧語，要非本色。大凡作詩以才而不以學者，正如揚雄求合六經，費盡工夫，造盡言語，畢竟不似。《南濠詩話》：陳後山曰：「陶淵明之詩，切於事情，但不文耳。」此言非也。如《歸田園居》云：「曖曖遠人村，依依墟里煙。狗吠深巷中，鷄鳴桑樹顛。」東坡謂如大匠運斤，無斧鑿痕。如《飲酒》其一云「衰榮無定在，彼此更共之。」山谷謂類西漢文字。如《飲酒》其五云「結廬在人境，而無車馬喧。問君何能爾，心遠地自偏。」王荆公謂詩人以來無此四句。又如《桃花源記》云「不知有漢，無論魏晉。」唐子西謂造語簡妙。復曰：「晉人工造語，而淵明其尤也。」後山非無識者，其論陶詩，特見之偶偏，故異於蘇、黄諸公耳。《焦氏筆乘》：後山云：子美《懷薛璩》：獨當省署開文苑，兼泛滄浪學釣翁。蓋「省署開文苑，滄浪學釣翁。」璩之詩也。予謂「即今耆舊無新句，共釣查頭縮項鯿」，亦用浩然語「試垂竹竿釣，果得查頭鯿」。《歷代詩話考索》：陳後山謂陶淵明之詩，切於事情而不文。以不文目陶，亦大奇事。又，《後山詩話》記柳三變遊東都南北二巷，作新樂府，骫骳從俗，天下詠之。按骫音委，骳音被，又音靡。《枚乘傳》云：其文骫骳。注云：猶言屈曲也。《四溟詩話》：陳後山曰：學者不由黄、韓而爲老杜，則失之淺。此與彦周同病。又，皇甫湜曰：陶詩切以事情，但不文爾。湜非知淵明者。淵明最有性情，使加藻飾，無異鮑、謝。何以發真趣於偶爾，寄至味於澹然。陳後山亦有是評，蓋本於湜。《堅瓠甲集》：浙中有年六十三，娶十六歲女爲繼室者。人嘲之曰：「二八佳人七九郎，婚姻何故不相當。紅綃帳裏求歡處，一朶梨花壓海棠」。《陳後山詩話》亦載絶句云：「假他門户傍他牆，年去年來來去忙。採取百花成蜜後，爲他人作嫁衣裳。又《乙集》：《後山詩話》：宋盧多遜當直，藝祖命賦新月，限用「些子兒」。詩曰：「太液池邊玩月時，好風吹動萬年枝。誰家玉匣開新鏡，露出清光些子兒。」《錦繡萬花谷》載後二句云：「誰家鏡匣參差蓋，露出楞邊些子兒。」尤覺善狀。王禹偁當直亦賦新月，限「敲」「梢」「交」韻。詩曰：「禁鼓樓頭第一敲，乍看新月出林梢。誰家寶鏡初磨出，玉匣參差蓋不交。」似倣多遜之意。不知二詩皆祖老杜「塵匣元開鏡」之句。禹偁詩，《桐江詩話》作曹希藴作。《七脩類稟》：郎仁寶與王義中玩新月，語及二詩。義中賦一詩曰：「風外空傳藥杵敲，雲邊微見桂枝梢。定疑今夜蟾蜍小，含出明珠口未交。」清新俊逸，不減前詩。又《庚集》：《後山詩話》云：白香山「笙歌歸院落，燈火下樓臺」（《山堂肆考》作石曼卿詩。）又「歸來未放笙歌散，畫戟門前蠟燭紅」，非富貴語，看人富貴者。黄山谷謂不如杜子美「落花遊絲白日靜，鳴鳩乳燕青春深」也，以此二句恐亦僧堂道院之所有。仍取元獻「梨花」二句。至於「舞低楊柳樓心月，歌罷桃花扇底風」，富貴氣象，形容盡矣。以上諸書，皆引用《後山詩話》者。此外《詩人玉屑》所引爲「孟嘉落帽」一、「望夫石」二（按：即《復齋漫録》語、「花蕊夫人」三、「學詩當子美爲師」四、「荆公詩力去陳言」五、

「黃魯直謂荆公詩扶輿度陽燄」六、「蘇詩學劉禹錫」七、「王荆公暮年喜爲集句」八、「唐人不學杜詩」九、「魯直乞貓詩」十、「子瞻詞如教坊雷大使」十一（按：即《苕溪漁隱叢話》語。）、「甯拙毋巧」十二、「韓詩如秋懷」十三、「王岐公詩喜用金璧珠碧」十四諸條。《詩話總龜》所引爲「王師圍金陵」一、「費氏蜀之青城人」二、「楊蟠金山詩」三、「退之詩云長安衆富兒」四、「荆公詩力去陳言」五、「楊大年傀儡詩」六、「吳越王來朝」七、「武才人出慶壽宮」八、「往時青幕之子婦」九、「魯直乞貓詩」十、「杭妓胡楚龍靚」十一諸條。至《苕溪漁隱叢話前集》於《後山詩話》幾於全部載入。兹摘其有議論者，備舉於下。「魯直言杜之詩法出審言」條云：苕溪漁隱曰：老杜亦自言「吾祖詩冠古」，則其詩法乃家學所傳云。又「老杜云長鑱長鑱白木柄」條云：無己《後山詩話》論「黃獨無苗山雪盛」及「過時如發口，君側有讒人。」韋蘇州「書後欲題三百顆」。評李白詩如黃帝張樂於洞庭之野。此四事皆見魯直《豫章集》中。今《後山詩話》亦有之，不差一字。疑後人誤編入也。又「王摩詰云九天閶闔開宮殿」條云：子美與王維同和賈至《早朝大明宮》，即此一聯也。子美甯肯取同時之人詩句以己用，豈不爲當時流輩之所譏誚乎。無己遽以爲説，何不知子美之甚耶！又「歐陽公謫滁陽」條云：唐賀懷智於明皇時彈琵琶。以石爲槽，鵾鷄筋作絃，用鐵爲撥。今杜彬以皮爲絃，各自是一家也。又「歐陽公謂退之爲樊宗師誌」條云：退之爲子厚《羅池廟碑》，子瞻爲退之《潮州廟碑》，三文高妙，豈非如歐公之言乎。又「少游謂元和聖德詩」條（按：《叢話》引此條少游云云，在龍圖孫學士云云上。今刻本孫學士云云，在少游云云上。）云：少游集中進卷，有《韓愈論》云：「韓氏、杜氏，其集詩文大成者歟。」非子瞻有此語也。又，「世語云蘇明允不能詩」條云：後山談何容易，便謂老蘇不能詩，何誣之甚。觀前二聯，豈愧作者。（按：指明允「佳節屢從愁裏過，壯心還傍醉中來。」「誰爲善相應嫌瘦，後有知音可廢彈」二聯。）又「柳三變游東都」條云：先君嘗云：柳詞「鰲山綵（字犯太上皇御諱。）蓬萊島。」（按：此屯田《絳都春・上元》詞也。詞云：「鰲山綵結蓬萊島。」當云「綵締」。坡詞「低綺户」，當云「窺綺户」，二字既改，其詞益佳。又《後集》云：《後山詩話》謂六一居士聞杜彬彈琵琶，作詩云：「坐中醉客誰最賢，杜彬琵琶皮作絃。自從彬死世莫傳。」皮絃世未有也。丙戌歲，居苕溪。暇日，因閲《酉陽雜俎》，云開元中段師能彈琵琶，用皮絃。賀懷智破撥彈之，不能成聲。因思永叔、無己皆不見此説，何也？又「望夫石」條引《復齋漫録》云：《陳無己詩話》云：望夫石以顧況爲第一。余家有《王建集》載全章。苕溪漁隱曰：荆公選唐百家詩，亦以此詩列建詩中。則無己、叔達之誤，可無疑矣。又「唐人不學杜詩」條云：後山謂魯直作詩，過於出奇。誠哉是言也。如《和文潛贈无咎》詩：「本心如日月，利欲食之既。」《王聖涂二亭歌》：「絶去藪澤之羅兮，官於落羽。」洪玉父云：魯直言羅者得落羽以輸官。凡此之類，出奇之過也。又「退之以文爲詩」條云：無己稱今代詞章，惟秦七、黄九耳。唐諸人不逮也。无咎稱魯直詞，不是當家語，自是著腔子唱好詩。二公在當時品題不同如此。自今觀之，魯直詞亦有佳者，第無多首耳。少游詞雖婉美，然格失之弱。二公之言，殊過譽也。（同條，駁後山「子瞻詞如教坊雷大使」語，全引《復齋漫録》。非但不注引用，且冠以「苕溪漁隱曰」五字。兹不重載。）又「宋玉爲高唐賦」條引《藝苑雌黄》云：唐人作《后土夫人傳》，余始讀之，惡其瀆慢而且誣也。比觀《陳後山詩話》云云。余謂武后何足譏也，而託之后土，亦大褻矣。後之妄人，又復填入樂章，而無知者，遂以爲誠是也。故小説載高駢事云：駢末年惑於神仙之説。吕用之、張守一、諸葛殷等，皆言能役使鬼神，變化黄白。駢酷信之，委以政事。用之等援引朋黨，恣爲不法。嘗云后土夫人靈佑，遣使就某借兵馬，併李筌所撰《太白陰經》。駢遂下兩縣，率百姓以葦席千領，畫作甲馬之狀。遣用之於廟廷燒之。又以五綵箋，寫《太白陰經》十道，置於神座之側。又於夫人帳中，塑一緑衣年少，謂之韋郎。故羅隱詩有「韋郎年少今何在，端坐思量《太白經》」之語。今勑中亦嘗禁止淫媟之祠。然蕃釐觀中，所謂韋生者猶在。故伊川先生力欲去之，豈非惡其瀆神耶。又「楊蟠金山詩」條引《復齋漫録》云：《陳無己詩話》謂平甫以楊蟠《金山》詩爲莊宅牙人語，能量四至。詩云：「天末樓臺横北固，夜深燈火見揚州。」然余觀荆公《金山詩》前四句亦類此：「天末海門横北固，烟中沙嶼似西興。已無船舫猶聞笛，遠有樓臺祇見燈。」苕溪漁隱曰：平甫《游金山》詩云：「北固山連三楚盡，中濡水入九江深。」平甫譏楊蟠詩，反自作此等語，何也。又「寧拙毋巧」條引《復齋漫録》云：韓子蒼言，作語不可太熟。亦須令生。近人論文，一味忌語生，往往不佳。東坡作《聚遠樓》詩，本合用「青江緑水」對「野草閒花」。以此太熟，故易以「雲山烟水。」此深知詩病者。余然後知陳無己所謂寧拙毋巧，寧樸毋華，寧粗毋弱，寧僻毋俗之語爲可信。又《叢話·前集》於引孟浩然「氣蒸雲夢澤，波動岳陽城」下，作不如九僧「雲間下蔡邑，林際春申君」也。與今刻本作不如「光涵太虚室，波動岳陽樓」爲雄渾也異。其關於引用《後山談叢》者，《容齋隨筆》：後山陳無己，著《談叢》六卷，高簡有筆力。然所載國朝事，失於不攷究，多爽其實。漫析數端於此。其一云：吕許公惡韓、富、范三公，欲廢之而不能。及西軍罷，盡用三公及宋莒公、夏英公於二府。皆其仇也。吕既老，大事猶聞。遂請大臣出臨邊。既建議，乃數出道者院宿。范公奉使陝西，宿此院相見云云。按：吕公罷相，詔有同議大事之旨。公辭，乃慶歷二年三月。至九月致仕矣。四年七月，富、范始奉使。又三公入二府時，莒公自出外，英公拜樞密使而中輟。後二年，莒方復入。安有五人同時之事。其二云：杜正獻、丁文簡爲河東宣撫。任布之子，上書歷詆執政。至云至於臣父，亦出遭逢。謂其非德選也。杜戲丁曰：「賢郎亦要牢籠。」丁深銜之。其後二公同在政府，蘇子美進奏事作。杜避嫌不預，丁論以深文。子美坐廢爲民，杜亦罷去。一言之讒，貽禍如此。按杜公以執政使河東時，丁以學士爲副。慶歷四年十一月，進奏獄起，杜在相位。五年正月罷。至五月，丁公方從翰林參知政事。安有深文論子美之說。且杜公重厚，當無以人父子爲讒之理。丁公長者也，肯追仇一言，陷賢士大夫哉！其三云：張乖厓自成都召爲參知政事。既至，而腦疽作，求補外。乃知杭州，而疾愈。上使中人往伺之，言且將召也。丁晉公以白金賂使者，還言如故，乃不召。按張兩知成都，其初還朝爲户部使中丞，始知杭州。是時丁方在侍從。其後自蜀知昇州，丁爲三司使。豈有如前所書之事。其四云：乖厓在陳，聞晉公逐萊公，知禍必及己。乃延三大户，與之博。出彩骰子，勝其一坐，乃買田宅爲歸計以自污。晉公聞之，亦不害也。按張公以祥符六年知陳州，八年卒。後五年當天禧四年，寇公方罷相，旋坐貶。豈有所謂乖厓自污之事。茲四者所係不細，乃詭漫如此。蓋前輩不家藏國史。好事者肆意飾説爲美聽，疑若可信。故誤入紀述。後山之書，必傳於後世，懼詒千載之惑，予於是辯之。《庶齋老學叢談》：陳後山謂杜子民言：大伾，今黎陽是也。洚水，安陽河是也。大陸，邢州距鹿泊也。九河者，分爲支流。逆河者，爲潮水逆行。余以近世書攷之，九河、逆河，已淪入海，不可尋攷。又以今日觀之，河自淮入海矣。後山又謂瓠子河在雷澤黄河故道，今名沙河。其西北猶有瓠岡。《墨史》：陳無己云：供備使（按：此三字屬上文張遇。《墨史》誤引。）李唐卿，嘉祐中以書待詔者也。喜墨，嘗謂余曰：和墨用麝，欲其香。有損於墨，而竟亦不能香也。不若並藏以薰之。潘谷香徹肌骨，磨研至盡，而香不衰。《焦氏筆乘》：《後山談叢》云：「黄巢爲亂，將攻金陵。人解之曰：王毋以攻也。王名巢，入金則鏁矣。巢因自引去。」以上爲諸書引用《後山談叢》語。《四庫提要》：陸游《老學庵筆記》深疑後山《叢談》及《詩話》，且謂《叢談》或其少作，《詩話》則必非師道所撰。（按：此放翁《渭南集》中《跋後山居士詩話》語也。館臣謂出《老學庵筆記》，誤。）今考其中於蘇軾、黄庭堅、秦觀，俱有不滿之詞，殊不類師道語製。謂蘇軾詞如教坊雷大使舞，極天下之工，而終非本色。案蔡絛《鐵圍山叢談》稱：「雷萬慶，宣和中以善舞隸教坊。」軾卒於建中靖國元年六月，師道亦卒於是年十一月，安能預知宣和中有雷大使，借爲譬況。其出於依託，不問可知矣。至謂陶潛之詩切於事情而不文，謂韓愈《元和聖德詩》於集中爲最下。而裴説《寄邊衣》一首，詩格柔靡，殆類小説，乃亟稱之，尤爲未允。其以王建《望夫石》詩爲顧況作，亦間有舛誤。疑南渡後，舊稿散佚，好事者以意補之耶。然其謂詩文寧拙毋巧，寧樸毋華，寧粗毋弱，寧僻毋俗。又謂善爲文者，因事以出奇，江河之行，順下而已。至其觸山赴谷，風搏物激，然後盡天下之變。持論間有可取。其解杜甫《同谷歌》之「黄獨」，《百舌》詩之「讒人」，解韋應物詩之「新橘三百」，駁蘇軾《戲馬臺》詩之「玉鉤」「白鶴」，亦間有攷證。流傳既久，固不妨存備一家爾。又，《老學庵筆記》頗疑《叢談》之僞，又以爲或其少時作。然《後山集》前有其門人魏衍附記，稱《談叢》、《詩話》，别自爲卷。則是書實出師道手。又第四卷中，記蘇軾卒時，太學諸生爲飯僧。軾卒於徽宗建中靖國元年，師道亦以是年十一月二十九日，從祀南郊，感寒疾卒。則末年所作，非少年所作審矣。洪邁《容齋隨筆》譏其載吕許公惡韓、范、富一條，丁文簡陷蘇子美以撼杜祁公一條，丁晉公路中使沮張乖厓一條，張乖厓買田宅自污一條，皆失其實。今考之良信。然邁稱其筆力高簡，必傳於後世。不云他人所贋託。邁去師道不遠，且其考證不草草。知陸游之言，未免失之臆斷也。（按：《郡齋讀書志》有《後山詞》一卷。《直齋書録解題》有《後山長短句》二卷。《文集・書舊詞後》：余他文未能及人，獨於詞自謂不減秦七、黄九。《清波雜志》、《墨莊漫録》、《侍兒小名録》，均載後山《木蘭花》詞，略云：晁无咎貶玉山也，過彭門。而陳履常廢居里中。无咎出小鬟，舞梁州以佐酒。履常作小闋《木蘭花》云：娉娉裊裊，芍藥梢頭紅樣小。舞袖低垂，心到郎邊客已知。金尊玉酒，勸我花前千萬壽。莫莫休休，白髮簪花我自羞。无咎云：疑宋開府鐵石心腸，及爲《梅花賦》清便豔發，殆不類其爲人。履常清通，雖鐵石心腸，不至於開府。而此詞清便豔發，過於《梅花賦》矣。《碧雞漫志》：陳無己所作數十首，號曰《語業》，妙處如其詩。但用意太深，有時僻澀。又，陳無己作《浣溪紗》曲云：「暮葉朝花種種陳，三秋作意問詩人，安排雲雨要新清。隨意且須追去馬，輕衫從使著行塵，晚窗誰念一愁新。」本是「安排雲雨要清新」，以末後句「新」字韻，遂倒作「新清」。世言無己喜作莊語，其弊生硬是也。詞中暗帶「陳三」「念一」兩名，亦有時不莊語乎。《能改齋漫録》：豫章先生少時，嘗爲《茶》詞，寄《滿庭芳》。其後增損其詞，止詠建茶，詞意益工。後山陳無己，用韻和之云：北苑先春，琅函寶韞，帝所分落人間。綺窗纖素手，一縷破雙團。雲内游龍舞鳳，香霧靄飛入雕盤。華堂靜，松風雲竹，金鼎沸潺湲。門闌，車馬動，浮黄嫩白，小袖高鬟。便胸臆輪囷，肺腑生寒。喚起謫仙醉倒，翻湖海傾寫濤瀾。笙歌散，風簾月幕，禪榻鬢絲斑。《四庫提要》：陳振孫《書録解題》載《後山詞》一卷。《宋史·藝文志》則稱爲《語業》一卷。而魏衍作師道集記，但及《談叢》、《理究》，不及其詞。知宋時本集外别行也。胡仔《漁隱叢話》述師道自矜語，謂於詞不減黄七、秦九。今觀其《漁家傲》詞，有云：「擬作新詞酬帝力，輕落筆，秦黄去後無强敵」云云，自負良爲不淺。然師道詩冥心孤詣，自是北宋巨擘。至强回筆端，倚聲度曲，則非所擅長。如《贈晁補之舞鬟》之類，殊不多見。其《詩話》謂曾子開、秦少游詩如詞，而不自知詞如詩。蓋人各有能有不能，固不必事事第一也。

政和五年〔箋〕按：是年乙未，距後山歿十四年。十月六日，門人彭城魏衍謹記。

校記

〔一〕「業」，盧宋本作「受業」。　〔二〕「授」原誤作「換」，據盧宋本改。　〔三〕「惟」上聚珍本有「先生」二字。　〔四〕「先」下聚珍本有「人」字。

建中靖國辛巳之冬，雲別涪翁於荆州。翁曰：「陳無己，天下士也。其讀書如禹之治水，知天下之脈絡，有開有塞，至於九州滌源，四海會同者也。其論事救首救尾，如常山之蛇。其作文深知古人之關鍵。其作詩深得老杜之句法，今之詩人，不能當也。子有意學問，不可不往掃斯人之門。」〔箋〕按：此全《山谷集》中《答王子飛書》語。《餘師録》亦載之。雲再拜受教。明年春，至京。賢士大夫出涕相弔，曰：「無己亡矣。」雲驚歎失聲，痛恨無窮。洎來彭城，求先生詩文且四年，僅見一二。最後得昌世所集，凡六百五篇。〔箋〕按：昌世爲魏衍字。衍所得五七詩，爲四百六十五篇。此云六百五篇，兼文集言。又按：《後山集》，今通行爲馬暾本，雍正間雲間趙駿烈翻刻。爲詩八卷，六百八十一篇，文九卷，一百六十二篇。《談叢》四卷，二百三十二條。《理究》一卷，三十七條。《詩話》一卷，八十條。長短句一卷，四十九篇。附雜體詩一篇。又嘉善陳唐本，即魏衍本之無注者。其衍所未收，分體爲《逸詩》，與馬本篇數同，亦雍正間刻。《池北偶談》載：弘治間潞安刻本，有南陽王文莊公鴻儒序。爲詩十二卷，六百七十九首。雜文八卷，一百六十九首。《談叢》、《理究》、《詩話》、長短句附焉，共三十卷。今未見。〔補〕懷辛案：趙駿烈本非馬暾本，卷數、目次均不同，詳見附録書目著録及序跋題記。《池北偶談》所記是馬本。琮璜珩瑀，貫列大備。雲曰：「幸矣，至寶不歿，乃今有獲。」因記涪翁之語，録以示昌世。自昔名世之士，著書立言，必賴其徒傳之。文中子講道河、汾，以續六經，房、魏之倫，皆北面受業。及登廊廟，不能顯傳其書，卒以泯絶，論者至今惜之。昌世，先生之高弟。操行文章，雅擅先生之風，雖隱約布韋，而所立絶人，不苟徇合。故能蒐拾遺文，成一家之言。又序先生出處之大節，其辭蔚然，讀之使人凛凛增慕。然先生之道，必傳於後世者，昌世之力也。千載以下，可以知其賢矣。政和丙申正月甲午，元城王雲題。〔箋〕按：丙申爲政和六年。《宋史・王雲傳》：雲字子飛，澤州人。父獻可，知瀘州。黄庭堅謫涪，獻可遇之甚厚，時人稱之。靖康元年，雲以給事中，使斡離不軍，議割三鎮。又固言康王舊與斡離不結歡，宜將命。次磁州，民遮道諫曰：「王不宜北。」厲聲指雲曰：「真姦賊也。」或發雲笥，得烏絁短巾，蓋雲夙有風眩疾，寢則以護首者。民益信其爲姦，譟而殺之。程卓《使金録》：磁州驛有顯應崔府君廟。高宗爲王尚書雲，迫以使金。磁人擊裂王雲。高宗欲退，無馬可乘，神人扶馬載之，南渡河。今立祠西湖。《五總志》：王子飛從國信之高麗，撰《雞林志》。天啓以詩贈行云：「聞君秉筆賦雞林，海怪山奇入購尋。莫紀大宛多善馬，却令天子便甘心。」非特句法之端重，而慮高識明，絶人遠甚。

後山詩注補箋目録《年譜》附

讀後山詩，大似參曹洞禪，不犯正位，切忌死語。非冥搜旁引，莫窺其用意深處，此詩注所以作也。近時刊本，參錯謬誤。政和中，王雲子飛，得後山門人魏衍親授本，編次有序，歲月可攷。今悉據依，略加緒正，詩止六卷，益以注，卷各釐爲上下。作之有謂，而存之可傳，無怪乎詩之少也。衍字昌世，作《後山集記》，頗能道其出處。今置之篇首，後有學者，得以覽觀焉。天社任淵。

第一卷

元豐六年癸亥

妾薄命二首後山學於南豐曾鞏子固。南豐卒于元豐六年，此篇必是時所作。今以壓卷，亦推本其淵源所自。……四

元豐七年甲子八年乙丑

送外舅郭大夫槩西川提刑據《實録》，元豐七年五月，朝請郎郭槩，提點成都府路刑獄。此詩未必是時所作，姑以除官歲月爲次，後倣此。……七

送内……一一

別三子右二篇，後山妻子從郭槩入蜀時作。……一三

寄外舅郭大夫……………………………………………………………一五
城南寓居二首詩有「韋杜城南村」之句。韋曲、杜曲屬長安，當是後山送其妻子入蜀後，遂客寄關中。或云熙寧間作。……………………………………………………………一六
憶少子……………………………………………………………一八
元祐元年丙寅是歲後山在京師。
絶句詩有「陳州門」及「蘇禮部」之句。陳州門在汴京，時後山旅寓于此。其春，東坡爲禮部郎中。……………………………………………………………一九
寄外舅郭大夫詩有「神母仁如堯」之句。哲宗即位，宣仁太后垂簾之明年也。……………………………………………………………一九
贈二蘇公……………………………………………………………二〇
南豐先生挽詞二首……………………………………………………………二六
暑雨……………………………………………………………二九
送江楚州……………………………………………………………三〇
送江端禮季共。……………………………………………………………三一
晁无咎張文潛見過……………………………………………………………三三
次韻答邢居實二首……………………………………………………………三四
元祐二年丁卯春夏，後山在京師。據《實録》，元祐二年四月乙巳，徐州布衣陳師道充徐州州學教授，以東坡、傅堯俞、孫覺之薦也。其年赴官。

丞相温公挽詞三首司馬温文正公以元祐二年正月葬，此詩蓋是時所作。……三七
次韻答學者四首……四二
次韻秦觀聽雞聞雁二首……四五
嘲秦覯……四六
和豫章公黄梅二首黄魯直家于洪州分寧之雙井，洪屬豫章郡。此篇編次不倫，姑從其舊。……四七
答張文潛文潛時爲館職。……五〇

第二卷

九日寄秦覯……五二
鉅野右二篇，當是得徐州教授還鄉道中所作。……五三
示三子將至徐州作。此詩原在《晁張見過》詩後，今遷于此。……五四

元祐三年戊辰是歲後山在徐州。

嗚呼行……五五
秋懷示黄預……五六
送張支使……五八
送杜侍御純陜西轉運據《實録》，元祐三年九月，知徐州杜純，擢陜西轉運使。此詩九月所作。……五八
送楊侍禁兼寄顔長道黄魯直二公二首……六二

送外舅郭大夫夔路提刑據《實録》，元祐三年五月，知濮州郭槩，提點夔州路刑獄。此詩蓋此後所作。……六四
雪後黄樓寄負山居士張仲連。此詩原在《秋懷》前，今遷于此。……六五
元祐四年己巳是歲後山在徐州。
謝人寄酒詩有「厭見春泥」之句。……六六
從蘇公登後樓元祐四年三月，東坡自翰苑出知杭州。五月，後山自徐州謁公于南都，此詩蓋當時所作。詩有「五月池無水」之句……六七
送蘇公知杭州東坡出知杭州，道由南京，後山時爲徐州教授，告徐州孫覺，願往見，而覺不之許。乃託疾謁告，來南京送别，同舟東下，至宿而歸。事見東坡《答陳傳道書》及劉安世彈章。……六八
送秦觀二首觀字少章，少游之弟也，從東坡學于杭州。黄魯直亦有此詩。……七〇
和江秀才獻花三首……七三
次韻李節推九日登南山……七四
别負山居士……七六
送趙教授……七六
元祐五年庚午是歲後山移潁州教授。其冬往赴。
次韻春懷……七七
黄梅五首……七八

田家……八〇
巨野二首當是移潁州教授時，經途所作。……八〇
別叔父録曹……八一
出清口……八三
泛淮……八四
猴馬并引。　引云「楚州紫極宫」，蓋經途所作。……八五
徐氏閒軒徐氏謂徐大正。　東坡亦有《閒軒》詩。……八七
寄豫章公三首……八八
元祐六年辛未是歲後山在潁州。
贈秦覯兼簡蘇迨二首蘇迨，字仲豫，東坡仲子。　據《實録》元祐六年八月，東坡自翰林承旨知潁州，于時仲豫侍行。
是歲十月，東坡《祈雨迎張龍公》文云：請教授陳師道遣男迨云云。……九〇
次韻秦少游春江秋野圖……九一
幼嶺……九三
絶句……九四
贈歐陽叔弼棐。……九四

第三卷

觀兖國文忠公家六一堂圖書……九六
送蘇迨……一〇一
送黄生兼寄二謝二首……一〇三
次韻蘇公西湖徙魚三首……一〇五
次韻蘇公觀月聽琴……一一一
次韻蘇公涉潁……一一三
再次韻蘇公示兩歐陽……一一五
次韻蘇公勸酒與詩……一一六
次韻蘇公督兩歐陽詩……一一八
次韻蘇公題歐陽叔弼息齋……一一九
次韻蘇公竹間亭絶句以《東坡集》攷之，歲晚所作。原在《涉潁》詩後，今遷于此。……一二一
寄參寥……一二一
元祐七年壬申是歲後山在潁州。
北渚……一二三
東阡……一二四

八月十日二首……一二四
迎新將至漕城暮歸遇雨據《實録》元祐七年正月辛亥，東坡自潁除知揚州。二月辛酉，少府監晏知止除知潁州。六月甲子，以禮部侍郎韓川换知止。此言新將，當是韓川。《漢書·嚴延年傳》注曰："新將，新爲郡將也。"……一二五
即事……一二六
齋居……一二六
中秋夜東刹贈仁公……一二七
十五夜月……一二八
胡士彦挽詞二首……一二九

第四卷

送趙承議令時 令時字德麟，爲潁州僉判受代。……一三一
寄李學士格非。 格非字文叔。……一三二
雪……一三三
晚出……一三四
寄晁載之兄弟……一三五
寄答王直方直方字立之，自號歸叟。有園亭在汴京城南，嘗從蘇、黄諸公游。……一三七

元祐八年癸酉是歲後山在潁州。

寄侍讀蘇尚書 據《實録》，元祐七年八月，蘇公以兵部尚書，兼翰林侍讀學士。十一月，又除端明殿學士，兼侍讀，守禮部尚書。此詩似八年所作，蓋有六月西湖之句。……一四一
寄亳州林待制希。 希字子中。……一四三
卧疾絶句……一四五
南軒絶句……一四五
獨坐……一四六
寄送定州蘇尚書 據《實録》，元祐八年九月，禮部蘇公，以侍讀學士知定州。……一四六
寄答李方叔廌。 案廌，本詩注作豸，二字固通用，然方叔之名原作廌，當以此注爲是。……一四九
智寶院後樓懷胡元茂 前有《胡士彦挽詞》，即元茂也。……一五一
紹聖元年甲戌 是歲春初，後山當罷潁學。而《離潁》等詩，反在卷終，又未有離潁時所作。魏本如此，不欲深加改正，亦疑以傳疑之義。
元日……一五二
放懷……一五二
絶句……一五三
送伯兄赴吏部改官……一五四
寄張文潛舍人……一五五

後湖晚坐……一五六
春興……一五七
次韻回山人贈沈東老二首前篇屬回山人，回即吕洞賓，事見《東坡詩集》。……一五七
送孝忠二首當是其兄傳道之子。……一五九
以拄杖供仁山主二首……一六一
項城道中寄劉令使修溪橋項城屬陳州。……一六二
碓磨寨亦在陳州境内。……一六二
寄張宣州耒。據《實録》，紹聖元年八月，直龍圖閣張耒權知宣州。……一六三
送倫化主……一六四
西湖……一六五
别月華嚴……一六五
送吴先生謁惠州蘇副使據《實録》，紹聖元年，蘇公貶寧海軍節度副使，惠州安置。……一六六
别圓澄禪師……一六九
别觀音山主……一七〇
離潁……一七一
湖上……一七二

舟中二首……一七二
規禪停雲齋……一七三

第五卷

紹聖二年乙亥

是歲三月，後山丁母夫人憂。後山作其母行狀云：「夫人從其不肖子，就食河北。舟及鄆之東阿而卒，實紹聖二年二月二十九日。」據《實録》紹聖二年三月，河北東路提刑郭槩，知澶州。當是槩未罷使事時，後山奉母就食，遂遭變故。已而槩知曹州。七月，後山歸徐葬其父母，遂寄食于曹。有《披雲樓記》，在曹時爲槩作。

答晁以道……一七六
病起詩有「須杖起」及「災疾」之語，當是居憂後所作。……一七八
九月九日魏衍見過時在徐州。……一七九
別黄徐州 自徐寄食于曹所作。……一八〇
次韻答晁無斁 無斁時爲曹州教官。……一八一
次韻無斁偶作二首……一八三
古墨行并序……一八五
次韻晁無斁除日書懷……一八八

紹聖三年丙子

是歲後山寓曹州，有《佛指記》，蓋三年八月所作。

次韻無斁雪後二首詩有「寄食」之語，魏衍注云：時先生寄婦翁郭槩大夫使宅。……一八九

贈魏衍三首當是自曹暫還徐所作。……一九〇
贈寇國寶三首……一九一
次韻春懷……一九三
河上……一九四
題柱二首并序……一九五
蠅虎……一九七
陶朱公廟《史記》曰：范蠡變名姓，適齊，爲鴟夷子皮。之陶，爲朱公。陶卽定陶，今曹州濟陰縣，乃其地也。……一九八
次韻晁無斁夏雨……一九九
寄無斁……二〇〇
次韻別張芸叟舜民。……二〇一
宿深明閣二首時往雍邱，展龐丞相墓。閣在陳留佛寺。……二〇二
東山謁外大父墓後山蓋龐丞相籍之外孫。司馬温公作《丞相墓誌》云：葬雍邱東山。……二〇四
次韻晁無斁冬夜見寄……二〇六
寒夜有懷晁無斁……二〇七
除夜……二〇八

第六卷

紹聖四年丁丑是歲後山寓曹州。既而歸徐。

寄鄧州杜侍郎紘。……二一〇
寄提刑李學士　據《實録》紹聖三年十月，提點永興軍路刑獄李昭玘，權提點京東西路刑獄。此詩蓋四年所作。昭玘字成季，濟北人。……二一二
寄杜擇之……二一三
次韻晁無斁春懷……二一四
寄晁無斁……二一五
別寶講主以後山《佛指記》攷之，重寶蓋曹州上生院主僧。……二一五
還里自曹歸徐所作。……二一六
答魏衍黄預勉予作詩……二一八
老柏三首有序……二二一
魏衍見過……二二四
次韻螢火……二二五
次韻夏日江村……二二六
次韻觀月……二二六

次韻夏日……二三七
夏日有懷……二三七
送杜擇之……二三八
楊夫人挽詞……二二九
柏山柏一作桓。宋司馬桓魋所葬也。《寰宇記》曰：桓魋墓在徐州彭城縣北。《檀弓》曰：昔者夫子居于宋，見桓司馬自爲石椁，三年而不成。……二三一
答顏生……二三一
送劉主簿羲仲。……二三三
觸目……二三五
晚望……二三五
送高推官……二三六
和黄預感秋……二三七
和顏生同遊南山……二三九
僧慧僧和同往南山……二四〇
柏……二四一
謝端硯……二四一

捕狼……二四二

元符元年戊寅是歲後山在徐州。

和魏衍元夜同登黄樓……二四三
和元夜……二四四
和魏衍同遊阻風……二四五
和魏衍同登快哉亭……二四六
登快哉亭……二四七
招黄魏二生……二四八

第七卷

春夜……二四九
和三日……二五〇
登燕子樓……二五〇
和魏衍三日二首……二五一
答魏衍惠朱櫻……二五三
和魏衍聞鶯……二五四
和黄生春盡遊南山 案《全集》，《和黄生》作《和黄充實》。……二五五

楝花……二五六
和黄充實榴花案《全集》作《和黄充實石榴花》。……二五七
和黄預久雨……二五八
和黄預病起……二六〇
何郎中出示黄公草書四首魯直嘗有《李伯時畫刀籋工跋尾》曰："龍眠李伯時，爲廬江何琬子温作。子温有遠韻，其賞味古今人詩，得其致意處，故伯時肯以墨妙予之。元祐五年九月己巳，黄某題。草書蓋亦同時所作也。……二六一
和黄預感懷……二六四
陳留市隱者有引 魯直亦有此詩，敍其事頗詳。後山詩蓋元祐間所作。舊本小異，而又編次不倫，豈後山因何子温出示魯直草書，遂改定舊句，附見於此耶。……二六五
寄泰州曾侍郎肇。……二六七
答顔生見寄……二六八
和黄預七夕……二六九
贈鄭户部……二七〇
九日不出魏衍見過……二七一
送魏衍移沛後山作衍母《劉縣君墓銘》曰："元符元年秋，從其子衍，依沛之石氏。……二七二
送河間令原注云："曾子固甥。案《全集》作《送河間吕令》。……二七三

次韻何子温祈晴二首……二七四
寄潭州張芸叟二首……二七六
送曹秀才……二七八
送王元均貶衡州兼寄元龍二首王安國字平甫。二子，旊字元均，斿字元龍。據舊録，元符元年九月，看詳訴理所言宣德郎王斿，于元祐中進狀，稱先臣寃抑罪名未除，不幸不得出于兹時。詔斿監江甯府糧料院，旊罷京東運判差，監衡州酒税。……二七九

第八卷

杜侍郎挽詞三首 據《實録》，元符元年八月，知應天府杜紘卒。紘字君章，嘗再爲刑部侍郎。……二八三
黄預挽詞四首……二八五
秋懷四首……二八八
送法寶禪師……二九〇
贈趙奉議……二九二

元符二年己卯是歲後山在徐州。

元日雪二首時東坡謫海外二年矣，故前篇末句有「炎海」之語。……二九四
次韻黄生……二九五
答黄生……二九六

雪後……二九八
送張蘄縣……二九八
送何子温移亳州三首……二九九
送詹司業……三〇一
西郊二首……三〇二
寄亳州何郎中二首……三〇三
寄答泰州曾侍郎……三〇五
送提刑李學士移使東路 據《實録》，元符二年二月，提點京東西路刑獄李昭玘徙京東東路。……三〇五
和鄭户部寶集丈室二首……三〇七
隱者郊居……三〇八
覽勝亭……三〇九
何太冲挽詞二首……三一〇
送大兄兼寄趙團練……三一一
寄襄州程大夫……三一二
送檢法趙奉議……三一三
送建州鄭户部……三一四

送張秀才……三一四

第九卷

晁无咎畫山水扇……三一六
奉陪趙大夫遊桓山……三一七
寄曹州晁大夫端仁。……三一八
送馮翊宋令……三一九
嗟哉行……三二〇
夜句三首……三二一
送孝忠落解南歸案原目作《送李孝忠》。今據本詩注，孝忠蓋後山兄子，删去李字。……三二二
寄單州張朝請……三二三
謝憲臺趙史惠米……三二四
和趙大夫鹿鳴宴集……三二五
和朱智叔鹿鳴席上……三二五
酬智叔見贈……三二六
再酬……三二七
敬酬智叔三賜之辱兼戲楊理曹二首……三二八

酬智叔見戲二首……三三〇
送智叔令咸平……三三一
九月九日夜雨留智叔……三三二
九月九日與智叔鵾堂宴集夜歸……三三三
城南夜歸寄趙大夫……三三三
席上勸客酒……三三四
戲寇君二首……三三五
絶句四首……三三五
騎驢二首……三三七
壽安縣君挽詞……三三八
寄曹州晁大夫……三三九
寄題披雲樓……三四〇
絶句……三四一
寄黄充……三四二
寄張大夫……三四三
懷遠……三四三

答田生……三四四
早起……三四六
和黄充小雪……三四七

第十卷

寄張學士舜民。……三四八
謝趙使君送烏薪……三四九
雪中寄魏衍……三四九
送澶州録曹宋參軍……三五一
和范教授同遊桓山……三五一
元符三年庚辰是歲後山在徐州。正月，徽宗卽位。七月，除棣州教授，其冬往赴。未至間，十一月，除祕書省正字。
早春……三五二
徐仙書三首……三五三
寄酬咸平朱宣德智叔。……三五四
咸平讀書堂……三五五
絶句二首……三五七
春懷示鄰里……三五八

歸雁二首……三五九
和寇十一晚登白門……三六一
謝寇十一惠端硯……三六三
再和寇十一二首……三六六
與寇趙約丁塘看花寇以疾不赴有詩用其韻……三六七
和寇十一同遊城南阻雨還登寺山……三六八
三月二十二日榴花盛開戲作絶句……三六九
和寇十一雨後登樓……三六九
答寇十一惠朱櫻……三七〇
雙櫻絶句……三七一
謝趙生惠芍藥三絶句……三七一
寄鄰絶句……三七三
寄寇十一……三七三
和酬魏衍……三七四
觸目絶句……三七五
元符三年七月蒙恩復除棣學喜而成詩……三七五

送姚先生歸宜山三絶……三七六
上趙使君……三七八
送鄭祠部……三七九

第十一卷

和寇十一同登寺山……三八一
謝孫奉職惠胡德墨……三八二
登寺山……三八三
答寄魏衍……三八四
拱翠堂……三八五
贈田從先……三八六
別鄉舊……三八七
和李使君九日登戲馬臺……三八八
與魏衍寇國寶田從先二姪分韻得坐字……三八九
和黄生出遊三絶句……三九〇
盤馬山……三九一
爛石村……三九一

別叔父崑山丞……三九二
從寇生求茶庫紙絶句……三九二
黄樓絶句……三九四
酬顔生惠茶庫紙……三九四
黄樓……三九五
答黄生……三九六
寒夜……三九六
贈周秀才二首……三九七
五子相送至湖陵赴棣州教官時所作。詩有「風日寒」之句，蓋冬時也。……三九八
湖陵與劉生别……三九九
寄滕縣李奉議……四〇〇
住鴈……四〇一
寓目……四〇二
野望……四〇二
寄單州吕侍講希哲。……四〇三
寄沛縣姜承議……四〇四

寄兖州張龍圖文潛二首……四〇五
家山晚立……四〇六
寒夜……四〇七
鴈二絶句……四〇七
山口……四〇八
晚泊……四〇八
夜雨……四〇九
宿合清口……四一〇
宿泊口……四一一
野望……四一二
宿柴城……四一二
潁市阻風二首……四一三
晚坐……四一四
寒夜……四一五
絶句……四一六
禮武臺坐化僧……四一六

晚興……四一八
宿齊河……四一八
別劉郎……四一九
趙巖……四一九
雞籠鎮……四二〇

第十二卷

除官據《實録》，十一月，除祕書省正字。……四二一
題王平甫帖……四二三

建中靖國元年辛巳是歲後山在館中。十一月二十九日卒，見于魏衍所作《集記》。

和李文叔退朝……四二四
和謝公定雨行逢賣花……四二四
酬王立之二首……四二五
送謝朝請赴蘇幕……四二六
和謝公定觀祕閣文與可枯木……四二七
和饒節詠周昉畫李白真……四二九
謝王立之送花……四三三

和參寥明發見鄰家花二首……四三三
和張奉議贈舅氏龐大夫……四三四
和舅氏公退言懷……四三六
欽聖憲肅皇后挽詞二首神宗后向氏，建中靖國元年五月，葬永裕陵。……四三六
欽慈皇后挽詞二首欽慈皇后陳氏，徽宗之母。建中靖國元年五月，陪葬永裕陵。……四三八
大行皇太后挽詞二首代人　欽聖太后。……四四〇
追尊皇太后挽詞二首代人　欽慈太后。……四四一
王察院挽詞二首監察御史王回也。元符二年十月，與游酢、馬涓並命。未幾而卒。……四四三
贈吳氏兄弟三首……四四四
和吳子副智海齋集……四四六
舅氏新齋……四四七
上晁主客晁端人堯民也。建中靖國元年二月，爲主客員外郎。……四四八
和鮮于大受崇先觀餞別曾元忠大受名綽。……四四九
答王立之……四五〇
又和過田承君……四五〇
贈石先生……四五二

送晁无咎出守蒲中建中靖國元年九月，吏部郎中晁補之，知河中府。補之字无咎。……四五三
題明發高軒過圖《王立之詩話》云：宗室士暕，字明發。後山作此詩，數月間遂卒。……四五四
送歐陽叔弼知蔡州……四五八
送晁堯民守徐……四五九
送王定國通判河南定國名鞏……四六〇

後山逸詩箋目録

卷上

和蘇公洞庭春色……四六二
山口阻風……四六三
登冥山……四六四
次韻答少章……四六四
送路紘歸老丹陽……四六五
謝傅監……四六六
次韻答秦少章……四六七
次韻答子實少章二首……四六九
寄晁以道……四七〇
寄邢和叔……四七一
贈關彦長……四七二
平翠閣……四七三

次韻應物有歎黄樓……四七四
秋懷十首……四七五
次韻蘇公西湖觀月聽琴……四七八
春酬應物……四七九
次韻德麟督叔弼季默詩及破余酒戒……四八〇
次韻蘇公獨酌……四八〇
次韻蘇公獨酌試藥玉滑箋……四八一
次韻德麟植檜……四八二
送叔弼寄秦張……四八二
次韻德麟吴越山水……四八三
龍潭……四八四
贈魯直……四八五
次韻蘇公竹間亭小酌……四八六
送李奉議亳州判官四首……四八七
大風梁山泊……四八九
擬古……四九〇

贈知命……四九〇
大風……四九二
回風行……四九二
贈張文潛……四九二
次韻寄答晁无咎……四九三
送鄜州關司法……四九五
登鳳凰山懷子瞻……四九五
古怨贈關彦長……四九六
答无咎畫苑……四九七
次韻蘇公蠟梅……四九八
奉陪内翰二友醴泉避暑……四九九
送張秀才兼簡德麟……五〇〇
寄子開……五〇〇
贈黄氏子小德……五〇一
山口……五〇二
次韻夜雨……五〇二

晦日……五〇二
登城樓……五〇三
奉賀陳聖子……五〇三
和王子安至日三首……五〇四
送張衡山……五〇五
除夜對酒贈少章……五〇六
庚辰三月上旬登白門閑望……五〇六
送王君玉赴試……五〇七
奉送閻醇老推官……五〇七
答李簿……五〇七
九月十三日出善利門……五〇八
送章推官……五〇八
湖上晚歸寄詩友四首……五〇九
寄答顏長道二首……五一〇
春晚遊寶雲寺……五一一
夏日書事……五一二

賀關彥長生日二首……五一三
錢塘寓居……五一四
寄寇荆山……五一四
還江山……五一五
雜題二首……五一五
秋後五日應物無詩豈年志俱壯未解傷秋耶以詩挑之……五一六
寄晁説之……五一六
再贈寇司户……五一七
鉅野泊觸事……五一七
東阿……五一八
甲亭……五一八
遊鵲山院……五一九
登鵲山……五一九
别威德寺……五二〇
雜題……五二〇
和董判官寺居作……五二一

贈白闍梨……五二一
舒御史太夫人挽詞……五二一
和賈明叔秋晚見懷……五二二
望夫石……五二二
夏杪……五二三
虞美人草……五二三
沈道院有水墨壁畫奇筆也惜其窮年無賞之者賈明叔請余同賦……五二三
同蘇不疑避暑法寺……五二四
和彥詹題遠軒……五二五
寄君玉……五二五
次韻遊花洞……五二五
夜坐有懷……五二六
送張芝卿……五二六
行次舊縣寄立之……五二七
送晁奉議高郵判官……五二七
同道士錢冷然尋澗水源……五二七

五言賀雨……五二八

卷下

寄文潛无咎少游三學士……五三〇
連日大雪以疾作不出聞蘇公與德麟同登女郎臺……五三一
立春……五三二
贈王聿修商子常二首……五三三
次韻敬酬元弼三兄……五三四
和賈耘老春晚……五三四
次韻寇秀才寄下邳家兄……五三五
賀文潛……五三六
送章氏兄弟兼寄金山寧禪師……五三七
寄曾公權……五三七
次韻關子容湖上晚飲……五三九
和休文至自新安……五三九
酬應物見戲……五四〇
城南……五四〇

次韻楊内翰贈諸進士……五四一
次韻寇司户春懷……五四一
陳詢秀才歸徐……五四二
登彭祖樓……五四二
寄子開……五四三
寄徐吉父學士……五四三
和南豐先生西遊之作……五四四
和南豐先生出山之作……五四四
和張次道再遊翠巖之作……五四四
初到錦城……五四五
何復教授以事待理……五四五
和富中容朝散值雨感懷……五四六
謝贇闍黎見訪……五四六
和蒲左丞有美堂座上觀雪二首……五四七
和秦太虚湖上野步……五四八
和沈世卿推官見寄……五四九

和劉元樂月夜寄賈耘老……五四九
酬呂明父學士……五四九
送傅子正宣義……五五〇
和元樂銷暑樓曉望……五五一
和寄朱文中……五五一
和王明之見寄……五五二
和酬施和叟宣德……五五二
呂使君生日……五五三
送澤之過維揚……五五三
和和叟第課還自都下……五五四
和和叟梅花……五五四
再到錢塘呈會宗伯益……五五五
簡楊安國……五五五
簡李伯益……五五六
九日無酒書呈漕使韓伯修大夫……五五六
過杭留別曹無逸朝奉……五五六

簡令由司理……五五七
張謀父乞花……五五七
寄子開……五五八
江湖堂……五五八
眠雲齋……五五九
擬李義山柳枝詞五首……五五九
晚遊九曲院……五六〇
萱草……五六一
次韻順法師十三間樓避暑二首……五六一
嘲无咎文潛二首……五六二
寄都下故人示王子安……五六三
擬漢宮詞三首……五六四
秦少章見過……五六四
絶句……五六五
十八日觀潮四首……五六五
十七日觀潮三首……五六六

月下觀潮二首……五六七
宿錢塘尉廨……五六八
寄北山順法師二首……五六八
贈大素缺一字軻律師二首……五六九
贈寫真禧道人……五七〇
次韻性都正北山納凉……五七〇
叔父惠鉢三首……五七一
次韻蘇公謁告三首……五七一
放歌行二首……五七二
戲元弼四首……五七三
送王生兼寄西堂圖澄禪師……五七四
讀白樂天《臨水坐》詩……五七四
次韻黄無悔《惜悔》……五七四
酒户獻花以奉先聖戲作……五七五
謝田氏……五七五
南臺……五七五

馬上口占呈立之……五七六

附録（三題）

八月十日宿百丈山慶善院明日遊松風菴謁震禪師……五七七
梅花七絶……五七七
鸑鷟詩并序……五七八

後山詩注補箋卷一

天社任淵

〔箋〕許尹《山谷内集序》：子淵名淵，嘗以文藝類試有司，爲四川第一。蓋今日之國士，天下之士也。陸游《施司諫注蘇詩序》：近世有蜀人任淵，嘗注宋子京、黄魯直、陳無己三家詩，頗稱詳贍。《隱居通議》：蜀士任子淵注黄、陳詩。番陽許尹爲序，其略曰：「宋興二百年，文章之盛，追還三代。而以詩名世者，豫章黄庭堅魯直，其後學黄而不至者，后山陳師道無己。二公之詩，皆本於老杜，而不學杜者也。」許公之序斷制古今詩體，而於黄、陳所學又窺其奥，信名言矣。《老學庵筆記》：蜀人任子淵好謔，鄭宣撫剛中自蜀召歸，其實秦會之欲害之。鄭公治蜀有惠政，人猶覬其復來。數日乃聞秦氏之旨，人人太息。衆中或曰：「鄭不來矣。」子淵對曰：「秦少恩哉。」人稱其敢言。按：《東南紀聞》亦載此條。《四庫提要》：淵字子淵，蜀之新津人。新津有天社山，故是編自署曰天社。淵生南北宋間，去元祐諸人不遠，佚文遺蹟，往往而存。即同時所與周旋者，亦一一能知始末。故所注多得詩意。師道詩運思幽僻。方回號知詩，而《瀛奎律髓》載《九日寄秦觀》詩，猶誤解末二句。如《送郭槩西川提刑》詩之「功名何用多，莫作分外慮」、《送杜純陝西轉運》詩之「誰能留渴須遠井」、《贈歐陽叔弼》詩之「歲歷四三仍此地，家餘五一見今朝」、《觀六一堂圖書》詩之「歷數況有歸，敢有貪天功」、《次韻蘇軾觀月聽琴》詩之「信有千丈清，不如一尺渾」、《次韻蘇軾勸酒與詩》詩之「五士三不同，夙紀鳴蟬賦」、《寄蘇軾》詩之「功名不朽聊通袖，海道無違具一舟」、《寄張耒》詩之「打鴨起鴛鴦」、《離潁》詩之「叢竹防供爨，池魚已割鮮」、《送劉主簿》詩之「二父風流皆可繼，謗禪排道不須同」、《送王元均》之「故國河山開始終」。以及《宿深明閣》、《陳州門絶句》、《寄曹州晁大夫》、《和晁無斁》等篇，非淵一一詳其本事，有茫不知爲何語者。即《巨野》詩之「蒲港」對「蓮塘」，儷偶相配，不似有誤。非淵親見其地，亦不知「港」當爲「巷」也。其中如《寄蘇軾》詩之「遥知丹地開黄卷，解記清波没白鷗」二語，蓋宋敏求校正杜詩，誤改「白鷗没浩蕩」句，軾嘗論之，其事見《東坡志林》，故師道借以爲諷。淵乃引其《寄弟轍》詩「萬里蒼波没兩鷗」句，則與上句「丹地、黄卷」不相應矣。《寄寇十一》詩「錦囊佳麗鄰徐庾」。淵引《北史·庾信傳》以注之。攷是傳先言肩吾與徐摛，繼言信與摛子陵，今注作「肩吾與徐陵文辭奇麗，世號徐庾體。」則與傳迴不符矣。他如「兒生未知父」句，實用孔融詩。「情生一念中」，實用陳鴻《長恨歌傳》。「度越周漢登虞唐」句，虞唐顛倒，實用韓愈詩。「孰知詩有驗」句，以「熟」爲「孰」，實用杜甫詩。而皆遺漏不注。《次韻春懷》詩「塵生鳥跡多」句，「鳥跡」當爲「馬跡」之訛，而引晉簡文牀塵鼠跡附會之。《齋居》詩「青牛白牯靜相宜」，「牯」字必誤，而引白角簟附會之。《謁龐籍墓》詩「叢篁侵道更須東」句，「東」字必誤，而引《齊民要術》東家種竹附會之。按：淵注固屬附會，館臣謂「東」字必誤，亦非也。籍墓在雍邱東山，出雍邱東門望東山，先見叢篁，更越叢篁而東，始得謁墓。詩意本極明。憶甲子春，廣生往會稽木冠山謁外祖周先生墓，情景正復如是。至於以謝客兒爲客子，以龍爲龍伯，皆舛謬顯然，而淵亦絶不糾正，是皆不免於微瑕。末卷《題趙士暕高軒過圖》一首，引《王立之詩話》稱：作此詩後，數月間遂卒。今攷《王立之詩話》實作「數日無己卒，士暕贈以百縑。」校其情事，數日爲是，則排纂小誤，亦所不免。按：淵注於《王直方詩話》，未引此條。詩話於高軒過圖事凡三見。張嘉父、晁无咎題跋則淵引之。其他二條，一云數日無己卒，一云不數月卒。詳後《題明發高軒過圖》詩箋。莊綽《鷄肋編》嘗摭師道詩採用俚語者十八條。按：綽所舉實二十條。大致皆淵注所已及，可知其用意之密，固與所注《山谷集》均可並傳不朽也。〔補〕《直齋書録解題》卷一八：《訢庵集》四十卷《文獻通考》訢庵作沂庵。新津任淵子淵撰。紹興乙丑類試第一人，仕至潼川憲，嘗注山谷、后山詩行於世。新津有天社山，故稱天社任淵。又《朱文公文集》卷九十三《通判宋若水墓銘》載若水成都雙流人，自幼好學。邑之賢令如任公淵、李公燾皆屈輩行與交。然則淵曾任雙流令，此其生平行義可考者。又馮時行《縉雲文集》卷十《任全一墓誌銘》記全一名淵，其先遂寧，政和八年登第。此任淵時代少前，生平與天社不符，蓋另一人。

妾薄命二首

【注】後山自注曰：爲曾南豐作。按《漢書·許后傳》曰：奈何妾薄命，端遇竟寧前。故曹植樂府有《妾薄命》篇。〔箋〕《年譜》：後山學於南豐曾鞏子固，今以壓卷，亦推本其淵源所自。《詩林廣記》：謝疊山云：元豐間，曾鞏修史。薦後山有道德，有史才，乞自布衣召入史館。命未下而曾去，後山感其知己，不願出他人門下，故作《妾薄命》。鞏，南豐人，歐陽公之客。後山尊之，號曰南豐先生。

主家十二樓，【注】鮑照《煌煌京洛行》曰：鳳樓十二重。按《漢書》雖有五城十二樓事，與此意不同，故不援引，後倣此。一身當三千。【注】白樂天詩曰：後宫佳麗三千人，三千寵愛在一身。後山以五字道之，語簡而意盡，集中如此甚衆。古來妾薄命，事主不盡年。起舞爲主壽，相送南陽阡。【注】言樂未畢而哀繼之也。劉禹錫詩：向來行哭里門道，昨夜畫堂歌舞人。後山蓋用此意。《莊子》曰：可以盡年。《漢書·高帝紀》曰：項伯亦起舞。劉禹錫《紇那曲》曰：願郎千萬壽，長作主人翁。陶淵明《挽歌》：向來相送人，各已歸其家。《漢書·原涉傳》：涉父爲南陽太守。父死，涉大治起塚舍，買地開道立表，署曰南陽阡。〔箋〕《南豐行狀》：元豐七年六月丁酉，葬南豐從周鄉之源頭。忍著主衣裳，爲人作春妍。【注】此二句及下篇「向來一瓣香，敬爲曾南豐」之句，皆以自表，見其不忍更名他師也。樂天《燕子樓》詩曰：鈿暈羅衫色似煙，一回看著一潸然。自從不舞《霓裳曲》，疊在空箱得幾年。後山蓋用此意，而語尤高古。東坡詩云：爲人作容恣。〔箋〕《宋史》本傳：師道官潁時，蘇軾知州事。待之絶厚，欲參諸門弟子間。而師道賦詩「嚮來一瓣香，敬爲曾南豐」之語，其自守如是。《容齋三筆》：張籍在他鎮幕府。鄆帥李師古，又以書幣辟之。籍却而不納，而作《節婦吟》一章寄之曰：君知妾有夫，贈妾雙明珠。感君纏綿意，繫在紅羅襦。妾家高樓連苑起，良人執戟明光裏。知君用心如日月，事夫誓擬同生死。還君明珠雙淚垂，何不相逢未嫁時。陳無己爲潁州教授，東坡領郡，而陳賦《妾薄命》篇，言爲曾南豐作。其首章云云，全用籍意。或謂無己輕坡公，是不然。前此無己官於彭城，坡公由翰林出守杭。無己越境見之於宋都，坐是免歸。故其詩云：「一代不數人，百年能幾見。昔爲馬首銜，今爲禁門鍵。一雨五月涼，中宵大江滿。風帆目力短，江空歲年晚。」其尊敬之盡矣。薄命擬況，蓋不忍師死而遂倍之，忠厚之至也。《歸田詩話》：後山少爲曾南豐所知。東坡愛其才，欲牢籠於門下，不屈。有「向來一瓣香，敬爲曾南豐」之句。又《妾薄命》云：主家十二樓，一身當三千。忍著主衣裳，爲人作春妍。亦爲南豐作。然送東坡則云：「一代不數人，百年能幾見。風帆目力盡，江空歲年晚。」推重向慕甚至，特不肯背南豐耳。志節可尚也。〔補〕梅南本墨批：意正然尚淺。**有聲當徹天，有淚當徹泉。**【注】劉子玄《史通》載温子昇《永安故事》曰：怨痛之響，上徹青天。韓退之詩：上呼無時聞，滴地淚到泉。《漢書·賈山傳》曰：下徹三泉。〔補〕梅南本墨批：句法似東野。**死者恐無知，**【注】《家語》：子貢問孔子曰：「死者有知乎，將無知乎？」**妾身長自憐。**【注】謝玄暉《銅雀臺》詩曰：況乃妾身輕。《楚辭·九辯》曰：惆悵兮而私自憐。李太白《去婦詞》曰：孤妾長自憐。世或苦後山之詩，非一過可了，近于枯淡。彼其用意，直追騷雅，不求合于世俗。亦惟恃有東坡、山谷之知也。自此兩公外，政使舉世無領解者，渠亦安暇恤哉。

又

葉落風不起，山空花自紅。【注】兩句曲盡邱原悽慘意象。《文選》潘安仁《悼亡》詩：落葉委埏側，枯荄帶墳隅。《南史》謝貞詩：風定花猶落。捐世不待老，〔箋〕《行狀》：享年六十有五。惠妾無其終。【注】《左傳》曰：抑君賜不終。注云：惠賜不終也。一死尚可忍，百歲何當窮。【注】忍死尚可，得死實難〔一〕。詩意謂安得速死以從其主也。《晉・宣帝紀》：魏明帝曰：「死乃復可忍，吾忍死待君。」退之詩：百年未老不得死。〔補〕梅南本墨批：語意本謂死尚可忍，況不以死從主，而但爲主守節不移耶。即百歲甚遠，故當語抱此志無所變易耳。如此乃與上「其無終」三字緊相貫注。注失其旨，不足稱也。作此解不惟得其意旨，更見得烈士凜然秉義操處。天地豈不寬，妾身自不容。【注】孟郊詩：出門即有礙，誰謂天地寬。《莊子》云：不容身於天下。死者如有知，殺身以相從。向來歌舞地〔二〕，夜雨鳴寒蛩。【注】師死而遂背之，讀此詩亦少知愧矣。《南史》范縝曰：「王子知其祖先神靈所在，而不能殺身以從之。」淵明詩：向來相送人。老杜詩：迴首可憐歌舞地。《爾雅》曰：蟋蟀，蛩。

校記

〔一〕「得死」，潘宋本、高麗本作「所死」。　〔二〕「地」，潘宋本作「處」。

送外舅郭大夫槩西川提刑〔一〕

〔箋〕《元豐九域志》：成都府路治成都華陽。府一、州一十二、監一、縣五十八。《宋史・職官志》：提點刑獄公事，掌察所部之獄訟，而平其曲直。所至審問囚徒，詳覆案牘。凡禁繫淹延而不決，盜竊逋竄而不獲，皆劾以聞。及舉刺官吏之事。《年譜》引《實録》：元豐七年五月，朝請郎郭槩，提點成都府路刑獄。《文集・代謝西川提點刑獄表》：伏念臣以記誦之學，起畎畝之中；以刀筆之能，供州縣之役。按：後山代郭槩《謝西川提點刑獄啓》中，亦有「記誦之學，豈有異聞；刀筆之才，未堪大用」語。居無邑里之譽，孰爲先後之容。況茲衆戾之餘，宜在捐棄之列。按：槩嘗通判鳳翔，坐失入死罪去官，見下子由章疏。因緣過聽，蒙被誤恩。備員理官，久出衆人之後；奉使詔獄，再爲萬里之行。按：《謝啓》中有「奉使五嶺，才有去來之勞；備員中部，徒歷歲時之久」語。明大義以決疑，無儒者之效；奉三尺以從事，有俗吏之譏。自知甚明，人望何在。豈期幸會，復與選中。用過其能，思非所望。《揮麈後録》：元祐中有郭槩者，東平人，法家者流，遍歷諸路提點刑獄。

丈人東南來，復作西南去。【注】《風俗通》曰：《易》云：「師，貞。丈人吉。」非徒取尊老，亦須德行先人也。《左傳》曰：「杖莫如信。」言其德可信杖也。連年萬里別，更覺貧賤苦。【注】老杜詩：復爲萬里別。又云：乃知貧賤別更苦。王事有期程，親年當喜懼。【注】上句謂郭以之官不得留，下句自謂母老不得去也。《詩》云：「王事靡盬。」老杜詩：「公家有期程。」喜懼，見《論語》。畏與妻子別，已復迫曛暮。【注】時後山妻子皆隨郭行。迫曛暮，謂明日遂當作別。老杜詩：「欲別向曛黑。」〔補〕梅南本墨批：「『畏與妻子別』四語，人不能寫出。」何者最可憐，兒生未知父。【注】《史記·孔子世家》曰：「骨何者最大。」此用其句法。盜賊非人情，蠻夷正狼顧。〔箋〕《宋史·蠻夷傳》：夜郎、滇、邛都、嶲、昆明、徙、筰都、冉駹、白馬氐皆巴蜀西南徼外蠻夷。按：元豐間，瀘夷叛，梓夔都監王宣一軍皆没。詔誅忠州團練使韓存寶，以都虞候林廣代將。內侍麥文昞受密詔曰：「大兵深入討賊，期在梟獲元惡。如已破其巢穴，亦聽班師。」軍中皆呼萬歲。功名何用多，莫作分外慮。【注】郭槩爲人，頗喜功利。二蘇章疏，皆嘗論列。故後山每詩，多有諷戒。盜賊本非人所樂爲，必在位者有以致之。蠻夷方懷貳，而不以無事鎮之，則邊隙開矣。《前漢·食貨志》：失時不雨，民且狼顧。注云：狼性怯，走且還顧。《晉書·王羲之傳》：遺殷浩書曰：「若猶以前事爲未工，故復求之于分外。宇宙雖廣，自容何所。」〔箋〕按：任注於此二句下云：「郭槩爲人，頗喜功利。二蘇章疏，皆嘗論列。」今攷《續通鑑長編》，子由論列郭槩，在元祐元年閏二月。《欒城集》失載，特爲録其全文於下：右司諫蘇轍言，臣竊見朝廷近日察知，蜀中賣鹽、榷茶，及市易比較收息，爲遠人所苦。委成都提點刑獄郭槩，體量事實。臣觀此三事，利害易見，甚於黑白。凡有耳目，莫不聞知。而郭槩覷望阿附，公行欺罔。其所奏聞，并不指言實弊。見今西川數州，賣邛州蒲江井官鹽，每斤一百二十文。爲近年鹹泉減耗，多夾雜沙土。而梓夔諸路客鹽，及民間小井白鹽，販入逐州，其價止七八十。以官中須至抑配，深爲民害。槩不念民間朝夕食此貴鹽，出錢不易。卻言限內難以報應。只此一事，已見情弊。至於榷茶之法，以賤價大秤，侵損園户。以重輋峻限，虐害遞鋪。以折博興販，攙擾平民。其餘百端非理，難以偏舉。臣近已一一奏聞。元委所差官體量詣實，槩畏憚茶官陸師閔事勢，（按：師閔，《宋史》附其父詵傳。熙寧末，李稷提舉成都茶場蜀茶額三十萬，稷既增而五之，師閔又衍爲百萬。茶禍被于秦蜀。又欲延荆楚兩河，神宗不許。元祐初，用御史中丞劉摯言，遣黄廉入蜀訪察。右司諫蘇轍，論其六害。廉奏至，如轍所陳。乃貶師閔主管東嶽廟。）不敢依限體量。此又足以見其意在拖延觀望附會。至於市易比較收息，始因提舉官韓玠，以靈泉小縣，收息增羨。遂督責諸縣，以靈泉爲比，務令多得息錢。槩以韓玠叔祖縝，見任右僕射。（縝爲韓億第六子，《宋史》有傳。史言其出入將相，寂無功烈，厚自奉養。世以比晉何曾云。）意欲趨附，不敢體量實狀，妄言韓玠不曾以户口比較息錢。又代韓玠巧説詞理，言諸路推行市易之法，不獨成都，不可獨治一路，及事已在三赦前。槩以監司被命相度逐事利害，朝廷元不令槩定奪韓玠罪名。槩之職分，但當具的確事實奏聞。至於韓玠，或行遣、或釋放、或原赦、或不原赦、自出臨時聖旨指揮，非槩人臣所當預定。今既不依朝旨相度，却於職分之外，擅引三赦，意謂朝廷不合相度赦前之事。附下罔上，肆行胸臆，情理難恕。槩資品鄙陋，嘗通判鳳翔，坐失入死罪去官。係監當資序，（監當官掌茶、鹽、酒、税，場務征輸及冶鑄之事，諸州軍隨事置官。見《宋史·職官志》。）因緣權幸，致位監司。而附會欺謾，略無顧憚。其韓縝係韓玠有服之親，顯有妨礙。臣未委縝如何進呈，作何行遣。臣乞降聖旨，先行罷黜郭槩。所有賣鹽、榷茶、市易等事，伏乞委官體量施行。詔：郭槩特差替。至東坡論列事，在元祐三年十月，則非專爲郭槩發者。爲節録之，略云：御史趙挺之妻父郭槩，爲西蜀提刑時，本路提舉官韓玠，違法虐民。朝旨委槩體量，而槩附會隱庇。臣弟轍爲諫官，劾奏其事。玠、槩并行黜責。以此挺之疾臣，尤出死力。貼黄：（按：宋人奏狀劄子皆白紙。有意所未盡，揭其要處，以黄紙别書於後，謂之貼黄。見《石林燕語》。）郭槩人材凡猥，衆人共知。槩以附會小人得罪，近復擢爲監司者，（按：槩罷成都提刑後，已起知濮州。是年五月，提點夔州路刑獄，見《年譜》所引《實録》。故有近復擢爲監司語。）蓋畏挺之口，欲以苟悦其意。正如向時王巖叟在言路時，擢用其父荀龍知澶州，妻父梁燾爲諫議大夫，天下知其爲巖叟也。（按：同時韓玠以河南府通判，爲利州路轉運判官，爲右正言劉安世所劾，亦追論槩事。略云：玠奉使蜀道，推行市易之法，過爲苛急。言者彈其慘刻。提點刑獄郭槩，畏避權勢，不以實奏。陛下責其觀望，先行降黜云云。）又五年九月丁丑，中書舍人韓川言：近除朝散大夫郭槩爲刑部郎中。按槩才識鄙下，不足塵玷郎位。詔：别與差遣。此外則《雞肋集》有《祭郭大夫文》，諦審確爲郭槩。以槩知曹州日，晁無斁爲曹州教官，而文中有「公守曹南，古循吏比。吾弟爲僚，横經泮水」語也。《後山集》中，爲槩作者，僅四詩，及《披雲樓記》一文，焚黄一文。兹并録无咎所爲祭文，而槩一生本末略見矣。文云：維元符元年某月日，晁補之謹以清酌庶羞之奠，祭於大夫郭公之靈曰：人之相知，千載一時。千載不逢，亦不可知。公年長我二十而八。（按：无咎與後山均生於皇祐五年。見《張右史集》中《祭晁无咎文》，有「公生癸巳」二語。是後山小於郭槩亦二十八歲，而槩没時，年七十四也。）平生出處，參辰超忽。廉平爲吏，自昔所聞。達識高談，則猶未親。遭患南來，邅迴千里。（按：无咎坐修《神宗實録》失實，通判亳州，又貶監處、信二州酒税。）偶公倦遊，亦歸卧里。斬然在疚，閉户薰心。（按：此言居母憂也。无咎居母憂，在紹聖四年。後山有《楊夫人挽詞》。）我不往拜，公來見尋。厲氣收洟，爲公一語。不知何爲，傾蓋如故。過累百士，得一人焉。以千載語，則猶並年。爲公數臨，亦惠慰我。如何不淑，龜玉毁破。驚呼往弔，雪涕霑胸。尚想霜髯，老鶴孤松。嗚呼哀哉。公守曹南，古循吏比。吾弟爲僚，横經泮水。頃於吾弟，推轂先之。晚於此逢，我又見知。兄弟窮人，論心誰與。公獨厚之，人所莫顧。百年一慟，晤語無期。何以舒哀，斗酒隻雞。嗚呼哀哉。萬里早歸來，九折慎馳騖。【注】九折坂雖用前漢王吉事，實戒其行險也。老杜詩云：早歸來，黄土污衣眼易眯。又詩：游子慎馳騖。嫁女不離家，生男已當户。〔箋〕《歸田詩話》：陳後山一生清苦，妻子寄食外家。《寄外舅郭大夫》云：嫁女不離家，生男已當户。曲逆老不侯，知人公豈誤。【注】後山以貧故，妻子嘗寄食槩家，異乎張負所以期陳平者矣。故有曲逆不侯之歎。傅玄《豫章行》云：男兒當門户，墜地自生神。〔箋〕《揮塵後録》：槩善於擇壻。趙清憲、陳無己、高昌庸、謝良弼名位皆優。而謝獨不甚顯，其子迺任伯，後爲參知政事。無己集中首篇《送外舅郭大夫》詩是也。趙、高子孫甥壻，皆聲華籍甚，數十年間，爲薦紳之榮耀焉。良弼，顯道之弟也。按《朱子語類》，後山僚壻，尚有邢和叔。（《文選》：陸士衡《高祖功臣頌》：曲逆宏達，好謀能斷。注：曲區遇反。逆音遇，不作本音。）

校記

〔一〕此題潘宋本無「槩」字，「提刑」作「提點刑獄」。

送内

〔箋〕按：後山妻名悟，見《文集・華嚴證明疏》。〔補〕梅南本墨批：此與下一首俱自蘇、李詩中來。直叙情事，字字悲慘，字字老到，乃最可傳者。

麀麌顧其子，【注】《爾雅》：「鹿，牡麚，牝麀，其子，麛。麕，牡麌，牝麜，其子，麆〔一〕。」《韓非子》曰：「孟孫獵得麑，其母隨之而啼。燕雀各有隨。【注】《禮記·三年問》曰：「今是大鳥獸，則失喪其羣匹，越月踰時焉，則必反巡。過其故鄉，翔回焉，鳴號焉，躑躅焉，踟蹰焉，然後乃能去之。小者至於燕雀，猶有啁噍之頃焉。《禮記》又曰：行則有隨，立則有序。退之詩：禍福各有隨。與子爲夫婦，五年三别離。〔箋〕按：《文集·顔長道詩序》：「元豐四年，邑子陳師道，西遊京師。（是卽南豐典史事之年也。）又《思白堂記》：元豐四年，余遊吴過秀。又《上曾樞密書》：「熙寧中，士才再發。於時某在秦中。」則在五年以前，大抵京師爲一别，吴、秀爲再别，並此而三。由元豐四年，至今八年，恰五年也。兒女豈不懷，母老妹已笄。〔箋〕《文集》：先夫人龐姓，鄆成武人。考籍，皇祐初，平章兩省事，昭文館大學士，以太子太保致仕。封潁國公，謚莊敏。贈司空侍中，娶邊氏，封秀國夫人，樞密直學士肅之女。生夫人而歸於陳氏。《温公集·太子太保龐公墓志》：女七人，長適冀州支使陳琪，（《文集·先君事狀》，琪以熙寧九年四月戊申卒，年六十。後山蓋二十四歲。）封南安縣君。《文集·先君事狀》：二女，淑嫁左司員外郎張舜民。（舜民官終集賢殿修撰，《宋史》有傳。）媛嫁章珙。按：《後山集》不見珙名，亦不詳其爵里。《談叢》有章學士珉，爲布衣，以宰相自許，潤人謂之三品秀才。《逸詩》卷下有後山《送章氏兄弟兼寄金山寧禪師》七律。意珙爲珉之兄弟，而籍潤州也。又按：兩妹皆先後山母卒。舜民爲後山從母之子，並詳後山撰《先夫人行狀》。父子各從母，可喜亦可悲。【注】此語悽然可念。後篇又曰：「吾母亦念我，與爾寧相望。」誦之使人孝愛之心，油然而生，所謂發乎情止乎禮義者也。關河萬里道，子去何當歸。【注】《後漢·鄧禹傳》論曰：「關河響動」，此借用其字。老杜詩：黄塵翳沙漠，念子何當歸。三歲不可道，白首以爲期。【注】《選》詩：努力崇明德，皓首以爲期。百畝未爲多，數口可無飢。吞聲不敢盡，欲怨當歸誰。【注】《莊子·大宗師篇》：子桑曰：吾思夫使我至此極者，而弗得也。父母豈欲吾貧哉。天地豈私貧我哉。求其爲之而不得也。「百畝」「數口」，用《孟子》意。《文選》江淹《恨賦》曰：莫不飲恨而吞聲。老杜詩：吞聲勿復道，真宰意茫茫。退之《薛君墓銘》曰：身不得年，又將尤誰。

校記

〔一〕盧文弨曰：引《爾雅》與宋本不同，然此是《爾雅》正文。

別三子

〔箋〕《年譜》：右二篇，後山妻子從郭槩入蜀時作。

夫婦死同穴，【注】《大車》詩曰：穀則異室，死則同穴。後山雖用此語，而其意則謂夫婦生常別離，至死方獲同穴，此所以可悲也。《世說》：郗嘉賓婦曰：「生縱不能與郗郎同室，死寧不同穴。」父子貧賤離。【注】《晉書·殷浩傳》：詠曹顏遠詩曰：富貴他人合，貧賤親戚離。天下甯有此，昔聞今見之。【注】《後漢·伏后傳》：曹操逼帝廢后。獻帝謂郗慮曰：「郗公，天下寧有是邪。」此事亦夫婦不相保者，故後山取其語用之。雖使事而無迹，餘多倣此。母前三子後，熟視不得追。【注】《莊子》曰：「熟視狀貌，窅然空然〔一〕。〔補〕梅南本墨批：言不得追之偕去，情意甚苦。嗟乎胡不仁，使我至于斯。【注】與上篇「欲怨當歸誰」同意。《漢書・溝洫志》曰：「皇謂河公兮胡不仁。《孟子》亦曰：「夫何使我至于此極也。有女初束髮，【注】《韓詩外傳》曰：「夫人爲婦者，必全其身體。及其束髮，屬授明師，以成其材。〔箋〕按：後山官正字時，爲宗室明發題《高軒過圖》詩。意欲得百千，爲女子嫁資。數日而後山卒。見《王直方詩話》。此女迄未知嫁何人。已知生離悲。【注】《家語》曰：孔子晨興，顔回侍側。聞哭者之聲甚哀，曰：「此聲非但爲死者而已，又爲生別離者。」子曰：「回善于知音。」《楚詞》曰：「悲莫悲兮生別離。枕我不肯起，畏我從此辭。【注】老杜詩：「嬌兒不離膝，畏我却復去。大兒學語言，拜揖未勝衣。【注】老杜詩：「驥子好男兒，前年學語時。《史記・三王世家》曰：「皇子賴天，能勝衣趨拜。喚爺我欲去，此語那可思。【注】元稹詩：「小女呼爺血垂淚。《南史》：「何點哀樂過人，嘗行逢葬者，歎曰：「此哭者之懷，豈可思耶。」悲慟不能禁。小兒襁褓間，抱負有母慈。【注】《漢書・衛青傳》：「臣青子在襁褓中。按《宣帝紀》注云：「襁卽今之小兒繃也。褓，小兒被也。《禮記・內則》曰：「子生三日始負之〔二〕。注云：負之，謂抱之而使鄉前。老杜詩：「家貧仰母慈。〔箋〕按：後山子一名豐，一名登。魏衍《彭城陳先生集記》所謂「先生既没，其子豐、登以全藁授衍」者是也。《文集・與黄預書》有「往歲失一七歲男子」語。而《與魯直書》則云：「大兒年十六，解作史論。小兒年八歲，能賦絶句。時有好語，聊爲絶倒。」又云：「豐、登兩稚，不敢草草上狀。向慕之意，甚於乃翁。」此云「大兒學語言，小兒襁褓間。」與所云「大兒年十六，小兒八歲。」相距至八年者不合。則七歲殤者，必此襁褓之兒，卽《憶幼子》詩中所謂端也。再閲數年，所生之子，始爲能賦絶句者。又按《與魯直書》有「罷官六年」語。後山罷潁學，在紹聖元年。則其書當作於元符二年。由元符二年逆數，大兒十六，當生於元豐七年。小兒八歲，生於元祐七年。而七歲殤者，則生於元豐八年。《年譜》編此詩於元豐八年，恰與一學語、一襁褓合。至《渭南集·後山詩話跋》稱：登後爲曹官，被驅以北。而《老學庵筆記》則云：豐被繫纍。放翁必有一誤。汝哭猶在耳，我懷人得知。【注】《左氏》曰：言猶在耳。退之詩：嬌女未絶乳，念之不能忘。忽如在我前，耳若聞啼聲。人得知，猶言人那得知也。老杜詩：彼蒼回斡人得知。

校記

〔一〕「窅」原作「宵」，據盧宋本改。懷辛案：《莊子·知北游》作「窅」。〔二〕「負之」，高麗本作「負子」。

寄外舅郭大夫

〔箋〕《瀛奎律髓》：後山學老杜，此其逼真者。枯淡瘦勁，情味幽深。晚唐人非風花雪月、禽鳥、蟲魚、竹樹，則一字不能作。九僧者流，爲人所禁。詩不能成，曷不觀此作乎。紀批：情真格老，一氣渾成。馮氏疾後山如仇，亦不能不斂手此詩。公道固有不泯時。《詩人玉屑》：趙章泉先生嘗云：學詩者莫不以杜爲師，然能知其師者鮮矣。句或有似之，而篇之全似者絶難。陳後山《寄外舅郭大夫》詩，乃全篇之似杜者也。後戴式之亦有《思家》用陳韻，又全篇之似陳者也。《四溟詩話》：陳無己《寄外舅郭大夫》詩，趙章泉謂絶似子美。然兩聯爲韻所牽，虚字太多，而無餘味。若此前後爲絶句，氣骨不減盛唐。

巴蜀通歸使，妻孥且舊居。【注】《詩》曰：樂爾妻孥。注云：孥，子也。老杜《得家書》詩曰：今日得消息〔一〕，他鄉且舊居。深知報消息，不敢問何如〔二〕。【注】老杜詩：反畏消息來，寸心亦何有。又云：道甫問訊今何如。字本出《禮記·文王世子》。〔箋〕《歸田詩話》：陳後山《得家信》云：「深知報消息，不敢問何如。」況味可知也，詩格極高，呂本中選江西宗派以嗣山谷，非一時諸人所及。〔補〕梅南本墨批：學杜太有迹。身健何妨遠，【注】樂天詩：且到來歲期，不知身健否。情親未肯疏。【注】《表記》曰：情疏而貌親，在小人則穿窬之盜也歟。老杜詩：情親獨有君。功名欺老病，淚盡數行書。【注】魯直詩：淚盡才難日。《韓非子》曰：卞和泣盡，繼之以血。

校記

〔一〕「得」，盧宋本作「知」。懷辛案：杜詩正作「知」字。　〔二〕「敢」，潘宋本作「忍」，袁宏本、梅南本均同。

城南寓居二首

〔箋〕《年譜》：詩有「韋杜城南村」之句，當是後山遣其妻子入蜀，遂客寄關中。或云熙寧間作。按《文集·上曾樞密書》：熙寧中，某在秦中云云，當是熙寧間作，與第二首皆誤編於此。

游子暮何歸，【注】《文選》李少卿詩：攜手上河梁，游子暮何之。韋杜城南村。【注】韋曲、杜曲皆在長安之南。《三秦記》所謂「城南韋杜，去天尺五」也。秋水深可測，挽衣踏行雲。【注】老杜詩：短衣數挽不掩脛。踏行雲，謂踏水中雲影，猶賈島「船壓水中天」之句。道暗失歸處，棲鳥故不喧〔一〕。【注】因棲鳥之喧，庶可物色歸路。今特不喧，似欲相撩。此句殊有味。《選》詩：路暗光已夕。退之詩：從此識歸處。老杜詩：已添無數鳥，爭浴故相喧。又云：鷗輕故不還。牛羊閉籬落，稚子猶在門。【注】黄魯直詩：牛羊卧籬落。按：《君子于役》詩曰：日之夕矣，牛羊下來。陶淵明《歸去來辭》云：稚子候門。

又

〔箋〕按：此後山元祐初在京師時，和邢惇夫《秋懷十首》之末一首也。《秋懷十首》，《逸詩》卷上有，但不云和邢惇夫作。同時山谷、少遊，均有和作。以「微雲淡河漢，疏雨滴梧桐」爲韻，各見本集。山谷和詩中，第九首屬後山。詩云：吾友陳師道，抱瑟不吹竽。文章似揚馬，欬唾落明珠。固窮有膽氣，風壑嘯於菟。秋來入詩律，陶謝不枝梧。

潭潭光明殿，稽首西方仙。【注】《華嚴·十定品》、《離世間品》皆云：佛在摩竭提國，菩提場中，始成正覺。普光明殿，入剎那際三昧，李長者謂是如來大智自果所居之報宅。退之詩：潭潭府中居。〔箋〕《後村詩話》：佛亦謂之金仙。後山云：稽首西方仙。平生修何行，步有黄金蓮。【注】《大論》云：佛足行時，去地四指，蓮花捧足。《傳燈録》

云：佛初生地，涌金蓮花，自然捧佛足。我豈昔好徑，報以履下穿。【注】《老子》曰：大道甚夷，而民好徑。《莊子》曰：衣敝履穿。洗足坐道場，卒卒此何緣。【注】《金剛經》曰：洗足已，敷座而座。《法華經》曰：大通智勝佛，十刼坐道場。《漢書》：司馬遷書曰：卒卒無須臾之閒。

校記

〔一〕「鳥」，趙駿烈本作「烏」。

憶少子

端也早豐下，〔箋〕按：端後以七歲殤。《文集・與黃預書》云：往歲失一七歲子，扣天拊地，欲有所訴，殆不可以至理奪也。往還深熟，數見開諭。又勉讀方外書以自解。俛而聽其言，如耳邊風。讀其詞，如目前空華。視聽雖接，而心不隨。又按：端生元豐八年，至元祐六年殤。明年，復生登。後山是時，均在潁州。歲晚未可量。【注】《左氏傳》曰：穀也食子，難也收子。穀也豐下，必有後於魯國。注云：食子，奉祭祀共養者也。豐下，蓋面方。我老不自食，安得如我長。【注】《漢書・韓信傳》：漂母曰：「丈夫不能自食。吾哀王孫而進食，豈望報乎！」老杜《示宗武》詩曰：假日從時飲，明年共我長。《玉臺新詠・焦仲卿妻詩》曰：今日被驅遣，小姑如我長。呱呱棄不子，退省未始忘。【注】上句見《書・益稷》。退省其私，用《後漢》第五倫私其子之意。退之詩：嬌兒未絕乳，念之不能忘。吾母亦念我，與爾寧相望。【注】《唐書·肅宗張后傳》曰：端午日，肅宗召見山人李唐。帝方擁幼女，顧唐曰：「我念之，無怪也。」唐曰：「太上皇今日亦當念陛下。」此詩暗用其意。相望，言各在天一方也。老杜詩：人事多錯迕，與君永相望。

絶句

〔箋〕《年譜》：陳州門在汴京，時後山旅寓於此。按：此亦《和邢惇夫秋懷十首》之第七首也，但截去中間四句耳。

翼翼陳州門，〔箋〕《山谷集·贈陳師道》詩，史容注：元祐元年二月，陳無己在京師，寓居陳州門。按：《秋懷》詩第九首，亦有「朝暮陳州門」句。萬里遷人道。昔人死別處，一笑欲絶倒。【注】此篇與前篇蓮字韻。按：舊本乃《秋懷十首》之二，其後删去，而僅存耳。此篇全章云：翼翼陳州門，萬里遷人道。雨淚落成血，著木木立槁。今年蘇禮部，馬跡猶未掃。昔人死別處，一笑欲絶倒。元祐初，後山來京師，寓居陳州門。故《秋懷》詩又有「朝暮陳州門，悠悠此何爲」之句。時東坡新自登州，召爲禮部郎中，復入帝城，此後山所喜也。老杜詩：孰知是死別，且復傷其寒。《晉書》：衞玠談道，平子絶倒。

寄外舅郭大夫

丈人魯諸生，明刑如皋陶。【注】《漢書》：叔孫通曰：「臣願徵魯諸生。」《泮水》詩曰：淑問如皋陶。幸寬右顧憂，【注】《後漢書・寇恂傳》：鄧禹曰：「昔高祖任蕭何於關中，無復西顧之憂。」未惜一身遥。【注】《文選》歐陽堅石詩：不惜一身死。老杜詩：天涯涕淚一身遥。西南萬里行，可以斷繩橋。【注】意欲其不勤遠略也。老杜詩：蜀嶺防秋急，繩橋戰勝遲。慎勿冠惠文〔一〕，神母仁如堯。【注】王子年《拾遺記》曰：有青虹繞神母，即覺有娠，而生庖犧。此引用比宣仁高太后。時太后臨朝，專務以德化民，女主之堯舜也。《漢書・張敞傳》：張武曰：「梁國大都吏民凋敝，且尚以柱後惠文彈治之耳。秦時獄法吏，冠柱後惠文。」武意欲以刑法治梁，故云。〔箋〕《年譜》：詩有「神母仁如堯」句，哲宗即位，宣仁太后垂簾之明年也。按：上句蓋規郭槩在鳳翔失入死罪事。

校記

〔一〕「冠」，潘宋本作「用」。

贈二蘇公

〔箋〕按《東坡集・黄州與陳師仲主簿書》有云：「曩在徐州，得一再見。及顏長道輩，皆言足下文詞卓瑋，志節高亮。」又《欒城集・答徐州陳師仲書》有云：「去年轍從家兄游徐州，君兄弟始以客來見。」師仲爲後山兄。其云「兄弟來見」，未知爲師黯！抑爲後山！總之陳氏與二蘇公，確有淵源。後山以元祐元年入京，東坡方自登州召爲禮部郎中，尋除翰林學士，兼侍讀。

子由亦自績溪召還，爲右司諫。而顔長道爲後山同里，方官於朝。又有魯直、少遊、无咎、文潛暨李端叔諸公，相爲左右。《文集·答李端叔書》：兩公之門，有客四人。黄魯直、秦少遊、晁无咎，長公之客也。張文潛，少公之客也。僕自念不敢齒四士，而足下遽進僕於兩公之間，不亦怵乎。後山此詩，殆援山谷「江南有嘉實」例耳。

岷峨之山中巴江，【注】老杜詩：中巴之東巴東山，天地開闢流其間。**桂椒柟櫨楓柞樟。青金黄玉丹砂良，獸皮鳥羽不足當。**【注】退之《送廖道士歸衡山序》曰：其水土之所生，神氣之所感，白金、水銀、丹砂、石英、鍾乳，橘柚之包，竹箭之美，千尋之名材，不能獨當奇也。意必有魁奇忠信材德之民生其間。此篇蓋用此意，而句法則退之《陸渾山火》詩也。左太沖《蜀都賦》曰：楩楠幽藹于谷底。《吴都賦》曰：木則楓柞豫樟。〔補〕梅南本墨批：看了初似瑰麗，但亦祇是染綴排叙，無多高妙。**異人間出駭四方，**【注】《南史·蕭子顯傳》曰：嘗聞異人間出，今日始見，知是蕭尚書。**嚴王陳李司馬揚。**【注】嚴君平、王褒、陳子昂、李太白、司馬相如、揚雄皆蜀人。王羲之《與蜀太守帖》云：嚴君平、司馬相如、揚雄皆有後否？**一翁二季對相望，**【注】謂三蘇也。言與諸人相望于千載。〔箋〕《宋史·蘇洵傳》：洵字明允，眉州眉山人。嘉祐間，與其二子軾、轍皆至京師。既翰林學士歐陽修，上其所著書二十二篇。既出，士大夫爭傳之。**奇寶横道驥服箱。**【注】退之《薦樊宗師書》曰：誠不忍奇寶横棄道側。驥服箱，用《戰國策》驥服鹽車事。張平子《思玄賦》曰：縶騕褭以服箱。**誰其識者有歐陽，**【注】退之《琴操》曰：巫咸上天兮，識者其誰。歐公作老蘇墓誌曰：當至和嘉祐之間，與其二子軾、轍皆至京師。翰林學士歐陽修得其所著書二十二篇獻諸朝。既出，而公卿士大夫爭傳之。其二子舉進士，皆在高等，亦以文學稱于時。眉山在西南數千里外，一日父子隱然名動京師。而蘇氏文章，遂擅天下。〔箋〕《欒城集》東坡墓誌銘：嘉祐二年，歐陽文忠考試禮部進士。疾時文之詭異，思有以救之。梅聖俞時與其事，得公《論刑賞》以示文忠。文忠驚喜，以爲異人，欲冠多士。疑曾子固所爲。子固，文忠門下士也，乃置第二。《宋史·蘇轍傳》：年十九，與兄軾同登進士科。《石林詩話》：至和、嘉祐間，場屋舉子爲文尚奇澀，讀或不能成句。歐陽文忠公力欲革其弊。既知貢舉，凡文涉雕刻者皆黜之。時范景、王禹玉、梅公儀等同事，而梅聖俞爲參詳官。未引試前，唱酬詩極多。及放榜，平時有聲如劉煇輩皆不預選。士論洶洶，以爲主司耽於唱酬，不暇詳考校。然是榜得蘇子瞻爲第二人，子由與曾子固，皆在選中，亦不可謂不得人矣。

大科異等固其常。【注】東坡兄弟，皆應賢良科。東坡策入三等，謝啓曰：誤中久虛之等。老杜詩：自適固其常。〔箋〕《石林燕語》：仁宗初，復制科，立等甚嚴。首得富鄭公、吴春卿、張安道、蘇儀甫。惟吴春卿入三等，富公而下皆四等。訖蘇子瞻，方再入第三等。設科以來，兩人而已。故子瞻謝啓云：誤占久虛之等。《宋史·軾本傳》：復對制策入三等。自宋初以來，制策入三等，惟吴育與軾而已。又《轍本傳》：轍與兄又同策制舉，司馬光第以三等。胡宿以爲不遜，請黜之。仁宗曰：「以直言召人，而以直言棄之，天下其謂我何。」宰相不得已，置之下等。

小却盛之白玉堂，【注】晉人帖中，往往用「小却」字，其意猶言少退也。《南史·宋武帝紀》：帝疾甚，召太子戒之曰：「謝晦數從征伐，頗識機變，若有同異，必此人也。小却，可以會稽、江州處之。」《楚辭》：劉向《九歎》曰：紫貝闕而白玉堂。按《翰林志》曰：時以登翰苑者，謂登玉署玉堂焉。詩意謂縱未大用，尚當以詞禁處之。〔箋〕《軾本傳》：英宗欲以唐故事，召入翰林，知制誥。宰相韓琦曰：「驟用之，天下之士，未必以爲然。」英宗曰：「且與修注如何？」琦曰：「記注與制誥爲鄰，未可遽受。且請召試。」及試二論，復入三等，得直史館。典謨雅頌用所長〔一〕。〔箋〕《誠齋詩話》：神宗徽猷閣成，告廟祝文，東坡當筆。時黄魯直、張文潛、晁无咎、陳無己畢集，觀。坡落筆云：「惟我神考，如日在天。」忽外有白事者，坡放筆而出。諸人擬續下句，皆莫測其意向。頃之，坡入，再落筆云：「雖光輝無所不充，而躔次必有所舍。」諸人大服。度越周漢登虞唐，【注】《漢書·揚雄傳》論曰：則必度越諸子矣。注云：度，過也。司馬相如《難蜀父老辭》曰：上咸五，下登三。注云：言漢德與五帝皆盛，而登於三王之上也。《選》詩亦曰：仁固開周，義高登漢。千載之下有素王，【注】杜預《左傳序》曰：説者以爲仲尼自衛反魯，修《春秋》，立素王。又按：《漢書》董仲舒策曰：孔子作《春秋》，先正王而繫以萬事，見素王之文焉。平陳鄭毛視荒荒。【注】言先儒所見之不明也。平、陳《書》學，鄭、毛《詩》學，以終上句典、謨、雅、頌之意。《前漢書·儒林傳》曰：林尊事歐陽高爲博士，授平當、陳翁生。由是歐陽《尚書》有平、陳之學。又曰：毛公治《詩》，爲河間獻王博士。《後漢·鄭玄傳》曰：玄注《易》、《尚書》、《毛詩》。老杜詩：野日荒荒白。退之祭文云：而視荒荒，而髮蒼蒼。俗本「荒荒」作「茫茫」，非是。後生不作諸老亡，文體變化未可量。【注】謂熙寧間新學之弊。沈約《宋書·謝靈運傳》論曰：自漢至魏，四百餘年。詞人才子，文體三變。老杜詩：字體變化如浮雲。萬口一律如吃羌，【注】退之《平淮西碑》曰：萬口和附，并爲一談。又《樊宗師銘》曰：惟古于詞必己出，降而不能乃剽賊。後皆指前公相襲〔二〕，由漢迄今用一律。〔箋〕《談叢》：王荆公改科舉，暮年乃覺其失。曰：「欲變學究爲秀才，不謂變秀才爲學究也。」《教坊雜戲》亦曰：學《詩》於陸農師，學《易》于龔深之，蓋譏士之寡聞也。又王无咎、黎宗孟皆爲王氏學。世謂黎爲摸畫手，一點畫不出前人。謂王爲轉般倉，致無贏餘，但有所欠。妖狐幻人犬陸梁〔三〕。【注】《説文》曰：狐，妖獸，鬼所乘。郭氏《玄中記》曰：千歲之狐爲淫婦，百歲之狐爲美女。張平子《西京賦》曰：怪獸陸梁。《甘泉賦》注云：陸梁，跳也。虎豹却走逢牛羊，【注】「虎豹」「牛羊」，用《魯論》「何以文爲」之意。《韓詩外傳》曰：却走而求逮于前人。上帝惠顧祓不祥。【注】揚雄《長楊賦》曰：上帝眷顧。《左傳》曰：君若不忘先君之好，惠顧寡人。《韓詩外傳》曰：鄭國之俗，三月上巳，秉蘭草，祓除不祥。天門夜下龍虎章，【注】《真誥》有《八雲龍篆明光章》，又有《玉清神虎章》，又按：《黄庭内景經》曰：黄衣紫帶龍虎章，意與《真誥》異。然此詩特取其語爾。前驅吳回後炎皇。【注】《詩》曰：伯也執殳，爲王前驅。《史記·楚世家》：帝嚳以吳回爲重黎後，復居火正，爲祝融。《帝王世紀》曰：炎帝長於姜水，以火承木，位在南方，主夏，故謂之炎帝。絳旂丹轂朱冠裳，從以甲胄萬鬼行。【注】《揚雄傳》曰：朱丹其轂。乘風縱燎無留藏，【注】《吳志·周瑜傳》：取鬭艦實以薪草〔四〕，灌油其中，乘風縱之，同時發火，悉延燒曹公岸上營。天高地下日月光。【注】《禮記·樂記》曰：天高地下，萬物散殊。授公以柄扶病傷，【注】《漢書》：梅福曰：「倒持太阿，授楚其柄。」《李廣傳》：救死扶傷不暇。士如稻苗待公秧。【注】老杜《補稻畦水》詩云：插秧適云已。臨流不度公爲航，【注】用傳説「作舟楫」之意。張平子《思玄賦》曰：譬臨河而無航〔五〕。如大醫王治膏肓。【注】《金光明經》曰：流水長者，能益衆生無量壽命。汝今真是大醫之王，善治衆生無量重病。《維摩經》亦云：爲大醫王，善療衆病。《左氏傳》：晉侯夢疾爲二豎子。其一曰：「居膏之上，肓之下，若我何？」注云：肓，鬲也。心下爲膏。外證已解中尚强，【注】「外證已解」之語，張仲景方書中多有之。《左氏傳》云「外强中乾」，此反而用之。探囊一試黄昏湯。【注】一本云：「願借上古黄昏湯。」按《圖經本草》曰：合歡，夜合也。一名合昏。韋宙《獨行方》：胸中甲錯，是爲肺癰。黄昏湯治之，取夜合皮掌大一枚，水煮服之。探囊，借用《莊子》語。〔箋〕《游宦紀聞》：後山《贈二蘇公》詩末云：探囊一試黄昏湯，任子淵注云云。其説最爲牽合無義。沙隨先生云：晚年因閲《本草》，王孫，味苦平無毒，主五藏邪氣，吴名白宫草，楚名王孫，齊名長孫，一名黄孫，一名黄昏，生海西川谷。蓋指當時癖學，爲五藏邪氣耳，取義精深如此。一洗十年新學腸，【注】新學，謂王介甫經學也。《史記・扁鵲傳》曰：湔浣腸胃。〔箋〕《邵氏聞見後録》：東坡倅錢塘日，答劉道原書云：（按：道原名恕，筠州人。《宋史》有傳。《後山集》有《送劉主簿羲仲》詩。羲仲，道原子也。）近見京師經義題，國異政家殊俗。國何以言異，家何以言殊。又有其善喪厥善其厥不同何也。又説《易・觀卦》本是老鸛詩，大、小雅本是老鴉。似此類甚衆，大可痛駭。按：熙豐間新學，至南宋學官雖禁不用，而此風不衰。有陸彦遠者，和霄字韻云「雖貧未肯氣如霄」，人譏其奥。則「霄」作「消」解，謂凡氣升此而消也。又有胡浚明者，曰：「吾適在浴室中，悟直字之説。在隱可使十目視者，直也。學《字説》十年，今乃造此地。」見《老學庵筆記》。老生塞口不敢嘗。【注】《漢書・朱博傳》曰：贛老生不習吏禮。侯喜《石鼎聯句》曰：塞口且吞聲。《魯論》曰：丘未達，不敢嘗。向來狂殺今尚狂，請公别試囊中方。【注】《難經》曰：狂顛之病，自高賢也，自辯智也，故此詩引用。黄魯直詩亦云：醫得書生自聖顛。老杜詩：未試囊中餐玉法。又云：囊中藥未陳。〔箋〕《東坡集・與張文潛書》：近見章子厚，言先帝晚年甚患文字之陋，欲稍變取士法，特未暇耳。僕老矣，正賴黄魯直、秦少游、晁无咎、陳履常與君等數人耳。

校記

〔一〕「雅頌」，潘宋本作「頌雅」。　〔二〕「公」原作「沿」，據盧宋本、高麗本並《樊宗師銘》改。　〔三〕盧文弨曰：「大當作犬」。懷辛案：潘宋本、適園叢書本均作「犬」，今據改。　〔四〕「艦」原作「船」，據盧宋本、高麗本並《三國志·周瑜傳》改。「周瑜」原作「吕蒙」，據《三國志·周瑜傳》改。　〔五〕「河」原作「流」，據盧宋本、高麗本並《文選·思玄賦》改。

南豐先生挽詞二首

〔箋〕《元豐九域志》：南豐縣屬江南西路建昌軍。《珊瑚鉤詩話》：此二詩，後山感南豐之薦引未遂而遽亡，故其詞深切。按：此詩編次在元祐元年亦誤。子固時没已三年，不應始作挽詞，何況其爲後山生平第一知己也。《隱居通議》：山谷翁作《司馬文正公挽詞》，後山作《南豐先生挽詞》，水心作高、孝兩朝挽詞，皆超軼絶塵，誠可對壘。《瀛奎律髓》：「邱原無起日，河漢有東流」，惟曾南豐足以當之。「侯芭才一足，白首《太玄經》」，非陳後山亦不可以此自許也。併《挽温公詩三首》，他人詩皆可廢矣。紀批：二詩俱沉著。後山之於南豐，其本分深，故挽歌不似酬應。又批：第一首結不佳。

早棄人間事，【注】《漢書・張良傳》：願棄人間事，欲從赤松子遊耳。真從地下遊。【注】《漢書・朱雲傳》：臣得下從龍逄、比干，遊于地下足矣。故白樂天《哭劉夢得》詩曰：賢豪雖没精靈在，應共從之地下遊。邱原無起日，【注】《禮記・檀弓》：趙文子與叔譽觀乎九原。文子曰：「死者如可作也，吾誰與歸。」注云：「作，起也。」老杜詩：多病馬卿無日起。江漢有東流。【注】此言九原雖不可作，而文章之令名，常與江漢俱存。老杜所謂「爾曹身與名俱滅，不廢江河萬古流」。王介甫贈南豐詩曰「曾子文章世無有，水之江漢星之斗」，故此引用。〔箋〕《許彦周詩話》：陳無己作《曾子固挽詞》云：邱原無起日，河漢有東流。近世詩人莫及。〔補〕梅南本墨批：感悼深至。身世從違裏，【注】《選》詩曰：身世兩相棄。又淵明《歸去來辭》曰：世與我而相違。退之詩：覷以彝訓或從違。南豐仕宦不偶，晚得掌誥，以憂去，遂死。蓋從違各半也。〔箋〕《南豐行狀》：其爲人惇大直方，取舍必度於禮義。不爲矯僞姑息，以阿世媚俗。弗在於義，雖勢官大人，不爲之屈。非其好，雖舉世從之，不輒與之比。以其故世俗多忌嫉之，然不爲之變也。《宋史・曾鞏傳》：少與王安石游，導之於歐陽修。及安石得志，遂與之異。功言取次休。【注】《左傳》：穆叔曰：「太上有立德，其次有立功，其次有立言。」《晉書・杜預傳》：預常言德不可以企及。立功立言〔一〕，可庶幾也。〔箋〕《宋史・鞏傳》：呂公著嘗告神宗，以鞏爲人行義不如政事，政事不如文學。以是不大用。不應須禮樂，始作後程仇。【注】後山自謂也。《文中子》卷末載魏徵曰：「大業之際，徵也嘗與諸賢侍文中子。」謂徵及房、杜曰：先輩雖聰明特達，然非董、薛、程、仇之比。雖逢明主，必愧禮樂。按：程元、仇璋皆文中子高弟。後山自謂其材本自不及程、仇，不待議禮樂而判優劣也。

又

精爽回長夜，【注】《左傳》曰：心之精爽，是謂魂魄。王仲宣詩：長夜何冥冥。衣冠出廣庭。【注】謂喪事陳衣也。勳庸留琬琰，形像付丹青。【注】《周禮》：王功曰勳，民功曰庸。明皇《孝經序》曰：寫之琬琰，庶有補於將來。老杜詩：形像丹青逼。王介甫作《蘇才翁挽詞》曰：音容歸繪畫，才業付兒孫。〔補〕梅南本墨批：不解何以賞此門面語。懷辛案：勳庸二句，梅南本上有朱筆圈過，故有此批。道喪餘篇翰，〔箋〕《宋史·鞏傳》：鞏爲文章，上下馳騁，愈出而愈工，原本六經，斟酌於司馬遷、韓愈。《行狀》：其所爲文，落紙輒爲人傳去，不旬日而周天下，學士大夫，手抄口誦，唯恐得之晚也。人亡更典刑。【注】老杜詩：磨滅餘篇翰。《詩》云：人之云亡，邦國殄瘁。又曰：雖無老成人，尚有典刑。侯芭才一足，白首《太玄經》。【注】亦後山自謂也。《揚雄傳》：鉅鹿侯芭，常從雄居。受其《太玄》、《法言》。《呂氏春秋》：魯哀公問於孔子曰：樂正夔一足矣。李太白詩：誰能書閣下，白首《太玄經》。〔箋〕《張右史集》：陳履常惠詩，有「曾門一老」之句。（按：此詩不見《後山集》。）不肖二十五歲，謁見南豐舍人於山陽，始一書而褒與。過宜陽有同途至毫之約，未以病不能如期。後八年，始遇公於京師。南豐門人，惟君一人而已。感舊慨歎，因成鄙句，願勿他示「南豐冢木已蕭蕭，猶有門人守一瓢。文彩自應傳壼奥，典刑猶可想風標。紛紛但見侏儒飽，寂寂誰歌隱士招。十載敝冠彈未得，簪纓知復爲誰彰。」（按：作此詩時，文潛猶未得館職。）

校記

〔一〕「立功立言」原作「立言立功」，據盧宋本、高麗本並《晉書・杜預傳》改。

暑雨

〔箋〕《瀛奎律髓》：紀批：語皆過火。

密雨吹不斷，貧居常閉門。東溟容有限，西極更能存。【注】言積雨之甚，西極往往漂蕩，不能自存。西極，謂天柱也。老杜詩：西極柱亦傾。按《列子・湯問》曰：共工氏與顓頊爭爲帝，怒而觸不周之山，折天柱，絶地維。故天傾西北，地不滿東南。注云：不周山在西北之極。老杜《建都》詩曰：其如西極存。又詩：移柳更能存。〔補〕聚珍本批：出語難對。懷辛案：聚珍本東溟五字有密圈。束濕炊懸釜，【注】《漢書・寧成傳》：操下急如束濕，謂濕薪也。《韓非子》曰：智伯圍晉陽城，襄子決晉水灌之。懸釜而炊。〔補〕梅南本墨批：句好。懷辛案：束濕句批者加密點，並有此批。翻牀補壞垣。【注】《左傳》：子産壞晉館垣。唐人詩：穴垣補牆隙。〔箋〕按：《山谷集》有《次韻秦覯過陳無己書院》詩，後山此詩，即作於此院中。山谷詩有「薄飯不能羹」句，後山《秋懷》詩亦有「破屋任飛霜」句。倒身無著處，【注】此老杜「牀牀屋漏無乾處」之意。退之《簟》詩：倒身甘寢百疾愈。東坡詩：穴土無處著。呵手不成温。【注】言爲積陰所侵也。王維詩：旋呵凍手暖髭鬚。

送江楚州

〔箋〕《元豐九域志》："楚州治山陽，屬淮南東路。江楚州，《淮安府志·職官表》失載。

濠梁初得意，【注】言有所悟入也。《晉書·王坦之傳》：謝安曰："常謂君粗得鄙趣者，猶未悟之濠上耶。"莊子與惠子，游於濠梁之上。莊子曰："儵魚出游從容，是魚樂也。"惠子曰："子非魚，安知魚之樂。"莊子曰："子非我，安知我不知魚之樂"云云。《莊子》又曰："筌者所以在魚，得魚而忘筌。言者所以在意，得意而忘言。**闕里舊論詩。**【注】闕里，在今兗州仙源縣。《漢晉春秋》曰："闕里者，仲尼之故宅也。孔子嘗許商賜可與言詩，此借用。豈後山與楚州皆出南豐之門耶？老杜詩："疇昔論詩早。**晚歲何多難，**【注】老杜云："胡羯何多難。**經年始一辭。**【注】《表記》云："君子三揖而進，一辭而退。老杜詩："青瑣陪雙入，銅梁阻一辭。**淮人饑饉後，**【注】王介甫《送吴仲純》詩："久爲漢吏知文法，當使淮人服教條。**良吏拊循時。**【注】《前漢·循吏傳》序曰："漢世良吏，於是爲盛。《蕭何傳》曰："拊循勉百姓。**欲託山陽簿，**【注】後山自注云："南豐之子綰爲山陽簿。〔箋〕《南豐集·亡妻宜興縣君文柔晁氏墓誌銘》云："有子男曰綰，太廟齋郎。曰綜，未仕也。《行狀》："子男三人。綰，太平州司理參軍。綜，太廟齋郎。綱，承務郎。《神道碑》："（韓持國撰。）綰，瀛州防禦推官，知揚州天長縣事。**翁歸不受私。**【注】《前漢》："尹翁歸拜東海太守，過辭廷尉于定國。定國欲屬託邑子兩人。終日不敢見，曰："此賢將汝不任事也。"又："不可干以私。《袁盎傳》："申屠嘉曰："使君所言公事，吾且奏之。則私，吾不受私語。"

送江端禮季共〔一〕

【注】季共。又魯直《跋後山刀鑷工詩》曰：「陳留江季共，言行中規矩，極似孫莘老少時。〔箋〕《山谷集·答徐甥師川書》：「江季共不幸，可惜。此君不死，可髣髴孫莘老也。」《景迂生集·江子和墓誌銘》：君諱端禮，字子和，一字季恭。始江氏自漢轑陽侯德，爲陳留圉城人。又《壽昌縣君劉氏墓誌》：夫人劉原父侍讀家女，嫁爲江鄰幾舍人之子婦。男三人。長端禮，次端友、端本。《獨醒雜志》：元祐初，後山在京師，聞徐仲車之孝行，遂致書以通殷勤，託其門人江季共端禮持以往。季共見仲車，言曰：「友人陳師道，好賢樂善，介然不羣於流俗。聞先生之風，因願納交於下執。有書託端禮，以致於左右。」公欣然發椷，已謂季共曰：「陳君真賢者，某雖未之見，子謂不羣於流俗，今讀其詩辭，敢以爲信。然某年來未嘗以詩文入京，故不能爲謝，子其爲我謝之。」季共以告，後山曰：「仲車之介，當於古人中求。他日掃門未晚也。」聞者兩賢之。按：季共爲仲車門人，當在到楚州以後。後山《致仲車書》，《文集》失載。

正學元非世，【注】《漢書》：轅固謂公孫弘曰：「公孫子務正學以言，無曲學以阿世。」〔箋〕《墓誌銘》：方舉世不爲《春秋》之學時，有六合崔子方伯直者，世莫知其爲人。子和一見而定交，曰：「此吾之所學也，願與子共之。」伯直遂因子和得名於諸公間。《山谷集·跋江記注墨跡》：起居君之孫端禮季共，（按：陳留江休復，字鄰幾。爲刑部郎中，修起居注，《宋史》有傳。）甚藝而强於學，蓋前人之風聲氣習猶在也。《文集·御書記》：端禮學而不息，文而又能世其家。**能詩新有聲。**【注】退之《石鼎聯句詩》序曰：侯喜新有能詩聲。〔箋〕按：呂居仁《江西宗派圖》有端禮弟端本。端禮詩亦學山谷，見晁説之所撰墓誌銘。**諸公交鄭泰，**【注】《後漢》：鄭太少有才略，交結豪傑，名聞山東。《三國志》「太」作「泰」。〔箋〕《墓誌銘》：子和於一世名德人，皆願從之遊。學詩律於黄魯直，論經行於徐仲車。二公俱以子和爲賢，此二公者，他人或不能善其家法也。**多士閉何生。**【注】退之傳何蕃云：「蕃閔親之老。一日，揖諸生，歸養於和州。諸生不能止，乃閉蕃空舍中。」〔箋〕《墓誌銘》子和年十七，遊太學，爲同輩敬憚。**汎愛經過數，**【注】汎愛，字見《魯論》。《選》詩：趙李相經過。**移書底裏傾。**【注】《前漢·龔遂傳》云：移書屬縣。《後漢·竇融傳》云：自以底裏上露。〔箋〕《文集·答江端禮書》：辱問非所及。若曰量子以爲教，如醫之量藥以當病，如工之量材以當用，子曾子（按：謂曾子固。）蓋能之矣！與僕遊者衆矣，莫有問焉，子何問之下耶？尚幸來臨，願言其詳。**又爲淮海別，**〔箋〕按：前首《送江楚州》詩，端禮蓋其家人隨赴楚州者。**病眼向誰明。**【注】張籍詩：三年病眼今年校。

校記

〔一〕「送江端禮季共」，潘宋本作「送江季恭」。

晁无咎張文潛見過

【箋】《宋史・晁補之傳》：補之，字无咎，濟州鉅野人。李清臣薦堪館閣。《宋史・李清臣傳》：清臣，字邦直，魏人。終門下侍郎，出知大名府。召試，除秘書省正字，遷校書郎。又《張耒傳》：耒，字文潛，楚州淮陰人。范純仁以館閣薦試。《宋史・范純仁傳》：純仁，字堯夫。終觀文殿大學士。遷秘書省正字著作佐郎，秘書丞著作郎，史館檢討。《老學庵筆記》：張文潛生而有文在其手曰「耒」，故以爲名，而字文潛。《鶴林玉露》：范二員外、吴十侍御訪杜少陵於草堂，少陵偶出不及見，謝以詩云「暫往比鄰去，空聞二妙歸。幽棲誠闊略，衰白已光輝。野外貧家遠，村中好客稀。論文或不愧，重肯款柴扉」。陳後山在京師，張文潛、晁无咎爲館職，聯騎過之，後山偶出蕭寺，二君題壁而去。後山亦謝以詩「白社雙林去」云云。杜、陳一時之事相類。二詩醖籍風流，未易優劣。

白社雙林去，【注】此句後山自言其偶出。《晉書・董京傳》：常宿白社中。《傳燈録》：傅大士致書於梁高祖曰：「雙林樹下，當來解脱善慧。」大士後捨宅，於松下建寺，因雙檮樹名曰「雙林」。後山學佛，故以大士自況。高軒二妙來。【注】此句言晁、張見過。《李賀傳》：賀七歲能辭章，韓愈、皇甫湜過其家，使賀賦詩，援筆輒就，自目曰《高軒過》。《晉・衛瓘傳》：瓘與索靖俱善草書，人號爲「二妙」。老杜詩：暫往比鄰去，空聞二妙歸。排門銜鳥雀，【注】「排門」用樊噲「排闥」事。韓偓詩：船銜水鳥飛還住，袖拂楊花去又來。老杜詩：柴門鳥雀噪。揮壁帶塵埃。【注】吴融《贈警光草書歌》曰：人家好壁試揮拂，瞬目已留三兩行。〔箋〕按《雞肋集》有《次韻履常見貽》云：人皆愛陳子，新雨尚能來。但使門多客，何嫌室自灰。弓旌無遠野，城郭有遺才。底日常侯舍，傳聲四輩催。即答此詩也。又《張右史集》有《贈陳履常》詩，附録於此。詩云：勞苦陳夫子，欣聞病肺蘇。席門迂次數，僧米乞時無。旨蓄親庖急，青錢藥裹須。我腸方不給，何以縶君駒。不憚除堂費，【注】《左傳》曰：將爲子除館于西河。《前漢·孫寶傳》：張忠欲令寶授子經，更爲除舍。注云：除，謂修飾掃除也。深愁載酒回。【注】《漢書·揚雄傳》：時有好事者，載酒肴從游學。太白詩：稽山無賀老，空掉酒船回。〔箋〕按《文集·答張文潛書》云：近者足下來京師，不鄙其愚，辱睨以友。又云：足下欲與僕居，將坐僕而沐薰之耶。又云：足下憫僕無以事親畜妻子，宜從下科以幸斗食。功名付公等，【注】老杜詩：致君堯舜付公等。歸路在蓬萊。【注】晁、張時在館中故也。《後漢·鄧訓傳》：學者稱東觀爲道家蓬萊山。老杜詩：指點虚無引歸路。〔箋〕按：《張右史集·祭晁无咎文》有「並試玉堂，同升館閣」語。（按《祭文》又云：公生癸巳，我長一年。後山亦生癸巳，是與无咎爲同歲，而少文潛一年也。）

次韻答邢居實二首

【注】居實，字敦夫，邢恕和叔子。少有俊聲。〔箋〕《宋史·姦臣傳》：邢恕子居實，有異材。八歲爲《明妃引》，黄庭堅、晁補之、張耒、秦觀、陳師道皆見而愛之。卒時年十九，有遺文曰《呻吟集》。《景迂生集·邢惇夫墓表》：惇夫身幹如尋常男子，而廣顙大口，眸子烱然，精神虹舒霞舉也。魯直有書稱晁以道論士三人，其書今行於世。所謂三人則惇夫、陳無已、江子

和是已。《郡齋讀書記》：和叔貶隨州，敦夫侍行，病羸嘔血。一日，有鈴下老卒驕慢，應對不遜，敦夫怒而擊之。無何，卒死。和叔怒，以敦夫屬吏，以故疾日侵而夭。故魯直爲之挽云：「眼看白璧埋黃壤，何況人間父子情。」蓋隱之也。《雪浪齋日記》：恕子年十四，賦《明妃引》，子瞻見而稱之，由是知名。病羸早夭，王直方編其遺草爲《呻吟集》。《宋文鑑》載敦夫《寄陳履常》詩云「十年客京洛，衣袂多黃塵。所交盡才彥，唯子情相親。會合能幾日，歡樂何遽央。春風東北來，飄我西南翔。驪駒已在門，白日行且晚。停觴不能飲，將去更復返。把腕捋髭鬢，悲啼類兒女。人生非鹿豕，安得常羣聚。朝別河上梁，暮涉關山道。匹馬逐飛蓬，離恨如春草。去去日已遠，行行淚橫臉。昨日同袍友，今朝離鄉客。來時城南陌，始見梅花白。回首漢江頭，黃梅已堪摘。杖策登高城，極目迴千里。落日下青山，但見白雲起。遠望豈當歸，長歌涕如雨。歸心如明月，幽夢過潁汝。抱膝長相思，故人安可見。忽枉數行書，彷彿如對面。紛紜輦轂下，冠蓋爭馳逐。吹噓多賢豪，肯復念幽獨。空齋聽夜雨，深竹聞子規。此情不可道，此心君詎知」。

漢庭用少公何在，【注】樂天詩曰：「漢庭重少公何在。」按《漢武故事》：顏駟曰：「文帝好文而臣好武。景帝好老而臣尚少。陛下好少而臣已老，是以三世不遇也。」〔箋〕《墓表》：惇夫雖年少，而知國家尚少則難處乎前，而貴老則難繼其後。《曲洧舊聞》：敦夫年未二十，文學早就，議論如老年人，所謂元城小邢是也。不使羣飛接羽翰。【注】退之《祭柳子厚》文云：「翚飛刺天。」歐公詩：「晚得飛翔接羽翰。」今代貴人須白髮，掛冠高處未宜彈。【注】邢詩云：「微意平生在江海，塵冠今日爲君彈。」《王立之詩話》云：「元祐初，多用老成，故後山有此句。」掛冠，見《後漢·逢萌傳》。彈冠，見《前漢·王吉傳》。

又

秋來爲客意何如，千里河山信不疏〔一〕。【注】老杜詩：「秋來爲客情。」李商隱詩：「比來秋興復何如。」《戰國策》：「吴起曰：『河山之險，信不足保也。』」此言「信不疏」，謂心意相許與，不以遠而疏也。〔箋〕《文集·送邢居實序》：「（今本《送邢居實序》實合下篇《章善序》爲一篇。據《别下齋校本》，文中「其患在於俗」下奪三百一字。「甚矣德之盛也」至「使學者有考焉」，皆《章善序》，而其上又奪六十一字及標題，甚矣「甚」字爲衍文，詳《文集》箋。）始吾來京師，得邢生。生不顧計世有好惡，數從重客過下里，窮日而後去，如是者數年。元祐元年春，生從其親出於漢東。（按：《宋史·恕傳》恕爲宣仁后姪公繪具奏乞尊崇朱太妃，時爲中書舍人召試，遂黜知隨州。）吾始得生，年十五六，識度氣志，已如成人。《宋史·恕傳》：居實從恕守隨，作《南征賦》，蘇軾讀之，歎曰：「此足以藉手見古人矣！」昔日老人今則少，【注】戲謂若比當代貴人文、吕諸公，猶爲少年也。樂天詩云：「猶有誇張少年處，時呼張丈唤殷兄。」不妨紅葉閉門書。【注】《尚書故實》曰：「鄭虔學書，而病無紙。知慈恩寺有柿葉數屋，遂借僧房居止，日取紅葉學書。」李商隱詩：「守道清秋還寂寞，葉丹苔碧閉門時。」〔箋〕按：敦夫有《和魯直平原郡齋秋懷》句云「柿葉翻紅正好書。」（見《山谷集·題邢敦夫扇》詩，史季温注。）後山詩蓋用本典。任注知於「掛冠高處未宜彈」句引敦夫「塵冠今日爲君彈」詩，此乃遺之，何耶？

校記

〔一〕「河山」，潘宋本作「山河」。

丞相温公挽詞三首

〔箋〕《宋史·職官志》：自官制行，不置侍中中書令。以左僕射兼門下侍郎，右僕射兼中書侍郎，與三省長官皆爲宰相之任。《長編》：元祐元年九月丙辰朔，尚書左僕射兼門下侍郎司馬光卒。《年譜》：司馬温文正公，以元祐二年正月葬。此詩是時作。《宋史·司馬光傳》：光字君實，陝州夏縣人。薨年六十八，贈太師，温國公。《石洲詩話》：後山所作《温公挽詞》三首，真有杜意，而吴不鈔。按：指《宋詩鈔》也。紀批：三詩亦後山刻意之作。第三首六句太晦，八句趁韻尤不佳。〔補〕梅南本墨批：三首在當時盛爲人所推服，然爲司馬公作挽詩，似尚未許擅場。

恭默思良弼，【注】《尚書·説命》：恭默思道，夢帝賚予良弼。哲廟諒闇中，以温公爲相。故用此事。詩書正百工。【注】言以經術師表百僚也。《堯典》曰：允釐百工。事多違謝傅，【注】《晉書》：謝安出鎮新城，疾篤還都。自以本志不遂，深自慨失。既薨，贈太傅。〔箋〕《詩林廣記》：謝疊山云：時哲宗諒陰，見上帝賚良弼，非偶然也。周公位冢宰，正百工，以詩書治天下。與熙豐變法者不同。蓋熙豐新法，與温公所志所學，皆相反也。《宋史·光傳》：光請判西京御史臺歸洛，自是絶口不論事。天遽奪楊公。【注】《唐書·楊綰傳》：綰薨。肅宗詔羣臣曰：「天不使朕致太平，何奪綰之速耶！」〔箋〕按：山谷《病起荆江亭》詩，第五首屬温公，亦有「楊綰當朝天下喜」句。一代風流盡，【注】《南史》：張融哭張緒曰：「阿兄風流頓盡。」老杜《哭李常侍》詩：「一代風流盡」，用此事也。三師禮數崇。【注】司馬公薨，二聖哭之甚哀。贈太師，温國公。《選》詩：任昉《哭范雲》曰：平生禮數絶。李善注，引《左氏》「名位不同，禮亦異數。」劉禹錫詩：魏闕新知禮數崇。若無天下議，美惡併成空。【注】歐公詩云：後世苟不公，至今無賢聖。〔箋〕《山谷集·司馬温公挽詞》：毁譽蓋棺了，於今事實尊。皆用歐公「後世苟不公，至今無賢聖」詩意。

又

百姓歸周老，【注】《孟子》曰：伯夷、太公聞文王作，興曰：「盍歸乎來！吾聞西伯善養老者。」二老者，天下之大老也。而歸之，是天下之父歸之也。天下之父歸之，其子焉往。東坡作《温公行狀》曰：神宗崩，公赴闕臨。民遮道呼曰：「公無歸洛，留相天子，活百姓。」所在數千人聚觀之。〔箋〕《宋史·光傳》：帝崩，赴闕臨。所至民遮道聚觀，馬至不能行。《澠水燕談録》：熙寧末，余夜宿青州北淄河馬鋪。晨起，見村民百人，歡呼踴躍，自北而南。余驚問之，皆曰：「傳司馬爲宰相矣。」三年待魯儒。【注】《魯論》：子曰：「如有用我者，朞月而已可也。三年有成。」魯儒，見《莊子》。〔箋〕《宋史·光傳》：時天下之民，引領拭目，以觀新政，議者猶謂三年無改於父之道。光曰：「先帝之法，其善者雖百世不可變也。若王安石、呂惠卿所建，爲天下害者，改之當如救焚拯溺，況太皇太后，以母改子，非子改父。」**時方隨日化，**〔箋〕《談叢》：元祐初，司馬温公輔政。是歲，天下斷死罪凡千人。其後二呂繼之，歲常數倍，此豈人力所能勝耶。〔補〕梅南本墨批：見舊本作「政雖隨日化」。政雖二字極有意，此作時方便少味，宜依舊本爲得。懷辛案：時方二句密圈，然祇從隨字圈起，時方二字未圈。**身已要人扶。**【注】黄魯直見此句，歎曰：「陳三真不可及。」蓋天不憖遺之悲，盡於此矣。《前漢·許后傳》曰：世俗歲殊，時變日化。老杜詩：此生已愧須人扶。樂天詩：登山與臨水，猶未要人扶。據《行狀》：哲宗初，公爲門下侍郎。元祐元年正月，公始得疾。疾甚，詔公肩輿至内東門，子康扶入對小殿。九月，薨於西府。銘詩亦曰：爲政一年，疾病半之。功則多矣，百年之思。〔箋〕《續通鑑長編》：元祐元年五月，司馬光言：「臣兩足無力，若無人扶掖，委實全拜起不得。欲乞今來入見，及將來每遇入對，並權許臣男康入殿，遇拜時扶掖，候痊安日，皆復舊觀。」《冷齋夜話》：余問山谷：「今之詩人誰爲冠？」曰：「無出陳無己。」「其佳句可得聞乎？」曰：「吾見其作《温公輓詞》一聯，便知其才不可敵，曰『政雖隨日化，身已要人扶。』」《鶴林玉露》：唐人詩云：朝廷欲論封禪事，須及相如未病時。杜陵《病柟》詩意亦如此。陳後山《挽司馬公》曰「政雖隨日化，身已要人扶」，益可悲矣。《圍爐詩話》：宋人好句，有可入六朝三唐者，何可没之。五言如陳無己《挽君實》云「政雖隨日化，身已要人扶。」《瀛奎律髓》「世方隨日化，身已要人扶」，山谷嘗誦此聯，以爲今之詩人，無出陳無己右者。温公之卒，後山猶未得官，元祐元年丙寅九月也。明年夏，後山方爲徐州教授。三詩關宋治亂，非後山之私言也。**玉几雖來晚，明堂訖授圖。**【注】言温公雖不預顧命，而竟輔幼主也。《尚書·顧命》：皇后憑玉几，導揚末命。《禮記》曰：「昔者周公朝諸侯於明堂之位。《史記·外戚世家》曰：武帝召畫工，圖畫周公負成王，以賜霍光。〔箋〕《宋史·光傳》：太皇太后與帝臨其喪，明堂禮成，不賀。《孫公談圃》：司馬温公之薨，當明堂大享。朝臣以致齋，不及奠。肆赦畢，蘇子瞻率同輩以往，而程頤固爭，引《論語》「子於是日哭則不歌」。子瞻曰：「明堂乃古禮，不可謂歌則不哭也，頤可謂燠糟鄙俚叔孫通。」聞者笑之。任注未及此。心知死諸葛，【注】《呂不韋傳》：子楚心知所謂。《漢晉春秋》云：死諸葛走生仲達。事見《蜀志·諸葛亮傳》注及《晉書·宣帝紀》。〔箋〕《談叢》：宣后初臨朝，西戎戒邊吏曰：「聖后相司馬公，必用仁宗故事。自今敢以一人一騎入界者族。」終不羨曹蜍。【注】《世説》：庾道季曰：「廉頗、藺相如，雖千載，尚凜凜恆有生氣。曹蜍、李志，雖見在，厭厭如九泉下人。」兩句合二事用之，如老杜「淮王門下客，終不愧孫登」是也。

又

少學真成己，【注】《禮記·中庸》：「誠者非自成己而已也，所以成物也。成己，仁也。成物，智也。」温公平日之學，以誠爲本。〔箋〕《宋史·光傳》：光自言吾無過人者，誠心自然天下敬信。陝洛間皆化其德。中年託著書。【注】英宗命公爲編年一書，神宗賜其書名《資治通鑑》。公與王介甫論政不合，出知永興軍，乞判西京留司御史臺以歸。居洛十五年，皆以書局自隨。《史記》曰：虞卿非窮愁亦不能著書。〔箋〕《宋史·光傳》：光常患歷代史繁，人主不能徧覽，遂爲通志。英宗命置局秘閣續其書。輟耕扶日月，【注】此莘野之事也。宋玉《九辯》曰：農夫輟耕而容與。王介甫作《韓魏公挽詩》云：「親扶日轂上天衢。」起廢極吹噓。【注】公既執政，士大夫得罪於熙豐者，極力薦引而用之。「日月」「吹噓」，字雖不對，而事勢氣象實相等，此詩人之妙也。柳子厚文有《起廢答》。按《漢書·司馬遷傳》曰：「補弊起廢。」《魏志》：鄭渾曰：「孔公緒能清談高論，噓枯吹生。」老杜詩：惟待吹噓送上天。〔箋〕《邵氏聞見録》：公有《獨樂園序》曰：「熙寧四年，迂叟始家居。六年，買田二十畝於尊賢坊北，闢以爲園。」《宋史·光傳》：光居洛陽十五年，天下以爲真宰相。《鶴林玉露》：杜陵詩云：「桑麻深雨露，燕雀半生成。」後山詩云：「輟耕扶日月，起廢極吹噓。」或謂虛實不類，殊不知生爲造，成爲化，吹爲陰，噓爲陽。氣勢力量，與日月字正相配也。《困學紀聞》：後山《挽司馬公》云「輟耕扶日月，起廢極吹噓」與老杜「桑麻深雨露，燕雀半生成」相似。「生成」「吹噓」，字若輕而實重。得志寧論晚，成功不願餘。【注】《行狀》又曰：「公自以遭遇聖明，言聽計從，欲以身徇天下。躬親庶務，病革不復自覺，諄諄然皆朝廷天下大事也。」以此觀之，其汲汲于功業，豈肯遺餘力哉！《文選》左太沖《詠史》詩曰「貴足不願餘」，此借用。〔箋〕《宋史·光傳》：論曰：光退居洛，若將終身。一旦起而爲政，毅然以天下自任，凡新法之爲民害者，取而更張之。不數月間，一變而爲嘉祐治平之治，君子稱其有旋乾轉坤之功，而光於是亦老且病矣。《孫公談圃》：温公大更法令。欽之、子瞻密言宜慮後患。温公起立，拱手厲聲曰：「天若祚宋，必無此事。」一爲天下慟，不敢愛吾廬。【注】東坡《祭歐公文》曰：「蓋上爲天下慟，而下以哭其私。」此反而用之，言不復哭吾之私也。淵明詩曰：「吾亦愛吾廬。」此借用其字，廬，謂吾所庇託焉耳。老杜詩：「安得廣厦千萬間，大庇天下寒士俱歡顔，風雨不動安如山。嗚呼！何時眼前突兀見此屋，吾廬獨破受凍死亦足。」蓋以天下爲憂，而忘其私也。後山用此意。〔補〕梅南本墨批：此句終近於湊。

次韻答學者四首

【注】後山自注云：黄州何郎兄弟。曾慥《詩選》云：何頡，字斯舉，黄岡人。嘗從蘇、黄問學。者，不復存矣，悼悵作詩而歸。有何頡斯舉者，猶及識東坡，因次韻獻子蒼云：兒時宗伯寄吴州，諷誦遺文至白頭。二賦人間真吐鳳，五年江上不驚鷗。蟖常見水人猶惡，鶻有危巢孰肯留。珍重使君尋往事，西風悵望古城樓。按：《能改齋漫録》亦載此事，惟何頡斯舉，作何次仲迂叟。迂叟與斯舉，殆即後山所云兄弟。惟此詩究未知爲迂叟或斯舉作耳。按《廣輿記》：黄州府東門外，有寒碧堂，何氏兄弟建此候蘇軾至。軾畫竹石於壁間。《東坡集》有《日日出東門》詩。又，《志林》云：晚乃步出城東，入何氏、韓氏竹園。遂置酒竹陰下，興盡乃徑歸。又集中《游定惠院記》云：齑緣小溝，入何氏、韓氏竹園。時何氏方作堂竹間，乞其叢橘，移種雪堂之西。又《記吕道人硯》云：澤州吕道人沉泥硯漸難得，偶至沙湖黄氏家，取而有之。頡嘗住黄州東門外，而其地又名沙湖也。按：東坡又有《沙湖道中遇雨作》《定風波》詞。《山谷集·答程德孺運使書》：來日欲屈文潛過觀音晨飯，午後具數杯，只是斯舉兄弟，邵老兄弟，共六分耳。又《答何斯舉書》：哀悴昏塞，不記貴字，欲奉字曰斯舉，不知可用否？又斯舉者，觀其謂色斯舉矣，翔而後集。已極古

〔箋〕《墨莊漫録》：靖康初，韓子蒼知黄州。頗訪東坡遺跡，常登赤壁，而賦所謂棲鶻之危巢

人去就之意，無可措言，欲作序者，但爲之華藻耳。《道山清話》：天聖中，詔營浮圖。姜遵在永興，毁漢唐碑之堅好者，以代甎甓。何斯舉詩云：長安古碑用樂石，蠆尾銀鉤擅精密。缺訛横道已足哀，況復鐫裁代甎甓。有如天吴及紫鳳，顛倒在衣呼可惜。按：朱子嘗稱何斯舉親見前輩。今按《張右史集·李參軍墓志》云：三女嫁趙僎、何頡、陳任。又知頡爲福唐李處道女夫也。《鶴林玉露》：何斯舉云：「壬寅正月，雨雪連旬。忽爾開霽，閭里翁媪相呼賀曰：『黄綿襖子出矣！』因作歌以紀之。」韓駒《陵陽先生詩》有《以正賜庫蒲萄醅送何斯舉復次其韻》詩。

津津爽氣貫眉目，十五男兒萬里身。【注】《莊子·庚桑楚篇》：老子謂南榮趎曰：「然而其中津津乎猶有惡也。」此借用其字。筆下倒傾三峽水，【注】老杜詩曰：詞源倒流三峽水。胸中别作一家春。【注】《傳燈録》：僧問崇信曰：「翠微迎羅漢，意作麽生？」師曰：「别是一家春。」樂天詩云：盤下中分兩州界，燈前合作一家春。

又

黄塵投老得何郎，【注】王介甫詩：黄塵投老倦匆匆。准擬明年共我長。【注】老杜詩：春來准擬開懷久。又《示宗武》詩曰：明年共我長。〔箋〕《藏海詩話》：何頡嘗見陳無己，李廌嘗見東坡，二人文學所以過人。若崔德符、陳叔易，恐無師法也。《紫微詩話》：何斯舉頡，嘗和余詩云「秋水因君話河伯，接䍦持酒對山公」。斯舉即無己詩所謂「黄塵投老得何郎，准擬明年共我長」者也。然斯舉與余，初不相識。熏沐不爲杯酒污，【注】欲其修潔不作少年態也。《國語》曰：「三釁三沐。」注云：「釁一作熏。」《漢書》：「司馬遷書曰：『未嘗銜杯酒，接殷勤之歡。』」飛揚未許老夫量。【注】老杜《贈李太白》云：「飛揚跋扈爲誰雄。」本借用《北史·帝紀》齊高歡語。《文選》任彦昇作《王文憲集序》，載袁粲與詩云：「老夫亦何寄，之子照清襟。」〔箋〕《山谷集·答何斯舉書》：「令弟想進學無恙。觀斯舉詩句，多自得之。他日七八年少，皆當壓倒老夫。」

又

暗中摸索不難知，【注】《國史纂異》：「許敬宗性輕，見人多忘之，或謂其不聰。乃曰：『卿自難記。』若遇曹、劉、沈、謝，暗中摸索着亦可識。」眼裏輪囷却見稀。【注】《前漢·鄒陽傳》：「蟠木根柢，輪囷離奇，而爲萬乘器者，以左右先爲之容也。」注：「輪囷離奇，委曲盤戾也。」行地徑須先八駿，【注】《易·坤卦》曰：「牝馬地類，行地無疆。」八駿，見《穆天子傳》。刺天終不羨羣飛。【注】退之《祭柳子厚》文曰：「子之視人，自以無前。一斥不復，羣飛刺天。」

又

太阿無前鋒不缺，【注】《越絶書》：「楚王召風胡子，令之吴越，見歐冶子，使爲鐵劍三枚。一曰龍泉，二曰太阿，三曰工市。」《莊子·説劍》曰：「此劍直之無前。」《漢書·賈誼傳》曰：「釋斤斧之用，而欲嬰以芒刃，臣以爲不缺則折。」鉛刀不堪供一切。【注】《後漢》：「班固《賓戲》曰：『鉛刀皆能一斷。』」《十洲記》曰：「昆吾割玉刀，切玉如切土。」至柔繞指剛則折，【注】《文選》劉琨詩：何意百煉剛，化爲繞指柔。《老子》曰：太剛則折。善而藏之光奪月。【注】《莊子》：庖丁善刀而藏之。《酉陽雜俎》曰：李廣琛有劍，或風雨夜，迸光出室，環照方丈。李白《上李長史書》曰：明奪秋月。

次韻秦觀聽雞聞雁二首〔一〕

〔箋〕按：《山谷集》亦有《次韻秦少章聞雁聽雞二首》。時少章讀書京師，故山谷有「殘燭貪傳未見書」句，而後山亦有「細字」「長檠」云云。

行斷哀多影不留，【注】老杜《歸雁》詩：行斷不堪聞。又《孤雁》詩：哀多如更聞。《文選》江文通詩：寒郊無留影。有人中夜攬衣裘。【注】《選》詩：憂愁不能寐，攬衣起徘徊。筆頭細字真堪恨，眼裏長檠不解愁。【注】哀樂無定，隨境而變，此寒士貴人同聞而異趣也。退之《短檠歌》曰：太學儒生東魯客，二十辭親來射策。夜書細字綴語言，兩目眵昏頭雪白。此時提攜當案前，看書到曉那能眠。一朝富貴還自恣，長檠高張照珠翠。吁嗟世事無不然，牆角君看短檠棄。

又

立馬墻除待一鳴，何如春夢不聞聲。【注】言朝士汲汲，不如閒居之適也。固知雞口羞牛後，不待鳴羣已可驚。【注】《史記·蘇秦傳》：寧爲雞口，無爲牛後。《楚世家》曰：有鳥在於阜，三年不鳴，鳴必驚人。《僧祇律》

曰：天帝釋化爲羔子，鳴羣喚母。

校記

〔一〕「聽雞聞雁」，潘宋本作「聽雁聞雞」。

嘲秦覯

【注】覯字少章，秦觀少游之弟。按《王立之詩話》：少章登第後方娶。後山作此詩時，猶未娶也，故多戲句。〔箋〕按：《宋史》及《東都事略》均云覯字少儀，其字少章者名覿。史稱其皆能文。今以《山谷集·贈秦少儀》詩按之，其云「吾早知有覯，而不知有覿」，則覿字少儀，而字少章者覯也。《宋史》、《東都事略》均誤，任注不誤。《高郵州志·秦觀附傳》：弟覯，字少章。從蘇、黄游，工於詩。元祐六年進士，調臨安主簿。《張右史集》有《送秦少章赴臨安簿序》。

長鋏歸來夜帳空，【注】《史記·孟嘗君傳》：馮驩彈劍而歌曰：「長鋏歸來乎，無以爲家。」《文選》孔稚圭《北山移文》曰：蕙帳空兮夜鶴怨。**衡陽回雁耳偏聰。**【注】戲其獨宿無寐也。衡山有回雁峯。耳聰，用《晉書》殷仲堪父聞蟻鬪事。〔箋〕《王直方詩話》：「帳空」「聞雁」，皆戲其獨宿無寐。又少章登第成親後，和余《夜坐》詩云：幃幔高深夜漏長，頗從**詩酒傲冰霜。燭花漸暗人初睡，金獸無煙却有香。**讀者無不笑其貧富之頓異。《堯山外紀》：秦覯登第時，尚未娶。陳後山以詩嘲之「長鋏歸來夜帳空」云云。（按：後山作此詩，在元祐初，少章尚未登第，此誤。）若爲借與春風看，無限珠璣咳唾中。【注】杜牧之《送李羣玉》詩曰：玉白花紅三百首，五陵誰唱與春風。《後漢·趙壹傳》：咳唾自成珠。

和豫章公黄梅二首

【注】豫章公謂黄魯直，魯直蓋豫章人。〔箋〕《年譜》：黄魯直家於洪州分寧之雙井。洪即豫章郡。此篇編此不倫，姑從其舊。按：《山谷集》原唱作於元祐元年冬，此編篇次僅差一年，未爲不倫。《元豐九域志》：分寧縣屬江南西路洪州。《宋史·黄庭堅傳》：庭堅，字魯直，洪州分寧人。學問文章，天成性得。陳師道謂其詩得法杜甫，學甫而不爲者。與張耒、晁補之、秦觀俱遊蘇軾門，天下稱四學士，而庭堅尤長於詩。按：《山谷集》題作《戲詠蠟梅二首》，又書此詩後云：京洛間有一種花，香氣似梅，花亦五出，而不能晶明，類女功撚蠟所成，京洛人謂蠟梅。木身與葉，乃類蒴藋。竇高州家有灌叢，能香一園也。又《與王直方書》云：辱教，并惠示《蠟梅》詩，感歎！恨多病不能繼聲爾。頃來詩人，推陳無己得此意，每令人歎伏之。蓋渠勤學不倦，味古人語精深，非有爲不發於筆端耳。《王直方詩話》：蠟梅，山谷初見之，戲作二絶，緣此盛於京師。按：《苕溪漁隱叢話》引此條。又按：後山與山谷唱和，任注本僅此及下卷《寄豫章公》三絶句。《逸詩》卷上有《贈魯直》五古，《贈知命》七古，名叔達，山谷弟。《贈黄氏子小德》七

古各一首，名相，字瞭然，山谷子。按此詩亦見《東坡集》。此均不載。而《山谷集》中有《贈後山》七古云：陳侯學詩如學道，又似秋蟲噫寒草。日晏腸鳴不俛眉，得意古人便忘老。君不見向來河伯負兩河，覩海乃知身一蠡。旅床爭席方歸去，秋水粘天不自多。春風吹園動花鳥，霜月入户寒皎皎。十度欲言九度休，萬人叢中一人曉。按：黄罃《山谷年譜》引王景文質，聞之榮茂世云：得之前輩：山谷與後山相遇於潁昌，因及杜詩「客子入門月皎皎，誰家搗練風淒淒」。故此詩有云：霜月入户寒皎皎，萬人叢中一人曉。貧無置錐人所憐，窮到無錐不屬天。呻吟成聲可管絃，能與不能安足言。又《奉和文濳贈无咎》詩云：吾友陳師道，抱獨門掃軌。晁張作薦書，射雉用一矢。吾聞舉逸民，故得天下喜。兩公陣堂堂，此士可摩壘。〔補〕又，《次韻秦覯過陳無己書院觀鄙句之作》云：陳侯大雅姿，四壁不治第。碌碌盆盎中，見此古罍洗。薄飯不能羹，牆陰老春薺。惟有文字性，萬古抱根柢。我學少師承，坎井可窺底。何因蒙賞味，相享當牲醴。試問求志君，按：後山有求志齋。文章自有體。玄鑰鑠靈臺，渠當爲君啓。又《和邢惇夫秋懷》詩云：吾友陳師道，抱瑟不吹竽。文章似揚馬，欬唾落明珠。固窮有膽氣，風鋻嘯於菟。秋來入詩律，陶謝不枝梧。又《和王觀復洪駒父謁後山》詩云：按：觀復名蕃，沂公之後。駒父名芻，山谷甥。陳君今古焉不學，清渭無心映涇濁。漢官舊儀重九鼎，集賢學士見一角。按：後山是時已官正字。王侯文采似於菟，洪甥人間汗血駒。相將問道城南隅，無屋正借官船居。有書萬卷繞四壁，樵蘇不爨談至夕。主人自是文章伯，鄰里頗怪有此客。食貧各仕天一方，佳人可思不可忘。河從天來砥柱立，愛莫助之涕淋浪。又《病起荆江亭卽事十首》中，屬後山少游一首云：閉門覓句陳無己，對客揮毫秦少游。正字不知温飽未，西風吹淚古藤州。按《容齋續筆》：杜子美有《存殁絶句二首》，每篇一存一殁。黄魯直《荆江亭卽事》「閉門覓句陳無己」云云，乃用此體。時少游殁而無己存也。《漁隱叢話》謂魯直以今時人形入詩句，蓋取法於少陵，遂引此句，實失於詳究。爲備録之。

寒裏一枝春，白間千點黄。【注】《荆州記》：陸凱《寄范燁梅花》詩曰：江南無所有，聊贈一枝春。道人不好色，行處若爲香。【注】《梁書》：蕭督不好色，惡見婦人，相去數丈，猶聞其臭，此句暗用其意。豫章戒律甚嚴，故有道人之語。花香惱人，政由愛著。愛既忘矣，香復奚爲。

又

色輕花更艷，體弱香自永。【注】樂天詩：貴妃婉轉侍君側，體弱不勝珠翠繁。東坡《荼蘼》詩：不妝艷已絶，無風香自遠。玉質金作裳，【注】《棫樸》詩：金玉其相。注：相，質也。《文選》劉越石表曰：玉質幼彰。《西京雜記》：上作《黄鵠歌》曰：金爲衣兮菊爲裳。山明風弄影。【注】《選》詩：山明望松雪。王介甫詩：陂梅弄影爭先舞。按《文選·舞鶴賦》：疊霜毛而弄影。

答張文潛

【注】後山自注曰：來詩云：欲餉子桑歸問婦，食簞過午尚懸牆。〔箋〕《年譜》：文潛時爲館職。《宋史・職官志》：國初以史館、昭文館、集賢院爲三館，皆寓崇文院。端拱元年，詔就崇文院中堂建秘閣。直館、直院，謂之館職。以他官兼者，謂之貼職。按：《張右史集・晝卧懷陳三時陳三卧疾》詩「食簞」二字作「一瓢」。詩云：睡如飲蜜入蜂房，懶似遊絲百丈長。陋巷誰過居士疾，春風正作國人狂。吟詩得瘦由無性，辟穀輕身合有方。欲餉子桑歸問婦，一瓢過午尚懸牆。按《莊子》：子輿子桑友，而淋雨十日。子輿曰：「子桑殆病矣。」裹飯而往食之。韓退之《贈崔立之》詩云：苦者十日雨，子來寒且饑。其友名子輿，忽然憂且思。褰裳觸泥水，裹飯往食之。蘇子瞻《次韻徐積》詩云：殺雞未肯邀季路，裹飯應須問子來。韓、蘇皆誤。文潛却不誤。

我貧無一錐，【注】《傳燈録・潙山傳》：香嚴頌曰：去年貧，未是貧。今年貧，始是貧。去年貧尚有卓錐之地，今年錐也無。〔箋〕按：此用山谷《贈陳師道》詩「貧無錐置人所憐，窮到無錐不屬天」語。所向皆四壁。【注】《漢書・司馬相如傳》：家徒四壁立。瀛洲足風露，胡不減飢色。【注】《唐書・褚亮傳》：弘文館學士十八人，天下所慕向，謂登瀛洲。文潛時在館中，故用此事。《列子》曰：藐姑射山，在海河洲中。山上有神人焉，吸風飲露，不食五穀。又曰：子列子窮，容貌有飢色。老杜詩：蓬萊足雲氣。〔箋〕《宋史・張耒傳》：耒居三館八年。按山谷《奉和文潛贈无咎》詩亦有「張侯窘炊玉」句。昔聞杜氏子，翦髻事尊客。【注】杜氏子，唐王珪母也。老杜《送王評事》詩云：「我之曾老姑，爾之高祖母。爾祖未顯時，歸爲尚書婦。隋朝大業末，房杜俱交友。長者來在門，荒年自糊口。家貧無供給，客位但箕箒。俄頃羞頗珍，寂寥人散後。入怪鬢髮空，吁嗟爲之久。自陳翦髻鬟，鬻市充杯酒。」按《唐書·王珪傳》云：「珪母李氏。」與杜詩不同。或云李、杜同出，故子美謂李爲姑。尊客，出《曲禮》。君婦定不然〔一〕，〔箋〕按《張右史集·内生日》詩有云：「清貧殊不厭糟糠，黔婁環堵貧常醉。」又有《悼亡》七絶九首，《悼逝》五古一首。其婦蓋先文潛逝者。（文潛三子：秬、秸、和皆進士。秬、秸在陳死於兵。和爲陝西教官，歸葬二兄，復遇盜見殺，文潛遂亡後，見《老學庵筆記》。附識於此。）三梳奉巾櫛。【注】《左氏傳》：「嬴氏謂晉太子圉曰：『寡君使婢子侍執巾櫛，以固子也。』」

校記

〔一〕「君婦定不然」，馬瞰本、趙本、適園本作「君婦定應賢」。

後山詩注補箋卷二

九日寄秦觀

〔箋〕《圍爐詩話》：《九日寄秦觀》「疾風回雨水明霞」云云，殊有陋巷不改其樂之意。或推後山直接少陵，其五言律誠有相近處。此體猶未盡，何況諸體，而可言直接耶？《詩人玉屑》：後山本學杜，其語之似者但數篇，他或似而不全。又其他則本其自體耳。《瀛奎律髓》：「無地落烏紗」，極佳。孟嘉猶有一桓温客之，秦併無之也。紀批：詩不必奇，自然老健。後四句言已老，興尚不淺，況以秦之豪俊，豈有不結伴登高者乎。乃因此以寄相憶耳。解謬。

疾風回雨水明霞，【注】老杜詩：殘夜水明樓。沙步叢祠欲暮鴉。【注】柳子厚《鐵爐步志》曰：江之滸，凡舟可縻而上下者曰步。《漢書·陳勝傳》注云：叢祠，謂草木岑蔚者。九日清樽欺白髮，十年爲客負黄花。【注】老杜詩：生逢酒賦欺。登高懷遠心如在，【注】登高，蓋九日故事。《文選》潘岳《秋興賦》曰：登山懷遠而悼近。李善注：引「齊景公遊牛山，流涕而歎，晏子笑之」云云。杜牧之《九日》詩云：古往今來只如此，牛山何必淚霑衣。向老逢辰意有加。【注】遇節物而多感，老者則然。淮海少年天下士，【注】《史記·魯仲連傳》：吾乃今日知爲天下之士也。秦觀，漣水軍人，在揚州之境，故云淮海少年　可能無地落烏紗〔一〕。【注】用晉孟嘉落帽事。唐令狐楚《重陽日登落帽臺》詩云：「貴重近臣光綺席，笑談從事落烏紗。」〔箋〕《詩話》：孟嘉落帽，前世以爲勝絶，杜子美《九日》詩云「羞將白髮還簪帽，笑倩旁人爲整冠」。其文雅曠達，不減昔人。故謂詩非力學可致，正須胸度中泄爾。

校記

〔一〕「可能」，潘宋本作「獨能」。

鉅野

〔箋〕《年譜》：右二篇當是得徐州教授還鄉道中所作。《元豐九域志》：鉅野，屬京東東路濟州治。《元和郡縣志》：大野澤，一名鉅野，在鉅野縣東五里，南北三百里，東西百餘里。《爾雅》：「十藪魯有大野。」西狩獲麟於此澤。《瀛奎律髓》：後山詩全是老杜，以萬鈞九鼎之力束於八句四十字之間。江湖行役詩篇篇有句，句句有字。紀批：此詩殊不爲佳。次句沉人二字再校，六句費解。

餘力唐虞後，沉人海岱西。不應容桀黠，寧復有青齊。【注】山東盜賊以鉅野爲淵藪，平人多被沉溺。詩意謂非神禹留此餘力遺患後人也。向使無此澤以受衆流，青齊其爲魚矣。此與東坡《灔澦堆賦》同意。《禹貢》曰：「海岱及淮惟徐州。大野既豬，東原底平。」大野一名鉅野。《史記·貨殖傳》曰：桀黠奴，人之所患也。又《漢書·馮奉世傳》曰：羌虜桀黠，賊害吏民。〔補〕梅南本紅批：如此費解，豈成詩，後山犯此病。燈火魚成市，帆檣藕帶泥。【注】劉夢得詩：漁家燈火明。老杜詩：藥物楚老漁商市。《樂府·黄淡思》曰：象牙作帆檣。老杜詩：採藕不洗泥。十年塵霧底，瞥眼怪鳧鷖。【注】新自京洛風塵中來，故見水鳧而怪歎。老杜詩：呀坑瞥眼過。

示三子

【注】時三子已歸自外家。〔箋〕《年譜》：將至徐州作。按：「將」當作「已」。《文集·謝徐州教授啓》所謂「追還妻孥，收合魂魄。扶老攜幼，稍比於人」，正此時也。

去遠即相忘，歸近不可忍。【注】《脞説》載獨孤遐詩曰：近家心轉切，不敢問來人。〔補〕梅南本墨批：「歸近不可忍」，乃真有此情，亦能寫出，何以抹之。懷辛案：因歸近句朱筆加杠，故墨筆有此批。兒女已在眼，眉目略不省。【注】言别久不復記憶也。《選》詩：薜荔若在眼。喜極不得語，淚盡方一哂。【注】東坡《贈朱壽昌》詩：喜極無言淚如雨。老杜詩：畏虎不得語。了知不是夢，【注】《華嚴·梵行品》曰：了知境界如幻如夢。此反而用之。東坡詩：如今不是夢，真個在盧山。忽忽心未穩。【注】《前漢·王褒傳》：太子苦忽忽善忘不樂。雪峯禪師點胸云：「某甲這裏未穩在。」

嗚呼行〔一〕

去年米賤家賜粟，〔箋〕《續通鑑長編》：元祐二年二月丁亥，遣左司諫朱光庭，乘傳詣河北路，與監司一員，徧視災傷，措置賑濟。百萬官倉不餘掬。【注】元祐初，左司諫朱光庭，奉使賑濟河北，不問民户之等，一概支貸。而河北措置司，積年物斛九百萬爲之一空。此詩所指，豈謂是歟？《詩》云：終朝采緑，不盈一掬。青錢隨賜費追呼，昔日剜創今補肉。【注】老杜詩：恰有三百青銅錢。《北夢瑣言》載聶夷中詩云：二月賣新絲，五月糶新穀〔二〕。醫得眼下瘡，剜却心頭肉。〔箋〕《雞肋編》：陳無己詩，亦多用一時俚語，如「昔日剜瘡今補肉」，「百孔千瘡容一罅」。（按：此句見《出清口》。）「拆東補西裳作帶」，（按：此句見《西湖徙魚》。）「人窮令智短」，（按：此句見《寄晁以道》。）「百巧千窮只短檠」，（按：此句見《早起》。）「起倒不供聊應俗」，（按：此句見《宿柴城》。）「經事長一智」，（按：此句見《大風》。）「稱家豐儉不求餘」，（按：此句見《次韻回山人》。）「卒行好步不兩得」，（按：此句見《招黄魏二生》。）「巧手莫爲無麪餅」，（巧媳婦做不得無麪餺飥。按：此句見《送杜侍御轉運陝西》。）「不應遠水救近渴」，（按：此句亦見《嗚呼行》。）「誰能留渴須遠井」，（遠水不救近渴。按：此句亦見《送杜侍御純轉運陝西》。）「瓶懸甇間終一碎」，（瓦罐終須井上破。按：此句亦見《西湖徙魚》。）「急行寧小緩」，（急行趕過慢行遲。按：此句亦見《寄晁以道》。）「早作千年調」，（按：此句見《蒙恩復除棣學》。）「一生也作千年調」，（人作千年調，鬼見拍手笑。按：此句見《卧疾絶句》。）「拙勤終不補」，（將勤補拙。按：此句見《離潁》。）「斧斫仍手摩」，（大斧斫了手摩挲。按：此句見《次韻晁無斁夏雨》。）「驚雞透籬犬升屋」，（雞飛狗上屋。按：此句見《謝趙使君送烏薪》。）「割白鷺股何作難」，（鷺鷥腿上割股。按：此句見《答黃生》。）「薦賢仍賭命」，（按：此句見《胡士彥挽詞》。）而東坡亦有「三杯軟飽後，一枕黑甜餘」。皆世俗語。如「賭命」、「軟飽」猶可解，而「黑甜」，後世不知其睡矣。如詩之「串夷載路」，《書》云「弔由靈」，安知非當時之常談也。今年夏旱秋水生，〔箋〕《宋史·哲宗本紀》：元祐四年夏四月乙巳，呂大防等以久旱求罷。又《五行志》：元祐四年，夏秋霖雨，河流泛漲。江淮轉粟千里行。【注】《前漢·鄒陽傳》：轉粟流輸，千里不絕。〔補〕聚珍本批：叙此等事最易糾纏，不爾便失率直，而不落套故難。不應遠水救近渴，【注】此俗間語也。《韓非子》亦有「遠水救近火」之語。空倉四壁雀不鳴。【注】《益州耆舊傳》：揚宣爲河内太守，行縣，有羣雀鳴。宣曰：「前有覆車粟，此雀相隨欲往食。」歐公詩：羣雀聚空倉。似聞爲政不爲費，【注】善政當惠而不費，徒惠而不知爲政，其可繼乎！兩不相傷兩相濟。【注】《老子》曰：兩不相傷，而德交歸焉。此借用。十年斂積用一朝，驚濤破山風動地。【注】言非常之政，不可久也。老杜詩：築場看斂積。《莊子》曰：疾雷破山風振海而不能驚。杜詩又云：東南飄風動地至。

校記

〔一〕「嗚呼行」，潘宋本作「追呼行」。　〔二〕「糶」原作「糴」，據盧宋本、高麗本改。

秋懷示黃預

〔箋〕《文集》有《與黄預書》。《徐州府志》無《黄預傳》。《却掃編》：陳正字無己，世家彭城。後生從其游者，常十數人。所居近城，有隙地林木間，則與諸生徜徉林下。或愀然而歸，徑登榻，引被自覆呻吟。久之，矍然而興，取筆疾書，則一詩成矣。因揭之壁間，坐卧哦詠。有竄易至數十日乃定，有終不如意者則棄去之。按：後山學詩弟子，以黄預、魏衍爲高足。《徐州府志》既無預傳，其他黄、充、田、顔諸人，多無事實可考。黄預、魏衍，詩亦不傳。姑記徐度《却掃編》語於此，雖不專爲預發，預實從游十數人之一也。〔補〕潘氏蜀宋大字本《後山集》卷八《黄預挽詞》作《黄无悔挽詞》，可知預字無悔。《瀛奎律髓》：三四絶妙，五六非老筆不能。紀批：老潔。又批：「眼中稀」即是「塵外趣」，驟看殊不醒豁。馮氏抹之是也。

窗鳴風歷耳，【注】柳子厚《夢歸賦》云：風纚纚以經耳。佛書有「一歷耳根」之語。道壞草侵衣。【注】老杜詩：壞道哀湍瀉。月到千家静，【注】老杜詩：千家山郭静朝暉。林昏一鳥歸。【注】老杜詩：日暮歸幾翼，北林空自昏。又云：林昏罷幽磬。冥冥塵外趣，【注】揚子曰「鴻飛冥冥，弋人何簒焉」，此借用。稍稍眼中稀。【注】疑用杜詩「眼前無俗物」之意。《史記·平原君傳》：賓客稍稍引去者過半。太白詩：古來相接眼中稀。送老須公等，秋棊未解圍。【注】一作「小合圍」。老杜詩：送老白雲邊。曹攄《圍棊賦》曰：合圍促陣，交相侵伐。

送張支使

〔箋〕《宋史·職官志》：幕職官有觀察支使。張支使失考，疑是杜純幕職，以詩中末二句長安云云也。

曠度逢知晚，高才處不難〔一〕。【注】《文選》夏侯湛《東方朔畫贊》曰：遠心曠度。稽康書云：長才廣度，無所不淹。清秋一鶚上，【注】《後漢》：孔融薦禰衡云：鷙鳥累百，不如一鶚。老杜《鵰賦》云：當九秋之淒清，見一鶚之直上。拭目萬人看。【注】《文選》楊修書云：觀者駭視而拭目。白酒初同醉，【注】《周禮·酒正》注曰：昔酒無事而飲也。今之酋久白酒，所謂舊醳者也。樂天詩：花時同醉破春愁。黃花已戒寒。【注】《禮記·月令》：季秋之月曰：鞠有黃花。《國語》曰：火見而清風戒寒。憑將衰老事，一一報長安。【注】長安蓋後山舊遊之地。前詩有《城南寓居》篇，即長安所作。

校記

〔一〕「不」，潘宋本、盧宋本、趙本、適園本均作「下」。懷辛案：「不」字未必誤，異文留供參酌。

送杜侍御純陝西轉運

〔箋〕《元豐九域志》：陝西路，熙寧五年分永興軍秦、鳳二路。永興軍路治長安萬年，府二，州一十五，軍一，縣八十三。《宋史·職官志》：轉運使，掌經度一路財賦，而察其登耗有無，以足上供及郡縣之費。歲行所部，檢察儲積，稽考帳籍。凡吏蠹民瘼，悉條以上達。及專舉刺官吏之事。《年譜》引《實録》：元祐三年九月〔一〕，知徐州杜純權陝西轉運使，此詩九月所作。按《續通鑑長編》：知徐州杜純爲陝西路轉運使在元祐三年十月庚寅。是月癸酉朔，庚寅，十八日也。《宋史·杜純傳》：純字孝錫，濮洲甄城人。擢侍御史，言者詆其不由科第，改右司郎中，知相州，徙徐州陝西轉運使。

餽糧千里古無策，木牛流馬功不極。【注】《漢書·韓信傳》：千里餽糧，師不宿飽。《唐書·夷狄傳·序》：劉貺謂漢無策，蜀諸葛亮以木牛流馬運，竟坐糧不繼，不能成功。《漢書·刑法志》曰：兵寢刑措，帝王之極功。此借用。〔補〕梅南本墨批：好詩故在自有鑪鍾。如後山如此種，欲求雄奇，轉復傷於險急，恐學之更入粗强一流。邊頭數米換黄金，【注】老杜詩：邊頭公卿仍獨驕。《莊子》曰：簡髮而櫛，數米而炊。《晉書》：劉曜逼京師，米斗金三兩。〔箋〕《雞肋集·朝散郎充集賢殿修撰提舉西京嵩山崇福宮杜公行狀》：時方患陝西幣輕貨重。公屢陳歲給本路諸司鹽鈔，實以飛錢。然西州有來商，無還貨。又鐵錢不出境，獨鈔無脚稅。朝至國，夕爲錢。既以備本路夏秋糴，而商賈非以兩時至，則鈔歸兼并家，不貴售不出。若鈔留京師，賣錢貯之，而別爲公據與本路，凡入穀若錢者給之。至京師，歸以鈔錢。則貨幣平。將軍汗馬未伏櫪。【注】《史記·晉世家》曰：矢石之難，汗馬之勞。魏武帝歌曰：老驥伏櫪，志在千里。黠羌人面作胡語，【注】《後漢·馬援傳》曰："黠羌旅拒，此乃太守事耳。"《漢書·匈奴贊》曰："人面獸心。"老杜詩云："千載琵琶作胡語。"鳥鼠貪生爾如許〔二〕。【注】言鳥鼠尚知貪生，而黠羌輕生如此。《晉書·王濬傳》曰："雀鼠貪生，苟此一活耳。"熊虎可避蝨可驅，覆巢熏穴意何如。【注】言不必深入窮討也。《漢書·匈奴傳》："嚴尤曰：「視夷狄之侵，譬猶蝨之螫，驅之而已。」"《禮記》曰："不覆巢。"《韓詩外傳》曰："社鼠熏之恐燒木。"老杜詩："主簿意何如。"漢虜相當庸可盡，【注】《選》詩："漢虜方未和。"《後漢·南匈奴傳》："窮鳥困獸，皆相救死，況種類繁熾，不可殫盡。"又，《傳》論曰："漢之疲耗，略相當矣。"〔箋〕《雞肋集·送外舅杜侍御史陝西自徐州移作》有「王師頃縛山西酋，朝廷却懷西顧憂。涼州旄鉞何足恃，岐隴須公勤置郵」句。按二年九月，曲珍伐夏人，斬獲一千二百二十三級。（見《續通鑑長編》。）是年三月，夏人攻德靖砦，米贇等戰死。詔劉昌祚以涇原萬人駐順德軍，熙河五千人駐通遠軍，據秦、鳳要害，以爲犄角。夏人遂攻龕谷砦，砦兵及東關堡巡檢等，戰不利，死者幾百人。（見《宋史·夏國傳》。）聊城正用一封書。【注】《史記·魯仲連傳》："燕將保守聊城，田單攻之，不下。仲連乃爲書，約之以矢，射城中，燕將見書自殺。"此詩言，得人則一書可以弭難，何必窮兵黷武哉？老杜詩："自寄一封書，今已六月後。"巧手莫爲無麪餅，誰能留渴須遠井。【注】兩句皆善用俗語，言治邊不可無人材，猶作餅不可無麪。而人材正自有可用者，何必遠取，如留渴以待井耶。杜君自徐就改陝漕，故詩云爾。國家有急君得辭？【注】《漢書·陳湯傳》曰："國家有急，君其毋讓。"老杜《送楊監赴蜀》詩云："相公鎮梁益，軍事無孑遺。解榻再見今，用材復擇誰。"況君已高位，爲郡得固辭。徐人不勞敂關請。【注】《後漢》："种暠遷涼州刺史，吏民詣闕請留一年。"《周禮·閽人》注曰："敂關，猶謁閽人也。"隴上壯士莫捫舌，【注】《晉書·載記》曰："隴上壯士有陳安。《毛詩》：莫捫朕舌〔三〕。此借用，以言壯士得食，不復有仰哺之憂。老杜詩曰：運糧繩橋壯士喜。〔箋〕《長編》：元祐三年五月辛酉，詔賜熙河、蘭會路銀絹各五萬，鄜延路絹八萬，涇原路絹七萬，環慶路絹五萬，秦鳳路絹五萬，並以防秋備軍實也。又賜陝西路轉運司銀絹共四十萬，乘時收糴，以廣儲蓄。又，是年八月丙戌，詔熙河、蘭會路經略安撫司，應常平事，準五路法，仍給錢五萬緡充本。河西狂王防繫頸。【注】河西狂王，謂夏國主也。《漢書·西域傳》：坐知狂王當誅。賈誼請必繫單于之頸〔四〕。〔箋〕按是時夏國主爲乾順，廟號崇宗。向來此地幾送迎，草間翁仲口不瘖。十年兩熟飽可待，一歲四守人何心。【注】言徐州數易守臣，人必不安其生者。《漢書·王霸傳》曰：數易長吏，送故迎新之費，及姦吏緣絶簿書盜財物。《水經注》曰：鄗南千秋亭，壇廟之東，枕道有兩石翁仲，南北相對。又按：《魏志》明帝景初二年，鑄銅人二，列于司馬門外，號曰翁仲。東坡《罷徐州寄子由》詩曰：道邊雙石人，幾見太守發。有知當解笑，撫掌冠纓絶。則徐州有石人可知。後山此詩，蓋用東坡意。《世説》：和長輿問：「楊右衛何在？」客曰：「向來不坐而去。」〔補〕《徐州府志·職官表》：元祐間，守徐者彭汝礪、楊汲、曾肇及純四人。老稚持車車不留，【注】《前漢·韓延壽傳》：老稚扶持車轂。歸人不行行轉頭。【注】歸人特須臾未行，行即遠矣。唐崔塗詩曰「自是不歸歸便得」，即此句法。樂天詩：萬事轉頭空。關中正須蕭丞相，【注】《漢書》：蕭何守關中，計户轉漕給軍。老杜詩：關中正留蕭丞相。〔箋〕《杜公行狀》：公知徐州，移陝府西路轉運使。入對，賜服金紫。關隴控邊務繁，公計度不勞，閲牒訴立判，情法皆當。吏驚，私相視曰：「一筆盡矣。」省内早要富民侯。【注】一本此下又有兩句曰「可同一夫在所憫，歲晚得無溝壑憂」，後删去。《漢書》：車千秋爲丞相，封富民侯。

校記

〔一〕「三年」原作「二年」，據盧宋本改。　〔二〕「烏」，潘宋本、盧宋本均作「省」。　〔三〕「朕舌」下盧宋本有「注云人無持舌者」七字。懷辛案：此是鄭箋，可據補。　〔四〕「賈誼」下盧宋本有「傳」字。

送楊侍禁兼寄顔黄二公二首〔一〕

【注】長道、魯直。〔箋〕《宋史·顔復傳》：復字長道，魯人。父太初，以名儒爲國子監直講。嘉祐中，試於中書。考官歐陽修奏復第一。賜進士，拜天章閣學士卒。王巖叟等言復學行超特，宜優賻。《文集》有《顔長道詩序》。《合璧事類·前集》引本朝百家詩，載楊适《爲錢次公賦》一絶。适字時可，棣州人。年十八登第，從後山學詩。晚爲尚書比部員，疑即楊侍禁也。又按：《宋史·職官志》，左右侍禁，屬入內內侍省。政和二年，以舊官內西頭供奉官，易左侍禁。內侍殿頭，易右侍禁。政和爲徽宗年號。終後山身，無此官名。「侍禁」二字，疑刻本有誤。

相逢今已晚，同府尚經年。衆口不成虎，【注】《韓非子》曰：龐共與太子質于邯鄲，謂魏王曰：「夫市無虎明矣，然而三人言成市虎。今夫邯鄲去魏遠于市，議臣者過三人，願王察之。」諸公更薦賢。【注】「更」字作平聲讀。兩親須薄祿，【注】《説苑》：「子路曰：「家貧親老者，不擇祿而仕。昔者由事二親，負米百里之外。」老杜詩：「上公有薦者，累奏資薄祿。一障欲乘邊。【注】《漢書・張湯傳》：「武帝謂狄山曰：「吾使生居一郡，能無使虜人盜乎？」山曰：「不能。」復曰：「居一障間。」山曰：「能。」乃遣山乘障。往問顔夫子，何妨試著鞭。【注】欲令往見顔君，以爲道地。顔君名復，字長道。《晉書・劉琨傳》：「嘗恐祖生先吾著鞭。

又

多問黄居士，終年欠一書。【注】《漢書・趙廣漢傳》曰：「爲我多謝問趙君。」元稹詩：「只是堂前欠一人。」因人候消息，【注】老杜詩：「因君問消息。」「君」一作「人」。有使報何如。【注】古樂府曰：「有信數寄書，無信長相憶。」老杜詩：「欲問平安無使來。」向晚逢揚子，真堪託後車。【注】《文選》魏文帝《與吴質書》曰：「文學託乘于後車。」親年方賴祿，不惜借吹噓。【注】阮嗣宗詩：「寵祿豈足賴。」此反而用之，言以親養之故也。《家語》：「子路曰：「家貧親老，不擇祿而仕。」《魏志》：「鄭渾曰：「孔公緒能清談高論，噓枯吹生。」《南史・謝朓傳》：「士子聲名未立，當共獎成，無惜齒牙餘論。

校記

〔一〕「楊侍禁」，高麗本目録「禁」作「禦」。

送外舅郭大夫夔路提刑〔一〕

〔箋〕《元豐九域志》：夔州路治奉節：州九，軍三，監一，縣三十。《年譜》引《實録》：元祐三年五月，知濮州郭槩，提點夔州路刑獄。《文集·代謝夔路提點刑獄表》略云：竊以遠之則怨，人之常情。寵至而憂，士之深慮。粗識事君之義，豈敢辭難；熟聞長者之言，不能無懼。然臣忠有餘而智短，心益壯而力殫。顧貪寵榮，何以報稱。重念臣術學無以應敵，容貌不足動人。早以一經，誤當公選；晚緣再黜，幾失明時。按：此叙爲鳳翔通判去官，及成都提刑差替事。雖已往之莫追，冀方來之可補。《瀛奎律髓》：後山妻父郭槩，頗喜功利。前爲西川提刑，以妻及三子託之。送行古詩有云：「功名何用多，莫作非分慮。」今又爲夔路提刑，謂身已老矣，使民無訟，自當無意外憂。晏平仲一狐裘三十年，外物亦不足多也，蓋規戒之。紀批：五六太腐。

天險連三峽，【注】《易·坎卦》曰：天險不可升也。**官曹據上游。**【注】老杜詩：何當官曹清。《漢書·項羽傳》注曰：上游，水之上流也。**百年雙鬢白，萬里一身浮。**【注】老杜詩：百年雙白鬢，一別五秋螢。《莊子》曰：其生也若浮。〔補〕梅南本墨批：「浮」字下得好，萬里一身語便不套。**可使人無訟，寧須意外憂。**【注】無訟，見《魯論》。下句勸其不生事也。前詩亦云：莫作分外慮。《晉書·王彬傳》：荆州守文，豈能意外行事。**平生晏平仲，能費幾狐**

裘。【注】勸其止足也，用晉阮孚一生當著幾兩屐之意。《禮記・檀弓》：有若曰：「晏子一狐裘三十年。」

校記

〔一〕「提刑」，潘宋本作「提點刑獄」。

雪後黄樓寄負山居士

【注】張仲連。〔箋〕《徐州府志》：黄樓在州城東北隅，俗傳謂卽城東角樓，蓋非故處矣。《道鄉集・送郭照赴徐州司理序》：彭城陳師道，嘗銘黄樓。曾公子固謂如秦刻石。《山谷集・與秦少章書》：陳無己舊作《黄樓賦記》及《答李端叔書》，如有本，且借示。《文集》有《鄉人祭張殿直》文云：「負山之下，有隱人焉。」當卽張仲連。《池北偶談》：陳無己平生皈向蘇公，而學詩於黄太史。然其論坡詩如教坊雷大使舞。又有詩云「人言我語勝黄語，扶豎夜燎齊朝光」，其自負不在二公之下。然余反復其詩，終落鈍根，視蘇、黄遠矣。任淵云：「無己詩如曹洞禪，不犯正位，切忌死語。」恐未盡然。余獨愛其「林廬煙不起」云云。《瀛奎律髓》：「明」字、「進」字皆詩眼。紀批：五、六却淺率，不類後山，結亦太熟。

林廬煙不起，【注】老杜詩：幾地别林廬。城郭歲將窮。【注】退之詩：歲窮寒氣驕。雲日明松雪，【注】《選》

詩：雲日相輝映。又詩：山明望松雪。溪山進晚風。【注】老杜詩：山谷進風涼。人行圖畫裏，鳥度醉吟中。【注】太白詩：人行明鏡中，鳥度屏風裏。老杜詩：飛閣捲簾圖畫裏。唐白樂天自號「醉吟先生」。不盡山陰興，天留憶戴公。【注】《晉書》：王徽之嘗居山陰，夜雪初霽，忽憶戴逵。逵時在剡溪，便夜乘小船詣之，經宿方至，造門不前而反。人問其故，徽之曰：「本乘興而來，興盡而反，何必見安道耶？」後山謂興盡則未必相憶，甯不爲雪夜之行，使有餘興也。東坡《訪張山人》詩：萬木鏁雲龍，天留與戴公。此借用。〔箋〕《東坡集・書子由黄樓賦後》：子城之東門，當水之衝，府庫在焉。而地狹不可以爲甕城，乃大築其門，護以磚石。府有廢廳事，俗傳項籍所作，而非也。惡其淫名無實，毁之，取其材爲黄樓東門之上。元豐元年八月癸丑，樓成。九月庚辰，大合樂以落之。始余欲爲之記，而子由之賦，已盡其略矣。乃刻諸石。《淮海集・黄樓賦并引》云：太守蘇公，守彭城之明年，既治河決之變，民以更生。又因修繕其城，作黄樓於東門之上。以爲水受制於土，而土之色黄，故取名焉。〔補〕案：任注引東坡詩之張山人，爲張天驥，非張仲連也。

謝人寄酒

舊香餘味寄黄封，【注】黄封，謂宫酒以黄羅帕封之。東坡詩：上尊日日瀉黄封。厭見春泥滿眼紅。【注】紅泥，謂外酒。王介甫詩：春泥滿眼路嶇嶔。此借用其字。千乘莫從公子後，【注】《漢書・韓王信傳》：陳豨慕魏公子，招致賓客，隨之者千餘乘。百壺能爲故人東。【注】老杜詩：不有小舟能盪槳，百壺那送酒如泉。《儀禮・聘禮》：賓之幣惟馬出，其餘皆東。

從蘇公登後樓

〔箋〕《年譜》：元祐四年三月，東坡自翰苑出知杭州。五月，後山自徐州謁公於南都，此詩蓋當時所作，詩有「五月池無水」之句。

倏作三年别，才堪一解顔。【注】《列子》第四篇曰：「五年之後，心更念是非，口更念利害。老商始一解顔而笑。」老商氏，蓋列子之師也。樓孤帶清洛，【注】老杜云：樓孤屬晚晴。元豐中，導洛水以爲清汴。南都，水所過也。林缺見巴山。【注】東坡蜀人，當是時必有望遠思歸之意。老杜詩：何路出巴山。五月池無水，【注】張籍詩：六月人家井無水，夜聞白鼉人盡起。千年鶴自還。【注】《續搜神記》曰：遼東華表柱，有鶴集其上曰：去家千年今始歸。白鷗没浩蕩，愛惜鬢毛斑。【注】勸公高退以安晚景也〔一〕。老杜詩：白鷗没浩蕩，萬里誰能馴。又曰：更憶鬢毛斑。〔補〕聚珍本批：結句真涪翁法。懷辛案：此本「白鷗」二句密圈。

校記

〔一〕「景」，盧宋本作「境」。

送蘇公知杭州

【注】東坡出知杭州，道由南京。後山時爲徐州教授，告徐守孫覺，願往見。而覺不之許，乃託疾謁告，來南京送别。同舟東下，至宿而歸，事見東坡《送陳傳道書》及劉安世彈章。〔箋〕《元豐九域志》：杭州治錢塘仁和，屬兩浙路。《宋史·蘇軾傳》：四年，積以論事爲當軸者所恨，軾恐不見容，請外。拜龍圖閣學士，知杭州。《東坡集·與陳傳道書》：日前屢常謁告，自徐州來宋相别。〔補〕懷辛按：《宋史·覺傳》，知徐州在元豐中。然則任注有誤。東坡知杭州于元祐，彼時徐守已非覺。詳見卷首《集記》箋。

平生羊荆州，追送不作遠。【注】羊荆州，謂羊祜也，以比東坡。按《晉書·羊祜傳》：督荆州諸軍。又按《晉書·郭奕傳》：奕字大業，爲野王令，羊祜嘗過之，奕歎曰：「羊叔子何必減郭大業。」少選復往，又歎曰：「羊叔子去人遠矣。」遂送祜出界數百里，坐此免官。後山既送東坡，爲劉安世所彈，乞正其罪。嘗除太學博士，又爲言者以此事論列，遂罷。此句殆亦詩讖也。《有客》詩云：薄言追之。注云：追，送也。《世説》：范逵既去，陶侃追送不已，且百許里。《文選》孫子荆詩：傾城遠近送，餞我千里道。**豈不畏簡書，**【注】言法令不許私出也。《詩》云：豈不懷歸，畏此簡書。劉安世章亦云：士于知己，不無私恩。既効于官〔一〕，則有法令。師道擅去官次，陵蔑郡將。徇情亂法，莫此爲甚。〔箋〕《宋史》本傳：言者謂在官嘗越境出南京見軾。《鶴林玉露》：灌夫不負竇嬰於擯棄之時，任安不負衛青於衰落之日。徐晦越鄉而别臨賀，後山出境而見東坡，宜其罄千載之齒頰也。《老學庵筆記》：太宗朝，胡祕監周甫，貶坊州團練副使。擅離徙所，至鄜州謁宋太素尚書。被劾，置不問。元祐中，陳正字無己，爲徐州教官。亦擅離任至南京別東坡先生，諫官彈之，亦不加罪，祖宗優待文士如此。**放麑誠不忍。**【注】此句與上句若不相屬，而意在言外，叢林所謂活句也。按《韓非子》：孟孫獵得麑，使秦西巴載之持歸，其母隨之而啼，秦西巴弗忍而與之。孟孫大怒，逐之。三月，復召以爲子傅，曰：「夫不忍麑，且忍吾子乎！」唐陳子昂《感遇》詩曰：「吾聞中山相，乃屬放麑翁。孤獸猶不忍，况以奉君終。」嗚呼，觀過可以知仁，後山越法出境以送師友，亦放麑之類也。〔箋〕《韻語陽秋》：陳子昂《感遇》詩云「樂羊爲魏將，食子狥軍功。骨肉且相薄，他人安得忠」，又曰「吾聞中山相，乃屬放麑翁。孤獸猶不忍，况以奉君終」，一則忍於其子，一則不忍於麑。故魯直《懷荆公》詩有「啜羹不如放麑，樂羊終愧巴西」，陳無己啓，亦用此事。所謂「中山之相，仁於放麑。亂世之雄，終於食子」是也。然屬麑於秦西巴者，孟孫也，非中山相也。子昂徒見樂羊中山事，遂誤作孟孫用，無已亦遂襲之。魯直以「西巴」爲「巴西」，亦誤矣。按：任注謂「此句與上句若不相屬，叢林所謂活句也。」然學者究不易參。其實「放麑」二字，只作違命解。言雖違命，而心不忍不追送也。《齊東野語》載蘇子由《彈呂惠卿章》云：放麑，違命也，推其仁則可以託國。食子，徇君也，推其忍則至於弑君，後山蓋用其意。〔補〕真德秀《跋宋正甫記章泉事》：後山越境送坡公，以此去職，章泉之送靜春，亦然。二公之於師友如此，使其得志，其忍負國。**一代不數人，百年能幾見。**【注】後山《謝再授徐州教授啓》亦曰：昨緣知舊，出守東南。念一代之數人，而百年之幾見。間以重江之阻，莫期再歲之逢。使一有于先顛，爲兩途之後悔。又謂「中山之相，仁於放麑。亂世之雄，疑於食子」，惟其信之既篤，所以行之不疑云云。其曰「中山之相」，蓋承子昂之誤也。

昔爲馬口銜，今爲禁門鍵。【注】鮑照詩：昔如韝上鷹，今作檻中猿。老杜詩：昔爲水上鷗，今如罝中兔。後山此句，頗有其律。馬銜猶可脱去，禁鍵不容輒開，言官身拘係，不可輒出也。退之詩：歸來得便即游覽，暫似壯馬脱重銜。按律，公殿門忘誤不下鍵，及毁管鍵而開者，皆出罪〔二〕。王逸注《楚辭·大司命》曰：大開禁門，一雨五月涼，中宵大江滿。風帆目力短，江空歲年晚。【注】風帆愈遠，恨目力不能送之，人去江空，恍然自失。吾之年歲，日已遲暮，懼其不復再見也。其愛賢惜别之意，可謂切矣。《韓詩》：歲聿其暮。薛君曰：言君之年歲晚也。〔箋〕《麓堂詩話》：陳無己詩綽有古意，如「風帆目力短，江空歲年晚」，興致藹然，然不能皆然也。無乃亦骨勝肉乎？陳與義「一涼恩到骨，四壁事多違」，世所傳誦，然其支離亦過矣。〔補〕梅南本墨批：送别語盡意遠。懷辛案：「風帆」二句，墨筆加圈。

校記

〔一〕「于官」，盧宋本作「一官」。

〔二〕「出罪」，盧宋本作「坐罪」。懷辛案：「坐」字是。

送秦覯二首

【注】覯從東坡學於杭州〔一〕。〔箋〕《年譜》：黄魯直亦有此詩。《瀛奎律髓》：東坡元祐中補外，知杭州。秦少游之弟少章從行，爲師法故耳。時人或譏其舍親而出，故前詩六句、後詩四句，皆及之。世固有莫逆之友，亦當戒乎不如己之友，得從東坡，則師友之際，可謂得之矣。

「折腰終不補」，後山自謂也。「可但曳長裾」，言少章從人門下，豈無貧賤未遇之歎，而屈身狗禄者，亦何所補益於己，不必以仕爲得，未仕爲失也。諸平正、熟爛、綺靡、餖飣詩中，見後山詩，猶野鶴之在鷄羣云。紀批：横插「秋入」二句，上下脈却不甚貫，第二首結句亦晦。

士有從師樂，〔箋〕《鶴林玉露》：韓文公作《歐陽詹哀詞》云：詹，閩人也。父母老矣，捨朝夕之養，以來京師，其心將以有得於是，而歸爲父母榮也，雖其父母之心亦然。詹在側，雖無離憂，其志不樂也；詹在京師，雖有離憂，其志樂也。山谷《送秦少章從蘇公學》云：斑衣兒啼真自樂，從師學道也不惡。但使新年勝故年，即如常在郎伯前。後山「士有從師樂」云云。二詩皆用韓意，而後山之味永。按：《張右史集》有《送秦觀從蘇公杭州爲學序》。其後少游《送少章弟赴仁和主簿》詩亦有「久從先生游」句。諸兒却未知。欲行天下獨，信有俗間疑。【注】柳子厚《答韋中立論師道書》曰：獨韓愈奮不顧流俗，抗顔而爲師，世果羣怪聚罵。又曰：天下不以非鄭尹而快孫子，何哉？獨爲所不爲也。《漢書·陳遵傳》曰：浮湛俗間。秋入川原秀，〔箋〕《東坡集》有《同秦仲二子（仲天貺也。）雨中游寶山》詩。又集中《杭州題名》云：「元祐四年十月十七日，與曹晦之、晁子莊、徐得之、王元直、秦少章同來。時主僧皆出，庭户寂然，徙倚久之。」「余十五年杖藜芒屨，往來南北山，此間魚鳥皆相識，況諸道人乎。再至惘然，皆晚生相對，但有愴恨。」風連鼓角悲。【注】老杜詩：中原鼓角悲。目前㹠犬類，未必慰親思。【注】子不肖而在親側，雖無離憂，其志不樂也。王修《戒子書》曰：我老矣，所恃汝等。皆不在目前，意皇皇也。《晉書·列女傳》：周嵩曰：「惟阿奴碌碌當在母目下耳。」《吴志·孫權傳》：曹操曰：「生子當如孫仲謀。劉景升兒子，豚犬耳。」

又

師法時難得，親年富有餘。【注】《荀子》曰：有師法者，人之大寶也。《北史・盧誕傳》曰：經師易求，人師難得。《漢書・齊襄王傳》曰：皇帝春秋富。法云：比之于財，方未匱竭。〔箋〕按：秦氏再世偏親皆垂白，見少游《與蘇公先生簡》。《東坡集》有《太息篇送秦覯》云：少游之弟少章復從吾游，不期年而論議日新。若將施於用者，欲歸省其親，且不忍去。嗚呼，子行矣，歸而求諸兄，吾何加焉。又有《次韻范淳甫送秦少章》詩。**端爲李君御，**【注】《後漢・李膺傳》：荀爽嘗謁膺，因爲其御。既還，喜曰：「今日乃得御李公矣〔二〕。」**盡得鄴侯書〔三〕。**【注】退之《送諸葛覺往隨州讀書》詩云：鄴侯家多書，插架三萬軸。**結友真莫逆〔四〕，**【注】《史記・廉頗傳》：燕王私握臣手曰：「願結友。」《莊子》曰：子桑户、孟子反、子琴張三人相視而笑，莫逆于心，遂相與友。**論才有不如。**【注】終上句意，言亦當擇交，無友不如己者。**折腰終不補，**【注】《晉書・陶淵明傳》：吾不能爲五斗米折腰，拳拳事鄉里小兒。退之《復志賦》曰：豈不登名於一科兮，曾不補其遺餘。此句後山自道也。**可但曳長裾。**【注】嚴武詩〔五〕：可但步兵偏愛酒。《漢書・鄒陽傳》：何王之門，不可曳長裾。詩意謂微官之與布衣，其得失相去無幾，不必以貧賤依人爲羞也。

校記

〔一〕「覯」下盧宋本多「字少章少游之弟也」八字。

〔二〕「李公」，盧宋本作「李君」。

〔三〕「盡得」，潘宋本、盧

宋本作「盡讀」。〔四〕「友」原作「交」，據盧宋本改。《史記·廉頗傳》作「友」。〔五〕「嚴武」原作「嚴光」，據盧宋本改。

和江秀才獻花三首

〔箋〕江秀才失考。馬暾本尚有《酒户獻花以奉先聖》七絶一首，以詩中有「酒家不辨當鑪費，乞與先生種杏壇」及「要與老生同一醉」、「過我可爲千日醉」等句，疑即一人一事。

風雨東籬冷落看，【注】陶淵明詩：採菊東籬下，悠然見南山。清溪水落玉峯寒。【注】老杜《九日藍田莊》詩云：藍水遠從千澗落，玉山高並兩峯寒。酒家不辨當壚費，【注】當壚事見《司馬相如傳》。觀末篇落句，江君當是酒家。〔補〕梅南本朱筆批：酒家句是倒字法，猶云不辨酒家當壚之費也。乞與先生種杏壇。【注】《莊子》曰：孔子休坐乎杏壇之上。後山時爲徐州官學云。

又

疎花得雨數枝黄，白髮緣愁百尺長。【注】老杜《丁香》詩：疎花枝素艷。李太白詩：白髮三千丈，緣愁似個長。要與老生同一醉，故留秋意作重陽。

又

江公孤憤不宜秋，【注】《韓非子》有《孤憤篇》。李商隱詩：歸夢不宜秋。吟作秋蟲到白頭。【注】東坡詩云：吟詩莫作秋蟲聲，天公怪汝鉤物情，使汝未老華髮生。過我可爲千日醉，【注】《博物志》曰：中山有酒，飲者一醉千日。從公難作百錢遊。【注】詩意謂官居不可放浪也。《晉書·阮修傳》常以百錢掛杖頭，至酒店，便獨酣暢。東坡詩：芒鞋青竹杖，自掛百錢遊。

次韻李節推九日登南山

〔箋〕《宋史·職官志》有兩使防團軍事推判官。凡節度推判官，從軍額。察推，從州府名。《徐州府志》：城南雲龍山東北支麓爲玉帶鉤，鉤北爲户部山，上爲項羽戲馬臺。按：即南山也。李節推即元祐二年與内翰楊繪作詩贈諸進士者。繪字元素，綿竹人，《宋史》有傳。後山有《跋楊李二公詩》，見《文集》。又《張右史集》有《答李推官書》云：南來久廢書，辱惠所作《病暑賦》及雜詩等，誦詠愛歎。《東坡集》有《往富陽新城李節推先行三日留風水洞見待》詩，又《風水洞二首和李節推》詩。此李節推名泌，見《烏臺詩案》。兩李皆能詩，但宋時諸路皆有觀察推官，李又大姓，未敢肊斷。《瀛奎律髓》：《重九》詩自老杜之後，便當以杜牧之《齊山》詩爲亞，已入變體詩中。陳簡齋一首亦然。陳後山二首，按：指此及《九日寄秦觀》一首。詩律瘦勁，一字不輕易下，非深於詩者不知，亦當以亞老杜可也。紀批：雖未深厚，然自清挺。馮云：用廣平事指第六句。不妥。

平林廣野騎臺荒，【注】《詩》曰：依彼平林。《漢書·晁錯傳》：平林廣野，此車騎之地。《文選》謝宣遠、靈運皆有《九日從宋公戲馬臺集送孔令》詩，李善注云：蕭子顯《齊書》：宋武帝爲宋公，在彭城。九日出項羽戲馬臺，至今相承以爲舊準。按：騎臺即戲馬臺。樂史《寰宇記》曰：戲馬臺在徐州彭城縣南三里。〔補〕《水經注》作掠馬臺。山寺鳴鐘報夕陽。【注】老杜詩：人扶報夕陽。人事自生今日意，寒花只作去年香。【注】李後主詩：鬢從近日添新白，菊是去年依舊黃。老杜詩：寒花只暫香。〔箋〕《詩人玉屑》：誠齋論淵明、子美、無己三人作九日詩，大概相似。子美云「竹葉於人既無分，菊花從此不須開」，此淵明所謂「塵爵恥虛罍，寒花徒自榮」也。無己云「人事自生今日意，寒花只作去年香」，此淵明所謂「日月依辰至，舉俗愛其名」也。巾欹更覺霜侵鬢，【注】用落帽事。語妙何妨石作腸。【注】《漢書·賈捐之傳》：君房下筆言語妙天下。唐皮日休《桃花賦序》云：宋廣平爲相，貞姿勁質，剛態毅狀，疑其鐵腸與石心，不解吐婉媚辭。然觀其文而有《梅花賦》，清便富麗，得南朝庾徐體，殊不類其爲人。落木無邊江不盡，【注】老杜《登高》詩：無邊落木蕭蕭下，不盡長江滾滾來。此身此日更須忙。【注】言節物可念，政應行樂，尚須汲汲於世故耶？

別負山居士

【注】張仲連。〔箋〕《瀛奎律髓》： 更病可無醉，「可」字不容不拘。此詩全在虛字上著力，除「田園」「沙草」「山路」六字外，不曾粘帶景物。只於三四箇閒字面上斡旋妙，意其苦心亦已甚矣。紀批：「可」字仄，而下句第三字不以平聲救之，却是失調，不可標以爲式。又批：晚唐詩敷衍景物，固是陋格，如以不粘景物爲高，亦是僻見，古人詩不如此論。

田園相與老，此別意如何。【注】《漢書·汲黯傳》：隱於田園。老杜詩：此別意茫然。又詩：主簿意如何。更病可無酒，【注】言臨分不可不飲，縱復病惱，猶當勉强也。樂天詩：欲別能無酒。猶寒已自和。【注】韓偓詩：春陰漠漠土脈潤，寒氣微微風意和。〔箋〕《詩人玉屑》： 誠齋論詩有一句而兩意者。陳後山云：更病可無酒，已寒猶自和。高名胡未廣，【注】《後漢·許邵傳》曰：與兄靖俱有高名。《穀梁》曰：心志既修，而名譽不聞，友之過也。詩與尚能多。【注】老杜詩：憶在潼關詩興多。退之詩：四句意能多。沙草東山路，猶須一再過。【注】「一再」字，見《司馬相如傳》。

送趙教授

〔箋〕《宋史·職官志》：慶歷四年，詔諸路州軍監，各令立學。學者二百人以上，許更置縣學，自是州郡無不有學。始置教授，以經術行義訓導諸生，掌其課試之事。《雞肋集》有《答亳州趙教授啟》，當即其人。

束髮相看到白頭，了知公鬢不勝憂。【注】司馬彪《續漢書》曰：卓茂自束髮至白首，未嘗與人有過。杜牧之：公道世間惟白髮，世人頭上不曾饒。可堪親老須三釜，【注】《莊子》曰：曾子再仕而心再化，曰：「吾及親仕，三釜而樂。」又著儒冠忍一羞。【注】老杜詩：儒冠多誤身。《左氏》曰：一慚之不忍，而終身慚乎。平世功名須晚節，向來旬月取封侯。【注】此句用東方朔《答客難》意。熙豐間，士大夫進用甚峻，今不然也。《孟子》曰：禹稷當平世。《漢書·鄒陽傳》云：晚節末路。《車千秋傳》云：旬月取宰相封侯。北州豪傑知誰健，【注】趙君當是北人。《後漢·光武紀》：北州弭定。《竇憲傳》曰：西州豪傑，遂復附從。老杜詩：明年此會知誰健。乞我黃淤十里秋。【注】「乞」字作去聲讀。歐公詩：知君欲別西湖去，乞我橋南菡萏香。又詩：換得西湖十頃秋。黃淤，謂河水所淤之田也。《漢書·溝洫志》曰：河水有所游盪，時至而去，則填淤肥美，民耕田之，或久無害。老杜用「填」「淤」，字作平聲。東坡亦云：楚人種麥滿河淤。

次韻春懷

欲作歸田計，【注】《文選》，張平子有《歸田賦》。無如二頃何。【注】《史記·蘇秦傳》：使我有雒陽負郭田二頃，豈能佩六國相印乎。折腰方賴祿，【注】折腰，見前注。老杜詩：上公有薦者，累奏資薄祿。拭面未傷和。【注】

《唐書·婁師德傳》：師德弟守代州，辭。教之耐事。弟曰：「人有唾面，潔之而已。」師德曰：「未也，潔之是違其怒，正使自乾耳。」《公羊傳》曰：孔子反袂拭面。老杜《梔子》詩云：與道氣相和。日下烏聲樂，【注】《左傳》：烏烏之聲樂。塵生馬跡多〔一〕。【注】《世説》：晉簡文帝爲撫軍時，牀上塵不聽拂，見鼠行跡，視以爲佳。後山蓋用此意。渡頭留小楫，乘輿得相過。【注】乘輿，見前注。《文選》阮籍詩：趙李相經過。

校記

〔一〕「馬跡」，適園本作「烏跡」。陳彰曰：按聚珍本亦作「馬」。味任注用此意之語，則本非引用《世説》原字也。又按《四庫提要》云：「烏跡當爲馬之訛，而引晉簡文床塵鼠跡傅會之。」據此知原訛「烏」字。

黄梅五首

異色深宜晚，【注】《玉臺新詠》：沈約《芳樹》詩曰：氤氲非一香，參差多異色。生香故觸人。【注】石曼卿詩：樂意相關禽對語，生香不斷樹交花。樂天《榴花》詩：香塵擬觸坐禪人。不施千點白，【注】宋玉《登徒子好色賦》曰：著粉則太白，施朱則太赤〔一〕。別作一家春。【注】一家春，見前注。

又

舊鬢千絲白，【注】老杜詩：人生不再好，鬢髮白成絲。新梅百葉黃。【注】老杜《四松》詩：終然根撥損，得惬千葉黃。留花如有待，【注】退之詩：留花不發待郎歸。迷國更須香？【注】言其色自足迷國也〔二〕，尚何須香耶。宋玉賦曰：嫣然一笑，惑陽城，迷下蔡。

又

冉冉梢頭緑，婷婷花下人。【注】東坡詩：冉冉緑霧生人衣。杜牧之詩：荳蔻梢頭二月初。元微之《李娃行》曰：玉顔婷婷街下立。欲傳千里信，暗折一枝春。【注】見前注。

又

黄裏含真意，【注】退之《燈花》詩：黄裏排金粟。蓋謂額間花鈿也，此借用。春容帶薄寒。【注】趙師民詩：委地露花啼曉恨，拂堤煙柳弄春容。欲知誰稱面，【注】劉禹錫詩：綺季衣冠稱鬢面〔三〕。偏插一枝看〔四〕。

又

花裏重重葉，釵頭點點黄。秪應報春信，故作著人香。【注】《玉臺新詠》：徐君蒨詩：草短猶通屧，梅香漸著人。

校記

〔一〕「則太白」、「則太赤」，二「則」字據盧宋本、高麗本補。　〔二〕「也」，盧宋本作「矣」。　〔三〕「鬚」，原作「鬢」，據盧宋本改。「面」下多注「按庾信蕩子賦曰緑葉起衫紅花宜面」十五字。高麗本亦有此十五字，「鬢」如字。〔四〕「看」下盧宋本多注「王維詩徧插茱萸少一人」十字。

田家

〔補〕梅南本墨批：句意並古，與諸人賦田家迥别。

雞鳴人當行，犬鳴人當歸。秋來公事急，出處不待時。【注】《左傳》曰：公事有公利。《孟子》曰：公事畢然後敢治私事。昨夜三尺雨，竈下已生泥。人言田家樂，爾苦人得知？【注】《漢書》：楊惲曰：「田家作苦。」歐陽公《歸田樂》詩曰：田家之樂知者誰，我獨知之胡不歸。爾苦，猶言如許苦也。

巨野二首

【注】當是移潁州教授時所作。〔箋〕《元豐九域志》：潁州治汝陰，屬京西北路。《年譜》：元祐五年，後山移潁州教授，其冬往赴。

紅落芙蕖晚〔一〕，青深蒲稗秋。【注】謝靈運詩：蒲稗相因依。平湖無過鳥，鳴鼓有行舟。【注】老杜詩：打鼓發船何處郎〔二〕。

又

蒲港侵衣緑，蓮塘亂眼紅。【注】退之《送王塤序》云：猶航斷港絶潢。老杜《竹》詩：色侵書帙亂。《宋莒公集》：梁山泊水無岸，行舟多穿菰蒲爲道，州人謂之蒲巷。此「港」字恐當作「巷」。〔補〕鄭雪耘曰：《四庫提要》云：「蒲港」對「蓮塘」，儷偶相配，不似有誤。非淵親見其地，亦不知「港」當爲「巷」也。按：後山《逸詩》别有《鉅野泊觸事》一首。起句亦云「蒲港牽絲直，平湖墮鏡清」，則蒲港之誤，似非確論。將身供世事，結纜待回風。【注】老杜詩：惟將遲暮供多病。又詩：結纜排魚網。又詩：回風吹早秋。

校記

〔一〕「芙蕖」，趙本作「芙蓉」。〔二〕「郎」下盧宋本多「又詩云半夜有行舟」八字。

别叔父録曹

〔箋〕《宋史·職官志》：録事參軍，掌州縣庶務，糾諸曹稽違。《文集·季父通直郎陳君墓銘》

云：「先大父有五子。」今按：長者名琪，字寶之，後山父也。仲諱某，字某，試爲秘書省校書郎。調滎之資官尉，不赴。京兆之鄠臨潼主簿，舉監環之折博務，皆不終。元豐幾年，年五十有幾而卒。見《文集·仲父陳君墓銘》。而《先君事狀》所云：「仲弟悖悍，數至京師上書。又訟於有司，巧誣醜詆，期以中君。又欲殺其子，君徙妻避之，不怒且怨。其後盡其産，君至無以歸，終不一言。及坐事繫獄，君數千里收其孥以歸老。《先夫人行狀》云：仲父侵夫人，至辱夫人之親，夫人不校。其後仲父坐罪繫獄，先君取其孥，而夫人與之有恩。及仲父死，不幸旁無妻子，其死事皆親焉。曰：「先姑之私，何敢怨。」即其人也。叔即録曹，名珣，字某。其後爲峴山丞。季諱某，字粹父，爲將作監簿。遷太常奉禮郎，大理評事，衛尉大理兩丞，太子中舍。改通直郎，監杭、楚、沂三州之酒税。元豐四年，年四十卒。見《墓銘》。其一無考。仲、季皆珣所手葬，在建中靖國元年五月。而是年十一月，後山卽卒。是珣之卒，尚在後山之後。

爲吏專刑法〔一〕，【注】《漢書·薛宣傳》：吏道以法令爲師。成家託弟昆。【注】老杜詩：實惟親弟昆。三年如昨日，一笑更何言。【注】三年一笑，用《列子》事，見前注。扶老須微禄，【注】《漢書·孔光傳》：賜太師靈壽杖。注：扶老杖也。老杜詩：耽酒須微禄。〔箋〕《文集·答張文潛書》：僕家以仕爲業，舍仕則技窮矣。故僕之於仕，如瘠者之溺，聲氣不動而手足亂。移官實至恩。【注】老杜詩：微官近至尊。時後山自徐學移潁。《王吉傳》：可謂至恩。兩疏元父子，何日復東轅。【注】《漢書·疏廣傳》：廣謂兄子受曰：「豈如父子相隨出關，歸老故鄉乎？」遂上疏乞骸骨。公卿大夫，故人邑子，設祖道供張東都門外。東轅，猶《左氏》所謂「南轅反旆」。

校記

〔一〕「刑」，潘宋本、盧宋本、馬暾本、適園本均作「文」。

出清口

〔箋〕按：黄河自神宗熙寧十年七月，大決於澶州曹村。北流斷絶，河道南徙，東匯於梁山張澤濼。分二派，一合南清河入淮，一合北清河入海。《水經注》：淮水又北，左合椒水。水上承淮水，東北流，逕虵城南，又歷其城東，亦謂之清水。東北流，注於淮水。謂之清水口者，是此水焉。

家世山東飽耕稼，【注】《孟子》曰：自耕稼陶漁，以至爲帝。晚託一舟順流下。【注】《爾雅》順流而下曰泝游。漁溝寒餅不下筯，〔箋〕《元豐九域志》：宿遷三鄉：崔野、桃源、漁溝。三鎮有泗水、汜水。推栖轉頭更五夜。【注】意謂發漁溝時，尚未夕食，舟行已遲明矣。王介甫詩：任村炊米朝食魚，日暮滎陽驛中宿，與此同意。《晉·何曾傳》：猶言無下筯處。老杜詩：椥栖開頭捷有神。《漢儀》：中黄門持五夜。平明放溜出清口，霜落潮回霧連野。

【注】歐公詩：江城月下夜聞歌，淮浦山前朝放溜。平淮一夢三十里，有日無風神所借。【注】《摭遺新説》：王勃自洪州旋舟，謝向時所見老叟曰：「神既借以好風，躬修牢酒，以報神賜。」似憐憂患滿人間，百孔千瘡容一罅。【注】退之《答孟簡書》曰：羣儒區區修補，百孔千瘡，隨亂隨失。文章末技將自効，【注】老杜詩：文章真小技。班固《幽通賦》曰：操末技猶必然兮。《文選》任彦昇作《王文憲集序》曰：昉嘗以筆札見知，思以薄技效德。《漢書·蕭望之傳》曰：爭願自効。語不驚人神可嚇？【注】後山自謂文章尚不能動人，山川之神，其可嚇耶。老杜詩：爲人性僻耽佳句，語不驚人死不休。《莊子》曰：今子欲以子之梁國而嚇我耶。嚇，音許嫁反。子女玉帛君所餘，【注】《左傳》曰：子女玉帛，則君有之。羽毛齒革，則君地生焉。其波及晉國者，君之餘也。按《搜神記》：吴郡太守張公直，過廬山，其子夢爲廬山君所聘〔一〕，怖而遽發。中流，船不行，下女水中。此詩所言子女，謂此類也。寄聲白鳥煩多謝。【注】《漢書·趙廣漢傳》曰：寄聲謝我。又曰：爲我多謝問趙君。

校記

〔一〕「其子」，盧宋本作「其女」。

泛淮

〔箋〕《水經注》：潁水又東南，逕蜩蟟郭東，俗謂之鄭城矣，又東南入于淮。《春秋·昭公十二年》：楚子狩于州來，次于潁尾。蓋潁水之會淮也。

冬暖仍初日，潮回更下風。鳥飛雲水裏，人語櫓聲中。【注】退之《進學解》曰：春暖而兒號寒。杜牧之詩：鳥去鳥來山色裏，人歌人哭水聲中。平野容回顧，【注】言望鄉之眼，不爲重山所隔。老杜詩：平野入青徐。無山會有終。【注】言雖未有可隱之山，豈終老于行役，而不返故里耶！此移潁時所歎也。《易》曰：君子有終。老杜詩：人生亦有初。此效其律。倚檣聊自逸，吟嘯不須工。【注】《晉書》：王廙倚桅樓長嘯，神氣甚逸。王導謂庾亮曰："世將爲傷時識事。"亮曰："正足舒其逸氣耳。"又，庾冰吟嘯〔一〕，鼓枻泝流而去〔二〕。東坡詩云：作詩不須工。

校記

〔一〕「庾冰」，盧宋本作「庾冰傳」。　〔二〕「枻」，盧宋本作「栧」。

猴馬并引

楚州紫極宫，有畫沐猴振索以戲，馬頓索以驚，圉人不測，從後鞭之。人言沐猴宜馬而今爲累，作詩以導馬意。

【注】韓鄂《四時纂要》曰：常繫獮猴于馬房内〔一〕，辟惡消百病，令馬不著疥。〔箋〕《年譜》：蓋經途所作。《山陽縣志》：紫極宫在東南隅，今名紫霄宫，地踞高阜，爲九日登眺之所。宋徐積、

明潘塤皆有詩。又傳有仙人游此，題壁墨深漬，刮之不去。宋熙寧中，楊傑爲之記。又有李公麟畫猿戲馬，馬驚，而圉人鞭之，稱爲奇筆云。《避暑録話》：楚州紫極宫有小軒，人未嘗至。一日忽壁間題詩一絶云：「宫門閒一人，獨凭闌干立。終日不逢人，朱頂鶴聲急。」相傳以爲吕洞賓也，余嘗見之，字無異處，亦已半剥去。土人有危疾，刔其黑，服如黍粟皆愈。〔補〕

梅南本墨批：此亦自杜《赤霄行》等篇出，殊覺有意味可誦。

沐猴自戲馬自驚，【注】《漢書·項籍傳》：楚人沐猴而冠。圉人未解猴馬情。【注】《周禮》：圉師，掌教圉人養馬。猴其天資馬何罪，【注】《史記·商君贊》：其天資刻薄人也。意欲防患猶傷生。【注】《宋書》：王泰曰：「酒雖會性，亦已傷生。」異類相宜亦相失，同類相傷非所及。【注】非所及，猶言非思慮所及也。物惡傷其類，此理之固然，而其間亦有相傷者，豈可復以常理待之耶。《文選》李陵書曰：但見異類。此借用。《史記·孔子世家》曰：君子諱傷其類。志行萬里困一誤，【注】《吴志·陸遜傳》：志行萬里，不中道而輟足。老杜詩：當時歷塊誤一蹶，委棄非汝能周防。吐豆齕荄甘伏櫪。【注】《唐·李林甫傳》曰：君等不見立仗馬乎，終日無聲，而飫三品芻豆。一鳴則黜之矣。《莊子·馬蹄篇》：齕草飲水，翹足而陸。伏櫪，見前注。後山自徐學除太學博士，以言者罷。既而移潁州，故有「同類相傷」與「志行萬里困一誤」之語。

校記

〔一〕「馬房」，盧宋本、趙本作「馬坊」。

徐氏閒軒

【注】徐氏謂徐大正。東坡亦有《閒軒》詩。〔箋〕蘇詩《徐大正閒軒》。施注：徐大正，字得之。因其兄君猷守黄州，始從公游。《淮海集·閒軒記》：建安之北，有山巋然，與州治相直，曰北山。山之南有澗，澗之南有横阜。背山而面阜，據澗之北濱，有屋數十楹，則東海徐君大正燕居之地也，其名曰「閒軒」。

倦遊梁楚愛吾廬，老寄山林孰與娱。【注】《漢書·司馬相如傳》曰：客遊梁。又曰：長卿故倦遊。淵明詩：吾亦愛吾廬。〔箋〕《閒軒記》：君少舉進士，而便馬善射，慷慨有氣略，天下奇男子。齒髮未衰，而欲就閒曠，處幽隱，分猿狖之居，厠麋鹿之游。想見杖藜臨過鳥，【注】言軒檻之高。《莊子》曰：原憲杖藜而應門。柳子厚《柳州山水記》曰：乃臨大野，飛鳥皆視其背。更能赤手縛於菟。【注】魯直詩：守心如縛虎。此用其意，言處閒之難也。東坡詩：當年老使君，赤手降於菟。《左傳》曰：楚人謂虎於菟。〔箋〕《東坡集·徐大正閒軒》詩有「介子願奉使，翁歸備文武」句。《淮海集·徐得之閒軒》詩有「論兵説劍走湖海」句。君寧平世輕三釜，【注】《孟子》曰：禹稷當平世。三釜，見前注。我亦東原有一區。【注】《漢書·揚雄傳》：有宅一區。擬買嬋娟作歸計，可無堆玉斗量珠。【注】元微之《李娃行》曰：平常不是堆珠玉，難得門前暫徘徊。劉禹錫《泰娘歌》曰：路旁忽見停隼旟，斗量明珠鳥傳意。按《嶺表録異》：梁氏女有容貌，石季倫以真珠三斛買之，即緑珠也。

寄豫章公三首

【注】後山自注云：許官茶未寄。　黄魯直家於洪州之雙井。洪，即古豫章。

密雲不雨臥烏龍，【注】張舜民《小説》云：熙寧末，神廟有旨下建州，製密雲龍，其品又高于小團。《周易》：「密雲不雨，自我西郊。」此借用，言茶之未破。已足人間第一功〔一〕。【注】言未戰而勝睡魔也。《漢書》：蕭何功第一。〔補〕梅南本朱筆批：上二句晦澀正似山谷。無汗馬之勞。得諸向來輕季子，【注】《漢書·季布傳》：楚人諺曰：「得黄金百，不如得季布諾。」打門何日走周公。【注】盧仝《謝孟簡惠茶》詩曰：日高丈五睡正濃，將軍打門驚周公。蓋用《魯論》「不復夢見周公」意。後山爲學官，暗用邊韶事。

又

愧無一縷破雙團，【注】破團茶法，多以線縷解之。雙團，謂大小團也。慣下薑鹽枉肺肝。【注】薛能《烏觜茶》詩云：鹽損添常戒，薑宜煮更鮮。東坡《和寄茶》詩云：老妻稚子不知愛，一半已入薑鹽煎。〔箋〕《韻語陽秋》：子由《煎茶》詩云：煎茶舊法出西蜀，水聲火態猶能諳。相傳煎茶只煎水，茶性仍存偏有味。此茶之佳者也。又云：北方俚人茗飲無不有，鹽酪椒薑誇滿口。茶出南方，北人罕得佳品，以味不佳，故雜以他物煎之。陳後山《茶》詩云：愧無一縷破雙團，慣下薑鹽枉肺肝。東坡《和寄茶》詩亦云：老妻稚子不知愛，一半已入薑鹽煎。若茶品自佳，雜以他物，適毀其味爾。茶性冷，鹽導入下經，非養生所宜。山谷謂寒中瘠氣，莫甚於茶。或濟以鹽，勾賊破家。薛能《烏嘴茶》詩亦有「鹽損添宜戒，薑宜著更誇」之句。則知以鹽煎茶，誠無益於養生也。**誓酒不應忘此老，**【注】《晉書·劉伶傳》：伶妻勸伶斷酒，伶曰：「吾不能自禁，惟當祝鬼神自誓耳。」後山持律，酒戒甚嚴，故有此語。**論詩甯肯乞粗官。**【注】薛能《謝王彥威寄茶》詩曰：粗官寄與真抛却，賴有詩情合得嘗。乞，音氣。

又

人須百斛買雙鬟〔二〕，【注】百斛，見前注。《玉臺新詠》：辛延年詩曰：一鬟五百萬，兩鬟千萬餘。魯直詩：欲買娉婷歌煮茗〔三〕，我無一斛明月珠。**水截龍章試虎斑。**【注】《史記·蘇秦傳》：水截鴻鵠。《晉書·嵇康傳》：龍章鳳姿。此借用其字。龍章，謂茶。虎斑，謂盞。**老覺才疏渾不稱**〔四〕，**自攜雲月瀉潺湲。**【注】樂天詩：一別承明三領郡，從教人道是粗才。老杜詩：雲月遞微明。此借用其字，言建瓷如雲中之月也。張平子《思玄賦》曰：亂弱水之潺湲。《字林》曰：潺湲，流貌。湲，音爰，亦音侯，頑切。

校記

〔一〕「已足」，潘宋本、盧宋本作「已是」。　〔二〕「人」，潘宋本作「生」。　〔三〕「歌煮茗」，盧宋本作「供煮茗」。

〔四〕「疏」，潘宋本、盧宋本、何校本作「粗」。

贈秦覯兼簡蘇迨二首

〔箋〕《年譜》：迨字仲豫，東坡仲子。按《實録》：「元祐六年八月，東坡自翰林承旨知潁州，於時仲豫侍行。是歲十月，東坡《祈雨迎張龍公》文云：請教授陳師道，遣男迨云云。今按此條，當繫下卷《送蘇迨》詩下。五年春，東坡在杭州，時秦覯已歸省，有所作《太息》一篇送秦少章可證。至六年，覯方登第，爲餘杭簿，無緣更從東坡於潁，此蓋覯未離杭時，後山寄贈之作，年譜誤也。

兩秦並立難爲下，【注】《史記·孟嘗君傳》云：勢不兩立爲雄。《世説》：後漢陳實二子。紀字元方，諶字季方。實曰：「元方難爲兄，季方難爲弟。」此句用其事。《魏略》：桓範妻曰：「君前在東，坐欲擅斬，徐州人謂君難爲下。今羞爲吕昭屈，難爲上也。」此句用其事。萬里長驅在此初。【注】《成都記》：萬里橋，後主時費禕聘吳，諸葛亮祖於此。禕曰：「萬里之行，故始於此矣。」別後未忘三日語，【注】《唐書·陸贄傳》：張鎰有重名。贄往見，語三日，奇之。人來肯作數行書。【注】老杜詩：相看過半百，不寄一行書。

又

文章從古不同時，【注】言知音未必並世也。漢武聞司馬相如賦曰：「朕獨不得與此人同時哉！」詩語驚人筆亦奇。【注】詩語驚人，見前注。《范曄傳》曰：諸序論筆勢縱放〔一〕，實天下之奇作。柳子厚《先友記》曰：韓會弟愈，文愈奇。道與阿平應絶倒，【注】《晉書》：王澄聞衛玠言，輒歎息絶倒，時人爲之語曰：「衛玠談道，平子絶倒。」又《世説》云：阿平若在，當復絶倒。阿平蓋以屬仲豫。世間能有幾人知。【注】貫休詩云：禪客相逢只彈指，此心寧有幾人知。

校記

〔一〕「諸」，原作「語」，據盧宋本改。

次韻秦少游春江秋野圖〔一〕

【注】後山自注云：宗室所畫。〔箋〕《宋史·秦觀傳》：觀字少游，號太虚，揚州高郵人。元祐初，蘇軾以賢良方正薦於朝，除太學博士，遷正字，兼國史館編修官。《文集·秦少游字序》云：秦子曰：往吾少時，如杜牧之譚兵家書，謂功譽可立致，而天下無難事。今吾年至慮易，顧還四方之志，歸老邑里，如馬少游。於是字以少游，以識吾過。按：《文集》又有《與少游書》，謝樞府章惇見招事。《宋史》采其書入後山本傳。傳又云：師道初遊京師，傳堯俞欲識之，先以問秦觀，曰：「是人非持刺字、俛顔色，伺候乎公卿之門者？」堯俞曰：「非所望也，吾將見之，

子能介於陳君乎？」其後堯俞與蘇子瞻、孫莘老薦後山文行，起爲徐州教授。陳、秦之交蓋如此。又按《淮海集》，此題作《題趙團練畫江干曉景》，不作《春江秋野》也。《侯鯖録》：少游《題大年小景》四首：本自江湖客，宦游何苦心。因君小平遠，還我舊登臨。又云：公子歌鐘裏，何曾識渺茫。唯應斗帳夢，曾入水雲鄉。又云：曉浦烟籠樹，晴江水拍空。煩君添小艇，畫我作漁翁。又云：鳥外雲峯曉，沙邊水榭明。想當揮灑就，侍女一時驚。《墨莊漫録》：宗室令穰大年，善丹青，清潤有奇趣。〔補〕盧文弨云：詩係二首，宋本亦無二首字。懷辛按：潘宋本有「二首」二字。

翰墨功名裏，江山富貴人。倏看雙鳥下，已負百年身。【注】《南史·梁忠烈世子方等傳》云：性愛林泉，特好散逸。嘗著論曰：「吾不及鳥魚遠矣，鳥魚飛浮，任其志性。吾之進退，嘗在掌握。若使吾終得與鳥魚同遊，則去人間如脱屣耳。」此宗室事，故後山引用。蓋舊制，宗室在宮有出入之限，有不許外交之禁故也。老杜詩：長爲萬里客，有愧百年身。〔箋〕按：少游自題第二首有「鳥外雲峯遠」句，此但寫其畫中景耳，任注牽强附會。

又

江清風偃木，霜落雁横空。【注】老杜詩：長林偃風色。若個丹青裏，猶須著此翁。【注】後山自注曰：秦詩云：請君添小艇，畫我作漁翁。言少游方見用於世，非江海之士，不當畫之漁舟也。《晉書》：顧愷之爲謝鯤象在石岩裏，曰：「此子宜置邱壑中。」後山蓋反此意。「著」字嘗經東坡用之，所謂「戲著幼輿岩谷裏」是也。老杜詩：秋色彫春草，王孫若個邊。黄魯直《答王立之》詩曰〔二〕：「小詩若能令每篇不苟作，須有所屬乃善。頃來詩人惟陳無己得此意，每令人歎伏之。蓋渠勤學不倦，味古人語精深，非有謂不發于筆端耳。」觀此詩，信魯直之善論也。〔箋〕任注於此兩句下，引黄魯直《答王立之》云云。今按少游除太學博士時，右諫議大夫朱光庭言其素號薄徒，惡行非一，事在元祐五年五月。及除正字，御史中丞趙君錫，侍御史賈易，交章論其不檢，事在元祐六年八月。並見《續通鑑長編》。後山此詩，作於六年，正少游不得意時。此少游所以有「小艇漁翁」之思，而山谷歎後山爲不苟作也。任注惜未明。

校記

〔一〕盧文弨曰：應增「二首」字，然宋本亦無。潘宋本此題無「秦」字。〔二〕「詩曰」原作「書曰」，據盧宋本改。

幼嶺

【注】後山自注云：外氏有石象山，號幼嶺。

外家英俊場，【注】《漢書·枚皋傳》：與英俊並游。柳子厚書曰：鼓行俊造之場。季氏不好弄。【注】季氏，猶詩所謂伯氏、仲氏。《左傳》曰：夷吾弱不好弄。〔箋〕《硯北雜誌》：龐丞相之子元直，字温叔，性寡嗜好，獨蓄奇石。大小形似，皆有名品，澤以清泉，終日置之坐隅，憂患皆忘。往使江南，訪求巖壑，或有得者，不吝貲費也。按：後山詩明言季氏，當屬潁公第四子名元中，爲大理寺丞者。《雜誌》或誤舉耳。用意邱壑間，頗以石自奉。【注】班固《序傳》：班斿曰：「漁釣于一壑，則萬物不奸其志，棲遲于一邱，則天下不易其樂。」誰言拳握閒，【注】《後漢・張湛傳》：拳握之物，足富十世。意作萬牛重。【注】老杜《古柏行》：萬牛回首邱山重。岱宗小天下，【注】《孟子》：登太山而小天下。不辦一席用。【注】東坡《六一泉銘》載惠勤語曰：西湖蓋歐公几案間一物耳。

絶句

斫水水可斷，【注】越王句踐有八劍。二名斷水，以之指水，開即不合。續弦弦可完。【注】東方朔《十洲記》曰：煮鳳喙麟角，合煎作膠，名之爲續弦膠。兩句言物理之間，合者固有時可斷，而斷者寧不可復續耶！而客主之交，一絶不續，亦可歎矣。如何鄭公客，不作百年看。【注】《漢書・鄭當時傳》：兩人中廢，賓客益落。故班固作贊，引廷尉翟公「一死一生乃見交情」之語。**此詩必有謂而作也。**〔補〕梅南本墨批：如諺如謠，甚有古意。

贈歐陽叔弼

【注】叔弼名棐，六一居士之第三子，家于潁州。〔箋〕按：叔弼廣覽强記，能文辭，用蔭爲秘書正字。登進士乙科，累知襄、蔡等州，坐黨籍廢。《宋史》附其父《歐陽修傳》。畢仲游《西臺集》有《歐陽叔弼傳》。

早知汝潁多能事，【注】《晉書·周顗傳》：汝潁多奇士。「能事」字，出《周易》。「汝潁多奇士」，本曹操語〔一〕。晚以詩書託下僚。【注】《選》詩：英俊沉下僚。大府禮容寬懶慢，【注】《漢書·云敞傳》贊：再入大府。老杜詩：自識將軍禮數寬。晉稽康《與山濤書》云：懶與慢相成。故家文物尚嫖姚。【注】故家遺俗，見《孟子》。《左傳》：臧哀伯曰：「文物以紀之。」此借用。《漢志·景星歌》曰：五音六律，依韋饗昭。雜變並會，雅聲遠姚。注云：姚，嫖姚。言飛揚也。只將憂患供談笑，【注】「憂患」字，見《易·繫辭》。王介甫詩：已將流景供談笑，聊謂知音破鬱陶〔二〕。敢望功言答聖朝〔三〕。【注】功言，見前注。老杜詩：未有涓埃答聖朝。歲歷四三仍此地，【注】歲歷四三，謂十二年也。下篇亦云「中年見二子，已復歲一終。」《尚書》：或四三年。此借用其字也。家餘五一見今朝。【注】歐陽文忠公自號六一居士。作傳曰：「吾家藏書一萬卷，集録三代以來金石遺文一千卷，有琴一張，有棊一局，常置酒一壺。客曰：「是謂五一耳，何如〔四〕？」居士曰：「以吾一翁老於此五物之間，是豈不爲六一乎！」時居士已薨，故曰「家餘五一」。

校記

〔一〕「汝潁」至「操語」九字，盧宋本無。　〔二〕「謂」，盧宋本作「爲」。　〔三〕「言」，潘宋本作「名」。

〔四〕「何如」，盧宋本作「奈何」。懷辛案：《歐集》作「奈何」。

後山詩注補箋卷三

觀兗國文忠公家六一堂圖書〔一〕

【注】歐陽文忠封兗國。〔箋〕《宋史·歐陽修傳》：修始在滁州，號醉翁，晚更號六一居士。

生世何用早，我已後此翁。【注】柳子厚《答元饒州論陸先生春秋書》曰：若吾生前距此數十年，則不得是學矣。今適後之，不爲不遇也。此句頗用其意，且爲下句張本。曹子建《求自試表》曰：士之生世，入則事父，出則事君。〔箋〕按：《宋史·修傳》，熙寧四年以太子少師致仕，五年卒。時後山年十九歲。頗識門下士，【注】南豐、東坡皆六一門下士。東坡《送曾子固》詩曰：醉翁門下士，雜沓難爲賢。〔箋〕《宋史·修傳》：修獎引後進，如恐不及。曾鞏、王安石、蘇洵、洵子軾、轍布衣屏處，未嘗爲人知。修卽遊其聲譽，謂必顯於世。略已聞其風。【注】《莊子·雜篇》曰：墨翟、禽滑釐聞其風而悅之。中年見二子，【注】《晉書·王羲之傳》：謝安曰：「中年以來，傷於哀樂。」「二子」謂棐與辯，棐字叔弼，辯字季默。〔箋〕按：《歐公神道碑》，（蘇轍撰。）公子四：發字伯和，承議郎。奕字仲純，光祿丞。棐字叔弼，朝奉大夫。辯字季默，承議郎。發、棐皆附《宋史·修傳》。後山所見者，叔弼、季默。時方居母薛夫人之喪，未禫除。後山爲潁教授，皆家居也。東坡《得汝陰次韻錢穆父》詩有「風流猶有二歐存」句。已復歲一終。【注】《左傳》：晉侯曰：「十二年是謂一終，一星終也。」呼我過其廬，所得非所蒙。【注】《漢書·貢禹傳》：誠非草茅愚臣所宜蒙也。先朝羣玉殿，【注】范蜀公《東齋記》：嘉祐七年十二月二十三日，召近臣天章閣下，觀書閱瑞物。上親作飛白書，令左右搢笏以觀，又命王禹玉跋尾，人賜一紙。既而置酒羣玉殿云云。歐公有《謝賜飛白書》詩并序，即紀其事〔二〕。《長編》：丙申庚子，凡兩宴羣玉殿。賜書在丙申。冠佩環羣公。【注】《雲漢》詩：羣公先正。神文焕王度，【注】仁宗謚號神文聖武明孝皇帝。《左傳》曰：思我王度，式如玉，式如金。喜色見天容。【注】老杜詩：天顔有喜近臣知。東坡詩：天容玉色誰敢畫。御榻誰復登，【注】《法書要録》曰：唐太宗宴玄武門，作飛白書。衆臣乘酒就太宗手中相競，散騎常侍劉洎登御牀引手然後得之。帝書元自工。【注】此言仁宗之書元自工，非因揣而大也〔三〕，下句蓋終此意。《南史·劉穆之傳》：宋武帝書素拙，穆之曰：「公但縱筆爲大字，一字徑尺無嫌大，既是有所包，其勢亦美。」帝從之，一紙不過六、七字便滿。故東坡《謝賜御書表》曰：筆縱字大，笑宋武之末工。〔箋〕《談叢》：嘉祐之末，宴二府兩制三館於羣玉殿。御書飛白以徧賜之。《文集·仁宗御書後序》：神文聖武皇帝好飛白書，明窗淨几，時一爲之，以侈其好。於是將相、宗戚家有藏焉。（集又有爲江端禮作《御書記》。）《歸田録》：仁宗萬幾之暇無所翫好，惟親翰墨，而飛白尤爲神妙。凡飛白以點畫象形物，而點最難工。黄絹兩大字，【注】老杜詩：鬱鬱三大字，蛟龍岌相纏。一覽涕無從。【注】《世説》：王東亭曰：「一覽而盡。」《禮記》：孔子曰：「予惡夫涕之無從。」似欲託其子，天意與人同〔四〕。【注】謂英廟也。《孟子》曰：「天與子則與子。」韓魏公作《仁宗哀册》，敘羣玉賜書事云：「因擬前會之非常〔五〕，似與羣玉之敘訣。」意當時必有顧託之語也。七年八月〔六〕，英宗立爲皇子。十二月，宴羣玉，皇子預宴。又詔韓琦至御榻前，賜酒一卮。明年三月，仁宗崩。歷數況有歸，【注】《尚書》：舜命禹曰：「天之歷數在汝躬。」敢有貪天功。【注】《左傳》：晉侯賞從亡者。介之推不言禄，曰：「天未絶晉，必將有主。主晉祀者，非君而誰。天實置之，而二三子以爲己力，不亦誣乎。竊人之財，猶謂之盜。況貪天之功，以爲己力乎！」初，元豐三年，王堯臣之子同老，上書言其父定策之功。詔贈太師。元祐五年，殿中侍御史賈易，言堯臣掩韓琦之大勳。故此句指其事。〔箋〕《宋史・修傳》：時東宫猶未定。修與韓琦等，協定大議，語在《琦傳》。又《韓琦傳》：琦懷《漢書・孔光傳》以進，曰：「成帝無嗣，立弟之子。」又與曾公亮、張昪、歐陽修極言之。集古一千卷，明明並羣雄。【注】《集古目録跋》，見《居士集》。〔箋〕《宋史・修傳》：修好古嗜學，凡周漢以降，金石遺文，斷編殘簡，一切掇拾，研稽異同，立説於左，的的可表證，謂之《集古録》。《歐公集・集古録目序》：上自周穆王以來，下更秦漢、隋唐、五代，外至四海九州，名山大澤，窮崖絶谷，荒林破冢，神仙鬼物詭怪所傳，莫不皆有，以爲《集古録》。《澠水燕談録》：歐陽文忠公好古石刻，自岐陽石鼓、岱山、鄒嶧之篆，下及漢魏以來碑刻，皆取以爲《集古録》。誰爲第一手，未有百世公。【注】「百世公」，謂公論也，與上「羣公」韻不相妨。《南史》：齊高帝嘗與王僧虔賭書筆，帝曰：「誰爲第一？」僧虔對曰：「臣書臣中第一，陛下當帝中第一。」廟器刻科斗，寶樽播華蟲。【注】《尚書序》疏曰：科斗書，古文也，所謂蒼頡本體。《尚書》注：「華蟲，雉也。」宗廟彝樽，亦以山龍華蟲爲飾，此言集古鍾鼎書。緬懷弁服士，酬獻鳴瑽瑢。【注】弁服士，謂陪祭諸臣。韻書曰：瑽瑢，佩聲也。《文選》潘岳《西征賦》曰：想佩聲之遺響，若鏗鏘之在耳。〔箋〕按：弁服士，指當時公門下之士，蓋即公《集古録書後》所云：昔在洛陽，與予游者，皆一時豪俊之士，如陳郡謝希深、河南尹師魯、宛陵梅聖俞諸人是也。弁服只作衣冠解，任注謂陪祭諸臣，非。插架一萬軸，【注】退之詩：鄴侯家多書，插架三萬軸。遺子以固窮。【注】《前漢・韋賢傳》：遺子黄金滿籯，不如教子通一經。固窮，見《魯論》。素琴久絶絃，【注】《晉書・陶潛傳》：蓄素琴一張，弦徽不具。《韓詩外傳》：鍾子期死，伯牙擗琴絶絃。基酒頗闕供。【注】自「集古一千卷」以下至此，已見前卷《贈叔弼》詩。《春明退朝録》曰：宗袞嘗言，律云：「可從而違，堪供而闕。」亞六經之文。」《明皇幸蜀記》：韋諤曰：「先無備擬，又恐闕供。」此借用。〔箋〕《歐公集・六一居士傳》：有琴一張，有棋一局，常置酒一壺。〔補〕懷辛案：宗袞意謂吾宗之袞。《退朝録》宋敏求著，宗袞蓋指宋祁。《朱子語類》卷一二八：宋莒公曰：「應從而違，堪供而闕。此六經之亞文也。」向來一瓣香，敬爲曾南豐。世雖嫡孫行，【注】向來，見前注。諸方開堂，至第三瓣香，推本其得法所自，則云此一瓣香，敬爲某人云云。曾鞏子固，建昌南豐人，于歐公猶宗門中嫡子，而後山又師南豐，乃其孫也。後山以東坡薦得官。作此詩時，東坡政爲郡守，終無少貶阿附之意，可謂特立之士矣。然後知東坡之大〔七〕，必能受之也。名在亞子中〔八〕。【注】此後山自貶損也。《前漢・尹賞傳》：賞爲長安令，舉長安中輕薄少年惡子，悉籍記之。〔箋〕按：嘉祐二年，歐公知貢舉。南豐兄弟四人同登科。東坡《送曾子固倅越》詩有「醉翁門下士，雜沓難爲賢。曾子獨超軼，孤芳陋羣妍」句，故後山對歐公自稱爲嫡孫也。《猗覺寮雜記》：陳無己平生尊黄魯直，末年乃云「向來一瓣香，敬爲曾南豐」，人或疑之。不知曾子固出歐公之門，後山受業南豐。此詩乃潁州教授時，觀六一堂圖書作，爲南豐先生燒香宜哉。《何氏語林》：陳無己與晁以道，俱學文於曾子固。無己晚得詩法於黄魯直。他日，二人論文，以道曰：「吾曹不可負曾南豐。」既而論詩，無己曰：「吾此一瓣香，須爲山谷老人燒也。」《竹坡詩話》：呂舍人作《江西宗派圖》，自是雲門、臨濟始分矣。東坡《寄子由》云「贈君一籠牢收取，盛取東軒長老來」，則是東坡、子由爲師兄弟也。陳無己詩云「向來一瓣香，敬爲曾南豐」，則陳無己承嗣鞏和尚爲何疑。余嘗以此語客，爲林下一笑，無不撫掌。又《鐵網珊瑚》載曾氏諸帖，有襄陽王（缺一字。）跋云：陳後山謂「向來一瓣香，敬爲曾南豐」，幼誦是詩。暨讀先生《元豐類槀》，其言必止乎仁義，誠一代之儒宗，是知當時學者，起敬起慕，後山獨發之吟詠也。《耆舊續聞》：陳無己少有譽，曾子固過徐，徐守孫莘老薦無己往見。投贄甚富，子固無一語，無己甚慚，訴於莘老。（下有脱文。）子固云：「且讀《史記》數年。」子固自明守亳，無己走泗洲間，攜文謁之，甚懽，曰：「讀《史記》有味乎？」故無己於文，以子固爲師。元祐初，東坡率莘老、李公擇薦之，得徐州教授。徙潁州。東坡出守，無己但呼二丈，而謂子固南豐先生也。《過六一堂》詩略云：向來一瓣香，敬爲曾南豐。世雖嫡孫行，名在惡子中。斯人日已遠，千歲幸一逢。吾老不可待，草露濕寒螿。蓋不以東坡比歐陽公也。至論詩卽以魯直爲師，謂豫章先生。《餘師録》：逸事云：陳後山初攜文卷見南豐先生，先生覽之，問曰：「曾讀《史記》否？」後山對曰：「自幼年卽讀之矣。」南豐曰：「不然，要當且置他書，熟讀《史記》三兩年爾。」後山如南豐之言讀之。後再以文卷見南豐，南豐曰：「如是足矣。」又：山谷高吟，交臂老杜。至古文不自謂所長，每推無己，但云得句法於曾太史。故荆公詩曰「曾子文章世無有，水之江漢星之斗」，無己詩曰「向來一瓣香，敬爲曾南豐」。蓋南豐淵源西漢，無己親炙南豐。射策始西漢，而董相爲舉首。平津踵武，擢爲第一。無己雖不事舉業，而擬試二篇，論正似董，辭嚴過公孫。而乃困於頳尾，不知飽味。每有良朋，況也永歎而已。〔補〕梅南本朱筆批：惡子註無謂。恐是亞子，周亞夫有作周惡夫。亞、惡二字，古人通用。

斯人日已遠，千歲幸一逢。【注】老杜詩：古人日已遠，青史字不滅〔九〕。東坡《答舒焕書》云：歐陽公天人也。天之生斯人，意其甚難。非且使之休息千百年，恐未能復生斯人也。

吾老不可待，草露濕寒螿〔一〇〕。

【注】草露濕寒蛬，自言哀傷之意，寄于詩什，如秋蟲之悲鳴也。歐公詩蓋云「堪笑區區郊與島，螢飛露濕吟秋草」。老杜詩：草露亦多濕。

校記

〔一〕潘宋本、高麗本、馬瞰本、梅南本、陳唐本、趙本、適園本皆無「國」字。　〔二〕「即紀其事」，高麗本作「其游其事」，盧宋本「其游」作「具載」，「其事」以下十九字盧宋本無。　〔三〕「揣」，盧宋本作「拙」。　〔四〕「與人同」，高麗本、趙本、適園本作「人與同」。　〔五〕「擬」，高麗本作「疑」。　〔六〕「七年」以下三十九字盧宋本無。　〔七〕「然後知」，高麗本作「然亦知」。　〔八〕惠棟曰：「惡子註無謂，恐是「亞子」。「周亞夫」有作「周惡夫」，「亞」「惡」二字，古人通用。王太岳等《四庫全書考証》曰：《觀兗文忠公家六一堂圖書》「世雖嫡孫行，名在亞子中」，刊本「亞」訛「惡」，據《四朝詩》改。今依惠棟攷証改。　〔九〕「滅」，高麗本作「泯」。　〔一〇〕「草露」，盧宋本作「露草」，注同。

送蘇迨

〔箋〕按：迨侍東坡潁州，《東坡集》中《祈雨迎張龍公》文及《書潁州禱雨詩》，一則云：謹請州學陳師道，并遣承務郎迨。一則云：齋戒遣男迨，與州學教授陳履常往禱。又云：是日景貺出，追詩云：「吾儕歸卧髀骨裂，會友攜壺勞行役。僕笑曰：「是男也，好勇過我。」又按：此首不應編列在後山與東坡諸人唱和詩之前。《瀛奎律髓》：追字仲豫，坡公次子也。紀批：此無佳處。「多爲路」三字未詳。

胸中歷歷著千年，【注】《北史·崔悛傳》：鄭伯猷歎曰：「胸中貯千卷書，使人那得不畏伏。」老杜詩：歷歷開元事，分明在目前。《傳燈録》：智常禪師謂李渤曰：「使君摩頂放踵，如椰葉大〔一〕。萬卷書在何處著。」此詩用「著」字甚佳。筆下源源赴百川。【注】唐蔣焕《送魏淄州序》云：筆海納流于百川，詞鋒削成于二華。《孟子》注云：源源，如流水與源通。《荀子·宥坐篇》論水曰：其赴千仞之谷不懼，似勇。謝靈運《擬魏太子詩》曰：百川赴巨海。真字飄揚今有種，【注】真字多患窘束。惟東坡筆墨，超然于楷法之外。退之《雪》詩：波濤何飄揚。《漢書·陳勝傳》：侯王將相，甯有種耶。清談絶倒古無傳。【注】絶倒，見前注。《孟子》曰：是以後世無傳焉。出塵解悟多爲路，【注】《傳燈録》：讓禪師曰：「汝等六人，同證吾身，各契一路。」此言「多爲路」，言當開廣不著一邊也。〔箋〕按：追初名竺僧，少羸多疾，有都下道士李若之，爲布氣，追聞腹中如初日所照而温。見《東坡集·記李若之布氣》文。隨世功名小著鞭。【注】言不用汲汲于功名也。著鞭，見前注。樂天詩：青雲上了無多路，却要徐驅穩著鞭。〔箋〕按：追與弟過，元祐五年，同以詩賦解兩浙路禮部試下。《參寥集》有《送仲豫叔黨二承務赴試春闈》詩。白首相逢恐無日，幾時書札到林泉。【注】《選》詩：客從遠方來，惠我一書札。老杜詩：時應問衰病，書疏及滄浪。

校記

〔一〕「梛」原作「柳」，據盧宋本並《傳燈録》卷七改。

送黄生兼寄二謝二首

〔箋〕按：後山詩中屬黄生者凡七見，屬黄預者凡八見，屬黄充實者一見，屬黄充者二見。以肊度之，黄充實卽黄充之字。此黄生不知卽黄充否？要其爲黄預兄弟行則無疑，以詩中有「南第諸兄早相見」語也。二謝爲山谷婦兄弟。《山谷集》有《送謝公定作竟陵主簿》及《奉答謝公靜與榮子邕論詩長韻》諸詩。公定，悰字。公靜，愔字也。〔補〕梅南本墨批：二首本山谷詩。謝蓋山谷外親耳，何以混入後山集。

南第諸兄早相見，【注】南第，猶言南宅也。《南史·元凶劭傳》有此字。別時託子以無倦。【注】《南史·謝弘微傳》：叔父混爲韻語以奬勸靈運等，並有戒厲之言，惟弘微獨盡褒美，曰：「微子基微尚，無倦由慕藺，勿輕一簣少，進往必千仞。」後山詩意，謂黄生諸兄以其弟託之，爲其好學，蓋知所慕向也。百歲論交見子知〔一〕，【注】老杜詩：論交翻恨晚。百歲，言其久要也。《左傳》曰：他日吾見子面而已，今吾見子之心矣。一朝取別寧吾願。【注】老杜詩：取別何草草。按：《十二國史》云：宓子賤爲單父宰，行過陽晝取別。淵明《歸去來辭》曰：富貴非吾願。妙歲遠游真所難，【注】言其不懷安也。肯爲得官近長安。【注】唐人語曰：「欲得官，近長安。」聖作詩書端有意，猶須用心科舉外〔二〕。【注】意譏王氏經術〔三〕，其《送邢居實序》，論之詳矣。

又

城西兩謝俱能文，〔箋〕任注：二子悰、愔。按《范忠宣集·朝散大夫謝公墓志》：師厚凡四子。忱，知海州懷仁縣。愔，鄂州長泰主簿。悰，蔡州汝陽主簿。悱，假承務郎。又《山谷集·奉答謝公定與榮子邕論詩長韻》有「二子學邁俗，窺杜見牖窗」句。穰丞精悍吾所聞。【注】謝景初，字師厚。二子悰、愔皆知名。穰縣今屬鄧州。《漢書》：嚴延年爲人短小精悍。每讀吾詩得人意，【注】《南史·何遜傳》：沈約曰：「吾每讀卿詩，一日三復，猶不能已。」《後漢》：禰衡爲黃祖作書記，輕重疏密，各得其體。祖曰：「處士正得祖意，如祖腹中之所欲言也。」使不能文已可人。【注】《世說》：謝安少時，請阮光禄道白馬，于時謝不即解阮語〔四〕，重相諮盡。阮乃歎曰：「非但能言人不可得，正索解人亦不可得。」《禮記·雜記》曰：管仲遇盜，取二人焉。上以爲公臣。曰：「所與遊辟也，可人也。」我昔謝公門下士，〔箋〕《朝散大夫謝公墓志》：公諱景初，字師厚。謝氏世爲陽夏人。《詩話》：謝師厚廢居於鄧。王左丞存，其妹壻也，夜至其家，師厚有詩云「倒著衣裳迎户外，盡呼兒女拜燈前」。早年妄作功名意。如今老寄潁河東，九泉雖深愧此公。【注】謝公，即師厚。退之《送陸暢》詩：我實門下士，力薄蝸與蚊。受恩不即報，永負相中墳。暢蓋長源之子也，此句略采其意。〔箋〕《朝散大夫謝公墓誌》：公自襄還鄧，屬疾，即戒左右治後事。而妻子不知，葬公於鄧州穰縣五龍山陽夏公之墓次。《山谷集·送薛樂道知郢鄉》詩：行李道出漢南郡，寄聲諸謝今何如。謝公書堂迷竹塢，手種竹今青青否。我思謝公淚如雨，屬公去灑穰下土。

校記

〔一〕「知」，潘宋本、盧宋本、瞿宋本、趙本皆作「心」。「百歲」，馬暾本、高麗本均作「百年」。懷辛案：作「年」則與下「妙歲」句字不重。然古詩重字亦不礙，姑存，不敢輒定。潘宋本亦作「歲」字。　〔二〕「心」，趙本作「之」。　〔三〕「讖」，梅南本作「議」。　〔四〕「不即」原作「不能」，據盧宋本並《世說新語·文學》改。

次韻蘇公西湖徙魚三首

〔箋〕《東坡集》題作《西湖秋涸，東池魚窘甚，因會客，呼網師遷之西池，爲一笑之樂。夜歸，被酒不能寢，戲作放魚》有「吾僚有意爲遷居，老守縱饞那忍膾」句。《鶴林玉露》：東坡守杭，守潁，皆有西湖。故《潁川謝表》云：入參兩禁，每玷北扉之榮；出典二州，輒爲西湖之長。秦少章詩云：十里薰風菡萏初，我公所至有西湖。欲將公事湖中了，見説官閑事亦無。後謫惠州，亦有西湖，楊誠齋詩云：三處西湖一色秋，錢唐汝潁及羅浮。東坡元是西湖長，不到羅浮便得休。按：《王直方詩話》、《梁溪漫志》亦載此事。《名勝志》：潁州西二里有湖，袤十里，廣二里，翳然林木，爲一邦之勝。蘇詩施注：歐陽文忠昔守潁上，樂其風土，因卜居焉。郡有西湖，公尤愛之。東坡有《陪歐陽公燕西湖》詩。〔補〕梅南本墨批：三篇强倔。其置韻無一不穩勁，且可玩其前後安頓處。

窮秋積雨不破塊，霜落西湖露沙背。【注】退之詩：嗷嗷鳴雁鳴且飛，窮秋南去春北歸。又詩：時秋積雨霽。《西京雜記》：董仲舒曰：「太平之時，雨不破塊。」大魚泥蟠小魚樂，【注】《揚子》曰：龍蟠于泥，蚖其肆矣。《莊子》曰：鯈魚出遊從容，是魚樂也。老杜詩：小魚脱漏不可紀，半死半生猶戢戢〔一〕。大魚傷損皆垂頭，屈强泥沙有時立。高邱覆杯水如帶。【注】言水淺而邱露，其狀如此。《爾雅·釋邱》曰：如覆敦者敦邱。注云：敦，盂也。何遜詩：溢水縈如帶。魚窮不作摇尾憐，【注】退之《與韋舍人書》：若俛首帖耳，摇尾而乞憐者，非我之志也。公寧忍口不忍鱠〔二〕。【注】樂天詩：忍心兩三日，莫作破齋人。東坡元韻云：老守縱饞那忍鱠。修鱗失水玉參差，【注】柳子厚《鏡歌》曰：手援天矛截修鱗〔三〕。《莊子》曰：吞舟之魚，暢而失水。晚日摇光金破碎。【注】退之詩：竹影金瑣碎。此借用，以言鱗鬛映日而光也。咫尺波濤有生死，安知平陸無灘瀨。【注】老杜《觀打魚歌》云：咫尺波濤永相失。又詩：終然滅灘瀨。此身寧供刀几用，著意更須風雨外。【注】御史言蘇公舊詩，有「聞諱而喜」之語。公遂請外補，得潁州。後山詩意或謂此。後篇又云「防有任公釣江海」，亦此意也。《史記》：樊噲曰：「人方爲刀俎，我爲魚肉。」《續世説》曰：周玄豹有袁、許之術，見王都曰：「形若鯉魚，難免刀几」，都竟被殺。東坡詩：天公自著意。是間相忘不爲小，【注】《左傳》：蹇叔曰：「必死是間。」《莊子》曰：魚相忘于江湖。濠上之意誰得會。【注】莊子與惠子遊于濠梁之上。莊子曰：「鯈魚出游從容，是魚樂也。」惠子曰：「子非魚，安知魚之樂？」莊子曰：「子非我，安知我不知魚之樂。」枯魚雖泣悔可及，【注】古樂府曰：枯魚過河泣，何時復還入。作書與魴鱮〔四〕，相教慎出入。莫待西江與東海。【注】以上四句，皆終前意，言外郡亦足爲樂，優遊卒歲，可以避禍也。《莊子》曰：周顧視車轍中，有鮒魚。問之，對曰：「我東海之波臣也，君豈有斗升之水而活我哉？」周曰：「我且南遊吳越之王，激西江之水而迎子可乎？」鮒魚忿然曰〔五〕：「君言此，曾不如索我于枯魚之肆。」

又

〔箋〕《東坡集》題作《復次放魚前韻答趙承議陳教授》，有「且將新句調二子」句。

赤手取魚如拾塊，【注】孫樵《與王霖書》曰：如赤手捕長蛇。又李商隱詩曰：洞庭魚可拾，不可更垂罾〔六〕。布網鳴舷攻腹背。【注】後趙王泰諫冉閔曰：「若我出戰，必腹背受敵。」豈知激濁與清流，【注】《唐書·王珪傳》曰：激濁揚清。《吳志·賀邵傳》曰：遂使清流變濁。《北夢瑣言》：朱全忠賜舊相裴樞等自盡，李振曰：「此輩自謂清流，宜投黃河，永爲濁流。」老杜詩：我亦洗湔與清流。恐懼駢頭牽翠帶。【注】《易》曰：貫魚，以宫人寵。王弼注云：駢頭相次，似貫魚也。老杜詩：水荇牽風翠帶長。居士仁心到魚鳥，【注】此句法用《荇葦》詩「仁及草木」之意。《文選·四子講德論》曰：恩及飛鳥。《列子》曰：天之于民厚矣，植五穀，生魚鳥，以爲之用。會有微生化餘鱠。【注】左思《吳都賦》曰：雙則比目，片則王餘。注云：越王鱠魚未盡，因以其半棄之，爲魚，遂無一面。寧容網目漏吞舟，【注】《晉書》：顧和答王導曰：「明公作輔，寧使網漏吞舟。何緣採聽風聞，以察察爲政。」《世説》：劉公幹答魏文帝曰：「亦由陛下網目不疏。」誰能烹鮮作苛碎。【注】《老子》曰：治大國若烹小鮮。我亦江湖釣竿手，【注】杜牧之詩：惆悵江湖釣竿手，却遮西日向長安。誤作輕車從下瀨〔七〕。【注】《漢武帝紀》：公孫賀爲輕車將軍，甲爲下瀨將軍。鮑明遠詩：後逐李輕車〔八〕。生當得意落鷗邊，【注】《後漢》：梁竦曰：「生當封侯，死當廟食〔九〕。」後山反而用之，故下句云云。《列子》曰：海上之人，從漚鳥遊，漚鳥之至者百數而不止。其父曰：「汝取來吾玩之。」明日，之海上，漚鳥舞而不下。《文選・子虛賦》云：雙鶬下。李善注引《爾雅》曰：下，落也。《談苑》載鄭文寶詩云：雙溪時落海邊鷗。何用封侯墜鳶外。【注】《後漢・馬援傳》：援擊交趾，破之，封新息侯。從容謂官屬曰：「吾從弟少游常哀吾慷慨多大志，當吾在浪泊、西里間，虜未滅之時，仰視飛鳥跕跕墜水中〔一〇〕，卧念少游平生時語，何可得也！」〔箋〕蘇詩查注謂：此詩爲趙景貺作，（趙景貺，名令時，詳後。）誤入《後山集》。蓋景貺以宗室子登第，屈身幕職，故作此感慨，非履常作也。今按：《東坡集》用此韻僅二首，後山何以作至三首？而第三首中有「賜牆及肩人得窺」句，與《答魏衍黄預勉余作詩》云「我詩淺短子貢牆，衆目俯視無留藏」，同一語氣。初亦疑第一、第三首確爲後山作，而第二首主初白説爲景貺作，誤收集中。及檢宋本《坡門酬唱集》，則三首均屬之後山，初白説仍不可從。不如此魚今得所〔一一〕，【注】用《孟子》校人事，「得其所哉」之意。置身暗與神明會。【注】退之《贈李觀》詩曰：北極有羈羽，南溟有潛鱗。川原浩浩隔，影響兩無因。風雲一朝會，變化成一身。誰言道里遠，感激疾如神。《世説》謂晉武帝山濤〔一二〕，不學孫吴，而暗與之會。徑須作記戒鯨鯢，【注】太白《枯魚過河泣》曰：作書報鯨鯢，勿恃風濤勢。防有任公釣東海。【注】《莊子》曰：任公子有大鈎巨緇，五十犗以爲餌，投竿東海。已而大魚牽巨鉤而下，任公子得若魚，離而腊之。

又

詩成落筆驥歷塊，不用安西題紙背。【注】此兩句指東坡詩語俊快，書復雄奇也。《漢書·王褒傳》曰：「駕齧厀，驂乘旦，過都越國，蹶如歷塊。」柳子厚詩云：「書成欲寄庾安西，紙背應勞手自題。」注云：家有右軍書，每紙背，庾翼題云：王右軍六紙。**小家厚斂四壁立，拆東補西裳作帶。**【注】此兩句自言窘于屬和也。《後漢》：陳蕃曰：「小家畜產百萬之貲。」寒山子詩：與道殊懸遠，拆東補西爾。《左傳》曰：樂桓子請帶于叔孫豹，豹召使者，裂裳帛而與之，曰：「帶其褊矣。」〔補〕梅南本墨批：此等拙俗不可學。**堂下觳觫牛何罪，**【注】見《孟子》。**太山之陽人作膾。**【注】《莊子》曰：盜跖膾人肝而餔之。**同生異趣有如此，缾懸甃間終一碎。**【注】《史記·李斯傳》曰：異趣以爲高。退之《送惠師》詩云：去矣各異趣，何爲浪沾巾。《漢書·陳遵傳》：揚雄作《酒箴》曰「觀缾之居，居井之眉。處高臨深，動常近危。一旦叀礙，爲甃所轠。身提黃泉，骨肉爲泥。自用如此，不如鴟夷」云云。此詩言仁與不仁，趣向各異。而不仁者鮮有不及。如缾與鴟夷，所居不同，要之鴟夷保全，而缾終不免也。甃，音丁浪反。井以甎爲甃者也。**流水長者今公是，雨花散亂投金瀨。**【注】《金光明經》曰：流水長者，自在光王之子也。見有一池，其水枯涸。于其池中，有十千魚。遂將二十大象，載皮囊，盛河水，寫至池中，水遂漲滿〔一三〕。又爲施食，解說十二因緣，并稱說寶勝佛名。後十千魚同日命終，生忉利天。是諸天子，復至本處〔一四〕，空澤池所，復雨天花。便從此沒，還忉利宮。《法華經》

曰：彌勒當知爾時彌勒菩薩，豈異人乎，我身是也。求名菩薩，汝身是也。《吳越春秋》曰：伍子胥伐楚，還栗陽瀨水上，欲報自殺婦人以百金，不知其家，投金瀨水中而去。人言充庖須此輩，【注】老杜《雞》詩：充庖爾輩堪。盧仝《放魚歌》曰：此輩肥脆爲絶尤。慈觀更須容度外。【注】《法華經》偈曰：悲觀及慈觀。此引用，當作去聲讀。《南史·謝朏傳》曰：殺之則成其名，正應容之度外。賜牆及肩人得視，【注】此後山自言其詩淺近也，下有《答魏衍》詩，亦云「我詩淺短子貢牆，衆目俯視無留藏」。按《魯論》：賜之牆也及肩，窺見室家之好。公才槃槃一都會。【注】《晉陽秋》云：諺曰：「大才槃槃謝家安。」《漢書·地理志》：勃碣間一都會。有憐其窮與不朽，我亦牽聯書《玉海》。【注】意謂好事者，或以此詩附見《東坡集》中，是與之以不朽之名也。「不朽」字，見《左傳》。退之《張法曹墓碣》曰：若爾吾哀，必求夫子銘。是爾與吾不朽也。又《答元稹書》曰：足下與甄濟父子，俱宜牽聯得書。《南史》：張融自名其集爲《玉海》，今以比《東坡集》。

校記

〔一〕「猶戢戢」原作「皆戢戢」，據高麗本並杜詩《又觀打魚》改。　〔二〕「鱠」原作「膾」，據高麗本、梅南書屋本改。陳彰曰：按《坡門酬唱》作「鱠」，下二首同。　〔三〕「歌」下盧宋本、高麗本有「曲」字。陳彰曰：「鏡歌」當作「鐃歌」。此「手援」句出《河東集·唐鐃歌鼓吹曲·奔鯨沛第五》。懷辛案：陳説是。　〔四〕李眉生曰：古樂府作「何時悔復及」，「鯉」一作「鱮」。　〔五〕「忿」原作「奮」，據盧宋本並《莊子·外物》改。　〔六〕「不可」，高麗本作「不用」。〔七〕「作」，高麗本作「逐」。〔八〕「鮑明遠」等九字盧宋本無。〔九〕「廟食」原作「血食」，據盧宋本並《後漢書》改。〔一〇〕「跕跕」原作「站站」，據盧宋本改。〔一一〕「此魚」原作「此意」，據潘宋本、盧宋本改。陳彰曰：《坡門酬唱集》作「此魚」。〔一二〕「謂晉武帝」，盧宋本作「晉武帝謂」。懷辛案：《世説・識鑒第七》：「時人謂山濤不學孫吴，暗與之會。」然則任注似誤。〔一三〕高麗本「寫」作「瀉」，「漲」作「瀰」。〔一四〕「復至」，盧宋本作「後至」。

次韻蘇公觀月聽琴〔一〕

〔箋〕《東坡集》題作《九月十五日觀月聽琴西湖示坐客》。《詩話》：蘇公居潁，春夜對月，王夫人曰：「春月可喜，秋月使人愁耳。」公謂前未及也。遂作詞曰：不似秋光，只與離人照斷腸。

按：《侯鯖録》亦載此事。

清湖納明月，遠覽無留雲。【注】《選》詩：璇題納明月。稽康《琴賦》曰：情舒放而遠覽。退之詩：何限青天無片雲。人生亦何須，【注】東坡詩：我生亦何須，一飽萬想滅。按蕭子顯《齊書》：裴昭明曰：「人生一身之外，亦復何須。」有酒與桐君。【注】陶隱居《本草序》有《桐君藥録》，此借用，意謂琴也。自醉寧問客，【注】用陶淵明意，見後注。一樽復一樽。【注】太白詩：一盃一盃復一盃。平生今不飲，意得同酣醺。【注】後山以戒律止酒。《高僧白蜜傳》云〔二〕：神領意得，頓盡言前。清言冰玉質，【注】劉禹錫聯句云：清言如冰玉，逸韻貫珠璣。壞衲山水紋。

【注】東坡嘗披衲衣，蓋金山了元師所贈也。殫精有後悟，【注】自言鈍根，領會之不早，故殫竭其精思也。〔補〕梅南本墨批：二語似東野。畜耳無前聞。【注】言聞所未聞也。老杜詩：畜眼未見有。《禮記·檀弓》曰：何居，我未之前聞也。潛魚避流光，【注】水至清則無魚，蓋此意也。《文選》袁宏《三國名臣序贊》曰：潛魚擇淵。《上林賦》曰：擊流光。曹子建詩：明月照高樓，流光正徘徊。歸鳥投重昏。【注】老杜詩：仰羨黄昏鳥，投林羽翮輕。《文選·頭陀寺碑》曰：曜慧日于康衢，則重昏夜曉。信有千丈清，不如一尺渾。【注】四句皆勸蘇公含垢納污之意。《涉潁》詩亦云：至潔而納污，此水真吾師。蘇公《送魯元翰》詩云：皎皎千丈清，不如尺水渾。故後山言信有以印之。老杜詩：信有人間行路難。

校記

〔一〕此題潘宋本「觀月」上有「西湖」二字，高麗本、馬噉本同。〔二〕「白密」，盧宋本作「帛密」。

次韻蘇公涉潁

〔箋〕《東坡集》題作《汎潁》，有「趙、陳兩歐陽，同參天人師」句。《水經注》：潁水又東逕汝陰故城北。縣在汝水之陰，故以汝水納稱。《元和郡縣志》：潁水西自汝陰縣界流入，又東流入淮。

衡風不成寒，【注】《楚辭》：衡風至兮揚波。注：衡，墜也。脱木還自奇。【注】《文選》謝莊《月賦》曰：洞庭始波，木葉微脱。坐看白日晚，起行清潁湄。【注】《楚辭·九歌》曰：白日晼晚，其將入兮。《文選》虞子陽詩曰：飛狐白日晚。三穴未爲得，【注】馮諼曰：狡兔三窟〔一〕，僅得免死。《晉書》：王衍謂弟澄、敦曰：「卿二人在外，而吾留此，足以爲三窟矣。」《司馬相如傳》：楚亦未爲得也。一舟不作癡。【注】二句似託意，以坡避謗請郡爲得策。《晉·傳咸傳》：楊濟與咸書曰：「生子癡，了官事，官事未易了也。了事正作癡，復爲快耳！」詩意謂放情物外，非俗吏所爲。路暗鳥遺音，【注】《周易·小過》：飛鳥遺之音。江清魚弄姿。【注】《後漢·李固傳》：搔頭弄姿。老杜詩：林熱鳥開口，江渾魚掉頭。宇定怪物變，【注】《莊子》曰：宇泰定者，發乎天光。意行覺舟遲。【注】《列子》：管夷吾曰：「姿意之所欲行。」劉禹錫《蠻子歌》曰：腰斧上高山，意行無舊路。此借用其字，謂神遊八表，非楫櫂所及。公與兩公子，妙語含風漪。【注】兩公子，謂兩歐陽也。《漢書·賈捐之傳》曰：君房下筆，言語妙天下。退之《簟》詩曰：卷送八尺含風漪。此借用，以言風行水上，自然成文也。但怪笑談劇，【注】《漢書》：揚雄口吃，不能劇談。莫知賓主誰。【注】《後漢書·龐德公傳》注曰：司馬德操，常詣德公。值其渡沔上先人墓，德操竟入其堂，呼德公妻子，使速作黍。須臾，德公還，直入相就，不知何者是客也。東坡詩：明日德公當上冢，不知誰主復誰賓。得句未肯吐，鬱鬱見睫眉。【注】魯直詩：李侯有句不肯吐。又云：眉間鬱鬱似陰功。劉禹錫詩：依依見眉睫。按《莊子》曰：向吾見若眉睫之間，因以得汝矣。相從能幾何，行樂當及茲。【注】《漢書·楊惲傳》：人生行樂耳。古詩曰：爲樂當及時，何能待來茲。生忍自作難，【注】「自作難」，猶言徒自苦也。太白詩：迴山轉海不作難。百憂間一嬉。【注】《詩》云：我生百憂。

《莊子·盜跖篇》曰：人上壽百歲，中壽八十，下壽六十。除病瘦死喪憂患，其中開口而笑者，一月之中，不過四五日而已耳。時尋赤眼老，【注】《傳燈録》：廬山歸宗寺智常禪師，以目有重瞳，遂將藥手按摩，目眥俱赤，世號「赤眼歸宗」。東坡喜從僧遊，故有此句。不探黄口兒。【注】《晉書》：王澄脱衣上樹，探鵲鷇而弄之。劉琨謂澄外雖散朗，而内實動俠。以此處世，難得其死。《家語》曰：孔子見羅雀者，所得皆黄口小雀，曰：「大雀善驚而難得，小雀貪食而易得。」《北史·崔㥄傳》：崔暹啓㥄，竊言文襄帝爲黄口小兒。解公頭上巾，一洗七年緇。【注】昭明太子作《陶淵明傳》曰：取頭上葛巾漉酒。李太白詩：豈負頭上巾。沈休文《新安江水》詩曰：紛吾隔泥滓，豈假濯衣巾。願以潺湲水，沾君纓上塵〔二〕。《選》詩：「京洛多風塵，素衣化成緇。」緇，黑色也。蘇公謫居黄州，凡七年，爲庚塵所污多矣。至潔而納污，【注】《左傳》曰：川澤納污。〔箋〕按《續通鑑長編》：軾既爲賈易誣詆，趙君錫相繼言之，因復請外。詔以龍圖閣學士，知潁州。同時易亦出知廬州，君錫知鄭州。此水真吾師。【注】老杜詩：痛飲真吾師。須公曉二子，【注】《列子》曰：因往曉之。司馬遷書曰：以曉左右。人自窮非詩。【注】歐公作《梅聖俞詩集序》曰：非詩之能窮人，殆窮者而後工也。兩歐陽不肯作詩，故欲以此曉之。

校記

〔一〕「窟」原作「穴」，據盧宋本改。

〔二〕「沾君」原作「沾吾」，據盧本並《文選》改。

再次韻蘇公示兩歐陽〔一〕

〔箋〕《東坡集》題作《復次前韻謝趙景貺陳履常見和兼簡歐陽叔弼兄弟》。

公詩周魯後，【注】謂蘇公詩可繼《周詩》、《魯頌》也。曳曳垂天雲。【注】《莊子》曰：鵬怒而飛，其翼若垂天之雲。

府中顧長康，【注】《晉書》：顧愷之，字長康。桓温引爲參軍，甚見親昵。詩意以比趙德麟，德麟時簽判潁州。按：東坡《泛潁》詩亦曰：趙、陳兩歐陽，同參天人師。觀妙各有得，共賦涉潁詩。風味如麴君。【注】《開元傳信記》曰：葉法善與朝士數人會元真觀。有人請麴秀才突入坐中〔二〕。少年秀美，語論不凡。葉疑其非人，潛飛小劍擊之，應手墮地，乃一酒榼，中有美醖，共飲之，皆曰：「麴生風味，不可忘也。」非公無此客，【注】《晉書》：謝安見桓温。既出，温問左右：「頗嘗見我有如此客否？」請壽兩山樽。【注】《漢書·樓護傳》：王邑居樽下，稱賤子上壽。《周禮·司樽彝》曰：其再獻用兩山樽。叔季大儒後，【注】謂叔弼、季默兩歐陽也。《荀子》曰：大儒可爲三公。偏醒亦同醺。【注】言其清而不隘。老杜詩：漁父忌偏醒。《南史·羊侃傳》：不飲酒而好賓游。終日獻酬，同其醉醒。心與柏石堅，【注】返之詩：柏生兩石間。章成綺繡文。【注】老杜詩：揮翰綺繡揚。歐公詩亦云：東家太守詩尤美，組織文章爛如綺。按《漢·哀帝紀》止織綺繡。多難獨不補，少戇今無聞。【注】兩句後山自謂也。老杜詩：多難身何補。《漢·高帝紀》曰：王陵少戇。《魯論》曰：四十五十而無聞。時無古今異，智有功名昏。【注】《史記·平原君贊》曰：利令智昏。《後漢·馬援傳》論曰：援戒人之禍，智矣，而不能自免于讒隙，豈功名之際，理固然乎！夫「利不在身，以之謀事則智；

慮不私己，以之斷義必厲」云云。可使百尺底，不作數斗渾。【注】四句皆勸公潔身高退之意。《前漢·溝洫志》曰："涇水一石，其泥數斗。"詩意謂功名之昏人，猶泥之濁水。

校記

〔一〕此首潘宋本爲《次韻蘇公西湖觀月聽琴》之二。〔二〕「請」，盧宋本作「稱」。

次韻蘇公勸酒與詩

〔箋〕《東坡集》題作《叔弼云履常不飲故不作詩勸履常飲》，有「二歐非無詩，恨子不飲故」句。

五士三不同，煩公以詩訴。【注】東坡守潁時，趙德麟作簽判，後山爲學官，其兄傳道來過，而歐陽叔弼、季默，家居于潁。東坡送傳道詩所謂「五君從我遊」是也。兩歐陽以新免母喪，不肯作詩，後山以持律不飲酒，故云三不同。强酒古所辭，【注】《孔叢子》曰："平原君强子高酒，曰：「堯舜千鍾，孔子百觚，古之聖賢，無不能飲也，吾子何辭焉。」子高曰：「聖賢以道德燕人，未聞以飲也。」"後山此句，自解其不飲。妙語神其吐。【注】謂詩可以感鬼神也。《左傳》曰："神其吐之乎。"此句勸兩歐陽作詩也。自念每累人，舉扇無我污。【注】兩歐陽以後山不飲酒，故不作詩，因有「累人」之句。《晉書·王導傳》："導不平庾亮。常遇西風塵起，舉扇自蔽，徐曰：「元規塵污人。」"復使兩歐陽，縮手不分付。【注】退之《祭柳子厚文》曰：巧匠旁觀，縮手袖間。平生西方社，【注】此以下後山自述。《高僧慧遠傳》：劉遺民、雷次宗等，依遠遊止。乃于精舍無量壽佛前，建齋立誓，共期西方。樂天詩曰：南祖心應學，西方舍可投。努力須自度。【注】古詩：努力加餐飯。《遺教經》曰：當念無常之火，燒諸世間。常求自度〔一〕。不憂龜九頭，【注】《法苑珠林》云：唐趙文信暴死，三日復蘇。自説閻羅王令引出庾信，乃見一大龜，身一頭九，作人語云：「我爲生時好作文章，妄引佛經，雜揉俗書，又誹謗佛法，故受此苦。」肯畏語一誤〔二〕。【注】此句本用百丈「野狐」話，而借用《謝安傳》中語。按：僧問前百丈云：「大修行人，還落因果無？」丈曰：「不落因果，以語謬，故墮野狐趣。」後百丈爲更之曰：「不昧因果。」《晉書·謝安傳》：安語未嘗誤，而忽一誤，衆異之。尋薨。頓悟而漸修，【注】修，一作進。從此辭世故。【注】《楞嚴經》曰：理則頓悟，乘悟併銷。事非頓除，因次第進。《傳燈録·圭峰禪師傳》曰：顯頓悟資于漸修。陶淵明詩：終身與世辭。《文選》嵇康書曰：世故繁其慮，七不堪也。公看萬金産，寧能一朝具。【注】言證果位，亦因進修之漸也。退之詩：指渠相告言，此是萬金産。兩生文章家，【注】此以後屬兩歐陽。柳子厚《與楊憑書》曰：丈人以文律通流，當世鼎列，天下號爲文章家。夙紀《鳴蟬賦》。【注】歐公有《鳴蟬賦》。又有跋云：予因學書，起作賦草。他兒一視而過，獨小子棐守之不去，此兒必能爲吾此賦也，因以予之。請公堅城壘，【注】《世説》：謝胡兒語庾道季曰：「諸人暮當就卿談，可堅城壘。」兵來後無數。【注】《前漢·閩粤王傳》曰：漢兵衆強。卽幸勝之，後來益多。《禮記·聘義》曰：燕與時賜，無數。

校記

〔一〕「常求」，盧宋本作「早求」。　〔二〕「肯畏」原作「肯爲」，據潘宋本、盧宋本改。陳彰曰：《坡門酬唱》亦作「肯畏」。

次韻蘇公督兩歐陽詩

〔箋〕《東坡集》題作《景貺履常屢有詩督叔弼季默唱和已許諾矣復以此句挑之》。《王直方詩話》：東坡云：在潁時，陳無己、趙德麟輩適亦守官於彼，而歐陽叔弼與季默亦又居閒，日相唱和。而二歐陽頗不作詩，東坡以句挑之云云。蓋爲文忠昔有詩贈梅聖俞、蘇子美云：「我亦願助勇，鼓旗譟其旁。快哉天下樂，一嚼宜百觴」也。

吟聲正可候蟲鳴，【注】柳子厚詩：門掩候蟲秋。東坡詩云：欲遣何人賡絶唱，滿階桐葉候蟲吟。酒面猶須作老兵。【注】言二君自可作詩，尚何須待我飲耶。《晉書》：謝奕嘗逼桓温飲，温走避之。亦遂引温兵帥共飲〔一〕，曰：「失一老兵，得一老兵。」豈有文章妨要務，【注】《文選》楊修《答臨淄侯牋》曰：若乃銘功景鍾，書名竹帛，斯自雅量所畜也，豈與文章相妨害哉。《晉書・謝安傳》：王羲之曰：「虚談廢務，浮文妨要。」《吴志・陸抗傳》曰：無用兵馬，以妨要務。孰知詩律自前生。【注】孰與熟同，後山多用孰知字。按《資治通鑑》：慕容翰曰：「且吾孰知步夜干之爲人〔二〕。」老杜詩曰：詩律羣公問。王維詩曰：宿世謬辭客，前生應畫師。向來懷璧真成罪，【注】《左傳》曰：匹夫無罪，懷璧其罪。此句本用懷寶迷邦之意，而借用此語，以譬二子不肯出詩〔三〕，未免爲累也。未必含光不屢驚。【注】此言雖欲自晦，而固已駭世矣。《文選》崔子玉《座右銘》曰：曖曖内含光。《莊子》曰：列禦寇遇伯昏瞀人，伯昏瞀人曰：「奚方而反？」曰：「吾驚焉。」曰：「惡乎驚？」曰：「吾嘗食于十饕，而五饕先饋。」「夫内誠不解，形諜成光，以外鎮人心。使人輕乎貴老，而鳌其所患。」血指汗顔終縮手，【注】退之有《祭柳子厚文》曰：不善爲斲，血指汗顔。巧匠旁觀，縮手袖間。此懷端復向誰傾。【注】老杜詩曰：一生襟抱向誰開。太白詩曰：君心不肯向人傾。

校記

〔一〕「兵」原作「太真」，據盧宋本並《晉書·謝奕傳》改。〔二〕「步」，盧宋本作「涉」。〔三〕「譬」原作「警」，據高麗本改。

次韻蘇公題歐陽叔弼息齋

〔箋〕《東坡集》題作《與趙陳同過歐陽叔弼所治小齋戲作》。

行者悲故里，【注】《漢書·高帝紀》：遊子悲故鄉。居者愛吾廬。【注】陶淵明詩：吾亦愛吾廬。生須著錐地，【注】《莊子》曰：堯舜有天下，子孫無置錐之地。何賴汗牛書。【注】柳子厚《陸文通墓表》曰：其爲書，處則充棟宇，出則汗牛馬。丈室百尺牀，稱子閉門居。【注】唐顯慶中，王玄策使西域，至毗耶離城維摩居士石室，以手板縱橫量之，得十笏，故名方丈。《維摩經》曰：即以神力空其室內，惟置一牀，以疾而卧。樂天《閑居自題》詩曰：此是白家翁，閉門終老處。百爲會有還，【注】龐德公所謂趣舍行止，亦人之窠穴也，且各得其棲宿而已。一足不願餘〔一〕。【注】一足字，見前注。左太沖《詠史》詩曰：飲河期滿腹，貴足不願餘。紛紛老幼間，失得了懸虛。【注】人生自幼迨老，或得或失，懸知皆歸于一空也。客在醉則眠，聽我莫問渠。【注】《南史·陶淵明傳》：淵明嘗曰：「我醉欲眠卿可去。」東坡有詩反是，曰：醉中有客眠何害，須信陶潛未若賢。論勝已絶倒，【注】絶倒，見前注。句妙方愁予。【注】《楚辭》：目眇眇兮愁予。此借用，自恨其詩之不如也。〔箋〕按：東坡《押予字韻》云「夢回聞剥啄，誰呼陳、趙、予」，趙景貺拊掌曰：「句法甚新，前人未有。」歐陽季默曰：「有之。長官請客，吏請客目。曰：『主簿、少府、我。』即此語也。」見《東坡集·書潁州禱雨詩》及《東坡詩話》。竹几無留塵，【注】《選》詩：「巢幕無留燕。」此用其語律。霜畦有餘蔬。【注】老杜詩：霜中登故畦。《莊子》曰：鼠壤有餘蔬。相從十五年，不爲食有魚。【注】用《史記》馮驩事。退之《招楊之罘》詩曰：前陳百家書，食有肉與魚。時須一俛仰，君可待蘧篨〔二〕。【注】《説文》曰：蘧篨，粗竹席也。王介甫詩云：聰明兩不借，榻靜一蘧篨。

校記

〔一〕「不願」，潘宋本作「不待」。　〔二〕「待」，盧宋本作「貸」。

次韻蘇公竹間亭絶句

【注】後山自注云：是夕公畫枯木。〔箋〕《東坡集》題作《西湖戲作》，有「我從陳趙兩歐陽」句。

竹裏高亭燈燭光，【注】老杜詩：竹裏行廚洗玉盤。又詩：今夕復何夕，共此燈燭光。今年復得杜襄陽。【注】晉杜預嘗鎮襄陽，今以比蘇公。倏看老蓋千年後，【注】謂畫枯木。老杜《見松栽》詩曰：欲存老蓋千年意，爲見霜根數寸栽。更想霜林百尺強。【注】因以屬蘇公。《南史·王規傳》曰：王威明千里絶足，百尺無枝，真俊人也。老杜詩：「四松初栽時，大抵三尺強。」算家以有餘爲強。

寄參寥

【注】吴中詩僧道潛，自號參寥子。〔箋〕《咸淳臨安志》：道潛，於潛浮溪村人。字參寥，本姓何。幼不茹葷，以童子誦《法華經》，爲比邱，於内外典無所不窺。崇寧末示寂，賜號妙總大師。

平生西方願，【注】西方社，見前注。擺落區中緣。【注】淵明詩曰：擺落悠悠談。謝靈運詩曰：緬邈區中緣。惟于世外人，相從可忘年。【注】《南史·江總傳》：張纘等與爲忘年交。道人贊公徒，相識幾生前。【注】老杜詩：贊公湯休徒。早作步兵語，【注】晉阮籍爲步兵校尉。鍾嶸《詩品》曰：籍詩雖無雕琢之巧，而《詠懷》之作，以陶冶性靈幽致。言在耳目之内，性寄八荒之表，洋洋乎會于風雅矣。〔箋〕《文集·送參寥序》：妙總師參寥，大覺老之嗣，眉山公之客，而少游氏之友也。釋門之表，士林之秀，而詩苑之英也。蘇詩（《次韻僧潛見贈》）施注：僧道潛，尤喜爲詩。過東坡於彭城，甚愛之。以書告文與可，謂其詩句清絶，與林逋上下。蘇黄門稱其體製絶類儲光羲，非近時詩僧所能及。晚參雲門禪。【注】雲門大師文偃，見《傳燈録》。拾策孤山下，〔箋〕《武林梵志》：智果寺舊在孤山《咸淳臨安志》智果院，開運元年，錢氏建。元祐中，守蘇文忠公重建法堂，有題梁。一室頗蕭然。【注】孤山在錢塘。昭明太子《陶潛傳》曰：環堵蕭然。林昏出幽磬，竹杪横疎煙。【注】老杜詩：林昏罷幽磬。孫何詩：秋磬出疎林。昨日寄書至，坐想參寥泉。【注】東坡嘗作《參寥泉銘》，序曰：予出守錢塘，參寥子在焉。卜智果精舍居之，鑿石得泉如冽，乃名之參寥泉。〔箋〕《東坡詩話》：僕在黄州，參寥自武陵來訪，館之東坡。一日，夢參寥誦新詩，覺而記兩句「寒食清明都過了，石泉槐火一時新」。後七年，守錢塘，而參寥始卜居湖上智果院。院有泉出石縫間，甘冷宜茶。寒食之日，僕與客泛舟謁參寥，汲泉鑽火，烹黄蘗茶。忽悟所夢詩，兆於七年之前。蘇詩（同上。）施注：坡守錢塘，卜智果精舍居之。入院分韻賦詩，又作《參寥泉銘》。按《東坡集·智果院分韻得心字》句云：雲涯有淺井，玉醴常半尋。遂名參寥泉，可濯幽人襟。又有《登垂雲亭飲參寥泉》詩。此泉如此公，遇物作清妍。【注】退之《月池》詩：若不妒清妍，卻成相映燭。一别今幾時，〔箋〕按《送參寥序》有云：元符之冬，參寥去魯還吴，道徐而來見。余與之别，餘二十年，復見於此。以《年譜》考之，後山元符元、二年冬均在徐，逆數二十年，爲元豐初年。東坡守徐，參寥自杭來訪，館於虚白堂，未幾歸，東坡有《送參寥》詩。後山與參寥别，當在是年。作此詩時，别亦十四年矣。緑首成白顛。【注】《後漢·蔡邕傳》曰：華顛胡老。

子亦憐我老，我豈要子憐。【注】老杜詩：不聞八尺軀〔一〕，常受衆目憐。會逢萬里風，一繫五湖船。【注】老杜詩：安得萬里風〔二〕。又詩：永繫五湖舟。按《南史》：宗愨曰：「願乘長風，破萬里浪。」《國語》曰：范蠡遂乘輕舟，以浮於五湖。酌我嚴下水，咽子山中篇。【注】東坡詩云：吾詩堪咀嚼，聊送別酒嚥。

校記

〔一〕「八尺軀」原作「八尺身」，據盧宋本並杜《贈十五丈別》詩改。　〔二〕「安」原作「定」據高麗本並杜《夏夜嘆》詩改。

北渚

〔箋〕《元和郡縣志》：潁水西北自陳州項城縣界流入，伏於城下。按：即北渚。

南蕩不可渡，北渚風浪生。【注】老杜詩：春江不可渡，二月已風濤。又詩：牛女年年渡，何曾風浪生。向來狐兔迹，已復蛟鼉鳴。【注】《文選》張孟陽詩云〔一〕：狐兔窟其中。《宋書·五行志》曰：吴孫亮初，公安有白鼉鳴。

校記

〔一〕「孟陽」原作「夢陽」，據高麗本改。

東阡〔一〕

〔箋〕《文集·持善序》：元祐二年春，徐之東禪主者懷超，夢出中庭，見二大士，相縶於木下。怪而問之，對曰：「此陳教授氏之物也。」是夏，師道始承命至，則館於東禪。

東阡急雨不成泥，【注】老杜詩：急雨稍溪足。又詩：山雨不作泥。度密穿青取徑微。【注】歐公詩：一徑入蒙密，已聞流水聲。行穿翠篠盡，忽見青山横。老杜詩：微徑不復取。邂逅無人成獨往，【注】詩曰：邂逅相遇，適我願兮。《莊子·德充符》注曰：夫心之全也，遺身形，忘五臧，忽然獨往，而天下莫能離。慇懃有月與同歸。【注】老杜詩：昨夜月同行。

校記

〔一〕此題潘宋本、高麗本、盧宋本均作「東禪」。盧文弨曰：「阡」，宋本訛「禪」。陳彰曰：按目録宋本亦作「禪」，盧校以爲訛。今以《持善序》證之，盧説非也。懷辛案：陳説是。

八月十日二首

一夢人間四十年，只應炊竈固依然。【注】《異聞集》云：道者吕翁，經邯鄲道上。邸舍中有少年盧生，自歎其貧困，言訖，即思寐。時主人方蒸黄粱爲饌，翁乃探囊中枕以授之。生夢自枕竅入其家，見其身富貴五十年，老病至卒。欠伸而悟，吕翁在旁，主人炊黄粱尚未熟。又退之詩云：閭里故依然。兩官不辦一邱費，【注】言俸薄不辦買山錢也，時後山再爲學官。班固《叙傳》：班嗣曰：「棲遲于一邱，則天下不易其樂。」五字虚隨萬里船。【注】言空有詩名，播于異域也。《北夢瑣言》：杜荀鶴詩：只將五字句，用破一生心。賈島《哭孟東野》詩云：塚近登山道，詩隨過海船。老杜詩：下臨不測江，中有萬里船。

又

人生七十今強半，老去光陰已後身。【注】老杜詩：人生七十古來稀。更欲置身須世外，世間元自不關人。【注】樂天詩：應須繩墨機關外，安置疏愚鈍滯身。又云：置心世事外，無喜亦無憂。

迎新將至澧城暮歸遇雨

〔箋〕《年譜》：按《實録》，元祐七年正月辛亥，東坡自潁除知揚州。二月辛酉，少府監晏知止，除知潁州。六月甲子，以禮部侍郎韓川換知止。此言新將，當是韓川。按《宋史·韓川傳》：川字元伯，陝人。張舜民論西夏事，罷御史，梁燾等爲舜民爭之。川與吕陶、上官均謂舜民言實不可行。燾等去。川亦改太常少卿，不拜。加集賢校理，知潁州。又按：川爲中書舍人時，山谷除起居舍人。川劾其輕黠浮薄，素無士行，邪穢之迹，狼籍道路。事在元祐六年三月。而自元年十二月以後，其攻東坡尤力。後山但稱新將，蓋惡其人，因削其姓名也。《北窗炙輠》載：陳履常以監司非其人，置其酒食於廳角。今雖未知所云監司何人，要亦韓川之流也。

早投林野違風雨，晚傍塵沙飽送迎。【注】言出處勞逸之異也。張華《鷦鷯賦》曰：違鍾岱之林野。老杜詩：塵沙傍蜂蠆。又詩：徵君晚節傍風塵。又詩：萬里巴渝曲，三年實飽聞。《前漢·韓信傳》：趨拜送迎。却愧兩街居販子，卧聽車馬過橋聲。【注】從俗疲苦，反不如市人之安逸也。東坡詩：識君拄杖過橋聲。

即事

老覺山林可避人，【注】《魯論》曰：與其從避人之士也，豈若從避世之士哉。正須麋鹿與同羣。【注】潘岳《關中記》曰：辛孟年七十，與麋鹿同羣遊，世謂之鹿仙。老杜詩：全生麋鹿羣。却嫌鳥語猶多事，强管陰晴報客聞。【注】此句必有所指。《北史》：高阿那肱曰：「漢兒多事，强知星宿。」東坡詩：不會人間閒草木，預人何事管興亡。魯直詩：竹山蟲鳥朋友語，討論陰晴怕風雨。

齋居

〔補〕梅南本墨批：此亦山谷詩。

青奴白牯靜相宜，【注】黄魯直云〔一〕：趙子充示《竹夫人》詩，蓋涼寢竹器，憩臂休膝，似非夫人之職。爲名曰青奴。《傳燈録》：長沙岑和尚曰：「貍奴白牯却知有。」蓋謂水牯牛也。此詩借用，似言白角簟。老罷形骸不自持。【注】《南史·蔡興宗傳》：沈慶之曰：「加老罷私門，兵力頓闕。」老杜詩：白頭老罷舞猶歌。《漢書·楊王孫傳》：願進醫藥厚自持。一枕西窗深閉閤，【注】《漢書·韓延壽傳》：入卧傳舍，閉閤思過。卧聽叢竹雨來時。【注】賈島詩：宿客未眠過半夜，獨聞山雨到來時。

校記

〔一〕「云」原作「詩」，據高麗本、梅南書屋本改。

中秋夜東刹贈仁公

〔箋〕按：東刹者，潁州觀音院也。《文集》有《請觀音院禪師疏》三首，云：進茲東刹，今號左禪。又有《觀音院無盡供疏》、《觀音院廣疏》。又《文集·比邱理公墓銘》中有禪者普仁其人。又《談叢》記道者吕翁如金陵過王荆公條，亦載後山與普仁語。仁公當名普仁。又饒節《倚松集》有《止止堂》詩，送仁禪者偏參。吴則禮《北湖集》有《仁老小景贊》。

盈盈秋月不餘分，【注】《東坡樂府》云：三五盈盈還二八。《漢書·律歷志》曰：商十二月甲申，朔旦冬至無餘分。葉露懸光可數塵。【注】老杜《對月》詩：此時瞻白兔，直欲數秋毫。此地正須煩一笑，要令排户問東鄰。【注】柳子厚書曰〔一〕：填門排户。

校記

〔一〕「書」字原無，據盧宋本增。

十五夜月

〔箋〕《瀛奎律髓》：詩意老硬。紀批：後四句深微之至，可云靜詣。六句入神，所謂離形得似。又批：江西派病處爲著此二字按：指老硬。於胸中，生出流弊。

向老逢清節，歸懷託素暉。【注】《文選》樂府云：昭昭素月明，輝光燭我牀。飛螢元失照，【注】老杜詩：暗飛螢自照。《傳燈録》：鹽官和尚曰：「日下孤燈，果然失照。」重露已霑衣。【注】老杜詩：重露成涓滴。謝莊《月賦》：佳期可以還，微霜霑人衣。稍稍孤光動，沉沉萬籟微〔一〕。【注】《文選·雁》詩：單泛逐孤光。此借用。《莊子》：顔成子游曰：「敢問天籟？」南郭子綦曰：「夫吹萬不同，而使其自已也。」不應明白髮，似欲勸人歸。【注】老杜《月》詩：能添白髮明。詩意謂頭顱如許，尚復俛仰世間，爲明月所照破也。

校記

〔一〕「萬」，潘宋本作「衆」。

胡士彦挽詞二首

【注】元茂。〔箋〕按：韓駒《陵陽先生集》有《次韻胡元茂館中直宿》詩云：白頭和高唱，回光覺酸寒。當卽士彦。《簡齋集》有《雜書示陳國佐胡元茂四首》云：吾昔同年友，壯志多南溟。十年風雨過，見此落落星。秀者吾元茂，衆器見鼎硎。則另一人也。

晚進違前輩，【注】《後漢》：孔融《論盛孝章書》曰：今之少年，喜謗前輩。平生闕異聞。【注】《魯論》曰：子亦有異聞乎！吾猶識此老，天豈喪斯文。【注】《魯論》曰：天之將喪斯文也，後死者不得與于斯文也。善學家傳業，【注】退之詩：中郎有女能傳業。英詞世不羣。【注】沈約《宋書·謝靈運傳》論曰：英詞動金石。老杜詩：白也詩無敵，飄然思不羣。固應譏尚白，官序見揚雲。【注】《漢書·揚雄傳》：雄字子雲。或嘲雄以玄尚白，而雄解之，號曰《解嘲》。注云：玄黑色也，言雄作玄不成，其色猶白，故無禄位也。老杜詩：官序潘生拙。後山以揚子雲爲揚雲，猶老杜以司馬長卿爲馬卿〔一〕。杜詩嘗云：多病馬卿無日起。

又

此地來何晚，經年未見頻〔二〕。【注】老杜詩：此地生涯晚。又云：卷軸來何晚。薦賢仍賭命，有道可辭貧。【注】上句言其才雖爲當世所知，而達不達則係于命。太白詩：丈夫賭命報天子，當斬胡頭衣錦還。《列子》曰：客有言之鄭子陽者，曰：「列禦寇有道之士也，居君之國而窮，君無乃爲不好士乎？」徒弟三千子，【注】《史記·孔子世家》：教弟子蓋三千焉。聲名四十春。【注】老杜詩：才名四十年。又詩：龍飛四十春。襄陽耆舊内，無復姓龐人。【注】晉習鑿齒作《襄陽耆舊傳》。老杜詩：爲于耆舊内，試覓姓龐人。謂龐德公也。

校記

〔一〕「揚雲」下高麗本有「亦」字，「馬卿」下有「也」字。

〔二〕「未見」，潘宋本、盧宋本、瞿宋本、高麗本作「見未」。

後山詩注補箋卷四

送趙承議

【注】令畤，爲潁州簽判，受代而去。〔箋〕按《宋史·職官志》：承議郎爲從七品。又《宗室傳》：令畤，字德麟，燕懿王元孫。元祐六年簽書潁州公事，坐交通蘇軾罰金。紹興初，襲封安定郡王，四年薨，貧無以爲殮。《長編》：元祐八年五月，承議郎簽書潁州節度判官趙令畤爲光禄寺丞。《却掃編》：宗室令畤，少有俊名，一時名士多與之游。元祐間，執政薦之簾前，欲用以爲館職，曰：「令畤非特文學可稱，吏能亦自精敏，其爲人材，實未易得。」宣仁后曰：「皇親家惺惺者直是惺惺，但不知德行如何？不如更少待。」如是遂止。《鶴林玉露》：東坡於宗室中得趙德麟，而德麟諂事譚積。紹興初，德麟主管大宗正司，有旨令易環衛官，宰相吕頤浩奏曰：「令畤讀書能文，蘇軾嘗薦之，已不須易。」高宗曰：「令畤昔事譚積，爲清議所薄。」竟易之。士大夫晚節持身之難如此。按：《宋史·令畤傳》亦載此事。《錦繡萬花谷》：趙氏玉牒泒：藝祖下德字、惟字、從字、世字、令字、子字、伯字、師字、希字、與字、孟字、由字。《王直方詩話》：東

坡作《秋陽賦》云：趙王之孫，有賢公子，宅於不土之里，而詠無言之詩。蓋時字也。坡云：「且教人別處使不得。」按：《老學庵筆記》亦載此。

先王隱德世難名〔一〕，晚見諸孫也自成。【注】趙令畤字德麟，藝祖之後也，故以吴泰伯比其先王。《晉書》：王湛有隱德，人莫能知。潁水向來須好句，【注】東坡《潁州謝上表》曰：文獻相續，有晏殊、歐陽修之風。道山今日有宗英。【注】《後漢書》：學者謂東觀爲道家蓬萊山。《漢書・景十三王敍傳》曰：四國絶祀，河間賢明，禮樂是修，爲漢宗英。林湖更覺追隨盡，【注】曹子建詩：清夜游西園，冠蓋相追隨。老杜詩：秋覺追隨盡。此引用，言無復游從之侣。巾帽猶堪語笑傾。【注】老杜詩：羞將短髮還吹帽，笑倩傍人爲正冠。此反而用之，自言其尚未老也。老杜集中李之芳詩：數語攲紗帽。勤苦讀書終不補，〔箋〕《東坡集・薦宗室令時狀》有「博學經史，手不釋卷」語。未須牆角棄長檠。【注】《神仙傳》：有年少與薊子訓鄰居，爲太學生。諸貴人作計，共呼生，謂曰：「子勤苦讀書，欲規富貴。但召子訓來，可不勞而得矣。」長檠，見前注。德麟蓋王孫而有儒素風味云。

校記

〔一〕「先王」原作「先生」，據高麗本改。

寄李學士

【注】格非字文叔。〔箋〕《宋史·李格非傳》：格非字文叔，濟南人。以文章受知於蘇軾。《後村詩話》：文叔詩文高雅條暢，有義味，在晁、張之上，與蘇門諸人尤厚。又文叔，李易安父也。按：文叔以太學録再轉博士，此學士當是博士之誤。《宋史·職官志》：元豐三年，詔改國子監直講爲太學博士，每經二人，正録各五人。

眼看游舊半東都，五歲曾無一紙書。【注】《晉書·劉弘傳》云：得劉公一紙，賢於十部從事。老杜詩：厚禄故人書斷絶。平日齊名多早達，暮年同國未情疏。【注】老杜詩：時來如宦達，歲晚莫情疏。稍尋東刹論茲事，【注】東刹，當在潁州。前有《東刹贈仁公》詩：茲事，謂一大事因緣。賴有西方託後車。【注】託後車，見前注。李君當是西方社中人。說與杜郎須著便，〔箋〕杜郎，疑是擇之。不應濠上始知魚。【注】勸其早歸依佛祖也。《傳燈録》：雲門大師云：「觸目承當得，猶是不著便。」東坡《觀魚臺》詩曰：若信萬殊歸一理，子今知我我知魚。《晉書·王坦之傳》：謝安曰：「常謂君粗得鄙趣者，猶未悟之濠上耶。」

雪

〔箋〕《瀛奎律髓》：句句如瘦鐵屈蟠。紀批：「仍積威」三字腐。三句拙澁，五、六是十字倒裝句。忽聞犬吠，乃鄰家有人夜歸耳。本流水而下，馮氏以「歸」字不對「犬」字爲病。然也。又批：不及《寄魏衍》詩。

初雪已覆地，【注】老杜詩：「祇應蹋初雪。」又詩：「茅簷花覆地。」晚風仍積威。【注】《漢書》：「司馬遷書曰：『積威約之漸也。』」木鳴端自語，鳥起不成飛。【注】王介甫詩：「卧聽窾木鳴相挨。」樂府《神弦歌·道君曲》曰：「中庭有樹自語，梧桐推枝布葉。」《孫子》曰：「鳥起者，伏也。」《文選·雁》詩曰：「亂起未成行。」〔箋〕《圍爐詩話·雪》詩云：「木鳴端自語，鳥起不成飛。不落色相。」〔補〕梅南本墨批：拙。懷辛案：蓋指木鳴句。鳥起句墨筆連點。寒巷聞驚犬，鄰家有夜歸。【注】王維《與裴迪書》曰：「寒山野火，明滅林外。深巷寒犬，吠聲如豹。」不無慚敗絮，【注】陶淵明《與子儼等疏》曰：「余嘗感仲孺賢妻之言，敗絮自擁，何慚兒子。」按《後漢·列女傳》：「王霸，字仲孺，與同郡令狐子伯爲友。後子伯爲楚相，而其子爲郡功曹，令奉書於霸，車馬服從，雍容如也。霸子方耕於野，聞客至，投耒而歸，見令狐子沮怍不能仰視，霸目之有愧容，客去久卧不起〔一〕。霸妻曰：『君少修清節，奈何忘宿心而慚兒女子乎？』」未易泣牛衣。【注】言不爲兒女悲也。《漢書·王章傳》：「疾病無被，卧牛衣中，與妻訣涕泣。」

校記

〔一〕「久」上盧宋本有「而」字。懷辛案：《後漢書》有「而」字。

晚出

應俗敢辭疾，衝風寧小驅。【注】范曄《後漢書·王充》等傳論曰：「應俗適事，難以常條。」退之詩：「不衝風雨即衝埃。聊爲一日役，不憚百金軀。【注】鮑照《行路難》曰：非我昔時千金軀。雪路無行迹，【注】《汝南先賢傳》曰：時大雪，洛陽令至袁安門，無行路。又《逸史》載〔一〕，皇甫湜嘗因積雪，門無行迹。冰枝有落烏。【注】樂天《烏夜啼》曰：霜滑有風枝。寒門閉蕭瑟，窮里聽嚱吁。【注】寒門，亦用袁安事。《漢書·趙廣漢傳》：長安少年，會窮里空舍。

校記

〔一〕「逸史」，盧宋本作「闕史」。

寄晁載之兄弟

〔箋〕《曲洧舊聞》：政和以後，花石綱寖盛。晁伯宇有詩云「森森月裏栽丹桂，歷歷天邊種白榆。雖未乘槎上霄漢，會須沉網取珊瑚」，人多傳誦。伯宇名載之，少作《閔吾廬賦》，魯直以示東坡曰：「此晁家十郎作，年未二十也。」東坡答云：「此賦信奇麗，信是家多異材耶！」凡文至足之餘，自溢爲奇怪。今晁傷奇太早，可作魯直意微喻之，而勿傷其邁往之氣。伯宇自是文章大進。《郡齋讀書志》：世父封邱府君，黄魯直薦於蘇子瞻云：「晁伯宇謹厚守文，從游多長者，願一語教戒之。」子瞻答云：「伯宇詩騷，細看甚奇麗，信乎其家多異材也。」

人言婚宦情欲本，【注】後山自注：古語曰「人不婚宦，情欲失半」。我始求脱君已半。【注】按《列子》云：語有之曰「人不婚宦，情欲失半。人不衣食，君臣道息」。孰知一世如一夢，在夢而覺寧待旦。【注】退之祭文曰：人之生世，如夢一覺。寒簷凍雨作秋聲，【注】凍音東，暴雨也。《楚辭·九歌》曰：使凍雨兮灑塵。老杜詩：南風作秋聲。冷屋風燈挑不明。【注】老杜詩：風燈照夜欲三更。樽前已作十年語，後會未期吾屢驚。【注】孟浩然詩：平生復能幾，一别十餘春。一聞七字心已識，鉤章棘句天與力。【注】退之《記夢》詩云：壯非少者哦七言，六字常語一字難。又《孟郊墓誌》云：其爲詩鉤章棘句，掐擢胃腎。老杜詩：溟漲與筆力。〔箋〕按《能改齋漫録》載晁伯宇《昭靈夫人祠》詩云：殺翁分我一杯羹，龍種由來事杳冥。安用生兒作劉季，暮年無骨葬昭陵。祠在徐州。後山所云「鉤章棘句」之「七字」，或指此。念子方壯我已衰，〔箋〕《詩話》：王夫人，晁載之母也。謂其子功名富貴，有如韓魏公，而未有文事也。不見參天二千尺。【注】老杜《古柏行》：黛色參天二千尺。季也亦有詩百篇，叔子擬度驊騮前。【注】曾慥《詩選》云：晁冲之，字叔用。少受知於陳無己，無己贈其兄詩云「駸駸擬度驊騮前」，謂叔用也。按：善本「駸駸」作「叔子」，當是叔與季兼指兩人，但未知叔用爲叔爲季？而曾氏誤以爲一人，遂改作「駸駸」，非是。《南史》：王僧虔曰：「弟書如騎騾，駸駸常欲度驊騮前。」鍾嶸《詩品》亦曰：征虜卓卓，殆欲度驊騮前。〔箋〕按：季當是説之。説之字以道，又字伯以，又字季此，无咎集中稱之曰四弟以道者是也。後山集中，以道凡三見。（一《答晁以道》七律，二《寄晁以道》五古，三《寄晁説之》五律。）叔子當是冲之。冲之，字用道，又字叔用。其所著《具茨集》有《過陳無己墓》五律、七絶各一首。《紫薇詩話》稱衆人方學山谷詩時，晁叔用冲之，獨專學老杜。又謂其《廷珪墨》詩，脱去世俗畦畛，高秀實深稱之。

《後村詩話》：余讀叔用詩，見其意態雄闊，氣力寬餘，一洗詩人窮餓酸辛之態。其律詩云「不擬伊優陪殿下，相隨于蔿過樓前」，亂離後追溯承平事，未有悲哀警策於此句者。《墨莊漫録》：政和間，汴都平康之盛，而李師師、崔念月二妓，名著一時。晁冲之叔用每會飲，多召侑席。其後十許年，再來京師，二人尚在，而聲名溢於中國。李生者門第尤峻，叔用追往昔成二詩示江子之。靖康中，李生流落來浙中，士大夫猶邀之以聽其歌，然憔悴無復向來之態矣。俞汝礪《晁具茨先生詩集序》：余曩游都城，於晁用道爲同門生。後三十六年，識其子公武於涪陵，乃知其先君名冲之，字叔用，世所謂具茨先生者也。第今字叔用，爲小異耳。又按：《文集》有《答晁深之書》。深之，初字深道。《山谷集》中有《晁深道祝辭》。後名詠之，改字之道，又字叔予，《宋史》附《補之傳》。任注既引曾慥《詩選》，則此叔子當爲叔用，而非叔予。惟《師友雜志》稱：叔用從兄貫之，字季一。謂之，字季此。則謂之又與説之同字。總之昭德晁氏門材既盛，而又時更名字。《老學庵筆記》已有「後世殆以爲疑」之語。任淵能糾曾慥之誤以叔季爲一人，而又云未知叔用之爲叔爲季。故詳箋之。

端能過我三冬學，【注】《漢書》：東方朔曰：「學三冬，文史足用。」〔箋〕《紫薇詩話》：晁伯禹載之，學問精確，少見其比。可復參儂一味禪。【注】勸其廣學也。《廣語》：有僧辭歸宗云：「諸方學五味禪去。」宗云：「我這裏有一味禪，爲甚不學」。僧云：「如何是一味禪？」宗便打。

寄答王直方

〔箋〕《景迂生集·王立之墓志銘》：立之少樂從諸文人行游。無他嗜好，惟晝夜讀書，手自傳録。非其所好，雖以勢力美官誘致之，莫肯自枉也。嘗監懷州酒稅，尋易冀州糴官，僅數月，投劾歸。凡十五年，處城隅小園，嘯傲自適，命其園之堂曰「賦歸」，亭曰「頓有」，一時文士，多爲賦詩。病中取平生書畫古器，散之四方朋友無遺。《師友雜志》：王直方立之，京師人。崇寧間病廢。余初未識也，立之盡以平生書籍圖畫，散之故人朋友，余亦得數種。附寄余書，不成字矣，書中但言劉元德生兒不象賢。又云：自想蔡邕身已老，更將書籍付何人。蓋歎其子不能繼紹也。〔補〕梅南本墨批：前半佳。用韻奇穩，後衰率。

人情校往復，屢勉終不近。【注】晉嵇康《絶交書》曰：不喜作書，而人間多事，堆案盈几。不相酬答，則犯教傷義，欲自勉強，則不能久。東坡亦云：人情重往返，不報生禍根。**新詩已經年，知子不我怨。**【注】退之詩：元日新詩已去年。〔箋〕《隱居通議》：後山翁之詩，世或病其艱澀，然揫歛鍛鍊之工，自不可及。如云「人情校往復，屢勉終相遠。一詩已經年，知子不我怨。」又如「去遠卽相思，歸近不可忍。兒女已在眼，眉目略不省。喜極不得語，淚盡方一哂。」又如「生世何用早，我已後此翁。頗識門下士，略已聞其風。」又如「俗子推不去，可人費招呼。世事每如此，我生亦何娱。」又如「此生恩未報，他日目不瞑。」又如「有女初束髮，已知生離悲。枕我不肯起，畏我從此辭。大兒學語言，拜揖未勝衣。喚耶我欲去，此語那可思。」凡此皆語短而意長，若他人必費盡多少言語摹寫，此獨簡潔峻峭，而悠然深味，不見其際，正得費長房縮地之法。雖尋丈之間，固自有萬里山河之勢也。凡人才思泛濫者，宜熟讀後山詩文以藥之。他如《妾薄命》、《贈二蘇公》諸篇，深婉奇健，妙合繩尺，又古今之絶唱。**生世餘幾何，尺箠日取寸。**【注】《莊子》曰：

一尺之箠，日取其半，萬世不竭。懷祿有退心，【注】《漢書·楊惲傳》曰：懷祿貪勢，不能自退。《詩》云：毋金玉爾音，而有遐心。從俗無遠韻。【注】《楚辭》曰：將從俗富貴以偷生乎。按《曲禮》曰：禮從宜，使從俗。《晉書》：庾凱雅有遠韻。時從府中歸，數過林下飯。【注】《漢書·鮑宣傳》曰：俱過宣一飯去。《後漢書·第五倫傳》：光武曰：「聞卿爲吏，不過從兄飯。」老杜詩：僧飯屢過門。《雲溪友議》：僧靈澈詩曰：林下何曾見一人。平生功名意，回作香火願。【注】《北史》：陸法和曰：「但從空王佛所，與主上有香火緣〔一〕。」三年不舉觴，〔箋〕《墓誌銘》：立之雖有先人園以居，而衣食纔自給耳，每有賓客至，則必命酒劇飲。吻頻烟火焮〔二〕。【注】《左傳》曰：鄭火，司馬司寇列居火道，行火所焮。注：炙也。豈無兩蒼龍，〔箋〕《詞集》有「問王立之督茶」《南柯子》一首，句云：「塵生銅碾網生羅，一諾十年猶未意如何。」當是立之得詞，以茶餉之，而後山乃爲此詩寄答也。霑我一雨潤。【注】蒼龍，謂團茶。《法華經》：言：雖一地所生，一雨所潤，而諸草木各有差別。官粗詩未工，猛乞無小靳〔三〕。【注】官粗，見前注。《後漢》：崔烈入錢爲司徒。及拜，帝曰：「悔不小靳。」人生如此耳，文字已其閏。【注】退之詩：人生但如此，朱紫安足僭。閏，謂餘事也。下句蓋足此意。是身雖臭腐，【注】《維摩經》曰：是身不淨，穢惡充滿。《莊子》曰：神奇化爲臭腐。寧作青紫楦。【注】《朝野僉載》：唐楊炯嘗呼朝士爲麒麟楦，或問之，曰：今假弄麒麟者，修飾其形，覆之驢上，宛然異物，及去其皮，還是驢耳。無德而朱紫，何以異是。永懷忘年友，死矣餘令聞〔四〕。【注】後山自注云：忘年友，邢居實也。《南史·江總傳》：張纘等呼爲忘年友。《詩》云：令聞令望。邢居實死於元祐二、三年間，年二十七。〔箋〕《景迂生集·邢惇夫墓表》：惇夫卒於元祐二年二月八日。尚書公謫隨州時，尚書公親問其所欲於垂絕之際。無他，唯曰：乞黄魯直狀皃平昔，以累孫莘老銘之。有不肖之文存焉，則晁无咎宜爲序。《王直方詩話》：邢惇夫年少豪邁，所與游皆一時名士。方年十四五時，嘗作《明妃引》，末云「安得壯士霍嫖姚，縛取呼韓作編户」，諸公多稱之。既卒，余收拾其殘草，編成一集，號曰《呻吟》。惇夫自少便多憔悴感慨之意，其作《秋懷》詩云「高歌感人心，心悲將奈何」。其作《棗陽道中》詩云「有意問山神，此生尚來否」，已而果卒於漢東。惇夫之卒也，山谷以詩哭之曰「詩到隨州更老成，江山爲助筆縱横。眼看白璧埋黄壤，何況人間父子情」，蓋謂惇夫與其父歆向也。蔡天啟亦有詩云「人物于今歎渺然，孤墳宿草已生煙。日暮行人道旁舍，應逢年少共談元」。其餘作者甚衆，皆載於《呻吟集》後。（按：《詩人玉屑》引此條。）《東坡集·跋邢居實南征賦》：一日不見，遂與草木俱盡。故魯直、无咎諸人哭之，皆過時而哀。《山谷集·與王直方書》：得邢襄陽書，道其舐犢之悲，令人酸楚。少年中求惇夫誠不易得。想足下好文喜讀書，又與之有雅故，亦當深念之。又：思得三詩弔惇夫，候公行日寫納。（按：《雞肋集》有《書邢惇夫遺稿》文。）念子頗似之，〔箋〕《曲洧舊聞》：邢恕，字和叔。吕申公、司馬温公皆薦其才可用。紹聖中，言二公有廢立之意，而已陰沮其事。蔡元度乘虚助之，蹤跡詭祕。章子厚入其言，密令覘者於高氏南北二第，譏察出入。哲宗將御後殿施行之，欽成知之而不能遏。欽聖曰：「大臣既有異謀，必上累娘娘。且官家即位後，飲食起居，盡在娘娘閣，未嘗頃刻相離也。使娘娘果懷此心，當時何所不可，乃與外廷謀乎？」哲宗始大悟。然申、温二公猶追貶也，惇夫是時已早世矣。魯直詩曰「魯中狂士邢尚書，自言扶日上天衢。惇夫若在鐫此老，不令平地生邱墟」，正謂此也。《邢惇夫墓表》：余嘗謂趙括少談兵，而父奢不能難者，非不能難也，不欲怒之也。劉歆之異同其父向者，非爲斯文也，漢廷與新室不可並處也。如惇夫於尚書公，則於斯文而不能難者也，是曾參之事點也，非曾元之事參也。

《甲申雜記》：武臣王棫，爲邢恕教令上書誣宣仁於哲宗有異心，及教蔡渭上書論元祐及元豐末等事，其書一篋悉存，皆恕手筆，其間塗乙者非一。棫於哲宗朝論之，得閤門職名。既卒，其子直方特出其書以示親密。自元豐末至宣仁上仙，大臣無不被誣者，而禹玉尤甚。蔡蕃奉議嘗謂直方曰：「使王氏子竭産，亦願得此書也。」蔡倅渭，過高郵爲余言之。王居東京九龍廟側。又按邵氏《辯誣》云：王棫，京師人，有口辯，與邢恕共謀誣造諸人廢立事。其子直方，不以父爲然，每與士大夫言，父晚年病心云。（王棫爲邢恕教令上書事，又見《邵氏聞見後録》，末云：直方死，其書歸晁説之。）老我何所恨。【注】《筆談》曰：歐公詩：老我倦鞍馬，誰能事吟哦。王介甫詩：老我孤主恩，結草以爲期。此文章佳語也。

校記

〔一〕「緣」，高麗本作「因緣」。懷辛案：《北史》作「因緣」。〔二〕「頫」，潘宋本作「頫」，何校本同。〔三〕「無」，潘宋本、何校本作「毋」。懷辛案：字通。〔四〕「令聞」，潘宋本作「令問」。懷辛案：《詩・大雅・卷阿》：「令聞令望」。陸德明《釋文》：「聞音問，本亦作問。」

寄侍讀蘇尚書

〔箋〕《年譜》：按《實録》：元祐七年八月，蘇公以兵部尚書，兼翰林侍讀學士。十一月，又除端明殿學士，兼侍讀，守禮部尚書。按《長編》：東坡除兵尚在七月，兼侍讀在八月。《宋史・蘇軾傳》：七年，徙揚州。未閲歲，以兵部尚書召，兼侍讀。《宋史・職官志》：元豐官制，廢翰林侍讀侍講學士不置，但以爲兼官，然必侍從以下，乃得兼之。其秩卑資淺則爲説書。《瀛奎律髓》：此規東坡以進用不已，恐必有後患也。乃是潁州召入時。後又有《寄送定州蘇尚書》詩，亦云「海道無違具一舟」，君子愛人以德如此。

六月西湖早得秋，二年歸思與遲留。【注】老杜詩：陂塘五月秋。《選》詩：遲留法豈輕。一時賓客餘枚叟，【注】枚叟謂枚乘，後山取以自比也。謝惠連《雪賦》曰：梁王不悦，遊於兔園。乃置旨酒，命賓友，召鄒生，延枚叟。老杜詩：空餘枚叟在，應念早升堂。在處兒童説細侯。【注】此句屬蘇公。《後漢》：郭伋，字細侯。爲并州牧，素結恩德。及後行部，有兒童數百，各騎竹馬，道次迎拜。經國向來須老手，【注】《晉書・石苞傳》：景帝曰：「苞有經國才猷。」東坡詩：老手便劇郡。有懷何必到壺頭。【注】《後漢》：馬援南擊交趾〔一〕，軍至浪泊上，與賊戰，破之。從容謂官屬曰：「吾從弟少游嘗哀吾慷慨多大志，曰：『士生一世，但取衣食裁足。致求盈餘但自苦耳。』當吾在浪泊、西里間，下潦上霧，毒氣薰蒸，仰視飛鳶跕跕墮水中，臥念少游平生時語，何可得也。」其後年六十二，自請征五溪。進營壺頭，暑甚，中病卒。遥知丹地開黄卷，【注】謂蘇公在經筵也。《北史》：周紀曰：「房丹地，有衆如雲。」老杜詩：閤道通丹地。按《漢書・梅福傳》注曰：以丹掩泥，塗殿上地。《晉書》：褚陶曰：「聖賢備在黄卷中。」解記清波没白鷗。【注】此篇又勸蘇公高退。蘇公在潁《和子由》詩有「明年兼與士龍去，萬頃滄波没兩鷗」之句。〔箋〕《能改齋漫録》：東坡以杜詩「白鷗波浩蕩」，波乃没字，謂出没於浩蕩間耳。然余觀鮑照詩有「翻浪揚白鷗」，唐李頎詩有「蒼波雙白鷗」，二公言白鷗而繼以波浪，此又何耶？

校記

〔一〕「南」字原無，據盧宋本並《後漢書》增。

寄亳州林待制

【注】希。〔箋〕《元豐九域志》：亳州治譙縣，屬淮南東路。《宋史·職官志》：龍圖、天章、寶文、顯謨、徽猷、敷文、焕章、華文、寶謨、寶章、顯文等閣，均置待制官。又《林希傳》：希字子中，福州人。元祐初，言者疏其行誼浮僞，士論羞薄，不足以玷士列。以集賢殿修撰知蘇州，更宣、湖、潤、杭、亳五州。希修《神宗實録》，自司馬光、吕公著、大防、劉摯、蘇軾、轍等數十人，極其醜詆，至以「老奸擅國」語陰斥宣仁。一日草制罷，擲筆於地曰：「壞了名節矣。」按：希先後兩制亳州，此在元祐八年。其後希擢同知樞密院，怨章惇不引爲執政，遂叛惇。會邢恕論希罪，惇因并罷之，知亳州。其事在建中靖國初。《後山文集·賀亳州林樞密書》故有「顧此東藩，實惟舊治」語。時後山已在館中，故書中又有「辟窮就食，固已屢遷」語，謂由棣州學遷正字也。又按《鐵網珊瑚》載希《跋故三司副使陳公詩後》云：元豐四年七月，於吳興始識公孫師

仲、師道，遂得公之遺稿以觀。

湖海相望闕寄聲，〔箋〕希嘗爲秀州通判。《文集·思白堂記》云：元豐四年，余遊吳過秀，見林侯。侯家於蘇，而宦學於杭。又《上林秀州書》云：南豐先生謂師道：「子見林秀州乎？」曰：「未也。」先生曰：「行矣。」師道承命以來，謹因先生而請焉。詩文兩卷，敬以自效。由元豐四年，至元祐八年作此詩時，歲星已周，故曰「湖海相望」也。《賀亳州林樞密書》中，亦有「早辱知憐」之語。又《景迂生集》有《贈別蓬萊簿林希孟子醇》詩云「吾友陳無己，文會班生廬，是時與林侯，有若同隊魚」，則未知子醇與子中是兄弟行否？雲林過雨未全晴。【注】劉禹錫《竹枝歌》曰：東邊日出西邊雨，道是無晴却有晴。後山反其意而用之，言聲問闕然，近於寡情也。《文選》枚乘《七發》曰：游涉乎雲林。杜牧之詩：自古雲林遠市朝。〔補〕梅南本朱筆批：雲林句用《竹枝詞》，晦極。青衫作吏非前日，【注】《晉書》：嵇康曰：「聞道士遺言，餌木黃精，令人久壽，意甚信之。游山澤，觀魚鳥，心甚樂之。一行作吏，此事便廢。」〔箋〕時後山官潁州教授。前在秀州謁希，猶布衣也。白首論文笑後生。【注】言見笑於後生也。老杜詩：晚將末契託年少，當面論心背面笑。又云：不覺前賢畏後生。似聽兒童迎五馬，【注】古樂府《陌上桑》曰：使君從南來，五馬立踟躕。此「五馬」本事所出也，後人臆説妄矣。兒童，用後漢郭伋事。稍修書札問專城。【注】書札，見前注。《陌上桑》又曰：四十專城居。一聞苦李蒙莊句〔一〕，【注】《史記》：老子，楚苦縣人。莊子，蒙人。按：亳州衛真縣，本苦縣。城東有賴鄉祠，老子所生之地。亳州雖有蒙城縣，然莊子爲蒙漆園吏，當在今曹之宛朐云。不復人間世後名。【注】《晉書·張翰傳》曰：使我有身後名，不如卽時一杯酒。

校記

〔一〕「一聞」，趙本作「自聞」。

卧疾絶句

〔箋〕《文集·答張文潛書》：僕病且老矣，目有黑子而昏花。瘰俠於頸領隱起而未潰。氣伏於胸腹之間，下上不時。痔形於下體者十年矣。志強而形憊，年未既而老及之。

老裹何堪病再來，愁邊不復酒相開。【注】老杜詩：愁邊有江水。又云：何以開我愁。一生也作千年調，

【注】此句未分其遂死也。寒山子詩云：人是黑頭蟲，剛作千年調，鑄鐵作門限，鬼見拍手笑。兩脚猶須萬里回。

【注】老杜詩：兩腳但如舊。《開天傳信記》：萬回師之兄，戍安西。萬回覩之，朝往夕返，以其萬里而回，故謂之萬回也。

南軒絶句

少日書林頗著勳，【注】揚雄《長楊賦》曰：并苞書林。退之《復志賦》：朝馳騖乎書林。魯直詩：四會有黄令，學古著勳多。按：曹子建書曰：豈徒以翰墨爲勳績哉。《風俗通》曰：蓋嚴楊惲，勳著王室。《蜀志·杜微傳》曰：著勳于竹帛。

暮年貪佛替論文。【注】老杜詩：老夫貪佛日。又詩：故著浮查替入舟。王介甫詩：乞得膠膠擾擾身，江湖波浪替埃

塵。〔箋〕《文集·與魯直書》：若不饑死、寒死，亦當疾死。然人生要須死，甯校短長。但恨與釋氏未有厚緣，少假數年，積修香火，亦不恨矣。　銅鑪瓦枕芒鞋裏，此外惟須對此君。【注】老杜詩：多病所須惟藥物，微軀此外更何求。《晉書》：王徽之指竹曰：「何可一日無此君。」

獨坐

文章平日事，風竹暮年須。【注】老杜詩：文章千古事。又詩：嗜酒愛風竹。　衰疾懸知此，【注】老杜詩「時應念衰疾」。懸，謂遥度也。退之詩：後日懸知漸鹵莽。　霜毛不更除。【注】退之詩：斗覺霜毛一半加。《玉臺新詠》寶月詩曰：情人爲君除白髮。老杜詩：紅顔愁落盡，白髮不能除。　一邱吾欲往，【注】一邱，見前注。　百畝有如無。【注】言不足爲養也。《魯論》曰：有若無。《荀子》曰：有之不如無之。　魑魅須遊子，【注】老杜《懷李白》詩曰：魑魅喜人過。　乾坤著腐儒。【注】老杜《江漢》詩：乾坤一腐儒。　叩門聞啄木，【注】退之詩：丁丁叩門疑啄木。　唤酒有提壺。【注】歐公詩：獨有花上提葫蘆，勸公沽酒花前傾。蓋鳥名也。　門逕無行迹，秋來不遣鋤。【注】《逸史》：皇甫湜嘗因積雪，門無行迹。《三輔决録》：張仲蔚所居，蓬蒿没人。老杜詩：草茅無徑欲教鋤。此反而用之。

寄送定州蘇尚書

【注】元祐八年九月，蘇公知定州。於時宣仁聖烈太后上昇，時事漸變，故此詩勸公省事高

退。〔箋〕《元豐九域志》：定州治安喜，屬河北西路。《宋史・職官志》：階官未行之先，州縣守令多帶中朝職事官外補。階官既行之後，或帶或否，視是爲優劣。又《蘇軾傳》：八年，宣仁后崩，哲宗親政，軾乞外補，以兩學士知定州。時國事將變，軾不得入辭。《瀛奎律髓》：元祐八年九月，坡公出知定州。時宣仁上仙，時事已變。勸東坡省事高退，其意深矣。明年乃有惠州之謫。久之，又謫海外。然當是時，坡雖欲退身，殆亦無地自藏矣，此乃國家大氣數也。紀批：語雖直致，而東坡、後山之交情，安危之際，自不暇更作婉轉，此又當論其世也。

初聞簡策侍前旒，【注】簡策，謂作侍讀時。《淮南子》曰：王者冕而前旒，所以蔽明。又見衣冠送作州。【注】《世説》：羅友答桓温曰：且出門，逢一鬼，大揶揄云：「我祇見汝送人作郡，何以不見人送汝作郡？」〔箋〕《東坡集・定州謝表》：未經周歲，復典兩曹。朝廷非不用臣，愚蠢自不安位。北府時清惟可飲，【注】《晉書》：郗愔在北府，徐州人多勁悍。桓温云：「京口酒可飲，兵可用」，深不欲愔居之。此借用以言，定州在河北也。《齊書》：謝朏爲吴興，與弟瀹於征虜亭别，指瀹口曰：「此中惟宜飲酒。」老杜詩：時清猶茹芝。西山氣爽更宜秋。【注】《晉書》：王徽之爲桓沖騎兵參軍。沖曰：「卿在府日久，比當相料理。」徽之不答，直高視，以手版拄頰云：「西山朝來，致有爽氣耳。」此借用以言太行。李商隱詩：故鄉雲水地，歸夢不宜秋。功名不朽聊通袖，海道無違具一舟。【注】此兩句皆拈出東坡語以勸之，意謂功成名遂，自足不朽，政可縮手袖間，而遂湖海之本志也。東坡《沁園春》詞〔一〕「用舍有時，行藏在我，袖手何妨閒處看」。《八聲甘州》詞有云「約他年東還海道，願謝公雅志莫相違」。按：《晉書》，謝安雖受朝寄，東山之志始末不變。及鎮新城，造汎海之裝。欲須經略粗定，自江道還東，遂遇疾篤。自以本志不遂，深自慨失。老杜詩：平生江海心，宿昔具扁舟。〔箋〕《韻語陽秋》：東坡以侍讀爲禮部尚書，時正得志之秋，而陳無己寄其詩乃云「經國向來須老手，有懷何必到壺頭。遥知丹地開黄卷，解記滄波没白鷗」，是勸其早休也。洎坡公知定州，時事變矣，又爲詩勸之曰「功名不朽聊通袖，海道無違具一舟」，坡未能用其語，而已有南遷絶海之禍矣！所謂「海道無違具一舟」者，蓋用坡所作《八聲甘州》「約他年東還海道，願謝公雅志莫相違」之意以動公，而不知二句皆成讖也。《玉堂嘉話》：陳履常云：「士大夫視天下不平之事，不當懷不平之意。平居憤憤切齒扼腕，誠非爲己。一旦當事，而發之欲決江河，其可禦耶？必有過甚覆溺之憂。」竊惟陳子之論，有《大學》「有所忿懥則不得其正」之意。要當廓然大公，物來而順應之。按：《吹劍録》亦引此。蓋後山集中《上蘇公書》語也，附箋於此。

枉讀平生三萬卷，貂蟬當復自兜牟〔二〕。【注】退之詩：鄴侯家多書，插架三萬軸。《南史》：周盤龍爲散騎常侍。齊武帝戲之曰：「貂蟬何如兜牟。」對曰：「貂蟬出於兜牟。」〔箋〕《詩話》：外大父顯公，罷相建節，出帥太原。其詩曰：兜鍪却是貂蟬出，敢用前言戲武夫。李待制師中，以相業自任。嘗帥秦，以事去。其詩曰：兜鍪不勝任，猶可冠貂蟬。《齊東野語》：王佐宣子，帥長沙日，辛幼安以詞賀之。有云：金印明年如斗大，貂蟬元自兜鍪出。宣子得之，疑爲諷己，意頗啣之。殊不知陳後山亦常用此語。《送蘇尚書知常州》（按：「常」字誤。）云：枉讀平生三萬卷，貂蟬當復作兜鍪。幼安正用此。《苕溪漁隱叢話》：《寄定州蘇尚書》云：枉讀平生三萬卷，貂蟬當復作兜鍪。齊武帝戲周盤龍語，履常反用此事意，言蘇公之才學，不當臨邊。然頗收出於儒林，古人以爲美談。履常之言，殊覺非也。（自兜牟「自」字，一作「出」，一作「作」。紀曉嵐云：「出」字有典。）

校記

〔一〕「詞」下盧宋本多「有云」二字。　〔二〕「牟」原作「鍪」，據潘宋本改。懷辛案：二字通。

寄答李方叔

【注】豸。〔箋〕《宋史·李廌傳》：廌字方叔，其先自鄆遷華。蘇軾謂其筆墨瀾翻，有飛砂走石之勢。喜論古今治亂，條暢曲折，辯而中理。《瀛奎律髓》：「帝城分不入」，「分」字不可不拗。又此詩四十字，無一字黏景物，惟趙昌父能之。櫟按，誠齋《送人下第》云：「孰使文章太驚俗，何緣場屋不遺才」，即用後山此詩三、四一聯句法意度。然皆老杜「文章憎命達」之遺意。紀批：此亦失調不可訓。又批：此自稱櫟者爲誰？然則此書經後人之附益多矣。

平生經世策，寄食不資身。【注】言其謀策可以經綸當世，而反不能資一身也。《莊子》曰：其不可經於世亦遠矣。《漢書·韓信傳》：寄食於漂母，無資身之策。〔箋〕《宋史·廌傳》：中年絕進取意。謂潁爲人物淵藪，始定居長社。縣令李佐，及里人買宅處之。按：後山是時官潁。孰使文章著，【注】老杜云：名豈文章著。能辭轍跡頻。【注】意謂有文如此，安能免棲棲旅人哉？退之《進學解》云：孟軻好辯，孔道以明。轍環天下，卒老於行。《左傳》曰：周行天下，將皆必有車轍馬跡焉。〔箋〕《宋史·廌傳》：廌家素貧，三世未葬。客遊四方，以蕆其事。《東坡集·李憲仲哀辭敘》：同年友李惇，字憲仲，不幸早世。其子廌，自陽翟見余於南京，泣曰：「吾祖母邊、母馬、前母張與先君之喪皆未葬。貧不敢以饑寒爲戚，顧四喪未舉，死不瞑目。」**帝城分不入，**【注】《漢書·陳咸傳》：咸滯於郡守。時王音輔政，信用陳湯。咸數賂遺湯，予書曰：「卽蒙子公力，得入帝城，死不恨。」分，謂隔絶也。老杜詩：闕廷分未到，舟楫有光輝。〔箋〕《宋史·廌傳》：軾典貢舉，遺廌。賦詩以自責。與范祖禹謀，將同薦之朝。未幾相繼去國，不果。《王直方詩話》：李方叔爲坡公客。坡公知貢舉，而方叔下第，有詩云「平生漫説古戰場，過目還迷日五色」，山谷和之云「今年持橐佐春官，遂失此人難塞責」，蓋是時山谷亦在貢院中也。方叔《濟南集·次東坡韻》詩，自敘云：某頃元祐三年春，禮部不第。蒙東坡先生送之以詩，黄魯直諸公皆有和詩。今年秋，復下第，將歸耕潁川，輒次前韻，上呈編史内翰先生，及乞諸公一篇，以榮林泉，不勝幸甚。〔補〕梅南本朱筆批：分，自分也，去聲，非分隔之謂。**書札諷何人。**【注】此句蓋終上意。《漢書·淮南王安傳》曰：爲中詗長安。注：偵伺也。〔箋〕《鶴林玉露》：元祐中，東坡知貢舉。李方叔就試。將鎖院，坡緘封一簡送方叔。值方叔出，其僕受簡，置几上。有頃，章子厚二子，曰持曰援者來，取簡竊觀，乃《揚雄優於劉向論》一篇。二章驚喜，攜之以去。方叔歸，求簡不得，知爲二章所竊，悵惋不敢言。已而果出此題，二章皆模仿坡作。方叔幾於閣筆。及拆號，坡意魁必方叔也，乃章援。第十名文意與魁相似，乃章持。坡失色。二十名間一卷頗奇，坡謂同列曰：「此必李方叔。」視之，乃葛敏脩。時山谷亦預校文，曰：「可賀内翰得人，此乃僕宰太和時一學子相從者也。」而方叔竟下第。坡出院，聞其故，大歎恨，作詩送其歸，謂「平生漫説古戰場，過眼終迷日五色」者是也。其母歎曰：「蘇學士知貢舉，而汝不成名，復何望哉！」抑鬱而卒。《老學庵筆記》：廌有乳母，年七十，大哭曰：「吾兒遇蘇内翰知舉，不及第，他日尚奚望！」遂閉門睡。至夕不出，發壁視之，自縊死。鷹果終身不第。《石林詩話》：鷹自是學不進，家貧不甚自愛，嘗以書責子瞻不薦己。子瞻後薄之，終不第而卒。子未知吾懶，吾寧覺子貧。【注】此反「濠上知魚」之意而用之。《文選》嵇康書曰：人之相知，貴識其天性。老杜詩：近有峨眉客，知予懶是真。

智寶院後樓懷胡元茂

【注】前有《胡士彦輓詞》，即元茂也。

晚渡呼舟疾，【注】杜牧之《杜秋》詩云：却唤吴江渡。寒城著霧深。【注】老杜《野望》詩：孤城隱霧深。昏鷗明鳥道，【注】老杜《雨》詩云：白鳥去邊明。《南中八志》云：交趾郡治龍編縣，自興古鳥道四百里。風葉亂霜林。【注】李商隱詩：風葉共成喧。久客登樓目〔一〕，【注】《文選》王粲《登樓賦》曰：情眷眷而懷歸兮，孰憂思之可任。平原遠而目極兮，蔽荆山之高岑。老杜詩：天畔登樓眼。中年懷舊心。【注】《晉書·王羲之傳》：謝安曰：「中年以來，傷於哀樂，與親友别，輒作數日惡。」《文選》向秀《思舊賦》序云：經嵇康舊廬，鄰人有吹笛者。發聲寥亮。追思曩昔遊宴之好，感音而歎。故作賦云。猶須一長笛，領覽自霑襟。【注】終上句未盡之意。謂本自悲愴，尚何須聞笛耶。老杜詩：不須吹急管，衰老易悲傷。

校記

〔一〕「樓」，潘宋本作「臨」。

元日

〔箋〕《瀛奎律髓》：讀後山詩，若以色見，以聲音求，是行邪道，不見如來。全是骨，全是味，不可與拈花簇葉者相較量也。紀批：字字劖刻，却自渾成。六句對面寫法，此乃活而有味。又批：虚谷雖未免推尊太過，然後山詩境實高，惟江西習氣太重，反落偏鋒耳。

老境難爲節，寒梢未得春。【注】《曲禮》：六十曰耆指使。疏引賀瑒云：耆，至也，至老之境也。又曰：六十至老境而未全老。老杜詩：爲冬不亦難。杜牧之詩：丁香閒結春梢。一官兼利害，百慮孰疏親。【注】老杜詩：時危闕百慮。按《易·繫辭》曰：一致而百慮。《老子》曰：名與身孰親。積雪無歸路，扶行有醉人。望鄉仍受歲，回首望松筠。【注】謝玄暉詩：有情知望鄉。老杜詩：望鄉應未已。李嘉祐詩：白頭空受歲，丹陛不朝天。松筠，猶松楸，意謂邱墓也。老杜詩：窮秋正摇落，回首望松筠。此借用。

放懷

〔箋〕《瀛奎律髓》：選衆詩而以後山居其中，猶野鶴之在雞羣也。前六句極其工。後二句不知宿於何寺，乃有逆旅漂泊之意。詩人窮則多苦思。紀批：語語峭健。又批：三句直接杖藜云云，乃後山自謂，非指寺僧。評誤。按：虚谷並未指寺僧。又批：後山風格本高，惟沾染江西習氣，有粗硬太甚處耳。

施食烏鳶喜，【注】《金光明經》云：施食之緣，獲長壽報。《長安志》云：興善寺素和尚齋時，烏鵲就掌中取食。老杜詩：得食階除烏雀馴。持經鳥鼠聽。【注】《戒殺文》載郭氏《新説》曰：柘皐永寧之雀，立化於松枝；東城郭氏之鼠，坐化於蓮葉。豈非乘誦經功德，自有所解悟而然歟。杖藜矜矍鑠，【注】《後漢》：馬援自請擊五溪蠻夷，帝愍其老。援據鞍顧盼，以示可用。帝笑曰：「矍鑠哉，是翁也。」顧影怪伶俜。【注】《魏志》：何晏行步顧影。《文選》潘岳《寡婦賦》曰：少伶俜而偏孤。注：單孑貌。門靜行隨月，窗虚卧見星。擁衾眠未穩，艱阻飽曾經。【注】老杜詩：平生耽勝事，吁駭始曾經。

絶句

此生精力盡於詩，末歲心存力已疲。【注】《淮南子》曰：宋景公時，造弓人九年乃成，而進之。弓人歸家，三日而卒。蓋匠者心力盡於此弓矣。故温公《通鑑序》云：臣之精力，盡於此書。〔箋〕《苕溪漁隱叢話》：履常絶句云：此生精力盡於詩，末歲心存力已疲。與温公《進呈資治通鑑表》云「臣之精力，盡於此書」之語，共相脗合，豈偶然耶。不共盧王爭出手，【注】盧、王，謂盧照鄰、王勃。東坡詩云：詩句對君難出手。却思陶謝與同時。【注】陶、謝，謂淵明、靈運。老杜詩：焉得思如陶謝手，令渠述作與同遊。又曰：揚、馬宜同時。〔箋〕《山谷集·和邢惇夫秋懷》第九首屬後山，有「陶謝不枝梧」句。

送伯兄赴吏部改官

〔箋〕《宋史·職官志》：吏部掌文武官吏選試，擬注、資任、遷叙、蔭補、考課之政令，封爵、策勳、賞罰、殿最之法。《文集·先君事狀》：生三男。師黯，監壽州酒税。又《先夫人行狀》：三男子。師黯，光州光山令。按：《事狀》作於元祐七年，《行狀》作於紹聖二年。此詩作於紹聖元年，正得光山令時也。《懶真子》：僕友人陳師黯子直，嘗謂僕曰：「漢諸儒所傳六經，與今所行六經不同，互有得失，不可以偏辭論也。」王嘉奏封事曰：臣聞咎繇戒帝舜曰：「亡教佚欲有國，兢兢業業，一日二日萬幾。」師古曰：《虞書·咎繇謨》之辭也，言有國之人，不可敖慢佚欲，但當戒慎危懼，以理萬幾之事也。敖音傲。今《尚書》乃作「無教佚欲有邦」，恐敖字轉寫作教耳。若謂天子教諸侯逸欲，恐非是也。

先子初增秩，年侵鬢已皤。【注】《漢書·循吏傳·序》：增秩賜金。〔箋〕《先君事狀》：神宗即位，加太子中舍，以殿中丞通判金州，以國子博士通判絳州。熙寧九年四月戊申卒，年六十。念兄今善繼，此別喜如何。【注】以其善繼先子之志，故以別爲喜也。親老家仍困，〔箋〕時後山母年七十六。門衰仕未多。【注】《家語》：子路曰：「家貧親老，不擇禄而仕。」《晉書》：李密表云：門衰祚薄。猶須教兒子，早要中文科。

寄張文潛舍人

〔箋〕《宋史·張耒傳》：居三館八年，顧義自守，泊如也。擢起居舍人。《宋史·職官志》：起居舍人，掌同門下省起居郎侍立修注官。又：起居郎，掌記天子言動。御殿則侍立，行幸則從，大朝會則與起居舍人對立於殿下螭首之側。《瀛奎律髓》：君乘車，我戴笠，他日相逢下車揖。此所謂車笠之盟也。「車笠」二字實，以對「飛騰」二虚字，可乎？曰：老杜「雨露」對「生成」有例。後山又有詩曰「預知河嶺阻，不作往來頻。聲言隨地改，吳越到江分」，皆是以輕對重。

紀批：綽有老健之氣。

今代張平子，【注】《後漢書》：張衡，字平子。善屬文。雄深次子長。【注】劉禹錫序《柳子厚集》曰：韓退之評其文，雄深雅健，似司馬子長。〔箋〕《宋史·耒傳》：耒從蘇軾，軾稱其文汪洋沖澹。名高三俊上，【注】《翰林志》曰：李紳、李德裕、元稹同在禁署，時號三俊。此借用，以指蘇公客黄、秦、晁也。官立右螭傍。【注】《唐書·張次宗傳》〔一〕：文宗詔左右史立螭頭下，記宰相奏對。按《實録》：文潛元祐八年冬自著作佐郎除起居舍人，即右史也。紹聖元年四月，以直龍圖閣知潤州。此詩蓋春時所作。車笠吾何恨，【注】《北户録》載風土記越人結交，盟曰：卿乘車，我戴笠，後日相逢下車揖。我步行，卿乘馬，後日相逢卿當下。飛騰子莫量。【注】老杜《贈高適》詩：飛騰無那故人何。時平身早達，未要夢凝香。【注】後山自注曰：來書云：補郡之樂，發於夢寐。《晉書》：張載曰：「時平則才伏，世亂則奇用。」退之詩：太平時節身難遇。此反其意而用之。韋應物刺蘇州，有詩曰：兵衞森畫戟，燕寢凝清香。

校記

〔一〕「唐書」原作「晉書」，據高麗本並《唐書·張次宗傳》改。

後湖晚坐

〔箋〕《瀛奎律髓》：滄江萬古流不盡，白鳥雙飛意自閒。東坡賞歐公詩，謂敵老杜。後山三四一聯，尤簡而有味，不致身於廟堂，而致身於江湖之上。「名成伯季間」，謂在蘇門六君子中，亞於黄而高於晁、張也。紀批：高爽。又批：馮云：第六句費解，亦接不下。余謂費解有之，却無甚接不下，此詩頽然自放，傲然自負，覺眼前無可語者，惟看雁去鴉還耳。語不接而意接，不可以崑體細碎求之。

水淨偏明眼，【注】老杜詩：水淨樓陰直。又云：吾與汝曹俱眼明。城荒可當山。【注】樂天詩：亭脊太高君莫拆，東家留取當西山。〔補〕梅南本墨批：可當二字率，少味。青林無限意，白鳥有餘閒。身致江湖上，【注】王介甫

《與執政書》曰：及今愈思自致江湖之上。又有詩曰：委質山林如許國。後山謂身致，亦介甫委質之意。名成伯季間。【注】伯季似指二蘇門下諸君。後山嘗作《佛指記》曰：予以文義名次四君，蓋謂此也。魏文帝《典論》曰：傅毅之於班固，伯仲之間耳。《晉書·王湛傳》：王濟對武帝曰：「臣叔殊不癡，山濤以下，魏舒以上。」湛曰：「欲處我於季孟之間乎〔一〕。」目隨歸雁盡，【注】嵇康詩曰：手揮五弦，目送歸鴻。坐待暮鴉還。【注】老杜詩：有待至昏鴉。

校記

〔一〕「乎」原作「耳」，據高麗本並《晉書·王湛傳》改。

春興

東風作惡不成寒，野水穿沙自作灘。【注】王介甫詩：睡過東風作惡時。細草無端留客臥，【注】《文選》邱希範詩：細草藉龍騎。老杜詩：邂逅無端出餞遲。鄭谷《曲江春草》詩云：香輪莫碾青青破，留與遊人一醉眠。繁枝有意待人看。【注】退之詩：春風也是多才思，故揀繁枝折贈君。又云：留花不發待郎歸。老杜詩：寒江流甚細，有意待人歸。

次韻回山人贈沈東老二首

【注】前篇屬回山人，後篇屬沈東老。〔箋〕《東坡詩話》：有道人過沈東老飲酒，用石榴皮寫絶

句壁上，稱回山人。東老送出門，渡橋，不知所往。或曰：「此呂洞賓也。」僕見東老子偕，道其事，爲和此詩。後復與偕遇錢塘，更爲書之。回山人詩云「西鄰已富憂不足，東老雖貧樂有餘。白酒釀來緣好客，黄金散盡爲收書」，東坡和曰「世俗那知貧是病，神仙可學道之餘。但知白酒留佳客，不問黄公覓素書。符離道士晨興際，華岳先生尸解餘。忽見黄庭丹篆字，猶傳青紙小朱書。凄涼雨露三年後，彷佛塵埃數字餘。至用榴皮緣底事，中書君豈不中書」。按：《侯鯖録》所載略同。《避暑録話》：東坡用退之《毛穎傳》事云「至用榴皮緣底事，中書君豈不中書」，雖以紀實，意亦有在也。王會《回仙碑》云：熙寧元年八月十九日，湖州歸安縣之東林，有隱君子沈思，字持正，隱於東林，因以名焉。能釀十八仙白酒。一日，有客自稱回道人，長揖東老曰：「知君白酒新熟，願求一醉。」公命之坐，徐觀其目，碧色粲然，光采射人。與之語，無不通究，故知非塵埃中人也。因出與飲，自日中至暮，已飲數斗，殊無酒色。回曰：「久不游浙中，今爲子有陰德，留詩贈子。」乃擘席上榴皮畫字，題於庵壁。又《苕溪漁隱叢話·後集》載陸元光《回仙録》，文長不録。

一杯領意不須沽，【注】老杜詩：領客珍重意。六字持身已有餘。【注】導引有六字氣，謂嘻、吁、呬、嘘、呵、呼也。《黄庭經》曰：至道不煩。司馬相如《過宜春宫賦》曰：持身不謹。按《列子》曰：子知持後，【則可言持身矣。〔補〕六字氣訣見《雲笈七籤》卷六十一。吹、呼、嘻、呴、嘘、呬，皆出氣也。癡子未知天上樂，【注】《法華經》曰：癡子捨我，五十餘年。庫藏諸物，當如之何。《神仙傳》：彭祖問石生曰：「何不服藥仙去？」對曰：「天上多有至尊，相奉甚難，更苦人耳。」李商隱作《李賀小傳》曰：賀將死，有緋衣人持一板書召賀，曰：「帝成白玉樓，立召爲記。天上差樂，不苦也。」先生今解世間書。【注】退之《石鼎聯句》詩序曰：彌明謂劉師服曰：「吾不解世俗書，弟子爲書吾句。」

又

隨世功名非所望，稱家豐儉不求餘。【注】老杜詩：稱家隨豐儉。按《禮記·檀弓》曰：稱家之有無。《後漢·馬援傳》曰：士生一世，但求衣食裁足。致求盈餘，但自苦耳。青衫出指論奇字，【注】《漢書·揚雄贊》：劉棻嘗從雄學作奇字。白髮挑燈寫細書。【注】言其高年而眼能明也。退之《短檠歌》曰：夜書細字綴語言。

送孝忠二首

【注】當是其兄傳道之子。〔箋〕按：後山《送伯兄赴吏部改官》詩有「猶須教兒子，早要中文科」之句。又有《送孝忠落解南歸》詩，則孝忠疑子直子，非傳道子也。任注「當是」云者，亦未定之詞。又按：傳道子名孝友。《鐵網珊瑚》載錢世雄《跋故三司副使陳公詩後》云：元豐壬戌間，初識傳道於松陵，獲見此書。又三年，一解后無己於京師，今廿有二年矣。而二君皆以不遇卒。崇寧癸未端午，傳道之子孝友，復抱此書，泣以相過。

老眼元多淚，春風見此行。〔箋〕「元」當是「无」字。又爲貧賤別，【注】老眼固自多淚，況重以離別之感耶。貧賤別，見前注。更覺急難情。【注】《常棣》詩：脊令在原，兄弟急難。斗食吾堪老，【注】《漢書·百官表》：百石以下有斗食、佐史之秩。注云：斗食，月奉十一斛。一説日食一斗二升。〔箋〕時後山猶未罷潁學。詞場爾向榮。【注】老杜詩：詞場繼國風。陶淵明《歸去來辭》：木欣欣以向榮。此借用。未須憐野鶩，【注】《法書苑》曰：庾翼善草隸，少與王羲之齊名，弟子皆效之。羲之後進，内外宗尚，翼甚不平。在荆州與都下人書云：「兒輩乃輕家雞，愛野雉，皆學逸少。」東坡詩：野鶩家雞定誰美。家法付宣城。【注】《齊書》：謝朓爲宣城太守，善詩。家法，謂靈運、惠連皆朓之族父，以詩知名。《後漢·儒林傳》序：各以家法教授。〔箋〕後山有《與魏衍寇國寶田從先二姪分韻》詩，則孝忠亦能詩者。柳州《寄劉夢得》詩：聞道近來諸子弟，臨池尋已厭家雞。東坡《柳氏求筆迹》詩：君家自有元和手，莫厭家雞更問人。後山《贈吴氏兄弟》詩亦云：不解征西諸子弟，却憐野鶩厭家雞。皆用《南史·王僧虔傳》語。

又

經史三年學，【注】楊子曰：古之學者，三年通一經。聰明一日開。【注】楊子曰：天降生民，倥侗顓蒙，恣子情性，聰明不開。老杜詩：大兒聰明到，能添老樹巔崖裏。小兒心孔開，貌得山僧及童子。把文甘潦倒，【注】老杜詩：把文驚小陸。此用小陸以比孝忠也。晉嵇康《與山濤書》曰：足下素知吾潦倒粗疏，不切事情。此借用，以自況也。數日待歸來。【注】《左傳》曰：行則數日而返。退之詩：屈指數日憐嬰孫。數字作上聲讀。士患聲名早，【注】東坡《和仲子迨》詩曰：養氣勿吟哦，聲名忌太早。官今歲月催。【注】自言老於微官也。有親須薄禄，臨路尚徘徊。【注】言惜别眷眷之意，以親養故，不能與之俱去也。鮑照《放歌行》曰：今君有何疾，臨路獨遲回。

以拄杖供仁山主二首

〔箋〕按：仁山主，即集中中秋夜東刹贈詩者也。

錯節孤根勁有餘，坐牀須按起須扶。【注】《後漢·虞詡傳》：不逢盤根錯節，何以知利器。《選》詩：石梁有餘勁。一生用底今相贈〔一〕，更問林間有此無。【注】趙州臨遷化，以拂子送與王鎔，曰：「此是老僧一生用不盡底事。」見《趙州語録》。

又

洗足投筇只坐禪，厭尋岐路費行纏。【注】《金剛經》云：洗足已，敷座而坐。東坡詩：已辦布襪費行纏。老來不復人間事，不用山公更削圓。【注】《桂苑叢談》曰：潤州甘露寺有僧，道行孤高。李德裕廉問日，以方竹杖一贈焉。方竹出大宛國，堅實而方正，節根鬚牙，四面對出。及再鎮浙右，其僧尚存。問曰：「前所奉竹杖無恙否？」僧喜對曰：「已規圓而漆之矣。」公嗟惋彌日。前輩詩曰：削圓方竹杖，漆却斷紋琴。

校記

〔一〕「今」原作「令」，據潘宋本、盧宋本、瞿宋本改。

項城道中寄劉令使修溪橋

【注】項城屬陳州。〔箋〕劉令失考。《元豐九域志》：項城縣屬京西北路陳州。《水經注》：蔡水東南往陳縣，謂之百尺溝。又南分爲二水，注於潁。橋當在此水上，後山自潁往還所經。

老怯危橋泥没膝，【注】老杜詩：虚疑皓首衝泥怯。盧仝《放魚歌》曰：天雨曼陁羅，花深泥没膝。喜聞吾黨政如春。【注】謝承《後漢書》：李燮拜京兆，民謡曰「我府君，道教舉。恩如春，威如虎。」須君不惜千金費，【注】《孫子》曰：興師十萬，日費千金。《文選》古詩曰：愚者愛惜費，但爲後世嗤。此後寧無我輩人。【注】言必有好事者繼之。《晉書·石苞傳》：許允曰：「卿是我輩人。」〔箋〕此指行役之苦者言。任注誤。

碓磨寨

【注】《唐書》：黄巢圍陳州。人大饑，倚死牆塹。賊俘以食，日數十人。乃列百巨碓，糜皮骨於臼，并啖之。〔箋〕按：任所引爲《唐書·黄巢傳》語。又按《雞肋編》：唐初賊朱粲，以人爲

糧，置碓磨寨，謂啖醉人如食糟豚。則碓磨寨又不始於黄巢也。《陳州府志》不載寨名。

以人爲食殺爲戲，自昔無聞爾所先。信有忘身一言盡，獨能遺臭萬年傳。【注】東坡《富公碑銘》曰：「以殺爲嬉。《漢書·伍被傳》：吴王曰：「男子之所死者一言耳。」劉原甫説云：此言所死雖不同，等是死耳。《晉書·桓温傳》：温曰：「既不能流芳後世，不足復遺臭萬載耶。」老杜詩：將詩不必萬人傳。

寄張宣州

【注】耒。〔箋〕《元豐九域志》：宣州治宣城，屬江南東路。《宋史·張耒傳》：紹聖初，請郡。以直龍圖閣知潤州。坐黨籍徙宣州。《東坡集·與張文潛書》：忽辱專人手教，伏讀感歎。且審爲郡多暇，至慰至慰。正文潛坐黨徙宣州時作也。又《與黄魯直書》亦有「文潛在宣極安」語。

與世情將盡，懷仁老未忘。【注】《書》云：懷於有仁。此借用，言獨於仁賢未能忘情。故人今五馬，【注】見前注。高處謾三長。【注】《唐書·孟郊傳》：李觀論其詩曰：「高處在古無上，平處下顧二謝。」又劉子玄言：「作史有三長，謂才、學、識。」詩豈江山助，【注】言宣州詩本天成，不用借助。《唐書·張説傳》：説謫岳州，而詩亦悽惋，人謂江山助云。名成沈鮑行。【注】老杜詩：沈鮑得同行。謂沈約、鮑照。肯爲文俗事，【注】《後漢》：陳忠上疏曰：諸郎多文俗事。又《隗囂傳》論曰：徒以文俗自喜。打鴨起鴛鴦。【注】此用宣州故事。魏泰《詩話》：吕士隆知宣州，好笞官妓，官妓皆欲逃去。會杭州一妓到，士隆喜之，留不使去。一日，郡妓復犯小過，士隆欲笞之。妓訴曰：「某不敢辭罪，但妓不能安也。」士隆愍而捨之。梅聖俞作《莫打鴨》篇曰：莫打鴨，打鴨驚鴛鴦。鴛鴦新向池西落，不比孤洲老禿鶬。禿鶬尚欲遠飛去，又況鴛鴦羽翼長。杜牧之詩：驚夢起鴛鴦。然此詩意不特爲妓女發。〔箋〕《侯鯖録》：宣城守吕士龍，好緣微罪杖營妓。後樂籍中得一客娼，妙麗善歌，有聲於江南，士龍眷之。一日，復欲杖營妓并麗華。麗華曰：「不避杖，但恐新到某人不安此耳。」士龍笑而從之。麗華短肥，故梅聖俞作《莫打鴨》詩以解之云云。按：此事任注已引魏泰《詩話》。但魏不舉營妓之名，又失載短肥一語，則「打鴨」二字無風趣，故再録趙德麟此條，不嫌其複也。

送倫化主

赤髭白足可憐生，【注】《高僧傳》：佛陁耶舍，爲人赤髭，善解毗婆沙。時人號曰：赤髭毗耶沙。又云：釋曇始足白於面，雖跣涉泥水，未嘗沾濕，天下咸稱白足和尚。劉禹錫《送僧序》曰：備將迎者，皆赤髭白足之侣。《傳燈録》：國忠師曰：「幸自可憐生，須要个護身符子作麽。」躡蹻擔囊壯此行。【注】《史記·虞卿傳》：躡蹻擔簦〔一〕。要致雪峯千五百，【注】《傳燈録》：雪峯義存禪師，學者冬夏不减千五百人。不妨兼識謝宣城。【注】以比張宣州也。《齊書》：謝朓爲宣城郡太守。杜詩云：詩接謝宣城。

校記

〔一〕「簦」原作「囊」，據盧宋本、高麗本並《史記・虞卿列傳》改。

西湖

〔箋〕《瀛奎律髓》紀批：此首無味，結尤不佳。

小徑才容足，【注】《列子》曰：泰豆乃立木爲塗，僅可容足。張湛注云：纔得安腳。寒花只自香〔一〕。【注】老杜詩：寒花只暫香。官池下鳧雁，【注】老杜有《官池春雁》詩。《漢・昭帝紀》：黄鵠下建章宮太液池中。《文選》劉公幹詩曰：方塘含白水，中有鳧與雁。荒塚上牛羊。【注】古樂府曰：今日牛羊上邱壠。有子吾甘老，【注】東坡詩：有子萬事足。老杜詩：吾老甘貧病。無家去未量。【注】老杜詩：無家問消息，作客信乾坤。〔補〕梅南本墨批：晦甚。三年哦五字，草木借餘光。【注】老杜詩：擁別借輝光。〔補〕梅南本墨批：率俗。

校記

〔一〕「只」原作「知」，據潘宋本、盧宋本、瞿宋本改。

別月華嚴

〔箋〕《文集・張居士墓表》：張隆，子宗永，爲比邱，號慧嚴大師。又《華嚴證明疏》：弟子陳師道，與妻郭悟，同心共施。因慧嚴大師宗永，買《大方廣福華嚴經》一部，八十一策，並櫃二隻。又有《請月長老再住薦福疏》。《東坡集》有《贈月長老》詩。又《與趙德麟書》：月老亦致意，熱甚，亦多病，未暇作《法施堂銘》。

寓世生同里，隨方去有情。【注】《漢書・盧綰傳》：與高祖同里生。後山借用其意。來爲百年別，〔箋〕《張居士墓表》：余與慧嚴好，於其別爲次其行。不惜片時程。【注】老杜詩：繫帆何惜片時程。齋鉢須勤供，經鐘莫倦鳴。【注】勸其接物利生也。當來第三會，此界却逢迎。【注】釋氏書：彌勒當來下生，於龍華樹下三會，説法度人。《三水小牘》云：東都僧從練，臨終，呼門人戒曰：「人生難得，惡道易淪。惟有歸命釋尊，勵精梵行。龍華會上，當復相逢。」《戰國策》曰：燕太子逢迎却行。

送吴先生謁惠州蘇副使

【注】吴先生當是吴遠游。蘇公嘗有書與之。〔箋〕《元豐九域志》：惠州治歸善縣，屬廣南東路。《年譜》引《實録》：紹聖元年，蘇公貶寧遠軍節度副使，惠州安置。《元豐九域志》：廣南西路下都督府容州普寧郡，寧遠軍節度，治普寧縣。蘇詩《吴子野將出家贈以扇山枕屏》。施注：吴子野，名復古，號麻田山人，所居名遠游庵。先生南遷，爲作《遠游庵銘》。《宋史・蘇軾傳》：紹聖初，御史論軾掌内外制日，所作詞命，譏斥先朝，遂以本官知英州。未至，貶寧海軍節度副

使，惠州安置。《清波雜志》：林子中以啟賀東坡入翰林曰：「父子以文章名世，蓋淵雲司馬之才；兄弟以方正決科，鼂董公孫之學。」其褒美如此。後草坡《責惠州告詞》云：「勑具位軾。元豐間，有司奏軾罪惡甚衆，論法當死。先皇帝赦而不誅，於軾恩德厚矣。朕初即位，政出權臣。引軾兄弟，以爲己助。自謂得計，罔有悛心。忘國大恩，敢肆怨誹。若譏朕過失，何所不容。乃代予言，誣詆神考。乖父子之恩，害君臣之義。在於行路，猶不戴天。顧視王命，復何面目。以至交通閹寺，矜澤倖恩。市井不爲，搢紳共恥。尚屈彝典，止從降黜。今言者謂某指斥宗廟，罪大罰輕。國有常刑，朕非可赦。宥爾一死，竄之遠方。雖軾辯足以飾非，言足以惑衆。自絶君親，又將奚憝。保爾餘息，毋重後衍。可責授寧遠軍節度副使，惠州安置。」極於醜詆如此。《萍洲可談》：元祐初，吕惠卿責建州，蘇軾行詞有云：「尚寬兩觀之誅，薄示三危之竄。」其時士論甚駭。聞紹聖初，蘇軾再責昌化軍，林希行詞云：「赦爾萬死，竄之遐陬。雖軾辯足以惑衆，文足以飾非。自絶君親，又將奚憝。」或謂其已甚。林曰：「聊報東門之役。」《瀛奎律髓》：此吴子野，有道術者。東坡以紹聖元年謫惠州。意謂子野之訪東坡，我其門下士，亦慚之也。「任安」「禿翁」事，後山自以不負東坡，自潁教既罷之後，紹聖中不求仕也。紀批：題目好，詩自伉爽。三句「我」「吾」字複，五六未免自套。

聞名欣識面，【注】言吴君欲識東坡也。老杜詩：李邕求識面。《傳燈録·夾山惟儼傳》：李翱曰：「見面不如聞名。」此反而用之。異好有同功。【注】吴君方外之士，與後山異趣，而好賢之意則同，故云同功。《記》曰：「與仁同功，其仁未可知也。」此用其字。〔箋〕《東坡集·問養生》：余問養生於吴子。得二言焉，曰安、曰和。吴子，古之静者也。是以私識其言，以時省觀。又《與吴秀才書》：子野一見僕，便論出世間法。以長生不死爲餘事，而以鍊氣服藥爲土苴也。僕喜誦其言，嘗作《論養生》一篇，爲子野出也。按：子野揭陽人，見《潮州府志·隱逸傳》。秀才乃其子，名芘仲。我亦慚吾子，【注】後山不能往見蘇公，此所以有愧於吴君也。人誰恕此公。【注】老杜《寄李太白》詩：衆人皆欲殺，吾意獨憐才。東坡詩：平生我亦輕餘子，晚歲誰人念此公。〔箋〕按《皇宋治迹統類》載是年御史虞策言：蘇軾作誥詔，語涉譏訕，望核實施行。殿中侍御史來之邵言：軾臣先朝，久以罪廢。至元祐，擢爲中書舍人翰林學士。軾凡所作文字，譏斥先朝，援古況今，多引衰世之事，以快忿怨之私。行吕惠卿制詞，則曰：首建青苗，次行助役。均輸之政，自同商賈。手實之禍，下及雞豚。苟有蠹國而害民，率皆攘臂而稱首。行吕大防制詔，則曰：民亦勞止，願聞休息之期。撰《司馬光神道碑》，則曰：「其退如洛，如屈之陂澤。」凡此之類，播在人口者非一，當原其所犯，明正典刑。詔落端明殿學士兼翰林侍讀學士，依前左朝奉郎知英州。制詞，蔡卞所撰也。虞策又言：蘇軾罪罰未當。詔軾降充左承議郎。又劉極言：蘇軾敢以私忿行於詔誥中，厚誣醜詆。軾於先帝，不臣甚矣。詔蘇軾合敍復日，不得與敍。《東坡集·惠州謝表》：仁聖曲全，本欲畀之民社；羣言交擊，必將致之死亡。尚荷寬恩，止投荒服。百年雙白鬢，【注】時東坡年五十九。老杜詩：百年雙白鬢，一别五秋螢。萬里一秋風。【注】言神交心契，與風無間也。老杜詩：瞿塘峽口曲江頭，萬里風煙接素秋。蓋亦此意。按《通鑑》：秦使閻負謂張瓘曰：「晉王與君鄰藩，雖山河阻絶，風通道會。」〔箋〕《東坡集·與吴秀才書》：與子野先生游，幾二十年矣。近者南遷，深念五十九年之非耳。又近者南遷，過湞陽間，見子野，無一語及得喪休戚事。〔補〕梅南本墨批：套甚。爲説任安在，依然一秃翁。【注】《漢書·霍去病傳》：衛青日衰，而去病日益貴。故人門下，多去事去病，輒得官爵。惟獨任安不肯去。又《灌夫傳》：與長孺共一秃翁。注：言無官位版綬也。末句後山自謂不負蘇公之門，時亦坐黨事廢錮，故云秃翁。

別圓澄禪師

〔箋〕《文集·薦福院齋疏》：圓澄禪師，以七十之年，曲從衆志；捨平生之舊，來赴新交。方茲挂塔之初，宜有洗滌之供。又《比邱理公塔銘》：悟理，趙郡袁氏子，即圓澄。

法施老人卧不出，呼我取別行問疾。【注】《十二國史》曰：魯宓子賤，爲單父宰，行過楊晝取別。《維摩經》云：女行詣維摩詰問疾。〔箋〕《比邱理公塔銘》：紹聖元年九月癸丑，比邱理公卒汝陰之薦福院，年八十一。始余爲府屬，數過之。其後去官，往問其疾且別。〔補〕呼我取別四字，梅南本朱筆連圈。磨盤拭筯勸一飽，少待須臾莫倉卒。【注】磨盤拭筯，蓋俗間語。老杜詩：低頭拭小盤。《維摩經·香積品》云：若欲食者，且待須臾，當令汝得未曾有食。老杜詩：忍待明年莫倉卒。早年著眼覷文字，萬卷初無一言契。【注】《傳燈録》：香嚴依潙山祐和尚。和尚曰：「汝未出胞胎時，本分事道將一句來。」師徧檢所集諸方語句，無一言可將酬對。又：五洩山靈默禪師，謁石頭和尚。先自約曰：若一言相契，我即住，不然便去。多生綺語未經懺，【注】樂天《香山寺白氏洛中集記》曰：「願以今生世俗文字之業，狂言綺語之過，轉爲將來世世讚佛乘之因，轉法輪之緣。」按：釋氏書，綺語蓋口中四業之一。謂綺飾文詞，過有增華也。半世虚名足爲累。【注】退之詩：「士生爲名累。」此去他來尚有緣，〔箋〕《比邱理公塔銘》：「既別，且曰：『公老而疾。有如盡緣，我其銘。』」頭童齒豁恐無年。【注】退之《進學解》：「頭童齒豁，竟死何裨。」《世説》：「王珣歎曰：『人固不可以無年。』」慇懃三請久住世，【注】《法華經》曰：「世尊告舍利佛，汝已慇懃三請，豈得不説。」《華嚴經·普賢行願品》曰：「七者請佛住世。」弊惡可念未可捐。【注】《華嚴經·十迴向品》曰：「菩薩不以衆生其性弊惡邪見瞋濁，難可調伏，便即棄捨不修迴向。」平生準擬西行計，老著人間此何意。【注】西行，謂願生極樂國。《高僧傳》：「慧持謂慧遠曰：『若滯情愛聚者，本不應出家。今既割欲求道，正以西方爲期耳。』」他年佛會見頭陁〔一〕，知是當年老居士。【注】《傳燈録·傅大士傳》曰：「有天竺僧嵩頭陁，謂曰：『我與汝毗婆尸棄佛所發誓，今兜率宫衣鉢現在。』因命臨水觀其影，見大士圓光寶蓋。」此詩以嵩頭陁比圓澄，以傅大士自況。

校記

〔一〕「年」，潘宋本作「生」。

別觀音山主

〔箋〕按：觀音山主，即東刹仁公。後山以拄杖贈之者。

離合應生理，【注】《文選》陸士衡詩：離合非有常，譬彼弦與括。老杜詩：人生有離合，豈擇衰老端。《文選》袁宏《三國名臣序贊》曰：生理不可不全。李善注引《鷦鷯賦》曰：生生之理足矣。此借用，言人生之常理。過逢豈近緣。【注】老杜詩：數爲姻婭過逢地。情親見今日，語妙記當年。【注】情親、語妙並見前注。閉户安禪主，衝風逆水船。【注】兩句言行藏勞逸各異也。《法華經》偈曰：安禪合掌。老杜詩：瀟灑共安禪。又詩：春多逆水風。不應清夜月，故作別時圓。【注】老杜《宿贊公房》詩云：相逢成夜宿，隴月向人圓。而東坡《水調》詞云：不應有恨，何事長向別時圓。

離潁

河市千人聚，【注】長安萬年縣有千人聚。《關中記》曰：宣帝以倡優雜伎千人，樂思后園，今所謂千人鄉者是也。此詩借用。寒江百丈牽。【注】老杜詩：寒江動夜扉。又詩：百丈牽江色。吾生能幾日，此地費三年。【注】後周蕭撝《勞歌》曰：百年能幾許，公事罷平生。老杜詩：爲客費多年。東坡詩：人生不滿百，一別費三年。〔補〕梅南本墨批：費字有多少錘鍊在。叢竹防供爨，池魚已割鮮。【注】當是東坡去潁後，代者韓川變其舊政。向也徙魚，今乃割鮮，行將及竹矣。後山所歎，意蓋不止此也。東坡有《罷學士劄子》曰：及蒙擢爲學士，便爲韓川等攻擊不已，以至羅織語言，謂之誹謗。《西都賦》曰：割鮮野食。〔補〕梅南本墨批：防供爨，謂立後恐人剪伐耳，正得題中離字深情。拙勤終不補，他日愧無傳。【注】樂天詩：救煩莫如靜，補拙莫如勤。《孟子》曰：是以後世無傳焉。

湖上

〔箋〕《瀛奎律髓》：此潁州西湖也。後山元祐中爲教授，滿而將去，故有此詩。紀批：第六句不明晰，結句亦不明晰。

湖上難爲別，梅梢已著春。林喧烏啄啄〔一〕，【注】退之詩：剥剥啄啄，有客至門。風過水鱗鱗。【注】樂天詩：小橋裝雁齒，輕浪甃魚鱗。《楚辭》曰：魚鱗鱗兮媵予。緣有三年盡，【注】釋氏云：諸法從緣生，緣離法即滅。情無一日親。【注】言情之相親，生於久也。此浮屠所以不三宿桑下。白頭厭奔走，何地與爲鄰。【注】《莊子》曰：吾誰與爲鄰。

校記

〔一〕「烏」，趙本作「鳥」。

舟中二首

惡風横江江卷浪，黄流湍猛風用壯。【注】退之《感二鳥賦》云：窺黄流之奔猛。老杜詩：初聞龍用壯。字本出《易·大壯》卦。疾如萬騎千里來，【注】歐公《秋聲賦》曰：又如赴敵之兵，銜枚疾走，不聞號令，但聞人馬之行聲。

氣壓三江五湖上。【注】東坡詩：氣壓鄴侯三萬籤。《周禮》曰：其川三江，其浸五湖。岸上空荒火夜明，舟中坐起待殘更。【注】老杜詩：空荒咆熊羆。又詩：江船火獨明。此借用，以言燐火。少年行路今頭白，不盡還家去國情。【注】言行藏進退，皆有所迫，非其本志也。

又

野火燒原雉昏雊，【注】退之詩：原頭火燒靜兀兀，野雉畏鷹出復没。《詩》云：雉之朝雊。黄塵漲天牛亂鬭。【注】《蜀都賦》曰：黄塵漲天。江間無日不風波，老去何時脱奔走。【注】老杜詩：江間雖炎瘴。又云：舟中無日不沙塵。〔補〕梅南本墨批：樸老得杜之神。詩書滿腹不及口，【注】《後漢書》：趙壹詩云：文籍雖滿腹，不如一囊錢。東坡詩：平生五千卷，一字不救飢。遮日寧須釣竿手。【注】言雖入帝城無益也。杜牧之詩：惆悵江湖釣竿手，却遮西日向長安。愧爾茅簷炙背人，【注】高適詩：愧爾東西南北人。嵇康書曰：野人有愧炙背而美芹子者，欲獻之至尊。歐公《玉堂集序》云：曝茅簷之朝日。仰目青天搔白首。【注】言其縱適也。老杜詩：舉觴白眼望青天。又詩：出門搔白首。

規禪停雲齋

〔箋〕《却掃編》：往歲吴中多詩僧，其名往往見於前輩文集中。余渡江之初，猶見有規者，頗以詩知名。其爲人性坦率，其徒謂之規方外，時年七十餘矣，談論蕭散可喜。臨終前數日，有詩曰「讀書已覺眉棱重，就枕方欣骨節和。睡起不知天早晚，西窗殘日已無多。」葉左丞大愛之。按：「禪」字下疑奪「師」字。

淨居衆天人，宫殿隨所適。【注】欲界十天，色界十八天，無色界四天，共三十二天。初禪、二禪、三禪各三天，四禪九天，凡一十八天，皆屬色界。而三禪有三天，一淨居天，二無淨居天，三徧淨居天，此天無想無證，思食則食至，想衣則衣來，宫殿隨身，如意而有，事見《正法念處經》等。蓋皆持戒作福者，生於此天，因以比規禪也。《法華經》亦曰：爾時五百萬億國土諸梵天王，與宫殿俱。少仕老不歸〔一〕，重門閉榛棘。【注】自歎其無淨居之福緣也。道人秀叢林，【注】《大論》云：譬如大樹叢聚，是名爲林，一樹不名爲林。如一、二比邱不名僧，僧聚處得名叢林。妙語出禪寂。【注】老杜詩：身猶縛禪寂。是身如浮雲，隨處同建立。【注】《維摩經》：是身如浮雲，須臾變滅故。老杜《別贊上人》云〔二〕：是身如浮雲，安可限南北。《華嚴經》曰：譬如三千大千世界，建立一切處所〔三〕。平生與二子，嗜好用一律〔四〕。【注】二子必皆詩僧。一律，見前注。我此復助緣，語綺已多責。【注】語綺，見前注。何年一把茅，據坐孤崒嵂。呵佛罵祖師，【注】《傳燈録》德山宣鑒禪師抵潙山。潙曰：「是伊將來有把茅蓋頭，罵佛罵祖去在。」又龍潭曰：「可中有一箇漢，他時向孤峯頂上，立吾道在。」老杜詩：好鳥啼岩扃，高嶽前崒嵂〔五〕。塗糊千五百。【注】《傳燈録》：三聖答雪峯云：「一千五百善知識，語頭也不識。」古寺和尚曰：「淨地上不要點污人家男女。」後山所謂塗糊，蓋此意也。

校記

〔一〕「仕」，何校本作「壯」，適園本同。〔二〕「云」，盧宋本作「詩」。〔三〕「所」下盧宋本多「圓覺經偈曰皆從諸如來圓覺心建立」十五字。梅南本同。〔四〕「用」，馬暾本作「同」，適園本亦作「同」。〔五〕「崒嵂」，盧宋本作「嵂崒」。懷辛案。杜《橋陵詩三十韻》作「嵂崒」。

後山詩注補箋卷五

答晁以道

〔箋〕《景迂生集》有《趨府馬上悠然思陳無己三兄成詩寄之》詩云：「瓦釜毁未棄，黄鐘幸且存。於焉正律吕，誰爲到崑崙。相思出苦淚，東漢太邱孫。聞之在徐州，無衣出柴門。亦賦《乞食》詩：饑瘡故拙言。靖節非此夫，如似校靜喧。顑頷不悲傷，自知美蘭蓀。龍伸能虵屈，土不蝕璵璠。紡鱮書懶寄，天公戕可論。名不入葦笥，欲報天地恩。明光出須臾，一破萬古昏。蒼生託康濟，生覺君子尊。淨盡城上烏，變化北溟鯤。豈但喜囚冠，故亦慰離魂。我既美子志，爲子盡嬋娟。吾曹寧餓死，終肯傍祭墦。孔明與荀賈，豈不共中原。崎嶇入巴蜀，雅志正本根。柳子一失此，羅池爲鬼冤。問訊寄此辭，飽腹何時捫。」後山此詩當答於此時。《雪浪齋日記》：「晁以道詩云：『清霜下牛羊，凜然北固秋。』全似《選》詩。又有『謝公樽俎煙霞外，庾信文章涕淚前』，極爲佳句。」《老學庵筆記》：「近世名士：李泰發光，一字泰定。晁以道說之，一字伯以。潘義榮良貴，一字子賤。張全真守，一字子固。周子充必大，一字洪道。芮國器燁，一字仲蒙。林黄中栗，一字寬夫。朱元晦熹，一字仲晦。人稱之多以舊字。其作文題名之類，必從後字，後世殆以爲疑矣。《師友雜志》：晁氏兄弟皆尊敬以道。

轉走東南復帝城，【注】帝城，見前注。後山嘗游江浙，元祐初來京師，此句追記其事。〔箋〕按《景迂生集》後附《晁氏世譜》：説之以元豐五年進士出身，累官至中奉大夫徽猷閣待制，嘗爲兗州司法參軍，蔡州宿州教授，改宣德郎，知磁州武安，定州無極縣。坐元符應詔上書，監嵩山中嶽廟。後山此詩作於紹聖初，故有「十年作吏」語，其所謂「轉走東南」，則指兗州及蔡、宿州言也。《老學庵筆記》：晁氏世居都下昭德坊。其家以元祐黨人及元符上書，籍記不許入國門者數人，以道其一也。按：晁氏子弟以黨籍不許入國門者，之道亦其一。《曲洧舊聞》載：之道自洛中罷官回，遣妻兒歸省故廬，獨留中牟驛累日，以詩寄京師姻舊，其結句云「一時雞犬皆霄漢，猶有劉安不得仙」，語傳於時。故人相見眼偏明。【注】退之詩：相見眼偏明。十年作吏仍餬口，【注】作吏，見前注。顔魯公帖云：一昨緣受替北歸，中止金陵，闔門百口，幾至餬口。字本出《左傳》。〔箋〕《敬齋古今黈》：陳無己寄晁以道云「十年作吏仍餬口」。注云：顔魯公帖曰：闔門百口，幾至餬口。按《左傳》：鄭莊公曰：「寡人有弟，不能和協，而使餬其口於四方。」杜預云：餬，粥也。粥乃貧家所食。陳詩自謂仕久而貧，因用鄭莊公語。而顔真卿謂其家幾至餬口，則其意與左氏異矣，豈以餬口謂都無所食乎。《曲洧舊聞》：王安中履道，中山無極人也。元符間晁以道爲無極令，時修邑子禮，議論淵源，與所聞見，多得於以道。後密結梁師成，與晁氏兄弟絶交。既長風憲，諱從晁學。王將明迫於公議，僅能用知成州。（按：王將明名黼，宣和元年人相。見《佞倖傳》）安中言出自己，始作簡招以道相見，只呼成州使君四丈，無復曩時先生之號矣。兩地爲鄰闕寄聲。【注】退之詩："兩地無千里，因風數寄聲。"〔箋〕按：後山《寄晁以道》五古亦有"兩宫俱爲鄰"語。蓋晁氏子孫皆文元公後。文元徙家彭門，故諸晁多僑居徐州，而與後山爲鄰也。冷眼尚堪看細字，〔箋〕《渭南集·先少師宣和初有贈晁公以道詩今逸全篇偶讀晁公文集泣而足之》："士不逢時勇退耕，閉門自號景迂生。遠聞佳士輒心許，老見異書猶眼明。奴愛才如蕭穎士，婢知詩似鄭康成。早孤遇事偏多感，欲續殘章涕已傾。"白頭寧復要時名。【注】老杜詩："秋山眼冷常夢稀。"東坡詩："問龍乞水歸洗眼，要看細字銷殘年。"孰知范叔寒如此，【注】孰知，見前注。又老杜詩："孰知茅齋絶低小。"《史記·范雎傳》："須賈曰：'范叔一寒如此哉！'"未覺嚴公有故情。【注】《唐書·杜甫傳》："甫依嚴武於劍南，武以世舊待甫甚善。"《北齊書》："趙彦深被沙汰，袁聿修猶故情存問往來。"按《漢書·陳勝傳》："客出入愈益發舒，言勝故情。"〔箋〕《老學庵筆記》："吕吉甫在北都，甚愛晁以道。以道方以元符上書謫官，吉甫不敢薦，謂曰：'君有才如此，乃自陷罪籍，可惜也。'以道對曰：'詠之（按：當作説之。）無他，但没看文章處耳。'其恃氣不撓如此。"

病起

〔箋〕《瀛奎律髓》："後山詩似老杜。只此詩亦含細味。"紀批："五六意頗可取，而語不工。"按：《瀛奎律髓》於此詩後，接《病中》五律六首，非後山作也。

今日秋風裏，何鄉一病翁。【注】老杜詩："多病秋風落。"力微須杖起，【注】法燈禪師《擬寒山子》詩曰："揞笻似力微。"《禮記·檀弓》曰："杖而後能起。"心在與誰同。【注】歐公詩："老去自憐心尚在。"古樂府《東飛伯勞歌》曰："空留可憐誰與同。此借用。災疾資千悟，【注】《孟子》：所謂人之有德慧術知者，恆存乎疢疾，是也。《晉書·天文志》，五星同色，天下偃兵。百姓安寧，不見災疾。此借用。《傳燈録》：仰山云：「若是宗門下上根大智，一聞千悟，得大總持。」寃親併一空。【注】同乎大通無怨無德也。《華嚴經》云：願一切衆生，於怨於親，等心攝受，皆令安樂，智慧清淨。《傳燈録》：曇藏禪師見大蟒不避，曰：「毒無實性，激發則强。慈苟無緣，寃親一揆。」其蟒倏然不見。百年先得老，【注】晉嵇康《養生論》曰：從衰得白，從白得老。三敗未爲窮。【注】《列子》：管仲歎曰：「吾嘗三戰三北，鮑叔不以我爲怯，知我有老母也。」《晉書》：陶侃謂庾亮曰：「古人三敗，君今始二。」此用老杜「百年渾得醉，一月不梳頭」之句法。皆落句也。

九月九日魏衍見過

〔箋〕《文集·朝奉郎魏君墓銘》：其知承縣，承人思之至今。衍嘗至其縣，一縣之人喜相告曰：「吾著作之子也。」著作，君故官也。家産萬金，委羣弟，不問所在。後爭分，君又多予之。有難之者，不答。召衍而指其書曰：「讀此不患貧矣。」《却掃編》：魏昌世言：無己平生惡人節書。以爲苟能盡記不忘固善，不然，徒廢日力而已。夜與諸生會宿，忽思一事，必明燭繙閱，得之乃已。或以爲可待旦者，無己曰：「不然，人情樂因循，一放過則不復省矣。」故其學甚博而精，尤好經術，非如唐之諸子，作詩之外，無所知也。

節裏能相過，談間可解憂。【注】《漢書》：揚雄《解嘲》曰：或立談間而封侯。解憂，見《孟子》。致疏君未肯，得此我何由。【注】《莊子·漁父篇》：子路問孔子曰：「由得爲役久矣，未嘗見夫子遇人如此其威也。漁父何以得此乎？」語到君房妙，【注】見前注。詩同客子游。【注】《南史·謝弘微傳》：謝靈運小名客兒。按：靈運有《九月九日從宋公戲馬臺集》詩。一經從白首，【注】揚子曰：古之學耕且養，三年通一經。又曰：童而習之，白首紛如也。李白詩：白首《太玄經》。〔箋〕《文集·昌樂縣君劉氏墓銘》：夫人一子，衍也。來學。又：魏君卒而家敝，亦不戚。視其子之學否，與其客之賢不肖以喜憂。萬里有封侯。【注】《後漢·班超傳》：相者曰：「祭酒布衣諸生耳，而當封侯萬里之外。」

別黃徐州

〔箋〕《元豐九域志》：徐州治彭城縣，屬京東西路。按：《文集·仁壽太君盧氏墓銘》卽爲黃徐州母作。文云：夫人興化人。其父謂黃氏後大，以歸贈朝散大夫世規。生五子，隨、陶、隱、陞、隩。兩子仕。仲爲御史殿中，貳國子，或使或守。紹聖四年，司業自徐徙福。隨早卒。陶爲宣德郎，先卒。陞繼卒。司業以喪過潤，遇晁子補之，使問銘於陳氏。又《談叢》：司業黃君守徐，新彭祖樓。砌用再重，使草不生。

姓名曾落薦書中，【注】老杜詩：名玷薦賢中。元稹詩：名落公卿口。又王仲舒作《李君房制詞》曰：籍籍名字，落人談中。〔箋〕《仁壽太君盧氏墓銘》有云：吾嘗屬其私，是宜銘。當卽指徐州薦後山事。此詩作於紹聖二年。《文集·張居士墓表》末云：紹聖二年二月十七日江州彭澤縣令陳師道撰。疑後山之得令彭澤，由黄薦也。刻畫無鹽自不工。【注】《晉·周顗傳》：庾亮謂顗曰：「諸人咸以君方樂廣。」顗曰：「何乃刻畫無鹽，唐突西施。」一日虛聲滿天下，【注】李綽《輦下歲時記》：劉賓客《賀王魏公知舉》詩曰：一日聲名徧天下，滿城桃李屬春官。東坡《答劉涇書》曰：向在科場時，不得已作應用文，不幸爲人傳寫，以此得虛名滿天下。十年從事得途窮。【注】《晉書·職官志》：州置諸曹從事等員。後山以亳州司户爲教授，故云爾。《晉·阮籍傳》：率意獨駕，不由徑路，車跡所窮，輒慟哭而反。《文選》顔延之《五君詠》曰：途窮能無慟。白頭未覺功名晚，【注】以屬徐州也。老杜詩：男兒功名遂，亦在老大時。青眼常蒙今昔同。【注】晉阮籍能爲青白眼。范諷詩云：惟有南山與君眼，相逢不改舊時青。衰疾又爲今日別〔一〕，數行老淚灑西風。【注】衰疾，見前注。

校記

〔一〕「又」，趙本作「久」。

次韻答晁無斁

〔箋〕《年譜》：無斁時爲曹州教官。《曹州府志·職官表》：晁無斁，曹州教官，與陳後山唱和有詩。又《流寓傳》：陳師道，紹聖中以婦翁郭槩知曹州，因寓曹數年。與教官晁無斁，多以詩相唱和。《硯北雜志》：葉夢得少蘊鎮許昌日，其舅晁將之無斁自金鄉來，過説之以道。居新鄭，杜門不出。遥請入社，時相從於西湖之上，輒終日忘歸。酒酣賦詩，倡酬迭作，至屢返不已。一時冠蓋人物之盛如此。按：無斁名將之，僅見此書。此外《張右史集》有《同毅夫賀無斁教授》詩。《雞肋集》中屢稱八弟無斁。有《慎思聞家弟無斁捷解見贈用前韻》詩，又《蠖軒孤坐寄曹南教授八弟》詩，又無斁曾宰寶應，又嘗以无咎故監廟，並見无咎詩中。而《求志賦》有「悲予仲之婉孌兮」句，釋云：予仲無斁也。則無斁爲无咎同父之子。而山谷爲其父新城令撰墓誌，僅云：「夫人楊氏生一男，則補之。」何耶？惜未得杜君章所撰《楊夫人墓誌》一考訂之。〔補〕梅南本墨批：後山本學山谷者，此更極肖。看其下韻，字字有味。

女生願有家，名妾不以聘〔一〕。田里亦慕君，又惡不由正。【注】大率用《孟子》意。《禮記·內則》曰：聘則爲妻，奔則爲妾。欲行不問塗，【注】用阮籍事，見前注。已破寧顧甑。【注】《後漢·郭泰傳》：孟敏荷甑墮地，不顧而去。林宗見而問其意，對曰：「甑已破矣，視之何益。」時後山罷潁學。耕蠶無一廛，【注】《漢書·揚雄傳》：有田一廛。庖井要三徑。【注】《晉書》：陶潛謂親朋曰：「聊欲弦歌，以爲三徑之資可乎？」老杜詩：井竈任塵埃。還家憂患餘，【注】老杜詩：斯文憂患餘。挽鬚兒女競。【注】老杜詩：生還對童稚，似欲忘飢渴。問事競挽鬚，誰能卽嗔喝。十年寧有此，一寒可無命。【注】老杜詩：不爲困窮寧有此。此借用，言還家之樂，十年所無。一寒，見前注。詩意謂離合貧富，蓋皆有命。〔補〕一寒句梅南本朱筆，墨筆俱加圈。平生晁夫子，得士公室慶。【注】謂作諸侯客也。公室，見《魯論》。稍無車馬音，復作賓客請。【注】車馬音，見《孟子》。論文到韓李，【注】謂韓愈、李翺也。似指東坡。以下數句，皆足此意。老杜詩：論文到崔蘇。念舊説蘇鄭。【注】謂蘇源明、鄭虔，皆老杜故人也。老杜嘗有詩曰：故舊誰憐我，平生鄭與蘇。又云：早歲與蘇鄭，痛飲形相親。長年斷消息，獨語誰和應。【注】意謂東坡在貶所也。老杜詩：中原消息斷。退之《與孟郊書》云：余言之而聽者誰歟，余唱之而和者誰歟。東坡詩：獨唱無人和。退之《送鄭權序》曰：撞搪號呼，以相和應。此生恩未報，他日目不瞑。【注】退之詩：祇緣恩未報，豈謂生足藉。《左傳》曰：荀偃卒，視不可含。欒桓子撫之，乃瞑受含。歸卧無好懷，叩門有佳聽。詩來霜雪後，更覺天宇淨。【注】老杜詩：天宇清霜淨。少好老未工，【注】揚子曰：或問吾子少而好賦。持刃授子柄。【注】《漢書・梅福傳》：倒持太阿，授楚其柄。

校記

〔一〕「不以聘」，潘宋本、盧宋本、高麗本均作「以不聘」。

次韻無斁偶作二首

〔箋〕《瀛奎律髓》：此懷東坡也。坡在儋耳三年矣。紀批：結得和平，詩人之筆。偶用杜句，蓋一時口熟不覺。

肩聳三峰峻，【注】《國朝雜記》：長孫無忌嘲歐陽詢，聳膊成山字，埋肩不出頭。郭緣生《述征記》曰：華山有三峰，直上數千仞。眉龐八字横。【注】退之詩：夜闌縱捭闔，哆口疏眉龐。《漢武故事》：宫人畫八字眉。此借用。〔補〕梅南本墨批：此等最淺俗不堪。玄談人絶倒，【注】見前注。家法句新清。【注】老杜詩：更得新清否，遥知對屬忙。八俊先張子，【注】《後漢·黨錮傳》曰：指天下名士爲之稱，號三君八俊。又曰：張儉爲黨魁。諸公少賈生。【注】《漢書·賈誼傳》：天子議以誼在公卿之位。絳、灌、東陽侯、馮敬之屬盡害之，乃毁誼曰：「洛陽之人，年少初學。專欲擅權，紛亂諸事。」於是天子後亦疏之。已傳烏鵲喜，欲聽鶺鴒聲。【注】「鶺」一作「鵨」。此句當屬其兄无咎。老杜云：浪傳烏鵲喜，深負《鶺鴒》詩。

又

此老三年别，何時萬里迴。【注】亦似屬東坡。元祐壬申，别於潁州，至紹聖乙亥，三年矣。更無南去鴈，【注】鴈不過衡山，無從寄聲於嶺外也。猶見北枝梅。【注】言東坡過嶺未歸。《白氏六帖》云：大庾嶺梅花，南枝落，北枝開。會有哀籠鳥，【注】《文選》潘岳《秋興賦》曰：池魚籠鳥，有江湖山藪之思。李畋獻吕文靖生日詩曰：此身若得西歸去，猶勝開籠放雀兒。寧須溺死灰。【注】《漢書·韓安國傳》：獄吏田甲辱安國，安國曰：「死灰獨不復然乎？」甲曰：「然則溺之。」聖朝無棄物，【注】老杜詩：聖朝無棄物，老病已成翁。神宗於東坡嘗有「人材難得，不忍終棄」之詔。故此詩引用。與子賦歸哉。【注】欲其來歸之意也。《殷其靁》詩：振振君子，歸哉歸哉。此亦賦詩斷章之意。

古墨行并序

晁無斁有李墨半丸，云裕陵故物也。往於秦少游家見李墨，不爲文理，質如金石，亦裕陵所賜，王平甫所藏者。潘谷見之，再拜云：真廷珪所作也。世惟王四學士有之，與此爲二矣。嗟乎，世不乏奇，乏識者耳。敬爲長句，率無斁同作。

【注】永裕陵，神宗所葬。〔箋〕《苕溪漁隱叢話》：陳履常云：晁無斁有李墨半丸，云裕陵故物也。往於秦少游家見李墨，不爲文理，質如金石，亦裕陵所賜，王平甫所藏者。潘谷見之，再拜云：真廷珪所作也，世惟王四學士有之，與此爲二矣。嗟乎，世不乏奇珍異寶，乏識者耳。詩云：秦郎百好俱第一，烏丸如漆姿如石。巧作松身與鏡面，借美於外非良質。潘翁拜跪摩老眼，一生再見三歎息。了知至鑒無遁形，王家舊物秦家得。君今所有亦其亞，伯仲小低猶子姪。《遯齋閒覽》：唐末墨工李超，與其子庭珪，自易水渡江，遷於歙州。庭珪之弟庭寬之子承晏，承晏之子文用，皆能其業。《談叢》：秦少游有李廷珪墨半丸，不爲文理，質如金石。潘谷見之而拜曰：真李氏故物也。我生再見矣。王四學士有之，與此爲二也。墨乃平甫之所寶，谷所見者，其子斿以遺少游也。又：潘谷之墨，香徹肌骨，磨研至盡，而香不衰。惟陳

惟達一作「進」。之墨，一篋十年，而麝氣不入，但自作松香耳。蓋陳墨膚理堅密，不受外熏。潘墨外雖美而中疏。《東坡志林》：賣墨者潘谷，墨既精妙，而價不二。士或不持錢求墨，不計多少與之。一日忽取欠墨錢券焚之，飲酒三日，發狂浪走，遂趨井死。《春渚紀聞》：潘谷賣墨都下，負篋而酣歌。每笏止取百錢，其用膠不過五兩，遇溼不敗。

秦郎百好俱第一，烏丸如漆姿如石。【注】趙壹《非草書》曰：十日一筆，月數丸墨。蕭子良書曰：仲將之墨，一點如漆。《文房四譜》云：李超本易水人，唐末居於歙。造墨尤妙，其堅如玉，其文如犀。巧作松身與鏡面，借美於外非良質。【注】《文選·琴賦》曰：良質美手。潘翁拜跪摩老眼，一生再見三歎息。【注】《禮記》曰：一倡而三歎。了知至鑒無遁形，【注】《圓覺經》云：曾不了知，如幻境界。衛夫人帖云：仰憑至鑒，大不可言。東坡詩：道人胸中水鏡清，萬象起滅無逃形。王家舊物秦家得。【注】舊物，借用王獻之青氈事。君今所有亦其亞，伯仲小低猶子姪。【注】老杜詩：天廄真龍此其亞。《魏志·衛臻傳》注：郭林宗論許茲與文生，此二人非徒兄弟，乃父子也。黄金白璧孰不有，古錦句囊聊可敵。【注】謂世人蓄金璧固多，而未必可當此墨，惟詩囊差可當之耳。《唐書·李賀傳》：每出，從小奚奴，背古錦囊。遇所得，投囊中。睿思殿裏春夜半，燈火闌殘歌舞散。【注】睿思，蓋神宗便殿，在垂拱殿後。〔補〕按《宋史·地理志》，汴都有睿思殿，熙寧八年建。《東京夢華録》：内書閣曰睿思殿。自書細字答邊臣，萬里風雲入長算〔一〕，【注】元祐中，蘇轍等上所編《神宗皇帝御製集》。内四十卷，皆賜中書密院及邊臣手札，言攻守秘計。哲宗爲之序曰：其指授諸將，應變制宜，雖在千萬里外，而盡得其形勢之要。先後緩急之機，皆如在目前，而無遺畫云。又按《光武紀》：一札十行，細書成文。退之詩：夜書細字綴語言。《文選》陸士衡《弔魏武帝文》曰：長竿屈於短日，遠跡頓於促路。〔箋〕《步里客談》：陳無己詩「睿思殿裏」云云。燈火闌殘，乃村鎮夜深景致，睿思殿不應如是。（按：《餘師録》亦載此條。）〔補〕梅南本墨批：淋浪濃至。作長篇必有此乃得飛動縱横。懷辛案：睿思以下四句，梅南本朱、墨筆俱連圈。初聞橋山送弓劍，【注】《帝王世紀》曰：黄帝葬於上郡陽周之橋山。《漢書·郊祀志》：黄帝鑄鼎既成，有龍下迎帝。小臣持龍髯，龍髯拔墮，墮黄帝之弓。老杜詩：先帝弓劍遠。寧知玉盌人間見。【注】《南史》：沈炯行經漢武通天臺，爲表奏之。其略曰：茂陵玉盌，遂出人間。此借用，以比裕陵遺墨。夜光炎炎衝斗牛，會有太史占星變。【注】《晉書·張華傳》：雷焕曰：「斗牛之間，頗有異氣。」《史記·天官書》曰：常星之變不見。歐公《仁宗御書飛白記》曰：今賜書之藏於子室也，吾知將有望氣者。言榮光起而屬天者，必賜書之所在也。人生尤物不必有，【注】《左傳》曰：夫有尤物，足以移人。苟非德義，則必有禍。時一過目驚老醜。【注】《文選》張景陽詩：忽如鳥過目。《南史·昭明太子傳》曰：讀書過目皆憶。柳子厚《乞巧文》：獨溺臣心，使甘老醜。念子何忍遽磨研，少待須臾圖不朽。【注】魏衍注曰：少游之墨，嘗許先生爲他日墓誌潤筆。先生嘗語衍，作此時，少游尚無恙。然終先逝去。衍謹書。少待須臾，見前注。《文選》蔡邕作《郭有道碑》曰：乃相與推先生之德，以謀不朽之事。而退之《馬府君行狀》曰：託立言之君子，而圖其不朽焉。按《左傳》：穆叔曰：「其次有立言，雖久不廢，此之謂不朽。」明窗浄几風日暖，有愁萬斛才八斗。【注】《晉書·王羲之傳》曰：棐几滑浄。庾信《愁賦》曰：且將一寸心，能容萬斛愁。謝靈運云：天下才共有一石，曹子建獨得八斗。徑須脱帽管城公，【注】脱帽，謂去其管弢也。退之《毛穎傳》：秦始皇封諸管城，號管城子。後因進見，上將有任使，拂拭之，因免冠謝云云。〔箋〕《硯北雜志》：陳無己《古墨行》有脱帽字。師顯行云去其管弢也。管弢二字，甚雅馴。小試玉堂揮翰手。【注】《史記·孫武傳》曰：可以小試勒兵乎。歐公詩：收取玉堂揮翰手，却來南畝把鋤犂。

校記

〔一〕「雲」，潘宋本、高麗本作「塵」，何焯曰：「塵」，《玉海》作「煙」。懷辛案，《玉海》卷三十四《元祐神宗御筆》條引後山詩作「煙」字。

次韻晁無斁除日書懷

世學違從衆，【注】老杜詩：困學違從衆。名家最近天。【注】老杜自注其詩曰：俚語云「城南韋杜，去天尺五」。又詩：陽關已近天。感時猶壯志，得句起衰年。【注】老杜詩：感時花濺淚。又詩：湯休起我病，微笑索題詩。又詩：爲報各衰年。袁酒無何飲，【注】《漢書·袁盎傳》：盎爲吴相。兄子種，説以「日飲無何」。陶琴不具絃。【注】陶琴，見前注。樂天詩：《周易》休開卦，陶琴不上弦。平生揮翰手，幾見絶韋編。【注】《史記·孔子世家》曰：孔子讀《易》，韋編三絶。

次韻無斁雪後二首

〔箋〕《瀛奎律髓》：凡與無斁倡和，皆在曹州。後山依其婦翁郭槩於曹，無斁時爲學官。紀批：中四句細膩風光，後山極有情致之作。第二首三四自比意，然上文亦太不貫。

閉閤春雲薄，開門夜雪深。【注】閉閤，見前注。江梅猶故意，【注】故意，此借用范雎事。湖鴈起歸心。【注】隋薛道衡詩曰：人歸落鴈後，思發在花前。草潤留餘澤，窗明度積陰。【注】老杜詩：輕鳥度層陰。又云：積陰帶奔濤。慇懃報春信，屋角有來禽。【注】老杜詩：百舌來何處，重重只報春。又詩：紅稠屋角花。《尚書故實》云：王内史有《求來禽帖》。來禽，言味甘來衆禽，俗作林禽。此借用其字耳。

又

取性無通介，隨時有異同。【注】《魏志·徐邈傳》：或問盧欽：「徐公當武帝之時，人以爲通，自在涼州及還京師，人以爲介，何也？」欽答曰：「往者毛孝先、崔李珪用事，貴清素之士。於時皆變易車服以求名高，而徐公不改其常，故人以爲通。比來天下奢靡，轉相倣傚，而徐公雅尚自若，不與俗同，故前日之通，乃今日之介也。是世人之無常，而徐公之有常也。」東坡詩亦云：通介寧隨薄俗移。雪餘蓋地白，【注】退之詩：榆莢車前蓋地皮。春淺著梢紅。【注】樂天詩：今年春淺游人少。杜默詩：春著花梢猶半紅。寄食虚長算，【注】魏衍注云：時先生寄婦翁郭槩大夫曹州使宅，晁時爲州教官。論詩闕近功。【注】上句用韓信事，見前注。長算，亦見前注。相看不相棄，賴有古人風。【注】《魏志·毛玠傳》：太祖賜以素屏風、素憑几，曰：「君有古人風，故賜君古人之服。」

贈魏衍三首

【注】當是自曹暫還徐所作。

妙年文墨秀儒林，老眼今晨得再明。【注】《文選》陳思王表曰：終軍以妙年使越。《漢書》有《儒林傳》。歷塊過都聊可待，【注】老杜詩：歷塊過都見爾曹。事見前注。未須回首一長鳴。【注】《鹽鐵論》曰：騏驥負鹽車，垂頭於太行之阪，見伯樂則噴而長鳴。退之《詠馬》詩：不知何故翻驤首，牽過關門妄一鳴。

又

崔蔡論文不足過，【注】劉禹錫序《柳子厚集》曰：韓退之評其文，雄深雅健，似司馬子長。崔蔡不足多也。按：後漢崔瑗、蔡邕皆能文。新詩平處到陰何。【注】《唐書·孟郊傳》云：李觀論其詩曰：高處在古無上，平處下顧二謝。老杜詩：頗學陰何苦用心。按：《南史》，陰鏗、何遜皆能詩。寧須萬户權輕重，【注】杜牧之詩曰：誰人得似張公子，千首詩輕萬户侯。《史記·律書》云：世闇於大較〔一〕，不權輕重。不待千篇一已多。【注】《世說》：衛玠嘲阮宣子曰：「一言可辟，何假於三。」宣子曰：「苟是天下之望，亦可無言而辟，復何假一。」《南史·陸瓊傳》曰「此兒必荷門基，所謂一不爲少」，此並用其意。

又

敏捷爲文筆不休，【注】老杜詩：敏捷詩千首。魏文帝《典論》云：下筆不能自休。何妨縮手小遲留。【注】縮手，見前注。名駒已自思千里，【注】《宋書》：高祖曰：「謝方明可謂名家駒。」《魯連子》：徐刦言於田巴曰：「刦弟子魯温，年十二，然千里駒也。」老子終當讓一頭。【注】歐公《與梅聖俞書》云：讀蘇軾書，不覺汗出。快哉快哉，老夫當避路，放出一頭地也。〔箋〕《能改齋漫録》：東坡初登第，以書謝梅聖俞，聖俞以示文忠公。公答梅書，略云：不意後生能達斯理也。吾老矣，當放此子出一頭地。陳無己《贈魏衍》詩云：名駒已自思千里，老子終當讓一頭。（按：東坡《送晁美叔》詩云：醉翁遺我與子游，翁如退之蹈軻邱，尚欲放余出一頭，酒醒夢斷四十秋。蓋敘書語也。）

校記

〔一〕「世」下盧宋本、高麗本多「儒」字。懷辛案：盧、高本是。《史記·律書》有「儒」字。

贈寇國寶三首

〔箋〕《徐州府志·寇國寶傳》：國寶，字荆山。從後山學。紹聖四年進士，吴縣主簿。《石林詩話》：余居吴下，一日出閶門，至小寺中，壁間有題詩一絶云「黄葉西陂水漫流，籧篨風急滯扁舟。夕陽暝色來千里，人語雞聲共一邱」，句意極可喜，初不書名氏。問寺僧，云：「吴縣寇主簿所作，今官滿去矣。」歸而問之吴下士大夫，云寇名國寶，與余同年。然皆莫知其能詩。余與國寶榜下未嘗往來，亦漫不省其爲人。已而數爲好事者舉此詩，乃有言國寶徐州人，久從陳無己學。始知文字淵源，有所自來，亦不難辨，恨不得多見之也。按：《中吴紀聞》、《詩人玉屑》皆引此條。

承家從昔如君少，得士於今孰我先。【注】《易》曰：開國承家。老杜詩：承家節操尚不泯。又云：文章並我先。口擬説詩心已解，世間快馬不須鞭。【注】《傳燈録》：外道問佛，不問有言，不問無言。世尊良久。外道讚歎云：「世尊大慈大悲，開我迷雲，令我得入。」外道去後，阿難問佛云：「外道有何所證，而言得入。」佛云：「如世間良馬，見鞭影而行。」樂府梁朝歌曰：快馬不須鞭。

又

往歲黄童今寇君，高文要學亦多聞。【注】《後漢·黄香傳》：京師號曰「天下無雙，江夏黄童」，此借用，以比黄預。又《寇恂傳》：潁川百姓遮道曰：「願從陛下復借寇君一年。」此借用，以比國寶。留年看舉天南翼，【注】韓鄂《四時纂要》曰：鹿骨酒，久服長骨留年。《莊子》曰：鵬之背不知其幾千里也。怒而飛，其翼若垂天之雲。是鳥也，海運則將徙於南溟。南溟者，天池也。過目先空冀北羣。【注】退之《送溫造序》云：伯樂一過冀北之野，而馬羣遂空。

又

虎子墮地氣食牛，【注】《尸子》曰：虎豹之駒，雖未成文，已有食牛之氣。老杜詩：小兒五歲氣食牛。魯直詩：渥洼麒麟兒，墮地志千里。雀兒浴處魚何求。【注】退之詩云：蝦蟆跳過雀兒浴，此縱有魚何足求。可奈我衰才亦盡，【注】《南史·邱靈鞠傳》：王儉曰：「邱公仕宦不進，才亦退矣。」又江淹、任昉，人皆謂之才盡。正須二子與同遊。【注】謂黄、寇二君。〔補〕聚珍本批：二子宜指魏、寇。任云謂黄、寇二君，豈黄爲黄預耶！

次韻春懷

〔箋〕《瀛奎律髓》：後山詩瘦鐵屈蟠，海底珊瑚枝，不足以喻其深勁。「老形已具臂膝痛」，身欲老也。「春事無多櫻筍來」，春欲盡也。前輩詩中，千百人無後山此二句，以一句情對一句景。輕重彼我，沉著深鬱中，有無窮之味。是爲變體。至於「蟣蝨」「塵埃」一聯，所用字有前例，亦佳。又批：陳簡齋《懷天經智老》詩「客子光陰詩卷裏，杏花消息雨聲中」二句云，後山「老形已具臂膝痛，春事無多櫻筍來」，極其酸苦，而此聯有富貴閒雅之味。後山窮，簡齋達，亦可覘也。紀批：起二句殊有別味，四句野甚。

老形已具臂膝痛，【注】此借用《彭越傳》「反形已具」之語。林逋詩：「覽照老已具，開樽人向稀〔一〕。」春事無多櫻筍來。【注】老杜詩：「溪邊春事幽。」樂天詩：「百年夜分半，一歲春無多。」韓偓《櫻桃詩》注曰：「秦中謂三月爲櫻筍時。」《輦下歲時記》曰：「四月自堂廚至百司廚，通謂之櫻筍廚。」敗絮不温生蟣蝨，【注】敗絮，見前注。《漢書》：「嚴安曰：『介胄生蟣蝨。』」大杯覆酒著塵埃。【注】《晉·元帝紀》：「帝頗以酒廢事，王導以爲言。帝命酌，引觴覆之，於此遂絶。」《陶淵明傳》曰：「塵爵恥虚罍。」衰年此日長爲客〔二〕，舊國當時只廢臺。【注】老杜《至日》詩：「年年此日常爲客〔三〕。」又《登高》詩：「萬里悲秋常作客，百年多病獨登臺。」後山所指，謂徐州戲馬臺也。〔補〕梅南本墨批：「意極頓挫。」懷辛案：「衰年二句，梅南本墨筆連點。」河嶺尚堪供極目，【注】《文選》王粲《登樓賦》：「平原遠而極目兮，蔽荆山之高岑。」少年爲句未須哀。【注】王介甫詩：「意氣未宜輕感慨，文章尤忌數悲哀。」

校記

〔一〕「老」原作「光」，「向」原作「更」，據盧宋本、高麗本改。〔二〕「長」，潘宋本作「仍」，盧宋本作「常」。〔三〕「常」，盧宋本作「長」。懷辛案：盧本是。杜詩原題作《冬至》，句爲「年年至日長爲客」。

河上

〔箋〕《徐州府志》：「城北二十里，有荆山口河，廣數百丈，有橋跨其上。橋下亂石縱橫，頗險惡，類人力穿鑿者。與詩中「橫河跨石梁」語合，疑卽其地也。《瀛奎律髓》：紀批：此首便有情有景。

背水連漁屋，【注】背水，借用韓信事。老杜詩：漁屋架泥塗。橫河架石梁。【注】唐人羊士諤詩：行披煙杉入，激瀾橫石梁。窺巢烏鵲競，【注】雀巢多爲烏所窺奪。過雨艾蒿光。【注】老杜詩：庭幽過雨霑。《東坡樂府》云：日暖桑麻光似潑，風來嵩艾氣如薰。〔補〕梅南本墨批：光字妙。鳥語催春事，窗明報夕陽。【注】退之《送孟郊序》云：以鳥鳴春。《南部煙花録》：陳後主詩：夕陽如有意，偏傍小窗明。老杜詩：人扶報夕陽。還家慰兒女，歸路不應長。【注】時自徐還曹。

題柱二首并序

永安驛廊東柱〔一〕有女子題詩云：「無人解妾心，月夜長如醉。妾不是瓊奴，意與瓊奴類。」讀而哀之，作二絶句。〔箋〕按《徐州府志》：豐縣城東北三十里，有永安砦。

桃李摧殘風雨春，【注】楊炯《少姨廟記》曰：古木摧殘，尚辨三花之樹。天孫河鼓隔天津。【注】《史記·天官書》：織女，天女孫也。《爾雅》：河鼓謂之牽牛。《晉志》曰：天漢起東方，經尾箕之間，謂之漢津。古樂府《華山畿》曰：隔津歎，牽牛語織女，離淚溢河漢。陸系《有所思》曰：只看今夜裏，那似隔天津。主恩不與妍華盡，【注】樂天《後宮詞》曰：紅顔未老恩先斷，斜倚熏籠坐到明。或作王建宮詞。何限人間失意人。【注】士不遇多矣，何獨女子哉！劉禹錫《咏古》詩曰：一朝復得幸，應知失意人。〔補〕梅南本墨批：比老杜「不嫁惜娉婷」尤深。

又

從昔嬋娟多命薄，【注】東坡詩：自昔佳人多命薄。如今歌舞更能詩。【注】《麗情集》：元載寵姬薛瑶英，能詩書，善歌舞。孰知文雅河陽令，【注】《文選》夏侯常侍誄曰：俗疵文雅。李善注引《大戴禮》曰：天子不知文雅之辭。《晉書》：潘岳爲河陽令。不削瓊奴柱下題。【注】《青瑣高議》載瓊奴姓王氏，王郎中幼女。父死，失身於趙奉常家，爲主母凌辱。道出淮上，書其事於驛壁，見者哀之，王平甫爲作歌云。〔箋〕瓊奴事見《青瑣高議》，任注已引。兹録其題壁全文：昨因侍父過此，時父業顯宦富貴，凡所動作，悉皆如意。日夕宴樂，或歌或酒，或管絃，或吟咏。每日得之，安顧有貧賤饑寒之厄也。嘉祐初，不幸嚴霜夏墜，父喪母死。從其家世所有，悉歸掃地。兄弟散去，各逐妻子。使我流離狼狽，茫然無歸。幼年許嫁與清河張氏，迨其困苦，遽棄前好，終身知無所偶矣。偷生苟活，將以全身，豈免編身於人，遂流落於趙奉常家。其始也，合族皆喜。一旦有行譖之禍，遽見棄於主母，日加鞭箠，欲長往自逝，不可得也。每欲殞命，或臨其刀、繩二物，則又驚歎不敢向。平昔之心皎皎，雖今復過此館，見物態景色如故。當時之人，宛如在左右，痛惜嗟歎，其誰我知也。因夜執燭私出筆墨書此，使壯夫義士見之，哀其困苦若是。太原瓊奴謹題。又王平甫歌云：驚風吹雲不成雨，落葉辭柯寧擇土。飄飄散葉如之何，茹苦食酸君聽取。淮山蒼蒼古驛空，壁間題者瓊奴語。瓊奴家世業顯官，過此驛時身是女。銀鞍白馬青絲韁，紅襦繖出金鴛鴦。寶隊前呵路人避，繡幰後擁春風香。弟兄追隨似鴻雁，嚴親氣槩臨秋霜。州官邀臨縣官送，下馬傳舍羅壺漿。僕夫成行奏絃管，侍姬行酒明新妝。朝歌暮飲不知極，已許結髮清河郎。明年父喪母繼死，弟兄流離逐妻子。哀哀瓊奴無所歸，郎已棄奴奴已矣。饑寒漸漸來逼身，富貴回頭如夢裏。從兹轉徙太常家，於初纔見始驚喜。偷生苟活聊託身，讒言或入夫人耳。衾寒展轉遮淚眼，殘月射窗嗔起晚。執巾侍帚先衆姬，無奈夫人責慵懶。織羅日日遭鞭箠，經年四體無完肌。每期殞命脱辛苦，刀繩向手還驚疑。今朝侍行復此驛，景物完全人已非。悠悠萬事信難料，耿耿一心徒自知。西廊月高衆人睡，展轉空牀獨無寐。昔日寧知今日愁，五尺羅巾拭珠淚。潛行啓户無人知，把筆親臨素壁題。自陳本末既如此，欲使壯夫觀者怨。哀哀瓊奴何戚戚，翻作長歌啾唧唧。弟兄可戮郎可誅，奉常家法妻凌夫。倘知瓊奴出宦族，忍使無故受鞭朴。我願奉常聞此歌，瓊奴之身猶可贖。千金贖去覓良人，爲向污泥濯明玉。

校記

〔一〕此句潘宋本作「永安驛柱廊東柱」。

蝇虎

〔補〕梅南本墨批：小小題中，具大力大意，勿輕讀過。

物微趣下世不數，【注】老杜詩：物微世競棄。又詩：人物世不數。後山此篇，蓋有所指。〔補〕梅南本墨批：起勁絶，又最有諷刺寄託。隨力捕生得稱虎。【注】《唐書》：安禄山與史思明俱爲捉生。東坡詩：窗間守宮稱蝘虎。匿形注目摇兩股，【注】《史記·越世家》曰：鷙鳥之擊也，必匿其形。卒然一擊勢莫禦。【注】「卒然」及「莫禦」字，皆見《孟子》。十中失一八九取，【注】《周禮》：醫師十全爲上，十失一次之。〔補〕梅南本墨批：句法。懷辛案：指十中句。吻間流血腹如鼓。【注】元稹詩：腹脹看成鼓。却行奮臂吾甚武，【注】《漢書》：猶却行而求及前人。《史記·殷紀》：湯曰：「吾甚武，故稱武王。」明日淮南作端午。【注】言恃勇而不知及禍也。世傳淮南王安《萬畢術》云：以五月五日取蠅虎，杵汁拌豆，豆自踴躍，可以擊蠅。〔補〕梅南本墨批：結得遠妙。

陶朱公廟

【注】《史記》曰：范蠡變名姓，適齊，爲鴟夷子皮。之陶，爲朱公。陶即定陶，今曹州濟陰縣，乃其地也。〔箋〕《曹州府志》：陶朱公亭，在州南柳河北岸堤顛，遺址尚存。又：范蠡祠在州南五十里濟陰故城内，宋吕本中有詩題廟壁，今湮。

千篇奏牘謾多知，【注】《史記》：東方朔至公車上書，凡用三千奏牘。老杜《鸚鵡》詩：紅觜謾多知。百戰收功未出奇。【注】《孫子》曰：百戰百勝，非善之善也。《史記·白起贊》曰：料敵合變，出奇無窮。此兩句言陶朱公智勇雖多，猶未足道，要以身退爲勝耳。名下難居身可辱，【注】《史記·越世家》：范蠡以爲大名之下，難以久居。乘舟浮海，變姓名，自爲鴟夷子皮，耕於海畔。苦身戮力，父子治産。《魯論》：柳下惠少連，降志辱身矣。却將湖海换西施。

【注】湖海當爲越國分封之地。《國語》：范蠡反至五湖，辭於王曰：「臣不復入越國矣。」王曰：「子聽吾言，與子分國。不聽吾言，身死，妻子爲戮。」蠡曰：「君行制，臣行意。」遂乘輕舟以浮於五湖。杜牧之詩云：「西子下姑蘇，一舸逐鴟夷。

次韻晁無斁夏雨

咫尺隔山海，【注】《晉書·王戎傳》：嘗經黃公酒壚下，曰：「今日視之雖近，邈若山河。」樂天詩：「嬾慢不相訪，隔街如隔山。」作書問如何。【注】老杜詩：「道甫問訊今何如。」蟻垤既蓄糧，蛙窟如鳴鼉。【注】《淮南子》曰：「蟻知爲垤。」鳴鼉，見前注。張籍詩：「天欲雨，有東風，南溪白鼉鳴窟中。」積暑復一雨，斧斫仍手摩。【注】斧斫手摩，本俗問語。鉤窗欲懸麻，【注】老杜詩：「雨腳如麻未斷絕。」出門已橫河。【注】晉傅玄《雨》詩曰：「湍深激牆隅，門庭若決河。」〔補〕梅南本墨批：「此等又似蘇，下筆極洒脱。」人言月離畢，未必致滂沱。【注】《史記·有若傳》：孔子既没，弟子思慕，有若狀似孔子，立爲師。問曰：「昔夫子當行，使弟子持雨具，已而果雨。弟子問曰：『夫子何以知之？』夫子曰：《詩》不云乎『月離于畢，俾滂沱矣』。昨暮月不宿畢乎？」他日，月宿畢，竟不雨。有若不能對。後山意亦謂今夏之雨，非必以月離畢所致。東皋繁草木，蘭艾不同科。【注】此亦《法華經》「一雨所潤，而諸草木各有差别」之意。淵明《歸去來辭》曰：「登東皋以舒嘯。」《南史》：鮑照曰：「丈夫豈可遂蘊智能，使蘭艾不辨。」老杜詩：「喧靜不同科。」字本出《魯論》。驚魚畏密罟，【注】《孟子》注曰：「數罟，密網也。」獨鳥鳴南柯。【注】何遜詩：「獨鳥赴行查。」老杜詩：「獨鳥怪人看。」《異聞集》載南柯夢事，蓋古槐南枝也。稍無蟲飛喧，復覺蟬語多。因聲作好惡，與物殊未和。【注】樂天《聞早鶯》詩云：「鳥聲信如一，分別在人情。」卧聞夜來雨，歸種故山禾。【注】老杜詩：「不意遠山雨，夜來復何如。」百年須下澤，【注】《後漢·馬援傳》：援謂官屬曰：「吾弟少游嘗哀吾慷慨多大志，曰：『士生一世，但取衣食裁足，乘下澤車，御款段馬，爲郡掾吏，守墳墓，鄉里稱善人，斯可矣。』」〔補〕梅南本墨批：「百年二語，篇中排縱處。」萬里付長羅。【注】《漢書》：「常惠護烏孫兵，擊匈奴克獲，封長羅侯。」先生斷百好，尚以詩作魔。【注】樂天詩：「惟有詩魔降未得，每逢風月一閒吟。」《傳燈録·兖州降魔禪師傳》：「秀師問曰：『汝翻作魔耶？』」縮子萬言手，聽渠七字哦。【注】太白《與韓荆州》書云：「日試萬言，倚馬可待。」縮手，見前注。退之詩：「夜夢神官與我言，羅縷道妙角與根。」壯非少者哦七言，六字常語一字難。」「語」一作「言」。室邇人則遠，【注】《詩》云：「其室則邇，其人甚遠。」燕默勞者歌。【注】《文選》謝叔源詩曰：「悟彼蟋蟀唱，聽此勞者歌。」注：「《韓詩》曰：『伐木廢則朋友之道缺，勞者歌其事。』」思君得老瘦，【注】《文選》古詩曰：「思君令人老，歲月忽已晚。」老杜詩：「所向泥活活，思君令人瘦。」觸熱生積疴。【注】言思君欲往，又畏暑而不能行也。老杜詩：「觸熱生病根。」《後漢·竇融傳》曰：「是生積疴，不能遂瘳。」

寄無斁

〔箋〕《瀛奎律髓》：「晁無斁爲曹州教官，後山婦翁郭槩爲州守，多唱和。後山五言律爲雨而作者選七首。自老杜後，始有後山律詩，往往精於山谷也。山谷宏大而古詩尤高，後山嚴密而律詩尤高。」紀批：「此詩亦老境，然無其骨力而效之，便作元、白滑調。」又批：「從老杜《寄語楊員外》一首脱出，亦覺太似。

敬問晁夫子，官池幾許深。【注】《文選》夏侯湛《東方朔畫贊》曰：敬問墟墳。《長沙法帖》有云：王珉敬問。官池，見前注。**已應飛鳥下，**【注】《列子》曰：海上之人，有好漚鳥者。每旦之海上，從漚鳥遊，漚鳥之至者數百而不止〔一〕。其父曰：「吾聞漚鳥皆從汝遊，汝取來吾玩之。」明日之海上，漚鳥舞而不下。此詩言飛鳥下，以見無斁忘機之意。《漢・昭帝紀》：黄鵠下建章宫太液池。**復作卧龍吟。**【注】《晉書・習鑿齒傳》曰：西望隆中，想卧龍之吟。按《蜀志・諸葛亮傳》：亮躬耕隴畝，好爲《梁父吟》。徐庶謂先主曰：「諸葛孔明者，卧龍也。」此詩借用，以言無斁高卧吟嘯，要非池中物也。老杜詩：風雨時時龍一吟。**待我中痾愈，**【注】魯直詩：百痾從中來。**同君把臂臨。**【注】老杜詩：臨江把臂難再得。**泥塗無去馬，**【注】退之書云：泥水馬弱不敢出。不果鞠躬親問，而以書，悚息尤深。老杜詩：去馬來牛不復辨。**夏木有來禽。**【注】唐李嘉祐詩云：陰陰夏木囀黄鸝。此引用，以寄鶯鳴求友之意。來禽，見前注。

校記

〔一〕「數百」，盧宋本作「百數」。懷辛案：《列子・黄帝第二》作「百住」。張湛注：「住」，音數。

次韻別張芸叟

〔箋〕《宋史・張舜民傳》：舜民，字芸叟，邠州人。進士，爲襄樂令。元豐中，朝廷討西夏無功。舜民《在靈武》詩有「白骨似沙沙似雪」句，謫監郴州酒稅。會赦北還，坐元祐黨籍，商州安置。《蒙齋筆談》：張芸叟侍郎，長安人。忠厚質直，尚氣節而不爲名，前朝人物中，殆難多數。《清波雜志》：芸叟遷流遠謫，所至流連。南京孫莘老，揚州孔周翰，泗水蔣穎叔，江寧王介甫，黄州蘇子瞻，衡州劉貢父，皆相遇焉，談詩覓勝，無復行役之勞。

中年爲別更堪頻，【注】中年別，見前注。四海爲家託一身。【注】老杜詩有《無家別》。此別時須問生死，孰知詩力解窮人。【注】老杜詩：此別還須各努力。《漢書·蒯通傳》曰：使人候問其死生。退之詩：行當掛其冠，生死一相訪。詩窮，見前注。〔箋〕《能改齋漫録》：陳後山《別張芸叟》云：此別時須問生死，孰知詩力解窮人。韓子蒼《送張右司》詩云：遥知此別常乖隔，莫惜書來訪死生。或者謂用柳子厚《與王參元書》云「因人南來致書訪死生」，非也。蓋本出梁王僧孺《送商何兩記室》詩：倘有還書便，一言訪死生。

宿深明閣二首

〔箋〕《瀛奎律髓》：山谷修《神宗實録》，蓋皆直筆。紹聖初，蔡卞惡其書王安石事，摘謂失實，召至陳留問狀。寓佛寺，題曰深明閣。尋謫居黔州。紹聖三年，後山省龐丞相墓，至陳留，宿是閣，有此詩。末句謂元祐小人也。紀批：第一首二句「晴」當作「清」。五六是後山獨造。又批：第二首五六即「深知問消息，不忍道何如」之對面，從老杜「反畏消息來」句脱出，而换一真字，便有路遠言訛，驚疑萬狀之意，用意極其沉刻。又批：結句託喻，故不著迹，只似感傷時序者然。《年譜》：時往雍邱展龐丞相墓。閣在陳留佛寺。按：山谷集有《寂住閣》、《深明閣》二首。任注：右二篇，陳留浮土院作。元注云：陳留宿一殯室，因書爲寂住閣。山谷此詩，作於紹聖元年。

窈窕深明閣，〔箋〕《山谷集·深明閣》詩：若問深明宗旨，風光時度窗櫺。又《與伯充團練書》：自至日來此，止陳留東寺之淨土院。一室明輭，容膝有餘。晴寒是去年。老將災疾至，【注】樂天詩：性將時共背，病與老俱來。災疾，見前注。人與歲時遷。【注】此句屬魯直。紹聖初，言者以《神宗實録》多失實，召魯直至陳留問狀，因寓佛寺，題其所居爲深明閣。自此遂謫黔中。老杜詩：甘與歲時遷。默坐元如在，【注】退之詩：默坐念語笑。元如在，謂神交心契，如在其前。孤燈共不眠。【注】《文選》謝惠連詩：孤燈曖幽幔。老杜詩：燈影照無睡。又詩：不眠瞻白兔。暮年身萬里，賴有故人憐。【注】魯直《與張叔和書》云：某至黔州，將一月矣，曹守、張倅相待如骨肉。時曹譜伯達守黔中，張詵茂宗作倅，皆京洛人。老杜詩：鏡中衰謝色，萬一故人憐。

又

縹緲金華伯，人間第一人。【注】金華伯，謂魯直。按葛洪《神仙傳》云：黄初平年十五，家使牧羊。有道士將至金華山，居石室中，四十餘年。其兄初起，行索初平。初平叱羊，白石皆起成羊。《文選·海賦》云：神仙縹緲。劇談連晝夜，【注】《史記·淳于髡傳》：一語連三日三夜無倦。《世説》：衛玠與謝琨達旦微言，因病篤。應俗費精神。【注】應俗，見前注。老杜詩：應接喪精神。退之詩：可憐無益費精神〔一〕。按：揚雄《解嘲》曰：但費精神於此，而煩學者於彼。時要平安報，【注】老杜詩：夕烽來不近，每日報平安。〔箋〕《文集·與魯直書》：王家人還，萬覿一字。令郎計康勝，爲學想有可觀。人還，可以數首見寄否。反愁消息真。【注】老杜詩：反畏消息來，寸心亦何有。又云：難知消息真。牆根霜下草，又作一番新。【注】此句蓋有所指。退之詩曰：白露下衆草，蕭蘭共憔悴。青青西牆下，已復生滿地。又詩：牆根菊花可沽酒。

校記

〔一〕「退之」，盧宋本作「王介甫」。懷辛案：韓、王皆有此句。

東山謁外大父墓

〔箋〕《宋史·龐籍傳》：籍字醇之，單州武城人。《閒居詩話》：龐潁公喜爲詩，雖臨邊典郡，文案委前，日不廢三兩篇，以此爲適。及疾甚，余時爲諫官，以十餘篇相示。手批其後曰：「欲令吾弟知老夫疾中尚有此思耳。」字已慘淡難識，數日薨。《瀛奎律髓》：後山先母夫人，皇祐丞相龐公籍之女。初，丞相父格，官彭城。丞相與孔道輔從後山祖洎游，而成此姻。後山父諱琪，字寶之。受丞相恩，仕至國子博士，通判絳州。熙寧九年卒，年六十。母夫人紹聖二年卒，年七十七歲。紀批：一氣渾成，後山最深厚之作。又批：「更須東」三字欠通，任淵注亦附會無理，余定爲「通」字之誤。按：「東」字不誤，箋見前。蓋此詩三句比龐之孤直，四句比小人之黨尚在。但首二句注明龐公已足，餘皆支蔓，無與於詩。〔補〕梅南本墨批：此等于律中本不爲最佳，特其格調較健爽，可以爲法。

土山宛轉屈蒼龍，〔箋〕《温公集・太子太保龐公墓誌銘》：其年六月壬申，葬公於雍邱之東山。（按：嘉祐八年也。）下有槃槃蓋世翁。【注】槃槃，見前注。《漢書・項羽傳》：力拔山兮氣蓋世。萬木刺天元自直，【注】《文選》張平子《南都賦》曰：森蕁蕁而刺天。叢篁侵道更須東。【注】老杜詩：叢篁低地碧。樂天《古原草》詩曰：遠芳侵古道。《齊民要術》曰：竹性愛西南，引諺云「東家種竹，西家治地」，此言更須東，謂自已侵道，不須復東引也。百年富貴今誰見，〔箋〕《談叢》：外大夫潁公，初爲黄州參軍，友夏英公，公喜相人，謂潁公曰：「吾使相爾，而君真相也。」視其手，曰：「雖貴而貧，不如吾也。」出其手，突如堆阜，曰：「此大富之相。」《石林燕語》夏文莊公知蘄州，龐莊敏公爲司法。嘗得時疾，在告。方數日，忽吏報莊敏死矣。夏大駭曰：「此人當爲宰相，安得便死？」吏言其家已發哀。文莊卽自往，視其面，曰：「未合死。」召醫語之曰：「此陽證傷寒，汝等不善治，誤爾。」亟取承氣湯灌之，有頃，果蘇。《曲洧舊聞》：龐莊敏公帥延安日，因冬至奉祀家廟。齋居中夜，恍惚間，天象成文云：「龐某後十年作相，當以仁佐天下」凡十有三字，駐視久之方滅。公因自作詩紀其事，後藏其曾孫益孺處，余嘗親見之。（按：《南窗紀談》亦載此事。）《東軒筆録》：陳文惠與龐潁公同戊子生。陳已貴，龐猶爲小官，嘗戲曰：「君乃小戍子耳。」後潁公大拜，文惠致書賀曰：「今日大戍子，卻爲小戍子矣。」潁公笑之。一代功名託至公。【注】《龐丞相墓誌銘》蓋司馬温公所作。曾子固《謝歐陽舍人譔先大父誌銘書》曰：「後之作銘者，苟託之非人〔一〕，則書之非公與是，不足以行世而傳後。」〔箋〕《宋史》本傳：籍曉律令，長於吏事，持法深峭，治民頗有惠愛。及爲相，聲望減於治郡時。少日拊頭期類我，【注】《文選》沈約詩：「平生少年日。」《後漢·吴祐傳》：「父恢，拊其首曰：『吴氏世不乏季子矣。』」楊子曰：「螟蛉之子殪，而逢果蠃，曰『類我類我』，久則肖之矣。」「拊頭」字見《魏志·劉廙傳》。〔箋〕《龐公墓誌銘》：八年二月丙午，以疾薨於第，年七十六。女七人，長適冀州支使陳琪，封南安縣君。次適都官員外郎宋充國，封德安縣君。次適屯田員外郎程嗣隆，封仁壽縣君。次繼適宋充國，封永康縣君。次適大理評事趙彦若，封滎德縣君。餘幼未嫁。按：龐没嘉祐八年，後山十一歲。暮年垂淚向西風。【注】王介甫詩：「暮年垂淚向桓伊。」

校記

〔一〕「託」原作「記」，據盧宋本、高麗本改。懷辛案：《元豐類稿》卷十六《寄歐陽舍人書》作「託」字。

次韻晁無斁冬夜見寄

寒窗冷夜欲生塵〔一〕，短枕長衾却自親。【注】按：《唐書·讓皇帝傳》：玄宗友悌，嘗製大衾長枕，將與諸王共之。後山意謂索居離羣，衾枕特自親而已。老子形骸從薄暮，【注】此句後山自道。《後漢・馬援傳》：頗哀老子，使得遨遊。《文選・豫章行》曰：促促薄暮景，亹亹鮮克榮。李善注云：景之薄暮，喻人之將老也。先生意氣尚青春。【注】此句以屬無斁。《文選》潘尼《贈陸機》詩：予涉素秋，子登青春。李善注云：素秋喻老，青春喻少也。覆杯不待回丹頰，【注】言不借紅於醉面也。覆杯，見前注。危坐猶能作直身。【注】《後漢書》：茅容避雨樹下，危坐愈恭。孟郊詩：煖得曲身成直身。〔補〕梅南本墨批：語故妙，亦可見其一生勁節。懷辛案：危坐句梅南本朱、墨筆俱連圈。城郭山林兩無得，暮年猶復幾霑巾〔二〕。【注】言出處皆不如志，可爲流涕也。歐公《集古録・跋韓退之題名》曰：謂「著山林與著城郭無異」等語，宜爲退之之言。案今世所傳退之《與大顛書》云：苟非所戀著，則山林閒寂，與城隍無異。〔補〕懷辛案：歐陽修言見《集古録・跋韓文公與大顛書》，不載於《跋韓退之題名》。

校記

〔一〕「冷夜」，潘宋本、瞿宋本作「冬硯」。盧宋本、馬暾本作「冷硯」。何校本作「鉄硯」。懷辛案：均作異文存之。

〔二〕「猶」，潘宋本、馬暾本作「當」。

寒夜有懷晁無斁

同好共城郭，十日不一顧。【注】老杜詩：可恨鄰里間，十日不一見顏色。人事雖好乖，【注】淵明《答龐參軍詩》序曰：「人事好乖，便當語離。」吾生亦多忤。【注】老杜詩：「人事多錯迕，與君永相望。」闔門對妻子，歲月不可度。【注】《文選》曹子建表曰：「四節之會，塊然獨處。左右惟僕隸，所對惟妻子。高談無所與陳，發義無所與展。」老杜詩：「劍南歲月不可度。」《漢書·谷永傳》曰：「闔門高枕。」閉目寧用遮，【注】言廢書不觀也。《傳燈録》：「僧問藥山何故看經，山云：『且圖遮眼。』」停杯仍下筯。【注】言雖止酒，尚能强飯。李太白詩：「停杯投筯不能食，拔劍四顧心茫然。」何曾日食萬錢，猶言無下筯處。獨無區中緣，【注】區中緣，見前注。又李太白詩曰：「杳無區中緣。」永懷岩下趣。【注】老杜詩：「盛論巖中趣。」〔補〕梅南本墨批：「叙情事無一緣飾語，乃古人成家法處。」平生三徑資，安得一朝具。【注】三徑資，見前注。萬里初歷塊，前驅告曛暮。【注】言出仕未幾，而遽得罪。謝靈運詩：「朝遊窮曛黑。」歸懷屬有思，【注】退之《秋懷》詩：「丈夫屬有念，事業無窮年。」棄世不待忞。【注】《莊子》曰：「夫欲免爲形者，莫如棄世，棄世則無累。」老境厭逶遲，人情費將護。【注】《禮記》：「六十耆指使。」疏引賀瑒云：「耆，至也。至老之境也。」《文選》江淹《别賦》曰：「車逶遲於山側。」注云：「逶遲，少留貌。」向來張長公，吾亦從茲去。【注】《漢書·張釋之傳》：「子摯，字長公。官至大夫。不能取容當世，遂不仕。」《漢·高祖紀》曰：「吾亦從此逝矣。」燈花頻作喜，【注】老杜詩：「燈花何太喜。」月色正可步。【注】老杜詩：「思家步月清宵立。」豫恐何水曹，明朝有新句。【注】梁何遜爲水部。

除夜

〔箋〕《瀛奎律髓》：「前四句即『四十明朝過，飛騰暮影斜』之意。樂天亦云：『行年三十九，歲暮日斜時。前輩競辰如此，晚輩可不勉哉！「留年睡作魔」絶佳，謂不寐以守歲，而不耐困也。

紀批：五六句迂曲，八句尤不成語。

七十已强半，所餘能幾何。【注】退之詩：年皆過半百，來日苦無多。老杜詩：百年能幾何。《唐摭言》：崔櫓《梅花》詩云：强半瘦因前夜雪。〔箋〕《韻語陽秋》：李長吉云「我生二十不得意，一心愁謝如梧蘭」，至二十七而卒。陳無己《除夜》詩「七十已强半」云云，至四十九而卒。詩意不祥如此，豈神明者先授之耶！懸知暮影促，【注】懸知，見前注。柳子厚書曰：長來覺日月益促，歲歲更甚。更覺後生多。【注】老杜詩所謂「坐深鄉里敬」。〔箋〕《詩話》：余每還鄉里，而每覺老，復得句云：「坐下漸人多。」而杜云「坐深鄉里敬」，而語極工，乃知杜詩無不有也。按：今集中無「坐下漸人多」句，當是後改，而《詩話》仍其舊耳。遯世名爲累，【注】《易》曰：遯世无悶。老杜詩：疎懶爲名誤。退之詩：士生爲名累。留年睡作魔。【注】盧仝《守歲》詩曰：年去留不住，年來也任他。石曼卿詩曰：已爲物象添詩瘦，更被春陰長睡魔。作魔，見前注。西歸端著便，【注】著便，見前注。老子不婆娑。【注】《晉書》：陶侃曰：「老子婆娑，正坐諸君輩。」王述亦曰：「致仕之年，不爲此公婆娑之事。」

後山詩注補箋卷六

寄鄧州杜侍郎

【注】紘〔一〕。〔箋〕《元豐九域志》：鄧州治穰縣，屬京西南路。《宋史·杜純附傳》：紘，字君章，以直秘閣知齊、鄧二州。〔補〕梅南本朱批：不但句法極新，神采亦復奕奕。墨批：然總從杜來。

南陽老幼如雲屯，連日城東候使君。【注】南陽即鄧州。陸士衡詩：胡馬如雲屯。後者排前旁捷出，【注】退之《楊燕奇碑文》曰：乘機應會，捷出神怪。爭先見面作殷勤。【注】退之《與李渤書》曰：若景星鳳凰之始見，爭先睹之爲快。〔箋〕《雞肋集·刑部侍郎杜公墓誌銘》：復徙知鄧州，老稚扶携迎於道，曰：「我舊使君也。」請爲立生祠，不行。六年重來已白髮，〔箋〕按：《墓誌》，紘初知鄧州，兼京西南路安撫司公事，由齊州徙。中間召爲大理卿，擢權刑部侍郎，集賢殿修撰，充江淮荆浙等路發運使，改知鄆州，兼京東西路安撫司公事。再召爲刑部侍郎，復知鄆州，徙知鄧州。此六年中宦跡也。一日再見回青春。道傍過者怪相問，【注】按《實録》元祐五年正月：直秘閣杜紘知鄧州。自此六年而再至。老杜詩：道傍過者問行人。〔補〕梅南本朱批：描寫。懷辛案：指過者句。共言杜母真吾親。【注】《後漢・杜詩傳》：遷南陽太守，人方於召信臣。故爲之語曰「前有召父，後有杜母。」使君雖老心尚壯，【注】《後漢》：馬援言「老當益壯」。文采風流諸謝上。【注】老杜詩：文采風流今尚存。諸謝，謂江左謝氏。名家從昔杜陵人，【注】老杜詩：名家無出杜陵人。盛德於今丈人行。【注】《漢書・蘇武傳》曰：漢天子我丈人行也。我昔卧病老彭城，畫船鳴鼓千里行。致書饋奠初未識，【注】饋奠當是後山居憂時。〔箋〕按：此詩作於紹聖四年。後山居母憂在二年二月，其年七月，葬其父母於彭城白鶴鄉龍山之陰，見《文集・先夫人行狀》。晁无咎妻爲紘兄純女，紘知後山，當由其兄及无咎，乃有致書饋奠之事。丁寧勞苦如平生。【注】《漢書・張耳傳》曰：勞苦如平生歡。人言此事今未有，古人中求還得否。【注】《晉書・王衍傳》：晉武帝問王戎曰：「夷甫當世誰比？」戎曰：「當從古人中求耳。」《南史・張緒傳》：王儉嘗云：「緒過江所未有。北士可求之耳，不知陳仲弓、黄叔度能過之否乎。」忘年屈勢不虛辱，公取爲德吾何取。【注】公取之取一作自〔二〕。忘年友，見前注。退之書曰：厚意不可虛辱。此借用。《漢書・韓信傳》曰：公小人，爲德不竟。老杜詩：賢者貴爲德。菊潭之水甘且潔，潭上秋花照山白。請公酌此壽百年，【注】《後漢書・郡國志》：南陽酈侯國。注曰：縣北八里有菊水，飲者上壽百二三十。漢司空王暢、太傅袁隗爲南陽令，縣月送三十餘石。奕奕長爲此邦伯。【注】《廣雅》曰：藹藹奕奕，盛貌。《文選》陸士衡贈馮文羆詩云：奕奕馮生。《神仙傳》：王遠導從威儀，奕奕如大將軍。老杜《同元使君春陵行》序曰：得結輩十數公，落落然參錯天下爲邦伯。孰先一州後四方，【注】退之《送陸歙州序》曰：或謂先一州而後天下，豈吾君吾相之心哉。重金疊蓋登廟堂。【注】《歸田録》：國朝兩府金帶佩魚，謂之重金。《春明退朝録》：國初兩制出入重戴。請從今日至雲來，月三十斛輸洛陽。【注】《爾雅》：玄孫之子爲來孫，仍孫之子爲雲孫。杜君，濮州鄄城人，後徙洛陽。

校記

〔一〕「紘」，潘宋本無。　〔二〕詩上「取」字，潘宋本、盧宋本、瞿宋本、周宋本作「自」。注七字，各宋本均無。

寄提刑李學士

〔箋〕《年譜》引《實録》：紹聖三年十月，提點永興軍路刑獄李昭玘，權提點京東西路刑獄。《元豐九域志》：京東西路，南京外，州七、縣三十五。《宋史・李昭玘傳》：昭玘，字成季，濟南人。少與晁補之齊名，爲蘇軾所知。用李清臣薦，爲秘書省正字校書郎，加秘閣校理。通判潞州，入爲秘書丞，開封推官，俄提點永興京西京東路刑獄。

石渠金馬青雲上，【注】言李君嘗爲館職。班固《兩都賦》序曰：内設金馬石渠之署。東里西門濟水邊。【注】東里子産、西門豹皆古循吏，今以比李君。濟水邊，言其持節於鄉部也。〔補〕按昭玘元豐中曾爲徐州教授。上冢過家真樂事，【注】《後漢・岑彭傳》：有詔過家上冢。平時持節貴當年。【注】言其未老也。《文選》韋弘嗣《博奕論》曰：君子恥當年而功不立。〔補〕梅南本朱筆批：平時二字不亮，不如改人生二字。墨批：平時本謂太平之時也，語自明白，何云不亮。言生值太平，仕官貴及早。成家舊學諸儒問，【注】《漢書·司馬遷傳》曰：成一家言。〔箋〕按：昭玘元豐中曾爲徐州教授。脱手新詩萬口傳。【注】東坡詩云：新詩如彈丸，脱手不暫停。又云：詩句明朝萬口傳。〔箋〕《雲龕李氏序略》：伯父詩奇麗愜適，章斷句絶，餘思羡溢，得詩人味外之味。《優古堂詩話》載其句云：靜疑多事非求福，老覺無心勝攝生。《雪浪齋日記》：李成季詩清麗，然時有不工處。范叔一寒今若此，相逢猶得故人憐。【注】並見前注。〔箋〕按：《宋史·昭玘傳》稱昭玘嘗爲徐州教授。在徐州時，當與後山有故。

寄杜擇之

【注】後山自注云：杜寄惠近詩。〔箋〕按：擇之當是杜純、杜紘之子姪，故此詩有「詩家兩杜昔無鄰，文采風流世有人」。而本卷《送杜擇之》詩亦有「兩父論詩伯仲間」語。任注僅引審言、子美非是。《宋史·紘傳》云：紘在鄆州，聞純訃，泣曰：「兄教我成立，今亡不得臨，死不瞑矣。」適詣闕，迎其柩於都門，哀動行路。悉以奉錢給寡嫂，推其子恩，蔭其子若孫一人。

詩家兩杜昔無鄰，文采風流世有人〔一〕。【注】魯直詩云：詩家二杜見仍雲。謂審言、子美俱能詩也。疾置送詩驚老醜，【注】《漢書·劉屈氂傳》：乘疾置以聞。老醜，見前注。坐曹得句自清新。【注】《漢書·薛宣傳》：坐曹治事。清新，見前注。興來不假江山助，【注】見前注。目過渾如草木春。【注】李太白《上裴長史書》曰：他人之文，猶山無烟霞，春無草樹。李白之文，光明洞徹，句句動人。又李白詩云：令行草木春。農馬智專吾不讓，

【注】退之《與于頔書》曰：伏蒙示詩云云。昔齊君行而失道，管子請釋老馬隨之。樊遲請學稼，孔子請問之老農。夫馬之智不賢於夷吾，農之能不聖於尼父，且云爾者〔二〕，聖賢之能多，農馬之智專故也。今愈從事於文，實專且久。則其贊王公之能，而稱大君子之美，不爲僭越也。**洛陽紙貴子能頻。**【注】郭受《寄杜員外》詩云：洛陽紙價頓能高〔三〕。蓋用左思事，而後山又用杜家事也。

校記

〔一〕「風流」，潘宋本作「傳家」。　〔二〕「且」上周宋本衍「然」字。懷辛案：韓文卷十五《上于相公書》有「然」字。

〔三〕「洛陽」，潘宋本詩作「衡陽」，無注。盧宋本、瞿宋本、周宋本、高麗本詩及注兩「洛陽」均作「衡陽」。案：詩中「衡陽」或是「咸陽」聲同致誤，參見卷十一《黃樓絶句》注。然亦未敢定。注郭受句，《全唐詩》作「衡陽」，下注「衡陽出五家紙，又云出五里紙」。記之備考。

次韻晁無斁春懷

〔箋〕《瀛奎律髓》：紀批：亦老潔。五六摹老杜「落花游絲」一聯及「小院曲廊」一聯，未免太似。

城郭朝陽散積陰，郊原注目日青深。【注】老杜詩注曰：寒江倚山閣。按：《吴志·賀邵傳》云：北敵注目。年衰鷗鷺如今是，【注】老杜詩：身許麒麟畫，年衰鷗鷺羣。〔補〕聚珍本批：少陵句「年衰鵷鷺羣」，「鷗」字當作「鵷」。夢斷邯鄲何處尋。【注】見前注。語鵲飛烏春稍稍，重簾深院晚沉沉。不辭杖履衝泥雪，未有瓊琚報好音。【注】元稹詩：冒雨衝泥黑地來。《詩》云：投我以木瓜，報之以瓊琚。又云：懷我好音。

寄晁無斁

〔箋〕《瀛奎律髓》：紀批：雖乏渾厚，頗有流動之趣。「出」字湊。

稍聽春鳥語叮嚀，又見官池出斷冰。【注】老杜詩：便覺鶯語太叮嚀。雪後踏青誰與共，【注】盧公範饋餉儀曰：三月三日，上踏青鞋。花間著語老猶能。【注】雪竇禪師頌古，舉德山到潙山法堂話。著語云：勘破了也。老杜詩：不堪驅使菊花前。此反其意而用之。笑談莫倦尋常聽，山院終同一再登。今日已知他日恨，搶榆況得及飛騰。【注】《莊子·逍遥遊篇》：鵬之徙於南溟也，水擊三千里，摶扶摇而上者九萬里。蜩與鷽鳩笑之曰：「我決起而搶榆枋，時則不至，控於地而已矣，奚以之九萬里而南爲。」老杜詩：飛騰無奈故人何。

别寶講主

〔箋〕《文集·佛指記》：上生主者重寶，通三論，嚴律居。又《華嚴證明疏》：買《華嚴經》一部，請曹州開元寺上生院講主重寶讚者。《曹州府志》：重寶，上生院僧，有戒行，通經史，陳後山寓曹，多與之游。《瀛奎律髓》：讀後山詩，語簡而意博。「呪功」「戒力」四字，已深入於細。「服猛」「扶顛」，一出《禮記》，一出《論語》。執剔爲用，愈細而奇，與晚唐人專泥景物而求工者，不同也。天下博知，無過三支，今後山欲其捨博而就約，棄講而悟禪，故曰「暫息三支論，重參二祖禪」也。「夜牀鞋脚别」，此本俗語，脚不可以無鞋，而夜寐之際，脚亦無用於鞋，此又以其膠戀執著爲戒也，故後山詩愈玩愈有味。紀批：此皆有意推求，未爲公論。

此地相逢晚，他方有勝緣。【注】樂天詩：曾經滅劫壞，今遇勝緣修。呪功先服猛，【注】《高僧傳》：天竺僧金剛仙，掛錫清遠峽，蛟螭作妖，則誦咒以禁之。《周禮》：服不氏，掌養猛獸而教擾之。戒力得扶顛。【注】《大莊嚴論》云：我昔聞諸比邱入海採寶，船舫破壞。有一年少比邱，捉得一板，便説偈云云。於時海神感其精誠，即接少年置於岸上，合掌曰：「比邱，我今歸依，堅持戒者。」扶顛，見《魯論》。暫息三支論，【注】《高僧傳》：優婆塞支謙者，漢末遊洛，受業于支亮。亮受業于支讖。世稱天下博知，不出三支。重參二祖禪。【注】後山自注云：趙州臨濟，皆曹人也。

夜牀鞋腳别，何日著行纏。【注】尊宿云：大修行人，上牀卽與鞋履爲别。此言著行纏，蓋以人命呼吸，須勸其早遊方參學也。〔箋〕《佛指記》：寶曰：「我初出家，得《證道歌》。雖聽相論，而喜性宗。三歲之後，將參學於東南。」余歎曰：「趙州臨濟，皆曹人也，今數百歲矣。嗣古導今，將在子與。夫人命呼吸間，三歲不亦遠乎！子與時競，時不待子也。」

還里

【注】自曹歸徐。

曠士愛吾廬，遊子悲故鄉。【注】謂淵明之曠達，高祖之英雄，皆不能無鄉里之念。事並見前注。鮑照詩：小人自齪齪，安知曠士懷。慷慨四方志，【注】老杜詩：丈夫四方志。老衰但悲傷。【注】老杜詩：少壯不努力，老大徒悲傷。虚名自成誤，【注】老杜詩：多爲才名誤。失得略相當。【注】退之詩：得失相乘除，得少失有餘。《後漢書·匈奴傳》論曰：寇雖破折，而漢之疲耗，略相當矣。暮年還家樂，未覺道里長〔一〕。【注】太白《蜀道難》曰：錦城雖云樂，不如早還家。後山前有詩云：還家慰兒女，歸路不應長。閭里喜我來，車馬塞康莊。【注】老杜詩：鄰舍喜我歸，沽酒攜葫蘆。《選》詩：鞍馬塞衢路。《史記·荀卿傳》：開第於康莊之衢。爭前借言色，【注】《後漢·馬后傳》曰：假借温言。東坡奏疏云：臣嘗疾程頤之奸，未嘗假以辭色。草木亦晶光。【注】老杜《瘦馬》詩：失主錯莫無晶光。向來千人聚，【注】見前注。一老獨徜徉。【注】後山自謂也。《詩》云：不憖遺一老，俾守我王。退之《盤谷序》云：終吾生以徜徉。手開南陽阡，松柏鬱蒼蒼。【注】紹聖二年七月，後山葬其兩親於彭城大父之兆次，至是三年矣。故此詩有「南陽阡」之語。《漢書·原涉傳》：涉父爲南陽太守。父死，涉大治起冢舍〔二〕，買地開道，立表署曰南陽阡。《選》詩：鬱鬱澗底松。永願守一邱，【注】謂守先人邱墓也。老杜詩：永願坐長夏。脱身萬里航。【注】《漢書·高帝紀》：脱身去，間至軍。萬里航，言世路風波也。平生功名念，倒海浣我腸。【注】太白詩：倒海索明月。《史記·扁鵲傳》：湔浣腸胃。款段引下澤，斷弦更空觴。【注】並見前注。空觴，用晉元帝事。尚恐北山南，有文移路傍。【注】南齊周顒，字彦倫，隱於鍾山。後應詔，出爲海鹽令。欲過北山〔三〕，孔稚珪假山神之意作

《北山移文》以却之。其文見於《文選》。

校記

〔一〕「里」，潘宋本、馬瞰本、適園本作「路」。〔二〕「家」原作「冢」，據周宋本並《漢書·原涉傳》改。〔三〕「北」，盧宋本、周宋本作「此」。懷辛案：注引文見五臣《文選》，「北」作「此」字。

答魏衍黄預勉予作詩

我詩短淺子貢牆，衆目俯視無留藏。【注】《前漢書·孔光傳》曰：智謀淺短。老杜詩：目短曹劉牆〔一〕。句中有眼黄别駕，【注】黄魯直謫涪州别駕。魯直《自評元祐間字》云：字中有筆，猶禪家句中有眼。又六言詩云：拾遺句中有眼。洗滌煩熱生清涼。【注】老杜詩：洗滌煩熱足以寧君軀。又詩：清涼破炎毒。人言我語勝黄語，〔箋〕《韻語陽秋》：魯直謂東坡作詩未知句法。而東坡《題魯直詩》云：每見魯直詩來，未嘗不絶倒。然此卷語妙，殆非悠悠者可識。能絶倒者，已是可人。又云：讀魯直詩，如見魯仲連、李太白，不敢復論鄙事。雖若不適用，然不爲無補。如此題識，其許之乎？其譏之也。魯直酷愛陳無己詩，而東坡亦不深許。魯直爲無己譽揚，無所不至，而無己乃謂「人言我語勝黄語」，何耶？《後村詩話》：後山樹立甚高，其議論不以一字假借人，然自言其詩師豫章公。或曰：「黄、陳齊名，何師之有？」余曰：「射較一鏃，奕角一著，惟師亦然。後山地位去豫章不遠，故能師之。」《清波雜志》：呂居仁圖江西宗派，凡二十五人。議者謂陳無己爲詩高古，使其不死，未甘爲宗派。《苕溪漁隱叢話》：近時學詩者率宗江西，殊不知江西本亦學少陵者也，故陳無己曰：「豫章之學博矣，而得法於少陵，故其詩近之。」今少陵之詩，後生少年不復過目，抑亦失江西之意乎？江西平日語學者爲詩旨趣，亦獨宗少陵一人而已。余爲是説，蓋欲學詩者師少陵而友江西。又呂居仁作《宗派圖》，所列二十五人，其間知名之士，有詩句傳於世，爲時所稱道者，止數人而已，其餘無聞焉，亦濫登其列。此圖之作，選擇弗精，議論不公。《十駕齋養新録》：後山與黄同在蘇門，詩格亦與涪翁不似，乃抑之入江西派，誕甚矣。《石洲詩話》：呂居仁作《江西宗派圖》，其時若陳後山、徐師川、韓子蒼輩，未必皆以爲銓定之公也。又後山《贈魯直》云「陳詩傳筆意，願立弟子行」，又云「人言我語勝黄語，扶豎夜燎齊朝光」，此其所以叙入紫微宗派之圖也。任天社云：讀後山詩，似參曹洞禪，不犯正位，切忌死語。漁洋先生嘗疑天社之語未盡然。《詩林廣記》云：「後山之詩，近於枯淡。」愚觀宋詩之枯淡者，惟梅聖俞可以當之。若後山則益無可回味處，豈得以枯淡爲辭耶？若黄詩之深之大，又豈後山所可比肩。蓋元祐諸賢，皆才氣横溢，而一時獨有此一種，見者遂以爲高不可攀耳。《滹南詩話》：山谷之詩，有奇而無妙，有斬絶而無横放，鋪張學問以爲富，點化陳腐以爲新。而渾然天成，如肺肝中流出者，不足也。此其所以力追東坡而不及歟！或謂論文者尊東坡，言詩者右山谷，此門生親黨之偏説，而至今詞人，多以爲口實。同者襲其迹而不知返，異者畏其名而不敢非。善乎吾舅周君之論也，曰：宋之文章，至魯直已是偏仄處。陳後山而後，不勝其弊矣。人能中道而立，以巨眼觀之，是非真僞，望而可見。若虚雖不解詩，頗以爲然。近讀《東都事略·山谷傳》云：庭堅長於詩，與秦觀、張耒、晁補之、游蘇軾之門，號四學士。獨江西君子，以庭堅配軾，謂之蘇、黄。蓋自當時已不以是爲公論矣。按：覃溪右黄左陳，固未盡允。滹南並山谷而抑之，則更爲偏説矣。惟林擇之問朱子：「後山詩恁地深，他資質儘高，不知如何肯去學山谷？」朱子答云：「後山雅健勝似山谷，然氣力不及。山谷較大。此其所以推服不置也。」此語最爲公允。扶豎夜齊燎朝光。【注】後山《答秦觀書》言之詳矣。《晉書·王述傳》：謂子坦之曰：「人言汝勝我，定不及也。」《庭燎》詩云：夜如何其，夜未央，庭燎之光。老杜詩：朝光入户牖。三年不見萬里外，安得奮身置汝傍。【注】時魯直在黔中。退之詩：三年不見兮使我心苦。老杜詩：安得送我置汝傍。邇來諸子復秀發，曾未幾見加端章。【注】諸子，謂魯直兒姪。《詩》云：未幾見兮，突而弁兮。《魯論》：端章甫。注：謂衣玄端，冠章甫。剩欲摧藏讓頭角，【注】《選》詩《扶風歌》曰：抱膝獨摧藏。豈是有意羣兒傷。【注】退之詩：不知羣兒愚，那用故謗傷。於人無怨我何憾，【注】「何」一作「亦」。言不必畏謗傷而退讓也。有作《魯直傳》者曰：公胸中恢疎，初無怨恩。按：《晉書·安平獻王孚傳》曰：未嘗有怨於人。愛者尚衆猶吾鄉。【注】後山言鄉士同臭味者〔二〕，如魏衍、黄預輩，皆愛黄詩，安知他鄉無人哉。平生不自解嘲誚，【注】《漢書》：揚雄有《解嘲》。禍來亦復非周防。【注】言遷貶之禍，出於意外。老杜《病馬》詩：當時歷塊誤一蹶，委棄非汝能周防。我衰氣索不自振，正賴好語能恢張。【注】《漢書·孫寶傳》：侯文怪寶氣索〔三〕。《選》詩：酒酣氣益振。《智論》曰：諸外道中，設有好語。如蟲蝕木，偶然成文。《文選》皇甫謐《三都賦》序曰：並務恢張，其文博誕空類。詩家小魏新有聲，【注】新有聲詩，見前注。〔補〕按：見卷一《送江端禮》詩註。舊傳秀句西里黄。【注】西里，當是黄預所居。後生學行闕師友，臨路不進空迴遑。【注】鮑照《放歌行》曰：今君有何疾，臨路獨遲迴。《魏志·夏侯尚傳》注曰：許允欲往見大將軍，臨出門，迴遑不定。看君事業青雲上，聽渠螟蟦生膏肓〔四〕。

【注】青雲上，用范雎事。《大田》詩注曰：食心曰螟，食葉曰螣，恆害田中之稚禾。此引用，以譬後生不親師友，自賊其良心也。膏肓，見第一卷注。

校記

〔一〕「目短」原作「日短」，據周宋本改。懷辛案：杜詩《壯遊》作「目」字。　〔二〕「士」原作「土」，據周宋本、高麗本改。　〔三〕「侯文」原作「張文」，據周宋本、高麗本並《漢書·孫寶傳》改。　〔四〕「蟘」，潘宋本作「螣」，周宋本、高麗本作「𧍐」。懷辛案：「蟘」、「螣」、「𧍐」三字通，音代。餘詳注中。

老柏三首有序

勝果院後庭有柏，見之二十年矣，疏瘦如故，余寓其舍，數以水溉之，遂有生意。

〔箋〕《文集·觀音院修滿淨佛殿記》：吾州之南山太平興國寺，山之南北，凡十有七院。其東南隅，別有勝果禪院。始時寺之卧佛、羅漢、觀音爲盛，其後勝果興而三家替。《瀛奎律髓》：「黄裹青青出」，用三箇顔色字。「愁邊稍稍瘳」，却只平淡不帶顔色字。此與「襟三江帶五湖，控蠻荆引甌越」同例。如張宛邱七言有曰「白頭青鬢有存没，落日斷霞無古今」，互换錯綜，而此尤奇矣，是爲變體。紀批：文潛二句，是就句對，又别一格。引類未的。方又云：第三首。尾句謂柏葉之上「輝輝垂重露」，遥見之者如「點點綴流螢」也。試嘗於月下看樹木皆然。老杜云：月明垂露葉。此句暗合唐人詩「聽雨寒更盡，開門落葉深」，「微陽下喬木，遠燒入秋山」，與此同例，是爲變體。紀批：末二句自佳，然作結句則少味少力，不比「微陽下喬木」「聽雨寒更盡」二詩，用在偶句，尚有結裹在也。

庭柏無生意，摧殘二十秋。【注】老杜詩：羣橘少生意。按：《晉書·殷仲文傳》：文顧大司馬府中老槐歎曰：「此樹婆娑，無復生意。」稍霑杯水潤，【注】《莊子》：覆杯水於坳堂之上。已與歲寒謀。【注】言已作千歲計也。歲寒，見《魯論》。黄裏青青出，【注】黄裏，見前注〔一〕。王建《新移小竹》詩云：嫩緑卷新葉，殘黄收故枝。《莊子》曰：受命於地，惟松柏獨也，在冬夏青青。愁邊稍稍瘳。【注】愁邊，見前注〔二〕。退之《遠遊》聯句云：外患蕭蕭去，中悒稍稍瘳。會看笙鶴下，【注】老杜詩：人傳有笙鶴，時過此山頭。按《列仙傳》：王子喬好吹笙，作鳳鳴。七月七日，乘白鶴，駐緱氏山頭。暮雀莫深投。【注】老杜詩：暮雀意何如。退之枯樹詩：依投絶暮禽。

又

英姿帶枯槁，勁節闕和柔。【注】范曄《後漢書·二十八將論》曰：英姿茂績，委而勿用。《漢書》：霍去病以和柔自媚於上。物理有興壞，人情成去留。【注】老杜詩：物理固自然。《漢書·司馬遷傳》曰：稽其成敗興壞之理。《文選》嵇康《琴賦》曰：委性命兮任去留。後山嘗作《修佛殿記》云：物有盛衰，人有向背。向盛背衰，人則逐物。雖然，向則盛，背則衰，物亦有賴於人焉。稍看棲鳥集，聊待晚風秋。解道庭前柏，何曾識趙州。【注】僧問趙州和尚，祖師西來意。州云：「庭前柏樹子。」又有老宿忽拈拄杖謂僧曰：「要識趙州麽，這裏是趙州。」

又

歲月那能託〔三〕，風霜亦飽經。【注】老杜詩：老樹飽經霜。槁乾仍故節，【注】退之《韓洪碑銘》曰：槁乾四呼，終莫敢濡。齊己《松》詩云：蠹依乾節死，蛇入朽根盤。潤澤出新青。【注】潤澤字出《孟子》。劉禹錫《竹》詩曰：新青排故葉。色與江波共，【注】老杜《梔子》詩：無情移得汝，貴在映江波。聲留靜夜聽。【注】王建《新移小竹》詩云：色經寒不動，聲與靜相宜。輝輝垂重露，點點綴流螢。【注】以露比流螢，此體謂之影對。如無可詩云「聽雨寒更靜，開門落葉深」，以落葉比雨聲也。又曰「微陽下喬木，遠燒入秋山」，以微陽比遠燒也。老杜《螢》詩曰：偶經花蕊弄輝輝。又詩曰：日暮拾流螢。

校記

〔一〕「前注」，盧宋本、周宋本作「第一卷注」。懷辛案：宋本云「第一卷注」見今本卷二《黄梅》詩。蓋宋本分六卷，今本卷二爲宋本卷一下。〔二〕「前注」，盧宋本、周宋本作「第二卷注」。懷辛案：宋本云「第二卷注」見今本卷四《卧疾絶句》。宋本原爲六卷，後釐爲十二。今本卷四屬宋本卷二下。〔三〕「託」，潘宋本、高麗本、周宋本、作「記」。

魏衍見過

暑雨不作涼，爽風祇自高。【注】《大車》詩：祇自塵兮。我老亦衰疾，奈此正鬱陶。【注】《尚書》：鬱陶乎予心。魏侯有新語，高處近風騷。隱几聆五字，未覺歷日勞。【注】老杜詩：劣於漢魏近風騷。《吳志・呂蒙傳》：治土山必歷日乃成。灑然墮冰井，【注】薛瑩《後漢書》：靈帝光和六年冬，北海琅琊井，冰厚丈餘。又晉庾倏有《冰井賦》，言藏冰也。起粟豎寒毛。【注】《趙飛燕外傳》：夜雪露立，體亡軫粟。東坡《雪》詩：凍合玉樓寒起粟。《高僧康僧會傳》：趙誘見塔放光〔一〕，肅然毛豎。《晉書・夏統傳》曰〔二〕：聞君之談，不覺寒毛盡戴。三山已在目，【注】《世說》：荀中郎登北固望海云：「雖未睹三山，便使人有淩雲之意。」老杜詩：青山若在眼。《後漢・馬援傳》曰：虜在吾目中矣。萬象誰能逃。【注】《文選・頭陀寺碑》曰：萬象已陳。李善注引《孝經鉤命決》曰：地以舒形，萬象咸載。東坡詩：萬象起滅無逃形。歷險見絶足，【注】《家語》曰：歷險致遠，馬力盡矣。魏文帝《與孫權書》：中國信多馬，其知名絶足亦少。老杜詩：逸羣絶足信殊傑。過口味豚膏。【注】歐公詩云：更吟君句勝啗炙。《周禮・庖人》注云：膏臊，豕膏也。願爲夏雷鳴，【注】退之《送孟東野序》云：以雷鳴夏。莫作飢鳶號。【注】《南史・曹景宗傳》曰：箭如餓鴟叫。東坡《讀孟郊詩》曰：何苦將兩耳，聽此寒蟲號。

校記

〔一〕「康」原作「誌」，「誘」原作「繡」，據盧宋本並《高僧傳・康僧會傳》改。　〔二〕「統」原作「紘」，據周宋本並《晉書・隱逸傳》改。

次韻螢火

年侵觀物化，共被歲時催。【注】陸機詩：後途隨年侵。《韓詩》注曰：春女思〔一〕，秋士悲，感其物化也。《莊子》曰：且吾與子觀化而化及我。熠熠孤光動，翩翩度水來。【注】《東山》詩注曰：熠熠，燐也。燐，螢火也。《文選・鴈詩》：單泛逐孤光。樂天詩：獨立棲沙鶴，雙飛照水螢。稍能穿幔入，已復受風回。【注】老杜《螢火》詩：隨風隔幔小。又詩：輕燕受風斜。投卷吾衰矣，【注】言廢書也。按：《晉書》：車胤貧無燈火，以絹囊盛螢火，以照書夜讀。微吟子壯哉。【注】《文選》魏文帝《燕歌行》曰：短歌微吟不能長。

校記

〔一〕「韓詩注」，盧宋本、周宋本、高麗本作「七月詩注」，「思」作「悲」。懷辛案：《七月》詩注作「悲」。

次韻夏日江村

〔箋〕《瀛奎律髓》：「三四句中有眼。姜特立有云「掃梁迎燕子，插竹護龍孫」，四靈有云「開門迎燕子，汲水得魚兒」，皆落此後。紀批：三聯工拙亦各相等，不必軒輊。又批：後半綰和意，古法。

漏屋簷生菌，臨江樹作門。【注】《荀子》曰：隱於窮閻漏屋。捲簾通燕子，【注】老杜詩：簾户每宜通燕子。織竹護雞孫。【注】老杜《催宗文樹雞栅》詩云：織籠曹其内，令入不得擲。我寛螻蟻遭，彼免狐貉厄。退之詩云：那暇更護雞窠雛。按：《後漢・高鳳傳》：妻令鳳護雞。向夕微（一作「風」。）涼進，相逢故意存。【注】一作「露衣汗垢存」。淵明詩：向夕長風起。老杜詩：樹濕風涼進。《漢書・司馬遷傳》曰：汗未嘗不發背沾衣也。何當加我歲，從子問乾坤。【注】孔子曰：加我數年，五十以學《易》，可以無大過矣。

次韻觀月

風雲隨落日，河漢欲回天。【注】《詩》云：倬彼雲漢，昭回于天。魏文帝《雜詩》曰：天漢回西流。隔巷如千里，【注】謝莊《月賦》：隔千里兮共明月。還家已再圓。【注】《選》詩：頹魄不再圓。老杜詩：羈栖愁見裏，二十四回明。此用其意。簾疏分細細，江浄共娟娟。【注】老杜詩：石瀨月娟娟。他日吾何適，聽詩說去年。

【注】退之詩：「元日新詩已去年。

次韻夏日

〔箋〕《瀛奎律髓》：看格律又與宛邱同。紀批：一片宋調，故馮氏以爲野。通首惟次句切夏，馮氏謂不見夏日，亦中其病。

江上雙峰一草堂，門閒心靜自清涼。【注】老杜詩：萬里橋西一草堂。詩書發冢功名薄，【注】《莊子》曰：儒以詩禮發冢。麋鹿同羣歲月長。【注】見前注。句裏江山隨指顧，【注】用張説事，見前注。劉禹錫詩：相形面勢從指畫，言下變化隨顧瞻。樂天詩：下轄隨指顧。舌端幽渺致張皇。【注】舌端，見《韓詩外傳》。退之《進學解》曰：張皇幽渺。莫欺九尺鬢眉白，【注】老杜詩：張公一生江海客，身長九尺鬢眉蒼。東坡詩：錦里先生自笑狂，莫欺九尺鬢毛蒼。解醉佳人錦瑟傍。【注】老杜詩：爛醉佳人錦瑟傍。

夏日有懷

【注】日一作夜〔一〕。

卧念張居士，【注】當是負山居士張仲連。《後漢書·馬援傳》曰：卧念少游平生時語，何可得也。逃名老石根。【注】《後漢書·法真傳》：郭正稱之曰：「逃名而名不我避。」老杜詩：老夫困石根。學詩端得瘦，【注】《本事詩》：李白戲杜甫云：「飯顆山前逢杜甫，頭戴笠子日卓午。借問別來太瘦生，總爲從前作詩苦。」**識字卽空樽。**【注】老杜詩：「子雲識字終投閣。」又云：「已畏空樽愁此言。」後山意謂無好事載酒以過子雲者。**鳴笛夜宜遠，燈花曉更繁。**【注】老杜詩：「頭白燈明裏，何須花燼繁。」**未須哀老子，**【注】《後漢書》：「馬援爲隴西太守，諸曹時白外事，援曰：『此丞掾之任，何足相煩。頗哀老子，使得遨遊。』」此借用。**也復守邱園。**【注】前詩云：「西歸端著便，老子不婆娑。」與此同意。邱園，見《易·賁卦》。

校記

〔一〕盧宋本、周宋本無「日一作夜」四字。潘宋本詩題「日」逕作「夜」。

送杜擇之〔一〕

兩父論詩伯仲間，【注】兩父，謂杜審言、子美，皆能詩。而擇之可爲伯仲也。《文選》魏文帝《典論》曰：「傅毅之於班固，伯仲之間爾。」**去思今識謝家安。**【注】《晉書》：「謝安除吳興太守。在官無當時譽，去後爲人所思。」《世說》注：《晉陽秋》云：「諺曰：『大才槃槃謝家安，揚州獨步王文度，後來出人郗嘉賓。』」〔箋〕按《雞肋集·杜純行狀》云：「二子，開，承務郎，欽舜、舉進士，早卒。」又《杜紘墓志》云：「君子欽益，前襄邑主簿。欽晏，尚幼。」此云「去思」，純嘗知徐州。則擇之純子，意卽名開者也。**曠懷亦苦中年別，**【注】言謝安最號曠達，而中年之別，不免作數日惡也。《北史·劉焯傳》：「懷抱不曠。歸翼仍愁行路難。【注】老杜詩：歸翼會高風。古樂府有《行路難》。四壁未堪風雨夕，【注】四壁，見前注。百圍已試雪霜寒。【注】《莊子》曰：大木百圍之竅穴。《魯論》曰：歲寒然後知松柏之後凋也。欲逃富貴疑無地，【注】《世説》：謝安在東山時，兄弟已有富貴者，劉夫人戲謂安曰：「大丈夫當不如此？」安捉鼻曰：「恐不免耳。」東坡詩：長疑安石恐不免。千丈竿頭試手看。【注】富貴則履危機，故以尋撞爲喻。樂天《贈牛思黯》詩曰：百尋竿上擲身難。《傳燈録》：長沙岑禪師偈曰：百丈竿頭不動塵，雖然得入未爲真。百丈竿頭須進步，十方世界是全身。又：五洩山靈默禪師云：汝試下手看。

校記

〔一〕「杜擇之」潘宋本作「林朝奉」。懷辛案：擇之見本卷《寄杜擇之》箋。潘宋所作異文並存。

楊夫人挽詞

【注】元注云：晁无咎母。〔箋〕《東坡集》有《太夫人以无咎生日置酒留余夜歸小詩賀上》一首。按：无咎父名端友，字君成。第進士，杭州新城令。《山谷集》有《晁君成墓志》云：夫人楊氏，生一子則補之。

初説南奔道路長，湖邊丹旐已飛揚。【注】南奔，當是從无咎遷謫。老杜詩：丹旐飛飛日，初傳發閬州。樂天詩：丹旐何飛揚，素驂亦悲鳴。〔箋〕《雞肋集·追祭吕村山川神文》云：不孝獲罪於天，頃自丹陽，遭罹母喪，護匶北歸。

百年積慶鍾連璧，【注】《易》曰：積善之家，必有餘慶。《北史》〔一〕：陸暐與弟恭之，並有時譽。洛陽令見之，歎曰：「僕以老年〔二〕，更睹雙璧。」此用以比无咎兄弟也。《晉書》：夏侯湛、潘岳，行止同輿，京師謂之連璧。此借用其字。《左傳》曰：天鍾美於是。注云：鍾，聚也〔三〕。十念收功到浄方。【注】謂西方觀。絳幔未經親宋母，【注】「幔」一作「帳」。《晉書》：韋逞母宋氏，受其父《周官》音義。後盧壺欲就宋氏家立講堂〔四〕，置生員百二十人，隔絳紗幔而受業。時稱韋氏宋母。緑衣猶記識黄裳。【注】《南部新書》曰：潘孟陽母，劉晏之女，問：「末坐緑衣少年何人？」曰：「補闕杜黄裳。」夫人曰：「此人全别，必是貴人。」欲圖不朽須詮載，【注】退之《馬府君行狀》曰：託立言之君子，而圖其不朽焉。不朽，見《古墨行》注。淵明《飲酒詩》序云：紙墨遂多〔五〕，辭無詮次。今代誰堪著石章。【注】《詛楚文》曰：敢數楚王熊相之背盟犯詛，著諸石章。〔箋〕按：《楊夫人墓誌》爲杜紘撰，見无咎《開隧納誌石祭告文》。文中稱夫人爲壽光縣太君。

校記

〔一〕「北史」原誤作「南史」，陸暐事見《北史》卷二十八，今據改。〔二〕「老年」原作「年老」，據周宋本並《北史·陸暐傳》改。〔三〕「左傳曰天鍾美於是注云鍾聚也」十三字，周宋本作「蜀志劉璋傳曰慶鍾二主」十字。〔四〕「壺」原作「壼」，據周宋本並《晉書·列女傳》改。〔五〕「墨」原作「行」，據周宋本並《飲酒詩·序》改。

柏山〔一〕

【注】柏一作桓〔二〕。

〔箋〕《年譜》：宋司馬桓魋所葬也。《寰宇記》曰：桓魋墓，在徐州彭城縣北。

平江如抱貫秦洪，雙嶺馳來欲並雄。【注】老杜詩：清江一曲抱村流。秦洪、雙嶺皆在徐州。《漢書・南粵王傳》曰：兩雄不俱立〔三〕，兩賢不並世。是物皆爲萬世計，【注】老杜詩：是物關兵氣。賈誼《過秦論》曰：始皇以爲關中之固，子孫帝王萬世之業也。闔棺猶有一朝窮。【注】老杜詩曰：丈夫蓋棺事始定。而桓魋石槨，竟不免發掘，東坡守徐州時，有《遊桓山記》，言之詳矣。《韓詩外傳》曰：學而不已，闔棺乃止。〔箋〕《水經注》：泗水南經宋大夫桓魋冢西。山抗泗水上，面盡石。鑿而爲冢，謂之石槨者也。《東坡集・遊桓山記》：余將弔其藏，而其骨毛爪齒，既以化爲飛塵，蕩爲冷風矣，而況槨乎。林巒特起終有污，【注】「有」一作「爲」〔四〕。林巒雖秀拔，竟坐桓魋爲辱也。東坡《温泉》詩〔五〕：幸免妃子污。老杜詩：兵氣漲林巒。《文選・西京賦》曰：隆崛崔崒。李善注引《埤蒼》曰：崛，特起也。美惡千年竟不空。【注】世間公論，雖久而不泯也。後山作《温公挽詞》，亦曰「若無天下議，美惡併成空」。尚有風流羊叔子，稍經湔洗與清風。【注】後山自注云：有東坡記刻石。用羊叔子登峴山事，以比東坡。江山之辱，賴此一洗也。魯直詩：我亦湔洗與清流。劉禹錫詩：東陽本是佳山水，何況曾經沈隱侯。〔箋〕《游桓山記》：元豐二年正月己亥，春服既成，從二三子游於泗水之上。登桓山，入石室，使道士鼓雷氏之琴，曰：「噫嘻，悲夫！此宋司馬桓魋之墓也。」〔補〕東坡又有《遊桓山會者十人以春水滿四澤夏雲多奇峯爲韻得澤字》詩。桓山又名聖女山，東坡有《遊聖女山宋司馬桓魋墓次吴正字王户曹韻詩二首》，卽桓山也。

校記

〔一〕「柏山」，潘宋本、周宋本、瞿宋本作「桓山」，「桓」缺末筆。〔二〕潘宋本、周宋本、瞿宋本無「一作」四字。陳彰曰：「柏」字蓋緣宋人「桓」字缺末筆而訛。〔三〕「俱立」原作「並立」，據周宋本並《漢書・南粤傳》改。〔四〕「終有」，盧宋本、周宋本、瞿宋本作「終爲」，無「一作」四字。〔五〕「詩」下盧宋本、周宋本多「曰」字。

答顏生

〔箋〕按：《宋史》，顏太初、顏服並有傳。顏生當是其家子姪，從後山學者。

煩君臨問我何堪，【注】《漢書・張禹傳》：車駕自臨問之。剩欲從君十日談。【注】高適詩：尋經剩欲翻。《史記》：秦昭王遺平原君書：寡人願與君爲十日之飲。《世説》：謝胡兒語庾道季曰：「諸人暮當就卿談。」老退不應稱敏捷，【注】謂作詩。樂天詩云：多病長齋詩老退，爭禁年少洛陽才。老杜詩：敏捷詩千首。顏蒼寧復借紅酣。【注】謂止酒。鄭谷詩：衰顏酒借紅。王介甫詩：荷花落日紅酣。世間公器無多取，【注】《莊子》曰：名，公器也，不可多取。樂天詩曰：名爲公器無多取。句裏宗風却飽參。【注】句中有眼，見前注。《傳燈録・道悟和尚傳》曰〔一〕：師唱誰家曲，宗風嗣阿誰。又：歸宗義柔禪師曰：事須飽叢林。陋巷遠孫還好學，【注】用顏氏事。未容光禄擅東南。【注】《南史·顏延之傳》云：少孤貧，居負郭。好讀書，無所不覽。後爲光禄勳。又云：江右稱潘、陸，江左稱顏、謝。

校記

〔一〕「悟」，周宋本作「吾」。

送劉主簿

【注】羲仲，字壯輿。〔箋〕《宋史·職官志》：開寶三年，詔諸縣千户以上，置令簿尉。四百户以上，置令尉，令知主簿事。四百户以下，置簿尉，以主簿兼知縣事。《宋史·劉恕傳》：恕字道原，筠州人。父涣，字凝之。子羲仲，郊社齋郎。《曲洧舊聞》：劉道原日記萬言，終身不忘。壯輿亦能記五六千字。壯輿之子，所記才三千字。晁以道戲壯輿曰：「更兩世當與我同。」《文集》有爲壯輿作《是是堂記》。按：東坡、文潛均有《是是堂詩》，无咎有《是是堂賦》。時方官鉅野簿也。

平生師友豫章公，矻矻談君口不空。【注】豫章，謂魯直。退之《答楊子書》曰：東野矻矻説足下不離口，故不待相見，相信已熟。既相見，不要約已相親。〔箋〕《山谷集·劉道原墓志銘》：生男三，羲仲、和叔、秤，材器皆過人。羲仲沉於憂患，不倦學，尤能力其家。《雞肋集·漫浪閣辭》：豫章黄庭堅魯直曰：壯輿未至於翁，行己立志。不可謂漫浪者。半面相看吾已了，【注】詩意見上句注中。《後漢·應奉傳》注：奉嘗詣彭城相袁賀，賀時出行，閉門，造車匠於内開扇出半面視奉，奉卽委去。後數十年於路中見車匠，識而呼之。《魏志·陳矯傳》注：文帝曰：「朕心故已了。」連城增價子何窮。【注】《史記》：秦昭王請以十五城易趙璧。《文選》魏文帝《與鍾大理書》曰：不損連城之價。又《廣絶交論》曰：顧盼增其倍價。〔箋〕《老學庵筆記》：劉道原、壯輿，再世藏書甚富。壯輿死，無後。書録於南康軍官庫。三千奏牘諸儒上，【注】用東方朔事，見第二卷注。〔箋〕《欒城集·劉凝之屯田哀辭》：道原博學強識，能通三墳五典，春秋戰國，歷代史記，下至五代分裂，皆能言其治亂得失，紀其歲月，辨其氏族，而正其同異。上下數千歲，如指左右。翰林學士司馬公方受詔編書東觀，以君爲屬。四百菴寮一歲中。【注】兩句言儒佛不相妨。劉氏家于南康廬山之下，山有三百六十菴。詩意謂日遊一菴，足了一歲，欲其徧歷叢林也。杜牧詩：南朝四百八十寺，多少樓臺烟雨中。此借用。〔箋〕《宋史·恕傳》：涣爲潁上令，以剛直不能事上官，棄去。家於廬山之陽。歐陽修與涣同年進士，高其節，作《廬山高》詩以美之。涣居廬山三十餘年，游心塵垢之外，超然無戚戚之意。二父風流皆可繼，〔箋〕《文集·是是亭記》：今劉子博覽偉辯，刻身苦思。既嗣其世，向善讎惡，亦不減其二父。謗禪排道不須同。【注】羲仲蓋道原之子，凝之之孫。二父皆排訾釋老，故後山勸以惟此兩事，不必同先世也。東坡《題黄魯直所作劉咸臨墓誌銘後》云：咸臨不喜佛，其父道原尤甚。咸臨名和叔，卽羲仲之弟。《晉書·庾峻傳》：蘇林曰：「君二父孩抱經亂，獨至今日。」此借用。〔箋〕《宋史·恕傳》：恕尤不喜浮屠説，以爲必無是事。《雞肋集·再答劉壯輿書》：辱寄示諸文，獨與明叔、魯直論佛之可否，類唐以來束於教者齊楚矛楯之詞。夫兩忘而化其道，世必有人矣。今吾曹平日接物，小言細行。不當於理者，下床履地卽有之。思而求去，爲道日益，此其基也。此尚不暇，而越求其大者，議之侈矣。

觸目

溪響飢魚食，川明柱影斜。鷺禽穿密竹，噪鵲立浮查。【注】《談苑》載僧行肇詩云：聽錫樵停斧，窺禪鳥立查。老杜詩：故立浮查替入舟。谷暗山藏雨，林喧雀啅虵。鄉閭等行路，何處更爲家〔一〕。【注】言雖居鄉，亦無生理也。〔補〕聚珍本批：太雜。

校記

〔一〕「處」，潘宋本作「向」。

晚望

墨雲映黄槐，更著白鳥度。【注】何遜詩：夕鳥已西度。〔箋〕《室中語》：杜少陵詩云：兩個黄鸝鳴翠柳，一行白鷺上青天。王維詩云：漠漠水田飛白鷺，陰陰夏木囀黄鸝。極盡寫物之工。後來唯陳無己有云：黑雲映黄槐，更著白鷺度。無愧前人之作。（按：《詩人玉屑》引此條。）蟬鳴不餘力，【注】《史記·虞卿傳》曰：秦不遺餘力矣。蛙腹能許怒。

【注】《韓非子》曰：越王慮伐吴，欲人之輕死也。出見怒蛙，乃爲之式，曰：「爲其有氣力故也。」退之《月蝕》詩曰：鼃蛙拘送主府官，帝著下腹嘗其皤。許，謂如許。**稱目有佳思，側徑無好步。**【注】謝靈運詩：側徑既窈窕。俗諺謂：速行無好步。**興來成獨往，**【注】獨往，見前注。又《淮南王莊子要略》曰：江海之士，山谷之人，輕天下，細萬物，而獨往。**意得誰與賦。**【注】《晉書》：郭璞《客傲》曰：忘意非我意，意得非我懷。《世説》：庾子嵩作《意賦》，從子文康曰：「若有意耶，非賦所能盡！若無意耶，復何所賦？」答曰：「正在有無之間。」

送高推官

〔箋〕高推官，《徐州府志·職官表》失載。

先王鍾舊德，【注】先王，謂烈武韓王高瓊。澶淵之役，勳德最著。〔箋〕《宋史·高瓊傳》：瓊家世燕人。子繼勳、繼宣、繼忠、繼密、繼和、繼隆、繼元。繼勳子道甫之女，正位皇后。按：高氏子孫見《宋史·高皇后傳》者，士遜、士林、公著、公紀、公繪、世則。見《外戚傳》者，道裕弟道惠，從姪士林、士林子公紀、公紀子世則。**大府冠羣能。**【注】老杜詩：大府才能會。**過手無能事，逢人有異稱。**【注】人人皆稱其有異能也。東坡《謝獎諭表》曰：累忝優寄，卒無異稱。按《風俗通》曰：封祈還陵長，治無異稱。**薦賢餘一鶚，**【注】言不爲當世所知。**夙記契千燈。**【注】《金剛經》云：然燈佛與我受記，作是言：汝於來世，當得作佛。《維摩經》云：無盡燈者，譬如一燈然百千燈〔一〕。**看挽秦梁纜，頭頭數不勝。**【注】秦梁，即秦洪也。晉鄧攸有惠政。罷郡日，人入水攀其船，不忍別。此云「頭頭數不勝」，言挽留者之多也。《漢書·張耳傳》：頭會箕斂。注曰：吏到其家，人頭數數出穀〔二〕，以箕斂之。

校記

〔一〕「百千」原作「千百」，據周宋本並《維摩詰經·菩薩品第四》改。　〔二〕「人頭數數出穀」，聚珍本作「人頭頭數出穀」。盧宋本、周宋本、高麗本均同箋本。懷辛案：百衲本《漢書》亦同箋本，中華本《漢書》作「人人頭數出穀」。

和黃預感秋

〔補〕梅南本墨批：此與後黃樓一首，造句叙事俱有造詣深功。得其佳處可脱去俗弱之病。

宿雲護朝霜，秋陽佐殘暑。【注】退之詩：宿雲寒不捲。李嘉祐詩：斜漢初過斗，寒雲正護霜。韓偓詩：雲護鴈霜籠曉月，雨連鶯曉落殘梅。　蠅癡驅復來，【注】退之詩：癡如遇寒蠅。又《送窮文》曰：蠅營狗苟，驅去復還。　汗下拭莫禦。【注】《世説》：何平叔美姿面，魏文帝疑其傅粉，夏月，令食湯餅。汗出，以巾拭之，轉皎白也。　庭梧自黃隕，風過成夜語。【注】《詩》曰：桑之落矣，其黃而隕。古樂府云：中庭有樹自語，梧桐推枝布葉。　幸是可憐生，【注】《晉書》：孫綽種一株松，常自守護。鄰人謂之曰：「樹子非不可憐，但永無棟梁日耳。」此借用，以言庭梧也。《傳燈録》：忠國師曰：「幸自可憐生。」胡然遽如許。【注】言摇落之速。《詩》云：胡然而天也。《後漢·左慈傳》：老羝人言曰：「遽如許。」

黄生多新詩，如盆繭抽緒。【注】歐公詩：問其別後學，初若繭緒抽。按《文選》張茂先詩：將抽厥緒。《禮記》曰：夫人繅三盆手。唱高難欸乃，【注】宋玉《對楚王問》曰：其曲彌高，其和彌寡。《元結集》有《欸乃曲》，欸音襖，乃音靄，棹舡聲也。柳子厚詩：欸乃一聲山水緑。雋永得吮咀。【注】《漢書·蒯通傳》：通論戰國時説士權變，亦自序其説，號《雋永》。注：肥肉也。言其論甘美而義味深長也。《本草序例》曰：凡湯酒膏藥，舊云吮咀者，禹錫云：即細切之意。吮音父。此引用，以言藥劑之寡味，雋永安得比之。意合無古今，【注】《漢書·鄒陽傳》：意合則骨肉爲兄弟。《選》詩云：誰謂古今殊，異代有同調。投暗有迎拒。【注】《鄒陽傳》又曰：明月之珠，夜光之璧，以暗投人於道，衆莫不按劍相盼。名成弟子韓，【注】黄預從學於後山。老杜《贈曹霸》詩曰：弟子韓幹早入室。價重先生褚。【注】謂預詩可高紙價也。退之《毛穎傳》曰：穎與會稽褚先生友善〔一〕。意謂紙也。向來得斯人，孰謂予齟齬。【注】韻書曰：齒不正曰齟齬。《楚辭》曰：圓鑿而方枘兮，吾固知齟齬而難入。晚炊鄰僧米，【注】退之《寄盧仝》詩：至令鄰僧乞米送。晝拾狙公芧。【注】《莊子》：狙公賦芧曰：「朝三而暮四」，衆狙皆怒。老杜詩：歲拾橡栗隨狙公。兩句皆言預之貧。甘酸皆適口，霜黄未登俎。【注】言預未見用於世，如黄柑未包貢以登於俎也。《世説》：魏武帝令曰：前有大梅林，饒子甘酸。《淮南子》曰：此皆不快於耳目，不適於口腹。老杜詩：登俎黄甘重。門有曲逆車，【注】《漢書·陳平傳》：以席爲門，多長者車轍。平後封曲逆侯。謗甚北山女。【注】《楚辭·抽思》曰：好姱佳麗兮，牉獨處此異域。既惸獨而不羣兮，又無良媒在其側。道卓遠而日忘兮，願自申而不得。望北山而流涕兮，臨流水而太息。王逸注曰：左右嫉妒，莫衒鬻也。寧爲溝中斷，【注】《莊子》曰：百年之木，破爲犧尊，青黄而文之，其斷在溝中。比犧尊於溝中之斷，則美惡有間矣，其於失性一也。不作太倉鼠。【注】《史記·李斯傳》：斯少時見廁中鼠食不潔，近人犬，數驚恐。入倉〔二〕，食積粟，居大廡下〔三〕，不見人犬之憂。歎曰：「人之賢不肖譬如鼠矣，在所自處耳。」老退無好懷，續明然兩炬。【注】老退，見前注。老杜詩：庭前把燭嗔兩炬。按《後漢書·廉范傳》〔四〕：交縛兩炬。搔首不成眠，寒蟲促機杼。【注】《詩》曰：搔首踟躕。東坡詩：玉堂清冷不成眠。王介甫《促織》詩云：只向貧家促機杼，幾家能有一絇絲〔五〕。

校記

〔一〕「先生」原作「元生」，據高麗本改。　〔二〕「入倉」下《李斯傳》有「觀倉中鼠」四字，任注未引。　〔三〕「廡下」，盧宋本、周宋本作「廡之下」。　〔四〕「廉范」原誤作「廉詩」，據盧宋本、周宋本、高麗本並《後漢書》改。

〔五〕「絇」原作「鉤」，據周宋本並《王文公集》卷三十二改。

和顏生同游南山

竹杖芒鞋取次行，琳琅觸目路人驚。【注】東坡《廬山》詩：芒鞋青竹杖，自掛百錢游。《世說》：有人詣王太尉，遇王安豐丞相大將軍，別屋見季胤〔一〕、平子，還語人曰：「今日之行，觸目見琳琅珠玉。」當年此日仍爲客，【注】是歲在鄉里作重陽故也。老杜《至日》詩云：年年此日長爲客。又《九日》詩云：世亂鬱鬱久爲客。病目今來喜再明。

【注】張籍詩：三年病眼今年校，免與風光便隔生。**筋力尚堪供是事，登臨那得總無情。**【注】言筋力尚可登臨也。樂天詩：登山與臨水，猶未要人扶。《世說》：許掾好遊山水，而體便登陟〔二〕。時人云：「卿非徒有勝情，亦有勝具。」《維摩經》云：且置是事。**已知名世徒爲爾，**【注】謂詩名無益也。樂天詩云：詩稱國手徒爲爾，命壓人頭不奈何。**可復緣渠太瘦生。**【注】老杜詩：知君苦思緣詩瘦。太瘦生，見前注。

校記

〔一〕「季胤」原作「李胤」，據周宋本、高麗本並《世說·容止》改。　〔二〕「陟」原作「涉」，據周宋本並《世說·棲逸》改。

僧慧僧和同往南山〔一〕

〔箋〕按：皆徐州僧也。《文集·法輪院主塔銘》有法懿、法玲、法惠、法如、法堅諸僧名。院在徐州。僧慧、僧和，不知在以上諸僧中否？

驥騄同羣鴻雁行，登臨端爲作重陽。【注】魏文帝《典論》曰：咸以自騁驥騄於千里。**南臺二謝風流絕，**【注】二謝有《九日戲馬臺》詩，見前注。**準擬歸來古錦囊。**【注】老杜詩：春來準擬開懷久。古錦囊，見前注。

校記

〔一〕「僧和」，潘宋本作「僧利」。

柏

用直寧論世，名成不待官。【注】老杜《古柏行》曰：正直元因造化工。此云「寧論世」，言世常惡直，而木以直爲用也。秦始皇封泰山，遇雨避樹下，遂封松爲五大夫。故樊宗師《絳守園亭記》以柏爲蒼官。老杜詩：身退豈待官。低枝緣我有，【注】魏文帝詩曰：低枝拂羽蓋。偃蓋到誰看。【注】《抱朴子》曰：天陵偃蓋之松。《酉陽雜俎》曰：世傳松千歲，方頂平偃蓋。《傳燈録》：道幽禪師偈曰：不知何代人，得見此老松。秀色有新故，英姿無暑寒。要爲千歲計，豈慮萬牛難。【注】老杜《古柏行》：大厦如傾要梁棟，萬牛回首邱山重。魯直詩：翦伐萬牛難。

謝端硯

〔箋〕《能改齋漫録》：端州石，唐世已知名。許渾《歲暮自廣江至新興》詩云「洞丁多斲石，蠻女半淘金」。自注云：端州斲石。李賀《青花硯歌》云「端州匠者巧如神」。柳公權論硯亦云：端溪石爲硯至妙也。

王家舊物羣偷後，石出蠻溪百丈深。【注】《晉書》：王獻之謂偷兒：「青氈我家舊物，可特置之。」羣偷驚走。〔箋〕《東軒筆録》：余爲兒童時，見端溪硯有三種：曰巖石、曰西坑、曰後歷。石色深紫，襯手而潤，幾於有水。叩之聲清遠。石上有點，青緑間暈圓小而緊者，謂之鸜鵒眼，此乃巖石也，採於水底，最爲士人貴重。西坑硯三，當巖石之一。後歷硯三，當西坑之一。則其品價相懸可知矣。揮翰吾非玉堂手，【注】見《古壘行》注。斷金君有古人心。【注】《易・繫辭》：二人同心，其利斷金。

捕狼

一狼將四子，一嶺走千羊。【注】《北史・于栗磾傳》：見熊將數子。《前漢・西域傳》曰：失一狼，走千羊。意得無前敵，【注】《史記・始皇本紀》：侯生曰：「始皇意得欲從。」《漢書・袁盎傳》：絳侯趨出，意得甚。退之《猛虎行》曰：自矜無當對〔一〕，氣性縱以乖。無前，見前注。時乖闕後防。【注】《後漢・趙咨傳》曰：古人時同即會，時乖即別。此借用。又退之詩：時命雖乖心轉壯。老杜《病馬》詩：委棄非汝能周防。寧知射生手，【注】《唐書・兵志》：肅宗置衙前射生手。已發弩機張。【注】《書》曰：若虞機張。會使烏鳶飽，空令豺虎傷。【注】《莊子》曰：上爲烏鳶食。《詩》云：投畀豺虎。老杜詩：祇令故舊傷。

校記

〔一〕「自矜」原作「共矜」，據盧宋本、周宋本並韓集卷六《猛虎行》改。

和魏衍元夜同登黄樓

車馬競清夜，【注】退之詩：適與佳節會，士女競光陰。《選》詩：清夜遊西園。人物秀三楚。【注】《選》詩：三楚多秀士。注曰：江陵爲南楚，吴爲東楚，彭城爲西楚。登臨得免俗，兹樓豈時睹。【注】晉阮咸曰：「未能免俗，聊復爾耳〔一〕。」同來兩稚子，冠者亦四五。【注】《魯論》曰：冠者五六人，童子六七人。落落俱可人，頗亦厭歌鼓。【注】《晉書》：王澄謂王衍曰：「誠不如卿落落穆穆。」可人，見前注。山月出未高，潛鱗動寒渚。【注】言潛魚未爲月所照，故游泳自如也。退之《詠月》詩：未高蒸遠氣。《詩》曰：魚在于渚，或潛在淵。檣燈接稀星，奪目粲不數。【注】宋玉《高唐賦》曰：煌煌熒熒，奪人目精。魏侯轉物手，百好趨就敘。【注】《楞嚴經》曰：若能轉物，即同如來。《禹貢》注曰：四國皆就次序。得句未肯吐，秀氣出眉宇。【注】用《莊子·庚桑楚》事，見前注。王縉《古別離》曰：含辭未及吐，淚落蘭叢中。枚乘《七發》曰：陽氣見眉宇之間。水浄納行影，【注】《選》詩：璇題納明月。山空答修語。【注】歐公詩：空山答人語。夜氣稍侵肌，【注】退之《李花》詩：蒼茫夜氣生相遮。《文選》應璩《與岑文瑜書》曰：翦爪宜侵肌。烏駭去其侶。【注】《楚辭·招隱士》曰：禽獸駭兮亡其曹。清游豈有極，喜事戒多取。【注】世間可喜之事，要不可極意也。投靜未免喧，【注】東坡詩：説靜故知猶有動，無閑底處更求忙。老杜詩：喧靜不同科。于今豈非古。【注】《蘭亭序》曰：俛仰之間，已爲陳迹。永懷寂寞人，南北忘在所。横嶺限魚鳥，作書欲誰與。【注】寂寞人，謂東坡。言其身世兩忘，不知謫在海外也。《揚雄傳》曰：惟寂寞，自投閣。情生文自哀，【注】《世説》：孫楚除妻服，作詩示王武子，王曰：「未知文于情生，情于文生，覽之淒然，增伉儷之重。」山谷詩曰：意不及此文生哀。政與此句相反。意動足復佇。【注】歐公詩：足雖欲往意已休。此反而用之，恨不能往見東坡也。憑檻共一默，望舒已侵午。【注】《文選·登樓賦》曰：憑軒檻以遥望。《楚辭》：前望舒，使先驅。注云：月御也。午，謂夜分。樂天詩曰：月午方徘徊。退之《詠月》詩：當午覺輪停。

校記

〔一〕「爾耳」原作「爾爾」，據盧宋本、高麗本並《晉書·阮咸傳》改。

和元夜

〔箋〕《瀛奎律髓》：頸聯極佳。後山家徐州，彭黄謂彭門黄樓也。汴水、泗水，交流城角，故云。紀批：「車輿」字太複，「火城」字太假借，「彭黄」二字太捏造，且前六句皆雙字平頭，殊爲礙格。結二句尤通套。此後山極敗之筆。

笳鼓喧燈市，車輿避火城。【注】《國史補》曰：元日冬至，宰相列燭多至數百炬，謂之火城。此借用。彭黄爭地勝，【注】後山自注云：彭祖樓、黄樓〔一〕。《寰宇記》：魏刺史王延明，移彭祖廟於彭城東北樓，謂彭祖樓〔二〕。黄樓，見前注。《文選·頭陀寺碑》曰：信楚都之勝地也。〔補〕聚珍本批：彭黄合用牽強。汴泗迫人情〔三〕。【注】退之詩：汴泗交流郡城角。正謂徐州。梅柳春猶淺，【注】老杜詩：天邊梅柳樹，相見幾回新。關山月正明〔四〕。【注】樂府有《關山月》。王褒詩曰：關山夜月明。賦詩隨落筆，端復可憐生。【注】謂首章可愛也。

校記

〔一〕盧宋本、周宋本無「後山自注」十字。〔二〕「彭城」，周宋本作「子城」，「謂」作「爲」。〔三〕「情」，潘宋本、盧宋本、周宋本作「清」。〔四〕「正」，潘宋本作「自」。

和魏衍同遊阻風

舊說東風未世情〔一〕，不應作意斷人行。【注】羅鄴《賞春》詩云：年年點檢人間事，惟有春風不世情。老杜詩：戍鼓斷人行。絶須一怒催新句，【注】《莊子》曰：大塊噫氣，其名爲風。是惟無作，作則萬竅怒號。老杜詩：片雲頭上黑，應是雨催詩。此用其意。更可多憂促短生。【注】《文選》古詩曰：生年不滿百，常懷千歲憂。謝靈運《豫章行》曰：短生旅長世，恍覺白日欹〔二〕。勝日著忙端取怪，【注】以行樂作忙事，似爲天所怪也。元稹詩：却著閒行是忙事，數人同傍曲江頭。著忙，蓋亦俗語。《僧寶傳》：楊岐會禪師問僧曰：「一喝兩喝後作麼生。」曰：「看這老和尚著忙。」《晉書·衛玠傳》：遇有勝日，親友時請一言，無不咨嗟。妙年得此未須驚。【注】言行樂之日尚多。懸知出處非吾事，已復星河爛漫晴〔三〕。【注】即《孟子》「行止非人所能爲」之意。「非吾事」，見《莊子》。東坡《雪後獨宿》詩云〔四〕：天公用意真難會，又作春風爛漫晴。老杜詩：三峽星河影動搖。

校記

〔一〕「東」，潘宋本作「春」，「未」，作「亦」。　〔二〕「恍」，周宋本作「恒」（缺末筆）。懷辛案：《樂府詩集・豫章行》作「恒」。　〔三〕「漫」，周宋本作「熳」。　〔四〕「雪後」，周宋本作「雪夜」。

和魏衍同登快哉亭

【注】《欒城集》有此亭記，亭在黄州。不知此詩屬何處也。詳此詩意，終篇皆屬二蘇〔一〕。

〔箋〕《徐州府志》：宋熙寧末，李邦直持節徐州，即唐薛能陽春亭故址構建。郡守蘇軾名曰快哉，後名奎樓，俗名拐角樓。

經時不出此同臨，小徑新摧草舊侵。【注】此句似言時之所棄〔二〕。欲傍江山看日落，【注】老杜詩：雪嶺獨看西日落。不堪花鳥已春深。【注】老杜詩：春來花鳥莫深愁。來牛去馬中年眼，【注】似用謝安中年別作惡事〔三〕。老杜《江漲》詩：去馬來牛不復辨。蓋用《莊子》事。此借用，以言老眼之昏眩。朗月清風萬里心。【注】《世説》：劉尹云：「清風朗月，輒思元度。」元度，許詢字也。萬里心，當屬東坡。老杜詩：老鶴萬里心。故著連峯當極目，回看幽徑遶雙林。【注】謝靈運詩：連峯競千仞。極目，見前注。雙林，借用傅大士事，意謂僧院。

校記

〔一〕題下注二十九字盧宋本、周宋本俱無。〔二〕注八字盧宋本、周宋本無。〔三〕「似用」十字盧宋本、周宋本俱無。

登快哉亭

〔箋〕《瀛奎律髓》：亭在徐州城東南隅提刑廨廨。熙寧末，李邦直持憲節，構亭城隅之上。郡守蘇子瞻名曰快哉，唐人薛能陽春亭故址也。子由時在彭城，亦同邦直賦詩。任淵注此詩，謂亭在黄州，不知此詩屬何處，蓋以蜀人不見中原圖志。余讀《賀鑄集》，得其說。任淵所謂亭在黄州者，乃東坡爲清河張夢得命名，子由作記，非徐州之快哉亭也。余選此詩，懼學者讀處默張祜詩，知工巧而不知超悟，如「度鳥」「奔雲」之句，有無窮之味。全篇勁健清瘦，尾句尤幽邃，此其所以逼老杜也。紀批：刻意淘洗，氣格老健。第四句「依」字微嫩。五六挺拔。此後山神力大處，晚唐人到此，平平拖下矣。尾句却有做作態，是宋派，絶非老杜。動引杜以張其軍，是虛谷習氣。

城與清江曲，泉流亂石間。夕陽初隱地，暮靄已依山。【注】老杜詩：田舍清江曲。度鳥欲何向，【注】太白詩：天涯有度鳥。老杜詩：途遠欲何向。奔雲亦自閒。【注】終自無心故也。登臨興不盡，稚子故須還。【注】以稚子候門之故，不盡興而返。

招黄魏二生

出門不雨卽遇風，閉門值睡極力攻。〔補〕梅南本墨批：晦。懷辛案：指「極力攻」三字。似聞湯鼎作吟聲，已賀勝敵收全功。【注】方作煮茶想，而睡魔已失去，幾于不戰而勝也。《文選》阮元瑜書曰：喜得全功，長享其福。却思二子共一笑，撥棄舊語無新工。【注】淵明詩：撥棄且莫念。退之書曰：惟陳言之務去。卒行好步不兩得，能致公等我何窮。【注】居富貴者，未必能致天下之英才，故曰「不兩得」，亦用東坡《上梅直講書》意〔一〕。魏詩黄筆今未有，顧我獨得神所鍾。【注】《南史·沈約傳》：謝玄暉善爲詩，任彦昇工於筆。《左傳》曰：天鍾美於是。徑須相就踏泥潦，已辦煮餅澆油葱。【注】老杜詩：速須相就飲一斗。《玉臺新詠·隴西行》曰：促令辦粗飯。崔實《四民月令》曰：立秋無食煮餅。東坡詩：一杯湯餅潑油葱。

校記

〔一〕「書意」下周宋本多「朱敬則諫武后曰疾趨者無善迹」十三字。懷辛案：蓋「卒行」句注。

後山詩注補箋卷七

春夜

宿鳥一枝足，爭林終日鳴〔一〕。【注】《莊子》曰：鷦鷯巢於深林，不過一枝。庭花當户發，【注】《蜀志》：先主誅張裕，曰：「蘭生當門，不得不鋤。」江月向人明。【注】《晉書·劉惔傳》：卿今日作此面向人耶。老杜詩：隴月向人圓。鳥度清溪影，【注】老杜詩：鳥影度寒塘。〔補〕梅南本朱筆批：宿鳥又鳥度，字意俱重。既云夜則不能見影。風回晚市聲。【注】魯直詩：市聲故在耳。夢中無好語，池草爲誰生。【注】《南史》：謝靈運每有篇章，對族弟惠連，輒得佳句。嘗於永嘉西堂思詩，竟日不就，忽夢見惠連，即得「池塘生春草」，大以爲奇。

校記

〔一〕「日」，潘宋本作「夜」。

和三日

苦遭年少強追陪，病眼看花更覆杯。【注】老杜詩：老年花似霧中看。覆杯，見前注。夾岸萬人傾國出，清江一注兩山開。【注】老杜《清明》詩：著處繁華矜是日，長沙千人萬人出。又詩：胡爲傾國至。《周禮·匠人》曰：兩山之間，必有川焉。〔補〕梅南本墨批：寫景老秀。懷辛案：指夾岸二句。遊人欲盡鷩鷗下，晚日猶須惡雨催。【注】猶須，若曰尚可須也〔一〕。更恐明年有離別，折花臨水共徘徊。

校記

〔一〕「尚可」，周宋本、高麗本作「尚何」。

登燕子樓

【注】元和中張建封鎮武寧。有盼盼者善歌舞〔一〕，建封納之於燕子樓，後又爲起新樓〔二〕。建封薨，盼盼誓不他適。樂天爲作詩曰：黄金不惜買蛾眉，揀得如花四五枝。歌舞教成心力盡，一朝身去不相隨。〔箋〕《徐州府志》：燕子樓在州城西北隅。〔補〕梅南本朱批：此詩却流麗不似常作。聚珍本批：花字兩用作韻。

緑暗連村柳，【注】司空圖詩：緑樹連村暗。王介甫詩：楊柳鳴蜩緑暗。紅明委地花。【注】樂天詩：霜降春林竹委地〔三〕。韓偓《哭花》詩云：今見妖紅委地時。畫梁初著燕，【注】薛道衡詩：空梁落燕泥。廢沼已鳴蛙。【注】東坡詩：廢沼蛙蟈淫。鷗没輕春水，【注】老杜詩：白鷗没浩蕩。又云：鷗輕故不還〔四〕。〔補〕梅南本墨批：輕春水，謂水暖而鷗更樂，泛羽于其間，宛然有自得之意。輕字正與下句着字對注，殊堪笑。舟橫著淺沙。【注】韋應物詩云：野渡無人舟自橫。相逢千歲語，猶説一枝花。【注】一枝花，見題注。傅大士頌云：時人皆不識，喚作一枝花。

校記

〔一〕「善歌舞」，盧宋本、周宋本作「徐之奇色」。〔二〕「新樓」下周宋本多「焉」字。〔三〕「竹」，周宋本作「行」。〔四〕「還」原作「遠」，據周宋本、高麗本改。

和魏衍三日二首

林花女頰紅，春水瓜頭緑。【注】老杜詩：色好梨勝頰。步蹇我三休，【注】《文選》謝宣遠詩：蹇步愧無良。賈誼《新書》：楚王作中天之臺，三休而後至其上。來同君一足〔一〕。【注】一足，見前注。苦嗟所歷小，不盡千里目。【注】《文選·海賦》曰：徒識觀怪之多駭，乃不悟所歷之近遠。唐人詩曰：欲窮千里目，更上一層樓。按《文選》顔延年詩：傷哉千里目。暮景向昏鴉，歸途取修竹。【注】老杜詩：有待至昏鴉。又云：歸蓋取荆門。枚乘

《兔園賦》曰：修竹檀欒夾池水。魯直詩：還尋密竹徑中歸。

又

堤沙泥盡未及塵，【注】韓偓詩：輕寒著背雨淒淒，九陌無塵未有泥。此反而用之。江波不動風生紋。【注】温庭筠《湖陰曲》云：吴波不動楚山晚〔二〕。劉禹錫詩：瀼西春水縠紋生。虎頭魚尾不知數，【注】謂競船也。虞世基《水土記》曰：梁孝元作神獸艦，頭畫虎豹，以助軍威。朱旗一點來奔雲。【注】《文選》班固《燕然山銘》曰：朱旗絳天。白居易《汎舟》詩曰：指揮船舫點紅旌〔三〕。春容已老有餘態，【注】鄭文寶詩：灞陵春色老於人。歐公詩：譬如夭韶女，老自有餘態。祓禊雖古無前聞。【注】《晉書·束晳傳》：武帝問摯虞，三日曲水之義，對曰：「漢徐肇以三月初生三女，至三日俱亡，村人以爲怪，乃招攜之水濱洗祓，遂因水以泛觴，其義起此。」束晳曰：「虞小生，不足以知，臣請言之」云云。前聞，見前注。踏青摸石修祕祝，【注】一本「修」作「除」。老杜詩：江邊踏青罷。摸石，蓋俚巷舊俗。楊元素《本事詞》載海雲故事，是也。《漢書·文帝紀》：除祕祝。落日帶雨催行人。【注】賈島詩：落日恐行人。〔補〕梅南本墨批：如杜「返照入江」句法，此更有情。聽詩對月兩不厭，頗覺過目徒紛紛。【注】退之詩：紛紛過目何由記〔四〕。老杜詩：世上兒子徒紛紛。君不見天寶杜陵翁，屈宋才堪作近鄰。【注】老杜有《麗人行》，蓋天寶中上巳所作。老杜又有詩云：不薄今人愛古人，清詞麗句必爲鄰。竊攀屈宋宜方駕，恐與齊梁作後塵。

校記

〔一〕「同」，盧宋本、高麗本、何校本作「周」。〔二〕「晚」原作「曉」，據盧宋本、周宋本、高麗本改。〔三〕「旌」原作「旗」，據周宋本並《白居易集》卷二十《湖上招客送春汎舟》詩改。「白居易」，原誤作「劉禹錫」，一併改正。〔四〕「目」，周宋本作「客」。

答魏衍惠朱櫻

開門先得故人書，【注】退之詩：不枉故人書，無由汎江水。稍喜提攜起覆盂。【注】言故人書來，慰其寂寞，如提起久覆之盂也。《漢書·東方朔傳》云：安於覆盂。此借用其字。得句有誰知我在，嘗新此日賴吾徒。【注】老杜《野人送朱櫻》詩：金盤玉筯無消息，此日嘗新任轉蓬。傾籃的皪霑朝露，【注】樂天《放魚》詩：傾籃瀉地上。東坡詩：霧雨不成點，映空疑有無。時於花上見，的皪走明珠。按《上林賦》曰：宜笑的皪。出袖熒煌得寶珠。【注】東坡《謝賜御書》詩云：袖有明珠三十四。會薦瑛盤驚一座，【注】以比魏衍。後漢明帝宴羣臣，大官進櫻桃。以赤瑛盤賜羣臣。月下視之，盤與桃同色，羣臣皆笑云是空盤。事見《藝文類聚》。太白詩：山盤薦霜梨。莧腸藜口未良圖。【注】退之詩：腸肚習藜莧。老杜詩：邂逅豈即非良圖。字本出《左傳》。

和魏衍聞鶯

春力著人朝睡重，魯直《如夢》詞曰：門外鶯啼楊柳，春色著人如酒。東坡詩：美人如春風，著物物不知〔一〕。葉底黄鸝鳴自送。【注】老杜詩：隔葉黄鸝空好音。退之詩：清歌緩送感行人。按《古今樂録》曰：凡歌曲終，皆有送聲。緑幕朱欄日觀明，回廊側户風簾動。【注】退之《短檠歌》：黄簾緑幕朱户閉，風露氣入秋堂涼。《泰山記》：東西岩名曰日觀。此借用，言臺觀之向日者。《選》詩：風簾入雙燕。上四句言富貴家聞鶯，初不領略，任其自鳴耳。昨夜春回到寒谷，好鳥飛來把修竹。【注】寒谷以言貧家，謂魏衍也。劉向《别録》曰：燕有寒谷，不生黍稷。鄒衍吹律於其間，暖氣乃至，草木發生。老杜詩：西來有好鳥，爲我下青冥。又詩：棲枝把翠梧。整翰厲觜初一鳴，【注】《文選》鮑照《蕪城賦》云：飢鷹厲吻。已落君詩專妙獨。【注】元稹作《杜子美墓銘》敍曰：盡古今之體勢，而兼人人之所獨專。退紅著緑春事殘，【注】魯直《連理松枝》詩云：紅紫事退獨參天。後時獨立知何言。【注】老杜詩：恐爾後時難獨立。退之《聞鶯》詩曰：共矜初聽早，誰貴後聞頻。樂天詩：鶯雖爲説不分明，葉底枝頭謾饒舌。側聽不盡已飛去，【注】劉禹錫《百舌吟》曰：數聲不盡又飛去，何許相逢緑楊路。懷抱此時誰與論。【注】退之《晚菊》詩曰：此時無與語，棄置奈悲何。韓偓《雨》詩曰：此時高味共誰論，掩鼻吟詩空佇立。

校記

〔一〕「東坡詩」十三字，周宋本無。

和黄生春盡遊南山〔一〕

逐勝缺勇功，【注】樂天詩：逐勝移朝宴，留歡放晚衙。《孫子》曰：善戰者，無智名，無勇功。餞春無少色。【注】言無少年惜春之意。《堯典》：寅餞納日。孟郊詩：萬物無少色，兆人皆老憂。此借用。出門欲何向，坂丸隨所擊。【注】《漢書·蒯通傳》曰：猶如坂上走丸。百年餘幾何，十步復一息。【注】言其老憊也。《漢書·王褒傳》曰：萬里一息。同來二三子，楚楚頗修飾〔二〕。【注】《詩》云：蜉蝣之羽，衣裳楚楚。行前強老夫，徑捷疲峻陟。【注】《漢·高帝紀》曰：令一人行前。《文選》阮嗣宗詩：捷徑從狹路。山門開煙霏，禪房閉岑寂。【注】《文選·廣絶交論》曰：煙霏雨散。李善注引陸機賦曰：騰煙霧之霏霏。唐人常建詩云：禪房花木深。《文選·舞鶴賦》：去帝鄉之岑寂。李善注云：岑寂，猶高靜。〔補〕此臺頭寺也。《太平寰宇記》：宋武北征至彭城，於戲馬臺上置。口燥沾茗椀，〔補〕梅南本墨批：句率。久厄此爲德。【注】《文選》陸機《文賦》云：始躑躅於燥吻。《伽藍記》：王濛好茶，人至輒飲之，士大夫以爲水厄。〔補〕梅南本墨批：妙有理致。逐日下西山，草路荒不識。【注】《列子》曰：夸父欲追日影，逐之於隅谷之際。《漢書》：揚雄《反離騷》曰：恐日薄于西山。《文選》沈約詩曰：夢中不識路。回溪轉鉤曲，門徑入繩直。【注】《文選》潘安仁詩：回溪縈曲阻。《莊子·徐無鬼》曰：曲者中鉤。潘安仁《藉田賦》曰：遐阡繩直。〔補〕此指山東北支麓之玉帶鉤也。東坡《遊戲馬臺》詩：路失玉鉤芳草合。故人喜領客，內愧積腸臆〔三〕。【注】老杜詩：領客珍重意。所來爲親舊，掃除稱寥闃。【注】老杜詩：所來爲宗族，亦不爲盤飧。疾風無末勢，【注】《漢書·韓安國傳》曰：衝風之衰，不能起毛羽。强弩之末，不能入魯縞。過雨有餘瀝。【注】老杜詩：頭風吹過雨。《史記·淳于髡傳》曰：侍酒于前，時賜餘瀝。高花初欲然，【注】退之《楸樹》詩：看吐高花萬萬層。《選》詩：山櫻發欲然。平荷已如拭。【注】老杜詩：菱葉荷花靜如拭。〔補〕梅南本墨批：落韻如石。因君感衰盛，醜好移頃刻。【注】魯直詩：醜好隨手翻。交新厭區區，話舊聽歷歷。談間十一二，四座已傾側。【注】歷歷，見前注。《漢書·司馬相如傳》：一座盡傾。茅屋漏風霜〔四〕，山田帶沙礫。尚能哀此老，舉手觸四塞。【注】哀此老，見前注。《文選》左太冲《詠史》詩曰：習習籠中鳥，舉翮觸四隅。《漢書·成帝紀》曰：黄霧四塞。君如澗底松，超拔出天壁。【注】左太冲《詠史》詩曰：鬱鬱澗底松。老杜詩：東得平岡出天壁。學詩有新功，黄魏共推激。【注】後山自注云：生與魏衍、黄預游。魯直詩：杜郎覓句有新功。老杜詩：風騷共推激。

校記

〔一〕「黄生」，潘宋本、馬暾本作「黄充實」。　〔二〕「飾」原作「息」，據潘宋本、高麗本改。　〔三〕「腸」，潘宋本作「腹」。　〔四〕「漏」，盧宋本、瞿宋本作「濕」。

楝花

密葉已成陰，高花初著枝。〔注〕《選》詩：密葉成翠幄。高花，見前篇注。幽香不自好，寒艷未多知。

【注】唐人崔涯《黄葵》詩：嫩葵淺黄色，幽香寒淡姿。李商隱詩：春風雖自好，春物太昌昌。「葵」一作「蘗」〔一〕。會見垂金彈，聊容折紫綏。【注】《西京雜記》：韓嫣好彈，以金爲丸。《禮記》曰：玄冠紫綏，自魯桓公始也。粉身非所恨，猶復得聞思。【注】粉身，謂以此花爲香。老杜《丁香》詩：晚墮蘭麝中，休懷粉身念。黄魯直論香有所謂聞思者，蓋取《楞嚴經》觀音所言「從聞思修入三摩地」〔二〕，因以名香云。

校記

〔一〕「嫩葵」，盧宋本、周宋本作「嫩蘗」，無「一作」四字。

〔二〕「三」原作「一」，據周宋本、高麗本並《楞嚴經》改。

和黄充實石榴花

〔箋〕黄充實失考。疑是黄充之字。《瀛奎律髓》：「後時」、「獨處」一聯，蓋後山自謂，勁氣浮不可干。如《楝花》詩亦云「幽香不自好，寒艷未多知」，皆自況之詞。世人未知後山、山谷從何而入，盍以此酴醿、榴花詩並觀之。「葉葉自相偶」，榴花雙葉自相偶，則不求偶於他者也，意亦高。紀批：極用意，而拙滯特甚。「後時」是榴花，「獨處」未見必是榴花。結處太廓落。又批：葉葉相偶，何必榴花。

春去花隨盡，紅榴暖欲然。【注】欲然，見前注。後時何所恨，【注】後時，見前注。孔紹《石榴》詩曰：只爲來時晚，開花不及春。樂天《對晚開夜合花》詩：後時誰肯顧，惟我與君憐〔一〕。處獨不祈憐。【注】退之《畫記》曰：居閒處獨。《東坡樂府》曰：石榴半吐紅巾蹙。待浮花浪蕊都盡，伴君幽獨。葉葉自相偶，【注】古樂府宋子侯《董嬌嬈詩》曰：花花自相對，葉葉自相當。按：榴花多有雙葉〔二〕。重重久更鮮。【注】《東坡樂府》又曰：濃豔一枝試看取，芳心千重似束〔三〕。流珠沾暑雨，改色淡朝煙。【注】樂府《長史變歌》曰：凌霜不改色，枝葉永流榮。老杜詩：城郭朝煙淡。此借用，以言煙籠而色淡也。著子專寒酒，【注】《酒譜》曰：頓孫國有安石榴，取汁停盆中，數日成美酒。移根擅化權。【注】孔紹《咏石榴》詩云：可惜庭中樹，移根逐漢臣。按《博物志》：張騫使西域還，得安石榴。唐劉蕡策曰：宰相權造化之柄。愧非無價手，【注】東坡詩曰：惟有此詩非昔人，君更往求無價手。刻畫竟難傳。【注】老杜詩：詞人取佳句，刻畫竟難得。

校記

〔一〕「樂天詩」十九字盧宋本、周宋本無。〔二〕「雙葉」下周宋本多「説文亦曰蓬蔦枝枝相值葉葉相當」十四字。

〔三〕「芳心」原作「芳意」，據周宋本、高麗本改。

和黄預久雨

〔箋〕《瀛奎律髓》：紀批：通體皆俗，後山不應至此。又批：「懸麻」句拙而雜，「頹牆」句俚，「野潤」二句，不似久雨。馮云：「須捷」太僻，「扊扅」太牽强。〔補〕梅南本墨批：此等不甚極工，但格律自老。

甲子仍逢夏，【注】《朝野僉載》曰：夏雨甲子，乘船入市〔一〕。連朝雨腳垂。【注】老杜詩：雨腳如麻未斷絶。黑雲玄甲駐，【注】班固《燕然銘》曰：玄甲耀日。鐵騎冷官馳。【注】《魏志》注曰：曹公列騎五千，爲十里陣。老杜詩：合昏排鐵騎。冷官，謂陰官也。退之《祈雨》詩曰：陰官想駿奔。映日還蒙霧，懸麻却散絲。【注】古詩：春雨如散絲。頹牆通犬豕，破柱出蛟螭。【注】《世説》：夏侯泰初倚柱作書，時暴雨。霹靂碎柱，神色無變。退之詩：飛電著壁搜蛟螭。〔補〕梅南本墨批：雖只用故事，然句子亦警。野潤風光秀，涼生枕席宜。【注】老杜詩：野潤煙光薄。《選》詩：風光草際浮。樂天詩：風來入房户，夜中枕席冷。撥雲開日月，噀水出虹蜺。貧可留須捷，【注】揚雄《方言》曰：南楚凡人貧，衣被醜敝，謂之須捷，或謂之褸裂。此引用，言雨中解衣，以供薪米之費，雖垢敝亦不復存也。恩當記扊扅。【注】《顔氏家訓》曰：樂府載百里奚妻辭曰：百里奚，五羊皮，憶昔時，烹伏雌，炊扊扅，今日富貴忘我爲。按蔡邕《月令章句》曰：鍵，門牡也，所以止扉，或謂之剡移。此句言雨中，婦以門牡爲炊，攻苦食淡，異時不可忘也。蒼頭行冒雨，【注】《漢書・鮑宣傳》：蒼頭廬兒。注：漢名奴爲蒼頭。元稹詩：冒雨銜泥黑地來。「地」一作「也」。赤腳出銜泥。【注】退之詩：一婢赤腳老無齒。老杜詩：虚疑皓首銜泥怯。詩好聲生吻，【注】退之《石鼎聯句》序曰：每營度欲出口吻，聲鳴益悲。書工手著胝。【注】樂天詩：秉筆手生胝。按《莊子・讓王》疏曰：每自力作，故生胼胝。衰年得佳句，懷抱頓能移。

校記

〔一〕「乘」原作「棄」，據周宋本、高麗本並《朝野僉載》卷一改。

和黄預病起

〔箋〕《瀛奎律髓》：後山詩句句有關鎖。字有眼，意有脈，當細觀之。紀批：次句不雅，「作祟」二字亦不雅。

似聞藥病已投機，【注】《傳燈録》：伏牛禪師曰：非心非佛，是藥病對治句。又洞山崇教禪師云：言無展事，句不投機。承宗者喪，滯句者迷。「迷」一作「遂」〔一〕。牛鬬蛇妖頓覺非。【注】《晉書》：殷仲堪父嘗患耳聰，聞牀下蟻動，謂之牛鬬。樂廣有親客，久闊不復來，廣問其故，答曰：「前在坐，蒙賜酒，方欲飲，見杯中有蛇，意甚惡之，既飲而疾。」時廣廳事壁上有角，漆畫作蛇〔二〕，廣意杯中蛇即角影也〔三〕。復置酒於前處，謂客曰：「酒中復有所見否？」答曰：「所見如初。」廣乃告其所以，客豁然意解，沉痾頓愈。李賀固知當得疾，【注】《唐書》：李賀母探錦囊中，見所書詩多，即怒曰：「是兒欲嘔出心乃已耳。」沈侯可更不勝衣。【注】《南史·沈約傳》曰：老病百日數旬，革帶常應移孔。約死，謚隱侯。《東坡樂府》曰：沈郎多病不勝衣。按《禮記·檀弓》曰：文子其中退然，如不勝衣。驚逢白壁山千仞，【注】言其清瘦如玉山孤聳也。太白《天馬歌》曰：白璧如山誰敢沾〔四〕。此借用。晉顧愷之作《王衍畫贊》曰：巖巖清峙，壁立千仞。會見黄金帶十圍。【注】歐公詩：喜君新賜黄金帶。後漢虞詡、晉庾敳、後周庾信皆腰帶十圍。只信詩書端作祟，【注】《史記·田叔贊》：褚先生曰：「久乘富貴，禍積爲祟。」老杜詩：蛟鼉苦爲祟。魯直詩亦有「湯餅作祟」之語。孰知糠籺亦能肥。【注】《前漢》：陳平爲人長大美色。人或謂平貧何食，而肥若是。其嫂疾之，曰：「亦食糠覈耳。」注：覈，音籺。

校記

〔一〕「迷」下四字盧宋本無。〔二〕「畫作蛇」原作「畫弓作蛇」，「弓」爲衍文，據周宋本並《晉書·殷仲堪傳》删。〔三〕「角影」原作「弓影」，據周宋本並《晉書·殷仲堪傳》改。〔四〕「沽」原作「治」，據周宋本、高麗本並李白《天馬歌》改。

何郎中出示黄公草書四首

【注】魯直〔一〕。〔箋〕《宋史·職官志》：凡郎官，並用知府資序以上人充。未及者，爲員外郎。《年譜》：魯直嘗有《李伯時畫刀鑰工跋尾》曰：龍眠李伯時爲盧江何琬子温作。按：琬處州龍泉人，此誤。子温有遠韻，其賞詠古今人詩，得其致意處，故伯時肯以墨妙予之。元祐五年九月己巳黄某題。草書蓋亦同時所作也。《宋史·黄庭堅傳》：庭堅善行草。《談叢》：蘇、黄兩公

皆善書，皆不能懸筆。《漫叟詩話》：山谷晚年草字，高出古人。余嘗收得草書陶淵明「結廬在人境」一篇，紙尾復作行書小字跋之，云：往時作草，殊不稱意，人甚愛之。惟錢穆父、蘇子瞻以爲筆俗。余心知其然，而不能改。數年百憂所集，不復玩思於筆墨。試以作草，乃能蟬蛻於塵埃之外。然自此人當不愛耳。《却掃篇》：宗室士暕，學書於米元章。余嘗見所藏元章一帖，曰：「草不可妄學，黄庭堅、鍾離景伯可以爲戒。」而魯直集中有答僧書云：「米元章書，公自鑒其何如。不必同蘇翰林元論也。」乃知二公論書，素不相可如此。

龍蛇起伏筆無前，【注】老杜詩：龍蛇動篋蟠銀鉤。《書法苑》曰：李邕書始變右軍行法，頓挫起伏。江漢淵回語更妍。【注】老杜詩：洞庭揚波江漢回。《説文》曰：淵，回水也。《文選》潘岳《閒居賦》曰：圓海回淵。好事無須一賞足〔三〕，【注】歐公《菱溪大石記》曰：好奇之士，聞此石者，可以一賞而足，何必取而去也哉。〔箋〕蜀宋大字本「元須」。按：當是无，刻誤作元。後人佞宋，此等處多不知校勘。藏家不必萬人傳。【注】老杜詩：將詩不必萬人傳。

又

此詩此字有誰知，畫省郎官自崛奇。【注】《通典》曰：漢儀：尚書郎奏事明光殿。省中以胡粉塗壁，畫古賢烈女。退之詩：西城員外丞，心跡兩崛奇。罪大從來身萬里，【注】謂魯直謫居戎州。又退之詩：我今罪重無歸望，直去長安路八千。〔箋〕《宋史·庭堅傳》：章惇、蔡卞與其徒黨論《實録》多誣，貶庭堅涪州别駕，黔州安置。言者猶以爲善，遂移戎州。政成今見麥三岐。【注】謂何郎中。三岐麥，蓋當時實事。

又

四海聲名何水曹，【注】梁何遜爲水部。魯直詩：四海聲名習主簿。新詩舊德自相高。【注】郭受寄老杜詩云：新詩海内流傳遍，舊德朝中屬望勞。一官早要稱三字，【注】三字，謂知制誥。《盧氏雜説》曰：不由三字直拜中書舍人者，謂之撻額裹頭。王禹偁詩：摛毫終要居三字，出郡應須借一麾。二鬢何須著兩毛。【注】「何須」一作「誰教」。退之詩：郎署何須歎兩毛。

又

當年闕里與論詩，【注】闕里，孔子所居。孔子嘗謂子貢、子夏可與言詩。後山亦學詩於黃公云。晚歲河山斷夢思〔三〕。【注】太白詩：君流洛北愁夢思。時魯直遷謫蜀中。妙手不爲平世用，高懷猶有故人知。【注】《孟子》曰：禹稷當平世。故人，謂何郎中。〔箋〕《能改齋漫録》：陳無己有《山谷草書》絶句「當年闕里」云云。末後兩句，乃合荆公《思王逢原》詩「妙質不爲平世得，微言但有故人知」。（《優古堂詩話》亦載此條。）

校記

〔一〕「魯直」二字潘宋本、盧宋本均無。　〔二〕「無須」，潘宋本、盧宋本、瞿宋本、周宋本均作「元須」。　〔三〕

「河山」原作「何山」，據潘宋本、盧宋本、瞿宋本、周宋本改。

和黃預感懷

〔補〕梅南本墨批：和人詩只寫自己意思，可見古人酬答非漫爾相隨逐者。

壁立無堪佐子貧，謾修簡牒効慇懃。【注】老杜詩：懶慢無堪不出村。《史記·過秦論》曰：以佐公上之急。《漢書》：司馬遷書曰：未嘗銜杯酒，接慇懃之歡。起臨明鏡看生意，【注】老杜詩：勳業頻看鏡。《晉書》：殷仲文曰：「此樹婆娑，無復生意。」卧向晴簷共白雲。【注】退之詩：日落風景曠，出歸偃前簷。晴雲如擘絮，新月似磨鐮。蘇子美詩：卧看青天行白雲。逸氣不應供潦倒，【注】《晉書·王廙傳》曰：政足舒其逸氣耳。潦倒，見前注。劇談脱或致紛紜。【注】《漢書·揚雄傳》曰：口吃不能劇談〔一〕。注云：劇，疾也。《南史·朱异傳》：梁武帝曰：「脱致紛紜，恐無所及。」但令蘇晉禪房醉〔二〕，【注】老杜詩：蘇晉長齋繡佛前，醉中往往愛逃禪。不患何山病破葷。【注】《南史》：何胤二兄求、點並棲遁。世號點爲大山，胤爲小山。胤侈於味，食必方丈，周顒勸令食菜。

校記

〔一〕「吃」字原闕，據周宋本並《漢書·揚雄傳》補。　〔二〕「房」，潘宋本、高麗本作「妨」。

陳留市隱者有引〔一〕

陳留市有工力，隨其所得爲一日費。父子日飲于市，醉負以歸，行歌道上，女子抵手爲節，有問之者，不對而去。江季恭以爲達，爲作傳，請予賦之〔二〕。

〔箋〕《元豐九域志》：陳留縣，屬東京開封府。《年譜》：魯直亦有此詩，敍其事頗詳。《山谷集・題刀鑷民傳後》云：陳留江端禮季共曰：陳留市上，有刀鑷工，年四十餘，無室家子姓，惟一女，年七八歲矣。日以刀鑷所得錢，與女子醉飽。醉則簪花吹長笛，肩女而歸，無一朝之憂而有終身之樂，疑以爲有道者也。又有此詩序云：陳留市中，有刀鑷工，與小女居。得錢，父子飲於市。醉則負其子行歌，不通名姓。江端禮傳其事，以爲隱者。吾友陳無已爲賦詩，庭堅亦擬作。〔補〕陳獻章《白沙子集》卷三《又與張廷實主事》：陳留市隱者使不遇陳後山、黃涪翁，一市傭而已耳。

陳留人物後，疑有隱屠耕。【注】老杜詩：陳留風俗衰，人物世不數。屠耕，朱亥之流〔三〕。斯人豈其徒，滿腹一杯羹。【注】言易足也。《莊子》曰：偃鼠飲河，不過滿腹。《漢書・項羽傳》：高祖曰：幸分我一杯羹。婷婷小家子，與翁同醉醒。【注】《史記・西門豹傳》：巫行視小家女好者。《南史・羊侃傳》：終日獻酬，同其醉醒。《漢書・霍光傳》：樂成小家子。薄暮行且歌，【注】《列子》曰：林類拾穗行歌。《蜀志・秦宓傳》曰：接輿行且歌。問之諱姓名。

【注】老杜詩：問之不肯道姓名。子豈達者歟，槁竹聊一鳴。【注】今所謂擊竹也。《淮南子》曰：槁竹有火，弗鑽不爇。老生何所因，稍稍聲過情。【注】《魏志・管輅傳》曰：老生常談耳。《孟子》曰：聲聞過情，君子恥之。閉門十日雨，吟作飢鳶聲。【注】《莊子》曰：子輿子桑友，而淋雨十日。子輿裹飯而往食之，至子桑之門，則若歌若哭。鼓琴曰：「父耶母耶，天乎人乎。」退之詩曰：閉門長安三日雪。〔箋〕《王直方詩話》：陳留市中有一刀鑷工，隨所得，爲一日費，醉吟於市，負其子以行歌。江端禮以爲達者，爲作傳，而要無己賦詩。無己詩有「閉門十日雨，凍作饑鳶聲」，大爲山谷所愛。山谷後亦擬作，有云「養性霜刀在，閲人清鏡空」，無以復加。（《詩人玉屑》引此條。）又有人云：陳無己「閉門十日雨」即是退之「長安閉門三日雪」，余以爲作詩者，容有意思相犯，亦不必爲病，但不可太甚耳。詩書工發塚，【注】見前注。刀鑷得養生。【注】魯直作此詩，亦曰「養性霜刀在，閲人清鏡空」。《莊子》曰：吾聞庖丁之言，得養生焉。飛走不同穴，孔突不暇黔。【注】一作「聖有不暖席，接淅去齊行〔四〕。」　言出處異趣，如飛走不同。我方學孔子之歷聘，未能從斯人遊也。《淮南子》曰：孔子無墨突，墨子無煖席。《漢書》：班孟堅《答賓戲》曰：孔席不煖，墨突不黔。

校記

〔一〕周宋本無「有引」二字。　〔二〕此段五十五字潘宋本、盧宋本、周宋本、馬暾本俱無。　〔三〕「朱亥」上盧宋本、周宋本多「謂」字。　〔四〕「一作」等十二字盧宋本、周宋本無。

寄泰州曾侍郎

【注】肇。〔箋〕《元豐九域志》：泰州治海陵，屬淮南東路。《宋史·曾鞏附傳》：肇字子開，舉進士，更十一州，類多善政。常移書告其兄布，當引用善人，翊正道，以杜章惇、蔡卞復起之萌。《獨醒雜志》：南豐之曾曰鞏、曰牟、曰宰、曰布、曰肇。按肇《曲阜集》中有《海陵春雨》詩云：公事無多便客稀，雨時衙退吏人歸。沉煙一炷春陰重，畫角三聲晚照微。桑雉未馴慚報政，海鷗相近信忘機。只將宴坐收心念，懶向人間問是非。蓋知泰州時作。《楊龜山語録·餘杭所聞》：曾子開不以顔色語言假人，其慎重爲得大臣之體。於今可以庶幾前輩風流者，惟此一人耳。《瀛奎律髓》：紀批：「有道」用《列子》孔子見人游吕梁事，殊晦澀。又批：後四句筆力雄拓，氣脈充足。

八年門第故違離，千里河山費夢思。【注】夢思，見前注。淮海風濤真有道〔一〕，【注】《莊子》曰：孔子觀於吕梁，見一丈夫遊之，孔子曰：「請問蹈水有道乎？」泰州，屬淮南。麒麟圖畫豈無時。【注】麒麟閣，見《漢書·蘇武傳》。孫樵罵僮志曰：「僮何知，吾豈獨無時。」《文選》《三國名臣贊序》曰：有道無時，孟子所以興嗟。今朝有客傳河尹，【注】老杜詩：有客傳河尹，逢人問孔融。謂河南尹李膺，以比唐之河南韋尹也。是處逢人説項斯。【注】《南部新書》：楊敬之《贈項斯》詩曰：幾度見詩詩盡好，及親標格過於詩。平生不解藏人善，到處逢人説項斯。〔箋〕

《五總志》：項斯未聞達時，謁江西楊敬之，楊贈詩曰：「幾度見詩詩盡好，及親標格勝於詩。平生不解藏人善，到處逢人說項斯。」陳無己《寄曾子開》詩曰：「今朝有客傳河尹，到處逢人說項斯。」雖全用古人兩句，而屬詞切當，上下意混成，真脫胎法也。　**三徑未成心已具，世間惟有白鷗知。**【注】太白詩：「心靜海鷗知。」　下有曾子開和：「故人南北歎乖離，忽把清詩慰所思。松茂雪霜無改色，鷄鳴風雨不愆時。著書子已通科斗，竊食吾方逐鷺斯。便欲去爲林下友，懶隨年少樂新知。」注云：「無己書言作《尚書傳》」，故云〔二〕。

校記

〔一〕「濤」下馬暾本注：「一作流」。　〔二〕「下有」至「故云」七十四字盧宋本、周宋本俱無。

答顏生見寄

闕然車馬不聞音〔一〕，【注】《莊子》曰：「今者闕然數日不見，車馬有行色。」《孟子》曰：「百姓聞王車馬之音。」　**行路艱危已備更。**【注】《左傳》曰：「險阻艱難，備嘗之矣。」　**問舍求田真得計**〔二〕，【注】《魏志·張邈傳》：「劉備謂許汜曰：『今天下大亂，帝王失所，望君憂國忘家，有救世之意。而君求田問舍，言無可采。』」王介甫詩：「無人語與劉玄德，問舍求田意最高。」《莊子》曰：「于魚得計。」　**臨流據石有餘清。**【注】《晉書·謝安傳》：「安常往臨安山中，坐石室，臨濬谷，悠然歎曰：『此去伯夷何遠。』」淵明《歸去來辭》曰：「臨清流而賦詩。」《道學傳》：「任敬至甘泉峴山據石。」老杜詩：「府中有餘清。江山滿目開新卷，韋杜諸人得細評。【注】退之詩：應須韋杜家家到，只有今朝一日閒。老杜詩：鄉里衣冠不乏賢，杜陵韋曲未央前。閒處著身容我老，忙中見記識君情。【注】司空圖《休休亭歌》曰：賴是長教閒處著。

校記

〔一〕「音」原作「聲」，據盧宋本、周宋本、高麗本、馬暾本改。　〔二〕「問舍求田」，潘宋本作「求舍問田」，周宋本作「求田問舍」。

和黃預七夕

〔箋〕《瀛奎律髓》：七夕詩，七言律無可選，僅此而已。何遜《七夕》詩：仙車駐七襄，鳳駕出天潢。月映九微火，風吹百和香。逢歡暫巧笑，還淚已啼妝。別離不得語，河漢漸湯湯。後山以爲陳篇，吾儕當會意也。紀批：刻意洗刷，不免吃力之痕。

盈盈一水不斯須，經歲相過自作疎。【注】「自作」一作「固自」。古詩：迢迢牽牛星，皎皎河漢女，盈盈一水間，脉脉不得語。《文選》楊修書曰：曾不斯須，少留思慮。坐待翔禽報佳會，【注】《玉臺新詠》載歌辭曰：東飛伯勞西飛燕，黃姑織女長相見。徑須飛雨洗香車。【注】李商隱《七夕》詩曰：已駕七香車。超騰水部陳篇上，【注】何遜嘗爲水部郎，有《七夕》詩曰：仙車駐七襄，鳳駕出天潢。月映九微火，風吹百和香。劉禹錫詩曰：從今紙貴後，不復詠陳篇。陳，謂陳言。收拾愚溪作賦餘。【注】愚溪，謂柳子厚謫永州時所居之溪也。子厚有《愚溪對》，又有《乞巧文》，蓋楚騷之類。信有神仙足官府，【注】退之詩曰：上界真人足官府。我寧辛苦守殘書。【注】退之詩：我寧詰屈自世間，安能隨汝巢神山。辛苦守殘書，蓋用《神仙蓟子訓傳》中事，見第四卷注。《傳燈録》：龍牙頌曰：食罷展殘書。《漢書》：劉歆《移文》曰：專己守殘。〔補〕蓟子訓事，見卷四《送趙承議》詩注。

贈鄭户部

〔箋〕《宋史·鄭僅傳》：僅字彦能，徐州人。户部員外郎，終顯謨閣直學士。〔補〕《雞肋集·冠氏縣學新修記》、《宋元學案補遺》皆記其人。

千載歸來遼海東〔一〕，〔箋〕宋本作「十載」。按：集中《送建州鄭户部》詩亦用「化鶴空城」事，《送鄭祠部》詩則有「碣石朝日」云云。皆借用，指鄭嘗提舉京東常平。任注但引徐州有白鶴泉。江山如舊里閭空。【注】《續搜神記》云：遼東城門華表柱，忽有白鶴來集。人或欲射之，鶴歌曰：有鳥有鳥丁令威，去家千歲今始歸，城郭猶是人民非，何不學仙冢纍纍。户部蓋後山同里。後山作《白鶴觀記》云：徐州有白鶴泉，故此詩用遼東鶴事。時平未覺身難遇，學贍依然説不窮〔二〕。【注】退之詩：太平時節身難遇。時平，見第四卷注：《後漢·戴憑傳》：帝令羣臣能説經者，更相難詰。義有不通，輒奪其席，以益通者。憑遂重坐五十餘席，故京師爲之語曰「解經不窮戴侍中」。〔補〕時平，見卷四《寄張文潛》「時平身早達」句注。**著繡晝行真細事，**【注】《魏志·夏侯玄傳》注云：許允爲鎮北將軍。大將軍曰：「所謂著繡晝行。」退之《閔己賦》云：固哲人之細事。此借用，言鄭君不以名位誇耀鄉里〔三〕。**下車磬折得深衷。**【注】《説苑》：常樅謂老子曰：「過故鄉而下車，子知之乎？」老子曰：「非謂其不忘故耶？」樅曰：「嘻，是也。」退之詩：里門先下敬鄉人。蓋亦用《漢書》石慶事。《曲禮》疏曰：身僂折如磬之背，故云磬折。顏延之《五君詠》曰：頌酒雖短章，深衷自此見。此借用，言鄭君加敬鄉人，可見其忠厚篤實之意。**聖朝未有徐州相，剩作功名跨數公。**【注】後山自注云：世稱青州王相，僕州李相〔四〕，而吾州自開國至今，才有劉、李二公，爲執政爾。《漢書》：車千秋踰於前後數公。〔箋〕李若谷，徐州豐人，寶元元年參知政事，康定元年免。（仁宗朝。）《宋史》有傳。劉未詳。〔補〕劉殆指劉熙古。《宋史》卷二六三：「劉熙古，宋州寧陵人，太祖開寶五年參知政事。」懷辛案：豐及寧陵皆古宋地，故自注言吾州劉、李二公。後山蓋以宋爲故籍者，其紀參寥來徐，即用六鷁過宋事，見卷八《贈趙奉議》。

校記

〔一〕「千」，潘宋本、瞿宋本、周宋本作「十」。周叔弢曰：「『千』字或宋本版毁。」　〔二〕「贍」原作「瞻」，據潘宋本改。

〔三〕「耀」，盧宋本作「誇」，周宋本、高麗本作「姱」。　〔四〕「僕」，周宋本、高麗本作「濮」。

九日不出魏衍見過

九日登臨迫閉藏，老懷無恨自凄涼〔一〕。【注】《素問》曰：冬三月，是謂閉藏。**山頭落帽風流絶，**【注】

《晉書》：孟嘉爲桓温參軍。九日，温讌龍山。風吹嘉帽墮落，嘉不之覺。壁面稱詩語笑香。【注】後山自注云：「南山有二謝詩石。」秦少游亦有「花氣侵人語笑香」之句。衝雨肯來尋此老，【注】退之詩：不衝風雨即衝埃。老杜《秋述》曰：常時車馬之客，舊雨來今雨不來。子魏子獨踽踽然來，汗漫其僕夫〔二〕。拂牀聊待熟黄粱。【注】黄粱事，見前注。獨無樽酒爲公壽〔三〕，正使秋花未肯黄。【注】後山自注云：是日無菊。

校記

〔一〕「恨」，馬暾本作「限」。　〔二〕「汗」，周宋本、高麗本作「污」。　〔三〕「公」，潘宋本、馬暾本作「君」。

送魏衍移沛

〔箋〕《元豐九域志》：沛縣，屬京東西路徐州。《文集·昌樂縣君劉氏墓銘》：元符元年秋，從其子依沛之石氏。明年二月乙酉卒。其斂與歸，費出石氏。其葬也，邑人共之。夫人一子，衍也。

積雨斷行路，重江未安流。胡爲冒艱險，迫此帛米謀〔一〕。【注】退之《盧殷墓誌》曰：鄭餘慶數以帛米周其家。歲晏風作横，未寬爲子憂。【注】老杜詩：蛟螭深作横。卒然託異縣，所得如所求。【注】古樂府：他鄉各異縣，輾轉不相見。主人如古人，待士禮亦優。人情樂新知，豈不懷舊邱。【注】《楚辭》：樂莫樂兮新相知。我貧無四壁，愛爾胡能留。子也尚不容，吾代諸公羞。勿云百里遠，已作千山愁。念子捨我去，誰復從我遊。諸石吾未識〔二〕，因子卜可不。能此已可尚，【注】「尚」一作「喜」。終焉致綢繆。【注】退之《送董邵南序》云：聊以吾子之行卜之也。

校記

〔一〕「帛米」，潘宋本作「米帛」。〔二〕「石」原作「君」，據潘宋本、周宋本、高麗本、盧宋本改。陳彰曰：按據箋所引《昌樂縣君墓誌銘》證之，「石」字是也。

送河間令〔一〕

【注】元注云：子固甥。〔箋〕《元豐九域志》：河間縣屬河北東路瀛州。《宋史·職官志》：建隆元年，令天下諸縣，除赤、畿外，有望、緊、上、中、下。按：諸本令字上有吕字，誤也。子固妹十人，其一早夭。故《行狀》云：嫁九妹皆以時，且得所歸。《墓誌》云：鞠其四弟九妹，友愛甚篤。《神道碑》云：養弟妹曲有恩意，九妹皆得其所歸。其見於《南豐集》中者，僅長嫁平陰主簿關景暉，生一子。次嫁江都主簿王无咎，生二女。其第九者嫁殿中丞王幾，生二子。又爲關景宣母撰《福昌縣君傅氏墓誌》云：景宣，余妹壻也。通行本《後山文集·光禄曾公神道

碑》文中「凡女九人」下注：「此有缺文。」別下齋蔣氏得舊鈔本校之，乃知「凡女九人」上有「女嫁承議郎闞景暉、南康主簿王无咎、秘閣校理王安國、江寧府教授朱景略、秘書李中、承議郎王幾、宣德郎周彭儒、一卒於家、疑即嫁闞景宣者。一再適王无咎。」九妹中無嫁呂氏者。其從女兄，則嫁同縣朱某。見《南豐集》所撰墓誌。此河間令，當是闞氏之子。景宣父魯，嘗守池、台兩州，證以詩中「當年太守孫」語合。

今日中牟令，當年太守孫。【注】《後漢》：魯恭爲中牟令。獨能憐此老，肯避席爲門。【注】《漢書·陳平傳》：家負郭窮巷，以席爲門。然門外多長者車轍。寒日風濤壯，【注】《選》詩：春江壯濤風〔二〕。邊城簿領繁。【注】《選》詩：沈迷簿領書。平生子曾子，白首得重論。【注】子曾子，謂曾鞏子固。《列子》曰：子列子居鄭圃四十年。其後劉禹錫作《子劉子傳》。

校記

〔一〕潘宋本、馬瞰本此題「令」上有「呂」字。

〔二〕「濤風」，潘宋本作「風濤」。懷辛案：《文選》卷二十二顏延年《車駕幸京口侍遊蒜山作一首》作「風濤」。

次韻何子温祈晴二首

〔箋〕《詞集》有《羅敷媚》二首、《木蘭花》一首，皆和何大夫者，卽子温也。《畫墁集》有《送何子温提刑奉使江東》七律。《瀛奎律髓》：何晼，字子温，處州人，蘇、黄深交。何丞相執中，何澹參政，皆其後也。紀批：夾雜生硬，殊爲不佳。馮云：「九萬歲」，用既無謂，「將軍九萬歲」，又不成語，用得無理，凑句也。

夜半風回雨腳收，萬家和氣與雲游。【注】樂天詩：風驅雨脚回。《漢書·王襃傳》曰：德與和氣游。後漢張衡《東京賦》曰：澤從雲游。蕭條寒巷荒三徑，【注】《文選·西征賦》曰：街里蕭條。《晉書》：陶潛《歸去來》曰：三徑就荒，松菊猶存。突兀晴空聳二樓。【注】二樓，謂燕子與黄樓也。老杜詩：何時眼前突兀見此屋。勝日登臨輕一醉，下鄉昏墊肯同憂。【注】此兩句暗用謝安事。上句取老杜詩「謝安不倦登臨費」之意，下句卽簡文帝所謂「安石既與人同樂，必不得不與人同憂」者也。勝日，見前注。《書》曰：下民昏墊。江空峽響魚龍落，盡放青青極目秋。【注】老杜詩：水落魚龍夜。〔補〕梅南本墨批：答人言詩須有氣概，于此等見之。

又

九虎當關信不傳，【注】《楚辭》：虎豹九關，啄害下人些。《晉書》：嵇康曰：「當關呼之不置。」燒烟才上已回天。【注】《唐·張玄素傳》：魏徵曰：「張公論事，有回天之力。」驅除霧雨還朝日，【注】「朝」一作「晴」。《漢書·王莽贊》曰：帝王之驅除云爾。老杜詩：未辭添霧雨。又詩：侵陵雪色還萱草。蓄縮濤波復二川。【注】《漢書·息夫躬傳》曰：王嘉健而蓄縮。劉禹錫詩曰：「支川讓其流，蓄縮空南委。」二川，謂汴、泗。「支」一作「文」。〔補〕梅南本墨批：前半筆力奇偉，後亦有收拾，但語不稱。奪目光華開秀句，【注】宋玉《高唐賦》曰：煌煌熒熒，奪人目精。光華，見《詩序》。《南史·顏延之傳》：鮑照曰：「君詩若鋪錦列繡，亦雕繢滿眼。」老杜詩：最傳秀句寰區滿。〔箋〕《淮海集·次韻何子温》詩：有「籌書不礙詩人筆」句。堆場藁秸驗豐年。【注】劉禹錫詩：場黄堆晚稻。《禹貢》注云：秸，藁也。從今更上中和頌，【注】《漢書·王褒傳》：作《中和樂職宣布》詩。少費將軍九萬牋。【注】《語林》曰：王右軍爲會稽。謝公就乞牋紙。庫中有九萬枚，悉與之。

寄潭州張芸叟二首

〔箋〕《元豐九域志》：潭州，治長沙，屬荆湖南路。《宋史·張舜民傳》：知陝、潭、青三州。《畫繼》：芸叟生平嗜畫，題評精確。雖南遷羈旅中，每所經從，必搜訪題識。東南士大夫家所藏，悉載録中。亦能自作山水。《瀛奎律髓》：後山學山谷爲詩者也。「貓頭」「鴨脚」工矣。五六謂宣室興來暮之思，燕池之地，其得久留之乎？用賈誼長沙事，而傍入來暮、借留二事。句法矯健，非晚唐能嚅囁也。紀批：此却嫌其太工。虚谷能議李文山「堯時韭」「禹日糧」，而不敢議後山此句，則左袒江西之故也。

湖嶺一都會，西南更上游。【注】都會、上游，並見前注。秋盤堆鴨脚，【注】歐公有《鴨脚》詩。退之詩：火齊磊落堆金盤。春味薦貓頭。【注】潭州有貓頭筍。《禮記》：庶人春薦韭。宣室來何暮，【注】《漢書》：賈誼爲長沙王太傅。歲餘，文帝思誼，徵之至。入見，上方受釐，坐宣室。因感鬼神事，而問鬼神之本。誼具道所以然之故。至夜半，文帝前席。既罷，曰：「吾久不見賈生，自以爲過之，今不及也。」《後漢·廉范傳》曰：廉叔度，來何暮。長沙，即今潭州。蒸池得借留。【注】《寰宇記》：衡州衡陽縣，吴之臨蒸，以蒸水名。老杜詩：衡岳江湖大，蒸池疫癘偏。然蒸水亦在潭州之境。借留，用寇恂事，見前注。「得借留」，猶言安得久借留也。〔箋〕《侯鯖録》：浮休居士張舜民芸叟，忠義人也。紹聖中，入元祐責籍，爲黨人，繫潭州。赦書中獨元祐人不赦。有《宣赦》詩云：擊鼓塡街道，傳聲過水濱。國嚴三歲犯，恩洗萬方春。舟楫隨南斗，衣冠拱北辰。嶺南幷嶺北，多少望歸人。孰知爲郡樂，【注】東坡詩：古稱爲郡樂。莫作越鄉憂，【注】越鄉，猶離鄉也。《左傳》：宋人曰：「懷璧不可以越鄉。」鮑照詩云：誰令乏古節，貽此越鄉憂。

又

去國如前日，爲邦得舊游。〔箋〕《孫公談圃》：張舜民芸叟，從軍高遵裕，有詩曰：白骨似沙沙似雪，勸君莫上望鄉臺。神廟見之，責郴州税。《清波雜志》：張芸叟謫郴州酒税，以小詞題岳陽樓，殊覺哀而不傷。《老學庵筆記》：張芸叟《漁父》詩，蓋元豐中謫官湖湘時所作，東坡取其意爲《魚蠻子》云。霜甘先落手，【注】老杜詩：破甘霜落爪。春鴈幾回頭。【注】南嶽有回鴈峯，此句謂因鴈之回，起北歸之意也。只道風沙惡，【注】唐張謂《長沙風土碑》曰：遁甲所謂沙上之地，雲陽之墟，可以長往，可以隱居者焉。老杜詩：形勝有餘風土惡。寧知賈宋留。【注】賈誼嘗爲長沙傅。

潭州湘陰縣有汨羅水，屈原自沉於此，宋玉嘗爲文招之。賦詩真有助，【注】借用張説事，見前注。〔箋〕《郡齋讀書志》：芸叟最刻意於詩。晚好樂府百餘篇，自序云：年踰耳順，方敢言詩。百世之後，必有知音者。按：芸叟女嫁司馬朴，後山甥女，亦能詩。《墨莊漫録》載其《詠燭》句云：莫訝淚頻滴，都緣心未灰。又《鄜延路上寺中》云：滿目煙含芳草緑，倚蘭露泣海棠紅。弔古不同憂。【注】意謂屈原也。不同憂，蓋用《反騷》之意。

送曹秀才

〔箋〕《談叢》：東都曹生言：范右相既貴，接親舊，情禮如故。然體面肥白潔澤，豈其胸中亦以爲樂耶！惟司馬温公，枯瘦自如，豈非不以富貴動其心耶！按：此詩有「東遷歲月侵」語，知曹秀才卽東都曹生。而《張右史集》有《曹味字若昭序》文云：「大梁曹味」，又知曹秀才名味，字若昭也。

甲第衣冠後，東遷歲月侵。【注】《漢書》：高祖詔：列侯食邑，皆賜大第室。注：甲乙次第，故曰第。情親期一諾，【注】用季布事，見前注。急病闕千金。【注】《國語·魯語》曰：賢者急病而讓夷。「讓」一作「壞」〔一〕。孰並還家樂，【注】見前注。毋忘在莒心。【注】《新序》：鮑叔牙爲桓公壽，曰：「願公毋忘在莒時。」時能記衰病〔二〕，聲迹到雲林。【注】老杜詩：時應問衰疾，書疏及滄浪〔三〕。又詩：雲林得爾曹。

校記

〔一〕「一作」四字周宋本、盧宋本無。懷辛案：《國語·魯語上》作「讓」字。〔二〕「病」，潘宋本作「疾」。

〔三〕「疾」原作「病」，據周宋本並杜詩《魏十四侍御就敝廬相別》「時應念衰疾，書跡及滄浪」改。

送王元均貶衡州兼寄元龍二首

〔箋〕《元豐九域志》：衡州治衡陽，屬荊湖南路。《年譜》：王安國字平甫。二子，旊字元均，斿字元龍。按：舊録元符元年九月，看詳訴理所言：宣德郎王斿，於元祐中進狀，稱「先臣寃抑，罪名未除，不幸不得出於茲時」。詔斿監江寧府糧料院。按：《雲麓漫鈔》云：《韻略》：料字平聲，解云：量也，乃是量度每月合支糧食之處，作仄聲呼非是。蓋俚俗以馬食爲馬料，誤矣。旊罷京東運判差，監衡州酒稅。《宋史·職官志》：鎮江諸軍錢糧，淮東總領掌之。建康、池州諸軍錢糧，淮西總領掌之。淮東西有分差糧料院。又：諸鎮於人煙繁盛處，設監官，管火禁或兼酒稅之事。《瀛奎律髓》：王安國，字平甫。有《校理集》百卷行世，尤富於詩，曾南豐作序，陳後山作後序。神宗召試賜第。坐忤呂惠卿，引連鄭俠獄，以著作佐郎、集賢校理斥。元豐初卒，年四十七。子旊字元均，斿字元龍。元符元年，看詳訴理所言：宣德郎王斿，於元祐初進狀，稱安國寃抑。斿貶監江寧糧料。旊罷京東運判，監衡州酒稅。後山家居，作此詩送之。兩「先生」字，皆指平甫。「詩禮向來堪發冢」，以指呂惠卿，言悖先王而行市人也。「孫劉能使不爲公」乃辛毗語：「吾立身自有本末，就與孫、劉不平，不過不作三公而已」，謂孫資、劉放。後山指謂惠卿之陷平甫，亦不過不作三公耳。余友陳杰壽夫，嘗謂此詩用字奇妙，意至而詞嚴，不爲事所束縛，詩之第一格也。「瘴癘避軒豁」，謂衡陽非瘴地。「故國山河」，謂介甫封荆公，衡乃荆州，他日終復其始，未可知也。國史《安國傳》不載此事，止云子旊有父風，此事見舊録云。紀批：第一首起句太易，次句太獷，三四入得清楚，嫌四句太露，七句更太激，異乎「駐馬望千門。」矣。又批：兩首俱從平甫入，格殊犯複。第二首三四亦太激，六句不可解。虛谷所解亦迂曲，審爾則此句欠通。又批：五句言瘴癘避其豪氣，不敢相侵。甚言氣節之不撓耳。虛谷解謬。

先生英氣蓋區中，【注】先生，謂王平甫也。《漢書・項羽傳》：力拔山兮氣蓋世。命與仇謀得老窮。【注】退之《進學解》：命與仇謀，取敗幾時。老杜詩：窮老無兒孫。〔箋〕《荆公集・王平甫墓誌》：士皆以謂君且顯矣，然卒不偶。官止於大理寺丞，年止於四十七。又見長身有家法，【注】退之《孔戣墓銘》曰：孔世三十八，吾見其孫，白而長身。〔箋〕《墓誌》：子旊、斿亦皆嶷嶷有立。蘇詩（《和王斿》詩。）施注：元龍篤學好義，有父風。可辭短簿怒吾公。【注】《晉書・郗超傳》：超爲桓温參軍，王珣爲温主簿，皆爲温所重。府中語曰：「髯參軍，短主簿，能令公喜，能令公怒。」超髯，珣短故也。此借用。言其高材復如乃公，不合於世，宜乎不免簿領之賤也。《左傳》曰：吾公在壑谷。石頭路滑行能速，【注】《傳燈録·道一禪師傳》：鄧隱峯辭師。師云：「什麼處去？」對云：「石頭去。」師云：「石頭路滑。」石頭謂南嶽希遷和尚所居也。用衡山故事，言其道學之勝。宣室歸來語未終。【注】見前注。謂爲帝所知，不待語之盡也。宛洛風塵莫回首〔一〕，【注】《選》詩曰：京洛多風塵。又云：宛洛佳遨遊。直須留眼送歸鴻。【注】老杜詩：留眼共登臨。《文選》嵇康詩：目送歸鴻，手揮五絃。劉孝綽詩：洞庭春水緑，衡陽旅鴈歸。

又

先生秀句滿天東，【注】老杜詩：最傳秀句寰區滿。王平甫，江東人。二子緣渠再得窮。【注】「渠」謂詩也，取詩能窮人意。「再」謂再世。〔箋〕東坡《和王斿》詩，句云：詩到諸郎尚有神。詩禮向來堪發冢，【注】發冢，見前注。蓋指吕惠卿以經義見用也。初惠卿事平甫之兄安石如父子。平甫負氣，惡其險巧〔二〕，數面折之，惠卿切齒。及安石罷相，引惠卿輔政。惠卿欲遂代安石。恐其復來，乃因鄭俠獄，陷安國。安國時爲著作郎，放歸田里。歲餘復官，發病卒。孫劉能使不爲公。【注】此句似指當時排元均者，蓋承上句「再得窮」，下以「故國山河」終之。「能使」謂不能也〔三〕。孫、劉亦指惠卿。《魏志·辛毗傳》：毗曰：「吾立身自有本末，就與孫、劉不平，不過不作三公而已。」謂孫資、劉放也。《孟子》曰：臧氏之子，焉能使予不遇哉。炎方瘴癘避軒豁，【注】老杜詩：開襟驅瘴癘。又詩：南斗避文星。退之《南海碑》云：乾端坤倪，軒豁呈露。故國山河開始終。【注】此句用野人獻塊於公子重耳之意。王介甫始開國于荆，元均世父也。衡山乃荆州之地。今雖遷謫，終爲異時封國之祥歟。《漢書·韋玄成傳》曰：封侯故國。老杜詩：山河誓始終。傳語元龍要相識，〔箋〕《東坡集·乞録用鄭俠王斿狀》：斿敏而好學，直而好義，頗有安國之風。江湖春動有來鴻。【注】後山自注云：元龍亦謫金陵。《晉書》：王忱曰：「張祖希欲相識，自可見詣。」此詩反而用之，言書尺之間，相見已了，不待相詣也。來鴻，用蘇武鴈書事。《顔氏家訓》亦以尺牘爲千里面目。老杜詩：鴻鴈幾時到，江湖秋水多。謝宣遠詩：遵渚有來鴻。

校記

〔一〕「首」，潘宋本作「願」。

〔二〕「險」，周宋本、高麗本作「儉」。

〔三〕「此句」至「能也」三十一字注，盧宋本、周宋本無。

中國古典文學基本叢書

後山詩注補箋

下册

〔宋〕陳師道 撰
〔宋〕任 淵 注
冒廣生 補箋
冒懷辛 整理

中華書局

後山詩注補箋卷八

杜侍郎挽詞三首

【注】紘兄純。〔箋〕《宋史·杜純附傳》：紘權刑部侍郎，知鄆州，徙知應天府，卒，年六十三。按：紘第五女姪嫁晁无咎。无咎有《祭南京留守刑部杜侍郎文》及《刑部侍郎杜公墓誌銘》。

美政真吾母，【注】《荀子》曰：儒者在本朝，則美政。《離騷經》曰：既莫足與爲美政兮。《後漢》：杜詩爲南陽太守，人方于召信臣，曰：「前有召父，後有杜母。」**名家更杜陵。**【注】老杜詩：名家無出杜陵人。〔箋〕《雞肋集·刑部侍郎杜公墓誌》：曾祖，尚書司封郎中，兼侍御史，知雜事，諱堯臣。祖，尚書吏部郎中，直史館，贈吏部尚書，諱曾。考，尚書虞部郎中，贈特進，諱彭壽。**于張從昔少，**【注】漢于定國、張釋之皆持法平。據《紘傳》曰：議獄必傳經義。又曰：紘言配隸與編管太密，因悉裁其法，省百二十餘科。**魯衞至今稱。**【注】《魯論》曰：魯衞之政，兄弟也。又曰：民到于今稱之。此句及後「棠棣傳」「兩馮君」並指杜純。純蓋紘之兄也。〔箋〕《墓誌》：與伯兄修撰公俱知名，謂之二杜。**絲竹中年好，**【注】《晉書·王羲之傳》：謝安謂羲之曰：「中年以來，傷于哀樂，與親友別輒作數日惡。」羲之曰：「頃正賴絲竹陶寫。恆恐兒輩覺，損其歡樂之趣。」**詞華夙世能。**【注】老杜詩：詞華哲匠能。王維詩：夙世謬辭客。〔箋〕《雞肋集·

祭杜侍郎文》：能賦與銘，文章爾雅。書記翩翩，致足樂也。自爲餘事，故罕知者。《墓誌》：詩辭贍麗，有氣格。周南棠棣傳，平世幾人登。【注】周南，今洛京也。《唐書・循吏傳》：賈敦頤爲洛州司馬，人爲立碑。弟敦實爲長史，人復立碑其側，號棠棣碑。老杜詩：青竹幾人登。

又

騏騄方懷遠，松筠忽有秋。【注】魏文帝《典論》曰：咸以自騁騏騄于千里。《書・盤庚》云：乃亦有秋。此借用以言歲晚。雍容名士數，【注】《後漢・黨錮傳序》曰：指天下名士，爲之稱號。〔箋〕《墓誌》：好酒，不能劇飲，而客至欣然與同醉醒。喜山水，爲州，有勝處必造。行遇蟠木巨石，必下取酒，使客自酌，悠然遐想，無復軒冕意。終始法家流。【注】《前漢・藝文志》曰：法家者流。〔箋〕《宋史・純附傳》：紘爲永年令，神宗聞其材，用爲大理評斷官。凜凜驚千載，【注】見《温公挽詞》注。堂堂閟一邱。【注】魯直《韓獻肅挽詩》曰：堂堂萬夫表，直作閉佳城。〔箋〕《墓誌》：感疾卒，元符二年八月十二日也。以二年四月二十二日葬於開封府祥符縣臨黄村之原。能令羊季子，不肯過西州。【注】《晉書・謝安傳》：羊曇爲安所愛重。安薨後，輟樂彌年〔一〕，行不由西州路。後山嘗有《寄鄧州杜侍郎》詩，頗述知己之意。〔補〕梅南本墨批：末句尋常故事，只用「能令」二字，便覺意活。

又

身去風流在，人難玉石分。【注】玉石，言不爲世所知也。屈原曰：同糅玉石兮〔二〕，一槩而相量。鮑照見賣玉器者詩曰：涇渭不可雜，珉玉當早分。平生才一見，治行已多聞。【注】老杜詩：大賢爲政卽多聞。更覺知音少，【注】《吕氏春秋》曰：伯牙鼓琴，意在山，鍾子期曰：「巍巍乎。」意在水，子期曰：「湯湯乎〔三〕。」子期死，伯牙遂絶絃，以世無知音。還修地下文。【注】王隱《晉書》載：蘇韶已死，見其弟節。節問地下事，韶言：「顔回、卜商，今爲修文郎。」他年九原淚，仍是兩馮君。【注】《漢書·馮奉世傳》：野王與弟立，相代爲太守。吏民歌之曰：「大馮君，小馮君，兄弟接踵相因循。」〔箋〕《雞肋集·朝散郎充集賢殿修撰提舉西京嵩山崇福宫杜公行狀》：以紹聖二年九月甲子，没於潁昌府之私第。《宋史·純附傳》：紘事兄純，禮甚備。在鄆州，聞訃，泣曰：「兄教我成立，今亡，不得臨，死不瞑矣。」

校記

〔一〕「輟樂」原作「不樂」，據《晉書·謝安傳》改。　〔二〕「糅」原作「揉」，據盧宋本、高麗本、周宋本並《楚辭·抽思》改。　〔三〕「湯湯」原作「蕩蕩」，據周宋本、高麗本並《吕氏春秋·孝行覽·本味》改。

黄預挽詞四首

〔箋〕潘宋本題作《黄無悔挽詞》，預蓋字無悔。《逸詩》卷下有《次韻黄無悔惜梅》一絶。

敏慧仍江夏，風流更妙年。【注】江夏黄童，見前注。貧焚酒家券，【注】酒家券，用《漢·高祖紀》折券棄責事。焚券，用《史記》馮驩事。病得里胥錢。【注】《漢書·食貨志》曰：里胥平旦坐于右塾。退之詩：里胥上其事。精爽來鷹隼，【注】《左傳》曰：心之精爽，是謂魂魄。老杜詩：魏侯骨聳精神緊，華嶽峰尖見秋隼。「神」一作「爽」〔一〕。清明瀉澗瀍。【注】退之書曰：奴隸亦知其清明。《書·禹貢》曰：伊洛瀍澗。無兒傳素業，【注】退之詩：中郎有女能傳業，伯道無兒可保家。王介甫作《王逢原挽詞》亦云：中郎舊業無兒付。《晉書·陸納傳》：怒其兄子曰：「汝不能光益父叔，乃復穢我素業耶！」〔箋〕《文集·與黄預書》：聞有喪子之戚，此世事中最難堪者。父子之私，耳目之玩，熟見而驟失，念之不堪，況當之乎！按書中又言：太夫人齒髮衰，視足下夫婦，日夜不寢食。擊牀倒席，相向涕泣。諭之不能，禁之不可。有如太夫人一不食，足下何以自處耶。此四詩未及預母，意前死矣。有淚徹黄泉。【注】退之詩：滴地淚到泉。《左傳》曰：不及黄泉，無相見也。

又

骨秀神仙數，詩清雅頌才。【注】老杜詩：自是君身有仙骨。又詩：神仙才有數。識高懸日月，【注】老杜詩：名與日月懸。韻勝絶塵埃。【注】陶淵明詩：少無適俗韻。《文選·頭陀寺碑》曰：道勝之韻，虚往實歸。去就堪同事，【注】用孔、顏「用行舍藏」之意。摧殘盡一哀。【注】《西京賦》曰：樸叢爲之摧殘。《禮記·檀弓》：孔子曰：「予入而哭之，遇于一哀而出涕。」《曾子問》曰：皆哭，不踊，盡一哀。了知天上去，不似世間來。【注】《華嚴經》曰：了知如是，悉是虚妄〔二〕。天上去，用李賀事，見前注〔三〕。

又

志大期千里，【注】魏武帝歌曰："老驥伏櫪，志在千里。"身宜置一邱。【注】《晉書》："顧愷之爲謝鯤像，在石巖裏，云："此子宜置邱壑中。"英詞真蓋世，【注】「英詞」并「蓋世」字，並見前注。爽氣已横秋。【注】《晉書》："王徽之曰："西山朝來致有爽氣耳。"此借用其字。《文選·北山移文》云："霜氣横秋。"地要黄金骨，【注】太白詩云："三載夜郎還，于兹鍊金骨。"《雪竇禪師頌》："肅宗問忠國師話云："鐵椎擊碎黄金骨，天地之間更何物？"」天成白玉樓。【注】李商隱作《李賀小傳》云："賀將死時，有緋衣人，持一版書召賀，曰："帝成白玉樓，立召爲記，天上差樂，不苦也。"少頃遂絶。平生斲泥手，斤斧恐長休。【注】後山自謂也。《莊子》曰："郢人堊漫其鼻端若蠅翼，匠石運斤成風，聽而斲之，盡堊而鼻不傷〔四〕。元君招匠石曰："嘗試爲寡人爲之。"匠石曰："自夫子之死也，吾無以爲質矣。"」

又

玉筯冰潮後，【注】唐李陽冰、李潮皆能篆。張懷瓘《書斷》曰："如科斗、玉筯、偃波之類，共五十二般。舒元輿《玉筯篆志》曰："秦丞相斯，變頡籀文爲玉筯篆。絲桐藝業餘。【注】《史記·田敬仲完世家》曰："又何爲乎絲桐之間。《文選》：謝宣遠詩："中堂起絲桐。遠途憎早悟，【注】用老杜「文章憎命達」之意。《建康實録》："陸雲謂周處曰："君前途尚遠，且患志之不立，何患名之不彰。"《南史》："梁室始興王憺之子曄，憺嘗目送之曰："吾所深憂，其過俊發，恐必無年。"曠度得中疎。【注】恢廓者人或以爲疎。《文選》夏侯湛《東方朔畫贊》曰：遠心曠度。子逝今何遽，吾生孰與居。豈無《文士傳》，未有茂陵書。【注】《文士傳》乃張騭所作，《三國志》注間見之。《漢書》：司馬相如病免，居茂陵。既死，有遺札書言封禪事。

校記

〔一〕「一作」四字周宋本無。李眉生曰：杜集作「精爽緊」。懷辛案：李説是。句見杜詩《魏將軍歌》。〔二〕「華嚴」至「虚妄」十二字周宋本無。〔三〕「事見前注」盧宋本作「事見下注」。周宋本「李賀」下無此四字，多「西京雜記曰長卿賦不似人間來」十三字。懷辛案：李賀事既見下首注，亦見前卷四《次韻回山人贈沈東老二首》注。

〔四〕「盡堊」原作「惡盡」，據《莊子·徐無鬼》改。

秋懷四首

積雨不受暑，既晴還得秋。【注】老杜詩：修竹不受暑。未免困河魚，【注】《左傳》曰：河魚腹疾，將奈何。寧如喘吴牛。【注】《世説》：滿奮畏風。答晉武帝曰：「臣如吴牛，見月而喘。」牛畏熱，見月疑是日，所以喘也。此句謂受疾不如受熱。風梧有先聲，【注】《漢書·韓信傳》：兵法固有先聲而後實。巢燕無後留。【注】謝瞻《九日》詩：巢幕無留燕。人生行樂爾，【注】《漢書·楊惲傳》曰：人生行樂耳，須富貴何時。一經今白頭。【注】見前注。

又

小雨斷復續，回斜落晚風。寒心生蟋蟀，秋色傍梧桐。【注】老杜詩：小雨夜復密，回風吹早秋。草與遥山碧，花欺晚照紅。口須談世事，目已失飛鴻。【注】《晉書》：王猛見桓温，面談當世之事。目送飛鴻，見前注。

又

山斷開平野，【注】老杜詩：山豁何時斷。河回殺急流。【注】《漢書・溝洫志》曰：分殺水怒。《選》詩：淮泗馳急流。登臨須向夕〔一〕，風雨更宜秋。急急後飛鴈，翩翩不下鷗。【注】老杜詩：急急能鳴鴈，輕輕不下鷗。《列子》曰：漚鳥飛而不下。晚舟猶小待，暮雀已深投。【注】老杜詩：暮雀意何如。退之《社樹》詩云：依依絶暮禽。

又

梨埒當千户，【注】《爾雅》：埒邱。注曰：謂邱邊有界埒。《史記・貨殖傳》：安邑千樹棗，燕秦千樹栗。此其人皆與千户侯等。魚防擁萬頭。【注】《文選》劉公幹詩：流波爲魚防。寧須一網盡，不爲百人留。【注】仁宗時，御史劉元瑜劾進奏院事。一時名士皆貶斥，語執政曰：「已爲相公一網打盡。」密雨點急水，【注】老杜詩：點水蜻蜓款款飛。驚風擘繫舟。【注】東坡詩：盡日舟横擘岸風。百年供轉徙，因病得夷猶。【注】言常困于羇旅，今因病而得閒也。《晉書》：陶潛云：「我性不狎世，因疾守閑。」《楚辭》：君不行兮夷猶。注：猶豫也。

校記

〔一〕「須」，何焯校本作「初」。

送法寶禪師

〔箋〕即月華嚴。嚴事圓通，見《文集·張居士墓表》。

平生夫鐵腳，道價喧宇宙。【注】長蘆應夫禪師，初參圓通秀。秀遣作化主，至一邸中，有娼女，爲母所迫，入其房不肯去。師跏趺達旦〔一〕，以錢遣之。仍索火焚其布單而去，叢林因謂之夫鐵腳。張無盡嘗爲作《鐵笛引》云。望禮東南雲，吾今獨何後。【注】老杜詩：每望東南雲，令人幾悲叱。《世説》注曰：惠遠名被流沙。彼國衆僧，皆稱漢地有大乘沙門。每至燃香禮拜，輒東向致敬〔二〕。晚始識其子，瑶林一枝秀。【注】《晉書》：王戎曰：「王衍神姿高徹，如瑶林瓊樹。」《傳燈録》：宗派有别出一枝。初聞飲光笑，【注】《傳燈録》：摩訶迦葉。此云飲光勝尊。佛書云：世尊拈花，迦葉微笑。遂付以正法眼藏。復作空生瘦。【注】空生，即須菩提也。今年退後禪，袖手不肯又。真成菩薩魔，【注】後山嘗作《請月老再往薦福疏》，有曰：倦于利生，亦菩薩之魔事。按《般若經》曰：或説法要，辯過量生。或所欲説，未盡便止。當知是爲菩薩魔事。未免化城咎。【注】《法華經》言：有一導師，導衆至珍寶處，道中化作一城云云。意謂暫爲止息之地，非究竟處。白月懸清光，大鍾得辭扣。【注】月不容不照，鍾不容不扣。師亦如是。老杜《謁文公》詩：大珠脱玷翳，白月當空虚。《文選》江文通詩：秋月懸清光。《禮記》：善待問者如撞鍾，扣之以小者則小鳴，扣之以大者則大鳴。知止一何勇，隨緣豈無復。【注】《老子》曰：知止不殆。《漢書·東方朔傳》曰：一何壯也。佛書曰：隨緣赴感靡不周。豐臺兩禪子，三請期一覯。【注】三請，見前注。翩然挈瓶盂，百里往相就。【注】貫休詩：一瓶一鉢垂垂老，千水千山得得來。古寺風雨餘，觸目初邂逅。夙昔有淨緣，歡然宛如舊。教我早自異，業成誰得救。世故已備嘗，躊躇復何候。鑽火勿停手，時來自渠透。【注】魯直詩：木鑽石盤未渠透。《毛詩》：夜未央。注曰：猶言夜未渠央也。渠音其據反。殷勤禮白足，【注】白足，見前注。《傳燈録》：迦葉聞世尊偈，頭面禮足〔三〕。吾爲太山溜。【注】言修證之功，在乎積久也。《漢書·枚乘傳》：太山之溜穿石。

校記

〔一〕「師」原作「即」，據盧宋本、周宋本、高麗本改。

〔二〕「敬」原作「謝」，據盧宋本、周宋本並高麗本改。

〔三〕「世尊」原作「世伽」，據《傳燈録》卷一改。

贈趙奉議

〔箋〕趙奉議失考。《徐州府志・職官表》失載。下有《送檢法趙奉議》詩，當即一人。《宋史・職官志》：奉議郎爲正八品。

爲惠不必廣，但問與者誰。受施何用多，名義以爲資。【注】樂天詩：相知不在多，但問同不同。此句頗用其律。《文選》崔子玉《座右銘》曰：受施慎勿忘。王粲詩：從軍有苦樂，但問所從誰〔一〕。平生師友間，四海參寥師。一窮無四壁，百代有千詩。【注】吴僧道潛，自號參寥子。善詩，爲東坡所稱。《晉書・習鑿齒傳》云：四海習鑿齒。千詩，見前注。〔箋〕《冷齋夜話》：道潛性褊，憎凡子如仇。作詩追法淵明，其語有逼真處。再逐越淮江，〔箋〕《東坡集・跋秦太虚題名記》：太虚參寥又相與適越。《冷齋夜話》：東吴僧道潛，有標致。坡移守東徐，潛往訪之，館於逍遥堂。《東坡集・次韻僧潛見贈》詩有「秋風吹夢過淮水」句。《參寥集・自彭城回止淮上因寄子瞻》詩亦有「揭來淮上卧蕭宫」句。蘇詩（《次韻道潛留别》。）施注：道潛從先生於黄。期年，先生移汝，同游廬山。按：以上爲參寥逐越淮江蹤跡，特分載之。三年魯中歸。【注】參寥子紹聖初坐累遷逐。〔箋〕《墨莊漫録》：吕温卿（按：温卿乃惠卿弟。）爲浙漕，既起錢濟明獄，又發廖明略事。二人皆廢斥。復欲網羅參寥，未有以中之。會有僧與參寥有隙，言參寥度牒冒名。蓋參寥本名曇潛，因子瞻改曰道潛。温卿索牒驗之，信然。竟坐刑之。歸俗，編管兖州。未幾，温卿亦爲孫傑鼎臣發其贓濫繫獄。人以爲災人者人必反災之。《文集・送參寥序》：元符之冬，（按：當奪「元年」或「二年」字。）去魯還吴，道徐而來見。余與之别餘二十年。**初無贊公色，**【注】贊公，見老杜詩。本京中大雲寺主，謫秦州安置。杜嘗有詩云：贊公釋門老，放逐來上國。還爲世塵嬰，頗帶憔悴色。**不異浄名衣。**【注】言返初服也。《維摩經》曰：維摩詰雖爲白衣，持奉沙門清浄律行。「浄名」即維摩詰。〔箋〕《風月堂詩話》：東坡南遷，參寥居西湖智果院，交游無復曩時之盛。作《湖上》絶句「而今眼底無姚魏」云云。詩既出，遂有返初服之禍。建中靖國間，曾子開明其非辜，始還故服。《東坡集·與錢濟明書》：得來書知明略復官，參寥落髮。張嘉父春秋博士，皆一時喜幸。《老學庵筆記》：參寥，政和中老矣，亦還俗而死。然不知其故。**才如得風鷁，**【注】《左傳》曰：六鷁退飛過宋都，風也。**已復觸藩羝。**【注】《周易·大壯卦》：羝羊觸藩，羸其角。**路貧誰肯憐，妙語君所知。**〔箋〕《避暑漫録》：道潛初無能，但從文士往來，竊其緒餘，並緣以見當世名士。遂以口舌論説時事，譏評人物，因見推稱。《苕溪漁隱叢話》：《冷齋夜話》云：參寥子言：「林下人好言詩，纔見誦齊己、貫休詩，便不必問。」苕溪漁隱曰：余觀《後山居士集》，有《送參寥序》，略云：余與之别餘二十年，復見於此，愛其詩，讀不捨手，屬其談挽不聽去，交相語及唐詩僧，參寥子曰：「貫休、齊己，世薄其語，然以曠蕩逸羣之氣，高世之志，天下之譽，王侯將相之奉，而爲石霜老師之役，終其身不去，此豈用意於詩者？工拙不足病也。」則參寥前後之論，何相反如此，疑冷齋妄爲云云爾。**我往立談間，欻若白受緇。乃知仁者聽，不待辛苦詞。**【注】言聽言之易，如白受緇也。《禮記》：甘受和，白受采。《儀禮·昏禮》注曰：以白造緇曰辱。庾信《哀江南賦》曰：不無危苦之詞。**趙侯名教士，**【注】《晉書》：樂廣曰：「名教内自有樂地。」**勁氣噴長霓。**【注】退之書云〔二〕：勁氣沮金石。曹子建《七啓》曰：慷慨則氣成虹霓。**論吐天下公，而合吾所私。**【注】所私，謂參寥。〔箋〕詩上言魯歸，又言風鷁，殆參寥過徐州，趙方爲檢法，故後山以託之也。**明窗弄文墨，妍語含英姿。要與識者論，且避羣兒癡。**【注】《漢書·蕭何傳》曰：徒持文墨議論。退之詩：不知羣兒愚，那用故謗傷。**舊好無新功，終年此交綏。**【注】《左傳》：趙宣子曰：「秦以勝歸，我何以報〔三〕。」乃皆出戰，交綏。注云：兩退曰交綏。**未須堅百戰，當卽建降旗。**【注】《史記·張儀傳》曰：輕走易北，不能堅戰。孫樵《與王霖書》曰：誠謂足下怪于文，方舉降旗，且大誇朋從間。

校記

〔一〕「王粲」下十三字盧宋本、周宋本無。〔二〕「書」原作「詩」，據周宋本、高麗本並韓愈《上襄陽于相公書》改。

〔三〕「我」原作「吾」，據周宋本、高麗本並《左傳·文公十二年》改。

元日雪二首

〔箋〕《瀛奎律髓》：末句　按：指第一首。爲東坡在儋州。紀批：「更」字不對「穿」字。第五句不佳。

半夜風如許，【注】《後漢》：左慈作老羝語曰：「遽如許。」**平明雪皓然。**【注】《晉書·王徽之傳》：夜雪初霽，月色清朗，四望皓然。**簾疏穿瑣細，竹壓更嬋娟。**【注】樂天詩：北窗竹嬋娟。按《楚辭》曰：便娟修竹〔一〕。**窘兔走留跡，飢烏鳴乞憐。遥忻炎海上，還復得新年。**【注】末句謂東坡在海外無恙也。老杜詩：南遊炎海甸。

又

度臘闕三白，【注】一作「闕三白」。樂天詩：度臘都無好霜霰。《朝野僉載》曰：正月見三白，田父笑赫赫。三白，謂三得雪也。開正還積陰。【注】沈約《宋書》：南郊樂登歌曰：開元守正，禮存樂舉。「守」一作「首」。炊煙茅舍溼，噪雀暮枝深。短髮千方誤，中年萬里心。【注】言終老無成，而悔壯年之妄念。成書著巖穴，或有後人尋。【注】此句用揚雄草《玄》意。《漢書》：司馬遷曰：「僕誠以著此書，藏之名山。」《莊子》曰：其隱巖穴也，難爲于布衣之士。

校記

〔一〕「便」原作「嬋」，據《楚辭·七諫·初放》改。周宋本、盧宋本作「媥」。

次韻黃生

入竹投窗夜有聲，似違殘臘作初正。三更爽氣侵危坐，【注】老杜詩：竹涼侵卧内。《後漢》：茅容避雨樹下，危坐愈恭。〔補〕梅南本朱批：雪用「爽氣」尚未妥。萬里回風逼發生。【注】《爾雅》：回風謂之飄。老杜雨詩：當春乃發生。呵筆小吟撩我老，【注】《開元天寶遺事》曰：李白對明皇撰詔誥時，大寒筆凍，敕宮嬪執牙筆呵之〔一〕。王介甫詩云：物華撩我有新詩。閉門高卧見君情。【注】用袁安事，見前注。只今剩作驚人句，頗覺吟邊意未平。【注】退之《送東野序》云：物不得其平則鳴。

校記

〔一〕「敕」上盧宋本、周宋本多「帝」字。

答黄生

水泥斷道雪塞門，遠坊累日無行人。【注】《蜀志·劉焉傳》曰：米賊斷道。魯直詩：明朝醉起雪塞門。柳子厚詩：飛雪斷道冰成梁〔一〕。卧聞喧呼誰叫閽〔二〕，【注】《漢書》：揚雄《甘泉賦》：選巫咸兮叫帝閽。此借用。稚子往問鹿駭奔。【注】《文選·笛賦》曰：莫不張耳鹿駭。《小弁》詩曰：鹿斯之奔，維足伎伎。黄生學詩用力新，急手疾口如翻盆〔三〕。【注】《北齊書》：魏收敏速之手〔四〕，邢、温所不逮。東坡詩：文如翻水成。老杜詩：白帝城下雨翻盆。衝風踏凍送七言，要令寒屋回春温。是時積陰又黄昏，叫閙索火驚四鄰。【注】杜牧之《李賀集序》曰：太和五年十月中，半夜，舍外時有疾呼傳緘書者，某曰：「必有異，亟取火來。」及發之，果集賢學士沈公子明書一通。邇來結字穩且匀，【注】《晉書》：衞恆曰：「杜氏甚得筆勢，而結字小疏。」豈不見我參寥君。【注】參寥子能詩。意黄生近必見之，故爾頓進也。《典略》：袁奉高曰：「卿見吾叔度耶。」嗟吾老矣心尚存，後來得子空馬羣。【注】歐公《贈王介甫》詩云：老去自憐心尚在，後來誰與子爭先。徑須赤手縛麒麟，【注】如老杜「掣鯨鯢」之意，謂大手筆也。孫樵《與王霖書》曰：譬玉川子《月蝕》詩，韓吏部《進學解》，莫不拔地倚天，句句欲活。讀之如赤手捕長蛇，不施鞚勒騎生馬。急不得暇，莫可捉搦。四大海水一口吞。【注】「四大海水」之語，佛經多有之。《傳燈録》：馬祖謂龐居士云：「待汝一口吸盡西江水，即向汝道。」丈夫意氣抗浮雲，【注】班固《答賓戲》曰：仲尼抗浮雲之志。道逢其人兩手分。【注】兩句後山自言于詩學無所靳惜，得人則分付也。《傳燈録》：歸宗曰：「遇人則途中授與〔五〕。」妒婦拊膺王右軍。【注】言世人之不廣也。羊欣《筆陣圖》曰：王羲之年十二，見前代筆説于其父枕中，竊而讀之，父因與之。不旬月，書便大進。衛夫人見之，曰：「此子得用筆訣〔六〕，近見其書，便有老成之智。」流涕曰：「此子必蔽吾名。」《墨藪》曰：鍾繇見蔡邕筆法于韋誕坐上。搥胸三日，因嘔血。此詩參用其事。《列子》曰：甘蠅學射于飛衛。飛衛高蹈拊膺曰：「汝得之矣。」此用其事。《南史・王誕傳》：宋明帝使虞通之撰《妒婦記》。按《戰國策》曰：從妻言之，未免爲妒婦。

校記

〔一〕「柳子厚」以下十一字盧宋本、周宋本無。　〔二〕「叫」，潘宋本作「叩」。　〔三〕「翻盆」，潘宋本作「盆翻」。

〔四〕「敏速之手」，《北齊書・魏收傳》作「敏速之工」。　〔五〕「途中」原作「中途」，據周宋本、高麗本並《傳燈録》卷七《盧山歸宗寺智常禪師傳》改。　〔六〕「此子」，周宋本作「此兒」。

雪後

〔箋〕《瀛奎律髓》：此詩第一句至第六句，皆出格破體，不拘常程，於虚字極力安排。紀批：首句太庸。二句太生。三四江西粗句。五六自新。七句「功律」二字不佳。八句突出無著落。

送往開新雪又晴，故留臘白待春青。【注】《左傳》曰：送往事居。元稹詩曰：臘雪殘消春又歸〔一〕，迎新別故欲沾衣。稍回松色伸梅怨〔二〕，併得朝看與夜聽。已覺庭泥生鳥迹，遽修田事帶朝星。【注】《呂氏春秋》曰：巫馬期爲單父令，帶星而出入。暮年功力歸持律，不是騷人故獨醒。【注】《吴志·陸抗傳》曰：大費損功力。《史記》：屈原曰：「衆人皆醉而我獨醒。」

校記

〔一〕「殘消」原作「消殘」，「春又歸」原作「春又詩」，據盧宋本、周宋本改。《元稹集》卷二二《酬復言長慶四年元月郡齋感懷見寄》作「臘盡殘銷春又歸」。

〔二〕「松」，潘宋本、周宋本、何校本作「杉」。

送張蘄縣

〔箋〕張蘄縣失考。《元豐九域志》：蘄縣屬淮南東路宿州。《水經注》：蘄水又東南逕蘄縣。

縣有大澤鄉，陳涉起兵於此，篝火爲狐鳴處也。按：縣自元至元二年，省入宿州。

接禄才餘歲，爲邦近故園。案圖三萬户，【注】《漢書·陳平傳》：高祖問御史，曲逆户口幾何，對曰：「始秦時三萬餘户。」鎮静五千言。【注】《史記》：老子著書五千餘言，道德之意。雪盡春泥滑，風生沙水昏。【注】老杜詩：杖藜入春泥。又詩：天寒沙水清。猶須放琴客，坐席稍能温。【注】張君必有放妾事，因以戲之。按《麗情集》：顧況有《宜城放琴客詩序》曰：琴客，宜城之愛妾也。宜城請老，愛妾出嫁，不禁人之欲而私耳目之娱，達者也。歌曰「南山闌干千丈雪，七十非人不煖熱」，此引用，言席方暇煖，何須遽逐之也。

送何子温移亳州三首

〔箋〕《亳州志·職官表》失載。《淮海集·次何子温》詩有「一星就起海隅旁，負弩前驅過射陽」句。

治出龍城守，【注】退之詩曰：寄書龍城守。謂柳柳州也。名高水部郎。【注】見前注。〔箋〕《欒城集·何琬工部郎中告詞》：爾歷使諸道，吏能有聞。入贊冬官，厲精庶務。勉循舊章，以毋失其故。可。清明人共識，【注】退之《答崔羣書》曰：青天白日，奴隸亦知其清明。風味獨難忘。【注】《開天傳信記》曰：「麴生風味，不可忘也。」其詳見前注。骨立秦書瘦，【注】老杜《小篆歌》曰：苦縣光和尚骨立。苦縣今在亳州。鬢粘檜蜜香。【注】亳州地多古檜。歐公《亳州》詩云：蜂採檜花村落香。唐羅鄴《早行》詩：旋呵鞭手凍粘鬢。烹鮮師老耳，【注】《老子》曰：「治大國若烹小鮮。」亳州明道宫，乃老子始生之地。曳尾肯蒙莊。【注】莊子，蒙人。事見前注。《莊子》曰：楚王使大夫二人謂曰：「願以境内累矣。」莊子曰：「楚有神龜，死已三千歲矣，王巾笥而藏之廟堂之上。此龜者，寧其死爲留骨而貴乎？寧其生而曳尾于塗中乎？」《傳燈録》：僧問洞山和尚：「爲先師設齋，還肯先師也無〔一〕？」

又

青襟曾誦賦，【注】《詩》：青青子衿。注：青衿，青領也，學子之所服。皓首始登門。【注】《文選》李陵書云：丁年奉使，皓首而歸。〔箋〕《文集·賀亳州何侍郎啓》：某登門未久，辱顧已深。豈期三折之餘，復失二天之庇。意得寧論晚，【注】老杜詩：論交翻恨晚。此反而用之。高適詩：男兒貴得意，何必相知早。心交不待言。【注】《莊子》曰：四人相視而笑，莫逆于心，遂相與友。《吴志》：孫權曰：「孤與子瑜，可謂神交。」向來期北上，可復改南轅。【注】後山自注云：嘗請湖越而得亳。「期北上」，欲其漸近帝城也。《左傳》曰：令尹南轅反旆。又曰：王告令尹，改乘轅而北之。畫地數佳政，【注】老杜詩：倒屣喜旋歸，畫地求所歷。《文選》曹子建《與吴季重》曰：在彼自有佳政。叢談何處村。【注】劉向《説苑》有《叢談》篇。老杜詩：慟哭秋原何處村。

又

復作中年别，仍懷後日憂。關山遮極目，【注】退之《西山》詩：爲遮西望眼。王粲《登樓賦》云：平原遠而目極兮，蔽荆山之高岑。汴泗只東流。【注】退之詩：汴泗交流郡城角。謂徐州也。東坡《送歐陽主簿》詩：出處年來恨不齊，一樽臨水記分攜。江湖咫尺吾將老，汝潁東流子却西。政好遭頻借，【注】老杜詩：權宜借寇頻。《後漢·寇恂傳》：潁川百姓遮道曰：「願從陛下復借寇君一年。」詩清得暗投。【注】暗投，見前注。「得暗投」，猶言安得暗投也。會看靈壽杖，【注】《漢書·孔光傳》：詔賜太師靈壽杖。扶出富民侯。【注】《漢書·車千秋傳》：千秋爲丞相，封富民侯。〔箋〕《賀亳州何侍郎啓》：相侯旬日，復見富民之稱；壽考百年，益隆洪興之德。

校記

〔一〕「肯」原作「昔」，據盧宋本、周宋本並《傳燈録》卷十三《筠州洞山良价禪師傳》改。

送詹司業

〔箋〕詹司業失考。《東坡集》有《次韻詹適宣德小飲巽亭》詩，不知即其人否。《宋史·職官志》：祭酒，掌國子太學、武學、律學、小學之政令。司業爲之貳。

學舍論交二十年，白頭相對固依然。才難孰爲吾君惜〔一〕，【注】才難，見《魯論》。果滿寧容我輩先。【注】謂證果位也。《南史》：謝靈運謂孟顗曰：「丈人生天當在靈運前，成佛必在靈運後。」此反而用之。熟路長驅聊緩步，【注】退之《送石處士序》云：猶駟馬駕輕車就熟路，而王良、造父爲之先後也。此借用，謂功名之途。百全一發不虛弦。【注】《漢書·晁錯傳》云：此其計不百全，豈發乎。老杜詩：鳴弦不虛發。此借用，言其藏器待時。故懷未盡還成別，飽慣人間不更憐。

校記

〔一〕「惜」原作「借」，據潘宋本、周宋本、高麗本、陳唐本改。

西郊二首

紅緑相催春事闌，可能無意待人看。不因送客那能出，衰疾經年一據鞍。【注】老杜詩：送客逢花可自由。《蜀志》：先主見髀裹肉生，慨然流涕。此句頗采其意。據鞍，見《馬援傳》。

又

攢眉斂目抵風沙，暗度城西十里花。【注】樂府蔡琰《胡笳十八拍》云：攢眉向月兮撫雅琴。歷肆側聽長短句，【注】《雲溪友議》曰：崔涯、張祜齊名，每題詩倡肆。元稹樂府古題序云：句度短長之數，聲韻平上之差。緣溪斜著兩三家。【注】此句終上句之意。東坡詩：竹籬茅屋趁溪斜。老杜詩：江深竹靜兩三家〔一〕。

校記

〔一〕「靜」原作「浄」，據周宋本並杜詩《江畔獨步尋花絶句》改。

寄亳州何郎中二首

西南日下共浮雲，【注】西南，謂日暮時。《文選》李少卿與蘇武詩：攜手上河梁，遊子暮何之。又詩曰：仰視浮雲馳，奄忽互相踰。風波一失所，各在天一隅。江淹《擬李陵詩》曰：樽酒送征人，踟蹰在清宴。日暮浮雲滋，握手淚如霰。人事難羣喜勸分〔二〕。【注】淵明《贈龐參軍詩序》曰：人事好乖，便當語離。《左傳》曰：振廩勸分。此借用其字。已度城陰先得句，【注】何遜詩：城陰度塹黑，昏鴉接翅稀。不應從俗未忘葷。【注】謂何胤也。見前注，兩句皆用何氏事。松篁有節元宜晚，【注】《禮記》曰：如松柏之有心。〔箋〕《宋史・呂嘉問傳》：安石罷，以知江寧府。歲餘，轉運使何琬劾嘉問營繕越法，徙潤州。《景定建康志》：安石言：江東轉運判官何琬言：嘉問治命遜獄事有姦。望特指揮下別路差官重勘。《長編・考異》：神考不以安石爲是。批安石劄子付琬，琬因而奏辯不已。神考直琬所奏，嘉問奪官，謫知臨江軍。安石餞送嘉問，賦詩以贈之。琬又盡録其詩奏之，曰「諷刺交作」，神考不以何琬爲過也。桃李無蹊只自薰。【注】《漢書・李廣傳》贊：桃李不言，下自成蹊。許渾詩：冬草只自薰。欲入帝城須帝力，【注】用陳咸事，見前注。《漢書・張敖傳》曰：秋毫皆帝力也。且尋詩社著詩勳。【注】孫舫、沈彬，同游李建勳之門，爲詩社。

歐公詩云：唱高誰敢投詩社。魯直詩：學古著勳多。《魏志》注曰：示威懷而著鴻勳。

又

西原追送未成句，赫赫傳聲已迫人。【注】孟浩然詩：重陽未成句。《漢書》：何武所居無赫赫名，後常見思。〔箋〕《文集·賀亳州何侍郎啓》：移節近藩，歷辰授職。封疆相錯，民素熟於寬仁；條教既頒，吏究知於深厚。風聲四出，耳目一新。剩欲鈔詩寄來使，【注】高適詩：尋經剩欲翻。老杜詩：鈔詩聽小胥。尚能拂席致嘉賓〔二〕。【注】《史記·孟子傳》曰：平原君側行襒席。注：拂也，音匹結反。孰知簡易歸劉向，【注】《漢書》：劉向爲人簡易無威儀。誰使循良作寇恂。【注】見前注。他日入東專一壑，少留餘地許爲鄰。【注】晉宋間人，多以往會稽爲入東。《南史·何胤傳》：賣園宅欲入東〔三〕，遂居若邪山。《漢書·敍傳》：班嗣曰：「漁釣于一壑，則萬物莫奸其志。」王介甫詩：我亦暮年專一壑。

校記

〔一〕「難」，馬暾本、陳唐本、趙駿烈本作「離」。

〔二〕「嘉」，潘宋本作「佳」。

〔三〕「賣」原作「買」，據周宋本、高麗本並《南史·何胤傳》改。

寄答泰州曾侍郎

〔箋〕按：曾肇《曲阜集》有《次後山陳師道見寄韻》詩。此得曾和章，再答之也。

千里馳詩慰别離，詩來吟咏轉悲思。【注】老杜詩：愁極本憑詩遣興，詩成吟咏轉淒凉。《漢書・趙幽王傳》曰：王悲思。靜中取適庸非計，【注】前輩謂：作文，浄中一業。故此反其意。老杜詩：取適南巷翁。林下相從會有時。【注】《雲溪友議》：僧靈澈詩曰：相逢盡道休官去，林下何曾見一人。《魏志》：崔琰曰：「會當有變時。」生理只今那得説，【注】老杜詩：我在路中央，生理不得論。交情從昔見于斯。【注】《漢書・鄭當時傳》：一貴一賤，交情乃見。含毫欲下還休去，懷抱何由得細知。【注】退之《答侯繼書》云：欲致一書聞足下，并自書其所懷〔一〕。含意連辭，將發復已。卒不能成就其説。陸機《文賦》曰：或含毫而渺然〔二〕。

校記

〔一〕「書」，周宋本作「舒」。　〔二〕「渺」，高麗本作「邈」。

送提刑李學士移使東路

【注】據《實録》：元符二年二月，提點京東西路刑獄李昭玘徙京東東路。〔箋〕《元豐九域志》：

京東東路治益都，州八，軍一，縣三十七。《墨莊漫録》：李昭玘成季《自京西路提刑移東路謝表》有云：去長安之日，雖遥千里之遠；望岱宗之雲，猶均二州之潤。

襟抱從前相向開〔一〕，倡酬于此未多陪。【注】老杜詩：一生襟抱向誰開。身更寵辱談彌勝，【注】《老子》曰：寵辱若驚。《高僧傳》：支遁謂王濛曰：「貧道與君别來多年，君語了不長進。」後山此句，反其意而用之。〔箋〕《宋史·昭玘傳》：昭玘入黨籍中，居閒十五年，自號樂静先生。寓意法書圖畫，貯於十囊，命曰「燕游十友」。路别東西意自哀。【注】《文選》謝玄暉《辭隨王牋》曰：岐路東西，或以嗚唈。注引《淮南子》楊朱泣岐事，故柳子厚《重别劉夢得》詩曰：二十年來萬事同，今朝岐路忽西東。後山徐州人，徐州屬京東西路。隱几忘言終不近，【注】《莊子》曰：南郭子綦隱几而坐，仰天而噓，嗒然似喪其耦。又曰：智北遊于玄水之上，適遭無爲謂，三問而不答。問乎狂屈，狂屈曰：「予中欲言，而忘其所欲言。」反見黄帝而問焉，黄帝曰：「彼無爲謂真是也，狂屈似之。我與若終不近也。」此句後山自述。白頭青簡兩相催。【注】唐劉子玄曰：「頭白可期，汗青無日。」此借用。自言度歲月于文字間也。《後漢·吴祐傳》：父恢，欲殺青簡以寫經書。杜詩：干戈衰謝兩相催。孰知衰老難爲别，聲問應須續續來。【注】《漢書·蘇武傳》曰：有聲問來。樂天《琵琶行》云：低眉信手續續彈。

校記

〔一〕「抱」，潘宋本作「袖」。

和鄭户部寶集丈室二首〔一〕

〔箋〕户部，鄭僅也。按：寶集當是徐州僧。「文室」疑「丈室」之訛。

遠遊遊則遠，【注】屈原《遠遊》曰：悲時俗之迫阨兮，願輕舉而遠遊。此借用，言主僧徧參也。安心心已安。【注】《傳燈録》：僧神光問達摩曰：「我心未寧，乞師與安。」達摩曰：「將心來與汝安。」曰：「覓心了不可得。」達摩曰：「我與汝安心竟。」茅茨更何事，一坐五年寬。【注】《傳燈録》：汾州無業禪師曰：「古德道人，得意之後，茅茨石室，向折脚鐺子裏煮飯喫，過三十二十年〔二〕。」樂天詩：一坐十五年，林下秋復春。客來問法要，示以無所還。【注】《楞嚴經》曰：今當示汝無所還地。勿云空生默，聽者不勝言。【注】空生，謂須菩提也。《般若經》：須菩提于巖中宴坐，帝釋散花曰：「我聞尊者善談般若云云。」須菩提曰：「我于般若未曾談著一字。」帝釋曰：「尊者無説，我亦無聞。無説無聞，是名真般若〔三〕。」

又

貴有空王章，【注】空王，佛也。章，印也。謂傳佛心印。《觀佛三昧海經》云：住念佛者，心印不壞。《信心銘》：觀心空王。貧無置錐地。【注】見前注。衝風窗自語，【注】古樂府：中庭有樹自語。涴壁蟲成字。【注】東坡詩：書窗涴壁常遭罵。蟲成字，見下注〔四〕。向隅有知音，【注】《説苑》曰：今有滿堂飲酒者，一人向隅獨泣。則一堂之人，皆不樂矣。此借用，言面壁也。按《傳燈録》，達摩寓止于嵩山少林寺，面壁而坐，終日默然，人莫之測。又忠國師曰：「牆壁瓦礫，熾然常説。」故東坡《贈月長老》詩曰：拱手但默坐，牆壁方諄諄。後山用此意，謂無情亦解説法，不可謂牆壁無知也。闔門接强對。【注】《傳燈録》：趙州和尚見真定帥王公，不下禪牀，曰：「第一等人來，禪牀上接。中等人來，下禪牀接。末等人來，三門外接。」東坡詩：安排詩律追强對。按《吴志·陸抗傳》曰：外禦强對。只道庭前柏，西來本無意。【注】庭柏，見前注。《傳燈録》：大梅云：「西來無意。」

校記

〔一〕「丈」原作「文」，據潘宋本、盧宋本、周宋本改。〔二〕「古德」原作「古得」，據周宋本並《傳燈録》卷二八《汾州大達無業國師語》改。「三十二年」，原作「三十二年」，據高麗本並《傳燈録》卷二八《汾州大達無業國師語》改。〔三〕「是名」下周宋本多「説」字。〔四〕「下注」原作「前注」，據盧宋本、高麗本改。懷辛案：見卷十《春懷示鄰里》「斷牆着雨蝸成字」句注。

隱者郊居

高齋繚繞度雙溝，【注】謝玄暉有《郡内高齋閒坐》詩。老氣軒昂蓋九州。【注】老杜詩：老氣横九州。不爲江山開愷快，【注】老杜詩：已知出郭少塵事，更有澄江銷客愁〔一〕。又詩：汀洲稍疏散，風景開愷快。正緣風味得淹留。【注】風味，見前注。劉安《招隱士》曰：攀桂枝兮聊淹留。招攜好客供談笑，【注】老杜詩：强將笑語供主人。拆補新詩擬獻酬。【注】鍾嶸《詩品》曰：拘攣補衲，蠹文已甚。寒山子詩：與道殊懸遠，拆東補西爾。《楚茨》詩云：獻酬交錯。歐公詩：更約多爲詩准備，恐防梅老敵難當。小摘自鋤稀菜甲，旁觀虚作不堪憂〔二〕。【注】老杜《客至》詩：自鋤稀菜甲，小摘爲情親。《魯論》曰：人不堪其憂。

校記

〔一〕「銷」原作「消」，據周宋本、高麗本並杜詩《卜居》改。

〔二〕「虚」，何校本批：毛抄作「須」。

覽勝亭

〔箋〕疑即前詩隱者所居亭名。

斷岸通横水，【注】老杜詩：決渠當斷岸。吹花滿繫船。【注】老杜詩：吹花困癲傍舟楫。中年擅幽獨，輟食買林泉。【注】《楚辭》曰：幽獨處乎山中〔一〕。草木真成主〔二〕，江山故作姸。升沉有流轉，且復賦《歸田》。【注】元稹詩：升沉或異勢。張平子有《歸田賦》。

校記

〔一〕「山中」原作「中山」，據周宋本並《楚辭·九章》改。

〔二〕「成」，潘宋本、盧宋本、周宋本、瞿宋本、高麗本作

「宜」。

何太沖挽詞二首

【注】一作大中。〔箋〕何太沖疑子温家人。

課最三川守，【注】《漢書·宣帝紀》：課殿最以聞。注云：最凡要之首也。言課居首也。又《兒寬傳》：課更以最。《史記》：李斯之子由，爲三川守。名成萬石君。【注】《漢書·石奮傳》：景帝曰：「石君及四子皆二千石，人臣尊寵，乃集舉其門。」凡號奮爲「萬石君」。平生欠一識，聲烈即多聞。【注】見前注。兜率真歸處，【注】樂天詩：海山不是吾歸處，歸即應歸兜率天。琴臺只斷雲。【注】老杜詩：琴臺日暮雲。傷心今夜月，忍便到初墳。【注】漢元帝詔：爲初陵。注：未有名，故曰初。此用其字。

又

哀挽諸儒競，【注】老杜詩：哀挽青門道。《晉書·郗超傳》：及死，貴賤操筆爲誄者四十餘人〔一〕。豐碑故吏繁。【注】《禮記》曰：公室視豐碑。此借用其字。按：後漢諸碑，多門生故吏所立。素車紛雨泣，【注】《周禮·巾車》注曰〔二〕：素車以白玉堊車也。老杜詩：路人紛雨泣。「玉」一作「土」〔三〕。丹旐與風翻。【注】老杜詩：丹旐飛飛日。幾地留遺愛，【注】孔子曰：子産古之遺愛。他年作九原。【注】《禮記》：趙文子與叔譽觀于九原，文子曰：「死者如可作也，吾誰與歸。」注：作，起也。涕流者舊盡，不獨爲鄉園。【注】何遜詩：鄉園不可見，江水徒自清。

校記

〔一〕「賤」原作「戚」，據盧宋本、周宋本、高麗本並《晉書・郗超傳》改。〔二〕「巾車」原作「車僕」，據《周禮・巾車》改。〔三〕「玉」，盧宋本、周宋本作「土」。

送大兄兼寄趙團練

〔箋〕按：《淮海集》有《題趙團練畫江干晚景》詩。《侯鯖録》謂是趙大年，卽後山《次韻秦少游春江秋野圖》詩自注所云宗室也。又《山谷集》有《同子瞻韻和趙伯充團練》詩，按：《東坡集》中無此首。又有《戲答趙伯充勸莫學書》及《爲席子澤解嘲》詩，注云：叔盎延賞。《東坡集》有《和叔盎畫馬》詩。此趙團練，非大年卽叔盎。《宋史・職官志》：宗室敘遷之制，遥郡刺史，轉遥郡團練使。刺史轉團練使。

貧有分離苦，官無早晚宜。【注】上句見第一卷注。樂天詩：命苟未來且求食，官無高卑及遠邇。又爲千里別，未覺十年遲。【注】此一聯足成破題之意，分屬兩句。十年遲，詳後注。日與江山遠，風連草木悲。平生劉子政，見可共論詩。【注】劉向，字子政，漢宗室也。以屬趙君。

寄襄州程大夫

〔箋〕程大夫失考。《元豐九域志》：襄州治襄陽，屬京西南路。〔補〕梅南本墨批：格律老成，又無蹇澀語。如此種，直似劉中山耳。

中年爲吏晚專城，不獨身榮府亦榮。【注】專城，見前注。江漢風流見羊杜，【注】晉羊祜、杜預皆鎮襄陽。老杜詩：江漢風流萬古情。相門經術有韋平。【注】漢韋賢、平當父子皆以明經至宰相。《史記・孟嘗君傳》曰：相門有相。〔箋〕《宋史・程琳傳》：琳永寧軍博野人。參知政事，工部尚書，加大學士，同中書門下平章事。贈中書令，謚文簡。《墨客揮犀》：程丞相嚴毅無所推下。出鎮大名，每晨起，據案決事，左右皆惴恐，無敢喘息。及開宴召寮佐飲酒，則笑歌歡譃，釋然無閒，人以是畏其剛果，而樂其曠達。按：後山祖洎爲開封府功曹參軍時，琳爲開封尹。程大夫蓋琳後人。十年一別音書絶，萬里相看骨肉情。【注】《杕杜》詩序曰：骨肉離散。今代龐公入城府，定將懸榻與逢迎。【注】《後漢・龐公傳》：龐公居峴山之南，未嘗入城府。峴山今在襄州〔一〕。又《徐穉傳》：陳蕃特爲置一榻，去則懸之。

校記

〔一〕「今在」，盧宋本、周宋本、高麗本作「在今」。

送檢法趙奉議

〔箋〕《宋史·職官志》：御史臺檢法一人，掌檢詳法律。

三歲公門不屢過，作牋時得問如何。【注】《晉書》：龔玄之未嘗至公門。及茲去去翻爲恨，【注】《文選》蘇武詩：參辰皆已没，去去從此辭。向使常常肯謂多〔一〕。【注】悔向來不數見也。《孟子》曰：欲常常而見之。勇鋭閉房猶著酒，【注】老杜詩：昔何勇鋭今何愚。《白虎通》曰：人生六十閉房者何也。法，六十陽氣衰也。《禮記·内則》注曰：妾五十始衰，閉房不復出御。切深疾惡反傷和。【注】退之《歐陽生哀辭》曰：其文章切深。《魏志·陳矯傳》：陳登曰：「清修疾惡，有識有義，吾敬趙元達。」老杜《梔子》詩曰：與道氣傷和。一本「傷」作「相」。贈言竊取仁人號，【注】贈言，謂勸其止酒與和易也。暗用《管輅别傳》諸葛樂事，詳十二卷《王寀院挽詞》注。《家語》：子路將行，孔子曰：「贈汝以言乎？」《史記·孔子世家》：孔子過周，問禮。老子送之曰：「富貴者送人以財，貧賤者送人以言。吾不能富貴，竊仁者之號，送子以言。」善聽君居長者科。【注】《左傳》所謂惟善人能受盡言。〔箋〕前《贈趙奉議》詩有「乃知仁者聽」云云，當是後山嘗言參寥於趙，趙有以惠之，此故稱其長者。〔補〕懷辛案：韓愈《争臣論》：「傳曰『惟善人能受盡言』，謂其能聞而改之也。」此言不見《左傳》，見《國語·周語下》柯陵之會條。任注蓋誤。

校記

〔一〕「謂」原作「爲」，據潘宋本、周宋本、趙駿烈本、適園本改。懷辛案：上句「及兹去去翻爲恨」已有「爲」字，此蓋當作「謂」。

送建州鄭户部

〔箋〕《元豐九域志》：建州治閩、侯官，福建路治。按：僅官建州，《宋史》本傳失載。

清江畫舸照新晴，鐃鼓喧喧聒耳鳴〔一〕。【注】《樂府題解》漢有鐃歌、鼓吹〔二〕。昔日布衣今著繡，【注】「著繡晝行」，見前注。他年鶴化只空城。【注】鄭蓋徐州前輩，故用丁令威化鶴事，見前注。還朝不待三年最，【注】《漢書·嚴助傳》曰：助爲會稽太守，願奉三年計最。得郡何妨萬里行。【注】《成都記》：萬里橋，諸葛亮送費禕使吳別于此，禕曰：「萬里之行，始于此矣。」歲祿二千親八十，世間誰有此時榮。【注】漢太守秩二千石。

校記

〔一〕「耳」，潘宋本、盧宋本、周宋本、高麗本作「市」。

〔二〕「解漢」二字原闕，據盧宋本、周宋本、高麗本補。懷辛案：《樂府題解》書名，《唐書·藝文志》及《宋史·藝文志》有《樂府古題要解》。

送張秀才

〔箋〕《雞肋集》有《贈送張愈秀才》七古一篇，亦送其赴公車作，疑卽一人。

學又三年積，【注】三年學，見《魯論》。功收一日長。【注】《蜀志》：龐統曰：「吾似有一日之長。」擅場推老手，【注】張平子《東京賦》曰：秦政利觜長距，終得擅場。杜子美詩：晝手看前輩，吴生遠擅場。歐公詩：老手尚能工翦裁。附尾得諸郎〔一〕。【注】《史記·伯夷傳》：顏回雖篤學，附驥尾而行益顯。《南史·王僧虔傳》曰：此烏衣諸郎坐處。度鳥界晴碧，【注】老杜詩：身在度鳥上。又詩：雪嶺界天白。過雲回夕黄。【注】老杜詩：絶壁過雲開錦繡。又詩：錦城曛日黄。孰知詩有驗，【注】謂詩能窮人。莫愠路無糧。【注】《魯語》：孔子在陳絶糧。子路愠見。《莊子》曰：吾無糧，我無食。「我」一作「餓」。

校記

〔一〕「得」，潘宋本作「續」。

後山詩注補箋卷九

晁无咎畫山水扇

〔箋〕《畫繼》：晁補之晚號歸來子，善山水圖繪。《雞肋集》有《自畫山水寄無斁題其上》詩，又《自畫山水留客堂大屏題其上》詩，又《自畫山水寄正受題其上》詩。

前生阮始平〔一〕，【注】晉阮咸爲始平太守。顏延之《五君詠》曰：屢薦不入官，一麾乃出守。蓋謂咸也。无咎亦數補外云。黄魯直詩：前身鄴下劉公幹，今日江南庾子山。今代王摩詰。【注】唐王維字摩詰，工詩善畫，繪工以爲天機所到，學者不及也。偃屈蓋代氣，萬里入方尺。【注】《南史》：齊竟陵王子良之孫賁，于扇上圖山水，咫尺之内，便覺萬里爲遥。老杜《山水圖歌》云：咫尺應須論萬里。朽老詩作妙，【注】《南史》：沈慶之詩曰「朽老筋力盡，徒步還南岡」，此借用，以言樹石〔二〕。險絶天與力。【注】老杜詩：溟漲與筆力。君不見杜陵老翁語，湘娥增悲真宰泣。【注】老杜有《山水障歌》云：不見湘妃鼓瑟時，至今斑竹臨江活。又云：元氣淋漓障猶溼，真宰上訴天應泣。又云：湘娥簾外悲。〔箋〕按：湘娥指宣仁后。時補之赴貶所，後山《與魯直書》所謂「无咎向過此，服闕赴貶所」者是也。《宋史·晁補之傳》：補之坐修《神宗實録》失實，貶監處、信二州酒税事。

校記

〔一〕「生」，潘宋本作「身」。〔二〕「南史」至「樹石」，周宋本爲：「後漢陳蕃曰惟陛下哀臣衰老戒之在得此借用以言樹石」。

奉陪趙大夫游桓山

〔箋〕後山此兩年詩中稱趙大夫者三見，稱憲臺趙者一見，稱趙使君者再見。詞中稱趙使君者三見。其除棣州學後《上趙使君》則有「向來置醴蒙殊遇」云云。按《宋史》：趙槩熙寧初拜觀文殿學士，知徐州，年分不合。趙挺之元祐四年亦曾通判徐州，則不獨年分不合，而薰蕕且不同。此外《徐州府志》職官表無姓趙者。

後水喧江落渾黃，【注】老杜詩：「寒江舊落聲渾黃。」謂汴水也。元稹《有酒章》曰：「濟涓涓而縷貫，將奈何兮萬里之渾黃。」晚雲障日作微涼。【注】東坡詩：「峯多巧障日。」笙歌聲裏旌旗動，羅綺叢中語笑香。勸相秋郊開稔熟，【注】《易・井卦》曰：「君子以勞民勸相。」開，謂導迎之，如《禮記》所謂「有開必先。」摩挲苔壁弔荒亡。【注】詩意屬桓司馬。《後漢書》：「薊子訓摩挲銅人。」《孟子》曰：「流連荒亡。」風流一代今山簡，有底樽前著葛強。【注】《晉書・山簡傳》：「簡鎮襄陽，每出嬉遊，有童兒歌曰：『舉鞭問葛強，何如并州兒。』」強家在并，簡愛將也。後山以自比。老杜詩：「花飛有底急。」底，猶言何等，見顏師古《匡謬正俗》。

寄曹州晁大夫

【注】晁端仁，字堯民。〔箋〕《元豐九域志》：曹州治濟陰，屬京東西路。《雞肋集·朝請大夫致仕晁公墓誌》：公諱端仁，字堯民，知壽州，又改知曹州，考課第一。

東方千騎貴當年，白髮居頭也自賢。【注】古樂府《陌上桑》曰：東方千餘騎，夫壻居上頭。又曰：四十專城居。此詩言不必盛年出守，而後爲賢也。《文選》韋弘嗣《博奕論》曰：君子恥當年而功不立。東坡詩：直爲鱸魚也自賢。肯費精神修客主，【注】言不飾廚傳以稱過使客也。王介甫詩：可憐無益費精神。稍回功譽入章篇。【注】退之詩：餘事作詩人。〔箋〕《墓誌》：公通《易》、《春秋》，洞達世務，尤妙於詞賦。虚名不救飢腸厄〔一〕，晚歲仍遭末疾纏。【注】此以下皆後山自述。老杜詩：虚名但蒙寒温問，汎愛不救溝壑辱。東坡詩：平生五千卷，一字不救飢。按《世説》曰：愍度道人，立心無義，權救飢耳。《左傳》曰：風淫末疾。老杜詩：尚纏漳水疾。死去不爲天下惜，【注】《晉書》王坦之《答謝安書》曰：天下之寶，故爲天下所惜。鏡中當有故人憐。【注】老杜詩：鏡中衰謝色，萬一故人憐。〔箋〕《墓銘》：江南黄庭堅，有美名，尤厚公。其詩曰：殷勤均骨肉，四海一堯民。按此，則堯民亦敦風義者。

校記

〔一〕「飢」，潘宋本作「空」。

送馮翊宋令

〔箋〕《元豐九域志》：馮翊屬陝西永興軍路同州。按：縣自元省入州。《文集·宋處士墓銘》：處士昆弟四人。其後伯仕不偶，叔、季皆早死，處士亦疾廢。既卒，子章始生。元祐二年，仕爲鄧州司户參軍。於是兄子清，亦既仕矣，能世其業，繼其聲。按：章卽下卷之澶州録曹宋參軍。此馮翊令當是宋清。

三楚風流信有人，【注】三楚，見前注。風流謂屈、宋。先聲今已徹咸秦。【注】咸陽，秦所都。寧爲雞口官無小，【注】雞口，見前注。《左傳》曰：國無小。退之《藍田丞廳壁記》曰：官無卑，顧材不足塞職。欲試牛刀久要新。【注】牛刀，見《魯論》。《莊子》曰：庖丁解牛，十九年而刀刃若新發于硎。細肋卧沙勤下筯，【注】馮翊沙苑監，有卧沙細肋羊。下筯，見前注。長芒刺眼莫霑唇。【注】長芒，似指苜蓿，沙苑多有之。唐薛令之詩曰：初日上團團〔一〕，照見先生盤。盤中何所有，苜蓿長闌干。老杜詩：藤枝刺眼新。山西豪傑知吾老，【注】山西一作西州《後漢·皇甫規傳》：黨事起，自以西州豪傑，恥不得預。攷後山《與曾樞密書》，熙寧間，嘗客遊秦中〔二〕。爲説猶堪舉萬鈞。【注】言其尚強健也。《孟子》曰：今日舉百鈞，則爲有力人矣。

校記

〔一〕「團團」原作「團圓」，據盧宋本、周宋本並《全唐詩》卷二一五薛令之《自悼》改。

〔二〕「嘗」原作「常」，據周宋

本改。

嗟哉行

張生服石爲石奴，【注】《啓顔録》云：後魏時，諸王貴臣多服石藥，皆稱石發。此云爲石奴，言爲石所使也。〔箋〕此張生未知何人。《避暑録話》云：士大夫服丹砂死者，前此固不一，余所目擊，林彦振、謝任伯兩人可以爲戒。下潦上乾如渴烏，【注】《後漢·馬援傳》曰：下潦上霧。此借用。李蘭《刻漏法》曰：以銅爲渴烏，以引器中水。太白《天馬歌》：尾如流星首渴烏〔一〕。一朝僨蹶須人扶。伏毒未動風出虚，此生所得與昔殊。【注】退之作《李干墓誌》，略曰：余不知服食説自何世起，殺人不可計，而世慕尚之益至，臨死乃悔。後之好者又曰：彼死者皆不得其道也，我則不然。始病，曰：藥動故病，病去藥行，乃不死矣。及且死，又悔。嗚呼，可哀也已。韓子作誌還自屠，【注】退之作《李干墓誌》，敍以藥敗者數人，以爲世誡。然躬自蹈之。故樂天有詩曰：「退之服硫黄，一病訖不痊。」《吴越春秋》：國人作離別之聲曰：天道祐助兮，吴卒自屠。白笑未竟人復吁。【注】樂天詩序曰：予與故刑部李侍郎，早結道友以藥術爲事。詩曰「金丹同學都無益，姹女丹砂燒卽飛」，是樂天嘗從事于金石也。〔箋〕《詩話》：退之爲《李虚中墓誌》，敍當世名貴，服金石藥，欲生而死者數輩。著之石，藏之地下，豈爲一世戒耶，而竟以藥死。故白傅云「退之服硫黄，一病竟不痊」也。《韻語陽秋》：韓退之作《李干墓誌》云：「余不知服食之自何起，殺人不可計，而慕尚之益至。臨死乃悔其爲。」而退之乃躬自蹈之，以至於死。白樂天所謂「退之服硫黄，一病訖不痊」是也。陳後山作《嗟哉行》云：「張生服石爲石奴，下潦上乾如渴烏」。「韓子作誌還自屠，白笑未竟人復吁。」蓋爲此也。然樂天與刑部李侍郎詩「金丹同學都無益，姹女丹砂燒即飛」，則樂天深知服食之無驗，其肯以身試藥以自斃乎。則「白笑未竟人復吁」之句，未必然爾。**以身濟欲未必愚，欲久而速反所圖，**【注】《李干墓誌》有曰：蘄不死乃速得死，謂之智可不可也。**嗟哉偉然二大夫。**【注】謂韓與白也。《漢書·疏廣傳》曰：賢哉二大夫。

校記

〔一〕「李蘭」至「中水」十九字周宋本無。另有「李翻車渴烏施於橋西又張讓傳曰又作」十六字。懷辛案：《後漢書·張讓傳》言翻車渴烏事。

夜句三首

過雨作秋清，歸雲放月明。【注】魯直詩：今夜儻放春月明。**入簾搖竹影，塞耳落洪聲。**【注】徐州有百步洪。

又

老樹仍孤秀，秋蟾只獨明。何須夜來雨，却聽枕前聲。【注】夜來雨，見前注。

又

短短長長柳，三三五五星。【注】唐人王建詩：長長南山松，短短北澗楊。《詩》曰：嘒彼小星，三五在東。《東坡樂府》曰：旋抹新妝看使君，三三五五棘籬門。〔箋〕《梅礀詩話》：苕溪漁隱有「溪邊短短長長柳」之句。後山詩云：短短長長柳，三三五五星。前輩詩字字有來歷。斷雲當極目，不盡遠峯青。【注】唐錢起《湘靈鼓瑟》詩曰：江上數峯青。

送孝忠落解南歸

【注】孝忠蓋後山兄子。〔箋〕按：前《送孝忠》詩，作於紹聖元年，此作於元符二年，則孝忠落解，非一次矣。

妙年失手未須恨，白璧深藏可自妍。【注】《後漢·薊子訓傳》：常抱鄰家嬰兒，故失手墮地而死。藏璧，用《魯論》「韞匵」之意。《莊子》曰：良賈深藏若虛。短髮我今能種種，【注】《左傳》：盧蒲嫳曰：「余髮如此種種，余奚能爲。」注曰：種種，短也。曉妝他日看娟娟。【注】老杜詩：曉妝隨手抹。東坡《與潘三失解後飲酒》詩曰：千金敝帚人誰買，半額娥眉世所妍。顧我自爲都䍐毵，憐君欲鬬小嬋娟。千金市帚寧論價，【注】魏文帝《典論》曰：家有敝帚，享之千金〔一〕。萬户分侯信有年〔二〕。【注】《漢書·李廣傳》：文帝曰：「惜廣不逢時，令當高祖世，萬户侯豈足道哉！」退之《剝啄行》曰：「往追不及，來不有年。」清白傳家有如此，【注】《後漢・楊震傳》：使後世稱爲清白吏子孫。太白詩：丈夫立身有如此。按《禮記・儒行》曰：其特立有如此〔三〕。〔箋〕按：後山祖洎爲三司鹽鐵副使。鹽鐵橐中裝數百萬，後山父琪，盡以與其弟。見《文集・先君事狀》。歸塗囊盡不留錢。【注】老杜詩：囊空恐羞澀，留得一錢看。此反而用之。

校記

〔一〕「家」原作「我」，「亨」原作「齋」，據周宋本並《文選・典論》改。〔二〕「侯」，潘宋本、盧宋本、周宋本作「封」。

〔三〕「如此」下周宋本、高麗本有「者」字。懷辛案：《禮記》有「者」字。

寄單州張朝請

〔箋〕《元豐九域志》：單州治單父縣，屬京東西路。按：州自明廢爲縣。《宋史・職官志》：殿中侍御史左右司諫，皆階朝請郎。侍御史，階朝請大夫。張朝請失考。詩有「一言悟主」云云，似曾官言官者。

平生天上張公子，尚記門閭半面人〔一〕。【注】老杜《贈張四學士》詩云：天上張公子，宮中漢客星。半面，見前注。聲烈與風來不盡，【注】《文選・琴賦》曰：聲烈遐布。《東京賦》曰：聲與風翔，澤從雲遊。此用其字。退之書曰：名聲隨風而流。此用其意。音書無使去難頻。【注】老杜詩：風塵荏苒音書絶。又詩：欲問平安無使來。一言悟主心猶壯，【注】《漢書》：車千秋特以一言寤意，旬月取宰相封侯。百巧成窮髮自新。【注】東坡詩：宛邱先生不自飽，更笑老崔窮百巧。聞説監河收貸粟，定傾東海活窮鱗。【注】《莊子》曰：莊周家貧，貸粟於監河侯。監河侯曰：「諾，我將得邑金，將貸子三百金可乎？」莊周曰：「昨周來，有中道而呼者，周顧視車轍中，有鮒魚焉。周問之，對曰：『我東海之波臣也，君豈有斗升之水而活我哉？』周曰：『諾，我且南遊吳越之王，激西江之水而迎子可乎？』鮒魚曰：『吾得斗升之水然活耳，君乃言此，曾不如早索我于枯魚之肆』。」《左傳》曰：陳氏以公量貸，而以家量收之。姚嗣宗詩：可惜作窮鱗。

校記

〔一〕「門」，何校本作「人」。

謝憲臺趙史惠米

〔箋〕《宋史·職官志》：御史臺有三院。一曰臺院，侍御史隸焉。二曰殿院，殿中侍御史隸焉。三曰察院，監察御史隸焉。按：詩中有「俸薄身清趙都史」句，則題於史字上奪「都」字。

平生忍欲今忍貧，閉口逢人不少陳。【注】退之詩：枚皋卽召窮且忍。俸薄身清趙都史，也能作意向詩人。【注】老杜詩：作意莫先鳴。又詩：獨能無意向漁樵。

和趙大夫鹿鳴宴集

趙侯詩律近風騷，雅意推賢答聖朝。【注】《漢書》：蕭望之雅意本朝。老杜詩：未有涓埃答聖朝。鴻鴈著行過渭水，【注】老杜《歸鴈》詩：却過清渭影，高起洞庭羣。東坡詩：旅鴈何時更著行。鳳凰覽德下虞韶。【注】《漢書·賈誼傳》曰：鳳凰翔于千仞兮，覽德輝而下之。《尚書》：蕭《韶》九成，鳳凰來儀。三千著籍今爲盛，【注】《漢書·儒林傳》序曰：成帝末，增弟子員三千人。《後漢·儒林·牟長傳》曰：諸生著録，前後萬人。《魯論》曰：唐虞之際，於斯爲盛。九萬論程不作遥。【注】《莊子》曰：摶扶摇而上者九萬里。太白詩：迴山倒海不作難。不讀世書談世事，卧看君自致青霄。【注】《史記·范雎傳》：須賈曰：「賈不意君能自致於青雲之上，賈不敢復讀天下之書，不敢復與天下之事。」《晉書·王衍傳》曰：口不論世事。李善注《文選·辨命論》云：劉孝標自謂坐致雲霄。〔一〕

校記

〔一〕「雲霄」原作「青雲」，據盧宋本、周宋本並《文選·辨命論》李注改。

和朱智叔鹿鳴席上

〔箋〕朱智叔，《蕭縣志》無傳。

三楚風流秀士林，英詞從昔動修門。【注】三楚風流，見前注。英詞，謂屈宋風騷。沈約《宋書·謝靈運傳》論曰：英詞潤金石。《楚詞·招魂》曰：魂兮歸來入修門。注：「修門，郢城門也。」郢蓋楚之所都。充庭初識蒼龍礎，【注】《通典》曰：武太后長壽三年，始令舉人獻歲元會，列于方物前，以備充庭。東坡詩：雙蜿蟠礎龍纏棟。言禁殿也〔一〕。賜醴行霑白獸樽。【注】《晉·禮志》曰：正會設白獸樽于殿庭。若有能直言，則發此樽飲酒。〔補〕梅南本朱批：鹿鳴難云賜醴。已上薦書輕一鶚，【注】見前注。「輕」字讀如「身輕一鳥過」之「輕」。更憑詩力化羣鯤。【注】《莊子》曰：北溟有魚，其名爲鯤，化而爲鳥，其名爲鵬。鵬之背，不知其幾千里也。怒而飛，其翼若垂天之雲，培風背負青天，而後乃今將圖南。千年遼鶴空城郭，【注】見前注。誰見朱公有異孫。【注】後山自注云：漢大司空朱浮，蕭人也。蕭縣今屬徐州。《魏志·王粲傳》：蔡邕倒屣迎粲曰：此王公孫有異材。

校記

〔一〕「言」上周宋本、高麗本有「蓋」字。

酬智叔見贈

老去斯文不更論，却因夫子話師門。【注】師門，謂曾氏。《後漢·桓榮傳》曰：下則去家慕鄉，求謝師門。清談不待傾三語，【注】《晉書·阮瞻傳》：瞻字宣子。王戎問曰：「聖人貴名教，老莊明自然，其旨同異？」瞻曰：「將無同。」戎卽命辟之。時謂「三語掾」。《世説》又載衛玠嘲宣子曰：「一言可辟，何假于三。」宣子曰：「苟是天下之望，亦可無言而辟，復何假一。」勝日何知共一樽。【注】勝日，見前注。老杜詩：不謂生戎馬，何知共酒盃。蘇武詩：我有一樽酒，將以贈遠人。逐北我方填坎井，【注】《莊子》曰：蠻氏觸氏相與爭地而戰。伏尸數萬。逐北，旬有五日而後反。《左傳》曰：鄭伐宋，宋師敗績。狂狡輅鄭人，鄭人入于井。《莊子》曰：子獨不聞夫坎井之蛙乎。圖南誰得料鵬鯤。【注】見前注。過逢爲説侯芭在，【注】老杜詩：數爲姻婭過逢地。侯芭，見前注。臥榻生衣櫝有孫。【注】老杜詩：歸榻生衣臥。陸龜蒙詩：樹有交柯櫝有孫。

再酬

鄉里衣冠不絶人，【注】見前注。近天尺五只清門。【注】尺五，見前注。老杜詩：將軍魏武之子孫，于今爲庶爲清門。論文正可簪雙筆，【注】《漢書・趙充國傳》：張安世本持橐簪筆。注：謂備顧問。《漢儀》：尚書令僕丞郎，月給大管筆一雙。澆舌行看賜上樽。【注】東坡詩：澆子談天口。《漢書》：賜丞相養牛上尊酒。注：糯米一斗，酒一斗，爲上尊。瓊玖每蒙先木李，【注】《木瓜》詩：投我以木李，報之以瓊玖。蜩鳩方共笑飛鵾。【注】「蜩鳩」「飛鵾」，並見前注〔一〕。固知賢傑當傳世，下里朱陳亦有孫。【注】《文選》宋玉《對楚王問》曰：客有歌于郢中者，其始曰《下里》、《巴人》，國中屬而和者數百人。樂天詩：徐州古豐縣，有村曰朱陳。去縣百餘里，桑麻青氛氲。田中老與幼，相見何欣欣。一村惟兩姓，世世爲婚姻。〔二〕

校記

〔一〕盧宋本、周宋本注與此不同，另作「飛鷃見上注。莊子曰鵬之徙於南冥也水擊三千里摶扶摇而上者九萬里蜩與鸒鳩笑之曰我決起而飛槍榆枋時則不至而控于地而已矣奚以之九萬里而南爲」。盧文弨曰：宋本注如此。然已見前，依此本亦可。

〔二〕盧宋本、周宋本此注無「國中」以下至「婚姻」一節。盧宋本、周宋本「下里巴人」下另有注：「徐州蕭縣有朱陳村，兩姓爲婚姻見白樂天詩」十八字。

敬酬智叔三賜之辱兼戲楊理曹二首

〔箋〕《宋史·職官志》：司法參軍，掌議法斷刑。《徐州府志·宦績傳》：楊時，字中立，將樂人。元豐末，爲徐州司法參軍。疑卽楊理曹也。

龍爭虎據竟成塵，【注】後漢班固《答賓戲》曰：七雄虓闞〔一〕，分裂諸夏，龍戰虎爭。魏陳琳檄曰：豪傑縱横，熊據虎時。只有青樓與白門。【注】後山自注云：青樓，燕子樓也。杜牧之詩：贏得青樓薄倖名。《魏志·張邈傳》：呂布自稱徐州刺史。太祖征布，布與其麾下登白門樓。兵圍急，乃下降。令宰才高先得句，【注】令宰，謂智叔爲咸平令也。老杜詩：匙看令宰仙。使君情重數開樽。【注】退之詩：使君數開筵。又云：主人情更重，空使劍鋒摧。《東坡樂府》亦有「主人情重」之句。江山故國難留鶴，科斗荒池可著鯤。【注】謂智叔將出仕也。退之《峽石西泉》詩曰：聞説旱時求得雨，只疑科斗是蛟龍。可著鯤，猶言安可著鯤也。直使頷須渾作白，未應投愧鑷諸孫。【注】後山自注云：智叔有《歎白頭》詩。〔二〕樂天詩：滿頷白髭須。《南史・鬱林王紀》：齊高帝笑曰：「豈有爲人作曾祖，而拔白鬢者乎。」即擲鏡鑷。

又

險韻廋詞費討論，【注】《晉語》曰：有秦客廋詞于朝。注云：廋，隱也。謂以隱伏詭譎之言，問于朝也。《魯論》曰：世叔討論之。真持布鼓過雷門。【注】《漢書・王尊傳》曰〔三〕：毋持布鼓過雷門。注：雷門，謂會稽也。有大鼓，越擊此鼓，聲聞洛陽。更看九日臺頭句，【注】謂二謝詩，見前注，以比智叔。元稹詩：更看吹帽落臺頭。未用三人月下樽。【注】太白詩：舉杯邀明月，對影成三人。後山不飲，故云。鏡裏黃花明白髮，海邊赤脚踏長鯤。【注】言其已老，欲爲世外之遊也。老杜詩：能添白髮明。又詩：赤脚踏層冰。東坡詩：脚踏赤鯶公云〔四〕。〔補〕梅南本墨批：雄麗。從來相戒莫打鴨，可打鴛鴦最後孫。【注】此句屬楊理曹。打鴨事，見前注。後篇《寄晁大夫》詩亦曰：只今容有名駒子。則此所謂「鴛鴦孫」，蓋名家之後也。公長短句中《南鄉子》，引載馬盼之子瑩，詩意似指此〔五〕。

校記

〔一〕「㺚」原作「據」，據周宋本、盧宋本改。「鬫」原作「鬭」，據《文選・答賓戲》改。

〔二〕「後山自注云」五字，潘

宋本無，「頭」作「須」。〔三〕「尊」原作「導」，據周宋本、高麗本改。〔四〕「云」，盧宋本、周宋本、高麗本無。

〔五〕「公長短句」以下至「似指此」二十字，盧宋本、周宋本無。

酬智叔見戲二首

百念皆空習尚存，稍修香火踏空門。槌腰摩腹非春事，【注】樂天詩：小奴槌我足，小婢槌我背。信老態也。老杜詩：自知白髮非春事。割愛投閒覆玉樽。【注】老杜詩：割愛酒如澠。退之《進學解》：投閒置散。覆樽，見前注。白髮情多猶可染，【注】後山自注云：來詩有白髮之歎。《南史·謝靈運傳》：何長瑜以韻語序臨川王義慶僚佐云：陸展染白髮，欲以媚側室，青青不解久，星星行復出。驂鸞興盡却乘鯤。【注】退之所謂「我寧屈曲自世間，安能從汝巢神仙〔一〕」也。江淹《別賦》曰：驂鸞騰天。乘鯤，蓋用李白騎鯨魚之意。上界紛紛足官府，【注】退之詩：上界真人足官府，豈如散仙鞭笞鸞鳳終日相追陪。也容河鼓過天孫。【注】《爾雅》曰：河鼓謂之牽牛。《史記·天官書》曰：織女天女孫。周處《風土記》曰：七月初七日，河鼓、織女二星辰相會。

又

雨花風葉未宜春，私柳官渠白下門。【注】《晉書》：陶侃識武昌官柳。此云私柳，反而用之。白下本在金陵。此句所指，當是徐州白門也。每度清溪嘲短髮，【注】老杜詩：莫話清溪髮，蕭蕭白映梳。後山後有詩云：只欲泥行過白下，萬一簾疎見一斑。前有詩云：歷肆側聽長短句，緣溪斜著兩三家。當是白門傍溪狹斜所在也。時容使席近芳樽。【注】《晉書·阮籍等贊》曰：劉畢芳樽之友。雄蜂雌蝶元非偶，【注】李商隱《柳枝》詩曰：花房與蜜脾，蜂雄蛺蝶雌。同時不同類，那復更相思。《左傳》曰：齊大非吾偶。野馬遊塵不佐鯤。【注】言無復少年之氣，助其狂心也。《莊子》曰：野馬〔二〕，塵埃也，生物之以息相吹也。注曰：此皆鵬之所憑以飛者耳。野馬者，游氣也。《漢書·食貨志》曰：或累萬金而不佐公家之急〔三〕。若許成功當封賞，【注】後山自注云：事具李待制《席上》篇。《後山詩話》〔四〕：韓魏公安撫陝西，李待制師中過之。李有詩名，席上使爲官妓賈愛卿賦詩，曰「願得貔貅十萬兵，犬戎巢穴一時平。歸來不用封侯印，只問君王乞愛卿」。請看子子與孫孫。【注】意謂老矣，此事當付之後生。《前漢·元后傳》：王翁孺曰：「吾聞活千人，有封子孫。」子子孫孫，見《尚書》及《詩》。

校記

〔一〕「仙」，盧宋本、周宋本、高麗本作「山」。〔二〕「野馬」下盧宋本、周宋本、高麗本多「也」。〔三〕「或」原作「此」，據周宋本、高麗本並《漢書·食貨志》改。〔四〕「後山詩話」前盧宋本、周宋本、高麗本多「按」字。

送智叔令咸平

〔箋〕《元豐九域志》：咸平縣屬東京開封府。按：縣自金改爲通許。

二謝將能事，重陽只故臺。【注】老杜詩：孰知二謝將能事，頗學陰何苦用心。固須銜節去，便恐帶秋回。【注】言重九已近，不肯少留。爽秀之氣若與秋俱回，誰復繼二謝者。敏捷才無盡，【注】老杜詩：敏捷詩千首。才盡見前注〔一〕。鋪張意有開。【注】退之云：鋪張對天之閎休。此借用，言詩意開廣也。猶須記衰疾，書與鴈同來。【注】並見前注。

校記

〔一〕「才盡」，原無，據盧宋本、周宋本、高麗本增。

九月九日夜雨留智叔〔一〕

騎臺九日登臨處，只有歸人醉扶路。【注】《晉書・謝安傳》：羊曇爲安所愛重。安薨後，行不由西州路。嘗因石頭大醉，扶路唱樂，不覺至州門。以馬策扣扉，誦曹子建詩曰「生存華屋處，零落歸山邱」，慟哭而去。千年二謝孰可代，我每苦留君只去。【注】後山罷潁學，除彭澤令，未赴。丁母憂，寓僧舍。既除喪，猶不言仕者四年。花粗只爲前人惜，【注】前篇有曰：可打鴛鴦最後孫。粗，與麄同。曲誤不解丞卿怒。【注】此兩句亦戲楊理曹也。《吳志・周瑜傳》曰：曲有誤，周郎顧。《後漢・五行志》：童謡曰「梁下有懸鼓，我欲擊之丞卿怒」。此借用。只消著帽受西風，不待風流到新句。【注】反用孟嘉落帽事，言免貽白髮之嘲也。此句以屬智叔。老杜詩：吹面受和風。

校記

〔一〕此題「九日」，潘宋本作「八日」。

九月九日與智叔鵰堂宴集夜歸

鵰堂從昔有惡客，酒盡不去仍復索。【注】《玉堂閒話》曰：徐州使宅有鵰堂。蓋多妖狐，故畫鵰于中。東坡在徐州。王鞏過之，自謂惡客。故此詩引用。老杜詩：指點銀瓶索酒嘗。欲留歌舞盡客意，風雨和更作三厄。【注】《漢書·翟方進傳》曰：危亂漢朝，以成三厄。此借用其字。佳辰難得客更難，我窮無酒爲君歡。只欲泥行過白下，萬一簾疏見一斑。【注】《史記·夏本紀》曰：泥行乘橇。孫光憲詞曰：半踏長裙宛約行，晚簾疏處見分明。《東坡樂府》曰：十里春風誰指似，斜日掩綉簾斑〔一〕。《晉書·王獻之傳》曰：此郎管中窺豹，時見一斑。

校記

〔一〕據盧宋本、周宋本、高麗本並《東坡樂府·江神子》删「映」字。「綉」原作「透」，據以上各本改。

城南夜歸寄趙大夫

書生作意一斑足，杜陵據鞍兩眼寒。【注】東坡詩：杜陵飢客眼長寒，蹇驢破帽隨金鞍。隔花臨水時一見，只許腰肢背後看。風雨喚人歸去好，【注】老杜詩：江草日日喚愁生。免教街吏報平安。【注】《芝田録》：牛奇章公帥維揚。杜牧之在幕中〔一〕，夜微服逸遊。後牧以拾遺召，公以縱逸爲戒。牧始隱諱，公取一篋，皆街子輩報帖〔二〕，云杜書記平善。老杜詩：每日報平安。

校記

〔一〕「杜牧」，周宋本、高麗本下無「之」字。

〔二〕「輩」原作「早」，據盧宋本並《芝田録》改。

席上勸客酒

稍開襟抱使心寬，大放酒腸須盞乾。【注】《世説·輕詆》門曰：中郎襟抱未虚。韓孟《同宿聯句》云：爲君開酒腸，顛倒舞相飲。唐人詩又曰：酒腸俱逐洞庭寬。珠簾十里城南道，肯作當年小杜看。【注】小杜，即牧之也〔一〕。牧之詩云：春風十里揚州路，捲上珠簾總不如。

校記

〔一〕「即」下盧宋本、周宋本同，高麗本多「杜」字。

戲寇君二首

老杜秋來眼更寒，蹇驢無復逐金鞍。【注】見前注。一本作「杜老」。南鄰却有新歌舞，借與詩人一面看。【注】《文選》左太沖詩：南鄰擊鐘磬，北里吹笙竽。《本事詩》云：喬知之有婢名窈娘，武延嗣留之。知之爲詩曰：君家閨閤不曾難，常將歌舞借人看。《文選·三國名臣贊序》曰：定交一面。李善注引崔寔《本論》曰：徒以一面之交，定臧否之決。

又

南鄰歌舞隔牆聽，想對朝窗暈倒青。【注】東坡詩：倒暈連眉秀嶺浮。退之詩：白咽紅頰長眉青。莫望喚人看嫋娜，【注】老杜詩：喚人看騕褭，不嫁惜娉婷。只憑幽夢寄叮嚀。【注】退之詩：幽夢感湘靈。又詩：浪憑青鳥通叮嚀。

絶句四首

秋牀歸卧不緣愁，病與衰謀作老仇。【注】並見前注。數樹直青能爾瘦，【注】退之詩：杏花兩株能白紅。《東坡雜録》載張子野戲語琴妓曰：「此箏不見許時，乃爾黑瘦耶。」一軒殘照爲誰留。【注】老杜詩：前軒頽晚照。

又云：不知明月爲誰好。

又

芒鞋竹杖最關身，散髮披衣不待人。三兩作鄰堪共活〔一〕，【注】老杜詩：此地兩三家。《周禮》：五家爲鄰。五千插架未爲貧。【注】《北史·崔瞻傳》曰：不讀五千卷書者，無入此室。退之詩：插架三萬軸。

又

昏昏嗜睡元非病，續續題詩不奈閒。【注】東坡詩：唤取昏昏嗜睡翁。《本事詩》：韋莊云：誰知閒卧意，非病亦非眠。樂天《琵琶行》：低眉信手續續彈。作意買山還得笑，【注】《世説》：支遁就深公買印山。深公曰：「未聞巢由買山而隱。」多方拔白却成斑。【注】應璩《老詩》曰：拔白自洗蘇。樂天詩：啼衿與愁鬢，此日兩成斑。

又

書當快意讀易盡，【注】《抱朴子》曰：《陸子》十篇，誠爲快書。又曰：嵇生云：每讀二陸之文，未嘗不廢書而歎，恐其卷之竟也。《史記·李斯傳》曰：快意當前，適觀而已矣。〔箋〕《能改齋漫録》：「書當快意讀易盡」云云，此無己得意詩也。客有可人期不來。【注】退之詩曰：所期終莫至，日暮與誰迴。可人，見前注。又見蜀費禕、晉桓温傳。世事相違每如此，【注】《晉書》：羊祜曰：「天下事不如意十居七八〔二〕。」好懷百歲幾回開。【注】老杜詩：懷抱何時得好開。東坡詩：笑口幾回開。

校記

〔一〕「活」，馬暾本、陳唐本、趙駿烈本、適園本作「話」。

〔二〕「七八」原作「八九」，據周宋本、高麗本並《晉書·羊祜傳》改。

騎驢二首

復作騎驢不跨驢，此生斷酒未須扶。【注】叢林謂參禪人有二病，一是騎驢覓驢，二是騎却驢不肯下。識得驢了，却騎不肯下〔一〕，此一病更是難醫。若解放下，方喚作無事道人。後山此句，豈謂是耶。未須扶，見下句注。獨無錦里驚人句，【注】老杜詩：錦里先生烏角巾。又云：爲人性僻耽佳句，語不驚人死不休。魯直有《杜子美浣花醉圖》詩云：宗文守家宗武扶，落日蹇驢馱醉起。蓋世傳老杜畫像如此。也得梁園畫作圖。【注】《王立之詩話》云：「雙井黃叔達，字知命。自江南來京師，與彭城陳履常俱謁法雲禪師于城南。夜歸，過龍眠李伯時。時知命著白衫，騎驢道中，搖頭而歌。履常負杖挾囊于後。一市皆驚，以爲異人。伯時素善畫，因寫以爲圖。邢惇夫作《夜歸圖》詩。」此詩末句，追記此事也。履常即後山舊字。梁園，謂汴京，梁孝王兔園所在也。

又

銜籬突市不逡巡，掠面驚風撲眼塵。【注】東坡詩：四山眩轉風掠耳。出手推敲寧避尹，【注】《唐末遺史》：賈島一日于驢上得句云：鳥宿池邊樹，僧敲月下門。始欲著「推」字，又欲著「敲」字，鍊之未定，引手作推敲之勢。京兆尹韓愈方出，島不覺衝至第三節。題門吟咏不逢人。【注】《本事詩》云：崔護清明日遊城外，叩一莊門求飲。有一女子，以杯水遺護，意屬甚厚。明年，思其人，復往叩户，久無人應。因書一絶于門云：去年今日此門中，人面桃花相映紅。人面只今何處去，桃花依舊笑春風。退之詩：百里不逢人。

校記

〔一〕「卻騎」，盧宋本、周宋本、高麗本作「騎卻」。

壽安縣君挽詞

〔箋〕《文集·魏嘉州墓銘》：魏氏望鉅鹿。至尚書禮部侍郎諱羽，歸老下蔡，别爲下蔡之魏。君諱紹，字奉之。娶李氏，左金吾衛大將軍忠告女，封壽安縣君。《元豐九域志》：壽安縣，屬西京河南府。

兩大推平日，【注】《左傳》：鄭忽曰：齊大非吾偶。又，懿氏妻曰：「物莫能兩大。」〔箋〕按《墓銘》：紹兩母並封崇榮二國夫人。生母何氏，别封旌德縣太君。此云兩大，指兩姑之間言。任注引《左傳》非。三從播厥聲〔一〕。【注】《儀禮·喪服·傳》曰：婦人有三從之義，無專用之道。故未嫁從父，既嫁從夫，夫死從子。憂勤登上壽，【注】言雖憂勤而不損壽也。事見後注。《國語》：不憂年之不登。《莊子》曰：上壽百歲。簫鼓閉佳城。【注】《西京雜記》云：滕公得石椁，銘曰：佳城鬱鬱，三千年，見白日。吁嗟滕公居此室。緦布千人從〔二〕，松楸十里行。【注】《文選》蔡伯喈作《陳太邱碑》曰：緦麻設位，哀以送之。遠近會葬，千人以上。任彥昇《求立太宰碑表》曰〔三〕：松檟成行。哀榮動鄉里，點筆競諸生。【注】《魯論》曰：其生也榮，其死也哀。

校記

〔一〕「厥」，潘宋本、盧宋本、周宋本、高麗本作「後」。〔二〕「布」，何校本作「位」。〔三〕「太宰」，周宋本作「竟陵王」。懷辛案：太宰蕭子良即竟陵王。《文選》作「太宰」。

寄曹州晁大夫

【注】晁端仁，字堯民。

墮絮隨風花作塵，黄樓桃李不成春。【注】樂天詩：春盡絮飛留不得，隨風好去落誰家。太白詩：曰：平生種桃李，寂滅不成春。〔箋〕按：黄樓時已改爲觀風。距熙寧十年，東坡守徐，已二十餘年。盼卒英嫁，故云桃李不成春也。**只今容有名駒子，困倚闌干一欠伸。**【注】此篇蓋言徐州風物。後山嘗有詞并序云：晁大夫增飾披雲，初欲壓黄樓〔一〕。而張馬二子，皆當年尊下〔二〕、世所謂英英、盼盼者。盼卒英嫁。而盼之子瑩，頗有家風，而曹妓未有顯者。黄樓不可勝也。作《南鄉子》以歌之曰：風絮落東鄰。點綴繁枝旋化塵。闕鑠玉樓巢燕子，冥冥。桃李摧殘不見春。流轉到如今。翡翠生兒翠作衿。花樣腰身宫樣立，婷婷。困倚闌干一欠伸。又自注曰：周昉畫美人，有背立欠伸者，最爲妍絶。東坡爲賦《續麗人行》也。按：此詩「風絮」以屬英。「塵花」以屬盼。「名駒子」以屬瑩，瑩之母蓋馬氏。「名駒子」，見前注。李太白詩：解釋春風無限恨，沉香亭北倚闌干。樂天詩：回頭一欠伸。

校記

〔一〕「初欲」，後山《南鄉子》（風絮、欠伸）詞序作「務欲」。　〔二〕「尊」，盧宋本、高麗本作「樽」。懷辛案：「樽」，「尊」俗字。

寄題披雲樓

【注】披雲在曹州，後山婦翁郭槩爲郡時所作。後山爲之記。〔箋〕《曹州志》：披雲樓在州西南五十里，濟陰舊州治城上。《文集》有《披雲樓記》及《披雲樓上梁文》。《記》云：朝請大夫郭侯之爲是邦，爲披雲之樓。而地之宜與登望之樂，棟宇之制，爲一州之勝。

使君高會答清秋，【注】《漢書·項羽傳》：飲酒高會。老杜詩：報答風光知有處。增飾披雲作勝遊。【注】退之《和劉虢州詩》序云：亭臺島渚，劉兄頗復增飾。從子弟而遊其間。按《西都賦》曰：世增飾以崇麗。九日再逢堪一笑，【注】後山《清平樂》詞云：一歲相逢兩節。自注云：是歲閏九月，兩作重陽。以歷攷之，蓋元符二年也。終朝百過更深憂。【注】憂短髮不堪落帽也。老杜詩：不眠瞻白兔，百過落烏紗。此借用。落霞孤鶩知才盡，【注】王勃《九日游滕王閣序》云：落霞與孤鶩齊飛，秋水共長天一色。事且《唐書》。才盡，見前注。疏雨微雲怯語遒。【注】《孟浩然集》序：浩然遊祕省，諸英華賦詩作會。浩然云：微雲淡河漢，疎雨滴梧桐。舉坐閣筆。《文選》魏文帝《與吴質書》曰：公幹有逸氣，但未遒爾。注：遒，盡也。言未盡美。賓主縱賢終少在，只今未可壓黄樓。【注】注具前篇。《傳燈録》：米倉和尚曰：「猶欠少在。」〔箋〕《詞集·南鄉子》引云：晁大夫增飾披雲，務欲壓黄樓。

絶句

木摇電繞雷取龍，【注】王充《論衡》曰：雷電折樹取龍。按：龍苦于天所使，遁逃不遠，則非神物，天不取也。《北夢瑣言》曰：世言乖龍苦于行雨，而多竄匿。爲雷神捕之，或在古木及簷楹之間〔一〕。〔補〕宋初黄休復《茅亭客話》：「世傳乖龍者苦於行雨而多方竄匿，藏人身中或古木楹柱之内，及樓閣鴟甍中，爲雷神捕之。」伏蛙號蚓溝瀆空。【注】魯直《玉照泉》詩：勿令水泉濁，魚蝦來寄中。生子歲月多，往往隱蛟龍。玉照不見影，盤桓蝸螺宫。一朝揭源去，枯瀆草蒙茸。黑雲黄槐度白鳥，映日急雨回斜風。【注】《秦中歲時記》：槐花黄，舉子忙。

校記

〔一〕「檻」，盧宋本、周宋本、高麗本作「楹」，「間」作「内」。

寄黄充

俗子推不去，可人費招呼。世事每如此，我生亦何娱。【注】嵇康書曰：不喜俗人，而嘗與之共事。《晉書·鄧攸傳》：吴人歌曰：鄧侯挽不留，謝令推不去。〔箋〕《復齋漫録》：書當快意讀易盡，客有可人期不來。世事相違每如此，好懷百歲幾回開。其後又寄黄充前四句「俗子推不去」云云。蓋無己得意，故兩見之。【《詩人玉屑》引此條。】按《山谷集·答外舅孫莘老》詩起句云：西風挽不來，殘暑推不去。後山脱胎於此。〔補〕「俗子可人」句，清周召《雙橋隨筆》卷一有詳論，謂此不諳人情世故之語也。見四庫珍本初集。黄生後來秀，純茂静者徒。不見動經月，來亦不須臾。【注】東坡詩：懶者常似静，静豈懶者徒。《文選》古詩曰：既來不須臾。人事已好乖，可復自作疎。【注】見前注。子雖向人懶，勝處不可孤。【注】王介甫詩：寄語讀書人，呶呶非勝處。老杜詩：更長燭明不可孤。追此田事休，仍當秋雨餘〔一〕。深知阻泥濘，步履意何如〔二〕。【注】老杜詩：相邀愧泥濘，騎馬到堦除。又云：步屧過東籬。

校記

〔一〕「秋」，潘宋本作「寒」。　〔二〕「履」，潘宋本、周宋本、高麗本作「屐」。

寄張大夫

〔箋〕張大夫當即後山爲作《汲水新渠記》之蕭縣令張惇也。《徐州府志·宦績傳》：張惇，紹聖三年知蕭縣。歿祀名宦。此詩作於元符二年，與詩中「一別」「三年」語合。

只應青眼老，尚記白頭翁。一別今何向，三年信不通。不應書字倦，未有北來鴻。【注】《禮記·月令》孟春、仲秋，皆曰「鴻雁來」。而孟春注曰：「雁自南方來，將北反其居。」肯作彭城守，何時馬首東。【注】《左傳》曰：余馬首欲東。〔補〕蕭縣在彭城西。末句非僅用《左傳》事。

懷遠

【注】此首屬東坡〔一〕。〔箋〕《瀛奎律髓》：無復涕縱横。謂涕已爲公竭也。紀批：第三句欠明晰。又批：末句所謂人生到此，夫復何言。惟以冥情處之耳。語至沉痛，虚谷所解淺矣。

海外三年謫，天南萬里行。【注】東坡以紹聖四年丁丑，謫昌化軍安置。至元符二年己卯，蓋三年矣。樂天詩：

雲雨三年別，風波萬里行。〔箋〕《宋史・蘇軾傳》：貶寧遠軍節度副使，惠州安置。居三年，又貶瓊州別駕，居昌化。昌化故儋耳地，非人所居。藥餌皆無有。初僦官屋以居，有司猶謂不可。軾遂買地築室，儋人運甓畚土以助之。生前只爲累，身後更須名。【注】言生前尚以名爲累，死後亦復何須。《晉書・張翰傳》曰：使我有身後名，不如即時一杯酒。未有平安報，空懷故舊情。斯人有如此，無復涕縱横。【注】太白詩：丈夫立身有如此，一呼三軍皆披靡。

校記

〔一〕「首」，盧宋本、周宋本、高麗本作「詩」。

答田生

〔箋〕按：東坡守徐，有《田叔通以國子博士爲徐州通判留別叔通元弼坦夫》詩，所謂「田三昔同僚」者是也。田生疑其子姪行，卽下卷之田從先，從後山學者。《瀛奎律髓》：此戒田生過飲，尾句恐其不自修飾，則天資之美，亦不可恃也。紀批：三四輕滑，不似後山。尾句非虛谷不明，然如此費解，便非好句。

酒亦有何好，人盡未肯忘〔一〕。【注】此篇大抵戒田生好酒，而勉以學也。《晉書・孟嘉傳》：桓温曰：「酒有何好，而卿嗜之。」苟無愁可解，何必醉爲鄉。【注】劉几作《解愁曲》，陳慥作《無愁可解》以反之，其末句曰：「若須待醉了方開解時，問無酒怎生醉〔二〕。」唐王勣有《醉鄉記》。樂天詩：無過學王勣，惟以醉爲鄉。賸欲論奇字，【注】奇字，見前注。終能諱秘方。【注】言欲以文章真訣授之，無所隱也。孫樵《與王霖書》曰：嘗得爲文真訣于來無擇。無擇得于皇甫持正。持正得于韓吏部退之。然樵未嘗與人言及文章，且懼得罪于時。今足下有意于此，而自疑尚多，其可無言乎。後山《上二蘇公》詩亦云：請公別試囊中方。退之《李虛中墓誌》曰：于蜀得秘方。〔箋〕《王直方詩話》：荆公有詩云：端能過我論奇字，亦復令君見異書。而東坡亦嘗云：未許中郎得異書，且共揚雄説奇字。陳無己以「奇字」對「秘方」。按後山《寄晁載之兄弟》詩：端能過我三冬學，可復參儂一味禪。亦用荆公語。又《直方詩話》載：陳無己喜聖俞詩，誦其兩句云「胡地馬牛歸隴底，漢人煙火起湟中」，乃荆公《次韻元厚之平戎慶捷》詩中句也，直方誤舉爲宛陵，誤。《直方詩話》又云：「陳無己云：荆公晚年詩傷工，魯直晚年詩傷奇。余戲之曰：子欲居工奇之間耶？」世但知後山詩學山谷，不知其乃兼學半山也。因箋《答田生》詩，附記以告讀後山詩者。直饒肌骨秀，正要畫眉長。【注】謂美質亦須刻畫之也。盧仝《秋夢行》：長眉入鬢何連娟，肌膚白玉秀且鮮。《玉臺新詠》：費昶詩曰〔三〕：城中皆半額，非妾畫眉長。

校記

〔一〕「盡」，潘宋本、瞿宋本、高麗本作「今」。

〔二〕「醉」原作「解」，據周宋本、高麗本並《東坡樂府》載陳慥《無愁可解》改。

〔三〕「費昶」原作「秦韜」，據《玉臺新詠》卷六改。

早起

〔箋〕《瀛奎律髓》：「有家無食」、「百巧千窮」，各自爲對，乃變格。要見字字鍛鍊，不遺餘力。又云：「有家無食」、「百巧千窮」，各自爲對，變體也。如「寒氣挾霜侵敗絮，賓鴻將子度微明」，輕重互换，愈見其妙。一篇之中，四句皆用變體。如「熟路長驅聊緩步，百全一發不虚弦」，卽此所評之變體。如「喬木下泉餘故國，黄鸝白鳥解人情」、「含紅破白連連好，度水吹香故故長」、「隱几忘言終不近，白頭青簡兩相催」，不以顔色對顔色，猶不以數目對數目，而各自爲對，皆變體也。紀批：通體老健。又批：評語不同，却各明一義，不妨并存。

鄰雞接響作三鳴，殘點連聲殺五更。【注】退之詩：雞三號，更五點。《文選》沈休文作《安陸昭王碑》曰：男女老幼，大臨街衢。接響傳聲，不踰時而達于四海〔一〕。劉夢得詩：郡樓殘點聲。寒氣挾霜侵敗絮，【注】退之詩：威風挾惠氣。《西京雜記》曰：淮南王安著《鴻烈解》云：字中皆挾風霜。敗絮，見前注。賓鴻將子度微明。【注】《禮記・月令》：鴻雁來賓。老杜詩：輕鳥度層陰。又詩：雲月遞微明。〔箋〕《藝苑雌黄》：余與鄉人翁行可同舟泝汴，因談及詩，行可云：「介甫善下字，如『荒埭暗雞催月曉，空場老雉挾春驕』，下得挾字最好，如《孟子》挾貴挾長之挾。」余謂介甫有「紫莧凌風怯，蒼苔挾雨驕」，陳無己有「寒氣挾霜侵敗絮，賓鴻將子度微明」，其用挾字，亦與前一聯意同。有家無食違高枕，【注】老杜詩：無食問樂土。又詩：晝省香爐違伏枕。又詩：散地逾高枕。按《史記・張儀傳》曰：大王高枕而卧。百巧千窮只短檠。【注】百巧、短檠，皆見前注。翰墨日疏身日遠，世間安得尚虚名。【注】老杜詩：才微歲老尚虚名。又云：不堪祇老病，何得尚浮名。

校記

〔一〕「于」原作「乎」，據盧宋本、周宋本、高麗本並《文選·安陸昭王碑》改。

和黄充小雪

度臘侵春亦未遲，紛紛款款意猶微。【注】樂天詩：度臘都無苦霜霰，迎春却有好風光。老杜詩：點水蜻蜓款款飛。霑衣帶潤元無見〔一〕，著物還消不待晞。【注】秦韜玉《春雪》詩：片纔著地輕輕陷，力不禁風旋旋消。《湛露》詩曰：湛湛露斯，匪陽不晞。注云：晞，乾也。暗欲打窗連夜聽，未須迷雁斷行飛。【注】樂天詩：蕭蕭暗雨打窗聲。老來才盡無新語〔二〕，只欲煩君急手揮。【注】《漢書》：陸賈造《新語》。〔補〕懷辛案：新語泛稱，註引陸賈《新語》不切。

校記

〔一〕馬瞰本有注「帶潤一作自濕」六字。　〔二〕「來」，潘宋本作「年」。

後山詩注補箋卷十

寄張學士

【注】舜民。〔箋〕《宋史·舜民傳》：元符中，罷職付東銓。

湖海三年別，譙徐一日閒。【注】譙郡，亳州也。經時猶未見，凡事信多難〔一〕。【注】退之詩曰：「關山遠別固其理，寸步難見始知命。」理極那須説，【注】《世説》：何晏聞王弼名，因條勝理語。弼曰：「此理僕以爲理極，可得復難否？」情生不自還。【注】終上句之意，謂相與忘言，如晉阮修所謂就令相見，亦何所説，然念舊之情，不能自已也。《晉書》：郭文曰：「情由憶生，不憶故無情。」《漢書》：原涉曰：「知其非禮，然不能自還。」此借用。從來關聲問，相見若爲顔。【注】老杜詩：從來不寄一行書。聲問，見前注。《後漢·馬援傳》曰：將難爲顔乎。

校記

〔一〕「難」，潘宋本、周宋本作「艱」。

謝趙使君送烏薪〔一〕

欲落未落雪迫人，將盡不盡冬壓春。【注】老杜詩：松浮欲盡不盡雲，江動將崩未崩石。〔補〕梅南本墨批：佚宕。風枝冰瓦有去鳥，遠坊窮巷無來人。忽聞扣門聲遽速，驚雞透籬犬升屋。【注】張籍樂府曰：家家雞犬驚上屋。〔補〕梅南本墨批：透字好。使君傳教賜薪炭，【注】《世説》：劉惔遺傳教覓張孝廉船。妓圍那解思寒谷。【注】《開元天寶遺事》曰：申王每冬月苦寒，令宮女密圍而坐，謂之妓圍。寒谷，見前注。老身曲直不足言〔二〕，冷窗凍壁作春温。【注】孟郊《謝人送炭》詩：煖得曲身成直身。《史記·田敬仲完世家》曰：大絃濁以春温者，君也。定知和氣家家到，不獨先生雪塞門〔三〕。【注】雪塞門，用袁安事，見前注。〔補〕《老學庵筆記》卷六：「謝景魚家有陳無己手簡一編，有十餘帖，皆與酒務託買浮炭者，其貧可知。」

校記

〔一〕「送烏薪」三字潘宋本、周宋本無。〔二〕「言」，潘宋本、馬暾本作「云」。〔三〕「雪塞」，潘宋本作「席作」。

雪中寄魏衍

〔箋〕按：時衍方居母憂。《瀛奎律髓》：魏衍，後山門人。「遥知吟榻上，不道絮因風」，此教人作詩之法也。「撒鹽空中差可擬」，此固謝家子弟之拙，「未若柳絮因風起」，未可謂謝夫人此句冠古也。想魏衍此時作詩，必不用此等陳言，乃後山意也。然則詩家有翻案法，又在乎人。《晉書》：郭文曰：「情由憶生，不憶故無情。」紀批：前四句純用禁體，妙於寫照。五六全不著題，而確是雪天獨坐神理，此可意會，而不可言傳。結亦兩層俱到。

薄薄初經眼，輝輝已映空。【注】老杜《螢火》詩：偶經花蕊弄輝輝〔一〕。又詩：鳴雨既過漸細微，映空搖颺如絲飛。融泥還結凍，落木復沾叢。【注】老杜詩：泥融飛燕子〔二〕。意在千山表，情生一念中。【注】用王徽之雪夜忽憶戴逵意，以比魏衍。後山《送衍移沛》詩有曰：勿云百里遠，已作千山愁。東坡詩：故人應在千山外，不寄梅花遠信來。情生，見前注。樂天《與元微之書》曰：平生故人，去我萬里，瞥然塵念，此際暫生〔三〕。遥知吟榻上，不道絮因風。【注】《晉書·謝道韞傳》：叔父安内集，雪驟下，問何所似。兄子朗曰：「撒鹽空中差可擬。」道韞曰：「未若柳絮因風起。」東坡《雪》詩：「柳絮才高不道鹽」，此反而用之。

校記

〔一〕「花」原作「苞」，據周宋本、高麗本並杜甫《見螢火》詩改。

〔二〕「飛燕子」原作「燕子飛」，據周宋本、盧宋本、高麗本並杜詩《絶句二首》改。

〔三〕「暫生」下周宋本多「李陵書日每一念至」八字。

送澶州録曹宋參軍

〔箋〕《元豐九域志》：澶州治濮陽，屬河北東路。按：州自崇寧五年升開德府，金皇統四年改名開州。《文集·宋處士墓銘》：處士諱豫，世家彭城白鶴里。子章，仕爲鄧州司户參軍。

宦遊男子事，訪别故人情。能吏于今少，春風及此行。英雄餘戰伐，【注】澶州，蓋萊公却敵處。犴獄寄廉平。【注】《韓詩外傳》曰：鄉亭之獄曰犴，朝廷之獄曰獄。《漢書·刑法志》：緹縈上書曰：「妾父爲吏，齊中皆稱其廉平。」未肯輕衰疾，人來闕寄聲。

和范教授同遊桓山

〔補〕范教授失考。慶歷四年，始置諸州教授。

送客尋山已自仙〔一〕，行談坐笑復忘年。平郊走馬斜陽裏，【注】《漢書·張敞傳》：過走馬章臺街。唐人詩：窄衫短帽斜陽裏。破屋傳杯積水邊。【注】退之詩：破屋數間而已矣。老杜詩：傳杯不放杯。洗壁留名題歲月，登高著句記山川。風流幕下諸公子，縮手吟邊更覺賢。【注】一本作「題名留歲月」。縮手，見前注。

校記

〔一〕「自」，何校本作「是」。

早春

〔箋〕《瀛奎律髓》：極瘦有骨，盡力無痕。細看之句中有眼。紀批：馮云：「冰乍開水尚欠緑」，然「緑」字本唐人東風解凍詩。又云：「湊甚，落句只結得愁隨日日新，未穩足。」不知此以柳發引入愁新，十字流水，故單以愁新爲結。正是唐人詩法，不得以《才調集》板對繩之。又批：自然閒雅，良由氣韻不同。

度臘不成雪，迎年遽得春。冰開還舊緑，魚喜躍修鱗。【注】《禮記·月令》：孟春，東風解凍，魚上冰。柳及年年發，愁隨日日新。老懷吾自異，不是故違人。【注】《南史》：沈懷文素不飲酒，又不好戲。宋孝武謂故欲異己。謝莊嘗戒曰：「卿每與人異，亦何可久。」懷文曰：「非欲異物，性之所不能矣。」此詩末句頗采其意。

徐仙書三首

【注】徐清，字靜之，蓬萊女官也。下西里王氏。詩作謝體，書效黄魯直，妍妙可喜〔一〕。事詳後

注〔二〕。

蓬壺仙子補天手，筆妙詩清萬世功。【注】《列子》曰：歸墟有五山：一曰岱輿，二曰員嶠，三曰方壺，四曰瀛洲，五曰蓬萊。又曰：天地亦物也〔三〕。物有不足，故昔者女媧氏煉五色石以補其闕。李賀詩：筆補造化天無功。肯學黄家元祐脚，〔箋〕《復齋漫録》：子厚寄劉夢得詩，夢得酬答中有「柳家新樣元和脚」，人竟不曉。高子勉舉以問山谷，山谷云：「取其字製之新。昔元豐中，晁无咎作詩文極有聲，陳無己戲之曰：『聞道新詞能入樣，湘州紅纈鄂州花。』蓋湘州纈、鄂州花也。則『柳家新樣元和脚』其亦類此歟。」余頃見徐仙者，效山谷書，而無己以詩寄之曰：「蓬萊仙子補天手，筆妙詩清萬世功，肯學黄家元祐脚，信知人厄非天窮。」則知山谷之言無可疑。最後見東坡《柳氏求筆迹》詩：「君家自有元和手，莫厭家雞更問人。」其理雖同，但「手」字爲異。信知人厄匪天窮。【注】《柳子厚集》載劉禹錫詩曰：日日臨池弄小雛，還思寫論付官奴。柳家新樣元和脚，且盡薑芽斂手徒。東坡《海市》詩曰：信我人厄非天窮。魯直見廢于世，而仙真喜學其書，此特厄于人耳。

又

詩成已作客兒語，筆下還爲魯直書。【注】客兒，謝靈運小名，見《南史·謝弘微傳》。豈是神仙未賢聖，不隨時事向人踈。【注】退之詩：乃知仙人未賢聖。此反而用之。不隨時事，謂于元祐黨禁中，肯學黄書也。唐高蟾詩云：君恩秋後葉，日日向人踈。

又

金華牧羊小家子，【注】金華，見前注。太白詩：金華牧羊兒，乃是紫煙客。小家，見前注。西真攘桃何代兒。【注】《漢武故事》：西王母指東方朔曰：「仙桃三千年一熟，此兒已三偷之矣。」《東坡樂府》曰：曼倩風流緣底事，當時，愛被西真喚作兒。詩著海山書落爪，向來何免世人疑。【注】詩可以置之海山，書落筆而俊快，必非癡鬼也。後山作《潁師字序》載徐清事曰：吾里中少年，每歲首簪飾箕帚，召紫姑以戲。一歲，有神下焉，曰：「吾蓬萊仙伯徐君也，喜句畫，有求必答。」下筆不休云云。世人或疑徐君乃紫姑之類，未必以仙官待之，故後山引牧羊、攘桃爲喻，以爲神仙有時而混迹，不必疑也。退之《祭湘君文》曰：且虞海山之波霧瘴毒爲災。老杜詩：破甘霜落爪。此借用，謂筆畫從手爪而落，亦暗用《神仙傳》中麻姑鳥爪事。〔箋〕今《文集》無《潁師字序》。

校記

〔一〕「可喜」下周宋本、高麗本有「敬作三絶句」五字。　〔二〕「事詳」四字，盧宋本、周宋本、高麗本無。　〔三〕「亦物」原作「一物」，據盧宋本、周宋本並《列子·湯問》改。

寄酬咸平朱宣德

【注】智叔。〔箋〕《宋史·職官志》：宣德郎，階正七品。

冥冥超世網，蔚蔚秀儒林。【注】揚子曰：鴻飛冥冥，弋人何篡焉〔一〕。《選》詩曰：世網嬰我身。他日熟看面，今時初得心〔二〕。【注】《左傳》曰：他日吾見子面而已，今吾見子之心矣。白頭無故意，異代有同音。【注】趣異則至老不相知，意合則異世可同調。《漢書·鄒陽傳》：語曰「有白頭如新，傾蓋如故。」何則？知與不知也。《史記·范睢傳》曰：戀戀有故人之意。《選》詩曰：誰謂古今殊，異代可同調。《詩》曰：笙磬同音。短綆徒施巧〔三〕，終然汲莫深。〔四〕【注】《莊子》曰：綆短不可以汲深。此引用以終上意，言平日知朱公之未盡也。〔五〕

校記

〔一〕「篡」原作「慕」，據周宋本並揚雄《法言·問明》改。　〔二〕「時」，潘宋本、盧宋本、周宋本、瞿宋本、高麗本、陳唐本作「詩」。　〔三〕「短綆」，潘宋本作「綆短」。　〔四〕「汲莫」，潘宋本、馬暾本作「莫汲」。　〔五〕「公」，周宋本、高麗本作「君」。

咸平讀書堂

【注】爲朱智叔作。

昔人三百篇，善世已有餘。【注】《魯論》〔一〕：誦詩三百，授之以政，不達。使於四方，不能專對。雖多，亦奚以爲。後生守章句，不足供囁嚅。【注】退之《送李愿序》曰：口將言而囁嚅。一登吏部選，筆硯隨掃除。【注】東坡《密州謝上表》曰：塵埃筆硯，漸忘舊學之淵源。〔箋〕《鶴林玉露》：楊誠齋《贈鈔經頭陀》詩云：刺血鈔經奈若何，十年依舊一頭陀。袈裟未著言多事，著了袈裟事更多。今世儒生竭半生之精力以應舉覓官，幸而得之，便指爲富貴安逸之媒。非特於學問切己事不知盡心，而書册亦幾絶交，如韓昌黎所謂「牆角君看短檠棄」，陳後山所謂「一登吏部選，筆硯隨掃除」者多矣。是未知「著了袈裟之事更多」也。閉閤畫眉嫵，【注】《漢書・張敞傳》：爲婦畫眉，長安中傳張京兆眉憮。注云：憮音嫵。隔屋聞歌呼。【注】老杜詩：隔屋喚西家，借問有酒不。《漢書・曹參傳》：相舍後園近吏舍。參游後園，聞吏醉歌呼。奉公用漢律，寧復要詩書。【注】《後漢》：任延曰：「履正奉公，臣之節也。」《漢書》：朱博曰：「如太守漢吏，奉三尺律令以從事耳，亡奈生所言聖人道何也！」俛首出跨下，枉此七尺軀。【注】言屈身於貴要也。《漢書・韓信傳》：俛出跨下。《荀子》曰：何足美七尺之軀哉。今代陶朱公，不作大梁屠。【注】《史記・范蠡傳》：蠡去，止於陶，自謂陶朱公。又《魏公子無忌傳》：侯嬴爲大梁夷門監者，謂公子曰：「朱亥賢者，世莫能知，故隱屠間耳。」朱智叔時治咸平，故引以喻之。咸平隸京師，即古大梁。計然特未用，意得輕全吴。【注】《史記・貨殖傳》：范蠡既雪會稽之恥，乃喟然而歎曰：「計然之策七，越用其五而得意。」注曰：計然者范蠡之師也，名研。爲邦得畿縣，政密自計疏。寧書下下攷，【注】《唐書・陽城傳》：爲道州刺史，觀察使數誚責。州當上攷功第，城自署曰：「撫字心勞，追科政拙，攷下下。」不奉急急符。【注】元次山《春陵行》云：督郵傳急符，來往跡相追。退之《曲江祭龍文》曰：急急如律令。用意簿領外，築室課典謨。【注】《選》詩：沈迷簿領書。平生五千卷，還舍不問塗。

【注】言記問精博，如行熟路也。近事更漢唐，稍以詩自娱。【注】更謂更閲。復作無事飲，醉卧擁青奴。【注】退之詩：幕中無事惟可飲。蓋用《史記》犀首事。青奴，見前注。桃李春事繁，軒窗晝景舒〔二〕。鳴屋鳩渴雨，窺簾燕哺雛。休吏散篇帙，【注】《漢書·薛宣傳》曰：日至休吏。謝靈運詩：散帙問所知。風篁獻笙竽。【注】《文選·月賦》云：風篁成韻。退之《聯句》云：折篁嘯遺笙。太白詩：三千雙蛾獻歌笑。《文選》左太沖詩：北里吹笙竽。听然一啟齒，斯民免爲魚。【注】能一笑對古人者，必不陷溺其民矣。《漢書·司馬相如傳》：亡是公听然而笑。《莊子》曰：吾君未嘗啟齒。《左傳》曰：微禹吾其魚乎。

校記

〔一〕「論」下周宋本多「曰」字。　〔二〕「晝」原作「畫」，據潘宋本改。

絶句二首

里中餽杏得嘗新，馬上逢花始見春。【注】《漢書·陳平傳》曰：里中社，平爲宰。《食貨志》曰：社閭嘗新。「馬上逢花」蓋用前輩「賣花擔上看桃李」之意。勤苦著書如作吏〔一〕，世間枉是最閒人。【注】《南史·梁宗室傳》：南平王偉之子恭，好賓友，酣宴終辰。時元帝居藩，勤心著述。恭每謂曰：「時人不好懽興，乃仰眠牀上，看屋梁而著書。豈如臨清風，對朗月，登山泛水，肆意酣歌也。」

又

密密丹房疊疊花，一枝臨路爲人斜。叮嚀語鳥傳春意，白下門東第幾家。【注】退之詩：浪憑青鳥通叮嚀。樂天詩：柳巷當頭第一家。

校記

〔一〕「作」原作「此」，據盧宋本、周宋本、瞿宋本、何校本改。

春懷示鄰里

斷牆著雨蝸成字，老屋無僧燕作家〔一〕。【注】老杜詩：林花著雨臙脂落。《酉陽雜俎》：睿宗爲冀王，寢室壁間蝸迹成天字。《襄陽記》：楊顒曰：「請爲明公以作家譬之。」〔箋〕《歸田詩話》：閉門覓句陳無己，對客揮毫秦少游。山谷詩喻二人才思遲速之異也。後山詩如「壞牆得雨蝸成字，古屋無人燕作家」，寥落之狀可想。淮海詩如「翡翠側身窺綠

〔箋〕《瀛奎律髓》：淡中藏美麗，處處著工夫，力能排天斡地，此後山詩也。紀批：起二句言居處之荒涼，五六句言節候之暄妍，故兩聯寫景，而不爲複。又批：刻意劃削，脱盡甜熟之氣。以爲排天斡地，則意境自高，推許太過。

酒，蝹蜓偷眼避紅妝」，豔冶之情可見。二人他作亦多類此。後山宿齋宮驟寒，或送綿半臂，却之不服，竟感疾而終。淮海謫藤州，以玉盂汲水，笑視而卒。二人於臨終，屯泰不同又如此，信乎各有造物也。〔補〕梅南本墨批：只一句秀甚。懷辛案：指老屋句。剩欲出門追語笑，却嫌歸鬢逐塵沙〔二〕。【注】頗用元規塵污人之意。風翻蛛網開三面，【注】《吕氏春秋》曰：湯見置四面網者，湯拔其三面，置其一面。祝曰：昔蛛蝥作網，令人學之，欲高者高，欲下者下，吾取其犯命者。〔補〕梅南本墨批：求巧得拙。雷動蜂窠趁兩衙。【注】《子虛賦》：雷動猋至。《䟽雅》云：蜂有兩衙，應潮。錢昭度詩云：黄蜂衙退海潮上，白蟻戰酣山雨來。屢失南鄰春事約，只今容有未開花。【注】後山前有《戲寇君》詩曰：南鄰歌舞隔牆聽。此云未開花，蓋亦以戲寇。容有，猶言豈容復有也。

校記

〔一〕「僧」，盧宋本作「人」。　〔二〕「逐」，潘宋本、周宋本、馬嗷本、高麗本作「着」。

歸雁二首

〔箋〕《瀛奎律髓》：此詩乃元符三年徽廟登極，南遷諸公次第北還，故後山寄意於《歸雁》。二詩今選其一。按：第一首。「弧矢千夫志」，以言羣小之欲害君子也。「箏柱」、「書郵」，以言諸賢之有所守，朋友有急難之義，旁觀者以爲憂怨也。末句則所以爲諸賢喜者深矣。後山詩幽遠微妙，其味無窮，非黏花貼葉近詩之比。三四蓋學山谷《猩猩毛筆》詩者。紀批：起句突兀無緒。筝柱排似雁行耳，非以雁爲之。云「寧爲」亦不妥。又批：詩不佳，此解却細審，非此解亦不喻此詩。又批：堆砌之與點化，指《猩猩毛筆》詩言。相去遠矣。

弧矢千夫志，瀟湘萬里秋。【注】弧矢，謂射雁也。成公綏《鴈賦》曰：過雲夢而娭遊兮〔一〕，投江湘而中憩。寧爲寶筝柱，【注】李義山詩曰：十三絃柱鴈行斜。肯作置書郵。【注】用蘇武事。晉殷羨爲豫章太守，都下人士因其致書者百餘函，皆投之水中曰：「殷洪喬不作致書郵〔二〕。」老杜詩：肯作置書郵。遠道勤相喚，【注】《莊子》曰：吾固不辭遠道而來願見。老杜《歸鴈詩》：雲裏相呼疾。羈懷誤作愁。【注】劉禹錫《竹枝歌》曰：巫峽蒼蒼煙雨時，清猿啼在最高枝，个裏愁人腸自斷，由來不是此聲悲。〔箋〕《苕溪漁隱叢話》：杜牧之《早鴈》詩云：仙掌月明孤影過，長門燈暗數聲來。六一居士《汴河聞鴈》云：野岸柳黄霜正白，五更驚破客愁眠。皆言幽怨羈旅，聞鴈聲而生愁思。至後山則不然，但云：遠道勤相喚，羈懷誤作愁。則全不蹈襲也。（《詩人玉屑》引此條。）聊寬稻粱意，寧復網羅憂。【注】劉孝標《絶交論》曰：分鴈鶩之稻粱。

又

作計胸懷早，【注】《淮南子》曰：鴈從風而飛，以愛氣力。銜蘆而飛，以避矰繳。《玉臺新詠·焦仲卿詩》曰：作計何不量。《文選·干寶晉論》曰：邪僻銷于胸懷。又《南史》：蕭惠開常曰：「人生不能行胸懷，雖壽百歲，猶爲夭也。」爲生去住頻。【注】《管子》桓公曰：鴻雁春北而秋南。固違陰嶺雪，不盡洞庭春。【注】陰嶺，謂匈奴陰山。老杜詩：苦涉陰嶺沍。巧作斜行字，催歸去國人。【注】樂天詩：鴈點青天字一行。魯直詩：風外竹斜行。隋薛道衡《人日思歸》詩曰：入春纔七日，離家已二年。人歸落鴈後，思發在花前。此言「去國人」，謂南遷諸公，將北還也。是歲二月癸亥，詔永州安置范純仁等皆内徙。知時如有信，【注】《儀禮》曰：下大夫相見以鴈。注云鴈取知時。決起亦相親。【注】此用鴈奴事。《莊子》曰：蜩與鷽鳩笑之曰：「我決起而飛，搶榆枋。」老杜詩：相親相近水中鷗。

校記

〔一〕「娭遊」原作「瞻遊」，據盧宋本改。〔二〕「致」原作「置」，據周宋本並《晉書·殷浩傳》附《殷羨傳》及《世説新語·任誕》改。

和寇十一晚登白門

〔箋〕《徐州府志》：外城南門曰南白門。唐皮日休有《白門表》。《瀛奎律髓》：白門在徐州，亦曰白下，地近狹邪。寇國寶，後山鄉人，屢引白下事戲之，「小市、輕衫」之句，亦所以戲也。元符庚辰三月，以徽廟登極，湔滌南遷諸人，故有「白首逢新政」語。尾句又謂吾輩如蘇、黄，本非有意富貴，但不能恝然忘情，俾脱遷謫而北還，亦私誼之所許也。詞意深婉，豈徒詩而已哉！如許渾《登凌熇臺》：湘潭雲净暮山出，巴蜀雪消春水來。不過砌疊形模，而晚唐家以爲句法，今不敢取。蓋老杜自有此等句，但不如是之太偶而不活耳。紀批：首尾二「相」字複。第四句清，出晚字。五六措語深至，詩人之筆。末句指文酒相聚之事，注意是而語不了了。又批：論許渾二句最是。〔補〕潘宋本《後山先生文集此詩重出。一見卷六，題名與此同。一見卷一，題名《次韻鄭户部題端禪師丈室》，詩與題不稱，意有訛誤。案箋本卷八有《和鄭户部寶集丈室》二首，鄭户部，名僅，字彦能，見卷七《贈鄭户部》箋。寶集與端禪師不知是一人否？記之備考。

重門傑觀屹相望，【注】退之詩：隆樓傑閣磊嵬高。表裏山河自一方。【注】《左傳》曰：表裏山河，必無害也。小市張燈歸意動，【注】《宋書·張暢傳》〔一〕：彭城有小市門。魯直詩：晚市張燈明遠近。輕衫當户晚風長。【注】《選》詩曰：被服羅裳衣，當户理清曲。〔補〕梅南本墨批：情飛意濃，對語尤勝。懷辛按：「小市」二句梅南本朱筆、墨筆俱連圈。孤臣白首逢新政，遊子青春見故鄉。【注】東坡詩：喜聞新國政。是歲徽考登極。游子，見前注。富貴本非吾輩事，江湖安得便相忘〔二〕。【注】言富貴固不可期，而江湖之志亦未遂也。《莊子》曰：魚相忘於江湖。

校記

〔一〕「宋」字上盧宋本、周宋本、高麗本有「按」字。　〔二〕「便」，馬暾本作「更」。

謝寇十一惠端硯

〔箋〕《文集·寇參軍集序》：寇氏之伯曰元老，喜事而多能。張李氏之墨，吴唐蜀閩兩越之紙，端溪歙穴之硯，鼠須栗尾狸毫兔穎之筆，所謂文房四物，山藏海蓄，極天下之選。此謝寇十一惠端硯，而後又有《從寇生求茶庫紙》絶句，則寇當是元老之子而元弼之姪。

百工營材先利器，【注】《書斷》載《三輔決録》曰：韋誕字仲將，諸書並善。鄴都宫觀始就，詔令仲將題署。御筆墨皆不任用。因奏工欲善其事，必先利其器。若用張芝筆、左伯紙及臣墨，兼此三具，又得臣手，然後可以逞。徑丈之勢，方寸千言。市道居貨如作贄。【注】《史記·廉頗傳》曰：天下以市道交。「作贄」，當是「作質」。按《史記·吕不韋傳》：秦子楚爲質子于趙。不韋見而憐之，曰「此奇貨可居」。或云《漢書·食貨志》：始皇發閭左之戍。應劭注曰：秦時謫戍，先發吏有過及贅壻、賈人。故後山引用，言秦法賈人與贅壻一等也〔一〕。書生之於筆硯亦猶工之利器，賈之居貨云。〔補〕梅南本墨筆批：雖作佶栗語勢，揔不爲佳。書生活計亦酸寒，斷塼半瓦寧求備。【注】退之詩：活計似鋤刬。東坡詩：習氣一洗儒生酸。《書》曰：與人不求備。端溪四山下龍淵，〔箋〕《端溪硯譜》：肇慶府東三十三里有山曰斧柯，在大江之南，蓋靈羊峽之對山也。斧柯山峻峙壁立，下際潮水。岩之中有泉出焉，雖大旱未嘗涸。岩有兩口，其中則通爲一穴。大者取硯所自入也，小者泉水所自出也，故號曰水口。《硯史》：岩有四：下岩、上岩、半邊岩、後礫岩。

鬱積中州清淑氣。【注】退之《送廖道士序》曰：郴之爲州，當中州清淑之氣，蜿蟺扶輿，磅礴而鬱積。金聲玉骨石爲容，【注】東坡《硯銘》曰：玉德金聲，而寓于斯。〔箋〕《游宦紀聞》：高廟嘗書翰墨數説。其一云：端璞色紫如豬肝，研試如磨玉而無聲，此上品也。（按：端硯以木聲爲上，金聲、瓦聲爲下。老坑皆作木聲，蓋石潤則聲沉，石燥則聲浮。清越以長，如泗濱之磬者，勿良也。此吴蘭修説。後山金聲玉骨云云，非門内人語。）河江屈流雲作使。【注】言此石中含江河之潤，蒸而爲雲，以導達其秀潤之氣。老杜詩：屈注蒼江流。陸龜蒙《蟬》詩曰：只憑風作使，全仰柳爲都。滑如女膚色馬肝，【注】《西京雜記》曰：文君肌膚柔滑如脂。《硯譜》：蘇易簡云：「端溪硯，水中石色青，山半石色紫，山絶頂石尤潤，如豬肝色者佳。」《漢書·郊祀志》曰：文成食馬肝死耳。〔箋〕《西溪叢語》：端硯，下巖色紫如豬肝，密理堅緻，温潤而澤，儲水發墨，叩之有聲。石眼圓暈數重，青白黄黑相間，極大者爲最勝。土人以晶瑩圓明中無瑕翳者爲「活眼」，形模相類，不甚鮮明者爲「淚眼」，形體略具，内外皆白，殊無光彩者爲「枯眼」。《硯譜》：石性貴潤，色貴青紫，乾則灰蒼，色潤則青紫色。夜半神光際天地。〔注〕《漢書·宣帝紀》曰：神光並見，或興于谷。《郊祀志》曰：有美光上屬天。諸天散花百神喜，知有聖人當出世。【注】聖人謂徽考，徽考初封端王。元符三年十月，遂升端州爲興慶軍。周昭王二十四年四月八日夜，天地震動，恆星不見。太史奏西天聖人出世。没人投深索千丈，【注】《莊子》注曰〔二〕：「没人，謂能鶩没于水底。」索讀如求索之索。探頷適遭龍伯睡。【注】《莊子》曰：千金之珠，必在九重之淵。而驪龍頷下子能得珠者，必遭其睡也。《列子》有龍伯之國。轆轤挽出萬人負〔三〕，〔箋〕《硯譜》：巖之北壁，石背爲泉水所浸，瀰漫湧溢，下流爲溪。巖之中，歲久崩摧，石屑翳塞，積水屈曲，淺深人所莫測。《硯史》：治平中貢硯，取水月餘方及石。東坡云：千夫挽綆，百夫運斤，篝火下縋，以出斯珍。千歲之藏一朝致。琢爲時樣供翰墨，十襲包藏百金貴。【注】一本「負」作「貨」〔四〕。闞子曰：宋之愚人，得燕石于梧臺之側，藏之以爲大寶。革匱十重中十襲。退之《藤杖歌》曰：幾重包裹自題署。北行萬里更衆目，寇卿好事不計費。【注】寇嘗爲太常少卿，見後注。南鄰居士卿之孫，〔箋〕元老、元弼皆太常少卿子，故寇十一稱卿之孫也。豐悴相從不爲異。【注】退之《王承福傳》云：抑豐悴有時，一去一來而不可常者耶。似憐陶瓦磨竈煤，輟贈不減前人志。【注】東坡《種松》詩曰：萬竈飛青煤。人言寒士莫作事，鬼奪客偷天破碎。【注】《南史·劉祥傳》：褚彦回曰：「寒士不遜。」老杜《桃竹杖引》云：路幽必爲鬼神奪。退之有《瘞破硯文》。〔箋〕《北窗炙輠》：舊傳陳無己《端硯》詩云：人言寒士莫作事，神奪鬼偷天破碎。神言奪，鬼言偷，天言破碎，此下字最工也。今本乃作鬼奪客偷，殊玉石矣。此當言鬼神，不可言客也。龜玉韞匵與無同，【注】龜玉及韞匵，並見《魯論》。東坡詩：背之不見與無同。錦衾還客弃佳惠。【注】老杜詩：錦衾卷還客，始覺心和平。衆所欲得當有緣，天獨于予可無意。敢書細字注魚蟲，【注】退之詩：《爾雅》注魚蟲，定非磊落人。要傳《華嚴》八千偈。【注】《隋·經籍志》云：沙門支法領，從于闐國得《華嚴》三萬六千偈。此云八千，未詳。

校記

〔一〕「法」原作「云」，據周宋本改。

〔二〕「注」字原無，據盧宋本、周宋本、高麗本並《莊子·達生》增。

〔三〕

「負」，潘宋本、周宋本作「賀」。　〔四〕「一本負作貨」五字盧宋本無，周宋本亦無。

再和寇十一二首

南山樓觀插穹蒼，林杪青燈出上方。【注】《文選》顔延年詩：樓觀眺豐穎。《爾雅》曰：穹蒼，蒼天也〔一〕。謝靈運詩：俛視喬木杪。老杜詩：上方樓閣晚。字本出《維摩經》。形勝自如諸老逝，【注】《漢書・高祖紀》：田肯曰：「秦形勝之國也。」後山《寇參軍集序》曰：大父鹽鐵府君、外大父潁公與文忠蔡公好。太常少卿寇君，蔡之出也，游二大父之間，而輩先君。功名隨盡二流長。【注】劉夢得詩曰：人世幾回悲往事，山形依舊枕寒流。二流，謂汴、泗。馬游從昔哀吾老，【注】馬少遊事見前注。王粲當年賦異鄉。【注】王粲在荆州，作《登樓賦》曰：雖信美而非吾土兮，曾何足以少留。《文選・東門行》曰：一息不相知〔二〕，何況異鄉別。少日幻心今淨盡，【注】《圓覺經》云：衆生幻心，還依幻滅。《本事詩》：劉禹錫《再遊玄都觀》詩曰：桃花淨盡菜花開。多生綺語未全忘。【注】東坡詩：多生綺語磨不盡。

又

與世相違孰自量，【注】淵明《歸去來辭》：世與我而相違。孰自量，言自知甚審〔三〕。資身無策謾多方。【注】《漢書・韓信傳》：寄食于漂母，無資身之策。《莊子》曰：惠施多方，其書五車。逢場作戲真呈拙，【注】《傳燈録・馬祖道一傳》：鄧隱峯辭師云：「石頭去。」師云：「石頭路滑。」對曰：「竿木隨身，逢場作戲。」便去。石頭云云，隱峯無語，歸來。師云：「向汝道石頭路滑。」　誤筆成蠅豈所長。【注】曹不興畫屏風，誤落筆點素，因就以爲蠅。孫權以爲生蠅，舉手彈之。　名字不歸青史筆，【注】老杜詩：古人日已遠，青史字不泯。曹子建表云：名挂史筆。　形容終老白雲鄉。【注】《趙飛燕外傳》曰：成帝呼合德爲温柔鄉，曰：「吾老是鄉矣，不能效武帝求白雲鄉也。」　何須五斗輕千里，賴有斯人未肯忘。【注】《晉書·陶潛傳》曰：「吾不能爲五斗米折腰，拳拳事鄉里小人〔三〕。」王介甫詩：賴有斯人慰寂寥。

校記

〔一〕「蒼」原作「上」，據盧宋本、周宋本、高麗本並《爾雅·釋天》改。　〔二〕「相」原作「自」，據周宋本、高麗本並《文選》鮑明遠《東門行》改。　〔三〕「人」原作「兒」，據盧宋本並《晉書·隱逸傳》改。

與寇趙約丁塘看花寇以疾不赴有詩用其韻

〔箋〕按：寇卽寇十一，趙卽惠芍藥之趙生。《耆舊續聞》載：趙鱷之少學於陳無己，有句法。代宋喬年上元應制，得句云云。今按《容齋四筆》上元應制句，爲周子雍代宋喬年作，詳後《贈周秀才》詩箋。鱷之爲魏王廷美五世孫，亦字子雍，故有此誤。《徐州府志》：丁塘山下卽丁塘湖，前有拔劍泉，相傳漢高祖駐兵處。

早年學苦斷過從，晚歲逢春意未窮。欲共元劉爭著語，【注】元稹、劉禹錫也。著語，見前注。不堪姚魏已隨風。【注】歐公《牡丹釋名》曰：姚黄者千葉黄花，出于民姚氏家。又曰：千葉肉紅花，出于魏相仁溥家。錢思公嘗曰：「人謂牡丹花王。今姚黄真爲王，而魏紅乃后也〔一〕。」坐無上客席虚左，【注】《曲禮》曰：上客起。《史記·魏無忌傳》：從車騎，虚左，自迎侯生。贈有英詞囊不空。【注】英詞，見前注。老杜詩：囊空恐羞澀。障日長須釣竿手，歸來無計駐青驄。【注】釣竿手，見前注。《開元天寶遺事》曰：長安俠少，每至春事，飾矮馬以錦韉金絡，並轡于花樹下往來〔二〕，遇好花則駐馬而飲。梁武帝歌曰：青驄白馬紫絲韁。詩意謂雖閒居猶負春色。

校記

〔一〕「紅」字周宋本無。懷辛案：歐集卷七十二《洛陽牡丹記·花釋名第二》「紅」作「花」。〔二〕「花樹下」原作「花下」，據盧宋本、周宋本、高麗本並《開元天寶遺事》《看花馬》條增「樹」字。

和寇十一同遊城南阻雨還登寺山

〔箋〕《名勝志》：戲馬臺高數十仞，周圍土阜。宋時於上建臺頭寺，甃磴以升，中有西軒。《瀛奎律髓》：「膏」字、「納」字詩眼極矣。紀批：起二句拙。「膏」字、「習」字且腐語，不及「納」字。

雨阻遊南步，泥留逐北情。【注】逐北，見前注。此借用。稍看飛霧斷，復作遠山横。野潤膏新澤，

【注】老杜詩：野潤煙光薄〔一〕。樓明納晚晴。【注】《選》詩：璇題納行月。歸宜有佳思，紗帽壓香英。

校記

〔一〕「光薄」原作「花薄」，據周宋本並杜甫《後遊》詩改。

三月二十二日榴花盛開戲作絶句

五月榴花忽見春，白頭喜遇一番新。【注】退之詩：五月榴花照眼明。可能略不解春意，【注】後山嘗有《詠榴花》長短句〔一〕：葉葉枝枝緑暗，重重密密紅滋，芳心應恨得春遲，不會春工著意。只有尋枝摘葉人。【注】謂尋枝葉也。《傳燈録》：僧問風穴，云：「尋枝摘葉。」即不問如何是直捷根源〔二〕。

校記

〔一〕「句」下周宋本、高麗本多「云」字。　〔二〕「捷」，盧宋本、周宋本、高麗本作「截」。

和寇十一雨後登樓

〔箋〕《瀛奎律髓》：紀批：清穩而太無意味。

秀嶺歸雲裏，華譙夕照中。【注】《莊子》：盛鶴于麗譙之間。《漢書·項籍傳》：譙門注云：謂門上爲高樓以望敵也。登臨初不數〔一〕，吟笑近多同。麥秀知春力，人和驗歲豐。預爲逃暑約，一快楚臺風。【注】魏文帝《典論》曰：袁紹子弟三伏之際，有避暑飲。宋玉《風賦》：楚王遊於蘭臺之宫，宋玉、景差侍，有風颯然而至，王乃披襟而當之曰：「快哉此風！」

校記

〔一〕「初」，潘宋本作「終」。

答寇十一惠朱櫻

故人憐一老，輟食寄三山。【注】韓偓《櫻桃》詩曰：合充鳳食留三島，誰許鶯偷過五湖。厚味非貧具，【注】《左傳》曰：厚味實臘毒。先嘗貴客間〔一〕。【注】老杜《野人送朱櫻》詩曰：金盤玉筯無消息，此日嘗新任轉蓬。後山自以安于田里，有愧子美之飄零也。老杜詩又曰：客間頭最白。甘酸俱可口，衰白不宜顏。【注】甘酸，見前注。《莊子》曰：柤梨橘柚，皆可于口。衰白，見前注。妙句那能繼，情深未覺慳。【注】《法帖》：紀瞻書云：「粉二斗，所謂物微意全者也。」

校記

〔一〕「貴」，潘宋本、周宋本作「愧」。

雙櫻絶句

並蒂隨宜好，【注】老杜詩：並蒂芙蓉本自雙。《後漢》：和帝詔曰：隨宜疏導。連心稱意紅。【注】《太平廣記》：趙旭幽居廣陵。有一女呼青夫人，扣柱歌曰：「仙郎獨邀青童會，結情羅帳連心花。」王介甫詩：荷花稱意紅。只堪鶯老眼，持此與誰同。【注】古樂府曰：空留可憐與誰同。

謝趙生惠芍藥三絶句

郁郁芬芬十里君，紅紅白白數枝春。【注】魯直詩：白白紅紅相間開。將要結習惱鶖子〔一〕，送與毗耶彼上人。【注】《維摩經》云：維摩詰室有一天女，以天花散諸菩薩大弟子上，至大弟子便著不墜。天女謂舍利佛曰：「結習未盡，花著身耳。」鶖子，卽舍利佛，以其母眼明靜，如鶖鷺眼故也。《維摩經》又云：毗耶離城中有長者，名維摩詰。又云：佛告文殊師利，汝行詣維摩詰問疾。文殊言：「彼上人者，難爲酬對。」

又

從微至老走風塵，喜見鄉園第四春。【注】《書·堯典疏》曰：舜居虞地，以虞爲氏，故從微至著〔二〕，常稱虞氏。鄉園，見前注。獨舞東風醉西子，政緣無語却宜人。【注】芍藥有號「醉西施」者。退之《牡丹》詩云：對客偏含不語情。羅隱《牡丹》詩：若教解語應傾國，任是無情也動人。東坡詩：不如此花不解語，世間言語元非真。老杜詩：宜人獨桂林。

又

九十風光次第分，天憐獨得殿殘春。【注】吴融《白牡丹》詩：膩若裁雲薄綴霜，春殘獨自殿羣芳。東坡詩：惟餘木芍藥，獨自殿殘春。一枝贉欲簪雙髻，未有人間第一人。【注】老杜詩：昭陽殿裏第一人。

校記

〔一〕「將要」，潘宋本、瞿宋本、高麗本、馬暾本作「要將」。

〔二〕「著」原作「老」，據周宋本、高麗本並《書·堯典》孔疏改。

寄鄰絶句〔一〕

借子翩翩果下駒，春原隨處小踟躕。【注】《後漢》：濊國出果下馬。注曰：高三尺，乘之可于果樹下行。元稹詩：長安三月花垂草，果下翩翩紫騮好。〔箋〕《苕溪漁隱叢話》：半山老人詩云：呼童羈我果下騮，欲尋南岡一散愁。歐陽永叔絶句云：緑陰深處聞啼鳥，猶得追閒果下騮。陳無己絶句云：借子翩翩果下駒，春原隨處小踟躕。《漢書·霍光傳》：皇太后御小馬車。張晏曰：漢厩有果下馬，高三尺，以駕輦。顔師古曰：小馬於果樹下乘之，故號果下馬。可能炙背春風裏，卧把青銅摘頷鬚。【注】炙背并鏡鑷事，並見前注。退之詩：若摘頷底髭。

校記

〔一〕此題潘宋本無「絶句」二字。

寄寇十一

鄰里相望信不通，時因得句寄怱怱。畫樓著燕春風裏〔一〕，【注】畫樓，謂燕子樓。楊柳藏鴉白下東。【注】古樂府：步出白門前，楊柳可藏烏。按：徐州有白門。度日守窗令節换，【注】老杜詩：痛飲狂歌空度日。又詩：别離經節换。退之詩云：安居守窗螢〔二〕。經旬無使覺門空。【注】老杜詩：經旬出飲獨空牀。又詩：欲問平安無使來。又詩：客子念故宅，三年門巷空。**錦囊佳麗鄰徐庾，賸欲同君賦《惱公》。**【注】錦囊，用李賀事，見前注。賀集有《惱公篇》，詩曰〔三〕：「宋玉愁空斷，嬌嬈粉自紅」，蓋豔詩也。按《北史·庾信傳》：父肩吾，與徐陵文辭奇豔〔四〕，世號徐庾體。

校記

〔一〕「春」，潘宋本作「薰」。〔二〕「窗螢」原作「愁鬱」，據盧宋本、周宋本、高麗本並韓愈《答張徹》詩改。

〔三〕「詩曰」，盧宋本、周宋本、高麗本作「首句」。〔四〕「豔」原作「麗」，據盧宋本、周宋本、高麗本並《北史·庾信傳》改。

和酬魏衍

闃然聲問略相同，百里之間一水通。〔箋〕按：後山前《送魏衍移沛》詩有「勿云百里遠」句，玩此衍當於葬母後，仍依沛石氏也。**春與多多高紙價，**【注】《漢書·韓信傳》曰：多多益善。紙價，見前注。**離懷一一逐歸鴻**〔一〕。【注】老杜《鴈》詩：雙雙瞻客上，一一背人飛。**不憂寒餓成吾老，稍喜朝廷記此公。**【注】此公，當謂東坡。**夢每見君心亦了**〔二〕**，不因新句覺情東。**【注】《魏志·陳矯傳》注：文帝曰：「朕心故已了。」

校記

〔一〕「離」，潘宋本作「愁」。〔二〕「亦」，馬暾本、趙本、陳唐本、適園本作「已」。

觸目絶句

果下翩翩跨紫騮，【注】見前注。踏花濺水見風流。【注】唐人樂府云：插花走馬月明中，踏殘紅。《摭言》載裴虔餘詩云〔一〕：從教水濺羅衣濕，知道巫山行雨歸。可無雙璧千金聚，付與狂兒取次游。【注】《琴操》曰：王昭君既至，單于大悦，遣使報送白璧一雙。鮑照《白紵曲》曰：千金顧笑買芳年。

校記

〔一〕「虔」原作「慶」，據周宋本、高麗本並《全唐詩》卷五九七改。

元符三年七月蒙恩復除棣學喜而成詩

〔箋〕《元豐九域志》：棣州治厭次縣，屬河北東路。按：州自元中統三年，置棣濱路。明洪武六年，改曰樂安州。宣德元年，改武定州，後升府。《瀛奎律髓》：至棣未久，卽除正字。乃韓忠彦爲相，復用元祐時人。所以明年改建中靖國，僅一年，改崇寧。而後山以其年卒。更二十年不死，何限好詩垂世。亦恐無處著身耳。紀批：三四句人不肯道，彌見其高。五六接得挺拔，勢須有此一拓一振。又云：宋時俚語有「人作千年調，鬼見拍手笑」之句，後山此句蓋用之。《雞肋編》云。

老作諸侯客，貧爲一飽謀。【注】老杜詩：早作諸侯客。蓋用范睢事。淵明詩：傾家營一飽，少許便有餘。〔補〕梅南本墨批：謂已肯如俗人真折腰以耐辱，則未必不早致富貴，惟其不能，故臨老爲一飽之謀，因捧檄而去，而不敢輕投其檄耳。二句中有許多委曲在。折腰真耐辱，【注】折腰，見前注。唐司空圖稱耐辱居士。捧檄敢輕投。【注】《後漢》：毛義家貧，以孝行稱。府檄義守安陽令〔一〕。義以手捧檄而入，喜動顔色，張奉薄之。後義母亡，遂不仕。奉嘆曰：「往日之喜，乃爲親屈也。」退之詩：君今從署天涯吏，投檄北去何難哉。早作千年調，【注】見前注。早，謂壯歲。中懷萬斛愁。【注】見前注。暮年隨手盡，心事許溟鷗。【注】樂天詩：百年隨手盡。謝玄暉詩：心事俱已矣，江上徒離憂。

校記

〔一〕「府檄」七字盧宋本、周宋本、高麗本作「府檄以義爲郡守」。

送姚先生歸宜山三絶

〔箋〕《避暑録話》：蘇子瞻亦喜神仙，晚因王鞏得姚丹元者，尤奇之，直以爲李太白。所作贈詩數十篇。按：東坡有《丹元子示詩飄飄然有謫仙風度吴傳正繼作次韻》，又《書丹元子所示李太白真》詩。姚本京師富人王氏子，不肖，爲父所逐，事建隆觀一道士。天資慧，因取《道藏》徧讀，或能成誦，又多得其方術丹藥。大抵好大言，作詩間有放蕩奇譎語，故能成其説。浮沉淮南，屢易姓名，子瞻初不能辨也。後復其姓，名王繹。崇寧間用技術進，爲醫官，出入蔡魯公門下，醫多奇中。坐事編置楚州。宣和末，復爲道士，名元城。力詆林靈素，爲所毒，嘔血死，

鄭公龍變不容親，〔箋〕後山自注云：鄭乃姚之師。按：當即建隆觀道士。猶有先生不絶塵。【注】後山自注云：鄭乃姚之師，姚亦不復見。《莊子》載孔子曰：「吾見老子，其猶龍耶！」司馬遷《史記》論魏豹彭越曰：雲蒸龍變。《莊子》又有「奔軼絶塵」之語。定力不爲生死動，始知天地有閒人。【注】《大智度論》曰：以業力故入生死，以定力故出生死。

又

老逢熙運乞前官，【注】乞字作去聲讀。前官，謂復除學官也。病遇先生得内丹。【注】《修真秘訣》曰：老君含和鍊藏，吐故納新，上入泥丸，下注丹田，此内丹也。一飽有期吾事了，千年不死後人看。【注】終上句之意，分屬兩句。東坡詩：一飽未敢期。

又

宇定心清面發丹，下牀投杖覺輕安。【注】宇定，見前注。《圓覺經》曰：遇善境界，得心輕安。此身已許

壺邱子，【注】壺邱子，以比姚。《列子》：見神巫而心醉，以告壺邱子，然後自以爲未始學而歸，三年不出。他日爭尋靖長官。【注】靖長官，以自況。東坡《送范景仁》詩末句云：試與劉夫子，重尋靖長官。自注曰：劉几云：曾見人嵩山幽絶處，眼光如貓，意其爲靖長官也。按張師正《括異志》：静長官，真定人，登明經第。一旦棄妻遊名山〔一〕，數年不歸。洛下靳襲者，于其家常帷一榻，枕褥甚潔。人詢其故，曰：「以待靜長官。」靜今隱嵩少間，歲或一至，或再至，靳氏以神仙事之。近世曾慥作《集仙傳》曰：應靜不知何許人，唐僖宗時爲登封令。既而棄官學道，遂升仙去。隱其姓而以名顯，故世謂之靜長官〔二〕。元祐中，劉几嘗遇于嵩高山中。二説未知孰是。然師正以靖爲靜，豈又自有一靜長官耶！

校記

〔一〕「妻」下盧宋本、周宋本、高麗本有「子」字。

〔二〕《括異志》、《集仙傳》中「靜長官」及「應靜」，盧宋本、周宋本分别作「靖長官」、「應靖」。懷辛案：「靜」「靖」古通。

上趙使君

老氣崢嶸蓋九州，【注】老杜詩：老氣横九州。治聲騰涌逐雙流。【注】《蜀都賦》：帶二江之雙流。此借用以言汴、泗。向來置醴蒙殊遇，【注】《漢書・楚元王傳》：穆生不嗜酒，元王嘗爲設醴。後山亦戒酒，故云。《蜀志》：諸葛亮表曰：蓋追先帝之殊遇。此借用。此日彈冠愧少留。【注】《漢書・王吉傳》：吉與貢禹爲友，世稱「王陽在位，貢公彈冠」。時後山將赴棣學。老杜所謂「尚憐終南山，回首清渭濱」，亦遲遲未忍別去也。千里山連環故國，【注】東坡《放鶴亭記》曰：彭城之山，岡嶺四合，隱然如大環，獨缺其西十二〔一〕。劉禹錫詩：山圍故國周遭在。中秋月好傍黃樓。【注】老杜詩：中天月色好誰看。不應爲米輕鄉里，定復還從馬少游。【注】並見前注。

校記

〔一〕「十二」原作「一面」，據周宋本、高麗本並蘇軾《放鶴亭記》改。

送鄭祠部

持節還家未白頭，有親八十更何求。【注】老杜詩：微軀此外更何求。〔箋〕按：後山《送建州鄭户部》詩云：歲禄二千親八十。知户部、祠部，即是一人。但《宋史·鄭僅傳》不云其官祠部也。又隨急詔朝天去〔一〕，【注】李宗閔作《王播墓碑》曰：今上踐阼，急詔徵公。歐公詩云：驛騎頻來急詔隨。不爲寒鄉盡歲留。【注】鮑照《東武吟》曰：僕本寒鄉士。〔補〕《宋史·鄭僅傳》：「提舉京東常平，入爲户部員外郎。」四著儒冠甘送老，【注】後山再除徐學，一除潁學，今又除棣學。東坡詩：送老虀鹽甘似蜜。數經奇運得銷憂。【注】《漢書·李廣傳》：大將軍以爲李廣數奇，毋令獨當單于。得銷憂，猶言安得銷憂。老杜詩：感動幾銷憂。擬登碣石臨朝日，浩蕩滄溟没白鷗。【注】亦後山自述，如老杜「今欲東入海」之意。魏武帝《碣石篇》云〔二〕：東臨碣石，以觀滄海。又云：日月之行，若出其中。〔補〕集中《贈鄭户部》詩云：「十載歸來遼海東。」《送建州鄭户部》詩云：「他年鶴化只空城」，與此碣石句皆借指鄭嘗官山東。宋京東路包括今山東省東抵海，故詩云云。

校記

〔一〕「隨」，潘宋本作「須」，「朝」，潘宋本作「登」。

〔二〕「魏武帝」，盧宋本、周宋本作「古樂府」。

後山詩注補箋卷十一

和寇十一同登寺山

衣冠蔚如林，從我才一二。茲山昔深登，歲月誰得記。尚有名度暑無好懷，憑危略幽致。【注】老杜詩：南陌既留歡，此山亦深登。《晉書·王導傳》曰：帝親觀禊，導及諸名勝皆騎從。《羊祜傳》：每風景必造峴山，嘗謂鄒湛等曰：「自有宇宙，便有此山。由來賢達勝士，登此遠望，如我與卿者多矣，皆湮滅無聞，使人悲傷。」孰知千載後，我與子復至。勝流，不與金石悴。煙昏倏見燈，洪發疑無地〔一〕。【注】魯直詩：龍移山發洪。《楚辭》曰：下峥嶸而無地。領略章句手，【注】江文通《擬古》詩云：領略歸一致。老杜詩云：迴帆覬延賞，佳處領其要。章句手，謂二謝之流。割據英雄志。【注】老杜《丹青引》：英雄割據雖已矣。又《劍門》詩：至今英雄人，高視見霸王。并吞與割據，極目不相讓。彭城自楚漢以來，多有割據者。後山于《徐州修學記》，言之詳矣。興壞容一瞬，今昔當幾喟。【注】《漢書·司馬遷傳》曰：稽其成敗興壞之理。《文選》：撫四海于一瞬。退之詩：于焉傲今昔。喟，音邱愧反，太息也。《魯論》：夫子喟然歎曰。圍山缺西北，放目不可制。歸懷納清境，夜榻成良寐。【注】山缺，見前注。黄魯直有《放目亭賦》。零落壁間詩，豈特彼所愧。【注】東坡遊戲馬臺，有《書西軒壁》詩，豈特二謝所愧，作者皆在其下風也。《文選》魏文帝書曰：數年之間，零落殆盡。**會逢南過適，不問西來意。**【注】按：前卷有詩《和寇十一同遊城南阻雨還登寺山》，則此山未極南遊之勝歟。老杜《哭韋大夫之晉》詩曰：南過駭倉卒。過字作平聲讀，此借用。後山又有詩云：東渡南登稱意游。《傳燈録》：南嶽讓禪師與坦然禪師問嵩山安：「如何是祖師西來意？」曰〔二〕：「何不問自己意。」

校記

〔一〕「疑」，潘宋本作「恐」。　〔二〕「曰」，盧宋本、周宋本作「安曰」。懷辛案：《傳燈録》卷四作「師曰」。

謝孫奉職惠胡德墨

〔箋〕孫奉職，失考。《宋史・職官志》：武臣三班借職，轉三班奉職。

奚李風流盡，〔箋〕《談叢》：李本奚氏，以達賜國姓，世爲墨官。唐之問質肅公之子，有墨曰饒州供進墨務官李仲宣造，世莫知其何子，頗有家法。李廷珪，見前《古墨行》箋。**法傳外諸孫。**【注】李廷珪本奚姓。風流盡，見前注。**常山陳瞻子，**〔箋〕《墨史》：陳瞻真定人。初造墨，遇一異人，傳和膠法。《墨莊漫録》：近世墨工多名手，自潘谷、陳瞻、張谷名振一時之後，又有常山張順、九華張覲、嘉禾沈珪、金華潘衡之徒，皆不愧舊人。**懷抱自高攀〔一〕。孰云勝潘翁，惟眉山公言。**【注】眉山翁謂東坡〔二〕，嘗題瞻墨云：陳瞻墨潘谷不逮。老杜詩云：惟梁孝王都。此用其句律。攀，音邱言反，舉也。四海未盡識〔三〕，一變歸九原。胡郎少年子，外家典刑存。〔箋〕《墨史》：瞻死，壻葉仲淵因其法而加膠，墨尤堅緻。恨其卽死，流傳不多。董後有張順，亦瞻壻。又有胡德者，瞻之外孫也。一點落髹漆，重價壓璵璠。【注】蕭子良書曰：仲將之墨，一點如漆。《左傳》定公五年注曰：璵璠美玉，君所佩。孫侯磊落人，情義久益惇。【注】退之詩：定非磊落人。曹子建詩：親交義在惇。解囊贈玄圭，孰知師白猿。【注】玄圭，借用禹錫事。《吴越春秋》：越王問劍于處女。處女將見王，道逢袁公？公曰：「聞子善劍術。」女子曰：「願試也。」公卽挽竹以刺女，女舉杖擊之，公卽上樹，化爲白猿。孫奉職武人，故用此事。我資不解書，下筆輒自嗄。【注】嵇康書曰：性不便書。《方言》曰：嗄，恚也，不欲應而强答。一云愁也。良寶不受辱，隱默面稱寃。【注】《南史·庾肩吾傳》：梁簡文帝《與湘東王書》論文體麗靡曰：徒以煙墨不言，受其驅染；紙札無情，任其摇襞。歐公作《蔡君山墓誌》曰：媪色有寃，吾不可不爲理。

校記

〔一〕「擇」，適園本作「鶩」。　〔二〕「翁」，盧宋本、周宋本作「公」。　〔三〕「識」，潘宋本作「試」。

登寺山

晴山堪著眼，别意不成秋〔一〕。小作三年别，聊爲五斗謀。要須乘下澤，不待到壺頭。豫恐登臨處，長思馬少游。【注】並見前注。

校記

〔一〕「成」，潘宋本、周宋本作「勝」。

答寄魏衍

往昔敦朋友〔一〕，猶能作報書。【注】《西京賦》：視往昔之遺館。老衰渾得懶，【注】老杜詩：百年渾得醉。疏密略相如。【注】謂不問交友之親疏，皆一等不報書也。名墮網中蝶，【注】劉禹錫詩：哀我墮名網，有如翾飛輩。陸龜蒙《蠹化》曰：橘之蠹化爲蝴蝶，甚可愛也。須臾犯蟄網而膠之，人雖甚憐，不可解而縱矣。天下，大橘也。名位，大羽化也。苟滅德忘公，崇浮飾傲，得不爲大蟄網而膠之乎。身隨冰底魚〔二〕。【注】東坡詩：拙于林間鳩，懶于冰底魚。填門車馬客，左席爲君虛。【注】《魏志·王粲傳》：蔡邕貴重朝廷，常車騎填巷。聞粲在門，倒屣迎之。《漢書·鄭當時傳贊》云：賓客填門。《選》詩：門有車馬客。左席，見前注。

校記

〔一〕「友」，潘宋本、盧宋本、周宋木、高麗本、陳唐本作「好」。

〔二〕「底」，潘宋本、陳唐本作「下」。

拱翠堂

【注】後山自注云：蕭邑富人竇敦禮即泉山作此堂，規制宏麗，无咎作記。〔箋〕《徐州府志·竇沔傳》：沔字師道，蕭人，仕爲光澤主簿，雅重儒術。子明遠、姪敦禮，咸有家風。沔祀鄉賢。《雞肋集·拱翠堂記》：蕭之南稍東五里，曰泉山。按《蕭縣志》：堂在縣西北聖泉山下。此云東南，必有一誤。竇君師道世居於蕭，嘗一爲尉，即拂衣去。師道没十年，其子明遠始益築圃疏沼，爲亭爲庵。而面勢作堂，臨泉之上，則以拱翠名之。《文集·書竇少府詩》：竇君與先大夫游，其没二十餘年，而詩始傳，以其有子也。按：少府即師道，子即明遠。

千年茅竹蔽幽奇，一日堂成四海知。【注】退之《燕喜亭記》曰：斬茅而嘉樹列，發石而清泉激。又曰：蔽于古而顯于今。柳子厚《法華西亭記》曰：廡之外有大竹數萬，又其外山形下絶。然而薪蒸篠簜，蒙雜擁蔽，吾意伐而除之，必有見焉。〔箋〕《拱翠堂記》：泉山境勝而土樂，又甚易至。然往來者旁午而莫之聞。雖余少長數舍間，亦莫之聞也。

便有文公來作記，尚須我輩與題詩。【注】文公，謂无咎也。李賀《高軒過》曰：東京才子，文章公〔一〕。下句言已有佳記，尚何須詩耶。至人但有經行處，寶蓋仍存朽老枝。【注】似是東坡經途，曾畫枯木于此。《蓮經》曰：經行林中。《華嚴經》曰：阿僧祇寶經行處。劉禹錫《謝寺雙檜》詩曰：龍象界中成寶蓋，鴛鴦瓦上出高枝。朽老，見前注。能事向來非促迫，經年安得便嫌遲。【注】自言作詩久方如約也。老杜詩：十日畫一水，五日畫一石。能事不受相促迫，王宰始肯留真迹。此借用其意。《世説》：簡文爲相，事動經年得過。桓公患遲，常加勸勉。太宗曰：「一日萬幾，那得速〔二〕。」此頗用其語。

校記

〔一〕「東」原作「西」，據《李長吉歌詩》卷四《高軒過》改。「文章巨公」，「巨」字衍文，據周宋本、高麗本删。〔二〕「那得爲速」，據《世説・政事》，「爲」字衍文，删。

贈田從先

【注】詩意當是田君失解後作。〔箋〕《瀛奎律髓》：晚唐詩諱用事。然前輩善作詩者，必善於用事。此於師弟子間引兩事用之，有何不可。紀批：此論最是。又批：此首嫌有江西槎枒之氣。

衣冠魯國動成羣，憂患相從只有君。【注】《莊子》曰：舉魯國而儒服，何謂少乎。王介甫《哭王令》詩：布衣阡陌動成羣，卓犖高才獨見君。落筆如流寧蹈襲，【注】《晉書・陶侃傳》：筆翰如流，未嘗壅滯。退之《樊紹述誌》云：不蹈襲前人一言一句。行前應敵却紛紜。【注】《後漢》：耿秉擊車師，奮而起曰：「請行前。」上馬引兵北入。《漢書・夏侯勝傳》曰：讀書疏略，難以敵對〔一〕。又《王莽傳》：遣儒生能顓對者王咸使匈奴。咸應敵縱横〔二〕，單于不能屈。《魏志》：高貴鄉公命羣臣賦詩。和逌、陳騫等作詩稽留，有司奏免官，詔曰：「吾廣延詩賦，以知得失，而乃爾紛紜，良用反仄。其原逌等。」**愧非伏老成和伯，**【注】《漢書·儒林·伏生傳》：孝文聞伏生治尚書，欲召之。時年九十餘，老不能行。又《歐陽生傳》：生字和伯，事伏生。由是《尚書》世有歐陽氏學。**喜有侯芭守子雲。**【注】見前注。**意氣有餘功用少，相望千里定能勤。**【注】勉田生以學也。《南史》：王僧虔論書云：宋文帝書，天然勝羊欣，功夫少于欣。《法書苑》曰：孫過庭草書，功用雖少，而天材有餘。此用其意。《韓非子·問辯篇》曰：言行者以功用爲之的彀者也。末句欲其不憚千里之勤，而來問學。

校記

〔一〕「敵」原作「應」，據盧宋本、周宋本、高麗本並《漢書·夏侯勝傳》改。〔二〕「敵」原作「對」，據盧宋本、周宋本、高麗本並《漢書·王莽傳》改。

别鄉舊

〔箋〕《瀛奎律髓》：此棣州教時所作。蓋徐教、潁教凡三任也。紀批：五六本常語，而異常老健。末句用鄧禹事，馮云不妥切。

數有中年别，寬爲滿歲期。【注】中年别，見前注。老杜詩：縱死時猶寬。《漢書·尹翁歸傳》曰：滿歲爲真。〔補〕

梅南本墨批：言滿歲還鄉當復相見，于臨別時先計其期也。**得無魚口厄，**【注】古樂府《烏生八九子》云：鯉魚乃在洛水深淵中，釣魚尚得鯉魚口。東坡《和放魚》詩云：哀哉若魚竟坐口，遠愧知幾穆生醴。**聊復鴈門踦。**【注】《漢書·段會宗傳》曰：終更亟還，亦足以復鴈門之踦。注云：踦，隻不耦也。音居宜反。**齒脱心猶壯，**【注】韓平子問叔卿曰：「剛與輭孰堅？」對曰：「臣年八十矣，齒再脱而舌尚在。」魏武帝歌曰：烈士暮年，壯心不已。**秋清意自悲。**【注】宋玉《九辯》曰：悲哉秋之爲氣也。又曰：泬寥兮天高而氣清。王介甫詩：青天白日春常好，白髮朱顔意自悲。**平生郡文學，鄧禹得三爲。**【注】《後漢·馬武傳》：鄧禹曰：臣少嘗學問，可郡文學博士。《史記》：荀卿三爲祭酒。後山教授徐、潁、棣三州，故云。

和李使君九日登戲馬臺

〔箋〕李使君，失考。戲馬臺，《水經注》作掠馬臺。《元和郡縣志》：戲馬臺在彭城縣東南二里，項羽所造，戲馬於此。〔補〕聚珍本批：不雕搜險麗而風致自成遠絶。

登高能賦屬吾儕，【注】《漢書·藝文志》曰：登高能賦，可以爲大夫。**不用傳杯擊鉢催。**【注】《南史·王僧孺傳》：蕭文琰與邱令楷、江洪等，共打銅鉢立韻，響滅則詩成。**九日風光堪落帽，中年懷抱更登臺。**【注】並見前注。**江山信美因人勝，**【注】王粲《登樓賦》曰：雖信美而非吾土。**黄菊逢辰滿意開。**【注】魯直詩：爲公滿意説江湖。**一一謝風流今復見，**〔箋〕按：謂謝靈運、謝瞻也。宋武北征至彭城，九日會將佐百僚賦詩於此，靈運、瞻均有詩。千年留句待君來。【注】東坡詩：此中有句無人見，留與襄陽孟浩然。

與魏衍寇國寶田從先二姪分韻得坐字〔一〕

〔箋〕按：二姪，孝忠、孝友也。

將老蒙誤恩〔二〕，受弔不受賀。【注】陸機《歎逝賦》曰：予將老而爲客。《後漢・劉表傳》曰：牧受弔不受賀。《唐書》岑文本亦云。欲起尚遲回，積閒習成墮。向來二三子，相與守寒餓。一日不可無，三歲安得過。【注】《晉書》：王徽之曰：「何可一日無此君。」《高僧支遁傳》：謝安曰：「終日戚戚，觸事惆悵。惟遲君來，以晤言消之，一日當千載耳。」是時秋益高，夜永月初破。【注】退之詩：新月懸半破。漏鼓已再更，坐者餘幾個。酒薄多可強，談勝堅莫挫。【注】《世説》：謝胡兒語庾道季曰：「諸人暮當就卿談，可堅城壘。」《漢書・匈奴傳》曰：破堅拔敵，如彼之難也。簷昏讀字細，林缺占星大。【注】老杜詩：仰看明星當空大。吴吟未至慢，【注】「慢」謂南朝慢體，如徐庾之作，魯直嘗效其體。楚語不假些。【注】《楚辭》：宋玉《招魂》曰：魂兮歸來，去君之恆幹，何爲四方些。《説文》云：語辭也。懷遠已屢歎，【注】「遠」謂遷謫諸人，如蘇、黄等。論昔先急唾。【注】「昔」謂紹聖元符之間。孫真人《千金方》載黄帝雜忌法曰：清旦聞惡事，即向所來方三唾之，吉。〔補〕梅南本墨批：「先急唾」謂争先欲吐其語。身世喜相違，【注】見前注。真成螘旋磨。【注】《晉書・天文志》：日月東行，而天牽之以西没。譬之于蟻行磨石之上，磨左旋而蟻右去。平生陳孟公，歲晚不驚坐。【注】自言其無復平日豪氣也。《漢書・陳遵傳》：

時有與遵同姓字者，每至人門，曰陳孟公。坐中莫不震動。既至而非因號其人曰陳驚坐。

校記

〔一〕此題潘宋本無「與魏衍」至「二姪」十一字。　〔二〕何焯曰：毛抄作「誤蒙恩」。

和黄生出遊三絶句〔一〕

右坊左里遠相求，東渡南登稱意遊。【注】皆是日實録。已著連峯妨目極，不應疾雨使心休。【注】目極，用王粲賦意，見前注。

又

諸郎連璧萬人看，新有詩聲伯仲間。【注】並見前注。作意登臨還得句，此生寧復要長閒。【注】謝靈運有《登臨海嶠》詩。孟郊詩：夜學曉未休，苦吟神鬼愁，如何不自閒，心與身爲仇。

又

臢欲登臨強作歡，衣冠未動意先闌。從今泉石非吾事，只借君詩細細看。【注】東坡詩：作隄捍水非吾事。

校記

〔一〕「絶句」，潘宋本作「首」。

盤馬山

【注】後山自注云：山頂數丈無草木，相傳漢祖盤馬於此。〔箋〕《徐州府志》：盤馬山産鐵，俗名馬山，在城東北九十里。

耕桑戰伐飽曾經，廟毁村荒不乞靈。【注】老杜詩：老樹飽經霜。《左傳》曰：願乞靈於臧氏。尚有君王盤馬跡，至今草木不能青。【注】退之詩：杏花兩株能白紅。

爛石村

〔箋〕《徐州府志》：蕭縣東爲爛石山，下有爛石湖，卽汴水舊迹。又：爛石山下有爛石湖，横亘縣北，西連岱山湖。

亂石何年爛，千林昨夜黄。曉耕來鳥雀，麥壟縱牛羊。投老須微禄，【注】《晉書·王羲之傳》曰：懷祖投老可得僕射。老杜詩：耽酒須微禄。持身闕寸長。【注】司馬相如《過宜春宮賦》曰：持身不謹。《楚辭·卜居》

曰：尺有所短，寸有所長。洗心聞吉語，時事信難量。【注】後山已洗滌當世之念，忽有起廢之除，故云爾。洗心，借用《易·繫辭》語。退之詩：哀情逢吉語。按《漢書·陳湯傳》曰：不出五日，當有吉語聞。《文選·崔子玉座右銘》曰：悠悠故難量。

別叔父崑山丞

〔箋〕《元豐九域志》：崑山縣屬兩浙路蘇州。《宋史·職官志》：諸路、州、軍、繁劇縣令、户二萬已上，增置丞一員，在簿尉之上。《詞集》有《從叔父乞蘇州溼紅牋》，《漁家傲》詞亦作於珣丞崑山時。

父子兼知己，扶攜共白頭。【注】退之《董溪墓誌》曰：父子間自爲知己。又爲千里別，未使寸心休。烏雀空庭曉，風霜落木秋。近親零落盡，更覺別離愁。【注】魏文帝《與吴質書》曰：何圖數年之間，零落殆盡，言之傷心。

從寇生求茶庫紙絶句〔一〕

南朝官紙女兒膚，【注】南朝，謂李後主。《南史》：阮孝緒不書官紙，成父之清白。女膚，見前注。老杜詩：恰似十五女兒腰。〔箋〕《談叢》：南唐中主好蜀紙，既得蜀工，使行境内。而六合之水，與蜀同。《能改齋漫録》：李氏都建業，其苑在北，故稱北苑。水心有清輝殿，別置一殿於內，謂之澄心堂。故李氏有澄心堂紙。玉版雲英比不如。【注】《素問》有《玉版論要篇》。《漢書・晁錯傳》曰：刻于玉版。樂天《服雲母散》詩云：曉服雲英漱井花。〔箋〕《東坡志林》：池、歙精白玉版，乃可試墨。若於此紙上黑，無所不黑矣。乞與此翁元不稱，〔箋〕此翁，後山自謂也。後山無書名，然東坡最重其書。《江西詩社宗派圖録》云：坡公最重後山書，曾有一帖，已遺荆州李翹叟。繼亡其本，借來謄出，適爲役夫盜去，鬻於僧寺，追取得之，復歸翹叟。翹叟猶恐此卷再爲盜所有也，扃鐍藏之。公聞之，不禁拊掌。《景迂生集》有《偶見司馬公休陳無己書簡感舊作絶句》云：卓行高文司馬陳，當年簡牘拂埃塵。身名暫振久青冢，見在淒涼海畔身。又《老學庵筆記》云：謝景魚家有陳無己手簡一編，有十餘帖，皆與酒務官，託買浮炭，其貧可知。浮炭者，謂投之水中而浮，今人謂之桴炭，恐亦以投之水中則浮故也。白樂天云：日暮半煙桴炭火。則其語亦已久矣。按：此可補《皇宋書録》。他年留待大蘇書。【注】大蘇，謂東坡。魯直《和王炳之惠玉版紙》詩云：不持歸掃蘇公門，乃令小人今拜辱。〔箋〕《東坡集・次韻宋肇惠澄心堂紙》詩句云：古紙無多更分我，自應給札奏新書。又（《孫莘老寄墨》詩）施注：孫莘老作字至不工，每得佳墨，必悵然思見東坡。

校記

〔一〕「絶句」二字，潘宋本無。

黄樓絶句〔一〕

樓上當當徹夜聲，【注】樓有東坡所書子由《黄樓賦》碑。當當，搨碑聲也。東坡《墨妙亭》詩：空齋晝靜聞登登。預人何事有枯榮。【注】《晉書·謝玄傳》：叔父安謂子姪曰：「子弟亦何預人事，而正欲使其佳。」《選》詩：俯仰見榮枯。後山意謂此碑本不關人，而亦隨時輕重。時黨禁初開也。已傳紙貴咸陽市，【注】紙貴，見前注。《史記·吕不韋傳》：著《吕氏春秋》，布咸陽市門，懸千金其上，有能增損一字者，予千金。更恐書留後世名。【注】後世名，見前注。前詩有曰：生前只爲累，身後更須名。〔箋〕《東坡集·和劉貢父登黄樓見寄并寄子由》詩自注：近以絹自寫子由《黄樓賦》，爲六幅圖，甚妙。

校記

〔一〕「絶句」二字，潘宋本無。

酬顔生惠茶庫紙

破卵剥膜肌理滑，【注】老杜詩：肌理細膩骨肉勻。削玉作版光氣熏。【注】《禮記》曰：君子于玉比德。氣如白虹天也。〔箋〕《談叢》：余於丹徒高氏見《楊行密節度淮南補將校牒》紙，光潔如玉，膚如卵膜，今士大夫所有澄心堂紙不逮也。**老子尚堪哦七字，**【注】退之《紀夢》詩曰：壯非少者哦七言，六字常語一字難。**阿買頗能書八分。**【注】退之詩：阿買不識字，頗能書八分。此借用，以言其子也。〔箋〕按：詩作於元符三年，後山子長者十七歲矣。

黄樓

樓以風流勝，【注】蘇子由《黄樓賦敍》曰：熙寧十年八月，彭城大水，余兄子瞻適爲彭城守。水未至，使民具畚鍤，蓄土石，以爲水備。水既去而民益親。卽城之東門爲大樓，堊以黄土，曰「土實勝水」。徐人相勸成之。**情緣貴賤移。**【注】厄于紹聖黨禍。**屏亡老畢篆，市發大蘇碑。**【注】《黄樓賦》乃畢仲詢篆，東坡書，因是而起廢焉〔一〕。〔箋〕《却掃編》：徐州《黄樓賦》，坡自書。守者獨不忍毁，但投其石城壕中，而易樓名觀風。宣和末年，禁稍弛。一時貴游，以蓄東坡之文相尚，鬻者大見售。有苗仲先者，適爲守，因命出之，日夜摹印，既得數千本，忽語僚屬曰：「蘇氏之學，法禁尚在，此石奈何獨存？」立碎之。人聞石毁，墨本之價益增。仲先秩滿，攜至京師，盡鬻之，所獲不貲。（按：《逸詩》卷上有《次韻應物有歎黄樓》詩，亦有「少公作長句，班揚安得擬，頗有喜事人，睥睨欲搥碎」句。）**更覺江山好，難忘父老思。**【注】父老思，見前注。**只應千載後，覽古勝當時。**【注】謂人情貴耳賤目。《文選》，盧子諒有《覽古》詩。

校記

〔一〕「因」，盧宋本、周宋本、高麗本作「至」。

答黄生〔一〕

【注】魏衍注云：時初冬尚無冬衣，先生以背子贈之，堅不受。到家以朱氏所贐二匹寄之，因作詩。〔補〕朱當是智叔。卷九多與智叔酬和作。

我無置錐君立壁，春黍作糜甘勝蜜。【注】《荀子》曰：無置錐之地。又曰：猶以戈舂黍。《選》詩曰：斧冰持作糜。東坡詩：送老虀鹽甘似蜜。綈袍不受故人意，【注】《史記・范雎傳》：須賈曰：「范叔一寒如此哉！」乃取其綈袍以賜之。范雎曰：「公之所以得無死者，以綈袍戀戀，有故人之意。」樂餌肯爲兒輩屈？【注】《老子》曰：樂與餌，過客止。《晉書》：王羲之曰：「恆恐兒輩覺。」割白鷺股何足難，食鸕鷀肉未爲失。〔補〕「割白」二句梅南本朱筆連圈。墨筆連槓，並批：斷斷不宜學。暮年五斗得千里，有愧寒簷背朝日。【注】暮年五斗，後山自謂。

校記

〔一〕此題潘宋本作「答黄充」。

寒夜

閉户風將雨，【注】《玉臺集序》云：金星將婺女爭華〔一〕。通宵浪打頭。【注】東坡詩：平生賀老慣乘舟，騎馬風前怕打頭。蓋吳中有打頭風。若爲中夜聽，復作别時愁。宿鴈鳴漁火，村舂急暗投。【注】老杜詩：宿鴈聚圓沙。退之詩：漁火粲星點。老杜詩：村舂雨外急。暗投，借用鄒陽語，謂夜舂也。不應田二頃，能使寸心休。【注】《史記》：蘇秦曰：「使我有洛陽負郭田二頃，吾豈能佩六國相印乎！」

校記

〔一〕「將」原作「與」，據周宋本並宋本《玉臺新詠·序》改。

贈周秀才二首

〔箋〕《容齋四筆》：大觀初年，以元夕張燈開宴。時再復湟鄯，徽宗賦詩賜羣臣，其頷聯云「午夜笙歌連海嶠，春風燈火過湟中」，席上和者皆莫及。開封尹宋喬年不能詩，密走介求援於其客周子雍，得句云「風生閶闔春來早，月到蓬萊夜未中」，爲時輩所稱。子雍汝陰人，曾受學於陳無己，故有句法。則作文爲詩者可無師承乎！按：周秀才疑卽子雍。《耆舊續聞》亦載此事，以爲趙鼒之子雍代作，雍少學於陳無己，有句法云云，與容齋説異。

從久更親。急駕【注】一作「棹」。小舟來取別〔一〕，固知風味似前人。【注】豐悴取别，並見前注。與君世好自比鄰，【注】後山自注云：宣古與大父、外大父遊，君其孫也。《漢書·孫寶傳》：祭竈請比鄰。豐悴相

又

早逢異人得異術，究窮咎休出頃刻〔二〕。相逢拍手問由來，怪我今年有陰德。【注】魏衍注云：周嘗謂先生命未甚合，故有陰德之語。《摭言》：裴晉公質狀眇小，有相者曰：「郎君若不至貴，卽當餓死。」一日，遊香山寺，有婦人以父被罪，假得玉帶二、犀帶一〔三〕，以賂津要。致于欄楯，忘收之而去，度得而授之。後見相者，曰：「必有陰德及物，前途萬里，非某所知也。」度果位極人臣。

校記

〔一〕「駕」，潘宋本作「棹」，無注。〔二〕「窮」，潘宋本作「攷」。〔三〕「一」原作「二」，據周宋本並《唐摭言》卷四「節操」條改。

五子相送至湖陵

〔箋〕《太平寰宇記》：湖陵故城，秦漢爲縣，今廢。城在魚台縣東南一里。按：《說文》作胡陵，《史記》諸紀、傳亦作胡陵。湖、胡古通。

中年患別多作別，早日諱窮常得窮。【注】《莊子》：孔子曰：「我諱窮久矣，而不能免，命也。」勿云一水四十里，衣冠塞郭何人同。周生子病輟身出，〔箋〕即前詩周秀才。劉子遠來今幾日。〔箋〕劉子，疑魏衍母家。石家仲叔好少年，〔箋〕石家仲叔，爲衍所依之沛石氏。後山前《送魏衍移沛》詩尚云「諸石吾未識」。此必因後山過沛，衍爲之介。頗能厭俗從吾律。【注】《南史·何妃傳》曰：楊郎好年少。後山持戒律頗嚴。魏君不獨相從早，〔箋〕時衍尚依石氏。衍從後山學在紹聖二年，至此六年矣。自君之來吾却掃。【注】魏衍字昌世，後山之門人也。江淹《恨賦》曰：閉關却掃。歲月磨人孰能久，反覆看渠難得好。【注】言世態淺薄也。東坡詩：非人磨墨墨磨人。老杜詩：人生反覆看亦醜。湖陵古城風日寒，情義乃知生別難。【注】《選》詩：淚爲生別滋。高懷已爲故人盡，交道應留後代看。【注】老杜詩：高懷見物理。《後漢》：王丹曰：「交道之難，未易言也。」老杜詩：孝子忠臣後代看。

湖陵與劉生別

觸寒歷險來特特，愧無以當欣有得。【注】温庭筠詩：馬聲特特荆門道。退之《答胡秀才書》云〔一〕：顧無以當之如何。向來憂患不相捨，知子用心堅鐵石。人畏有心事無難，此語雖鄙理則然。【注】《漢書·李廣贊》曰：此言雖小，可以喻大。君今意在翰墨間，他日人爭讓一先。【注】以棋爲喻，言高一著也。樂天詩：何處春深好，春深博奕家。一先爭破眼，六聚鬬成花。

校記

〔一〕「温庭筠詩」至「道」十一字盧宋無，另作「歷險見上注貫休詩萬水千山得得來」十五字。又無「答胡秀才」四字。周宋本、高麗本並同。盧文弨曰：宋本如此。然詩云「特特」，注引「得得」，似不如今本爲長。

寄滕縣李奉議

〔箋〕《元豐九域志》：滕縣屬京東西路曹州。按：《逸詩》卷上有《送李奉議亳州判官》四詩，不知即一人否。

滕大夫伯陽父孫，【注】《魯論》：孟公綽不可以爲滕薛大夫。《史記·老子傳》：姓李，名耳，字伯陽。亨小鮮治大國原。【注】原，本也。《老子》曰：治大國若亨小鮮。〔補〕梅南本墨批：句法雖學韓，然韓實非後山所能學。一得何用五千言，【注】《老子》曰：侯王得一以爲天下貞。《史記·老子傳》曰：言道德之意五千餘言。弛災決獄人不冤。【注】《周禮·大司徒》：大荒大札，則令邦國移民通財。舍禁弛力，薄征緩刑。《漢書·于定國傳》曰：民自以不冤。盛氣走訟畏討論，【注】《史記·趙世家》曰：太后盛氣而胥之入。終歲斂吏不到門。子弟無賴皆西奔〔一〕，【注】《漢書·高祖紀》曰：始大人常以臣無賴。踵門父老如雲屯。拊髀跳踉走兒孫，【注】《莊子》曰：有孫休者，踵門而詫子扁慶子。又曰：鴻蒙拊髀爵躍。絳幡翠節歌唄喧。【注】《法華經》曰：歌唄頌佛德。晝盆戴頂煙如焚，繡褾綵軸箱帕繁。曲躬叉手前致詞〔二〕，【注】老杜詩：聽婦前致詞。畜眼未見耳不聞。【注】老杜《嚴中丞》詩：畜眼未見有。暮年何以答此恩，請頌《華嚴》壽我君。【注】《晉書·束晳傳》：衆作歌曰：束先生，通神明，請天三日甘雨零。何以疇之，報束長生。

校記

〔一〕「奔」下潘宋本多「外吏畏懼過乃尊」一句。　〔二〕「詞」原作「言」，據周宋本、高麗本並杜甫《石壕吏》改。

住鴈

斷岸通橫水，枯荷著早霜。一陂堪度歲〔一〕，數鴈不成行。市遠無矰繳，【注】《家語》：漁者曰：「天暑市遠。」《淮南子》：雁銜蘆而飛，以避矰繳。年豐足稻粱。【注】稻粱，見前注。中原有佳氣，不必到衡陽。【注】似指當時事〔二〕。《後漢·光武紀》：氣佳哉鬱鬱葱葱。

校記

〔一〕何焯曰：「堪」，毛抄作「看」。　〔二〕「時」，盧宋本、周宋本、高麗本作「世」。

寓目

〔箋〕《瀛奎律髓》：紀批：「歸鳥」複「來鴈」。「晚牽」二字生。

曲曲河回復，【注】《山海經》曰：河百里一小曲，千里一大曲。《吴都賦》曰：潮波汩起，回復萬里。青青草接連。【注】《選》詩曰〔一〕：青青河畔草。老杜詩：野水春來更接連。去帆風力滿，來鴈一聲先。【注】《吴都賦》：五臣注曰：舉颿者，挂席用風力也。颿與帆同〔二〕。老杜詩：一聲何處送書鴈。野曠低歸鳥，江平進晚牽。【注】老杜詩：江平不肯流。又云：百丈牽江色。望鄉從此始，留眼未須穿。【注】《文選》謝玄暉詩：有情知望鄉。阮嗣宗詩：零落從此始。老杜詩：新愁眼欲穿。

校記

〔一〕「選」，周宋本作「古」。　〔二〕「颿」上周宋本、高麗本有「按」字。

野望

霜葉紅于染，吹花落更馨。平江行詰曲，【注】李羣玉詩：厭穿詰曲崎嶇路。小徑夾葱青。【注】《選》詩《招隱》曰：峭蒨青葱間，竹柏得其真。度鳥開愁眼，遥山入畫屏。畏人惟可飲，從俗却須醒。【注】老杜詩：畏人成小築。惟可飲，見前注。《楚辭·卜居》曰：將從俗富貴以媮生乎。

寄單州吕侍講

【注】希哲。〔箋〕《宋史·職官志》：崇政殿説書，掌進讀書史、講釋經義、備顧問應對。學士侍從有學術者，爲侍講、侍讀。其秩卑資淺而可備講説者，則爲説書。

往時三吕共修途，【注】吕許公三子：希哲、希績、希純。老杜詩：牽迫限修途。〔箋〕《紫薇詩話》：崇寧初，滎陽公守曹州。（按：《宋史·吕公著附傳》：希哲徽宗初以直秘閣知曹州。其知單州，在曹州前。此誤舉。崇寧爲徽宗紀元，後山不及見矣。）陳無己以詩寄公，「往時三吕共修途」云云。紹聖初滎陽公罷經筵，出舍城東華嚴寺。與晁伯禹載之、唐季實之問皆來訪公。每晨興，公未起，三人者皆揖於門內。及寢，公就枕，三人者皆揖於外，如親弟子云。（按：《少儀外傳》亦載此事，謂後人能如此尊事前輩者蓋少矣。）擬上青雲近玉除。【注】《選》詩：凝霜依玉除。山谷詩：垂上青雲却佐州。〔箋〕《吕公著附傳》：希哲，字原明。父友王安石。將寘其子雱於講官，以希哲有賢名，先用之。希哲辭。終公著喪，始爲兵部員外郎。范祖禹，其妹婿也，言於哲宗。詔以爲崇政殿説書。中道勒回奔電足，【注】崔豹《古今注》曰：秦始皇有馬名追電。東坡徑山詩：中途勒破千里足。〔箋〕《續通鑑》：紹聖四年二月癸未，吕希哲、希純、希績等三十一人皆以黨，或貶官奪恩、或居住安置，輕重有差。今年還直邇英廬。【注】邇英殿，講筵所在。陸機詩：厭直承明廬。縱談尚記《華嚴》夜，〔箋〕按：後山有《禮武臺坐化僧》詩，自注云：時吕希哲作單州守，臺屬單州。詩中有「我來已再見」語，則此詩爲單州别後所寄。而此「華嚴夜」云云，即敍禮僧時事也。《禮僧》詩當列此首之前。枉道難隨刺史車。【注】老杜《過韋氏莊》詩曰：枉道祇從入，吟詩許更過。遣興寬爲七字語，〔箋〕《紫薇詩話》：滎陽公元符末起知單州，《登城樓》詩云：斷霞孤鶩欲寒天，無復青山礙目前。世路崎嶇飽經歷，始知平地是神仙。尋人聊代一行書。【注】老杜詩：遣興莫過詩。又云：相看過半百，不寄一行書。

寄沛縣姜承議

【注】後山自注云：姜乃潛之孫，以捕寇改官。豫作隱居，自號金池居士〔一〕。〔補〕《宋史》：姜潛，字至之，兖州奉符人。見《隱逸傳》。

平生魯國老先生，晚見諸郎識老成。【注】姜潛蓋石介守道門人，見于歐公所作《守道墓誌》。怪有武功蒙寵錫，果緣陰德貫神明。【注】《漢書·武帝紀》：奏置武功賞官以寵戰士。賈誼書：孫叔敖母曰：「有陰德者，天報以福。」此借用，言姜君善醫。金池已作歸田記，【注】金池，當是所居地名。玉版方書濟物情。【注】《素問》有《玉版論要篇》。姜必善醫者，上句陰德亦謂此。百里飢寒獨顏闔，忍令一物不敷榮。【注】後山自注云：顏闔謂魏衍。《莊子》曰：顏闔自飯牛，魯君使人以幣先焉。《晉書·王羲之傳》曰：頃植桑果，今盛敷榮。

校記

〔一〕「金池」，盧宋本、周宋本、高麗本作「金城」。盧文弨曰：「池」，宋本作「城」，恐訛。懷辛案：「池」、「城」字殆可兩存，俟後證。

寄兗州張龍圖文潛二首

〔箋〕《元豐九域志》：兗州治瑕邱縣，屬京東西路。《宋史·職官志》：龍圖閣在會慶殿西偏，北連禁中，有學士、直學士、待制、直閣等官。《張耒傳》：徽宗起耒爲通判黄州，知兗州。

去國遭前政，還家未白頭。【注】初文潛坐黨，謫監黄州酒税，時紹聖四年也。老杜詩：破膽遭前政。百年當晚遇，【注】樂天詩：晚遇何足言，白髭映朱紱。一辱獨先收。【注】老杜詩：一辱泥途遂晚收。齒脱空餘舌，【注】齒脱，見前注。《説苑》曰：常摐有疾，老子問之。摐張口曰：「吾舌存乎？」曰：「然。」「吾齒存乎？」曰：「亡。」舌存以柔，齒亡以剛。此句以下，皆後山自述。顔衰早著秋。【注】《晉書》：顧悦之與簡文帝同年，而髮早白，帝問其故，對曰：「蒲柳常質，望秋先落。」〔箋〕《能改齋漫録》：張文潛言昔以黨人之故，坐是廢放。每作詩嘗寄意焉，有云：梧桐直不甘衰謝，數葉迎風尚有聲。三爲郡文學，〔箋〕自稱徐州、潁州、棣州教授事。大勝鄧元侯。【注】見前注。元侯，鄧禹諡也。〔補〕注見本卷《别鄉舊》。

又

賸喜開三面，旋聞乞一州。【注】三面，見前注。乞字作去聲讀。力難隨鳥翼，行復立蝸頭。【注】上句自言不能往見。下句言文潛當復爲舊官。老杜詩：獨把漁竿終遠去，難隨鳥翼一相過。螭頭，見前注。**今日麒麟閣，**【注】《漢書·蘇武傳》：宣帝圖畫功臣于麒麟閣。**當年鸚鵡洲。**【注】《後漢·禰衡傳》：江夏太守黃祖大會賓客，人有獻鸚鵡者。衡攬筆作賦，文不加點。後衡言不遜，祖遂令殺之。今鄂州江夏有鸚鵡洲，即其地也。黃州與鄂相望，故後山用此事。**寄書愁不達，書達得無愁。**【注】老杜詩：寄書長不達，況乃未休兵。

家山晚立〔一〕

〔箋〕此首當在《五子相送至湖陵》前。

遶舍苔衣積，【注】唐人劉滄詩：莎徑晚煙凝竹塢，石池春色染苔衣。**倚牆梨頰紅。**【注】老杜詩：色好梨勝頰。**地平宜落日，野曠自多風。**【注】蘇子由詩：山滿長空宜落日。唐人王昌齡詩：曠野饒悲風。**禹跡千年後，家山一顧中。**【注】《左傳》曰：茫茫禹跡。**未休嗤土偶，**【注】《史記·孟嘗君傳》：孟嘗君將入秦。蘇代謂曰：「木偶人語土偶人曰：『天雨，子將敗矣。』土偶人曰：『我生于土，敗則歸土。今天雨，流子而行，未知所止息也。』」孟嘗君乃止。**已復逐飄蓬。**【注】曹子建詩：轉蓬離本根。

校記

〔一〕此題潘宋本、盧宋本、周宋本、何校本無「家山」二字。

寒夜

一夜風澎浪，中霄月脱雲。【注】《歸田録》曰：江南有大小孤山，江側有澎浪磯，世俗轉爲彭郎。到窗資少睡，遠響倦多聞。星火遠相亂，江山氣不分。早雞先得便，【注】退之詩：歸來得便卽遊覽。盧仝詩：揚州蝦蟹忽得便。斷鴈屢鳴羣。【注】老杜《孤鴈》語：飛鳴聲念羣。《僧祇律》曰：天帝釋化爲羔子，鳴羣喚母。

鴈二絶句

來往違寒暑，飛鳴在稻粱。【注】《文選》謝靈運詩：嗷嗷雲中鴈，舉翮有委羽，求涼弱水湄，違寒長沙渚。《詩》：鴻鴈于飛。注曰：鴻鴈知避陰陽寒暑。未知溟海大，不肯過衡陽。【注】衡山有迴鴈峯。

又

截水無留影，【注】天衣懷禪師語曰：譬如鴈過長空，影沉寒水。鴈無遺踪之意，水無涵影之心。太白詩：寶刀截流水。《文選》江文通詩云：寒郊無留影。哀空有斷羣。【注】老杜鴈詩：行斷不堪聞。翅開先作字，行斷不成文。【注】老杜鴈詩：翅開遺宿雨。行斷，見前句注。《太玄・文首》曰：鴻文無范。説者謂鴻鴈之飛，偶有文字之象，而無法也。

山口

〔箋〕卽荆山口河也。《河上》詩有「背水連漁屋」句，此有「漁屋渾環水」句。《瀛奎律髓》：三四句中有對，五六「渾」字、「半」字有眼。紀批：半落東，言此湖西深東淺，東畔先涸耳。三句用「紅樹」字，知此詩作於秋末冬初，乃是實景。以爲不佳則可，馮氏詆其不通，則太過矣。又批：雖無警策，氣骨自蒼。

重霧真成雨，疏簾不隔風。青林擁紅樹，家鶩雜賓鴻。【注】退之《鶯》詩：春風紅樹鶯眠處。陶隱居注〔一〕：《本草》云：鶩卽是鴨，鴨有家有野。又《尸子》云：野鴨爲鳧，家鴨爲鶩。賓鴻，見前注。東坡詩：野鴈雜家鶩。漁屋渾環水，晴湖半落東。往來成一老，猶在半塗中。【注】老杜詩：生涯能幾何，常在羈旅中。《禮記·中庸》曰：半塗而廢。《雪竇頌》云：如今要見黄頭老，刹刹塵塵在半塗。

校記

〔一〕「注」原作「云」，據周宋本、高麗本改。

晚泊

〔箋〕《瀛奎律髓》：「使之年」出《左傳》。謂問絳人年幾歲，使之自言也。紀批：此首語多生硬，不爲佳作。

清切臨風笛，深明隔水燈。【注】老杜詩：清切歌聲上。堆場穿鳥雀，暗溜入溝塍。【注】堆場，見前注。《西都賦》曰：溝塍刻鏤。年使扶行老，船催趁渡僧。【注】《左傳》曰：絳縣老人，有與疑年，使之年。老杜詩：扶行幾屐穿。茲游恐未已，著句續先曾。【注】《異聞集》：沈亞之夢中作舞辭曰：欲疑著辭不成語。東坡詩：聊亦寄吾曾〔一〕。

校記

〔一〕「寄」，盧宋本、周宋本、高麗本作「記」。

夜雨

〔箋〕《呂氏童蒙訓》：義山《雨》詩云：摵摵度瓜園，依依傍水軒。此不待説雨，自然知是雨也。後來魯直、無己諸人，多用此體。《瀛奎律髓》：紀批：「輕」字不妥。

十月天猶雨，三更月失明。【注】盧仝《月蝕》詩：偏使一目盲。司馬遷書曰：左氏失明，厥有《國語》〔一〕。溟濛才灑潤，點滴不成聲。【注】左思《吳都賦》曰：迴眺溟濛。闢户風煙入，投林鳥雀輕。【注】老杜詩：投林羽翮輕。旅懷終易感，倏起别離情。【注】江文通《别賦》曰：行子腸斷，百感悽惻。

校記

〔一〕「盧仝詩」二十三字周宋本作「前漢書京房傳對元帝曰陛下卽位以來日月失明星辰逆行」二十四字。

宿合清口

〔箋〕《水經注》：濟水又東北過壽張縣西界安民亭，南汶水從東北來注之。戴延之所謂清口也。《禹貢》：濟東北會於汶。今枯渠注鉅澤，鉅澤北則清口，清水與汶會也。《瀛奎律髓》：此亦赴棣州教授時作。所以去鳥穿林而出者，以舉棹有來聲也。上問下答。又云：起句十字，盡客夜之妙。末句歎喟出處，無補蒼生，遠矣。紀批：五六託意非寫景。又批：後山詩多真語，如此尾句，虛憍者必不肯道。

風葉初疑雨，【注】樂天詩：葉聲落如雨。晴窗誤作明。【注】杜荀鶴《雪》詩曰：先于曉色報窗明。此用其意。穿林出去鳥，舉棹有來聲。【注】老杜詩：遲遲出林翮。深渚魚猶得，寒沙鴈自驚。【注】《正月》詩曰：魚在于沼，亦匪克樂。潛雖伏矣，亦孔之炤。老杜詩：宿鴈聚圓沙。卧家還就道，自計豈蒼生。【注】言其出處皆以貧故，自爲計爾，非爲蒼生也。《晉書》：阮裕曰：「吾少無宦情，兼拙于人間，故曲躬二郡。豈以騁能，私計故耳。」又《謝安傳》：桓温請爲司馬，高崧戲曰：「卿累違朝旨，高卧東山，人言安石不肯出，將如蒼生何！蒼生今亦將如卿何！」《漢書·

張敞傳》曰：便歸臥家。

宿泊口

弱柳經寒色，懸流盡夜聲。【注】《莊子》曰：吕梁懸水三十仞，流沫四十里。〔補〕此吕梁口也。《水經注》：泗水之上有石梁焉，故曰吕梁。懸濤漰湃，實爲泂險。東坡《答吕梁仲屯田》詩：亂山合沓圍彭門，官居獨在懸水村。自注：懸水村，吕梁地名。按：卽後山宿處。更長疑睡少，霜落怯寒生。【注】東坡詩：老人無睡漏聲長。樂天詩：稍稍夜寒生。急急占星度，【注】歐公詩：山浦轉帆迷向背，夜江看斗辨東西。〔補〕星度之説自《史記·天官書》後，各史《天文志》互有異同。《清一統志》以徐州府之銅、蕭、碭、豐、沛五縣，爲房、心分野，大火之次。邳、宿、睢一州二縣，爲奎、婁分野，降婁之次。摇摇苦舫傾〔一〕。【注】《梁書》：江革濟江，惟以一舸。舸艚偏欹，不得安人。或謂曰：「當移徙重物以進輕艚。」革既無物，乃于西陵岸取石千斤以實之。風濤兼盜賊，恩重覺身輕。【注】《文選》顔延年詩：春江壯風濤。老杜詩：況兼水賊繁，特戒風飆駛。謝靈運《擬鄴中詩》曰：知深覺命輕。注引孔坦表曰：士死知遇，恩令命輕。潘安仁《寡婦賦》曰：懼身輕而施重。

校記

〔一〕「傾」，范文安藏弘治袁宏本所録何校作「輕」。懷辛案：此詩末韻亦作「輕」字，何校疑非是。

野望

山開兩岸柳，水遶數家村。【注】王介甫詩：高下數家村。地勢傾崖口，風濤齧石根。【注】柳子厚《鈷鉧潭記》曰：冉水自南奔注，抵山石，屈折東流。盪擊益暴，齧其涯，故旁廣而中深。石根，見前注。平林霜著色，【注】畫家有著色山。東坡詩：誰見將軍著色山。沙岸水留痕。【注】老杜詩：冬水各依痕。賸寄還鄉泣，難招去國魂。【注】《楚辭》有《招魂》篇。

宿柴城

〔箋〕《瀛奎律髓》：此後山赴棣教時詩。第七句尤奇。范石湖尾句有云「灘聲悲壯夜蟬咽，并入小窗供不眠」，與後山此詩尾句拍調意味俱相似。紀批：三四粗淺，末二句不及石湖有風調。

卧埋塵葉走風煙，齒豁頭童不記年。【注】退之《進學解》：頭童齒豁。起倒不供聊應俗，高低莫可只隨緣。【注】言其身世興廢相仍也。《傳燈録》：優波毱多曰：「若因地倒，還因地起。」退之詩：帝欲長吟哦，故遣起且僵。不供，猶不辦也。《南史·張興世傳》曰：朝廷遣褚彦回就赭圻行選，槲板不供，由是有黄紙札。世傳樂府曲曰：高來不可，低來不可。魏野詩：生計祇隨緣。通通遠鼓三行夜〔一〕，【注】《周禮·鼓人》注：《司馬法》曰：昏鼓四通爲大鼙〔二〕，夜半三通爲晨戒。又《宮正》擊柝注曰：暮行夜以比直宿者。隱隱平湖四接天。【注】元稹詩：洞庭瀰漫接天迴。枕底濤波篷上雨，故將羈旅到愁邊〔三〕。【注】愁邊，見前注。

校記

〔一〕「通通」，潘宋本作「鼕鼕」。〔二〕「鼕」原作「鼕」，據周宋本、高麗本並《周禮》鄭注改。〔三〕「旅」，潘宋本作「老」。

顔市阻風二首

〔箋〕《瀛奎律髓》：梁山泊卽鉅野，在今東平府西北，受泰山諸水，爲北清河所出入之瀦。向者河決，卽連而爲一，南通泗，北通濟。荆公當國時，或欲涸梁山泊爲田。故後山元符末赴棣教，阻風於此，有「萬古梁山泊」之句。謂決不可涸，猶天理決不可磨滅也。紀批：第一首竟如此佳，益爲有味。第二首可以不贅。又批：第二首三四太易，不得謂之爲老。

水到西流闊，風從北極來。聲驅峽口坼，力拔嶺根摧。【注】老杜《江漲》詩：大聲吹地轉。《漢書·項籍傳》曰：力拔山兮氣蓋世。《三秦記》：長安正南秦嶺，嶺根水流爲秦川。突兀重重浪，轟豗處處雷。【注】言浪聲如雷，此體謂之影對，前卷論之詳矣。木玄虛《海賦》曰：驚浪雷奔。退之《聖德》詩曰：衆樂並作，轟豗融冶。順流看過舫，更著快帆催。【注】用劉禹錫「沉舟側畔千帆過」之意。

又

萬古梁山泊，〔箋〕《澠水燕談録》：往年士大夫好講水利，有言欲涸梁山泊以爲農田。或詰之曰：「梁山泊古鉅野澤，廣袤數百里，今若涸之，不幸夏秋之交，行潦四集，諸水並入，何以受之。」貢父適在坐，徐曰：「却於泊之旁鑿一池，大小正同，則可受其水矣。」坐中皆絶倒，言者大慚沮。（按：《邵氏聞見録》、《誠齋詩話》並載此事。）今年末掾船。阻風兼著雪，費日亦忘年。【注】老杜詩：斫膾應費日，解纜不知年。又詩：費日繫舟長。按《太玄經·文首》曰：彫織之文，徒費日也。《莊子》曰：忘年忘義〔一〕。世事元相忤，衰懷忍自煎。【注】老杜詩：回腸杜曲煎。又云：膏以明自煎。晚來聲更惡，【注】老杜《喜雨》詩：晚來聲不絶，應得夜深聞。始覺畏途邊。【注】《莊子》曰：夫畏途者，十殺一人，則父子兄弟相戒也。老杜詩：盡室畏途邊。

校記

〔一〕「義」原作「日」，據盧宋本、周宋本、高麗本並《莊子·齊物論》改。

晚坐

〔箋〕《瀛奎律髓》：六句下六字爲眼。按：謂留、護、數、戀、憎、累六字。尾句尤高古。紀批：雖非極筆，亦自清整。

柳弱留春色，梅寒讓雪花。【注】張祜詩：河流側讓關。溪明數積石，月過戀平沙。【注】《選》詩：流水戀舊壑。〔補〕梅南本墨批：鍊字鍊句，何減少陵。病減還憎藥，年侵却累家。後歸栖未定，不但只昏鴉。【注】末句自憐未知稅駕之地。老杜詩：夜來歸鳥盡，啼殺後栖鴉。

寒夜

〔箋〕《瀛奎律髓》：此赴棣州教授詩。起句十字，士大夫之常態。紀批：「孰知」即「熟知」，古字通用。杜公《垂老别》曰：熟知是死别，且復哀其寒。正用「熟」字。

留滯常思動，艱虞却悔來。【注】《漢書·司馬遷傳》：太史公留滯周南。老杜詩：削迹共艱虞。又云：留滯才難盡，艱危氣益增。寒燈挑不燄，【注】元稹詩：殘燈無燄影憧憧。殘火撥成灰。【注】前輩詩：撥盡寒爐一夜灰。凍水滴還歇，風簾掩復開。【注】老杜詩：風簾掩不定〔一〕。熟知文有忌，情至自生哀。【注】王介甫詩：文章尤忌數悲哀。《世説》：孫楚除婦服作詩。王武子見之曰：「未知文于情生，情于文生。覽之悽然，使人增伉儷之重。」魯直詩云：意不及此文生哀。

校記

〔一〕「掩」原作「捲」，據周宋本、高麗本並杜甫《雨》詩改。

絶句

雲海冥冥日向西，春風欲動意猶微。【注】魏衍云：丙藁塗三字。末注王子飛云：趙誠伯本作「欲動」。一云「春風著意力猶微」。退之詩：雲水蒼茫日向西。老杜詩：台州地闊海冥冥，雲水長和島嶼青。又詩：今朝臘月春意動。樂天詩：雖有東南風，力微不能吹。無端一棹歸舟疾，驚起鴛鴦相背飛。【注】劉禹錫詩：無端陌上狂風急，驚起鴛鴦出浪花。老杜詩：檣烏相背發。

禮武臺坐化僧

【注】後山自注云：時呂希哲作單州守，臺屬單州。

至人本無心，【注】《莊子》曰：不離于真，謂之至人。起滅因衆緣。【注】佛書云：諸法從緣生，緣離法即滅。《維摩經》云：但以衆法，合成此身〔一〕。起惟法起，滅惟法滅。化盡悲願在，留形此臺巔。【注】《家語》曰：化窮數盡謂之死。《密嚴經》偈云：如來以悲願，普應諸有緣，如淨月光明，無處不周遍。聞名與致敬，獲福皆無前。【注】《維摩經》云：維摩詰稽首世尊足下，致敬無量。千年一鉢水，宿疾幾人痊。驍雄兗州軍，馬步餘數千。一呼可摧山，四合如垂天。【注】《莊子》曰：翼若垂天之雲。老幼十八村，頃刻理無全。哀鳴寄香火，毁塔投其甎。【注】《魯論》曰：鳥之將死，其鳴也哀。毁塔，謂兗軍。盛怒忽驚奔，如有所見然。等觀同一子，豈特此所憐。【注】《涅槃經》云：佛視衆生，猶如一子。羅睺羅想作七種羯磨，爲欲示惡行之人，有果報故。我來已再見，童稚赤虔虔。【注】《南史》：王僧虔之子慈與蔡興宗子約入寺，約曰：「衆僧徒今日可謂虔虔。」發火觸暗室，青燈已娟妍。始讀壁間碑，妙力隱不傳。【注】《世説》：司馬太傅問謝車騎，惠子五車，何以無一言入玄。謝曰：「當是妙處不傳。」頗恨語未工，安得筆如椽。【注】《晉書》：王珣夢人以大筆如椽與之，云此當有大手筆事。歸路雲月黑，濤波隔長川。溪翁停舟待，相唤聲相連。解纜風泊岸〔二〕，中流水入船。【注】退之《羅池碑》曰：度中流兮風泊之。《鶡冠子》曰：中流失船，一壺千金。攲側脚不停，竟脱蛟魚次。【注】樂天詩：浮出蛟龍涎。《字書》：次與涎同。興壞如有待，適當使君賢。定能選妙士，拂塵起熏烟。【注】《南史》：劉之遴題其子墓曰「梁妙士之墓。」此借用。昔承靈山囑，早契少林禪。丐我一片石，併刻《維摩》篇。【注】退之《黄陵廟碑》刺史張愉，自京師往。與愉故善，謂曰：「丐我一碑石，載二妃廟事，且令後世知有子名。」庾信自南朝至北方，惟愛温子昇所作《韓山寺碑》，曰：「惟韓山寺一片石，堪共語〔三〕，餘若驢鳴狗吠耳。」維摩篇，謂此詩也。後山持戒律，故以維摩自況。

校記

〔一〕「合」原作「令」，據周宋本、高麗本並《維摩詰經・文殊師利問疾品第五》改。〔二〕「泊」，何焯曰：毛抄作「拍」。〔三〕「語」原作「話」，據盧宋本、周宋本並《朝野僉載》卷六改。

晚興

去國猶能別，逢人始欲愁。【注】《南史·王惠傳》：會稽内史劉懷敬之郡，送者傾都，惠亦造别。還過從弟球，球問向何所見，惠言「惟覺逢人耳」。《晉書·王承傳》：承東渡江，每遇艱險，處之夷然。既至下邳，登山北望，歎曰：「人言愁，我始欲愁矣。」不干遮極目，自是怯回頭。【注】退之《西山》詩：爲遮西望眼，終是懶回頭。樂天詩：淚眼淩寒凍不流，每經高處卽回頭。布網收魚槮，連筒下釣鉤。【注】《爾雅》：槮謂之涔。注：聚積柴木于水中，魚得寒入其裏藏隱。槮音桑感反。蘇子由詩：漁艇縱横入釣筒〔一〕。誰初教鮮食，澤竭未能休。【注】《尚書》：曁益奏庶鮮食。《説苑》曰：竭澤以取魚，非不得魚，爲明年無魚故也。亦見《吕氏春秋》。

校記

〔一〕「入」，盧宋本、周宋本、高麗本作「逐」。

宿齊河

〔箋〕《太平寰宇記》：齊河在禹城縣西一百三十里。從長清縣東北界分流，入廢豐齊縣界。

按：金大定八年，齊河置縣，屬濟南府。《瀛奎律髓》：句句有眼，字字無瑕，尾句尤深幽。紀批：尾句沉著，用意頗近義山。

燭暗人初寂，寒生夜向深。潛魚聚沙窟，墜鳥滑霜林。【注】樂天《烏夜啼》云：霜滑有風枝。稍作他方計，初回萬里心。【注】他方計，意謂西方極樂國。回心，言無復四方之志。《漢書·賈誼傳》曰：使天下回心而鄉道。還家只有夢，更著曉寒侵。【注】老杜詩：天寒不成寐，無夢有歸魂。

別劉郎

【注】魏衍注云：宣義之壻。六年之別，先生喪母，劉喪父，故其詩哀甚。〔箋〕按：宣義爲宋官制，從八品階。後山詩中僅見《逸詩》卷上有《送傅子正宣義》一詩，劉或傅壻。《瀛奎律髓》：三四老勁。尾句逼老杜。四十字無一字風花雪月，凡俗之徒，所以閣筆也。紀批：不免太露吃力之痕，而筆力要爲沉著。

一別已六載，相逢有餘哀。公私兩多事，災病百相催。【注】《真誥》載楊羲手帖云：公私忽忽。災病，見前注。無酒與君別，有懷向誰開。【注】老杜詩：一生懷抱向誰開。深知百里遠，肯爲老夫來。

趙巖

〔箋〕《元豐九域志》：鄒平縣二鄉，孫家、趙巖口、淄鄉、臨河、啀婆五鎮。

一市萬人聚，四衢千里遥。胡然不作邑，兼自可成橋。羣盜去無跡，諸豪壓不驕。【注】老杜詩：壯士慘不驕。由來天下事，浮議易傾摇。【注】必嘗有欲置縣于此，以鎮服豪傑盜賊，而爲異議所奪者。盤庚曰〔一〕：而胥動以浮言。

校記

〔一〕「盤庚曰」，周宋本作「書曰」。

雞籠鎮

〔箋〕《武定府志》：西棘城鎮，舊志疑此爲宋《陳師道集》雞籠鎮之訛。

河市新經集，雞籠舊得名。初聞北人語，【注】《北史》曰：詔斷北語，一從正音。意作故鄉聲。【注】其意但欲作鄉聲，如莊舄不忘越吟也。客久艱難極，情忘去就輕。空虚仍廢忘，何以慰諸生。【注】《文選》應休璉詩：避席跪自陳，賤子實空虚。《魏文帝紀》：評注曰：人少好學則思專，長則善忘。樂天詩：舊遊多廢忘。

後山詩注補箋卷十二

除官

【注】十一月，除秘書省正字。〔箋〕《宋史·職官志》：秘書省正字二人，掌校讐典籍，判正訛謬。《景迂生集》有《無己初除正字以詩寄之》，詩云：平生阮步兵，口不道臧否。每笑謝著作，自是雌黄口。閉門秋草多，金風摇白晝。忽傳黄紙書，校藝羣公後。執雁有楚越，佩劍無左右。口畫渾沌眉，遽識齊宿瘤。彭城陳夫子，笑我顔何厚。爲語陳夫子，人生無不有。《王直方詩話》：陳無己有《除官》一篇云云。饒次守曰：「此詩不作可也，才得一正字，亦未須云趨嚴召。」無己後作謝啟，復曰：「名雖文字之選，實爲將相之儲。」又云：「頭童齒豁，敢辭乳媪之譏；聞淺見輕，益畏金根之謬。」《圍爐詩話》：坡詩傷於太盡，才大難降，筆走不守。魯直頗能開闔，虬髯倔强海外耳。陳師道以薦即得官正字，「扶老趨嚴召」云云，用事切當。《耆舊續聞》：無己晚得正字，貧且病。魯直《荆江亭十詩》曰：閉門覓句陳無己，對客揮毫秦少游。正字不知温飽未，春風吹淚古滕州。無己殊不樂，以閉門覓句爲歉，又與死者相對爲惡，未

幾果卒也。又《山谷集·和王觀復洪駒父謁陳無己長句》云：「陳君今古焉不學，清渭無心映涇濁。漢官舊儀重九鼎，集賢學士見一角。」亦作於是時。《瀛奎律髓》：「或云得一正字，遽云嚴召，所以止於此官。後山以建中靖國元年辛巳十二月二十九日卒，年四十九。此除在元符三年庚辰冬，寧既崇矣，蘇、黄之文日禁矣。敢嗤後山，俗態也。」紀批：「此論却是虚谷以門户之見，曲爲左袒耳。凡崇奉一人之詩，卽其詩、其人不許有一疵瑕，此最文人習氣。」

扶老趨嚴召，徐行及聖時。端能幾字正，【注】《漢書·地理志》曰：「幼者扶老而代其任。」《明皇雜録》：劉晏以神童爲秘書正字，上問曰：「爲正字正得幾字？」對曰：「餘字皆正，惟朋字未正。」**敢恨十年遲。**【注】樂天《初除知制誥與三舍人中書同宿》詩云：「莫怪不如君氣味，此中來校十年遲。」〔箋〕《能改齋漫録》：「陳後山除秘書省正字，賦詩云『端能幾字正，敢恨十年遲』。按：唐明皇御勤政樓時，劉晏以神童爲秘書省正字，年方十歲，明皇問晏曰：『爲正字正得幾字？』晏曰：『天下字皆正，惟有朋字未正。』（按：劉晏事見《明皇雜録》，任注已引。）〔補〕梅南本臺批：「三四用事既精切而不苟，求進之意隱然自見。後山人品、詩品可貴在此。」**肯著金根謬，**【注】《尚書故實》曰：「韓昶，退之子也，性闇劣，爲集賢校理。史傳有金根車，昶以誤，悉改根爲銀字。」**寧辭乳媪譏。**【注】《南史》：「何承天除著作佐郎，年已老，而諸佐郎並名家年少。荀伯子嘲之，呼爲嬭母。」此用其事。《金樓子》曰：「梁人呼書卷爲黄嬭，言其怡神養性，如乳媪也。」此借用其字。〔箋〕《五德志》：「館中會茶，自秘監至正字咸集。或以謂少陵拙於爲文，退之窘於作詩，申難紛然，卒無歸宿。獨陳無己默默無語，衆乃詰之。無己曰：『二子得名，自古未易定價。若以謂拙於文、窘於詩，或以謂詩文初無優劣，則皆不可。少陵不合以文章似吟詩樣吟，退之不合以詩句似做文樣做。」於是議論始定，衆乃服膺。（按：此條爲後山官正字時事，故箋於此。）向來憂畏斷，不盡鹿門期。【注】老杜詩：鹿門攜不遂。又云：空有鹿門期。鹿門在襄陽杜鄉里也〔一〕。後山此句，言雖免黨錮之憂，而失其高隱本趣。

校記

〔一〕「杜」原作「甘」，據周宋本、高麗本改。

題王平甫帖

〔箋〕《宋史·王安國傳》：安國，字平甫，未嘗從學，而文詞天成。教授西京，頗溺於聲色。安石在相位，以書戒之曰：「宜放鄭聲。」安國復書曰：「亦願兄遠佞人。」

早聞英氣擅家聲，晚得諸郎識老成。【注】《漢書》：司馬遷云：李陵既生降，隤其家聲。諸郎，謂二子旊、斿。〔箋〕《東坡集·和王斿》詩有「詩到諸郎尚老成」句。可恨治朝無此老，却嫌晚進不同生。【注】《晉書·謝混傳》：混爲劉裕所誅。宋受禪，謝晦謂裕曰：「恨不得謝益壽奉璽紱。」裕曰：「吾甚恨之，使後生不得見其風流。」足知落筆千言疾，【注】謂作文。老杜詩：集賢學士如堵牆，觀我落筆中書堂。按曾子固《祭平甫》文云：操紙爲文，落筆千字。〔箋〕《南豐集·祭王平甫文》：至若操紙爲文，落筆千字，徜徉恣肆，如不可窮。秘怪恍惚，亦莫之係。尚想揮毫一坐傾。【注】謂作字。老杜詩：張旭三盃草聖傳，揮毫落紙如雲烟。未信哲人窮五字，【注】謂詩不能窮人。《檀弓》曰：哲人其萎乎。〔箋〕《文集·王平甫文集後序》：平甫臨川人，年過四十，始名薦書，羣下士。歷年未幾，復解章紱，歸田里，其窮甚矣。而文義蔚然，又能於詩，所謂窮而後工也。注當引此。二難還復以詩鳴。【注】《世説》：陳太邱論其二子曰：「元方難爲兄，季方難爲弟。」退之《送孟東野序》曰：東野始以其詩鳴。

和李文叔退朝

〔箋〕按：文叔時官禮部員外郎。

朝流駭汗蒸雙猊，【注】退之《聖德》詩曰「駭汗如雨」，此借用。《淮南子》曰：山雲蒸，柱礎潤。東坡《答西掖諸公》詩曰：雙猊蟠礎龍纏棟。風捲屯雲散萬蹄。【注】陸機詩「胡馬如雲屯」，此借用，以言朝士之歸。任使輕衫汚嬌色，可令纖手洗春泥。【注】東坡詩：分無纖手裁春勝。王介甫詩：春泥滿眼路嶇嵚。

和謝公定雨行逢賣花

〔箋〕《山谷集·與歐陽元老書》：到都下可首往謁陳履常正字，此天下士也。謝愔公靜，公靜之弟悦公定，亦皆衆中落落者也，不可不求見。《倚松集》有《示謝公定學士》詩，注云：公定好佛，而不知禪。自以爲有得。《六一詩話》：京師輦轂之下，風物繁富，而士大夫牽於事役，良辰美景罕獲晏游之樂。其詩有「賣花擔上看桃李，拍酒樓頭聽管絃」之句。〔補〕懷辛案：公定名悰，見卷三《送黄生》箋及本卷《送謝朝請赴蘇幕》箋。《山谷集》公定名悦，殆誤。

逢花駐馬尚多情，天不違人旋作晴。【注】《開元天寶遺事》曰：長安俠少每至春時飾矮馬於花下往來，遇好花則駐馬而飲。王仲宣詩：人欲天不違，何懼不合并。不使近詩增紙價，〔箋〕《山谷集·送謝公定作竟陵主簿》詩有「落筆塵沙百馬奔」句。得知春入鳳凰城。【注】郭受與老杜詩：春興不知凡幾首，洛陽紙價頓能高。劉禹錫詩：南山宿雨晴，春入鳳凰城。

酬王立之二首

【注】王直方，字立之，名姓頗見于魯直集中。魯直嘗有《寄立之問梅花》詩。〔箋〕按：《山谷集·急雪寄王立之問梅花》，又《寄王立之》兩絶，皆元祐三年春作。又有《王才元惠梅三種皆妙絶戲答》三首，跋云：付王家素素歌之。《墨莊漫録》：王直方立之，父名棫。家多侍兒，而小鬟素兒尤妍麗。王嘗以臘梅花送晁无咎，无咎以詩五絶謝之，有云「芳菲意淺姿容淡，憶得素兒如此梅」。

頓有亭前玉色梅，情知不肯破寒開。【注】謝無逸《溪堂集》有《題王立之頓有亭》詩曰：蘇黄兩玉人，落筆傳九州。按《南史·謝晦傳》：時謝混風流爲江左第一。宋武帝曰：「一時頓有兩玉人耳。」王立之家有蘇東坡、黄豫章元祐中所題字，因取宋武帝語以名亭云。〔箋〕《景迂生集·王立之墓誌銘》：命其園中之堂曰「賦歸」，亭曰「頓有」。一時文人多爲之作賦歸等詩。似憐憔悴兩公客，獨倚東風遣信來。【注】兩公，謂蘇、黄也。後山蓋蘇、黄之客。《魏志》曰：馬超遣信請和。又《世説》：林公詣謝東陽，朗時新病起，體未堪勞。母王夫人在壁後，遣信令還。

又

重梅雙杏巧相將，不爲遊人只自芳。【注】《家語》曰：蘭生深林，不以無人而不芳。應怪詩翁非老手。相逢不作舊時香。【注】詩翁，後山自謂。老手，謂蘇、黄。歐公詩：老手尚能工翦裁。范諷詩云：惟有南山與君眼，相逢不改舊時青。

送謝朝請赴蘇幕

〔箋〕《宋史·職官志》：朝請大夫，從六品。朝請郎，正七品。謝朝請當即謝公定。《却掃編》：元祐初再復制科，獨謝悰中格，特賜進士出身，補大郡職官。悰具狀辭免，云所有告勑，未敢祇受。而以「祇」爲「祇」，以「受」爲「授」。士大夫間傳以爲笑，諫官劉器之疏論之。悰字公定，希深之孫，亦有文采，祇授蓋筆誤也。

好合同黄卷，【注】《詩》云：妻子好合。此借用。《文選》陸士衡《贈曹文羆》亦云〔一〕：疇昔之遊，好合纏綿。情親須白頭〔二〕。【注】老杜詩：童稚情親四十年。須白頭，謂不待白頭而情已親。〔箋〕按：後山識公定當在元祐初年。《山谷集》有《謝公定和二范秋懷五首邀余同作》，其第五首云「用智常恨毫，用決常恨早。推轂天下士，誠心要傾倒。海宇日清明，廟堂勤灑掃。何爲陳師道，白髮三徑草」。其詩作於元祐元年，至此十六年矣。胡然落丹墨，不坐致公侯。【注】丹墨，謂簿領。《北史》：蘇綽始制文案程式，朱出墨入，及計帳户籍之法。退之詩：符師弄刀筆，丹墨交橫揮。此借用。山合遮西顧，【注】一作「沙軟留徐步〔三〕。」魏本云：丙藁塗上四字不注。潮回趁急流。平生湖海興，日夜逐行舟。【注】老杜詩：平生湖海心，宿昔具扁舟。

校記

〔一〕「羆」原作「熊」，據周宋本並《文選》卷二十四改。　〔二〕「須」，潘宋本作「更」。　〔三〕「一作」七字盧宋本、周宋本無。

和謝公定觀秘閣文與可枯木

〔箋〕《宋史・職官志》：秘閣，係端拱二年就崇文院中堂建。以三館書籍真本并内出古畫墨迹等藏之。《文同傳》：同字與可，梓州梓潼人。初舉進士，稍遷太常博士，集賢校理。知陵州，又知洋州。元豐初，知湖州。《東坡集・淨因院畫記》：可之於竹石枯木，千變萬化，未始相襲，而各當其處。合於天造，厭於人意，蓋達士之所寓也。

斯人不復有，〔箋〕《東坡集·書文與可墨竹》詩句云：筆與子皆逝。累世或可期。每于丹青裏，一見如平時。壞障塵得入，慘淡令人悲。墨色落欲盡〔一〕，嚴顔終不移。【注】老杜詩：慘淡壁飛動，到今色未填。又云：畫色久欲盡，蒼然猶出塵。《文選》傅毅《舞賦》曰：嚴顔和而怡懌。《世說》：桓公曰：「萬石橈弱常才，有何嚴顔難犯。」朽老莫使年，【注】朽老，見前注。《左傳》曰：絳縣老人，有與疑年，使之年。石心烏銅皮。【注】《晉書·夏統傳》賈充曰：「此吴兒木人石心也。」念此猶少作，未盡冰霰姿。【注】《文選》楊修《答臨淄王牋》云：修家子雲，老不曉事，强著一書，悔其少作。北枝把異鵲，【注】老杜詩：棲枝把翠梧。《莊子》曰：莊周遊乎雕陵之樊，睹一異鵲。意定了不疑。【注】言無繞樹未安之態。東坡《畫鴈》詩：野鵞見人時，未起意先改。君于何處看，得此無人態。惜哉不得語，胸次幾興衰。【注】用賈誼鵩不能言之意。《文選》王仲宣詩：惜哉空爾爲。其字本出《史記·宓不齊傳》。《莊子》曰：喜怒哀樂，不入于胸次。〔箋〕《石林詩話》：熙寧初，時論既不一，士大夫好惡紛然，同在館閣，未嘗有所向背。時子瞻數上書，論天下事。退而與賓客，亦多以時事爲譏誚。同極不以爲然。一爲要貴役，可復辭畫師。【注】《唐書·閻立本傳》：閤外傳呼畫師，閻立本羞悵流汗〔二〕。〔箋〕《宋史·同傳》：同又善畫竹，初不自貴重。四方之人持縑素請者，足相躡於門。同厭之，投縑於地，罵曰：「吾將以爲襪。」好事者傳之以爲口實。隱奥雖可惜，塗抹復見遺。【注】言與可不爲要貴所役，聊自寄其意爾。畫在秘閣，世固不多見，而亦免塗抹之汚。《文選·七命》曰：吞響乎幽山之窮奥。李善注曰：奥，隱處也。盧仝《示添丁》曰：忽來案上翻墨汁，塗抹詩書如老鴉。謝侯名家子，

〔箋〕《山谷集·送謝公定作竟陵主簿》詩：謝公文章如虎豹，至今斑斑在兒孫。感慨形苦詞。【注】庾信《哀江南賦》云：不無危苦之詞。豈惟語畫工，勁特頗似之。何當補諫列，一吐胸中奇。【注】退之《代張籍書》曰：何由致其身于其人之側，一吐出胸中之奇乎〔三〕。

校記

〔一〕「色」，盧宋本「一作容」。

〔二〕「流汗」，原作「汗流」，據周宋本並《新唐書》卷一百《閻立德傳》附《閻立本傳》改。

〔三〕「出」字原無，據周宋本、高麗本並韓愈《代張籍與李浙東書》增。

和饒節詠周昉畫李白真〔一〕

〔箋〕《嘉泰普燈録·如璧禪師傳》：鄧州香嚴倚松如璧禪師，撫之臨川人。族饒氏，舊名節，字德操。《墨莊漫録》：僧如璧，乃江西進士饒節次子也。少年嘗投書於曾子宣，論新法非是。不合，乃祝髮更名。尤長於詩。嘗住數剎，士大夫多與之游，後改字德操。按：節有僕，亦能詩，從節出家爲僧，名如琳。此云如璧爲節次子，當是誤記。《老學庵筆記》：饒德操詩，爲近時僧中之冠。嘗醉赴汴水，適遇客舟救之，獲免。按：《倚松老人集》題作《李太白畫歌》。〔補〕《梁谿漫志》：德操名如璧，僕名如琳，偏參諸方。陳了翁、關子明兄弟皆以詩稱美之。

君不見浣花老翁醉騎驢，熊兒捉轡驥子扶。金華仙伯哦七字，好事不復千金摹。【注】成都浣花溪，老杜入蜀所居。熊、驥，杜之二子也。嘗有詩云：熊兒幸無恙，驥子最憐渠。魯直有《老杜浣花醉圖》詩云：浣花酒船散車騎，野牆無主看桃李。宗文捉轡宗武扶，落日蹇驢馱醉起。後山謂魯直詩語已自寫生，不須捐金摹畫也。金華，見前注。老杜詩云：諸公乃仙伯。〔箋〕《山谷集·老杜浣花溪圖》詩：宗文守家宗武扶，落日蹇驢馱醉起。史注：陳無己《和饒節詠周昉畫李白真》云云，謂此詩也。《復齋漫録》：無己呼山谷爲金華仙伯，故《題李白真》詩「金華仙伯哦七字，好事不復千金摹」。蘇養直詩亦云「但見金華仙伯語，筆端邱壑飽經心」。《苕溪漁隱叢話》：葛洪《神仙傳》云：皇初平，年十五，家使牧羊。有道士見其良謹，將至金華山石室中。其兄初起入山索之，累年不得。後隨一道士歸，初起見而問曰：「羊何在？」初平曰：「近在山東。」兄往，見白石。初平叱之，白石皆起爲羊。後易姓爲赤松子。不知無己呼魯直爲金華仙伯，若取其同姓，皇固非黄矣。青蓮居士亦其亞，斗酒百篇天所借。【注】李太白《答湖州迦葉司馬問白是何人》詩曰：青蓮居士謫仙人，酒肆藏名三十春。老杜詩：李白一斗詩百篇。又詩：天廄真龍此其亞。英姿秀骨尚可似，逸氣高懷那得畫。【注】《後漢·二十八將論》曰：英姿茂績。老杜《八哀詩》曰：復見秀骨清。逸氣，見前注。周郎韻勝筆有神，【注】《畫斷》云：周昉窮丹青之妙，畫美人女子，爲古今冠絶。張彦遠《畫記》云：張懷素每云：「吴道玄之畫，下筆有神。」〔箋〕《名畫記》：周昉，字景元。官至宣州刺史。《唐朝名畫記》：昉，京兆人。《詞集》《南鄉子》自注：周昉畫美人，有背立欠伸者最爲妍絶。東坡爲賦《續麗人行》。解衣槃礴未必真。【注】《莊子》曰：宋元君將畫圖，衆史皆至。舐筆和墨，在外者半。有一史後至者，儃儃然不趨，受揖不立。因之舍，公使人視之，則解衣槃礴臝。君曰：

「可矣，是真畫者也。」一朝寫此英妙質，似悔只識如花人。【注】太白詩：金屏笑坐如花人。醉色欲盡玉色起，分明尚帶金井水。【注】《摭言》曰：太白在翰林應詔，草《白蓮花序》及《宫詞》十首。時方大醉中，貴人以水沃之，稍醒。白于御前索筆一揮，文不加點。玉色，見《禮記·玉藻》。老杜詩：研寒金井水。按《荆州記》：益陽有金井。烏紗白紵真天人，不用更著山巖裏。【注】《晉書》：顧愷之爲謝鯤像，在石巖裏。云：此子宜置邱壑中。平生潦倒飽邱園，禁省不識將軍尊。袖手猶懷脱鞾氣，豈是從來骨相屯。【注】《文選·東征賦》曰：禁省鞠于茂草。《唐書·李白傳》曰：白嘗侍帝，醉，使高力士脱鞾。力士素恥之，摘其詩以激楊貴妃。帝欲官白，妃輒沮止。退之詩：自歎虞翻骨相屯。仰視雲空鴻鵠舉，眼前紛紛那得顧。【注】用嵇康詩「目送歸鴻」之意。《韓詩外傳》曰：黄鵠一舉千里。老杜詩：紛紛輕薄何須數。是非榮辱不到處，正恐朝來有新句。【注】魯直《浣花醉圖》詩曰：兒呼不蘇驢失脚，猶恐朝來有新作。勿言身後不要名，尚得吴侯費百金。【注】身後名，見前注。《晉書·謝安傳》曰：餚饌亦屢費百金。〔箋〕按：節原作亦有「吴侯得之喜不寐」句。《能改齋漫録》：謂是吴少卿也。江西勝士與長吟，【注】饒節，字德操，江西人。後爲僧，名如璧。法嗣潁州薦福月。《晉書》：羊祜登峴山，曰：「由來賢達勝士，登此多矣。〔補〕陳彰曰按：《嘉泰普燈録》卷十二，《如璧禪師傳》青原下第十世（雲門八世）香巖海印智月禪師，法嗣鄧州香巖倚松如璧禪師。後來不憂身陸沉。【注】《莊子》曰：方且與世違，而心不屑與之俱，是陸沉者也，是其市南宜僚耶。注云：人中隱者，是無水而沉也。〔箋〕《江西詩派小序》：後山自言得師豫章。後山地位去豫章不遠，故能師之。若同時秦、晁諸人，則不能爲此言矣。此惟深於詩者知之。文師南豐，詩師豫章，二師皆極天下之本色，故後山詩、文高妙一世。然《題太白畫像》云：江西勝士與長吟，後來不憂身陸沉。勝士謂饒德操也。按：德操此詩去手汚吾足之作，大爭地位。太白非德操遂陸沉耶？似非篤論。《能改齋漫録》：陳無己《題李白真像》詩末云「勿言身後不要名，尚得吴侯費百金。江西勝士與長吟，後來不憂身陸沉。」蓋謂建中靖國間，饒節德操首詠吴少卿家所藏周昉畫李白也。德操，江西撫州人。無己詩法甚嚴，於許可尤慎。〔補〕梅南本墨批：結恨轉弱。

校記

〔一〕此題潘宋本作「題畫李白真」。

謝王立之送花

過雨生泥風作塵，馬蹄聲裏度芳辰。城南居士風流在，〔箋〕《年譜》直方，字立之，自號歸叟。有園亭在汴京城南，嘗從蘇、黄諸公游。曾慥《詩選》：李商老云：王直方高貲，有園在城南。事諸名流，具杯盤，出聲伎以娱客。故山谷詩云：重來樊素病，捧心不能妝。張文潛云：執板歌一聲，坐客無留觴。時送名花與報春。【注】「時送」一作「猶遺」〔一〕，一作「時遺」。老杜詩：頭風吹過雨。又詩：百舌來何處，重重只報春。此借用。李白詩：名花傾國兩相歡。

校記

〔一〕「猶」原作「尤」，據周宋本改。

和參寥明發見鄰家花二首

〔箋〕按：《畫繼》：《圖繪寶鑑》載趙士暕字明發。元符初，試宗室藝業，賜進士出身。工畫，少好學，工詩什，喜爲文。書學米芾。《碧雞漫志》：宗室中明發、伯山久從汝洛名士游，下筆有逸韻，雖未能一一盡奇，比國賢聖褒則過之。《墨莊漫録》：元祐以後，宗室以詞章知名者，如士暕、士字、叔盎、令畤、𥫗之皆有篇釋聞於時。《參寥集》有《寄伯言明發》詩。《錦繡萬花谷》：趙氏玉牒派，太宗下元字、允字、宗字、仲字、士字、不字、善字、汝字、崇字、必字、良字、友字。《曲洧舊聞》：或曰：「東坡詩始學劉夢得，不識此論誠然乎哉？」余應之曰：「余建中靖國間，在參寥座，見宗子士暕以此問參寥。參寥曰：『此陳無己之論也。東坡天才，無施不可。以少也實嗜夢得詩，故造詞遣言，峻峙淵深，時有夢得波峭。然無己此論，施於黄州以前可也。坡自元豐末還朝後，出入李、杜，則夢得已有奔逸絶塵之歎矣。無己近來得《渡嶺》、《越海》諸篇，行吟坐詠，不絶舌吻。常云此老深入少陵堂奥，他人何可及。其心悦誠服如此，則豈復守昔日之論乎。余聞參寥此説，三十餘年矣，不因君子，無由發也。』」

短牆春色過鄰家，行不逢人只見花。【注】唐人王駕詩曰：蛺蝶飛來過牆去，應疑春色在鄰家。下句用崔護事，見前注。新緑葱葱紅蔌蔌，【注】魯直詩：黄鸝惟見緑葱葱。元稹《連昌宫詞》曰：風動落花紅蔌蔌。却成粧面映青紗。【注】太白《烏夜啼》曰：機中織錦秦川女，碧紗如烟隔窗語。

又

滿城桃李一番新，深院繁枝别得春。從此詩翁有新語，不須紅濕少城闉。【注】老杜詩：曉看紅濕處，花重錦官城。又云：更歷少城闉。

和張奉議贈舅氏龐大夫〔一〕

〔箋〕《温公集·太子太保龐公墓誌銘》云：男五人，長曰元魯，登進士第，官至大理寺丞，早終。按：元魯與温公俱爲張存龍圖壻，見《畫墁録》。元魯誌銘，亦温公撰。次元英，太常博士。《清波雜志》：元豐間，龐懋賢元英，爲主客郎，嘗著《文昌雜録》。次元常，内殿崇班。《荆公集》有《龐籍遺表男内殿崇班元常大理寺丞制》。次元中，大理寺丞。次元直，大理評事。《却掃編》：陳無己嘗以熙寧、元豐間事，爲編年書。既成，藏之龐莊敏家。無己之母，龐氏也。紹聖中，龐氏子有懼或爲己累者，竊其書焚之。世無别本，無己終身以爲恨焉。《文昌雜録》：工部王侍郎言：昔與先兄同官河内，嘗借親書《劉夢得集》四册，後不復見還，今尚在否？余歸索於書橐中，果有劉集一部，細書小楷，末有印記「克臣」二字，侍郎名也。因以還之。凡四十五年，復歸王氏。侍郎且言二十歲寫此書，今七十年矣。不惟不能復寫小字，遠視亦已不見，又可慨然也。又《詩人玉屑》、《前賢小集拾遺》均載有龐謙孺詩。謙孺，字佑甫，潁公曾孫。南渡後居吴興，有《白蘋集》。此皆後山外家事，附箋於此。

朝下公門不曳裾，【注】《晉書》：龔玄之未曾至公門〔二〕。曳裾，見前注。身寬心遠等林居。【注】淵明詩：心遠地自偏。傳家聲烈三公後，【注】三公，謂龐相國籍。退之詩：不見三公後。貯腹平生萬卷餘。【注】《北史·崔㥄傳》：胸中貯千卷書。老杜詩：年少方開萬卷餘。〔箋〕按：潁公家富收藏，《歷代吟譜》載公句云：田園貧宰相，圖史富書生。《石林燕語》載王禹玉作《潁公神道碑》，其家送潤筆，金帛外參以古書、名畫三十種，杜荀鶴公及第時試卷亦是一種。藤架倚春聽語鳥，【注】老杜詩：露裛思藤架。顧況《悲歌》云：臨春風，聽春鳥，别時多，見時少。石池迎日數遊魚。【注】柳子厚《石潭記》曰：潭中魚可百許頭，皆若空游無所依。日光下徹，影布石上。王介甫詩：行數魚鯈賓共樂。〔箋〕《王直方詩話》：陳無己云「石池隨處數游魚」，余以爲不及李希聲云「绿净隨時看上魚」。人言酷類牢之舅，【注】《晉書·何無忌傳》：桓玄曰：「何無忌，劉牢之甥，酷似其舅。」未有新詩錦不如。【注】老杜詩：白髮絲難理，新詩錦不如。

校記

〔一〕「龐大夫」三字，潘宋本無。

〔二〕「玄」原作「延」，據周宋本、高麗本改。

和舅氏公退言懷

追陪強韻愧難過，應節前聞覺未多。【注】《南史·王筠傳》：能用强韻。前聞，見前注。老杜詩：衰慚應節多。盛禮每虛摩詰席，【注】《唐書》：王維，字摩詰。名盛于開元間。豪英貴人，虛左以迎。舊詞猶可雪兒歌。【注】《北夢瑣言》：韓定辭詩云：麗詞堪與雪兒歌。馬式問其事〔一〕。對曰：「雪兒李密愛姬，每賓朋文章有奇麗者，付雪兒協律歌之。」手開新徑延徐步，眼趁高梧上碧蘿。風雨入懷泥滿眼，時須好語滌煩痾。【注】王介甫詩：春泥滿眼路嶇嶔。

校記

〔一〕懷辛案：注引文見繆荃孫輯《北夢瑣言》逸文卷二。「馬式」作「馬彧」。

欽聖憲肅皇后挽詞二首

【注】神宗后向氏，建中靖國元年正月崩。三月加謚。五月葬永裕陵。〔箋〕《宋史·向后傳》：神宗欽聖憲肅向皇后，河內人，故宰相敏中曾孫。崩年五十六。〔補〕懷辛案：《續通鑑》徽宗建中靖國元年夏四月甲午：「上大行皇太后謚曰欽聖憲肅。」任注三月蓋誤。

二妃端協帝，【注】神宗在潁邸，治平三年納后爲妃。魏收《後魏書》曰：二妃嬪嫣，虞道克昌。任姒配周，周室用光。二妃謂堯女娥皇、女英也。協帝，借用《舜典》字。三后共興周。【注】三后，謂太姜、太任、太姒，以比國朝慈聖曹后、宣仁高后及欽聖，皆嘗臨朝有聖德。決策天同力，〔箋〕《長編》：元符三年正月己卯，帝崩。皇太后哭謂宰臣曰：「大行皇帝無嗣，事須早定。」章惇厲聲曰：「當立母弟簡王似。」復曰：「以長則申王當立。」太后曰：「先帝嘗言端王有福壽。」乃召端王佶入，即皇帝位。收功語不流。【注】元符三年正月，哲宗上仙。太后夜半定策。翼日，召徽考自端邸入立，廷臣皆不預焉。蘇子由作《宣仁謚册文》曰：大策中定，與天爲謀。羅隱詩曰：時來天地皆同力。語不流，謂大臣帖服，無敢流言，如誣謗宣仁時也。權宜從殺禮，【注】太后不敢當山陵之禮，止稱山園。《詩序》曰：殺禮而多昏。此借用。老杜詩：權宜借寇頻。〔箋〕《宋史》本傳：宣仁命葺慶壽故宫以居后，后辭曰：「安有姑居西而婦處東，瀆上下之分。」不敢徙。故事如御正殿、避家諱、立誕節之類，皆不用。末命尚深憂。【注】《書》曰：皇后憑玉几，導揚末命。深憂，謂以天下爲憂。鬱鬱佳城閉，終天配壽邱。【注】佳城，見前注。《文選》顔延年《宋元后哀策文》曰：夷體壽原。注：漢景帝作壽陵云云。此借用，以指裕陵。

又

復辟先元約，【注】元符三年正月，太后權同處分軍國事，候祔廟禮畢還政。至七月一日，手書可不候祔廟，止俟靈駕發引，罷同聽斷。《書》曰：朕復子明辟。〔箋〕《宋史》本傳：徽宗立，請權同處分軍國事，后以長君辭。長年損積憂。

【注】《文選》陸士衡《歎逝賦》曰：嗟人生之短期，孰長年之能執。《禮記·文王世子》注云：文王以憂勤而損壽。此借用。傳曰：積憂薰心。春移柏城仗，【注】樂天《陵園妾》詩曰：柏城盡日風蕭瑟。仙去帝鄉遊。【注】《莊子》曰：乘彼白雲，至于帝鄉。德並塗莘敏，【注】退之《王用誌銘》曰：蜀塗莘摯，正妃之門。謝承《三夫人箴》曰：塗山翼夏，有莘翼殷。蓋謂禹娶塗山氏女，湯娶有莘氏女。老杜詩：學並盧王敏。功臨馬鄧優。【注】《後漢》：明德馬后，肅宗尊爲太后，常與帝旦夕言道政事。和熹鄧后，迎立殤帝。太后臨朝，又定策立安帝。千秋修故事，車馬戒如流。【注】《後漢·馬后紀》：太后詔曰：前過濯龍門上，見外家問起居者，車如流水，馬如游龍。但絶歲用，以默愧其心。《文選》樂府曰：車馬若川流。〔箋〕《宋史》本傳：族黨中有欲援以恩換閤職，及爲選人，求京秩者。后一不與。

欽慈皇后挽詞二首

【注】欽慈皇后陳氏，徽宗之母〔一〕。元祐四年六月崩，建中靖國元年正月追尊爲皇太后。三月謚曰欽慈。五月陪葬永裕陵，祔太廟神宗室，奉安神御于景靈西宫坤元殿。〔箋〕《宋史·陳皇后傳》：欽慈陳皇后，開封人。選入掖庭，爲御侍。進美人。帝崩，守陵殿，曰：「得早侍先帝，願足矣！」未幾薨，年三十二。〔補〕懷辛案：《續通鑑》徽宗建中靖國元年夏四月乙未：「追上欽聖皇太后曰欽慈。」注謂三月蓋誤。

二祧從孝祀，【注】《禮記》注：二祧，謂文武廟也。文武俱在應遷之例，特爲功德而留。此借用，以比神宗。五典載虞嬪。【注】《堯典》曰：釐降二女于嬀汭，嬪于虞。《堯典》，即五典之一。顯號追先志，【注】建中靖國元年正月，欽聖太后崩。遺詔追尊皇太妃陳氏爲皇太后。陰功見後人。【注】后蓋京兆人，贈太保祁王懷德之女。懷德沉勇，有功于國。《後漢·鄧后傳》曰：「叔父陔言，常聞活千人者，子孫有封。兄訓，修石臼河，歲活數千人。天道可信，家必蒙福。」承顏親不待，【注】《魯論》：色難。注曰：承順父母顏色爲難。《韓詩外傳》：曾子曰：「子欲養而親不待。」罔極痛如新。【注】《詩》曰：欲報之德，昊天罔極。未有如椽筆，光容可得陳。【注】《晉書》：王珣夢人以大筆如椽與之，云「此當有大手筆事」。俄而孝武崩，哀册謚議皆珣所草。

又

靈岳占佳氣，琳宮閟寶衣。膺期符寶歷〔二〕，錫號焕皇扉。【注】靈岳，謂嵩山。事具徽宗御製《西京崇福宮記》。大抵謂后被遇神宗〔三〕，有禱于嵩山崇福，遂生徽宗〔四〕。乃詔洛帥，侈宮楹而大之。《真誥·協昌期》曰：登玉霄琳房。皇扉，謂堯母門。日月堯同數，【注】后以元豐五年十月十日，誕生徽宗皇帝。《漢書·武帝鉤弋夫人傳》：任身十四月，生昭帝。上曰：「昔堯十四月而生，命其門曰堯母門。」謳歌啟與歸。【注】事見《孟子》。傷心五雲去，不見六龍飛。【注】《孝經援神契》曰：德至山陵，則景雲出。景雲，五色雲也。老杜《重經昭陵》詩云：再窺松柏路，還見五雲飛。六龍，見《易·乾卦》，謂徽宗登極〔五〕。

校記

〔一〕「宗」，周宋本作「考」。〔二〕此句潘宋本作「應祈符聖曆」。〔三〕「神宗」，周宋本作「神考」。〔四〕「徽宗」，周宋本作「徽考」。〔四〕「宗」，周宋本作「考」。

大行皇太后挽詞二首

【注】代人作〔一〕。欽聖太后。

德名三后並，【注】曹后、高后并后爲三，皆有聖德。母道兩朝尊。【注】兩朝，謂哲廟、徽廟。勇決高千古，危疑定一言。【注】謂定策之謀，出于獨斷。章惇異議，竟不得行。老杜詩：勇決冠垂成。《文選》王元長《策秀才文》曰：餘烈千古。先期還政事，隆禮改山園。【注】並見前注。哀挽西郊道，雲愁晝亦昏。【注】西郊道，謂往西京祔葬。周以洛爲東郊，于宋朝則國西〔二〕。

又

扶日行黄道，【注】扶日，見前注。《晉志》云：黄道，日之所行也。魯直《王文恭挽詩》云：賓日行黄道。乘雲上紫微。【注】《莊子》曰：乘彼白雲，至于帝鄉。《晉志》云：紫微，大帝之坐，天子之常居也。憂勞形末命，【注】末命，見前注。恭儉見陳衣。【注】《周禮·春官·司服》曰：大喪，廞衣服。注：廞，陳也。《禮記·喪大記》曰：凡陳衣者實之篋。布德開刑網，【注】《禮記·月令》曰〔三〕：命相布德和令。《漢書·刑法志》云：禁網疎闊。和戎戢武威。【注】《左傳》：魏絳謂和戎有五利。老杜詩：丕承戢武威。〔箋〕《宋史》本傳：聞賓召故老，寬徭息兵，愛民崇儉之舉，則喜見於色。要知懷惠處，行路涕交揮。【注】懷惠，見《魯論》。《家語》：敬姜曰：「二三子無揮涕。」

校記

〔一〕「作」，盧宋本、周宋本無。　〔二〕「宋朝」，周宋本作「本朝」。　〔三〕「曰」，周宋本、高麗本作「云」。

追尊皇太后挽詞二首

【注】代人作〔一〕。　欽慈太后。

彤管書陰教，【注】《靜女》詩傳云：古者后夫人，必有女史彤管之法。箋云：彤管，筆赤管也。《禮記》曰：后修女順，母道也。注云：母者，施陰教于婦。黃圖載德容。【注】黃圖，天子之圖籍，如《三輔黃圖》是也。《周禮·九嬪》：掌教九御，婦德、婦言、婦容、婦功。漢宫先夢日，【注】《漢書·景帝王后傳》：武帝方在身時，后夢日入其懷。代邸近乘龍。【注】謂徽宗自端邸即位〔二〕。《漢書·薄姬傳》：高祖召欲幸之〔三〕，對曰：「昨暮夢龍據妾胸。」上曰：「是貴徵也，吾爲汝成之。」遂生文帝，初封代王。《文帝紀》曰：奉天子法駕迎代邸。《易·乾卦》曰：時乘六龍，以御天也。喬嶽藏遺服〔四〕，【注】謂嵩山崇福宫，見前注。青門啓故封。【注】后以元祐九年，葬于開封縣多慶院之東。至是改葬。老杜詩：哀挽青門去。按《三輔黄圖》曰：長安城東出南頭第一門曰霸城門，或曰青門。此借用。退之《大行皇后挽詞》曰：因山託故封〔五〕。**從今祠百世，**【注】東坡《高太后挽詩》云：原廟故應祠百世，先王何止活千人。**清廟配商宗。**【注】《周頌》注曰：清廟者，祭有清明者之德之宫也。商宗謂神宗。《商頌》曰：烈文祀中宗，玄鳥祀高宗。

又

典册尊徽號，欽慈焕德名〔六〕。【注】「徽號」字見《禮記》，後人借用。揚子曰：君子德名爲幾。**終身聞舜慕，**【注】《孟子》曰：大孝終身慕父母。五十而慕者，予于大舜見之。**歷月見堯生。**【注】見前注。《世説》：外國貢奇香，一著人則歷月不歇〔七〕。**兵衛嚴天仗，車輿轉帝城。故奩脂澤在，哀感倍皇情。**【注】《後漢·光烈陰后紀》：明帝夢先帝太后如平生歡。明旦，上探視太后鏡奩中物，感動悲涕，令易脂澤裝具。左右皆泣，莫能仰視。

校記

〔一〕「作」，盧宋本、周宋本無。　〔二〕「宗」，周宋本作「考」。　〔三〕「召」原作「嘗」，據周宋本、高麗本並《漢書·薄姬傳》改。　〔四〕「藏」，潘宋本作「已」。　〔五〕「退之」至「故封」十七字，周宋本作「退之詩因山啓故封唐書吴后啓故窆衣皆赭色見者謂有聖子之符按舊書初葬春明門外」三十六字。　〔六〕「慈」，潘宋本作「崇」。

〔七〕「歷」原作「數」，據周宋本並《世説·惑溺》改。

王察院挽詞二首

【注】監察御史王回也。〔箋〕《年譜》：元符二年十月，與游酢、馬涓並命，未幾而卒。《宋史·鄒浩附傳》：回字景深，仙游人，與鄒浩友善。皇后劉氏立，浩將論之，密告回。浩南遷，人莫敢顧，回斂交游錢與治裝。邏者以聞，逮詣詔獄。獄上，除名停廢。徽宗立，詔還，權監察御史。〔補〕《後山談叢》有記衞真主簿王回一則。彼王回見《宋史·儒林傳》，非一人也。

施報終何在，窮通共一空。【注】《史記·伯夷傳》曰：天之報施善人，其何如哉。兩言成益友，【注】《左傳》：鄭子太叔卒，晉趙簡子哭甚哀，曰：「黄父之會，夫子語我九言」云云，此用其意。《管輅别傳》曰：諸葛樂與輅别，戒以二事。言卿性樂酒，雖温克，然不可保，寧當節之。卿有水鏡之才，所見者妙，禍如膏火，不可不慎。此借用其事。《史記·平原君傳》：毛遂曰：「從之利害，兩言而決。」《魯論》曰：益者三友。〔箋〕《長編》：浩將論事，以告宗正寺簿王回。回曰：「事寧有大於此者乎？子雖有親，然移忠爲孝，亦太夫人素志也。」又：回詣詔獄，御史詰之，回曰：「實嘗預謀，不敢欺也。」因誦浩所上章，幾二千言。百代仰高風。【注】《孟子》曰：百世之下，聞者莫不興起。《文選》陸機《漢功臣贊》曰：悠悠遐風，千載是仰。夏侯湛《東方朔畫贊》曰：想先生之高風。終始無遺恨，【注】老杜詩：毫髮無遺恨。恩榮託至公。【注】建中靖國元年正月王覿、曾肇等奏：故監察御史王回學術深醇，氣守剛毅。臺官言回交結鄒浩，遂除名勒停，送本鄉居住。陛下嗣位，命爲監察御史。方始供職，得病而亡，不得攄發素藴，以報陛下眷遇之恩云云〔一〕。詔補一子太廟齋郎。老杜詩：恩榮同拜手。〔箋〕《宋史·浩鄒附傳》：回卒，年五十三。岑象求、王覿、賈易上章，乞録其子，恤其家。詔除子涣老郊社齋郎，蔡京爲相，奪之，仍列名黨籍。不應埋直氣，會見吐長虹。【注】曹子建《七啟》曰：慷慨則氣成虹蜺。

又

良貴官何與，【注】《孟子》曰：人之所貴者，非良貴也。趙孟之所貴，趙孟能賤之。長年死不亡。【注】《老子》曰：死而不亡曰壽。身須禦魑魅，【注】《左傳》：投之四裔，以禦魑魅。老杜詩：從來禦魑魅，多爲才名誤。氣已懾豺狼。【注】《後漢·張綱傳》：豺狼當道，安問狐狸。不盡胸中藴，猶堪地下郎。【注】地下郎，見前注。豈惟吾道慶，編簡亦輝光。【注】編簡，謂史策。

校記

〔一〕「恩」，盧宋本、周宋本、高麗本作「意」。

贈吴氏兄弟三首

〔箋〕按：《直齋書録解題》：《北湖集》十卷、《長短句》一卷，直秘閣知虢州富川吴則禮子副撰。

其父中復。中復弟幾復、嗣復，子立禮及幾復子審禮，皆登科有名譽。此吴氏兄弟，卽則禮與立禮、審禮也。

一長未可衆人師，【注】柳子厚《答韋中立書》曰：假令有取爲衆人師，且不敢，況敢爲吾子師乎！萬里元隨八馬蹄。【注】《列子》曰：周穆王肆意遠遊，命駕八駿之乘，升崑崙之邱，賓于西王母。老杜詩：崑崙虞泉八馬蹄。不解征西諸子弟〔一〕，〔箋〕則禮父中復，以孫抃薦爲御史，亦見《直齋書録解題》。征西，卽指中復。却憐野鶩厭家雞。【注】《南史·王僧虔傳》：庾征西翼書，少時與王右軍齊名。右軍後進，庾猶不分，在荆州與都下人書云：「小兒輩賤家雞，皆學逸少書。」野鶩，見前注。

又

才隨年盡不重奇，每愧諸郎索近詩。旋作七言供一笑，自癡那得使人癡。【注】才盡，見前注。歐公詩云：詩篇自覺隨年老。《玉臺新詠·明月篇》曰：秀色隨年衰。

又

得失嬙姸只自知，略容千載有心期。【注】老杜詩：文章千古事，得失寸心知。《文選》陸機《文賦》序曰：姸媸好惡，可得而言。退之詩：開卷讀且想，千載若相期。《選》詩：中道遇心期。後山此意，謂世無知音，特與古人相期于千載之上耳。**恨君不見金華伯**〔二〕，【注】金華伯，謂魯直，見前注。東坡詩：恨君不識顔平原。**何處如今更有詩。**【注】退之詩：風霜滿面無人識，何處如今更有詩。

校記

〔一〕「諸」，潘宋本作「説」。懷辛案：「説」字亦可通，存備考。　〔二〕「見」，潘宋本作「識」。

和吴子副智海齋集〔一〕

〔箋〕《宋東京考》：相國寺在府治東北大寧坊。元豐中，立八院：東曰寶嚴、寶梵、寶覺、慧林，西曰定慈、廣慈、普慈、智海。《北湖集·過智海呈陳無己》詩：暫展經匳設茗芽，共憐日日困塵沙。木魚夢覺響晴景，鐵鳳雨餘翔落霞。漠漠清香縈暮竹，蕭蕭晏几近幽花。道人槌拂總無用，身世俱忘鬢已華。

法筵應供賴三車，【注】文殊云：法筵龍象衆。三車，謂羊、鹿、牛，以比三乘，事見《蓮經》。**推案抽身輟算沙。**【注】嵇康書曰：人間多事，堆案盈几。樂天詩：抽身去得無。東坡詩：笙歌叢裏抽身出。《永嘉證道歌》云：入海算沙徒自困。**度暑好風開樂國，**【注】淵明詩：微雨從東來，好風與之俱。樂國，謂西方極樂國。**脱塵新句散餘霞。**【注】謝玄暉詩：餘霞散成綺。〔箋〕按《北湖集》有絶句云：華館相望接使星，長淮南北已休兵。便須買酒催行樂，更覓何時是太平。滿船買了洞庭柑，雪色新裁白苧衫。唤得吴姬同一醉，春風相送過江南。楊誠齋《詩話》：尤延之嘗誦吴則禮此二詩。僧奩手汗空留迹，佛几堆紅拂委花。【注】《蓮經》曰：香風時來，吹去委花，更雨新者。趙師民詩：委地露花啼曉恨。客舍黄粱應未熟，且容秋蝶覺南華〔二〕。【注】黄粱，見前注。《莊子》曰：昔者莊周夢爲蝴蝶，栩栩然蝴蝶也。按：《通典》唐天寶元年封莊子號南華真人。

校記

〔一〕此題潘宋本無「集」字。　〔二〕「覺」，潘宋本、盧宋本、周宋本、高麗本作「夢」。

舅氏新齋

堂因竹柏有，花與歲時闌。欲作終年計〔一〕，長留别眼看。【注】《管子》曰：百年之計，種之以木。别眼，謂不以凡花視之也。色侵杯酒重，【注】老杜竹詩：色侵書帙晚。又詩：重碧拈春酒。子熟落聲乾。【注】李商隱詩：霜野物聲乾。只有林園主，相期耐歲寒。【注】退之詩：山翁自是園林主。

校記

〔一〕「終」原作「中」，據潘宋本、周宋本改。

上晁主客

【注】後山自注云：時與无咎對酒，及門而閽者辭焉。〔箋〕《宋史·職官志》：禮部其屬三，曰祠部，曰主客，曰膳部。《雞肋集·朝請大夫致仕晁公墓誌》：召爲金部郎中，上章求去，改主客郎中。

兩疏父子共含香，不獨家榮國有光。【注】兩疏，見前注。應劭《漢官儀》曰：尚書郎含雞舌香。賸欲展懷因問疾，【注】老杜詩：展懷詩誦魯。問疾，見前注。〔箋〕《孫公談圃》：晁堯民端仁，嘗得冷病，無藥可治，惟日中炙背遂愈。孰知相對只銜觴。【注】此句蓋用竹林阮籍、阮咸事，以比二晁。《晉書·阮咸傳》云：諸阮皆能飲。太白詩：無由共銜觴。年侵身要兼人健，節近花須滿意黄。【注】老杜詩：年侵腰脚衰。《漢書·韓信傳》：身辱于跨下，無兼人之勇。從昔竹林須小阮〔一〕，只今未可棄山王。【注】小阮謂阮咸，籍之兄子，以比无咎。山王謂山濤、王戎，後山以自比。沈約《宋書》曰：顔延之作《五君詠》，以述竹林七賢，山濤、王戎以貴顯被黜。東坡詩：他年《五君詠》，山王一時數。

校記

〔一〕「昔」，潘宋本作「此」。

和鮮于大受崇先觀餞别曾元忠〔一〕

〔箋〕大受名綽。《宋東京考》：壽星觀舊有壽星畫象，故名。嘉祐中，更畫真宗御容，改曰崇先觀。《宋史·鮮于侁傳》：侁字子駿，閬州人。《淮海集·鮮于子駿行狀》：男五人，復、早卒，頡、偃師縣尉，羣、鳳州司法參軍，綽、承務郎，焯、未仕。皆有學行。《欒城集》有《乞推恩故知陳州鮮于侁子孫狀》云：身後獨不得與侍從亡殁恩例，子孫見有白身。《東坡集》有《二鮮于君以詩文見寄作詩爲謝》，句云「清詩鳴珮環」。二鮮于君或當有一大受。又有《曾元恕游龍山吕穆仲不至》詩，查注：曾元恕失考。元忠、元恕意當是兄弟行。〔補〕鄭雪耘曰：《宋史·曾鞏附傳》：肇子統，官至左諫議大夫。《京口耆舊傳》：統字元中。王明清《投轄録》：祝舜俞之姪協，娶曾氏，僕之從姨也。叔外祖諫坡，元忠之壻。又尤袤《遂初堂書目》有《曾元忠奏議》。

此别未爲遠，兩都東西州。情親有乖隔，江湖成阻修。【注】兩都，謂東汴西洛。班固有《兩都賦》。退之序曰：人之于南海者，若東西州焉。《詩》云：道阻且修。後山意謂相去雖近，而别意則遠。《世説》：袁彦伯爲謝安南司馬，既自悽惘，歎曰：「江山遼落，居然有萬里之勢。」脱塵度翠密，徐行當尋幽。各有惜别懷，共此一日留。【注】退之詩：此日足可惜，此酒不可嘗。捨酒去相語，共分一日光。意合豈待約，酒盡不更求。闕詞固未可，忍手亦何猶。【注】後山自注云：是日題壁。坐有黄冠師，未解《逍遥遊》。【注】退之《送張道士》詩云：臣非黄冠師。《南史》：劉歊年十二，讀《莊子·逍遥篇》，曰：「此可解耳。」客問之，隨問而答，皆有條理。與來我與共，醉罷君當休。【注】《南史·陶潛傳》：若先醉，便語客：「我醉欲眠，卿可去。」僧房火可親，此樂行且謀。【注】老杜詩：隨意宿僧房。退之詩：燈火稍可親。萬事自糾紛，高懷元一邱。【注】老杜詩：萬事糾紛猶絶粒。

校記

〔一〕「忠」，潘宋本作「中」。

答王立之

每逢無可語，暫阻即相求。【注】前輩詩：相見又無事，不來還憶君。《晉書》：阮修意有所思，率爾褰裳，不避晨夕。至或無言，但欣然相對。解卷初增氣，開懷得寫憂。【注】《詩》云：以寫我憂。昏烟宜帶雨，風樹更添秋。絶唱猶多和，先衰却後酬。【注】《文選》：宋玉對楚王問曰：「客有歌于郢中者，其曲彌高，其和彌寡。」

又和過田承君〔一〕

〔箋〕《宋史·鄒浩附傳》：晝字承君，陽翟人。與浩以氣節相激勵。邸狀報立后，晝謂人曰：

「志完不言，可以絶交矣。」浩得罪，晝迎諸塗。浩出涕，晝正色責曰：「使志完隱默居京師，遇寒疾不汗，五日死矣。豈獨嶺海之外能死人哉？」建中靖國初，入爲大宗正丞。《曲洧舊聞》：承君建中靖國間爲大宗正丞。曾布欲用爲提舉常平，以非所素學，辭不受，士論美之。《墨莊漫録》：崔德符、陳叔易皆戊戌生。田承君、李方叔皆己亥生。並居潁昌陽翟，時號戊己四先生，以爲許黨之魁。故諸公皆坐廢之久。《邵氏聞見録》：承君知淮陽軍，歲大疫，日自挾醫，户問病者，藥之良勤。一日，小疾不出。正晝，一軍之人盡見承君擁騎從，騰空而去。就問之，死矣。或曰，爲淮南土神云。《參寥集》有《與田承君宗丞話舊》詩。

寺古專宜僻，居深自作幽。【注】退之詩：僻寺境還幽。〔箋〕《硯北雜志》：田承君有廬在亂山中，前有竹，傍有溪。溪畔有大石，前後樹以梨棗，日與二弟穿竹渡溪。倦則坐石上，或藉以草。葛巾草屨，詠而歸，足以遺老而忘憂。與來寧憚遠，句苦不緣愁。【注】太白詩：白髮三千丈，緣愁似個長。〔箋〕《邵氏聞見録》：客問承君：「近讀何書？」承君曰：「吾觀《墨子》，作詩有『知君既得雲梯後，應悔當年泣染絲。』」逸氣無前足，【注】此以馬爲喻。老杜馬詩云：所向無空闊。無前，見前注。〔箋〕《邵氏聞見録》：田晝者，故樞密宣簡公姪也。其人物雄偉，議論慷慨，俱有前輩之風。虚懷不繫舟。【注】老杜詩：虚懷任屈伸。《莊子》曰：泛若不繫之舟，虚而遨遊者也。逢人難晤語，冒雨亦相求。

校記

〔一〕此題潘宋本無「又」字。

贈石先生

〔箋〕《老學庵筆記》：石藏用，名用之，高醫也。嘗言今人稟賦怯薄，故案古方用藥，多不能愈病。非獨人也，金石草木之藥，亦皆比古方力弱，非倍用不能用效。故藏用以喜用熱藥得謗，羣醫至爲謡言曰「藏用擔頭三斗火」，人或畏之，惟晁以道大喜其説，每見親友蓄丹，無多寡，盡取食之，或不待告主人。主人驚駭，急告以不宜多服，以道大笑不顧，然亦不爲害。此蓋稟賦之偏，他人不可效也。晚乃以盛冬伏石上書丹，爲石冷所逼，得陰毒傷寒而死。《詩説雋永》：石藏用、劉寅俱擅醫名。石喜用熱藥，劉喜用涼藥，京師爲之語曰「藏用篋中三斛火，劉寅匣内一壺冰」。《泊宅編》：蜀人石藏用以醫術游都城，其名甚著。陳承，餘杭人，亦以醫顯。然石好用煖藥，陳好用涼藥。古之良醫，必量人之虚實，察病之陰陽，而後投以湯劑，或補或瀉，各隨其證。二子乃執偏見於冷煖，俗語曰「藏用擔頭三斗火，陳承篋裏一盤冰」。

多方作計老如期，【注】魯直詩：萬端作計身愁苦。劉禹錫詩：與老無期約，到來如等閒。百疾交攻遽得衰。【注】嵇叔夜《養生論》曰：積損成衰，從衰得白。晚有勝緣逢異士，【注】勝緣，見前注。《後漢・种暠傳》：山澤不必有異士，異士不必在山澤。生須快意闕前知。【注】謂丈夫生當快意，恨知之晚也。《晉書》：周顗曰：人生幾時，但當快意耳！迫人鬢頷紛紛白，【注】樂天詩：滿頷白髭鬚。臨事迴迂種種遲。【注】《漢書》：翟方進號遲頓不及事。分我刀圭容不死，【注】退之詩：金丹别後知傳得，乞取刀圭救病身。他年鶴馭得追隨。【注】江文通《别賦》曰：駕鶴上漢，驂鸞騰天。

送晁无咎守蒲中〔一〕

〔箋〕《元豐九域志》：河中府治河東縣，屬陝西永興軍路。按：府自金天會中改爲蒲州，元復河中府，明復蒲州，後升府。《宋史・晁補之傳》：黨論起，補之爲諫官管師仁所論，出知河中。修河橋以便民，民畫祠其象。《張右史集・祭晁无咎文》：建中之初，同官於都，我出汝陰，公守于蒲。

一麾出守自多奇，【注】顔延之《五君詠・阮咸》詩云：屢薦不入官，一麾乃出守。〔箋〕《雞肋集・河中府謝到任表》：起廢來還，薦更郎選。屬屢爲請，復假藩麾。《曲洧舊聞》：孔平仲建中靖國間爲陝西提刑，時晁无咎作郡，下車見无咎，舉《到任謝表》破題四句云「《吕刑》三千，人命所繫。秦關百二，地望匪輕」，无咎嗟賞。四十專城古亦稀。【注】古樂府曰：四十專城居。老杜詩：人生七十古來稀。解榻坐談無我輩，【注】用徐穉事，見前注。老杜詩：高人屢解陳蕃榻。《魏志》：郭嘉説太祖曰：「劉表坐談客耳。」《晉書・劉惔傳》：桓温問惔：「會稽王談更進耶？」惔曰：「極進，然第二流耳。」温曰：「第一復誰？」惔曰：「故在我輩。」鋪筵踏舞欠崔徽。【注】元稹《崔徽歌》序曰：蒲女崔徽，善舞，有容艶。裴敬中嘗使蒲，徽一見爲動。敬中使罷言旋，徽不得從，狂累月。樂天詩：妓筵勉力爲君鋪。又曰：只是堂前欠一人。退之詩：艶姬踏筵舞。**的桃作劇聊同俗，**【注】的桃，當是河中故事。樂天詩：吴兒多白皙，好爲蕩舟劇。**遇事當前莫後幾。**【注】《定命録》：魏元忠，有善相者謂之曰：「公當位極人臣，然命多蹇剥。時有憂懼，不足爲虞，但可當事便行，聞言則應。」元忠累遭譴責，憶相者之言，言事未嘗屈其志。《文選》嵇康書曰：遇事便發。《魏志·荀彧傳》曰：袁紹失在後機。无咎起于謫籍，自吏部郎中出守，故以魏元忠事勸之。**聖世急才常患少，**【注】後山自云〔二〕：神宗御筆曰：治世常患難得人才。**棧羊篩酒待公歸**〔三〕。【注】棧羊，本俗間語。《東京記》曰：普寧坊有棧羊務。《毛詩》：釃酒有藇。注：以筐曰釃。以藪曰湑。

校記

〔一〕此題潘宋本、周宋本「守」上有「出」字。　〔二〕「自」下周宋本有「注」字。　〔三〕「篩」，潘宋本作「釃」。懷辛案：據注，蓋原作「釃」字。

題明發高軒過圖

【注】《高軒過》，李賀所作，見前注。宗室士暕，字明發。〔箋〕《王直方詩話》：宗室士暕，字明發，喜作詩與畫，嘗作《高軒過圖》。張嘉甫題云：「顧長康善畫而不能詩，杜子美善作詩而不

能畫，從容二子之間者，王右丞也。若明發蓋右丞之季孟云。晁无咎亦題云：嘉甫謂顧長康善畫而不能詩，杜子美能詩而不能畫，明發兼此二勝，可在摩詰季孟間。余以畫及詩信嘉甫之知言。」晁以道見之，謂余：「能畫而不能詩，乃可以爲病，豈有能詩而又必能畫耶？『夏雲多奇峯』，乃長康詩，謂不能詩可乎？嘉甫既易於立論，而无咎又便附之，大抵皆讀書少之過。」《却掃編》：宗室士暕，字明發。少好學，喜爲文，多技藝。嘗畫韓退之、皇甫持正訪李長吉事，爲《高軒過圖》，極蕭洒。一時名士，皆爲賦之。

滕王蛺蝶江都馬，【注】王建《宮詞》曰：內中數日無呼唤，傳得滕王蛺蝶圖。按《畫斷》云：嗣滕王湛然，畫蛺蝶雀兒，曲盡精理。歐公《歸田録》以爲滕王元嬰，誤矣。老杜詩：國朝以來畫鞍馬，神妙獨數江都王。按《名畫記》：江都王緒，霍王元軌之子。善書，畫鞍馬擅名。一紙千金不當價。【注】老杜詩：未覺千金滿高價。《尹文子》曰：魏王得玉，召玉工問其價，玉工曰：「此無價以當之。」〔箋〕《許彦周詩話》：陳無己《賦宗室畫》詩云「滕王蛺蝶江都馬，一紙千金不當價」，近世詩人莫及。（《詩人玉屑》引此條。）異才天縱非力能，畫工不是甘爲下。【注】《南史》：王僧虔論書曰：孔琳之書，天然縱放。《唐書》：王維善畫繪，工以爲天機所到〔一〕，學者不及也。老杜詩：畫師不是無心學。今代風流數大年，含毫落筆開山川。【注】米芾《畫史》曰：宗室令穰，字大年。作小軸，甚清麗。《文選》陸士衡《文賦》曰：或含毫而邈然。〔箋〕《山谷集・題宗室大年永年畫》：往時宗室，或以篆隸知名。今大年兄弟，精於小筆，亹亹似諸李矣。《王直方詩話》：大年喜微行，而善畫小景。忽忘朽老壓塵底，却怪鳧鴻墮目前。【注】朽老，謂木石，見前注。老杜《畫障歌》："堂上不合生楓樹，怪底江山起烟霧。"此用其意。爾來八二復秀出，【注】八二，當是明發行第。李涉詩云："唐氏一門今五龍，聲華殷殷皆如鐘。就中十一最年少，别有俊氣横心胸。"後山云"八二"〔二〕，亦"十一"之比也。萬里河山才咫尺。【注】見前注。眼前安得有突兀〔三〕，復似天地初開闢。【注】老杜《畫鶻行》："初驚無拘攣，何得立突兀。"《尚書攷靈耀》曰："天地開闢，耀滿舒光。"明窗寫出高軒過，便逐愈湜聞吟哦。晚知書畫真有益，却悔歲月來無多。【注】《世説》："戴安道好畫，范宣以爲無用。戴爲范畫《南都賦圖》，范看畢咨嗟，甚以爲有益。始重畫。退之詩："來日苦無多。"〔箋〕《王直方詩話》："陳無己賦《高軒過》詩："晚知書畫云云。不數月遂卒。又："無己謂余曰："近宗子節使使余作一詩，皆挂名其間，得百千以爲女子嫁資可乎？"余曰："詩未成，則錢不可受；詩已成，則錢不可來。"數日無己卒，士陳贈以十縑。又："東坡在定武作《松醪賦》，秦少游爲杭倅，至楚泗間詩，陳無己《高軒過》詩，或以爲詩讖。《苕溪漁隱叢話》："人之得失生死，自有定數，豈容前逃，烏得以讖言之，何不達理如此，乃庸俗之論也。如東坡《自黄移汝别雪堂鄰里》詞"百年强半少，來日苦無多"，蓋用退之詩"年皆過半百，來日苦無多"之語。然東坡自此脱謫籍，登禁從，累帥方面。晚雖南遷，亦幾二十年乃薨。則"來日苦無多"之語，何爲不成讖耶？《野客叢書》："《王直方詩話》舉東坡、少游、後山數詩，以爲詩讖。漁隱以爲不然，謂人之得失生喪，自有定數，烏有所謂詩讖云者，其不達理如此。僕謂此説亦失之偏，詩讖之説，不可謂無之，但不可謂詩詩皆有讖也。其應也，往往出於一時之作，事之與言，適然相會，豈可以爲常哉！漁隱舉東坡詩之不應者爲證，可笑其愚。大抵吉凶禍福之來，必有先兆，固有託於夢寐影響之間。而詩者，吾之心聲也，事物變態皆能寫就，而況昧昧休咎之徵，安知其不形見於此哉，但泥於詩讖則不可。官禁修嚴斷過訪，時于僻寺逢稅鞅。【注】《周禮》：士師之職，二曰官禁。李商隱詩：嚴城清夜斷經過。僻寺，見前注。老杜詩：野稅林下鞅。秀潤如行琮璧間，【注】《世説》曰：裴叔則如玉山上行，光映照人。《周禮·大宗伯》：以蒼璧禮天，以黄琮禮地。清明似引星辰上。【注】《禮記》曰：清明在躬。曾南豐作老蘇《哀詞》曰：其輝光明白，若引星辰而上也。按《法言》曰：明星皓皓者己也，引而高之者天也。憂悲愉佚百不平，【注】退之《送高閑序》曰：往時張旭善草書，不治他技。喜怒窘窮，憂悲愉佚，怨恨思慕，酣醉無聊不平，有動于心，必于草書發之。河擘太華東南傾。【注】此句言攄寫之俊快也。郭緣生《述征記》曰：華曲與首陽〔四〕，本同一山。河神巨靈，擘開太華，以通河流。平生秀句寰區滿，掇拾餘棄成丹青。【注】《王立之詩話》載張嘉甫、晁无咎《高軒過圖》題跋，頗言明發兼詩、畫之工。老杜作王維詩云：最傳秀句寰區滿。平湖遠嶺開精神，斗覺文字生清新。【注】退之詩：斗覺霜毛一半加。《機雲别傳》曰：雲善屬文，清新不及機。未許二豪今角立，【注】二豪，謂滕王、江都。劉伶《酒德頌》曰：二豪在側，焉知蜾蠃之與螟蛉。《後漢·徐穉傳》曰：角立傑出。要知旁有衛夫人。【注】衛夫人，蓋尚書郎李充母，以夫姓自稱李衛。王羲之嘗從學書。或云明發之妻亦能畫，故以衛夫人比之。二豪，謂大年、明發。〔箋〕按：《參寥集》有《觀宗室曹夫人畫》詩。又：《宣和畫譜》、《圖繪寶鑑》、《續骫骳説》並云：曹夫人宗室婦，嘗畫桃溪柳岸、臨平藕花諸圖，極妙。非優柔軟媚，取悦女子者。

校記

〔一〕「工」原作「上」，據周宋本、高麗本並《新唐書・王維傳》改。〔二〕「後山」，周宋本作「此詩」。〔三〕「前」，潘宋本作「邊」。〔四〕「曲」字，周宋本、高麗本作「山」。懷辛案：「曲」或「岳」之訛。《清一統志》陝西同州府華山條：薛綜曰：「華嶽、首陽本同一山」，可參證。

送歐陽叔弼知蔡州〔一〕

〔箋〕《元豐九域志》：蔡州，治汝陽縣，屬京西北路。按：州自元至正中升汝寧府。《宋史・歐陽修附傳》：棐知襄州。曾布執政，其婦兄魏泰倚聲勢來居襄。指州門東偏官邸廢址爲天荒。棐持不與。泰怒，譖於布，罷去。元符末，還朝，以直秘閣知蔡州。

潁陰爲别悔怱怱，十載相望信不通。【注】老杜詩：所思礙行潦，九里信不通。晚遇聖朝收放逸，〔箋〕《長編》：棐朝見。帝目之，語曾布曰：「此元祐五鬼。」布曰：「亦聞有此名。元祐附麗，亦必有之，治郡亦常才。然棐歐陽修之子，登進士第，英宗定策之際最有功。」帝頷之。旋遭官禁限西東。【注】《法華經》曰：汝是放逸之人。此借用其字。官禁，見前注。老杜詩：岸高瀼滑限西東。又爲太守專淮右，賸喜郎君類若翁。【注】若翁，猶言乃翁，謂六一居士。亦嘗知蔡州，蔡州在淮西。梅柳作新詩興動〔二〕，【注】老杜詩：天邊梅柳樹，相見幾回新。又云：東閣官梅動詩興。可令千里不同風。【注】《語林》曰：陳元方云：「周公孔子，異代而出。周旋動靜，萬里同風。」《傳燈録・玄沙傳》：雪峯曰：「君子千里同風。」

校記

〔一〕題下瞿宋本有注「棐」字。　〔二〕「輿」，何焯曰：毛抄作「意」。

送晁堯民守徐〔一〕

【箋】《雞肋集·朝請大夫致仕晁公墓誌》：改主客郎中，而公又不願留，乃知徐州，改襄州、蔡州，皆未行。宰相疑其異己，故數徙公。而公故倦游，對客時時誦淵明《歸去來辭》，浩然無意於世矣。

中年爲別不堪憂，束髮登門到白頭。南省望郎仍國士，【注】漢建尚書百官府，名曰南宫，蓋取天上南宫太微之象。退之《孔戣墓誌》曰：臣與孔戣同在南省。李商隱詩：望郎臨古郡〔二〕。孫樵《高郎中誌銘》曰：鴛行望郎，錦川星使。《史記·豫讓傳》曰：智伯以國士待我。東方千騎更吾州。【注】古樂府《日出東南隅行》曰：東方千餘騎，夫壻居上頭。東坡《守徐和范祖禹》詩云：吾州下邑生劉季，誰數區區張與李。後山徐人，故云吾州。彭翁老壽終遺骨，【注】徐州彭城縣，故大彭國彭祖所封也。《彭門記》曰：殷之賢臣彭祖，顓頊之玄孫。至殷末，壽及七百歲，今墓猶存。燕子飛來只故樓。【注】燕子樓，見前注。知己難逢身易老，頌公置醴我歸休。【注】置醴，見前注。《莊子》：許由曰：「歸休乎，君子無所用天下爲。」

校記

〔一〕題下瞿宋本有注「端仁」二字。　〔二〕「古」原作「右」，據周宋本、高麗本並李詩《酬令狐郎中》改。

送王定國通判河南

〔箋〕《元豐九域志》：西京河南府，治河南縣。《宋史·職官志》：外官則懲五代藩鎮專恣，頗用文臣知州，復設通判以貳之。又《王素附傳》：素子鞏，長於詩，從蘇軾游。軾得罪，鞏亦竄賓州。數歲得還，跌蕩傲世。每除官，輒爲言者所議，終不顯。

孤身十載客都城，【注】退之詩：孤身無所齎。此句後山自述，言十年前未得官時。**白社雙林諱姓名。**【注】白社雙林，見前注。諱姓名，用《漢書》韓伯休意。**授館不爲他日計，**【注】《國語》曰：司里授館。此借用。退之《鄭羣墓誌》曰：俸禄入門，與其所過逢。飲酒舞歌，連日夜不厭。或分挈以去，一無所愛惜，不為後日毫髮計留也。**解衣真出故人情。**【注】用須賈綈袍事，見前注。韓信曰：「漢王解衣衣我。」**翹材必定延枚叟，**【注】言爲相君所知。《西京雜記》：公孫弘開東閣，分三館：一曰欽賢，次曰翹材，次曰接士。《文選》謝惠連《雪賦》曰：召鄒生，延枚叟。**宣室終須記賈生。**【注】言爲人主所知，事見前注。**萬里歸來髮如漆，**【注】定國編置全州，元符三年得歸。老杜詩：汝伯何由髮如漆。〔箋〕《鶴林玉露》：東坡於世家中，得王定國。獎借不容口。定國坐坡累，瘴煙窟裏五年，面如紅玉，尤爲坡所敬服。按《東坡集·次韻王鞏南遷初歸》詩有「歸來貌如故」句，然是元豐間事。元符初，三省言鞏表裏奸臣，欲盡變先朝法度。詔鞏除名勒停，全州編管。後山此詩作於建中靖國初元，所云「萬里歸來」，指全州言，非指賓州也。**了知句畫更新清。**【注】年顏不衰，詩句字畫，當亦稱是。老杜詩：「更得新清否，還知對屬忙。」〔箋〕蘇詩施注：王鞏，字定國，文正公旦之孫，懿敏公素之子。東坡稱其詩清平豐融，藹然有治世之音。《墨莊漫録》王定國寄詩於東坡。答書云：「新詩篇篇皆奇，老拙此回真不及矣。窮人之具，輒欲交割與公。魏道輔見而笑曰：『定國亦難作交代，只是且權攝耳。』」

後山逸詩箋卷上

和蘇公洞庭春色

〔箋〕《東坡集》題下有引云：安定郡王以黄柑釀酒，謂之「洞庭春色」，色、香、味三絶，以餉其猶子德麟。德麟以飲余，爲作此詩。醉中信筆，頗有拖沓風氣。按：此引又見《百斛明珠》。《東坡集》尚有《洞庭春色賦》。

洞庭千木奴，寸絲不掛手。來輸步兵廚，釀作青田酒。王家玉東西，未覺歲華走。方從羅浮山，【原注】羅浮山有仙人種橘處〔一〕。已作南陽壽。還將甕頭春，慰予雪入牖〔二〕。我方縛禪律，一舉煩屢嗅。東坡酒中仙，醉墨粲星斗。詩成以屬我，千金須弊帚。何曾尊俎間，著客面黧黝。定須笑美人，【原注】趙有躄者，平原君美人笑之。蘸甲不濡口。

校記

〔一〕「橘」，潘宋本作「柑」。

〔二〕「予」，潘宋本、何校本作「子」。

山口阻風

〔箋〕按：此梁山口也。《太平寰宇記》：梁山在壽張縣南二十五里。《漢書》云：梁孝王北獵梁山。有獻牛，足上出背上。孝王惡之，尋病而薨。《元豐九域志》：壽張縣有梁山、濟水。

夕風朝未回，來雲去爲雨。繫舟直山口，天意遽如許。濤風兩方鬬，邱原莫當怒。兩山爲俯仰，〔箋〕《萬山綱目》：梁山在兗州壽張縣南七十里，獨孤山東北七里，本名良山，周二十餘里，即《禹貢》大野。又：獨孤山在曹州府鄆城縣東北五十里，孤峯獨立，梁山之支也。一鳥不得度。臨深負高枕，偷生寧得所。歷歷數過帆，當途氣如虎。快意亦適然，淹泊豈吾取。溯洄更去留，未易相爾汝。行登東山巔，壯觀前未睹〔一〕。九澤不滿眼，五丈方一縷。玆山昔誰遊，巨野傳自古。菰魚無凶年，末利猶不禦。荷陝活萬人，梨埒視千户。東方富絲麻，小市藏百賈。連檣自南北，行談雜秦楚。向晚風力微，湖清魚可數。空倉鳥烏樂〔二〕，外舍窗扉語。身非天下惜，家無十金聚。欲留盜賊迫，欲去波濤怒〔三〕。兩者爾何從，一死吾未與。

校記

〔一〕「未」原作「來」，據潘宋本改。〔二〕「鳥烏」原作「烏鳥」，據潘宋本、何校本改。〔三〕「波」原作「渡」，據潘宋本改。

登冥山

〔箋〕按《山口阻風》詩云：行登東山巔。此詩云：東山如覆盂。此東山卽梁山也。「冥」疑「梁」或「東」字之誤，俟考。

東山如覆盂〔一〕，石塔仍數層。昔人行樂處，時過名不稱。秋風變草木，樵徑餘薪蒸。四顧一水間，不復知淄澠。菰蒲萬世利，煙火千人罾。平生登山脚〔二〕，歲晚如不勝。求田君勿問，撫髀吾何能。飛鴻將目遠，秋水留心澄。兹遊豈不朽，作歌記吾曾。

校記

〔一〕「盂」，潘宋本作「盆」。　〔二〕「生」原作「住」，據潘宋本改。

次韻答少章

〔箋〕《山谷集》有《次秦覯過陳無己書院觀鄙句》之作，卽次此韻，但「弟」韻作「第」，「抵」韻作「柢」。

秦郎淮海士，才大難爲弟。〔箋〕《山谷集·書秦覯詩後》：少章別來逾年，文字亹亹日新。不惟助秦氏父兄驩喜，余與晁、張諸友亦喜交游間當復得一國士。蔚然霜雪後，不受江漢洗。春畦不滿眼，采掇到芹薺。多病促餘年，秋光欲辭抵。儒林丈人行，崛起三界底。出入銀臺門，爲米不爲醴。白頭容北面，斯文分一體。愧我無異聞，口闕不得啟。〔箋〕《文集·答秦覯書》：不圖過意，責以師教。闕然無以爲報，惟愧而已。

送路紏歸老丹陽

〔箋〕《元豐九域志》：丹陽縣屬兩浙路潤州。《東坡集》有《送路都曹》詩，自序云：并邀趙德麟、陳履常同賦一篇。《容齋三筆》：東坡先生《送路都曹》詩大略云：結髮空百戰，市人看先封。誰能搔白首，抱關望夕烽。則路君之賢而不遇可知矣。然不書其名，使之少獲表見，又爲可惜。

身退不待年，意足不待餘。寧聞有餘論，但問我何如。才名四十年，盛氣蓋諸儒。獨無金水力，竟與鼃黽俱〔一〕。晚爲府中掾，直前不趦趄。曾何愧俯仰，頗亦困囁嚅。有粟尚可餬，有酒尚可娱。一朝脱章綬，用意不躊躇。富貴亦何有，惜君寧挽裾。人生一世間，僅得還其軀〔二〕。謝公江海人，此計竟亦踈。千金一大錢，兩子雙明珠。妙語發幽光，東坡爲欷歔。不知兩疏去，能亦有此無。聊爲三徑資，從子並門居。

校記

〔一〕「黽」原作「鼃」，據潘宋本改。　〔二〕「僅」，何校本作「誰」。

謝傅監

〔箋〕《宋史·職官志》：秘書監掌古今經籍圖書、國史實録、天文曆數之事，少監爲之貳。又《傅堯俞傳》：堯俞字欽之，鄆州須城人。哲宗立，自明州召爲秘書少監。又《陳師道傳》：元祐初，蘇軾、傅堯俞、孫覺薦其文行，起爲徐州教授。

好士如好色，昔聞今則無。平生席爲門，未識長者車。曠士慕林谷，羈人辱泥塗。願爲執鞭役，莫順下風趨。去年辱公先，懷刺留寓居。我往拜其門，鸞鶱鳴高梧。論交不計年，取材忘其愚。一寒我如此，百鎰公無餘。〔箋〕《宋史·師道傳》：師道初至京師，傅堯俞欲識之，先以問秦觀，曰："是人非持刺字、俛顔色、伺候乎公卿之門者，殆難致也。"堯俞曰："非所望也，吾將見之，懼其不吾見也，子能介於陳君乎？"知其貧，懷金欲爲饋。比至，聽其論議，益敬畏，不敢出。《道鄉集·送郭照赴徐州司理序》：頃在廣陵，秦觀少游爲僕言：彭城陳師道履常，高士也。其文妙絶當世，而行義稱焉。傅公欽之初爲吏部侍郎，知其貧甚，因懷金餽之。及睹其貌，聽其論議，竟不敢以出口。《朱子語類》：先生看《東都事略》，曰："只是説得個影子，《陳無己傳》好處都不載。"「他最好是不見章子厚，不著趙挺之綿襖。傅欽之聞其貧甚，懷銀子見他，欲以賙之，坐間聽他議論，遂不敢出銀子。」今年賀公歸，乃復過我廬。當使有近行，膺門有長須。小家不耐事，雞飛犬升閭。莫歸自有恨，親顔一何娱。汝家吾無憂，能致賢大夫。吴公漢庭右，賈生世翩疎。平分太倉粟，盡讀鄴侯書。

士爲知己留，不爲食有魚。三言移曾母，投杼公何如。

次韻答秦少章

〔箋〕《山谷集》題作《晁張和答秦覯五言予亦次韻》。《雞肋集》題作《次韻答秦覯見贈》。《張右史集》題作《次韻秦覯》，誤。《文集·答秦覯書》：再惠詩，雍雍有家法，誦之數日不休。

學詩如學仙，時至骨自换。〔箋〕《王直方詩話》：潘邠老云：「陳三『學詩如學仙，時至骨自换』，自謂此語得意。」然山谷有「學詩如學道」之句，陳三所得，豈其苗裔耶？《能改齋漫録》：鮑慎由《答潘見素》詩云「學詩比登仙，金膏换凡骨」，蓋用陳無己《答秦少章》「學詩如學仙，時至骨自换」之句。（《優古堂詩話》亦載此條。）《苕溪漁隱叢話》：無己詩云「學詩如學仙，時至骨自换」，山谷亦有「學詩如學道」之句，若語意俱勝，當以無己爲優。王直方議論不公，遂云陳三所得，豈其苗裔耶？意謂其出於山谷，不足信也。（《詩人玉屑》引此條。）《漫齋語録》：學詩須是熟看古人詩，求其用心處。蓋一句一語，不苟作也。如此看了，須是自家下筆要追及之。不問追及與不及，但只是當如此學，久之自有個道理。若今人不學，不看古人做詩樣子，便要與古人齊肩，恐無此道理。陳無己云：「學詩如學仙，時至骨自换」此語得之。（《詩人玉屑》亦引此條。）《韻語陽秋》：魯直謂後山學詩如學道，此豈尋常雕章繪句者之可擬哉！客有謂余言，後山詩其要在於點化杜甫語爾。杜云「昨夜月同行」，後山則云「殷勤有月與同歸」。（按：此句見《東阡》。）杜云「林昏罷幽磬」，後山則云「林昏出幽磬」。（按：此句見《寄參寥》。）杜云「古人日已遠」，後山則云「斯人日已遠」。（按：此句見《六一堂圖書》。）杜云「中原鼓角悲」，後山則云「風連鼓角悲」。（按：此句見《送秦覯》。）杜云「暗飛螢自照」，後山則云「飛螢元失照」。（按：此句見《十五夜月》。）杜云「更覺追隨盡」，後山則云「林湖更覺追隨盡」。（按：此句見《送趙承議》。）杜云「文章千古事」，後山則云「文章平日事。」（按：此句見《獨坐》。）杜云「乾坤一腐儒」，後山則云「乾坤著腐儒。」（按：此句亦見《獨坐》。）杜云「孤城隱霧深」，後山則云「寒城著霧深」。（按：此句見《懷胡元茂》。）杜云「寒花只暫香」，後山則云「寒花只自香」。（按：此句見《西湖》。）如此類甚多，豈非點化老杜之語而成者。余謂不然。後山詩格律高古，真所謂「碌碌盆盎中，見此古罍洗」者。用語稍同，乃是讀少陵詩熟，不覺其在筆下，又何足以病公。《珊瑚鉤詩話》：陳無己先生語余曰：「今人愛杜甫詩，一句之內至竊取數字以髣像之，非善學者。學詩之要在乎立格、命意、用字而已。」余曰：「如何等是？」曰：「《冬日謁玄元皇帝廟》詩叙述功德，反復外意，事核而理長。《閬中歌》辭致峭麗，語脉新奇，句清而體好，兹非立格之妙乎！《江漢》詩言乾坤之大，腐儒無所寄其身。《縛雞行》言雞蟲得失，不如兩忘，而寓於道，兹非命意之深乎！《贈蔡希魯》詩云「身輕一鳥過」，力在一「過」字。《徐步》詩云「蕊粉上蜂鬚」，功在「一」字上，兹非用字之精乎！學者體其格，高其意，鍊其字，則自然有合矣，何必規規然髣像之乎。」《滄浪詩話》：後山本學杜，其語似之者但數篇。他或似而不全，又其他則本其自體耳。《石洲詩話》：後山極意仿杜，固不得杜之精華。然與呑剥者，終屬有間。即以中間有生用杜句者，亦不似元遺山之矯變，亦不似李空峒之整齊。蓋此等處，尚有朴拙之氣存焉。求之杜詩，如「吾宗老孫子」一篇，是其巔頂已。又自後山、簡齋抗懷師杜，所以未造其域者，氣力不均耳。又「平生老赤脚，每見生怒嗔」，《簡齋集》中似此類者尚多，不可一一枚述。大約彷彿後山之學杜，而氣韻又不逮，蓋同一未得杜神。而後山尚有朴氣，簡齋則不免有傖氣矣。

縹緲鴻鵠上，衆目焉能

玩。子從淮海來，一喙當百難。師儒有韓孟，拭目互驚惋。老生時在旁，縮手愧顔汗。黄公金華伯，莞爾回一盼。〔箋〕《山谷集·與秦少章書》：庭堅心醉於《詩》與《楚辭》，至於議論文字，今日乃當付之少游及晁、張、無己，足下可從此四君一一問之。又前承陳無已語，有人問老杜詩如何是好處。但云：直須有孔竅始得。因相見試道之。彼方試子難，疾前不應懦。要當攻石堅，勿作摶沙散。珪璧雖俱美，礲錯加璀璨。我老不足畏，後生何可慢。〔箋〕《揮塵前録》：右秦少章古律詩一卷，宗人愚卿兄弟示余求跋。昔東坡蘇公《送少章》詩云「秦郎忽過我，賦詩如阿何」。「句法本黄子」，謂魯直也。「二豪與揩磨」，謂其兄少游及張文潛也。又云「瘦馬識騄耳，枯桐得寒和」，其見稱許如此。今卷末有《和錢蒙仲越州見寄》一首，東坡蓋嘗次其韻云「二子有如雙白鷺，隔江相照雪衣明」。嗚呼，少章詩名爲不朽矣！

次韻答子實少章二首〔一〕

〔箋〕《山谷集》有《次韻子實題少章寄寂齋》詩。按：子實名端，孫莘老子。《孫莘老年譜》載：元祐二年二月，先生卒。子子實端，時爲郢州長壽縣主簿。《高郵州志·選舉表》：孫子實中制科，授北海尉。又《孫覺傳》云：「子實字誠之。」不知誠之名勉，與莘老伯仲，見陸佃《陶山集》。志蓋誤以《淮海集》中有「北海尉孫誠之」當之也。

英英黄金花，論時不論美。靖節骨已朽，棄捐乃其理。兩公意有餘，采采今未已。尚念白頭生，臨風嗅霜蕊。

又

交新情已故，室遠人則邇。杯酒不相忘，一朝得二子。初花美無度，後時終可鄙。與汝卧秋風，看君雙控鯉〔二〕。

校記

〔一〕此題潘宋本「少章」上有「秦」字。　〔二〕「雙控」，潘宋本作「控雙」。

寄晁以道

兩宫俱爲鄰〔一〕，常若千里遠。經年不通書，子孰知我懶。相期宇宙外，肯復校繁簡。我愚亦知此，子意豈不滿。子教東方生，自視何益損。人言不當價，〔箋〕《王直方詩話》：陳無己有寄晁以道詩云「子教東方生，自視何益損。人言不當價，一錢萬金産」。其後無己又賦《高軒過》云「滕王蛺蝶江都馬，一紙千金不當價」，以道云：「陳無己兩度不當價。」一錢萬金産。須子五千卷，丹筆校黄本。子家太史氏，名成南北阮。〔箋〕按：太史氏謂无咎也。无咎，杭州新城令端友子。以道，秘書監端彦子。道山鴻鴈行，豈惟私門衎。功名須老大，四十未爲晚。〔箋〕《師友雜志》：晁以道自言少時每自嫌以門蔭得官，以爲不由進士仕進者，如流外雜色，非真是作官也。後登第。快意會有違，急行寧小緩。忽有河山阻，遂恐消息斷。我獨不念此，人窮令智短。子勿放我慵〔二〕，書來慰愁眼。

校記

〔一〕「宫」，潘宋本作「官」。　〔二〕「放」，潘宋本作「效」。

寄邢和叔

〔箋〕《宋史·姦臣傳》：邢恕，字和叔，鄭州陽武人。本從程門，得游諸公間。一時賢士爭與之交。恕天資反覆，行險冒進。爲司馬光客即陷光，附章惇即背惇。至與三蔡爲腹心，則之死勿替。上謗母后，下誣忠良，幾於禍及宗廟。《曲洧舊聞》：建中靖國間，和叔放歸田里。曾子開行詞頭，其略云：使光、公著被凶悖之名，蒙竄斥之罪。欺天誤國，職汝之由。矧汝於彼二人，實門下士，借重引譽，恩意非輕。一旦翻然，反爲仇敵，擠之下石，孰謂虚言。

昔作梁宋遊，幽憂廢朝昏。閉門無往還，不應兒女喧〔一〕。隔牆聞剥啄，莫夜誰叩門。知是邢夫子，低回過高軒。顧爲布衣交，不顧年德尊。匆匆立談罷，又見東南奔。江湖多病後，僅免餇魚黿。久廢數行書，因人問寒暄。但愛孤山西，松筠數家村。便欲築居室，插秧仍灌園。生前不自愛，身後何足論。草《玄》笑揚雄，贊《易》悲虞翻。文章徒自苦，紙筆莫更存。却尋南郭老，隱几學忘言。他日宦遊客，誤入桃花源。葦間見漁父，誰識王侯孫〔二〕。

校記

〔一〕「應」，潘宋本作「厭」。　〔二〕「侯」，潘宋本、何校本作「公」。

贈闕彦長

〔箋〕《會稽續志》：闕景仁，越州人。嘉祐四年劉煇榜進士。《徐州府志》：闕景仁，字彦長，會稽人。一作錢塘。治平二年，知豐縣。政尚清簡，與民休息。嘗作鳧鷺亭，賦詩記之，仁愛之意，藹然見於辭。祀名宦。《南豐集·福昌縣君墓誌》：縣君傅氏，尚書職方員外郎闕公魯之妻。子男八人，景莱、景元、景仁、希聲、杞、景山、景宣、景良。《文集·二亭記》：闕氏爲吴大家，世有彦士，其宦於朝者三人，仕於州縣者四人，處而學者又十有幾人。

少年初識字，已誦《子虚賦》。嘗疑天上人，已離人間去。蹉跎二十年，久自歎遲暮。倦遊梁宋間，〔箋〕按：後山《文集·思白堂記》，其僦舍錢塘，在元豐四年。逆數至彦長治平二年知豐縣時，計十七年，後山才十二歲。故有「蹉跎二十年」，而疑其已離人間語也。《子虛賦》，指彥長所作《梟鷺亭賦》言。《賀關彥長生日》詩，亦有「名重賦家流」句。却踏江湖路。此地始逢君，秋陽破朝霧。〔箋〕《思白堂記》：元豐四年，余游吳過秀。其秋八月，就舍錢塘。白首鬢毛新，青衫顔色故。問君胡爲然，竟坐文字誤。〔箋〕《曲阜集》：彥長性多能，鐘律、歷數、草隸、圖畫、無所不學。尤長於詩。以承議郎謝事。《東坡集》有《與秦太虛參寥會於松江、而關彥長徐安中適至分韻得風字》詩，句云：二子緣詩老更窮。人事久難知，高才常不遇。論人較賢智，富貴寧在數。不見竹林詩，山王俱不與。湖塘發高興，山林有佳處。〔箋〕《南豐集·祭關職方》文：孰爲公居，水竹之寰，孰爲公園，正據湖山。《二亭記》：錢塘關氏於其居之右地，積土爲坂，伐石爲壇，而藝以藥，坂之下有甘井焉。挾以二室，左竹右木，斷而不斷。命其坂曰藥坂，壇曰芝壇，井曰丹井，左曰巢亭，右曰節亭。迨此閒暇時，觀游莫辭屢。功名如附贅，〔箋〕《南豐集·夫人周氏墓誌》：夫人嫁關氏，爲徐州豐縣令景仁之妻。《曲阜集·承議關君墓誌》：景仁以承議郎謝事。《東坡集》有《謝關景仁送紅梅栽》詩，又《次韻關令送魚》。得失何用顧。但當勤秉燭，長願隨杖屨。

平翠閣

〔箋〕《東坡集》有《法惠寺橫翠閣》詩，查注：橫翠閣未詳所在。今按後山有《同蘇不疑避暑法惠》詩，平翠閣疑卽橫翠閣。

我家山水間，耳目厭華麗。聞道浙西山，經年通夢寐。從爲遠遊客，忘却歸來計。欲置湖上田，〔一〕謝絶人間世。湖山多變態，横斜光氣異〔二〕。隨山轉朱閣，臨顧窮幽邃。惟存宣公樓〔三〕，浮空堆亂翠。疑是水仙人，臨牆露高髻。道人亦爱山，朝昏閲終歲。最爱煙雨中，半撩青羅袂〔四〕。我來悲歲晚，風霜掃昏翳。不見嶺頭雲，未盡登臨意。

校記

〔一〕「置」，潘宋本作「買」。　〔二〕「氣」，潘宋本作「景」。　〔三〕「存」，潘宋本作「有」。　〔四〕「撩」，潘宋本作「掩」。

次韻應物有歎黄樓

〔箋〕按：東坡《游桓山記》文，同游者有寇昌朝，詩中有「賴有寇公子」語，則應物姓寇，昌朝子姪行。

一代蘇長公，四海名未已。投荒忘歲月，積毁高城壘。斯樓亦何與，與人壓復起。紛紛徒爾爲，長劍須天倚。循分即可久，吾行誰與止。邇來賢達人，五十笑百里。賴有寇公子，衆毁聞獨美。直氣懾狂童，牽聯皆可紀。少公作長句，班揚安得擬。〔箋〕《能改齋漫録》：子瞻、子由門下客最知名者黄魯直、張文潛、晁无咎、秦少游，世謂之四學士。至若陳無己，文行雖高，以晚出東坡門，故不若四人之著，故陳無己作《佛指記》云「余以辭義，名次四君，而貧於一代」是也。晁无咎詩云「黄子似淵明，城市亦復真。陳君有道學，化行閭井淳。張侯公瑾流，美思春泉新。高才更難及，淮海一髯秦」。當時以東坡爲長公，子由爲少公。陳無己《答李端叔》云：蘇公之門，有客四人：黄魯直、秦少游、晁无咎則長公之客也，張文潛則少公之客也。又《次韻黄樓》詩云：一代蘇長公，四海名未已。又云：少公作長句，班揚安可擬。謂二蘇也。然四客各有所長，魯直長於詩辭，秦、晁長於議論，其後張文潛《贈李德載詩》亦云「長公波濤萬頃海，少公峭拔千尋麓。黄郎蕭蕭日下鶴，陳子峭峭霜中竹。秦文倩麗若桃李，晁論崢嶸走珠玉」。乃知人才各有所長，雖蘇門不能兼全也。頗有喜事人，睥睨欲槌毁。一朝陵谷變，天語含深旨。驚倒樓前人，今朝有行履。

秋懷十首

【原注】以「雨荒深院菊霜倒半池蓮」爲韻。〔箋〕《山谷集》有《和邢惇夫秋懷十首》，其第九首云「吾友陳師道，抱瑟不吹竽。文章似揚馬，欬唾落明珠。固窮有膽氣，風壑嘯於菟。秋來入詩律，陶謝不枝梧」。《淮海集》亦有《次韻邢惇夫秋懷十首》，以「微雲淡河漢疏雨滴梧桐」爲韻。按：山谷詩亦以此十字爲韻。

昨日山中雲，今朝山下雨。牛羊没禾黍，蟋蟀促機杼。磨刀洗盆瓮，社臘不勝數。豈無聚斂吏，觸手丞相怒。

又

四十尚無君，天下未敢忘。有家汴泗間[一]，歲晏榛棘荒[二]。稍知田家樂，感此歸意忘。老馬甘伏櫪，遊魂還故鄉。

又

百里，一割探其心。採薪墟墓間，行歌當歸耕。向來輕薄子，懷諼以爲榮。喘喘轅下犢，力盡官泥深。壯哉八

又

翩翩王侯孫[三]，館我翠微院。粥飯隨鐘魚，朝昏《黄庭》卷[四]。中年妻子累，往世西方願。

又

獨無詩書力，尼父安得怨。

黄公輕千乘，尚愛五斗禄。風雨聽朝雞，歲月老松菊。平生白蓮社，不受一塵觸。識字郎投閣，貴者須食肉。

又

昔作九日期，一覽知四方。夜雨秋水深，裂風畏褰裳。尊空囊亦空，花且爲我黄〔五〕。官奴覆青綾，破屋任飛霜。

又

翼翼陳州門，萬里遷人道。雨淚落成血，著木木立槁。今年蘇禮部，馬迹猶未掃。昔人死别處，一笑欲絶倒。

又

籊籊孤竹君，長我一身半。凛然霜雪間，時至亦陰换。共與王子猷，永結忘言伴。可使溪壑姿，充我眼中玩。

又

北闕書不上，南山田不歸。朝莫陳州門，悠悠此何爲。我老何所爲，暖日聊差池。君聽城上烏〔六〕，啞啞端爲誰。

又

潭潭光明殿，稽首西方仙。平生修何行，步有黄金蓮。我豈昔好徑，報以履下穿。洗足坐道場，卒卒此何緣。〔箋〕此首與卷一《城南寓居》第二首重出。

校記

〔一〕「汴」原作「洙」，據潘宋本改。〔二〕「晏」，潘宋本作「久」。〔三〕「侯」，何校本、適園本作「公」。

〔四〕「黄庭」，潘宋本作「度黄」。〔五〕「且」，潘宋本作「豆」，何校本、適園本作「豈」。〔六〕「上」原作「山」，據潘宋本、何校本改。

次韻蘇公西湖觀月聽琴

公詩端王道〔一〕，亭亭如紫雲。落手不敢學，謂是詩中君。獨有黄太史，抱杓挹其尊。韻出百家上，誦之心已醺。黄鍾毀少合，大裘擯不文。世事如病耳，螘鬭作牛聞。苦懷太史惠，養豹煙雨昏。後世無高學，舉俗愛許渾。〔箋〕《瀛奎律髓》批許渾《春日題韋曲野老村舍》詩云：許渾《丁卯集》，余幼嘗讀之，喜焉。漸老漸不喜之，以後山《和東坡渾字韻》有云「誰云作許渾」，因是尤不心愜。每以許渾比較後山詩，乃知後山萬鈞古鼎，千丈勁松，百川倒海，一月圓秋，非尋常依平仄、儷青黄者所可望也。

校記

〔一〕「王」，潘宋本作「正」。

奉酬應物〔一〕

論世闕真是，憎好成愚賢。衆手挽跛牂，擬度驊騮前。與子早相好，於今不知年。自從欲著帽，憂喜同華顛。生世如風花，高下亦偶然。填溝偶不死，揮刃忽自全。病馬試春草，枯魚縱奔川〔二〕。稍思升斗禄，筦庫未闕員。一饑尚可忍，百歲當復延。相余乘下澤，得句要子宣。此生期樂死，他日須詩傳。縮手著袖間，彈棋一爭先。

校記

〔一〕「奉」原作「春」，據潘宋本改。　〔二〕「枯」，潘宋本作「游」。

次韻德麟督叔弼季默詩及破余酒戒

〔箋〕《東坡集》題作《次韻趙景貺督兩歐陽詩破陳酒戒》。

歲月不相貸，夜牀衾簟秋。朝來明鏡中，作意多少留。惟酒可爲娱，顧我非其流。丈夫意氣合，珮玦不循鉤。意行無人非，駿發不中休。相逢問何如，頗復中之不。清坐豈不好，致真豈糟邱。兩歐以詩鳴，與俗同沉浮。百鳥畏嘲弄，往和長鳴鷗。相寧忍快便〔一〕，風飄萬斛舟。

校記

〔一〕「相」，潘宋本、何校本、適園本作「胡」。

次韻蘇公獨酌

〔箋〕《東坡集》題作《十月十四日以病在告獨酌》。

雲月酒下明，風露衣上落。是中有何好，草草成獨酌。使君顧謂客，老子興不薄。飲以全吾真，醉則忘所樂。未解飲中趣，中之如狂藥。起舞屢跳踉，罵坐失酬酢。終然厭多事，超然趨淡薄。功名無前期，山林有成約。身將歲華晚，意與天宇廓。醒醉各有適，短長聽鳧鶴。

次韻蘇公獨酌試藥玉滑盞

〔箋〕《東坡集》題作《獨酌試藥玉滑盞有懷諸君子明日望夜月庭佳景不可失作詩招之》。

仙人棄餘糧，玉色已可歎。小試換骨方，價重十冰甆。灌以長白虹，渺若江海瀰。浮之端不惡，舉者亦何辭。但愧聞道晚，早從鴈門師。律部無明文，可復時中之。汝陽佳少年，三斗出六奇。家有持杯手，兩好當一施。風吹酒面灰〔一〕，月度杯心遲。百年容有命，一笑更須時。

校記

〔一〕「灰」，潘宋本、何校本、適園本作「仄」。

次韻德麟植檜

〔箋〕《東坡集》題作《和趙景貺栽檜》。按：坡詩不次韻。

種木待成材，聊爲十年事。日中趨百里，寧問萬牛費。植檜三尺强，已有凌雲氣。生世能幾何，擬作千歲計。衆人笑拍手，君子用其意。蕭蕭孤竹君，忘言理相契。名以金石交，椿楊豈奴婢。緬懷萬仞顛，千丈蔚蒼翠。蟠根泉石底，用意霜雪外。寧須大廈材，坐待斧斤至。散爲風雨聲，密作牛馬蔽。

送叔弼寄秦張

〔箋〕《東坡集》題作《新渡寺席上次趙景貺陳履常韻送歐陽叔弼比來諸君唱和叔弼但袖手旁睨而已臨别忽出一篇有淵明風致坐皆驚歎》。又《送劉景文》詩，坡自注云：郡中日與歐陽叔弼、趙景貺、陳履常相從，而景文復至。不數日，柳戒之亦見過，賓客之盛，頃所未有。然不數日叔弼、景文、戒之皆去矣。《長編》：元祐七年正月，右朝請郎歐陽棐爲禮部員外郎。

廬陵四公子，吾及識其半。〔箋〕按：四公子者發，字伯和，進士，官至權少府監丞，宋史附《修傳》，張文潛爲作墓誌，見《張右史集》。奕，字仲純，東坡有送其子歐陽推官赴華州監酒詩，所謂「死爲長白主」者也。發、奕皆後山所不及識。叔也英達人，平易亦稍悍〔一〕。於時吾始壯，敗壁不塗墁。孤身客東都，轉食諸公館。時來扣君門，百遍不留難〔二〕。傾心倒囊笈，燕語徹昏旦。磬折挽爲親〔三〕，少得而多患。相過汝潁上，歲月不勝歎。君才得公餘，十日而十歲〔四〕。〔箋〕按：坡詩無此韻，而歎韻下有萬、冠二韻。舌端懸日月，筆下來江漢。此行不尋常，談者方一貫。逸足寧小試，寶刀當立斷。用意不崎嶇，欲得志挾彈〔五〕。目今平生親〔六〕，稍作春冰泮。因聲督張秦，〔箋〕謂少游、文潛。書來不應緩。

校記

〔一〕「稍」，潘宋本作「精」。〔二〕「遍」，潘宋本作「過」。〔三〕「挽」，潘宋本作「晚」。〔四〕「十歲」，潘宋本、何校本作「千萬」。懷辛案：「十歲」不可解。此句或恐作「十百而千萬」，然無據不能意定。〔五〕「志」，潘宋本作「忘」。〔六〕「目今」，潘宋本作「昨念」。

次韻德麟吳越山水

〔箋〕《東坡集》題作《和趙景貺春思且懷吳越山水》。

吳山那可說，已覺心耳靜。忍事如忍欲，可遏不可騁。人生如此耳，黃白滿朝鏡。寧懷斗升粟，不理東南艇。君從湖上歸，頗説寒事竟。沙草柔動色，溪喧魚不定。煩君冰玉句，無作江湖興〔一〕。君詩如靜女，妙絶人所敬。不更風雨秋，下有桃李徑。試寫孤竹君，名成三絶鄭。

校記

〔一〕「無」，潘宋本、何校本、適園本作「綏」。

龍潭

〔箋〕《徐州府志》：聖水山，城東八里。宋郡守蘇軾嘗於其下石潭祈雨。《東坡集》題作《次韻陳履常張龍公潭》詩。又《祈雨迎張龍公文》：維元祐六年，歲次辛未，十月丙辰朔，二十五日庚辰，龍圖閣學士知潁州軍州事蘇軾，謹遣州學教授陳師道，并遣承務郎迨云云。又：《昭靈侯碑》：張公諱路斯，以明經爲宣城令。夫人石氏，生九子。自宣城罷歸，嘗釣於焦臺。一日見釣處有宫殿，遂入居之。自是歸，輒體寒而溼。問其故，曰：「我龍也，蓼人鄭祥遠亦龍也，與我爭此居，明日當戰，使九子助我，我領絳綃而鄭青綃。」明日，九子射青綃者中之。九子皆爲龍，子孫居潁上。歐陽修《集古跋尾》、《張龍公碑》，唐趙耕撰。

清淵下無際，落日回風瀾。凜然毛髮直，敢以笑語干。陂陀百尺臺〔一〕，葱翠萬木蟠。驚飈振積葉，清霜作朝寒。水旱或有差，精禱神其難。魚龍同一波，信有水府寬。向來三日雨，賴子一據牽。何以報嘉惠，寒瓜薦金盤。萬口待一飽，歸卧神其安。猶須雪三尺，盛意莫得闌。

校記

〔一〕「陂」，潘宋本作「坡」。懷辛案：二字或通用。

贈魯直

相逢不用早　論交宜晚歲。平生易諸公，斯人真可畏〔一〕。見之三伏中，凜凜有寒意。〔箋〕敖陶孫《詩評》：黄山谷如陶弘景抵召入宫，析理談玄，而松風之韻故在。名下今有人，胸中本無事。神物護詩書，星斗見光氣。〔箋〕《西清詩話》：山谷詩妙脱蹊徑，言謀鬼神，無一點塵俗氣。所恨務高，一似參曹洞下禪，尚墮在玄機窟裏。惜無千人力，負此萬乘器。〔箋〕按：此用山谷《陳師道字説》中「我琢爲萬乘之器」語。生前一尊酒，撥棄獨何易。我亦奉齋戒，妻子以爲累。君如雙井茶〔二〕，〔箋〕《談叢》：茶，洪之「雙井」、越之「日注」，莫能相先後。《清波雜志》：雙井因山谷乃重。蘇魏公嘗云：「平生薦舉不知幾何人，唯孟安序歲朝以雙井一盎爲餉。」蓋公不納苞苴，顧獨受此，其亦珍之耶！衆口願其嘗。顧我如麥飯，猶足填飢腸。陳詩傳筆意，願立弟子行。〔箋〕《文集·李夫人墓銘》：師道學於校理，貧不自食。又客焉。《雲麓漫鈔》：呂居仁作《江西詩社宗派圖》。宗派之祖曰山谷，其次陳師道無己、潘大臨邠老、謝逸無逸、洪朋龜父、洪芻駒父、饒節德操乃如璧也、祖可正平、徐俯師川、林敏修子仁、洪炎玉父、汪革信民、李錞希聲、韓駒子蒼、李彭商老、晁冲之叔用、江端本子之、楊符信祖、謝薖幼槃、夏倪均父、林敏功、潘大觀、王直方立之、善權巽中、高荷子勉，凡二十五人，居仁其一也。議者以謂陳無己爲詩高古，使其不死，未必甘爲宗派。若徐師川則固嘗不平曰：「吾乃居行間乎？」韓子蒼云：「我自學古人。」均父又以在下爲耻。不知居仁當時果以優劣詮次，姑記姓名，而紛紛如此，以是知執太史之筆者，戞戞乎難哉！何以報嘉惠，江湖永相望。

校記

〔一〕「斯」原作「欺」，據潘宋本改。　〔二〕「君」，潘宋本、何校本、適園本作「子」。

次韻蘇公竹間亭小酌〔一〕

〔箋〕《東坡集》題作《竹間亭小酌懷歐陽叔弼季默呈趙景貺陳履常》。

自昔（一作「至音」。）有遺韻，小飲不盡觴。坐待竹間月，奈此雲影長。起行林下路，散策踰平罔。破眼一枝春，著意千葉黄。暄寒會有分，蜂蝶來無央。鳥語帶餘寒，竹風回妙香。緬想兩公子，（缺三字。）朝陽〔二〕。〔箋〕别下齋校本作「緬想兩公子，作惡變清涼。誰憐塵沙底，瘦馬踏朝陽」，不止缺三字也。斯人班馬後，如圭復如璋。相逢子無得，佳處每難忘〔三〕。

校記

〔一〕此題潘宋本、何校本、適園本「酌」作「飲」。　〔二〕注「缺三字」，潘宋本、何校本作「作惡變清涼誰憐塵沙底瘦馬踏」十三字。　〔三〕「佳」原作「住」，據潘宋本、何校本改。

送李奉議亳州判官四首〔一〕

〔箋〕李奉議失考。《亳州志·職官表》有李奉議。不知奉議爲宋時通判之階，非人名也。

謝公中年後，畏與親友别。數日懷抱惡，每笑冠纓絶。生有四方事，死當一語決。前笑今則悲，吾衰擬何説。著鞭何必先，倒筆不容掣。鞭爾轅下駒，萬里一改轍。

又

祁氏號外府，藏室多異書。〔箋〕《文集·答張文潛書》：譙祁氏多書，號稱外府太清老氏之室。《嬾真子》：亳州祁家，極收本朝前輩書帖。僕嘗見其家所收孫宣公奭書尺。又：亳州士人祁家書帖內有李西臺所書小詞。《墨莊漫録》：藏書之富，如宋宣獻、畢文簡、王原叔、錢穆父、王仲至家及荆南田氏、歷陽沈氏各有書。因譙郡祁氏多書，號外府太清老氏之藏室。因公有餘力，一覽意何如。爲學雖日益，受益不受誣。正須高著眼，濠梁有遊魚。

又

吾友孫子實，愛學吾所畏。持身如處子，得句有餘味。交驩艱難際，凜然見名誼。吾病卧里中，車馬日一至。遺醫饋粱肉，憂喜見顔際。慇懃勸加飡，代我破戒罪。一别已三秋，君室乃其季。〔箋〕玩此則奉議爲莘老壻，子實妹壻。《孫莘老年譜》衹載：嘉祐六年，以女許嫁黄庭堅。不云其女有適李者，李奉議之名遂無考。輪囷見眼中，不作千里外。因聲問何如，胡不枉一字。

又

吾友張文潛，君行乃其里。〔箋〕按：文潛楚州人，見《宋史》本傳。然《張右史集》題譙郡張耒文潛撰。證以後山此詩，則家於亳州矣。當年釣遊處，壯者或可指。聞風起遐想，意作千古士。不知塵士中，奴推婢不齒。胸中無一塵，筆下有百紙。勿問見自知，未語君已喜。與遊今已後，行已勿停軌〔二〕。

校記

〔一〕「四首」二字，潘宋本無。　〔二〕「已」，潘宋本作「矣」。

大風〔一〕

【原注】梁山泊。〔箋〕《明一統志》：梁山濼在東平州西，有黑風洞。

積陰風易作，隆寒一作「風」。聲益急。百爲定有數，一動必三日。奔隤水勢壯，㩳扶波頭立〔二〕。前行後浪一作「者」。促，突起旁交射〔三〕。崩騰萬騎來〔四〕，倏忽一箭疾〔五〕。摧殘蒲葦盡，簸蕩魚龍泣。私憂地軸脱，已分梁山没。向來萬斛重，不作一葉直。舟行兩水間，〔箋〕《方輿紀要》：梁山濼在梁山南，汶水西。南流與濟水會於梁山東北，迴合而成濼。觸突聲悉率。路轉帆舉落，舟排冰叠積〔六〕。經事長一智，中人所知識。千金不垂堂，豈復待一失。窮途得偉觀，老氣猶少色。一作「邑」。事定不敢一作「未得」。忘，嗟來庶一作「安」。可及。

校記

〔一〕此題潘宋本作「梁山泊」。　〔二〕「扶」，潘宋本作「肤」，適園本作「抶」。懷辛案：蓋當作「抶」字。　〔三〕

「交」，潘宋本作「抶」。〔四〕「崩」，潘宋本作「奔」。〔五〕「疾」原作「抶」，據潘宋本改。〔六〕「冰疊」原作「水壘」，據潘宋本改。

擬古

盎中有聲囊不癭，嘸息不如帶加緊。人生七十今已半，一飽無時何可忍。公侯早歲有如此，奴婢蓐食支夜永。向來糠覈之子孫〔一〕，居鄰無傳家存井〔二〕。

校記

〔一〕「覈」，潘宋本作「粃」。懷辛案：二字通。〔二〕「傳」，潘宋本、何校本作「僧」，「存」作「有」。

贈知命

〔箋〕按：知命名叔達。《文集・李夫人墓銘》：五男：大臨、叔獻、叔達、仲熊、校理其次也。黄玉林云：「知命字元明」，誤也。元明爲山谷兄，字大臨，紹聖中，爲廬陵令。《能改齋漫録》載其赴郡會，坐上巾帶偶脱，太守喻妓令綴之，而俾元明爲七娘子詞者是也。《文集・與魯直書》有「知命閫在左右」語。

黑頭居士元方弟，不肯作公稱法嗣。外人怪笑那得知，他日靈山親授記。學詩初學杜少陵，〔箋〕《山谷集·題知命弟書後》：知命弟，江西豪士也。作小詩樂府，清麗可愛。讀書不多，亦會古人意。《豫章詩話》：黄知命黔中數詩，附《山谷集》中，殊有家法。或云山谷潤色，以成弟之名。學書不學王右軍。黄塵扶杖笑鄰女，白衫騎驢驚市人。〔箋〕《王直方詩話》：雙井黄叔達，字知命。初自江南來，與陳履常俱謁法雲禪師於城南。夜歸，過龍眠居士李伯時。知命衣白衫，騎驢，緣道摇頭而歌，履常負杖挾囊於後，一市皆驚，以爲異人。伯時因畫爲圖，而邢惇夫爲作歌曰「長安城頭烏夜棲，長安道上行人稀。浮雲卷盡暮天碧，但見明月流清輝。君獨騎驢向何處，頭上倒著白接䍦。長吟搔首望明月，不學山翁醉似泥。到得城中燈火鬧，小兒拍手攔街笑。道旁觀者那得知，相逢疑是商山皓。龍眠居士畫無比，摇毫弄筆長風起。酒酣閉目望窮途，紙上軒昂無乃似。君不學長安游俠誇年少，臂鷹挾彈章臺道。君不能提攜長劍取靈武，指揮猛士驅貔虎。胡爲脚踏梁宋塵，終日飄飄無定所。武陵桃花春欲暮，白水青山起煙霧。竹杖芒鞋歸去來，頭巾任掛三花樹」。惇夫時年未二十。（按：《詩人玉屑》引此條。）靜中作業此何因，醉裏逃禪却甚真。顧我無錢呼畢曜，有人載酒尋子雲。君家魯直不解事，愛作文章可人意。〔箋〕《能改齋漫録》：陳後山《贈黄知命》詩云「公家魯直不解事，愛作文章可人意」。按：楊修《答臨淄侯》云：修家子雲，老不曉事。强著一書，悔其少作。一人可以窮一家，怪君又以才爲累。請將飲酒换吟詩，酒不窮人能引睡。不須無事與多愁，老不欲醒惟欲醉。

大風

飛沙破面風裂石，平林隱隱傾霹靂。野火燎原塵漲天，道聞馬嘶不相得。老翁強欲作少年，立馬階除起無力。城南桃李春意動，少待明朝莫相失。

回風行

懸流洶洶從天來，南風五日闢不開。御風起柁虎著翼，衝風繫纜顏死灰。昨日逆風今日回，萬人莫挽才浮杯。篙牽相賀天意得，秋聲滿帆風倒桅。天留異態須一怒〔一〕，造物可得無嫌猜。

校記

〔一〕「天」，潘宋本、適園本作「去」。

贈張文潛

〔箋〕別下齋校本：下注：少公之客也，聞文潛召試。

張侯便然腹如鼓，饑雷收聲酒如雨。〔箋〕《王直方詩話》：張文潛在一時人物中最爲魁偉，故陳無己有詩云「張侯魁然腹如鼓，雷爲饑聲酒爲雨」，又云「要瘦君則肥」。山谷云「六月火雲蒸肉山」，又云「雖肥如瓠壺」，而文潛卧病，少游又和其詩云「平時帶十圍，頗復減臂環」，皆戲語也。按《山谷集·以小龍團贈无咎》詩末云「肥如瓠壺鼻雷吼，幸君飲此勿飲酒」，用《蜀志·張裔傳》「張府君如瓠壺」語，意外蓋戲文潛也。又《病起荆江亭》詩云「張子耽酒語蹇吃，聞道潁州又陳州。形模彌勒一布袋，文字江河萬古流」。讀書不計有餘處，尚著我輩千百計。翻湖倒海不作難，將軍百戰富善賈。弟子不必不如師，欲知其人視其主。秋來待試丞相府，穀馬礪兵吾甚武。問周不敵聞其語〔一〕，一戰而霸在此舉。百年富貴要自取，入將公卿退爾汝〔二〕，德如墨君誰敢侮。

校記

〔一〕「問」，潘宋本作「商」。　〔二〕「退」，潘宋本作「還」。

次韻寄答晁无咎

〔箋〕《雞肋集·答陳秀才謔贈》云：驅車觸熱中煩滿，苦無蔗漿凍金盤。陳君詩卷可洗心，持作終朝晤言伴。男兒三十四方身，布衣不化京洛塵。白駒皎皎在空谷，黃鳥睍睍鳴青春。

子桑之居十日雨，入門不復聞人語。形骸正是吹一吷，安用虚名齊后土。文章初不用意成，黼黻帝功臨下民。時花俚服誚新巧，牛馬安所辭吾名。禹穴幽奇行不强，江北江南正相望。乘濤鼓枻何當往，愛惜水仙桃竹杖。不應越女三年留，相見還須未白頭。蘧生知非悔不早，巨蟿夜半遺藏舟。達人一言嚆矢疾，相從琢磨悔去日。菖蒲正是可憐花，我獨聞名不曾識。

按此則後山尚有前一詩，此爲再答。

西湖欲雨樹煙滿〔一〕，風葉倒垂雲覆盌〔二〕。望湖樓上白頭人，獨倚欄干誰肯伴。獨有詩人記病身，清風千里寄行塵。豪華信有回天力，驚開桃李鬧新春。往事不回如過雨，醉夢恍然忘惡語。【原注】前在澶州，有讀无咎文，編詩因以戲之。无咎今以爲言。人生如幻此何尤，未信黄金貴於土。愛子千篇頃刻成，借將胸腹詫吾人〔三〕。吟哦怪有芳鮮氣，却被湖山識姓名。【原注】蘇子瞻詩云：遊徧錢塘湖上境，歸來文字帶芳鮮。文章廢退知難强，身外虚華本無望。何曾臨水惜芒鞋，却解逢人拈拄杖。眼根清浄塵不留，登伽過盡不回頭。【原注】來詩云：不應越女三年留。家在中原歸未得，江淮斷道無行舟。兩山相逢翻手疾，欲謀一笑無寧日〔四〕。却慚懷璞似周人，祇可聞名不相識〔五〕。

校記

〔一〕「樹」，潘宋本作「厨」。〔二〕「垂」，潘宋本、何校本、適園本作「囊」。〔三〕「吾」，潘宋本、何校本、適園本作「吴」。〔四〕「無寧」，潘宋本、陳唐本作「寧無」。〔五〕「相」，潘宋本、適園本作「須」。

送鄜州闞司法

〔箋〕《元豐九域志》：鄜州治洛交縣，屬陝西永興路。《南豐集·福昌縣君墓誌》：職方闞魯之子景棻、希聲、杞同時皆中進士。景棻爲江陰尉，希聲寶應尉；杞和州判官。景元亦以父恩爲廣德尉。集又有《送闞彦遠赴河北》詩，彦遠未詳爲魯第幾子。而後山《二亭記》云：闞氏官於朝者三人，仕於州縣者四人。司法蓋四人中之一也。

早歲相知晚相識，抵掌回頭已陳迹。〔箋〕按：此亦指元豐四年後山就舍錢塘時言。萬里從軍壯此行，一筋鱸魚留不得。夜靜關山秋月明，莫聽嶺頭秋一作「流」。水聲。平世功名須少壯，看君一箭下聊城。

登鳳凰山懷子瞻

【原注】一本作二首。〔箋〕《咸淳臨安志》：《祥符圖經》云：在城中錢塘舊治正南一十里，第二峯有白塔。塔西有小徑，青石崔嵬，夾道皆峭壁。中穿一衕，人可往來，名曰石衕，好事者多

題名其間。按：後山詩後自注云：子瞻云「應問使君何處去，憑花説與春風知」，此二句在東坡《留别釋迦院牡丹呈趙倅》詩中。此詩爲東坡杭州作，今施注編入熙寧九年任密州時，誤矣。〔補〕又按：後山之謁蘇，在元祐元年，此詩作於元豐四年，猶未識蘇也。

蜿蜒曲龍腹，山間隱樓觀。孤高伏龍角，浮圖刺雲漢。修林霜雪餘，落葉青紅亂。想見洞中人，不知時節换。咳唾落江東，江東兩眼中。舉頭觸浮雲，失脚驚飛鴻。逢人自笑謀身拙，坐使紅塵生白髮。入山便欲棄人間，出山又與松筠别。數篇曾見使君詩〔一〕，前後登臨各一時。妙舞新聲難得繼，清風明月却相宜。朱闌行遍花間路，看盡當年題壁處。更有何人問使君，青春欲盡花飛去。【原注】子瞻云：應問使君何處去，憑花説與春風知。

校記

〔一〕潘宋本此句以下提行，另起一段。懷辛案：原注：「一本作二首」。此下疑為第二首。

古怨贈關彦長

世態輕浮君莫道，相逢何必論才調。鉛刀快利莫邪遲〔一〕，果下翩翩望雲老。人前安得無窮好，應須富貴長年少。莫教白髮更棲遲，不遭毁駡逢人笑。

校記

〔一〕「邪」原作「助」，據潘宋本改。

答无咎畫苑〔一〕

〔箋〕按《東坡集·石氏畫苑記》云：其家書畫數百軸，取其毫末雜碎者，以册編之，謂之石氏畫苑。

卒行無好步，事忙不草書。能事莫促迫〔二〕，快手多粗疎。君看荷葦檞缺一字。扇〔三〕，〔箋〕别下齋校本下乃「葉」字。崔家中叔三人俱。〔箋〕崔白，字子西，濠梁人。仁宗詔畫稱旨，補畫院藝學。花竹翎毛，體製精贍，尤長寫生，極工於鵝。佛道、鬼神、山林、人物、飛走之類，無不絶妙。宋畫院教藝者，必以黄筌父子爲式。自白及吴元瑜出，其格遂變。又：崔愨，字子中，白弟。官至左班殿直，畫筆與兄類，畫兔自成一家，並見《圖畫聞見志》及《宣和畫譜》、《圖繪寶鑑》。掃除事物費歲月，收完神氣忘形軀。恍然有得奪天巧，衰顔生態能相如。市師信手無贏餘，一日畫出東封圖。眼前百口怪神速，背後十指爭揶揄。君家畫苑傾東都，錦囊玉軸行盈車。補完破碎收亡逋，欲得不計有與無。問君此病何當祛，君言無事聊自娱。世間何事非迷途，挾筴未必賢摴蒱。苑中最愛文與蘇，〔箋〕《東坡集》有《書晁補之所藏與可畫竹》三首。情親不獨生同閭。自謂知子誰知余〔四〕，叔也不癡回不愚。憐君用意常勤劬〔五〕，揮毫灑墨填空虚。風梢雨葉出新意，老樹僵立何年枯。我生百事不留意，外物不足煩驅除。翰墨纔能記名字，模臨寫貌無工夫。見溺不救危不扶，獨無一物充庖厨。看君髮漆顔丹朱，意氣健如生馬駒。逢人不信六十餘，郁然一莖無白鬚。吕公落寞起釣屠，南山四老東宫須。人生晚達有如此，應笑虞翻早著書。

校記

〔一〕此題潘宋本作「石氏畫苑」，馬瞰本、適園本作「石无咎畫苑」。　〔二〕「莫」，潘宋本作「不」。　〔三〕「缺一字」，潘宋本、何校本作「葉」。　〔四〕何焯曰：「誰知」疑「誰如」，豈用「子非魚」、「子非我」之意邪。懷辛案：潘宋本「知」作「如」。　〔五〕「劬」原作「渠」，據潘宋本改。

次韻蘇公蠟梅

〔箋〕《東坡集》題作《蠟梅一首贈趙景貺》。

化人乃作緗様花〔一〕，何年落子空山家〔二〕。羽衣霓袖涴香蠟，從此人間識尤物。青瑣諸郎却未知，天公下取仙翁詩。烏丸雞距寫玉葉，却怪寒花未清絶。北風驅雪度關山，把燭看花夜不眠。明朝詩成公亦去，長使詩仙誦佳句〔三〕。湖山信美更負人〔四〕，已覺西湖屬此君。坐想明年吴與越，行酒賦詩聽擊鉢。

校記

〔一〕「乃」，潘宋本作「巧」，「細」作「裹」。〔二〕「山」，潘宋本作「王」。〔三〕「詩」，潘宋本作「梅」。

〔四〕「負」，潘宋本作「須」。懷辛案：「須」字是。

奉陪内翰二友醴泉避暑〔一〕

〔箋〕内翰當屬東坡。《宋東京考》：醴泉觀在東水門裏。大中祥符元年五月，泰山醴泉出，詔於其地建醴泉觀。後復建於京師。

疾雷倒海不成雨，墨雲御日蠶不吐〔二〕。深院回廊晝日一作「景」。長，青簾朱幕風鈴語。神仙中人龍作馬，翠旌絳節從天下。竹冠芒屨紫綺裘，曳杖林間觀物化。清池一作「青蓮」。照眼自生涼，修竹回陰欲過廊。樽酒未空高興動，含毫欲下雲飛揚。俗間道士業符醫，未語已作庸人樣。但知一扇博百金，豈識雙松到千丈。蠅頭小字密著行，四座歡叫醒而狂。忽驚天姹到庭户，風篁露草鳴寒螿。回天却日有餘力，小試席間留翰墨。請公慎用補天手，入佐后皇和五石〔三〕。

校記

〔一〕此題潘宋本、何校本、適園本「友」作「丈」。

〔二〕「御」，潘宋本作「衜」。

〔三〕「五」，潘宋本作「玉」。

送張秀才兼簡德麟

〔箋〕《雞肋集》有《贈送張愈秀才》詩，或即其人。

長安千門憎熱客，我獨憐君來解熱。呼兒具飯懶出口，藜羹不糝甘一啜。北州別駕玉刻麟，索書往見良可人。驛使別來無一字，知有此情誰與親。

寄子開

〔箋〕集中尚有《寄子開》七律一首。〔補〕懷辛案：子開即關子開，關景仁之子，關魯之孫。詳見本卷《賀關彦長生日》第二首箋。至於《逸詩》下卷《寄子開》七律，則屬曾肇。

煙昏曉寒風發屋，行者抽篷離者哭。青衫白髮兩相鮮，積雪朝陽眩雙目。猛虎食子有分羮，潔鷺割股謀補肉。妻孥不用哭窮途，前府故人風義篤。

贈黄氏子小德

〔箋〕此詩誤收入《東坡集》，題作《贈山谷子》。按：東坡自有《次韻魯直嘲小德》詩云：小德魯直子，其母微。其詩有「解著《潛夫論》，不妨無外家」云云。又《山谷集·次子瞻送楊孟容》詩末云「小兒未可知，客或許敦龐。誠堪壻阿巽，買絲纏酒缸」。任淵注云：阿巽，蓋蘇邁伯達之女，東坡之孫。山谷雖有此言，其後契闊，竟不成婚，嫁范子功之孫渼。渼字箕叟，敷文學士。蘇符仲虎，伯達之子也，其言云爾。〔補〕按：東坡入嶺後，求録詩者大抵以唐人及魯直、少游諸人詩與之。南渡後，遇蘇墨跡，一概編入集。故集中雜他作多至不可勝舉。李端叔云：分別有所避就也，蓋鑑於烏臺之案矣。參《逸詩》卷上《寄晁説之》箋。

黄童三尺世無雙，筆頭滚滚懸秋江。不憂老子難爲父，平生崛强今心降。我來喜共阿戎語，應敵縱横如急雨。生子還如孫仲謀，豚犬漫多何足數。黄家小兒名小德，〔箋〕按：小德名相，字寮然。《東坡集》作「黄家小兒名拾得」。眉如長林目如漆。只今數歲已動人，老人留眼看他日。笑君老蚌生明珠，自笑此物吾家無。君當置酒吾當賀，有兒傳業更何須。

山口

湖闊疑無地，河回忽見山。登臨聊自試，衰疾致身閑。四壁寧虞盜，多方莫駐顏。無風回遠笛，有月待人還。

次韻夜雨

〔箋〕《瀛奎律髓》：紀批：四句不了了。五六有致。結趁韻。

暗雨來何急，寒房客自醒。驟看燈閃閃，擬對竹青青〔一〕。聲到江干盡，風回葉上聽。更長那得晚〔二〕，攲側想儀刑。

校記

〔一〕何焯曰：「擬」當作「疑」。

〔二〕「晚」，潘宋本作「曉」。懷辛案：「曉」字是。

晦日

人老時情薄，春深花意微。暄寒南北異，風俗古今違。卽事無同異，旁觀有是非。食蔬如許瘦，飽肉未須肥。

登城樓

城郭春容晚，因行可當遊。飛來雙蛺蝶，自去一浮鷗〔一〕。峽險山將合，江平水却流。同來端興盡，且爲小遲留。

校記

〔一〕「自去」，潘宋本作「目盡」，馬暾本作「自盡」。懷辛案：「自盡」誤。「目盡」、「自去」姑並存。

奉賀陳聖子〔一〕

〔補〕鄭雪耘曰：按《麈史》：元裕初，太常議用李照樂，協律郎陳沂聖與謂予曰：李樂得中聲之合。又：《澠水燕談録》：山茌陳聖與名知琴，曾得冰清古琴於錢唐沈振云云。按：宋人名聖與者問亦書作聖予。奉賀陳聖子，疑即聖予之誤。又：《宋史·樂志》作協律郎陳沂，當亦傳鈔之誤。懷辛案：紹興二年蜀大字本《後山先生文集》卷一，陳聖子正作陳聖予。

合譜兒童歲，爲僚一再秋。初聞消息報，已作别離憂。急雪將無路，寒江欲斷流。相逢寧易得，端爲小遲留。

校記

〔一〕此題潘宋本、馬暾本、適園本「子」作「予」。

和王子安至日三首

〔箋〕《東坡集·與陳傳道書》：數日前履常謁告，自徐來宋相别。王八子安偕來。按：子安爲王子立之弟。子立，蘇子由壻也。蘇詩《次韻王郎子立風雨有感》。施注：子立名適，趙郡臨城人。祖忠穆公覿，知樞密院。父正路，知濮州。《東坡集·王子立墓誌》：始余爲徐州，子立爲州學生，知其賢而有文，曰：「是類子由者。」故以其子妻之。與其弟遹，皆從余於吴興。集有《與王郎兄弟繞城觀荷花》詩，又《哭王子立次兒子迨韻》句云「會哭皆豪傑」。自注：子立與黄魯直、張文潛、晁无咎、秦少游、陳無己皆友善。《瀛奎律髓》：三四妙。今取一。按：第三首也。第一首云「近節翻多事，爲家不亦難」，第二首云「陰陽消長際，老疾去留間」，皆好。紀批：此篇不見「至日」意。不知此本三詩，删取其一，不能一首自爲首尾，全然見題也。杜公《秋興》第八首，併秋字亦不見矣。又批：末二句重見《寒夜》詩，蓋一時不檢之故，古人詩亦往往有之。又批："「不亦難」三字不佳。

近節翻多事，爲家不亦難。老成須藥力，愁絶向誰寬。凍雨能妨夢，朝霜故作寒。衰顔心自了，不待鏡中看。

又

物理有終極，人情從往還。陰陽消長際，老疾去留間。申白徒懷惠，巢由不買山。更歌吾和汝，風日稍侵顔。

又

晨起公私迫，昏歸烏雀催。百年忙裏盡，萬事醉間來。竹雨深宜晚，江梅半欲開。風燈挑不焰，寒火撥成灰。〔箋〕按："二句與《寒夜》詩重見。

送張衡山

〔箋〕張衡山失考。

昔别青衿子，今爲白髮翁。此行何日見，多難向來同。官事酣歌裏，湖山秀句中。風塵莫回首，留眼送歸鴻。

〔箋〕《瀛奎律髓》：五六一聯，當時盛稱其工，見《漁隱叢話》。紀批：神力完足，斐然高唱，不但五六佳也。

除夜對酒贈少章

歲晚身何託，燈前客未空。半生憂患裏，一夢有無中。髮短愁催白，顔衰酒借紅。〔箋〕《王直方詩話》：樂天有詩云「醉貌如霜葉，雖紅不是春」，鄭谷有詩云「衰鬢霜供白，愁顔酒借紅」，老杜有詩云「髮少何勞白，顔衰肯更紅」，無己詩云「髮短愁催白，顔衰酒借紅」，皆相類也。然無己初出一聯，大爲當時諸公之所稱賞。（《詩人玉屑》引此條。）《苕溪漁隱叢話》：古今詩人，以詩名世者或只一句，或只一聯，或只一篇。陳無己有「髮短愁催白，顔衰酒借紅」。《優古堂詩話》：程文簡公有《飲酒戴花》詩云「衰顔紅易借，短髮白難遮」，乃知陳無己「髮短愁催白，顔衰酒借紅」，蓋本諸此。我歌君起舞，潦倒略相同。

庚辰三月上旬登白門閑望

昔别子未仕，人言詩有神。預知河嶺阻，不作往來頻。剩喜今猶學，須知禄爲親。五陵花滿眼，作意莫禁春。

送王君玉赴試

〔箋〕王君玉失考。王琪亦字君玉，乃仁宗時人，非一人也。

汝潁諸王後，風流獨此人。談鋒堅百戰，筆力舉千鈞。得士吾無愧，多聞子未貧。平生三學士，相見定相親。

奉送閻醇老推官

〔箋〕《雞肋集·瀛洲防禦推官閻君墓誌》：君閻氏，諱師孟，字醇老。濟洲鉅野人。中元祐九年進士第。按：元祐九年，即紹聖元年。調徐州彭城縣主簿，復攝令事。歲滿，遷瀛州防禦推官，知潞州，陟縣事。卒。夫人晁氏，先君第五女。《雞肋集》又有《閻醇老作默齋》詩及《次韻閻甥伯温池上》八首。

古今猶異俗，鄒魯尚多餘。簿領三年責，雲霄一武趨。數過忘潦倒，惜别更斯須。説與晁夫子，〔箋〕指无咎也。今年錐也無。

答李簿

〔箋〕《東坡集·記謝中舍》詩云：寇元弼言：去歲徐州倅李陶，有子年十七八。素不甚作詩，忽詠落梅云「流水難窮目，斜陽易斷腸。誰同研光帽，一曲舞山香」。父驚問之，若有物憑附者，自云謝中舍。按：《百斛明珠》、《復齋漫録》並載此事。李簿疑即李陶。詩中第六七句或即指李子也。又《雞肋集》有《同李主簿叔文飲北莊》詩，姑附記。

老去才先盡，春來酒屢空。甘爲耕釣手，畏作囁嚅翁。與罪寧無説，言詩新有功。不堪須野鶩，似欲吐長虹。

九月十三日出善利門

〔箋〕《宋東京考》：廣濟河水門，上曰咸豐，下曰善利。舊名咸通，熙寧十年改。

十載都城客，孤身冒百艱。一飢非死所，萬里有生還。去國吾何意，歸田病不關〔一〕。共看霜白鬢〔二〕，似得半生閑。

校記

〔一〕「歸田病不關」，潘宋本作「從人病不閒」。　〔二〕「霜」，潘宋本作「雙」。

送章推官

〔箋〕章推官失考。〔補〕鄭雪耘曰：鄒浩《道鄉集》有《入試院呈同事章顯父推官及監試柴承之朝奉》詩。章推官或即顯父也。

從事有多譽，還家能少留。持杯猶潁尾，解纜即沙頭。好事今猶壯，論文老自休。風埃留我老，説與五湖秋。

湖上晚歸寄詩友四首〔一〕

〔箋〕《瀛奎律髓》：此錢塘西湖也。後山元豐中游吴。任淵注本不收，此詩三十歲所作，乃謝克家本添入者。紀批：語自老潔。又批：未必是三十歲作。按：後山游吴時二十九歲，方説是。

髭髮難藏老，湖山穩寄身。却尋方外士，招作社中人。霜葉深於染，秋花晚自春。無人還有礙，詩卷莫辭頻。

又

蓑笠宜多病，衣冠錯致身。清愁偏待客，白髮解禁人。江月深留雪，山梅借探春。興從湖上發，詩爲道人頻。

又

功名違壯志，戒律負前身。劉德長欺客，王融却笑人。殘年憎送歲〔二〕，〔箋〕「送」字據《瀛奎律髓》作「受」。方虚谷云：「憎受歲，怯逢春，亦老蒼矣，未可以少作視之。」紀曉嵐云：「受字是。」病眼怯逢春。杖履知何向，如公未厭頻。

又

紅緑羞明眼，欹斜久病身。年齡不待命，湖海却留人。點滴花間露，新鮮柳上春。情懷將底用，詩外不須頻。

校記

〔一〕此題潘宋本無「四首」二字。

〔二〕「憎送」，潘宋本、何校本作「增受」。

寄答顔長道二首〔一〕

〔箋〕《文集·顔長道詩序》：出東都門，沙行數百里，夾河而城者，今澶州之治也。彭城顔夫子，居既逾年矣。元豐四年，邑子陳師道西游京師，遂見夫子於此門。

薄命猶多難，浮生未定居。故人憂已矣，千里問何如。白髮羞明鏡，青燈怯細書。〔箋〕《東坡集·題顏長道書》：故人楊元素、顏長道、孫莘老皆工文而拙書，或不可識。三人相見，輒以此爲歎。不曾知史館，何用索枯魚。

又

貧病憂居士，雕蟲累壯夫。不能羞齒頰，幸免葬江湖。疲馬甘垂首，遊鷹不應呼。爲誰歸未得，山水故鄉居。

校記

〔一〕此題潘宋本無「二首」二字。

春晚遊寶雲寺

〔箋〕《咸淳臨安志》：寶雲寺，乾德二年錢氏建。舊名千光王寺，雍熙二年改今額。《東坡集》有《和唐彦猷詩》序云：游寶雲寺，得唐彦猷爲杭州日《送客舟中》絶句。明日送彦猷之子坰赴鄂州，因和其韻。

繁杏青猶小，幽花落更香。目隨雲雨斷〔一〕，恨與水風長。螘子何緣鬬，蜂兒有底忙。山人能棄世，遊子不思鄉。

校記

〔一〕「目」原作「日」，據潘宋本改。

夏日書事

〔箋〕《瀛奎律髓》：以「花事」對「歡娱」，此等句法本老杜，而簡齋尤深得之。三四絶唱。紀批：道地宋格。未見其爲絶唱也，況亦常有之意。按：《瀛奎律髓》題作《即事》。

花絮隨風盡，歡娱過眼空。窮多詩有債，愁極酒無功。家在斜陽下，人歸滿月中。肝腸渾欲破，魂夢更無窮。

賀關彦長生日二首〔一〕

〔箋〕按：《南豐集》有《夫人周氏墓誌銘》，周氏即彦長妻。誌云：年二十有六，卒於治平二年之九月某甲子。由治平二年，逆數二十六年，爲康定元年。由康定元年，順數至元豐四年後山作詩之年，爲四十二年，彦長至多不過五十歲耳。

吉夢熊羆後，名家韋杜旁。〔箋〕彦長爲尚書職方員外郎關魯子。《南豐集·福昌縣君傅氏墓誌》：關公起進士。爲郎，爲池、台兩州。風霜隨氣節，河漢借文章。漢相功名晚，周南德化長。〔箋〕按：彦長母傅氏，妻周氏，墓誌並曾南豐撰。關氏子景暉、景宣皆南豐妹夫。故後山與關氏厚。欲申千歲祝，願奉故人觴。

又

經術宜傳世，清明正得秋。〔箋〕後山前《贈關彦長》詩有「秋陽破朝霧」句。元豐四年秋八月，後山就舍錢塘。彦長生日，必在是時。又《夷堅志》載：錢塘關景仁子開，爲税官。爲其下告訐，郡守械之獄。子開弟子東徑往會稽，告急於兵部侍郎汪彦章，汪爲馳書屬杭守，事遂釋。子開具啓謝汪，未達而死，子東爲致之。汪書其後曰：解晏子之驂，昔曾伸於賢者；掛徐君之劍，今有感於斯文。按《後山集》中贈彦長詩凡三見，皆在致仕之後，斷無再爲税官之理。彦長四子：澥、淳、演、注，並舉進士，見《咸淳臨安志·關魯附傳》。澥字子容，《後山集》中有詩。注字子東，明見《夷堅志》。子開名演，見《北窗炙輠》。文中於關景仁「子開」上奪一「子」字，下又闕其名。致閲者誤以告訐事屬其父耳。又《師友雜志》有關沼，字聖淵。關滄，字聖功，皆不以子字行，蓋皆彦長猶子。德優高士傳，名重賦家流。短袖妨妍舞，青衫負白頭。待看靈壽杖，扶出富民侯。〔箋〕按：二句與《送何子温移亳州》詩重見。

校記

〔一〕「二首」二字，潘宋本無。

錢塘寓居

〔箋〕《元豐九域志》：錢塘縣屬兩浙路杭州治。

山水如相識，豪華異昔聞。聲音隨地改〔一〕，吴越到江分。〔箋〕《攷古篇》：吴僧《錢塘白塔院》詩：到江吴地盡，隔岸越山高。陳後山《詩話》鄙其語不文，曰分界堠子語耳。及後山在錢塘，仍有句云「語音隨地改，吴越到江分」，此如李光弼用郭子儀旗幟士卒，而號令所及，精采皆變者也。（按：《詩人玉屑》引此條。）《四溟詩話》：僧處默《勝果寺》詩「到江吴地盡，隔岸越山多」，陳後山鍊成一句「吴越到江分」，或謂簡妙勝默作。此「到」字未穩，若更爲「吴越一江分」，天然之句也。門閉蕭蕭語，風催緩緩雲。會隨麋鹿去，長謝犬羊羣。

校記

〔一〕「音」，潘宋本作「言」。

寄寇荆山

曠士三年別，荊山一顧中。百千人欲死，四六老能工。脱帽頭應白，求田意欲東。口須論世事，目已失飛鴻。

還江山〔一〕

夜夜滄洲夢，歸心劇旆懸。呼童買輕舸，拂榻下平川。遡浪潮如鬬，凌風岸若牽。江鄉猒回首，行及楝花天。

校記

〔一〕此題潘宋本「山」作「上」。

雜題二首

亂水交如綫，羣山翠作屏。寒輕春稍稍，雪盡麥青青。霜草猶疑滑，風林漸喜聽。生涯鞍馬上，歲月短長亭。

又

泥雪纔通脚，煙雲復結陰。遲留隨處處，簾幕靜沉沉。去鴈懷歸意，來禽欲好音。稍寬溝蟄辱，不憚二毛侵。

秋後五日應物無詩豈年志俱壯未解傷秋耶以詩挑之

伏盡暑猶壯，秋生涼故遲。蟬吟接遠響，螢燭度深枝。歲半身仍健，年深意自悲〔一〕。情知寇公子，不作感秋詞。

校記

〔一〕「深」，潘宋本作「侵」。

寄晁説之〔一〕

閲世真難記，如君自不忘。尚一作「向」。於書太簡，正以懶相妨。〔箋〕按：《東坡集》載此四句，題云《答晁以道索書》，其實此及《贈黄氏子小德》皆後山詩也。東坡度嶺後，鑒於烏臺之案，求録詩者，大率以唐人及同時人詩與之。南渡後，遇有墨蹟，一概編入集。故集中雜他人作，多至不可勝舉。李端叔謂「分明有所避就者」是已。共有還家樂，終無却老方。莫須憂潦倒，未許細商量。

校記

〔一〕此題潘宋本作「寄晁以道」。

再贈寇司户

〔箋〕《宋史·職官志》：户曹參軍，掌户籍、賦税、倉庫、受納。司理參軍，掌訟獄、勘鞫之事。《文集·寇參軍集序》：元弼，名其仕，爲許州司理參軍。按：據此則題中司户當作司理，《府志》亦誤。《徐州府志·寇元弼傳》：元弼，徐州人。父某，嘗官太常少卿。元弼仕爲許州司户參軍。里居時，郡守蘇軾與之游。《東坡集·留別叔通元弼坦夫》詩有「寇三我部民，孝悌化鄰保」。有如袁伯業，苦學到衰老」句。

仕宦諸儒底，名成一戰中。酒爲千日計，詩費幾生功。〔箋〕《寇參軍集序》：元弼一無所好，顧嗜酒與詩。戲馬章臺下，呼鷹上蔡東。少年豪俠窟，杵臼得梁鴻。

鉅野泊觸事

蒲港牽絲直，平湖墜鏡清。順流風借便，捷路雪初晴。鳥度欲何向，鷗來只自驚。有行須快意，安得易爲情。〔箋〕紀批：此較峭健。

東阿

〔箋〕《元豐九域志》：東阿縣屬京東西路鄆州。《文集·先夫人行狀》：年七十七而卒，紹聖二年三月二十九日也。始次東阿，未及步，並於商舟。夜有火星，如丹如棗，出芒下尾，墮於商舟之上。

慟哭東阿縣，傷心莫與論。却思當痛日，敢望此身存。舉目人將母，回頭影弔魂。更堪悲手足，孤稚滿船門。

甲亭

〔箋〕《方輿紀要》：甲父亭，在故昌邑城東南。古國也。按：在今金鄉縣西北四十里。《左傳·昭十五年》：齊侯伐徐，徐人行成，賂以甲父之鼎。

峻壁亭臨水，横陂樹徹山。兩河惟甲氏，數柏共蒼顔。隨意遊成適，回舟月與還。早知乘下澤，不再結青綸。音關。

遊鵲山院

〔箋〕《齊乘》：鵲山，王繪《太白詩注》云：扁鵲煉丹於此。俗又謂每歲七八月，烏鵲翔集，故名。按：扁鵲盧人，近在今長清縣地。煉丹此山者是。古有鵲山院，見陳後山詩。

積石横成嶺，行楊密映門。人聲隱林杪，僧舍逺雲根。頓攝塵緣盡〔一〕，方知象教尊。只因羊叔子，〔箋〕《瀛奎律髓》：羊叔子謂南豐。紀批：後四句自不相貫。名字與山存。【原注】南豐先生出守日常遊是院。

校記

〔一〕「攝」原作「懾」，據潘宋本、馬暾本改。

登鵲山

〔箋〕《隋書・地形志》：歷城有鵲山。《歷城縣志》：華不注山之西北五里許，曰鵲山。在城北十五里濼口鎮。《瀛奎律髓》：此詩後山年四十八，爲棣州教授所作。明年下世。詩暗合老杜，今注本無之。細味句律，謂後山學山谷，其實學杜與之俱化也，故書此以示學者。紀批：山谷、後山、簡齋皆學杜而得其一體。故謂三家學杜可，謂學杜當從三家入則不可。又批：三四有神致，虚字煉得好。五六以近歷山、濟水，故及虞、禹，然太廓。末句言病不遇盧醫，生硬晦澀，是江西派過求瘦硬之病。

小試登山脚，今年不用扶。微微交濟濼，歷歷數青徐。朴俗猶虞力，安流尚禹謨。終年聊一快，吾病失醫盧。【原注】山因扁鵲而名。

别威德寺

〔箋〕威德寺未詳所在。〔補〕鄭雪耘曰：按此詩第五句「笑别留春塢」，而《逸詩》下卷《次韻順法師十三間樓避暑》第二首箋引《本事集》曰：「錢塘西湖有詩僧清順居其上，自名藏春塢。」所云藏春塢，與上留春塢，不知同一處否。

三宿城隈寺，輕齋類老禪。暫來真偶爾，適去更翛然。笑别留春塢，行尋下瀨船。此身猶斷梗，飄泊且隨緣。

雜題

春水漲湖田，先尋滬瀆船。隔江爭問主，入市不論錢。味得蕁尤滑，香因豉更便。他年棟花落，追憶漫流涎。

和董判官寺居作

〔箋〕董判官失考。

共作東州客，同棲古寺深。論交非有舊，不見解相尋。冷過清明節，悲生故國心。此身隨所寄，未足問升沉。

贈白闍梨

〔箋〕白闍梨失考。〔補〕鄭雪耘曰：《王荆公集》有《戲贈育王虚白長老》云：白雲山頂病禪師，昔日公卿各贈詩。行盡四方年八十，卻歸荒寺有誰知。後山此詩前半云：缾錫倦西東，歸來一榻空。宗乘能自判，文學更兼通。味詩意，白闍黎疑即育王虚白。

缾錫倦西東，歸來一榻空。宗乘能自判，文學更兼通。講徹夜堂月，定回枯樹風。無從參浄社，回首倦飛蓬。

舒御史太夫人挽詞

〔箋〕按：東坡守徐時，州教授爲舒焕。焕字堯文，其子名彦舉，見《東坡集·遊桓山記》。此舒御史，不知是堯文家人否。

回合蔣山秀〔一〕，佳城去域中。珮環無曉日，蘋藻自春風。斷髮人何在，捐金事已空。遂移男子孝，更作直臣忠。

校記

〔一〕「蔣」，潘宋本、何校本作「江」。

和賈明叔秋晚見懷

〔箋〕《宋史・賈易傳》：易字明叔，無爲人。元祐初，爲太常丞，兵部員外郎，遷左司諫。

陋巷少行迹，故人車馬稀。世情方汩没，吾道肯依違。萬葉迎風脱，孤雲帶月歸。獨憐高義在，猶肯問柴扉。

望夫石

〔箋〕《詩話》：望夫石在處有之。古今詩人，承用一律，惟劉夢得語拙意工。黄叔達以顧況爲第一。江南有望夫石，每過其下，不風卽雨，疑況得句處也。

磧戍人何在，秋霜志不移。無言息嫣怨，有淚舜娥悲。山靜雲盤髻，江空月印眉。誰將望遠意，歌作送征詩。

夏杪

一室青蕪長，終朝靜不譁。聖賢開美酒，子母破新瓜。綠篠初翻籜，紅蕖稍薦花。咄嗟功業晚，覽照鬢初華。

虞美人草

幽草默通神，舊題虞美人。長言方度曲，應節若翻身。律呂聲相應〔一〕，雲龍氣自親。無情猶感會，不獨在君臣。

校記

〔一〕「應」，潘宋本作「召」。

沈道院有水墨壁畫奇筆也惜其窮年無賞之者賈明叔請余同賦

〔箋〕按：後山入京，所居爲翠微院。《秋懷》詩所謂「粥飯隨鐘魚，朝昏黄庭卷」者，當即此沈道院也。

壁間水墨畫，爲爾拂塵埃。草樹精神出，溪山氣勢回。路從沙嘴斷，人自渡頭來。莫怪知音少，牙絃匣不開。

同蘇不疑避暑法缺一字。寺〔一〕

〔箋〕《東坡集·蘇廷評行狀》：公諱序，字仲先。生三子：澹、渙、洵。女二，適杜垂裕、石揚休。孫七人，位、份、不欺、不疑、不危、軾、轍。《欒城集·伯父墓表》：生子三人，不疑，承議郎，通判嘉州。按：不疑字子明，其子安節，《東坡集》有《姪安節遠來夜坐》三首，又《贈安節》詩云：「吾兄喜酒人，今汝亦能飲。」〔補〕懷辛案：宋蜀大字本此題，法下缺一字是惠字。《昌化縣志》：「法會寺，縣南三十里，梁乾元五年建，額曰龍華。宋治平二年改法會。」後山昌化所作尚有《宿百丈山慶善院》七古。

酷暑不可處，相將尋晝涼。清談廕廣廈，甘寢就方牀〔二〕。蓮剥明珠滑，瓜浮紺玉香。因知北窗卧，自信出羲皇。

校記

〔一〕此題潘宋本作「同蘇不疑避暑法惠」，無「寺」字。　〔二〕「方」，潘宋本作「㫃」（匡缺末筆）。

和彦詹題遠軒

〔箋〕按：彦詹當是《文集·二亭記》所稱闞氏之良彦瞻。彦瞻名景山，第進士。《至元嘉禾志》載其《題李無悔醉眠亭》一詩，見《宋詩紀事》闞景山條。

開窗得遠意，興出杳冥間。芳草日邊路，片雲天外山。好花和露斸，修竹夾藤删。每許南鄰伴，〔箋〕按：後山《思白堂記》言：元豐四年，就舍錢塘。故與錢塘闞氏，得稱南鄰。時來一寄顔〔一〕。

校記

〔一〕「顔」，潘宋本作「閒」。

寄君玉

〔箋〕前有《送王君玉赴試》詩。

不見紫霄翁，侵尋鬢已蓬。倦遊鄉域異，歸夢夙宵同。愛酒貧應甚，吟詩老更工。清時公道在，未足歎途窮。

次韻遊花洞

〔箋〕花洞未詳所在。今按：《咸淳臨安志》無花洞名。

遠洞容徐步，繁英故壓枝。錦衾堆襞積，春事向離披。作意真成誤，尋芳似較遲。預爲來歲約，及早共瑶巵。

夜坐有懷〔一〕

【原注】一作《秋懷》。〔箋〕《瀛奎律髓》：詩中四句皆有眼，只「已須」「不用」，閒字却是要緊處。紀批：五句費解。

瑣瑣重門閉，蕭蕭一再更。（一作「稍稍昏煙集，鼕鼕一再更。」）短檠昏細字，高枕笑（一作「忘」。）平生。來鴈防身早，（一作「妨身健」。）秋陽換眼明。已須甘酒力，不用占時名。（一作「永言鄰里舊，心肯向人傾」。）

校記

〔一〕此題潘宋本作「秋懷」。又注中各「一作」句均屬潘宋本原有。

送張芝卿

〔箋〕張芝卿失考。

相逢已偶爾，告别更蒼然。離合驚時换，行藏乃世緣。君無學干禄，我亦賦《歸田》。泗水秋山外，長安夕照邊。

行次舊縣寄立之

歲晚方奔命，春期作過賓。逢君爲地主，顧我拙謀身。官是二年客，情緣一日親。將身隨斗食，應作未歸人。

送晁奉議高郵判官

〔箋〕《元豐九域志》：高郵縣屬淮南東路揚州。按：縣自元至元間升路改府，明初降州。《墨莊漫録》：元祐七年七夕日，東坡時知揚州。與發運使晁端彦、揚倅晁无咎、大明寺汲塔院西廊井與下院蜀井，校其高下。以塔院水爲勝。此晁奉議即无咎。

公族仍前輩，都城早與遊。士窮須禄食，才大豈身謀。雪嶺無歸鳥，冰河有去舟。平生湖海意，不爲有魚留。

同道士錢泠然尋澗水源

〔箋〕《東坡集》有《惠山謁錢道人烹小龍團登絶頂望太湖》詩，又《贈錢道人》詩，又《送表忠觀錢道士歸杭》詩，又《聞錢道士與越守穆父飲酒送二壺》詩。施注：錢道士名自然，號通教大師。查注：錢道人卽安道之弟。《咸淳臨安志》有周開祖卽東坡倅杭時與唱和之周長官。《訪慧山錢道人不遇》詩，泠然、自然，疑卽一人，刻本有誤。

曉領黄冠子，步尋東澗源。施筇探清淺〔一〕，垂手弄潺湲。岸閣殘花片，槎留蒨漲痕〔二〕。鳳潛丹穴邃，龍卧古潭渾。修竹青垂蔭，長蘿翠可捫。忽驚穿藥圃，不覺到雲根。嶝外看飛鳥，崖邊見飲猿。援琴寫山水，布席坐蘭蓀。白石支棋局，青沙藉酒尊。醉歌歸路穩，洞口月黄昏。

校記

〔一〕「施」，潘宋本作「拖」。　〔二〕「蒨」，潘宋本作「舊」。

五言賀雨〔一〕

六月鄞江旱，焦勞刺史憂。戴星趨洞府，踏月叩龍湫。引咎青章設，爲壇古法修。山川將爾徧，牲幣豈吾留。帝意兹回眷，神聰俯應求。油雲潛感召，靈雨忽滂流。急勢朝翻幕，寒聲莫咽溝。餘波平浦嶼，翠色蔽田疇。池閣消殘暑，閭閻慶有秋。邦民無以謝，惟起載途謳。

校記

〔一〕此題潘宋本作「五言賀雨出」。

後山逸詩箋卷下

寄文潛无咎少游三學士

〔箋〕《宋史·職官志》：學士之職，資望極峻，無吏守，無職掌，惟出入侍從，備顧問而已。《瀛奎律髓》：元祐初晁、張俱召試入館，後山於二年四月始得官，故進二公於富貴，而猶欲其驟進也。「青雲小著鞭」，本白樂天贈乃兄詩語也。紀批：峭健而不乏姿韻，結得別致。

北來消息不真傳，南渡相忘更記年。湖海一舟須此老，蓬瀛萬丈自飛仙〔一〕。數臨黄卷聊遮眼，穩上青雲小著鞭。李杜齊名吾豈敢，晚風無樹不鳴蟬。〔箋〕《步里客談》：古人作詩，斷句輒旁入他意，最爲警策，如老杜云「雞蟲得失無了時，注目寒江倚山閣」是也。黄魯直作《水仙花》詩，亦用此體，云「坐對真成被花惱，出門一笑大江横」。至陳無己云「李杜齊名吾豈敢，晚風無樹不鳴蟬」，則直不類矣。

校記

〔一〕「萬」，潘宋本作「方」。

連日大雪以疾作不出聞蘇公與德麟同登女郎臺〔一〕

〔箋〕按：《東坡集》題作《次韻陳履常雪中》。《侯鯖録》：元祐六年冬，汝陰久雪。一日，天未明，東坡來召議事，曰：「某一夕不寐，念潁人之饑，欲出百餘石造餅救之。」余笑謝曰：「已備之矣。今細民之困，不過食與火耳，義倉之積穀數千石，可以支散，以救下民。作院有炭數萬秤，依元價賣之，二事可濟下民。」坡曰：「吾事濟矣。」遂草放積穀賑濟奏。教授陳履常聞之，有詩。余次韻曰「坎壈中年坐廢人，老來貂鼎視埃塵。鐵霜帶面惟憂國，機穽當前不爲身。發廩已康諸縣命，蠲逋一洗幾年貧。歸來又草寬民奏，慚愧毫端爾許春。」按：《宋詩紀事》載此詩，以爲陳復常作。下注：復常潁州教授。蓋從坊本《稗海》中《侯鯖録》録出，書「中履常」訛作「復常」，遂以爲兩人也。樊榭通才，謬誤至此，可笑。《水經注》：汝陰郡治城外東北隅有舊臺，翼城若邱，俗謂之女郎臺。雖經頽廢，猶自廣崇，上有一井。《太平寰宇記》：女郎臺在汝陰縣西北一里，故老云「昔胡之女嫁魯昭侯爲夫人，築臺以賓之」，俗謂之女郎臺。《瀛奎律髓》：此詩爲潁州教授時作，東坡爲守，趙令時爲簽判。東坡有和篇云「蒼檜化花真强項，凍鳶儲肉巧謀身」是也。紀批：此「微塵」用佛典，以多言不如少言，然殊不成語。三四尤粗而笨。

掠地衝風敵萬人，蔽天密雪幾微塵。漫山塞壑疑無地，投隙穿帷巧致身。晚積讀書今已老〔二〕，閉門高卧不緣貧。遥知更上湖邊寺，一笑潛回萬室春。【原注】是日賜柴米。〔箋〕别下齋校本「是日」下有「遣兵官分」四字。

校記

〔一〕此題潘宋本無「連日」至「不出」九字。　〔二〕「積」，潘宋本、何校本作「計」。

立春

〔箋〕《瀛奎律髓》：此詩虚字上獨著力拗斡。紀批：了無深意，而風度老成。

馬蹄殘雪未成塵，梅子梢頭已著春。巧勝向人真奈老，衰顔從俗不宜新。〔箋〕《復齋漫録》：《荆楚歲時記》：正月七日，翦綵爲人，或鏤金薄貼屏風上，亦戴之，像人入新年形容改新。無己《立春》詩云：巧勝向人真奈老，衰顔從俗不宜新，更覺其工。《苕溪漁隱叢話》：余閲《荆楚歲時記》云：正月七日，翦綵爲人，或鏤翦金薄爲人，貼屏風，亦戴之頭鬢，以識新歲更始。所云止此，即無「像人入新年形容改新」九字。復齋以無己詩有「衰顔從俗不宜新」之句，遂牽合撰此九字，亦誣甚矣。高門肯送青絲菜，下里誰思白髮人。〔箋〕《景迂生集》：亡友陳無己有《立春》詩云「朱門誰送青絲菜，下里難酬白雪歌」，頗爲都下詩人所稱。今日立春誦之而作，詩云「地下修文幾歲郎，尚憐有子已爭行。青絲盤到特揮淚，紅錦詩餘合斷腸。安得見余今議論，果誰識子古文章。從兹花發知多少，試訪彭門舊講堂。」

共學少年天下士，獨能濡濕轍中鱗。

贈王聿修商子常二首〔一〕

〔箋〕王聿修失考。《張右史集》有《商屯田墓志》云：公諱瑶，淄川人。卒至和二年正月。三男子皆已卒。一孫求之，舉進士。公之從子太學博士倚，以公之爵里行事，告於著作郎張耒，使刻石墓中。子常或即倚也。

欲作新詩挑兩公，含毫不下思先窮。貪逢大敵能無懼，强畫修眉每未工。〔箋〕《瀛奎律髓》：「能」字「每」字，乃是以虛字爲眼，非此二字，精神安在。善吟詠古詩者，只點綴一二好字高唱起，而知其用力著意之地矣。紀批：此種議論似獨得，而實則魔趣。又批：語亦健峭。長病忍狂妨痛飲，晚雲朝雨滯晴空。〔箋〕紀批：五六是就句對法。正須好句留春住，可使風飄萬點紅。

又

朱櫻青子已嘗新，白帢黄衫見未頻。載酒對棊無俗士，閉門高枕有閑人。有底百年須薄禄，相看一笑却閒身〔二〕。肯留惡客開家釀，驚坐何人更姓陳。

校記

〔一〕此題潘宋本無「二首」二字，詩之第二首另有題作「寄寇元弼」。　〔二〕「閒」，潘宋本作「關」。

次韻敬酬元弼三兄

〔箋〕《文集·寇參軍集序》：元弼名其仕，爲許州司理參軍。

冥冥雨力及時來，冉冉春光作意回。白髮尚堪供語笑，〔箋〕《東坡集·留別叔通元弼坦夫》詩云：寇三我部民，孝悌化鄰保。有如袁伯業，苦學到衰老。青衫不惜著風埃。林廬要自家家到，尊酒寧辭日日開。〔箋〕《寇參軍集序》：元弼一無所好，顧嗜酒與詩。只恐未便文字飲，人間無夢到陽臺。

和賈耘老春晚

〔箋〕《吳興志》：賈收，字耘老，烏程人。所著有《懷蘇集》。《東坡集·與滕達道書》：達道名元發，東陽人。《宋史》有傳。郡人有賈收耘老者，有行義，極能詩。公擇、李常字，建昌人。《宋史》有傳。子厚章惇字，見前。皆禮異之。某尤與之熟。願公時一顧，慰其牢落也。又《與賈耘老書》：今日舟中無他事，十指如懸槌。適有人致嘉酒，遂獨飲一杯，醺然徑醉。念賈處士貧甚，無以慰其意，乃爲作怪石古木一紙，每遇饑時，輒一開看，能飽人否。若吳興有好事者，能爲君月致米三石，酒二斗，終君之世者，便以贈之。不爾者，可令雙荷葉收掌，須添丁長以付之也。按：添丁，耘老子小字。「雙荷葉」，乃其姬妾名。東坡贈耘老詩有自注云：時賈欲再娶。《苕溪漁隱叢話》：賈耘老舊有水閣，在苕溪之上，沈會宗爲賦小詞。《庚溪詩話》：有美堂士夫留題甚衆。東坡倅杭，令吏盡録之，而未著其姓名。默定詩之高下，遂以賈收詩爲冠。

縈縈裊裊幾絲飛，榴葉千燈照晚暉。紫翠園林鶯欲懶，黄昏簾幕燕初歸。花明西苑將迎幸，草緑平原正打圍。一卧海城春又晚，不妨閑處得真機。

次韻寇秀才寄下邳家兄

〔箋〕《元豐九域志》：下邳縣屬京東東路淮陽軍。按：縣自金貞祐三年改州。寇秀才當即寇元弼。下邳家兄爲下邳主簿陳師仲。《東坡集·黄州與陳師仲主簿書》云：曩在徐州，得一再見及顔長道輩，皆言足下文詞卓瑋，志節高亮。固欲朝夕相從。適會訴訟，偶有相關及者，疑即後山仲父訟於有司事。遂不復往來，想彼此有以相照。又：數日前履常謁告，自徐來宋相别，王八子安偕來，方同舟東下，至宿而歸。又：承傳道亦欲至靈璧，以部役沂上不果。佩荷此意，何時可忘。又：見近報，履常作正字。伯仲介特之操，處窮益勵，時流孰知之者。用是占之，知公議少伸也。傳道豈久淹筦庫者。又：履常未及拜書因家信道區區。又：在潁州時有《和陳傳道雪中觀燈》詩，《和趙德麟送陳傳道》詩。又《欒城集·答徐州陳師仲書》云：去年轍從家兄游徐州，君兄弟始以客來見。一揖而退，漠然不知君之胸中也。既而聞之君鄉人，君力學行義，不妄交游，既已中心異之。及來南京，又辱以所爲文爲贈，讀之翛然以清，追慕古人，而無意於世俗。心雖愛之，然亦憂君之以是困於今世也。又有《次韻陳師仲主簿見寄》詩。又：《淮海集·次韻酬陳傳道》詩，句云「聊作吏中循」。《次韻傳道自適》詩，句云「楚國陳夫子，周南頗滯留」。《西清詩話》：陳傳道嘗於彭門壁間見書一聯云「一鳩鳴午寂，雙燕話春愁」，以語東坡：「世謂公作，然否？」坡笑曰：「此唐人得意句，僕安能道此。」按：《苕溪漁隱叢話》引此條。《詩人玉屑·宋朝警句》引此聯，下注陳傳道，則誤以爲傳道作矣。按：此元祐七年以前作。以《文集》元祐七年作《先君事狀》，稱師仲前下邳主簿。至紹聖二年作《先夫人行狀》，則稱師仲河中司録參軍也。

少共千憂老一官，中間毁譽兩茫然。去留有命真如此，俯仰從人却未然。故著江山供極目，正將強健入新年。驚逢小杜風流勝，信有衣冠不乏賢。

賀文潛

〔箋〕《宋史·張耒傳》：耒弱冠第進士。

飛騰無那高詹事，奔軼難甘杜拾遺。釋梵不爲寧顧計，公侯有命却隨宜。且留陳迹來韓愈，不用逢人説項斯。富貴風聲真兩得，窮人從此不因詩。〔箋〕吕氏《童蒙訓》：文潛詩自然奇逸，非他人可及，如「秋明樹外天」、「客燈青映壁」、「城角冷吟霜」、「淺山寒帶木」、「早日白吹風」、「川鳴半夜雨」、「卧冷五更秋」之類，迥出時流。《石林詩話》：文潛《過宋都》詩「白頭青鬢隔存殁，落日斷霞無古今」，氣格不減老杜。

送章氏兄弟兼寄金山寧禪師

〔箋〕按：《談叢》：章學士珉，爲布衣，以宰相自許，潤人謂之「三品秀才」。《江隣幾雜志》：章伯鎮學士云：任京官有兩般日月。望月初請料錢，覺日月長。到月終供房錢，覺日月短。後山一妹嫁章珙，所謂章氏兄弟，當即珉與珙耶。然珉字伯鎮，司馬温公有詩贈之，則其輩行在後山前。此章氏兄弟，或皆珉弟，而珙殆居其一。《太平寰宇記》：金山澤心寺，在潤州城東南揚子江中，因頭陀開山得金故名。《金山志·方外》：宋有善寧法印，慧林本法嗣。梅聖俞有《題僧居寧畫草蟲》詩，疑别一人。

末塗一過馬羣空，老眼雙瞻碣石鴻。固有江東兼渭北，其如明月與清風。一官羈絆吾堪老，萬里嫖姚子未窮。寄語此時懷馬祖，叩門何日許龐公。

寄曾公權

〔箋〕《山谷集》有《與曾公卷書》云：丞相因家問先及，懇懇幸甚。又：《書自作草後贈曾公卷》

云：細閲此書，不可與凡子。因以遺南豐曾公卷，公卷胸中殊不凡，又喜作書故也。按：權、卷字通。丞相即曾布。公權名紆，王仲言《揮塵録》中屢稱外祖曾空青者，即公權也。〔補〕鄭雪耘曰：向曾據《投轄録》、《香祖筆記》等書，證史容《山谷詩注》以曾公衮曾公卷爲二人，恐未必然。實則同爲曾紆一人之字。《直齋書録解題·集部》：《空青道文》十卷，知寶文閣南豐曾紆公卷撰。《子部》：《南游紀舊》一卷，曾紆公衮撰。此亦足證公衮、公卷同爲一人。今後山詩又作公權。卷、權本通，如善權亦作善卷之類。惟此公名字，喜用通假，至再至三，易滋淆混，亦所僅見也。

超世功名子有憑，過人材藝我何曾。詩書忘廢難支敵〔一〕，門館光華却再登〔二〕。捐棄妻兒逃世累，掃除鬢鬢伴禪僧〔三〕。待君持節東南日，試問當年杜伯升。【原注】蘇子瞻《通禪師》詩云：欲識當年杜伯升，飄然雲水一孤僧。

校記

〔一〕「忘廢」，潘宋本作「廢忘」。〔二〕「却」，潘宋本、何校本、適園本作「怯」。〔三〕「鬢」，潘宋本、何校本、適園本作「髮」。

次韻闞子容湖上晚飲

〔箋〕按：子容名瀣，景仁子。熙寧六年進士，餘杭令。《春渚紀聞》：闞氏詩律，精深妍妙，世守家法。子容、子開皆稱作者。

風樹吹花落四鄰，暮雲將雨作催人。旋傾美酒留連客，急作新詩報答春。〔箋〕按：子容有絶句云：野艇歸時蒲葉雨，繅車鳴處楝花風。江南舊日經行地，盡在於今醉夢中。又：寺官官小未朝參，紅日半竿春睡酣。爲報鄰雞莫驚起，且容殘夢到江南。《春渚紀聞》謂世傳以爲東坡作，非也。試傍清湖看鬢髮，莫辭行樂費金銀。〔箋〕《石洲詩話》：「不貪夜識金銀氣」，「手自與金銀」，是真事，故不礙。然阮亭尚以「手自與金銀」爲病。至後山云「莫辭行樂費金銀」，則不可矣。如今歸去還高卧，更問風光有幾旬。

和休文至自新安

〔箋〕休文失考。《山海經》：浙江出三天子都，在其東。郭璞曰：出新安黟縣南蠻中。《元豐九域志》：歙縣江南東路歙州治，一十六鄉。有黟山、靈山、新安江。

無成底事到天涯，重見春工换柳枝。歷盡江山苦行役，歸來風雨過花時。驅馳共厭人間世，險阻時聞别後詩。獨有窮愁銷未盡，一番相見一伸眉。

酬應物見戲

扣門賞竹任推排，興盡歸舟挽不回。平世山林成偃蹇，新年詞句得參陪。醒心正賴揮毫疾〔一〕，誤筆仍煩送喜來〔二〕。〔箋〕别下齋校本：下有注云「報中作師适，讀者爲筆誤」十字，蓋後山除棣學時，報者誤作陳師适也。書省不應須乳媪〔三〕，【原注】何承天老爲著作，而同官皆少年，目爲乳媪。來詩有館殿之句。一時除目盡英才。【原注】近除秘書正字，皆天下之選〔四〕

校記

〔一〕「疾」原作「淚」，據潘宋本、馬暾本、陳唐本、適園本改。　〔二〕「煩」，潘宋本作「須」。　〔三〕「須」，潘宋本作「煩」。　〔四〕此注潘宋本無。

城南

白下官楊小弄黄，騎臺南路緑無央。含紅破白連連好，度水吹香故故長。蹲滑踏青穿馬耳，轉危緣險出羊腸。熟知南杜風流在，預怯排門有斷章。

〔箋〕《池北偶談》：無己詩，余獨愛其「白下官楊小弄黄」云云。

次韻楊内翰贈諸進士

〔箋〕《文集·跋楊李二公詩》云：元祐二年，始以諸科解額，合進士爲二十七人。而考官定著，才二十二人。昔熙寧中，罷黜諸科以進學者，於是士興於鄉者過倍。其教化之效如此。出納之吝，雖有司事，而非詔意。秋九月，大會羣士，二公爲詩以相勞之，邦人以爲寵。《談叢》有「楊内翰繪傳易學著有索藴」一條。此所次韻之楊内翰，即繪也。繪字元素，綿竹人。免役法行，繪陳十害，罷爲侍讀學士，知亳州。《宋史》有傳。

一官歸老豈嘉賓，喜見羣材入選掄。學變古今人得意，化行梁楚俗還醇。士蒙餘勇天同力，詩度清秋物再新。勉作功名收善頌，徑從平地據通津。

次韻寇司户春懷

諱窮懷禄得辭勞，腰折低頭不復高。夢幻更堪追鳥迹，去來何有拔牛毛。依違玩世從君好〔一〕，叱咤生風蓋代豪。聞説妙年心尚在，忍看花絮受風飄。

校記

〔一〕「君」，何校本作「吾」。何焯並曰：「吾」字屬對較切。懷辛案：潘宋本作「君」。

陳詢秀才歸徐

〔箋〕陳詢失考。

千里相從愧子心，未堪歸路馬駸駸。更能作意憐衰病，肯復一作「後」。重來道古今〔一〕。三歲有期看一舉，百年聊待到千尋。行逢浄社論餘習，爲説登臨久廢吟。

校記

〔一〕「復」，潘宋本作「後」，無注三字。

登彭祖樓

〔箋〕《水經注》：彭城東北角，起層樓於其上，號曰彭祖樓。《太平寰宇記》：魏神龜二年，刺史元延明移彭祖廟於子城東北樓下，俗呼樓爲彭祖樓。

城上危樓江上城，風流千載擅佳名。水兼汴泗浮天闊，山入青齊煥眼明。喬木下泉餘故國，黄鸝白鳥解人情。須知壯士多秋思，不露文章世已驚。

寄子開

〔箋〕按：子開，曾肇字。〔補〕懷辛案：除此首外，《逸詩》卷上、下另尚有《寄子開》各一首，係指闕子開，詳箋釋。

致君意氣日方中，許國精誠月貫虹。一代英豪出門第，當時毀譽豈窮通。風流身致羲皇上〔一〕，日夜心隨汳洛東。從使少年輕我輩，只留顔面對吾公。

校記

〔一〕「皇」，潘宋本作「黄」。

寄徐吉父學士

〔箋〕徐吉父失考。

卧龍山上摘黄花，曾共西風醉帽斜。當日已應天下樂，無人傳入畫圖誇。低頭强笑今何似，多病難堪懶自嗟。聞道承明方厭直，幾時來伴訪山家。

和南豐先生西遊之作

孤雲秀壁共崔嵬，倚壁看雲足懶回。睡眼朦緣寒緑洗，醉頭強爲好峯擡。山僧煮茗留寬坐，寺板題名卜再來。有愧野人能自在，塵樊束縛久低徊。

〔箋〕按：原唱不見《南豐集》中。

和南豐先生出山之作

側徑籃舁兩眼明，出山猶帶骨毛清。白雲笑我還多事，流水隨人合有情。不及鳥飛渾自在，羨他僧住便平生。未能與世全無意，起爲蒼生試一鳴。

〔箋〕按：原唱不見《南豐集》中。

和張次道再遊翠巖之作

去歲尋山有舊題，重來似與故人期。回巒俯仰如迎客，流水喧鳴擬索詩。嶺路依危通鳥過，吾身趁健白雲隨。自憐久快屠門嚼，欲住安能久茹芝。

〔箋〕《嘉泰吴興志》：烏程縣主簿有張次道。翠巖，未詳所在。今《咸淳臨安志》無翠巖名。

初到錦城

〔箋〕《咸淳臨安志》：衣錦山在臨安縣南一里，錢鏐幼時游此。其後昭宗改鏐所居營曰衣錦營。尋又升爲衣錦城，宴故老，山林皆覆以錦。

十里松篁參羽仗，半天樓閣倚雲梯。勝遊欲盡無窮目〔一〕，未到桃源客已迷。山川王氣今何有，巖谷靈蹤昔未躋。溪遶層巒路遶溪，飛梁相接挂晴霓。

校記

〔一〕「目」，何校本作「日」。

何復教授以事待理

〔箋〕何復失考。

三獻荆山時未負，俗寧能累哲人，昔賢由此致功名。驥收鹽坂車前足，琴得焦桐爨下聲。識，一鳴齊鳥衆方驚。傳聞下詔搜遺逸，勸講方思用老成。

和富中容朝散值雨感懷〔一〕

〔箋〕《宋史·職官志》：朝散大夫，從六品。朝散郎，正七品。按：《嘉泰吴興志·通判軍州事廳題名記》有富威，當即其人。

節物驚心懶復嗟，樽中酒盡復誰賒。風撩雨脚俄成陣，雪閣雲頭欲結花。萬里可堪長作客，一年將盡未還家。自憐落落終難合，白首詩書謾五車。

校記

〔一〕此題潘宋本「值雨」作「雨中」。

謝贇闍黎見訪

〔箋〕按：《淮海集》有《和程給事名師孟，字公闢，吴人。《宋史》有傳。贇闍黎化去之什》，句云「風流雲散越王城」。給事嘗知越州軍事。越州寶林院，爲其興建。贇闍黎當即院僧。又：《硯北雜志》：車溪贇上人爲子東言：嘗與其徒月夜登閣，聽江貫道鼓琴，貫道信手忘絃，曲盡其妙。於是據琴而勿彈，坐客皆自失，莫不超然得意於絲桐之表。隆茂宗乃畫爲《據琴圖》。

好在談經老上人，衝風踏雪到江濱。百篇出篋自新得，一鉢隨身依舊貧。終歲杜門逃俗士，爲師設榻對修篘。蒲團藜杖焚香坐，此意此時無點塵。

和蒲左丞有美堂座上觀雪二首

〔箋〕《宋史·職官志》：尚書省左右丞，掌參議大政，通治省事，以貳令僕射之職。又《蒲宗孟傳》：宗孟，字傳正，閬州新井人。拜尚書左丞。帝嘗語輔臣，有無人才之歎，宗孟率爾對曰：「人才半爲司馬光邪説所壞。」僅一歲，御史論其荒於酒色，罷知汝州。徙亳、杭、鄆三州。《墨客揮犀》：蒲傳正知杭州。有術士請謁，蓋年踰九十，而猶有嬰兒之色。傳正接之甚歡，因訪以長年之術，答曰：「其術甚簡而易行也，他無所忌，惟當絶色慾耳。」傳正俛思良久，曰：「若然，則壽雖千歲何益。」《杭郡圖經》：有美堂在郡城吴山。嘉祐二年，梅摯字公儀，新繁人。《宋史》有傳。出守杭州，仁宗賜詩，首章云「地有湖山美」，故云。

高牙大纛晚登山〔一〕，卷帳飛觴不避寒。十二玉樓横閣道，三千鐵甲壯師干〔二〕。封條已驗遺蝗化，平隴寧虞宿麥乾。預喜豐年惟太守，旋追賓從促杯盤。

又

破曉初驚失舊山，瑶臺化出坐中寒。江心凍合愁蛟蜃，匣裏冰生吼莫干。門閉洛陽人迹絶，指穿東郭履痕乾。鳳池不比梁園客，咳唾珠璣落玉盤。〔箋〕《宋史·宗孟傳》：宗孟有小洗面大、洗面、小濯足、大濯足、小大澡浴之别。每用婢子數人，一浴至湯五斛。他奉養率稱是。

校記

〔一〕「晚」，潘宋本作「曉」。　〔二〕「鐵」，潘宋本作「銀」。

和秦太虚湖上野步

〔箋〕《淮海集》有《游鑑湖》詩。《鶴林玉露》：山谷云「閉門覓句陳無己，對客揮毫秦少游」，世傳無己每有詩興，擁被卧牀，呻吟累日，乃能成章。少游則杯觴流行，篇詠錯出，略不經意。然少游流連光景之詞，而無己意高詞古，直欲追蹤《騷》、《雅》，正自不可同年語也。

晚風疎日乍相親〔一〕，黯黯輕寒拂拂春。觸目漸隨紅蕊亂，經年不見緑條新。寧論白黑人間世，懶復雌黄紙上塵。十里松陰窮野步，暫時留得自由身。

校記

〔一〕「晚」，潘宋本、馬暾本、陳唐本、適園本作「曉」。

和沈世卿推官見寄

〔箋〕沈世卿失考。

倦看世態久低徊，且置窮通近酒杯。未忍一身閑處著，暫容雙眼醉時開。爲呼阿武扶頭起，擬與山公倒載回。好在東籬舊時菊，無心準擬白衣來。

和劉元樂月夜寄賈耘老

〔箋〕劉元樂失考。下有和其《銷暑樓曉望》詩。

胡牀欲上庾公樓，那復周南歎滯留。皓魄光連鮫室午，疎星冷浸洞庭秋。錦袍有興思姑孰，桃楫無心問莫愁。〔箋〕《東坡集·與賈耘老書》：貧固詩人之常。齒落目昏，當是兩荷葉所困，未可專咎於詩也。《齊東野語》：賈收耘老，隱居苕城南横塘上。晚娶真氏，人謂賈秀才娶真縣君以爲笑。唤取長江來入社，不勞牛渚問行舟。

酬吕明父學士

〔箋〕吕明父或卽吕原明。

當日功名指顧收，一言悟主遇千秋。去登霄漢如平地，歸到雲山尚黑頭。解組行參蓮社客，揮金坐揖醉鄉侯。謝公不爲蒼生起，擁鼻重來可自由。

送傅子正宣義

〔箋〕《宋史·職官志》：宣義郎爲從八品。按《東坡集·徐州蓮花漏銘》叙云：故龍圖閣直學士禮部侍郎燕公肅，作蓮花漏，世服其精。國子博士傅公裼，公之外曾孫，得其法，爲詳通守。是邦實始改作，而請銘於軾。集中有《與梁左藏梁交也。會飲傅國博家》詩、《聞李公擇飲傅國博家大醉》二詩。《傅子美召公擇飲偶以病不往公擇有詩次韻》、《觀子美病中作嗟歎不足因次韻》、《次韻顏長道送傅倅》諸詩。子正與子美，疑兄弟行。以坡詩有魯衛弟兄語也。

此詩疑元豐元年作，以東坡《送傅倅》詩作於是年。

漸漸烏竿五兩輕，一帆秋色下江濱。請纓北闕非無意，捧檄南州且爲親。神驥解韁天上足，風鵬摇翮日邊身。歸途睞眼塵沙惡〔一〕，夢想西湖十里春。

校記

〔一〕「睞」，潘宋本、馬暾本作「眯」。

和元樂銷暑樓曉望

〔補〕鄭雪耘曰：《吴興掌故集》：湖州鎮湖樓，即故子城之南樓，後改爲銷暑樓。顏真卿題額。

又：杜牧有《銷暑樓》詩。

遶郭溪山接四鄰，身輕步躡一梯雲。圖南羽翮摶空見，倚北光芒入夜分。蕪没池臺餘故事，風流人物想前聞。儵然便欲思招隱〔一〕，猿鶴還應怨舊羣。

校記

〔一〕「思」，潘宋本作「移」。

和寄朱文中

〔箋〕按《宋史·朱服傳》：服字行中，烏程人。其弟肱，字亦中。文中疑其兄弟行。

仰高當日誦成規，想見風流盛一時。魯國故知臧有後，孔庭早見鯉能詩。侵尋末路同傾蓋，邂逅清談爲解頤。願借湖山容膝地，爲令松菊寄吾衰。

和王明之見寄

〔箋〕按：《山谷外集》有《和王明之雪》詩，史季温無注，不知明之爲何人。其詩作於元祐二年。〔補〕鄭雪耘曰：山谷詞《醉落魄》注云：舊有「醉醒醒醉」一曲，或傳是東坡語，非也。疑是王仲甫作。《全宋詞》：仲甫字明之，岐公猶子。《耆舊續聞》謂「自稱逐客」。盖誤王觀爲仲甫也。明之亦見《宋詩紀事》。

末路相逢首重回，紫芝眉宇向人開。老來惟有風情在，事去空憐歲月催。憔悴不堪臨楚澤，棲遲無路上燕臺。少陵肺病疎杯斝，想負花前載酒來。

和酬施和叟宣德

〔箋〕《東坡集·與錢濟明書》：「曾託施宣德附書，及《遺教經》跋尾，必達也。」當卽和叟。〔補〕鄭雪耘曰：按《春渚紀聞》「錢濟明丈曾跋施純叟藏東坡帖後云云」。和叟、純叟不知是否同一輩行。

山陰傾蓋兩綢繆，十載重來鬢已秋。往事侵尋如昨日，故人牢落半滄洲。流離道路生涯拙，蕪没田園歲計休。久要尚憐君子在，爲言雞黍亦遲留。

呂使君生日〔一〕

〔箋〕疑即呂原明也。〔補〕原明爲呂希哲。潘宋本此題作《呂吉甫使君生日》，吉甫爲呂惠卿字。惠卿與後山知友晁説之亦稔，見卷五《答晁以道》箋。

司漏凌晨報曉籤，曈曈赫日上重簷。良辰已應純《乾》策，吉夢先符大卜占。棣萼同時升紫禁，棠陰由此駐彤襜。一杯欲助邦人禱，願借黄堂壽斝添。

校記

〔一〕此題潘宋本作「呂吉父史君生日」。

送澤之過維揚

〔箋〕澤之失考。或是杜擇之，擇訛作澤。

夢裏揚州十載間，青樓陳迹故依然。袍爭爛錦催詩筆，雨濺明珠落酒船。顧我老無騎鶴興，〔補〕何焯曰：六朝上揚州乃金陵也。後山不應誤使。羡君行及看花天。囊中秀句歸應滿，不負韋郎五色牋。

和和叟第課還自都下

青雲直上馬如龍，來往泠然若御風。高步只應天咫尺，舊遊寧寄浙西東。升沉道路從今異，邂逅比鄰此日同。相見可堪懷抱冷，需君健語破樊籠。

和和叟梅花

〔箋〕《瀛奎律髓》：此詩見後山《外集》，任淵所不注者。恐非後山作，以五六太露。不然則是少作，嘗自删去者也。紀批：此評最是。按：後山《外集》與施和叟唱和，不止一首。謂爲少作則可，謂非後山作則不可，紀曉嵐强作解事，可笑。

百卉前頭第一芳，低臨粉水浸寒光。【原注】漢房陵有粉水。卷簾初認雲猶凍，逆鼻渾疑雪亦香。鼎實自應終有待，天真不假更匀粧。江南望斷無來使，且伴詩翁入醉鄉。〔一〕

校記

〔一〕「鄉」原作「香」，據潘宋本改。

再到錢塘呈會宗伯益

〔箋〕《苕溪漁隱叢話》：賈耘老舊有水閣，在苕溪之上。沈會宗爲賦小詞。其後水閣屢易主，今已摧毁久矣，遺址正與余小閣相近，同在一岸，景物悉如會宗之詞。故余嘗有句云「三間水閣賈耘老，一首佳詞沈會宗」。《吴興備志》：沈會宗，字文伯，吴興人。伯益失考。下有《簡李伯益》詩。《東坡集》有《送襄陽從事李友諒歸錢塘》詩。施注：李友諒，字叔益，錢塘人。舉進士。《侯鯖録》：在襄陽日，同官李友諒仲益。一作仲，一作叔，未詳孰是。但既爲錢塘人，則伯益必其兄，以肊揣之，當名友直。

負笈重來感舊遊，流年衰鬢兩經秋。湖山依舊渾相識，風月愁人不自由。尚有故交重冷榻，可堪歸夢到滄洲。誰憐壯志空凋落，百鍊今爲遶指柔。〔一〕

校記

〔一〕「今」，潘宋本作「金」。

簡楊安國

〔箋〕楊安國失考。

侯門誰預識馮驩，歲晚寧知范叔寒。傾蓋尚憐吾道在，立談相信古人難。開懷磊落無城府，握手侵尋出肺肝。共許異時終此去，滿冠塵土待君彈。

簡李伯益

鹽鹽度歲每無餘，垂橐東歸口未餬。貧裏交遊新斷絶，老來光景半消除。時情視我門前雀，人好看君屋上烏。尚喜敝廬連蔣徑，願求佳句遞髯奴。

九日無酒書呈漕使韓伯修大夫

〔箋〕《宋史》：韓晉卿，字伯修，密州安邱人。以五經中第，歷肥鄉、嘉興主簿。元祐初，知明州兩浙轉運使。

老大悲傷節物催，酒腸枯涸壯心灰。慚無白水真人分，難致青州從事來。倦筆懶從都市出，醉眸剛爲麴車回。黄花也似相欺得，坐對空樽不肯開。

過杭留别曹無逸朝奉

〔箋〕按：《嘉泰吴興志·通判軍州事廳題名記》有曹永逸，疑即其人。刻本或訛永逸作無逸耳。

陳蕃解榻爲留連，俯仰徒驚歲月遷。故意斯人奈風雨，多情於我獨山川。可憐顔貌非前日，依舊窮愁似去年。後夜相思隔煙水，夢魂空寄過江船。

簡令由司理

〔箋〕《嘉泰吴興志》：姚舜仁，字令由。元豐八年登第，爲太學正。召對稱旨，除館職，遷庫部員外郎。

居連里巷室連甍，多謝能容鑿壁生。幸有餘光子何損，豈無鄰好我先傾。已知涉世蘧蘧夢，但欲求田邑邑耕。貧病久甘從棄置，寧堪更累汝南評〔一〕。

校記

〔一〕「累」，潘宋本作「類」。

張謀父乞花

〔箋〕按：《山谷集》有《次韻張詢齋中晚春》詩。任注：詢字仲謀。又有《從張仲謀乞蠟梅》及《張仲謀家堂酴醾委地》詩。仲謀與山谷同在葉縣。後山谷竄逐，仲謀適守施州。山谷有《書張仲謀詩集後》。謀父疑卽仲謀。

二頃田園汴泗東，春來一作「一春」。心事幾人同。固知短綆無深汲，又見新花發舊叢。光氣著人渾欲醉，妍華過眼旋成空。冷官門外一作「户」。無消息，與報江南春信通。

寄子開〔一〕

〔補〕關子開名演，見《逸詩》卷上《賀關彦長生日》箋。

道山清絶況真仙，杜曲風流最近天。曹濮于今真樂國，股肱從昔著時賢。今回不辨終朝語，此去無端久疾痊。可念卧時遭末刼，親陳埋没不知年。

校記

〔一〕「子開」原作「子閔」，據適園叢書本改。此首列適園本卷十二外集，爲《寄子開》（煙昏曉寒）七律之二。箋本《寄子開》之一在《逸詩》卷上。

江湖堂

〔箋〕堂當在錢塘江西湖之間。今《咸淳臨安志》無江湖堂名。〔補〕鄭雪耘曰：《夢粱録》：壽星寺高山有堂，扁曰「江湖偉觀」，蓋此堂外江内湖，一覽目前。

莫愛西湖好，涓涓去不回。無情是江水，猶解及時來。

眠雲齋

〔箋〕眠雲齋未詳所在。今《咸淳臨安志》無眠雲齋名。〔補〕鄭雪耘曰：《西湖游覽志》：「靈峯禪寺，舊名鷲峰。吴越王建。宋治平二年改今額。寺後有翠微閣、妙高臺、眠雲室，俱不存。」志作眠雲室，不知同一地否。

已是登臨晚，長須愛惜春。終當捐世事，來作卧雲人。

擬李義山柳枝詞五首

江清沙日煖，雄鴨雌鴛鴦。相看不相識，花晚裼紅香。

又

嫋嫋東門柳，重重小苑花。爲誰須落子，著意莫藏鴉。

又

雨葉不自持，風花故入衣。飛花已無定，忍著惡風吹。

又

伏雌將阿一作「沙」。鷟，水陸不相直。鴨鴨横波去，嗝嗝呼不得。

又

莫解丁香結，從教長苦辛。却因千種恨，别作一家春。

晚遊九曲院

【原注】和章秀才二首〔一〕。〔箋〕《咸淳臨安志》：九曲法濟院，乾德元年錢氏建，舊名觀音。治平二年，改賜今額。章秀才疑章珙，或珙家人。《瀛奎律髓》：此錢塘九曲院也。後山遊吴時，在三十歲以前。元豐五年壬戌詩。按：後山游吴在元豐四年辛酉。紀批：圓鍊。

冷落叢祠晚，回斜狹路賒。平荷留夜雨，驚鳥過鄰家。

又

雲暗重重樹，風開旋旋花。病身無俗事，待得後歸家〔二〕。

校記

〔一〕「二首」二字，潘宋本無，且五絶二首合爲五律一首。　〔二〕「家」，潘宋本作「鴉」。

萱草

喚作忘憂草，相看萬事休〔一〕。若教花有語，却解使人愁。

校記

〔一〕「休」，原作「憂」，據潘宋本改。

次韻順法師十三間樓避暑二首〔一〕

〔箋〕《咸淳臨安志》：十三間樓，在錢塘門外大佛頭纜船石山後。《竹坡詩話》：東坡游西湖，於僧舍壁間見小詩，問誰所作。或告以錢塘僧清順，即日求得之。一見甚喜，而順之名出矣。余留錢塘七八年，有誦順詩者，往往不逮前篇，政以所見之未多耳。然使止於此，亦可傳也。

窗暗時時雨，門開處處山。心蘇解衣後，愁破立談間。

又

枕簟長相往，〔箋〕《冷齋夜話》：西湖僧清順怡然，清苦多佳句。嘗賦《十竹》詩云「城中寸土如寸金，幽軒種竹只十箇。春風慎勿長兒孫，穿我階前緑苔破」。又有《林下》詩云「久從林下游，頗識林下趣。縱渠緑陰繁，不礙清風度。閒來石上眠，落葉不知數。一鳥忽飛來，啼破幽寂處」，荆公游湖上愛之，稱揚其名。坡晚年與之游，亦多唱酬。《能改齋漫録》：《冷齋夜話》記西湖僧清順詩「久從林下游」云云。韓子蒼爲余言，後四句不同，云「困卽磻石眠，莫省落花數。惟聞犬吠聲，又入青松去」。《本事集》：錢塘西湖，有詩僧清順居其上。自名藏春塢，門前有二古松，各有凌霄花絡其上，順常晝卧其下。功名久不關。論文非小陸，愧色滿顔間。

校記

〔一〕此題潘宋本無「二首」二字，且二首合爲一首。

嘲无咎文潛二首〔一〕

〔箋〕别下齋校本作一首。題下注：一本作二首。

詩人要瘦君則肥，便然偉觀詩不宜。〔箋〕《宋史·張耒傳》：耒儀觀甚偉。又耒作詩晚歲亦務平淡，效白居易體，而樂府效張籍。詩亦於人不相累，黄金九鐶腰十圍。〔箋〕按：《淮海集·次韻答張文潛病中見寄》亦有「平時帶十圍」句。

又

一饑緣我不緣渠，〔箋〕按：《東坡集·書晁補之所藏與可畫竹》三首，句云「晁子拙生事，舉家聞食粥」。又《戲用晁補之韻》，句云「知君忍饑空誦詩，口頰瀾翻如布穀」。身作賈孟《行詩圖》。窮人乃工君未可，早據要路安肩輿。

校記

〔一〕此題潘宋本無「二首」二字，且二首合爲一首。

寄都下故人示王子安

湖海相忘目自疎〔一〕，經年不作一行書。世間惟有韓康伯，肯爲淵源住歲餘。

校記

〔一〕「目」，潘宋本作「日」。

擬漢宫詞三首

葉葉霜林著意紅，翩翩行騎語牆東。黄金擬買《長門賦》，未信君恩屬畫工。

又

月與秋期特地圓，花隨人意作春妍。却因姊弟爭珠鳳，更欲君王意外憐。

又

帳底吹煙香自薰，鏡前含笑意生春。經年不道君恩薄，却是恩深更誤人。

秦少章見過

淮南小山秦氏子，舊雨不來今雨來。風席起篷晨突冷〔一〕，坐看鳥迹破蒼苔。

校記

〔一〕「篭」，潘宋本、何校本、適園本作「壐」。

絶句

老著江湖才一得，病占風雨漫多知。身將白鳥同歸日，夢到黄粱未熟時。

十八日觀潮四首〔一〕

〔箋〕《咸淳臨安志》：浙江在郡之東南。浙者折也，蓋取其潮出海，屈折而倒流也。又錢塘江潮，八月十八日最大，天下偉觀也。

一年壯觀盡今朝，水伯何知故晚潮。海浪肯隨山俯仰，風帆長共客飄摇。

又

眼看白浪覆青山，誰信黄昏去復還。蹤使百年終有盡，何須豪横託吴蠻〔二〕。

又

千槌擊鼓萬人呼，一抹濤頭百尺餘。明日潮來人不見，江邊只有候潮魚。

又

江平石出漲沙浮，船閣平洲水斷流。朝莫去來何日了，一杯誰與弔陽侯。

校記

〔一〕此題潘宋本無「四首」二字。　〔二〕「横」，潘宋本作「擴」，「託」作「詑」。

十七日觀潮三首〔一〕

〔箋〕《咸淳臨安志》：每日晝夜潮再上。常以月十日、二十五日最小，月三日、十七日最大。小則水漸漲，不過數尺。大則濤山浪屋，雷擊霆砰，有吞天沃日之勢。

潮頭初出海門山，千里平沙轉面間。猶有江神憐北客，欲將奇觀破衰顔。

又

江水悠悠自在流，向人無恨一作「限」。不應愁。　相逢不覺渾相似，誰使清波早白頭。

又

漫漫平沙走白虹，瑶臺失手玉杯空。　晴天摇動清江底，晚日浮沉急浪中。

校記

〔一〕此題潘宋本無「三首」二字。

月下觀潮二首

〔箋〕《咸淳臨安志》：日者重陽之母，陰生於陽，故潮附之於日也。月者太陰之精，水者陰，故潮依之於月也。潮當附日而右旋。以月臨子午潮必平，月至卯酉汐必盡。

隔江燈火是西興，江水清平霧雨輕。　風送潮來雲四散，水光月色鬭分明。

又

素練横斜雪滿頭，銀潮吹浪玉山浮。猶疑海若誇河伯，豪悍須教水倒流。

宿錢塘尉廨

〔箋〕《宋史·職官志》：建隆三年，每縣置尉一員，在主薄之下。《咸淳臨安志》：尉司在錢塘門外。蕭庚記：錢塘尉承平時號八仙。裕陵覽西湖圖，嘗有真仙尉之語。

平湖遶舍山無盜，官事長閑俸有金。安得終身爲禦寇，〔箋〕蕭庚記：陳後山興寄高遠，形於篇詠，「願得終身爲禦寇」，亦可想其盛也。不辭兒女作吴音。

寄北山順法師二首

〔箋〕《咸淳臨安志》：西湖舊傳南、北兩山，僧寺大小合三百六十。《西湖志》：自寶雲山、葛嶺、棲霞嶺一帶統謂之北山，以其在西湖之北也。

十年聞問不逢人，一面相逢過所聞。高士不應輕俗士，〔箋〕《避暑録話》：錢塘西湖僧，往往喜作詩。熙寧間，有清順、可久二人。順字怡然，久字逸老。所居皆湖山勝處，而清約介静，不妄與人交，無大故不至城市，士大夫多往就見。欲將汗脚上垂雲。

又

山下遊塵不污人，耳邊溪水去猶聞。羨君身世渾無事，坐看青山過白雲。

贈大素缺一字。軻律師二首〔一〕

【原注】山居不出，十四年矣。〔箋〕別下齋校本：素下是「庵」字，大素庵未詳所在。今《咸淳臨安志》無大素庵名。軻律師亦失考，意是西湖僧也。

林間細路暗通門，火閣深藏雪裏春。自笑世間千計錯，羨他湖上十年人。

又

枕帳清寒夜色空，琉璃明淨晚燈紅。定知城市無窮事，盡在山人冷眼中。

校記

〔一〕此題潘宋本、適園本「缺一字」作「庵」。潘宋本無「二首」二字。

贈寫真禧道人

〔補〕鄭雪耘曰：《圖繪寶鑑》：道士牛戩，字受禧，河内人。工翎毛，筆墨粗豪縱放，亦不俗。師劉永年。又：劉永年，工鳥獸蟲魚，尤喜寫釋道人物。

久病多愁易老身，塵容衰鬢不長新。早須置我山巖裏，不是麒麟閣上人。

次韻性都正北山納涼〔一〕

〔箋〕《武林梵志》：廣化院，在木子巷，吴越王建。僧了性，亦號垂慈老人，精於醫，善草書，東坡爲作詩。《東坡集·六觀堂老人草書》詩自注云：六觀，取《金剛經》夢、幻等六物也。老人僧了性，精於醫而善草書。下筆有遠韻，而人莫知貴，故作此詩。集又有《爲了性作六觀堂贊》，王注云：了性餘杭人，俗姓朱氏。

海風吹雨過梅黄，叢竹留陰借晚涼。更欲從君談妙理，鳧脛能短鶴能長〔二〕。

校記

〔一〕「納」，潘宋本、馬暾本作「逐」。　〔二〕「脛」，潘宋本作「鷺」。

叔父惠鉢三首

當家父子親分付，不比黄梅萬里來。不解當年明上座，嶺頭言下却空回。

又

蒲團未有祖師意，洗鉢何曾識趙州。萬里空歸君解否，老胡端爲我能留。

又

聲中得句已忘言，斷酒持齋却自然。大有西來真的意，飢時著飯飽時懸。

次韻蘇公謁告三首〔一〕

〔箋〕《東坡集》題作《臂痛謁告作三絶句示四君子》。

静中有業官成集，醉裏無何老是鄉。文寶向來無一物〔二〕，却須天女與拈香。

又

竭澤回波不作難，未應平地起風瀾。是身非有從何病，試下先生一著看。

又

紙帳薰爐作小春，貍奴白牯對忘言〔三〕。更無人問維摩詰，始是東坡不二門。

校記

〔一〕「三首」，潘宋本作「三絶」。〔二〕「文寶」，潘宋本、何校本、適園本作「丈室」。〔三〕「貍」，潘宋本、何校本作「青」。

放歌行二首

〔箋〕《王直方詩話》：無己嘗作《小放歌行》兩篇。山谷云：「無己他日作詩，語極高古，至於此篇，則顧影徘徊，炫耀太甚。」《詩人玉屑》引此條。《圍爐詩話》：陳無己「春風永巷閉娉婷」云云。杭妓胡楚曰「不見當年丁令威，看來處處是相思。若將此恨同芳草，却恐青青有盡時」。一比一興，却自深婉，不類宋詩。

春風永巷閉娉婷，長使青樓誤得名。不惜捲簾通一顧，怕君著眼未分明。〔箋〕《王直方詩話》：洪駒父見陳無己《小放歌行》，云「不惜捲簾通一顧，怕君著眼未分明」，此爲奇語。蓋「通」字未嘗有人道。余曰：子豈不記老杜云「簾户每宜通乳燕」耶！

又

當年不嫁惜娉婷，抹白施朱作後生。說與旁人須早計，隨宜梳洗莫傾城。

戲元弼四首

濁涇清渭不同源，世好因循到子孫。只待白頭能潦倒，不虞青眼已瀾翻。

又

山頭落日著窗明，花裏來禽起笑聲。豈有詩成須白傅，獨於酒可置公榮。

又

翩翩別去七經年，特特歸來兩浩然。東道有時推謝令，後堂無地著彭宣。

又

事馳卒奔風雨過，白髮故人餘一個。幸是元無左阿君，何須不著陳驚坐。

送王生兼寄西堂圖澄禪師〔一〕

〔箋〕《山谷集》有《和王觀復洪駒父謁陳無己》長句。王生或是觀復，但別下齋校本作《送仁王主兼寄西堂圖澄禪師》。《咸淳臨安志》有開寶仁王寺，在七寶山，建於紹興五年。又護國仁王禪寺，在掃箒塢，建於淳祐五年。皆在後山没後，惟《宋東京考》有仁王寺，在安遠門裹。此仁王當屬開封。圖澄禪師失考，疑是圓澄之誤，集中有《别圓澄禪師》詩。圓澄又見《文集・薦福院齋僧疏》。

未仕寧論馬少游，虚名非復韓潮州。祖師若問西來信，爲説蒼頭與白頭。

校記

〔一〕此題潘宋本作「送仁山主兼寄西堂圓澄禪師」。

讀白樂天《臨水坐》詩

西方社裹收身早，白髮人中得計長。不作北門東掖客，更無閑事可思量。

次韻黄無悔《惜梅》

〔箋〕黄無悔卽黄預，見卷二《秋懷示黄預》箋。

雪擁寒門鵲不來，江南春信小遲回。遥知詩力一作「律」。生春早，一抹江梅趁眼開。

酒户獻花以奉先聖戲作

〔箋〕前有《和江秀才獻花》三首，當是一時所作。

蕭蕭竹雨亂鳴鴉，嫋嫋風窗暗碧紗。玉座塵埃香火冷，酒家來獻一枝花。

謝田氏

〔箋〕此爲田從先家人。

登門執别有不答，慚愧公家父子孫。顧我何堪能至此，正緣同德又同門。

南臺

〔箋〕卽臺頭寺也，寺在徐州城南。

城郭收燈興未休，却回春信到臺頭。東風未借登臨便，柳色遥看特地愁。

馬上口占呈立之

廉纖小雨濕黄昏，十里塵泥不受辛。轉就鄰家借油蓋，始知公是最閑人。

附録(三題)

八月十日宿百丈山慶善院明日遊松風菴謁震禪師

衾裘夜宿方丈屋，風燈微茫照溪谷。杖履朝行百丈山，林風清冷摇珮環。道人八十更聰明，耳邊猶愛松風聲。風前飽食松下卧，夢裏光陰等閒過。世間貴人多白頭，未容白首送林丘。左足拘攣右臂緩，榮華只得傍人看。信知佛法有天樂，掃除疾痼何須藥。山林於我却有因，愿言築室爲比鄰。不辭棄世伴幽獨，猶恐山僧嫌近俗。

梅花七絶

幽恨清愁幾萬端，故將巧笑破霜寒。落英收拾供騷客，秋菊從來不足餐。
姑射仙姿、不畏寒，謝家風格鄙鉛丹。誰知檀萼香鬚裏，已有調羹一點酸。
林外啼禽自往還，風前詩客倚欄干。小園門鎖黄昏月，耿耿幽姿半夜寒。
清寒池館静無塵，歲歲相逢似故人。任遺牆頭疑似雪，欲教園主早知春。
任教雪壓色終勝，却要風嚴香更聞。江雨細時青子熟，聞名猶救渴將軍。
數點深藏碧玉枝，翠峯十二擁瑶姬。憑君説與凡桃李，徹骨清寒不解肥。
月落霜嚴自靚裝，北風工爲發清香。晚英數點辭林去，幽獨無人爲斷腸。

懷辛案：右《八月十日宿百丈山》七古一首暨《梅花》七絶僅見宋蜀大字本（卽潘宋本）《後山居士文集》卷二，爲各本所無者。百丈山見《昌化縣志》，昌化爲臨安府屬之一，山在縣西三十里，遊必寄宿也。《後山文集·思白堂記》：「元豐四年（一〇八一，其年後山二十九歲）余遊吴，過秀，僦舍錢塘。」詳繹《百丈山》詩與《梅花》七絶「江雨細時」、「風前詩客」等語，及逸詩《鳳凰山》、《花洞》、《觀潮》諸詩，蓋皆遊吴時少作，方虚谷所謂「任淵所不注者，恐非後山作，不然則是少作，嘗自删去者也」。慶善院、松風庵、震禪師皆山中故實，待考。

鷙鵲詩并序

辛巳夏四月庚戌，日將晏，與客追涼露坐。有雀引雛二三集垣下，行且哺。俄有鵲至自北，俛啄雀閒。初循循，少焉得雀，（懷辛案：疑是「隙」字。）遽攫一雛而升于垣，出雀不意。雀悲鳴啾啾，奮身抵鵲，再三欲奪。鵲竟礫雛以食不顧，如得計然。坐客嘆息，余感之賦詩。

若奚不鷗，吾知避而遷。汝胡不貍，吾知遠而馳。宵遡吾巢，晨並吾枝。懷毒姙凶，初不汝期。莽恭拳拳，甫笑嬉嬉。情貌深重，孰從而追。

懷辛案：後山四言傳者僅此一首。卷二《猴馬》與之同爲寓言，皆當有所指。詩不見於宋蜀大字本及小字本，見馬暾本卷十二及適園本卷十二。（適園本卷次、篇目與馬暾本全同，蓋孳乳於馬本者）趙駿烈本此詩附卷二十四長短句後，標目爲「雜體詩一首」。陳唐本以之列逸詩卷二「雜體詩」類。馬本注：「此卷（案指卷十二）係得於曾氏傳本及南宫氏編中，他本所無者」。適園本同。趙、陳本同，無「此卷」二字。曾氏傳本、南宫氏編本今未見。辛巳夏四月庚戌爲徽宗建中靖國元年（一一〇一）四月二十日。是年冬後山去世。

附録

一、書目著録

宋史・藝文志第一百六十一艺文七

別集類《陳師道集》十四卷，又《語業》一卷

昭德先生郡齋讀書志卷第四下

別集類下下陳無己《後山集》二十卷

右皇朝陳師道，無己，彭城人。公少以文謁曾南豐，一見奇之，許其必以文著。元祐中，待從合薦於朝，起爲太學博士。紹聖初，以進非科舉而罷。建中靖國初，入秘書爲正字以卒。爲文至多，少不中意則焚之，存者才十一。

昭德先生郡齋讀書志卷第五下

附志（趙希弁）

別集類三《后山先生文集》五十五卷

右陳師道無己之文也。《讀書志》云二十卷。希弁所藏乃紹興二年謝克家所序者。或謂二十卷者乃魏

衍所編，而《讀書志》不載。

直齋書録解題卷十七

別集類中《后山集》十四卷，《外集》六卷，《談叢》二卷，《理究》一卷，《詩話》一卷，長短句二卷

秘書省正字彭城陳師道無己撰，一字履常。蜀本但有詩文，合二十卷。按魏衍作《集序》，離詩爲六卷，類文爲十四卷，今蜀本正如此。又言受其甲、乙、丙稿，詩曰五七，文曰千百，今四明本如此。此本劉孝韙刊於臨川，云未見魏原本，仍其舊爲十四卷爲正集，蓋不知其所謂十四卷者，止於文而詩不與也。外集詩二百餘篇，文三篇皆正集所無。《談叢》、《詩話》或謂非后山作。后山者，其自號也。

也是園書目（錢曾）

詩集　任淵註《后山詩》十二卷

述古堂書目（錢曾）

詩集　《陳後山集》任淵註十二卷

讀書敏求记（錢曾）

詩集　《陳后山詩註》十二卷，宋刊本

四庫全書總目提要卷一百五十四

集部七別集類七　《後山集》二十四卷副都御史黄登賢家藏本

宋陳師道撰。師道字履常，一字無己，彭城人。受業曾鞏之門，又學詩於黄庭堅。元祐初，以蘇軾薦，

除棣州教授。後召爲秘書省正字，事蹟具《宋史·文苑傳》。是集爲其門人彭城魏衍所編，前有衍記，稱以甲、乙、丙稿合而校之，得詩四百六十五篇，分爲六卷，文一百四十篇，分爲十四卷。《詩話》、《談叢》則各自爲集云云。徐度《却掃編》稱「師道吟詩至苦，竄易至多。有不如意，則棄稾。世所傳多僞，惟魏衍本爲善」是也。此本爲明馬暾所傳，而松江趙鴻烈所重刊（懷辛案：鴻列當作駿烈。），凡詩七百六十五篇，編八卷，文一百七十一篇，編九卷，《談叢》編四卷，《詩話》、《理究》、長短句各一卷，又非衍之舊本。方回《瀛奎律髓》稱謝克家所傳有《後山外集》，或後人合併重編歟？其五言古詩出入郊、島之間，意所孤詣，殆不可攀，而生硬之處，則未脱江西之習。七言古詩，頗學韓愈，亦間似黄庭堅，而頗傷謇直。篇什不多，自知非所長也。五言律詩，佳處往往逼杜甫，而間失之僻澀。七言律詩風骨磊落，而間失之太快太盡。五、七言絶句純爲杜甫《遣興》之格，未合中聲。長短句亦自爲别調，不甚當行。大抵詞不如詩，詩則絶句不如古詩，古詩不如律詩，律詩則七言不如五言。方回論詩，以杜甫爲一祖，黄庭堅、陳與義及師道爲三宗，推之未免太過。馮班諸人肆意詆排，王士禎至指爲鈍根，要亦門户之私，非篤論也。其古文在當日殊不擅名，然簡嚴密栗，實不在李翺、孫樵下。殆爲歐、蘇、曾、王盛名所掩，故世不甚推。棄短取長，固不失爲北宋巨手也。

《后山詩註》十二卷浙江巡撫採進本

宋陳師道撰，任淵註。原本六卷，此本作十二卷，則淵作註時每卷釐爲二也。淵生南北宋間，去元祐諸人不遠，佚文遺跡，往往而存。即同時所與周旋者，亦一一能知始末，故所排比年月，鉤稽事實，多能得作者本意。然師道詩得自苦吟，運思幽僻，猝不易明。方回號曰知詩，而《瀛奎律髓》載其《九日寄秦觀》詩，（懷辛案：觀應作覯），猶誤解末二句，他可知矣。又魏衍作師道集記，稱其詩未嘗無謂而作，故其言外寄託，亦難以臆揣。如《送郭概四川提刑》詩之「功名何用多，莫爲分外慮」，《送杜純陝西轉漕》詩之「誰能留渴須遠井」，《贈歐陽棐》詩之「歲歷四三仍此地，家餘五一見今朝」，《觀六一堂圖書》詩之「歷數況有歸，敢有貪天功」，《次韻蘇軾觀月聽琴》詩之「信有千丈清，不如一尺渾」，《次韻蘇軾勸酒與詩》之「五士三不同，夙紀《鳴蟬賦》」，《寄蘇軾》詩之「功名不朽聊通袖，海道無違具一舟」，《寄張耒》詩之「打鴨起鴛鴦」，《離潁》詩之「叢竹防供爨，池魚已割鮮」，《送劉主簿》詩之「二父風流皆可繼，排禪詆道不須同」，《送王元均》詩之「故國山河開始終」以及《宿深明閣》、《陳州門絶句》、《寄曹州晁大夫》等篇，非淵一一詳其本事，今據文讀之，有茫然不知爲何語者。即《鉅野》詩之「蒲港」對「蓮塘」，儷偶相配，似乎不誤，非淵親見其地，亦不知「港」字當爲「巷」也。其中如《寄蘇軾》詩之「遥知丹地開黄卷，解記清波没白鷗」二語，蓋宋敏求校定杜詩，誤改「白鷗没浩蕩」句，軾嘗論之，見《東坡志林》，故師道借以爲諷。淵惟引其寄弟轍詩「萬里滄波没兩鷗」句，則與上句「丹地」「黄卷」不相應矣。他如「兒生未知父」句，實用孔融詩。「情生一念中」句，實用陳鴻《長恨歌傳》。「度越周漢登虞唐」句，虞唐顛倒，實用韓愈詩「孰知詩有驗」句。以「熟」爲「孰」，實用杜甫詩，而皆遺漏不註。《次韻春懷》詩「塵生鳥跡多」句，「鳥跡」當爲「馬跡」之譌，而引晉簡文「牀塵鼠跡」附會之。《齋居》詩「青奴白牯静相宜」句，「牯」字必誤，而引白角簟附會之。《謁龐籍墓》詩「叢篁侵道更須東」句，「東」字必誤，而引《齊民要術》東家種竹附會之。至於以謝客兒爲客子，以龍爲龍伯，皆舛謬顯然，淵亦絶不糾正，是皆不免於微瑕。據淵自序，其編次先後，亦如所註《山谷集》例，寓《年譜》於目録。今考《和豫章公黄梅》二首註曰：「此篇編次不倫，姑仍其舊。」又於紹聖三年下註曰：「是歲春初，后山當罷潁學。而《離潁》等詩反在卷終。又有未離潁時所作，魏本如此，不欲深加改正。」（懷辛案：任淵此註繫于后山年譜紹聖元年下，非紹聖三年。此四庫編者之誤。）而於《示三子》詩則註曰：「此篇原在《晁張見過》詩後，今遷於此。」於《雪後黄樓寄負山居士》詩則註曰：「此詩原在《秋懷》前，今遷於此。」於《再次韻蘇公示兩歐陽》五詩則註曰：「以《東坡集》考之，原在《涉潁》詩後，今遷於此。」則亦有所竄定，非衍之舊。又衍記稱師道卒於建中靖國元年，年四十九。此集託始於元豐六年，則師道年已三十一，不應三十歲前都無一詩。觀《城南寓居》二首列於元豐七年，而註曰：「或云熙寧間作。」則淵亦自疑之。《題趙士暕高軒過圖》一首，淵引《王立之詩話》稱：「作此詩後數月間遂卒。」故其後更列送歐陽棐、晁端仁、王鞏三詩。今考《王立之詩話》實作「數日無己卒，士暕贈以百縑」，校其所録情事，作數日爲是，則小誤亦所不免。然援證古今，具有條理，其所得者實多。莊綽《鷄肋編》嘗摭師道詩採用俚語者十八條，大致皆淵註所已及，可知其用意之密矣，固與所註《山谷集》均可並傳不朽也。

愛日精廬藏書志卷三十（張金吾）

《後山先生集》三十卷明嘉靖刊本　何氏義門從舊抄本手校

宋彭城陳師道履常著。茶陵陳仁子同備編校。卷十三《送邢居實序》脱後半，《章善序》脱前半，凡一頁。卷二十《光禄曾公神道碑》約脱二十行。其脱一、二行至十數行者，不可枚舉。何氏義門從嘉靖以前舊抄本校補，卷五、卷六、卷十三、十四、卷三十後俱有題識。

魏衍集記政和五年

王雲序政和丙申

任淵詩註序

王鴻儒重刊序弘治十二年

何氏手跋曰：「……」

又曰：「……」。

懷辛案：何焯《後山集跋》共五則，見本書附録「序跋題記」欄。愛日精廬祇載其第一、第三兩則，兹不具録。

《后山詩註》十二卷宋刊本

宋天社任淵（註），闕卷一至卷三，三卷抄補。

詩無論拙惡，忌矜持。「瞻彼日月」，不在情景入玄。「彼黍離離」，不分奇聞異事。流盪自然，要以暢極而止。彼「訏謨定命，遠猶辰告」，雖爲德人深致，若論其感發濃至，故不如「昔我往矣，楊柳依依」之句。比之柔腸易斷，復何以學問着力爲哉。詩至晚唐已厭，至近年江湖又厭。謂其和易如流，殆於不可莊語，而學問爲無用也。荆公妥帖排奡，時出經史，然格體如一。及黄太史矯然特出新意，真欲盡用萬卷，與李、杜争能於一辭一字之頃。其極至寡情少恩，如法家者流。余嘗謂晉人語言，使壹用爲詩，皆當掩出古今。無它，真故也。世間用事之妙，韓淮陰所謂是古兵法，諸君未知之者，豈可以馬尾而數，蟲魚而註哉。后山自謂黄出，理實勝黄。其陳言妙語，乃可稱破萬卷者。然外亦枯槁，又如息夫人絶世一笑自難。惟陳簡齋以后山體，用后山，望之蒼然，而光景明麗，肌骨勻稱。陶公用兵，得法外意。以簡齋視陳、黄節制，亮無不及。則后山比簡齋刻削，尚似矜持未盡去也。此詩之至也。吾執鞭古人，豈敢叛去，獨爲簡齋放言。或問「宋詩簡齋至矣，畢竟比坡公何如？」曰：「詩道如花，論高品則色不如香，論逼真則香不如色。」廬陵須溪劉辰翁序。

鐵琴銅劍樓藏書目録卷二十

《后山詩註》十二卷宋刊本

題天社任淵。前三卷鈔補。卷首舊有政和五年門人魏衍撰《彭城陳先生集記》，政和丙申元城陳雲（懷辛案：陳雲當作王雲）題詞及目録，此未鈔補。題低五字，詩句下低一字。提行列註，亦用大字。每半葉十三行，行廿三字。筐、恒、樹、桓字闕筆。字句有勝於官刻本者，今悉舉之：如卷二《徐氏閑軒》注云：「徐氏謂徐正大」，不作「大正」。卷三《送黄生》云：「百年論交見子心」，不作「見子知」。《胡士彦挽詞》云：「經年見未頻」，不作「未見頻」。卷四《以柱杖供仁山主》云：「一生用底今相贈」，不作「令相贈」。《西湖》云：「寒花只自香」，不作「知自香」。卷五《次韻晁無斁冬夜見寄》云：「寒窗冬硯欲生塵」，不作「冬夜」。卷六《寄鄧州杜侍郎》云：「人去此事古未有」，「去」爲「云」字之譌，官刻作「言」字。註中「陳仲弓、黄叔度能過之否」，「否」字下無「乎」字。「公自爲德吾何取」，不作「取爲德」。《寄杜擇之》云：「衡陽紙貴子能頻」，不作「洛陽」。「桓山」不作「柏山」，「林巒特起終爲汙」，不作「終有汙」。《和黄預感秋》云：「霜黄未登俎」，不作「皆登俎」。卷七《和黄生春盡遊南山》云：「内愧積腹臆」，不作「腸臆」。「茅屋濕風霜」，不作「漏風霜」。《何郎中出黄公草書》云：「好事元須一賞足」，不作「無須」。「晚歲河山斷夢思」，不作「何山」。《贈鄭户部》云：「十載歸來遼海東」，不作「千載」。卷八《黄預輓詞》云：「玉箸凝潮後」，不作「冰潮後」。《覽勝亭》云：「草木真宜主」，不作「真成主」。卷九《答田生》云：「人今未肯忘」，不作「人盡」。「終能諱秘方」，不作「終無」。卷十《寄酬咸平朱宣德》云：「今詩初得心」，不作「今時」。《絶句》二首云：「勤苦著書如作吏」，不作「此吏」。《謝趙生惠芍藥》云：「要將結習惱鶖子」，不作「將要」。卷十一《别劉郎》云：「公私兩多事」。註云：「公私勿勿」，不作「忽忽」。

善本書室藏書志卷二十八(丁丙)

集部七《後山先生集》三十卷明弘治刊本　何義門校朱竹垞藏

彭城陳師道履常著。茶陵陳仁子同俌編校。南陽王鴻儒懋學重校。彭城馬暾廷震繡梓。

師道字履常，一字無己，號後山，彭城人。元祐中，侍從合薦，起爲太學博士。紹聖初，以進非科舉罷。建中靖國初，入爲秘書正字，卒，年四十九。門人魏衍離詩爲六卷，類文爲十四卷，政和五年謹撰集記。此本弘治間山西提刑按僉南陽王鴻儒序稱：「録於仁和陳氏，潞守馬暾，先生同郡也。景仰高風，購求遺稿近二十年。聞予有是集，欣然請録付梓。」並刊政和丙申元城王雲、天社任淵題語。凡詩十二卷，文八卷，《談叢》六卷，《理究》一卷，《詩話》二卷，長短句一卷，末有「潞州儒學廩膳生員郭銘繕寫」一條。卷眉録康熙己丑何義門校語，有「竹垞藏本」一印。

《后山詩注》十二卷 明弘治刊本

天社任淵

《直齋書録解題》：「《後山詩》六卷。新津任淵子淵注，鄱陽許尹爲序，以魏衍《集記》冠焉。」此本録前有淵引云：「讀后山詩，大似參曹洞禪，不犯正位，切忌死語。非冥搜旁引，莫能窺其用深意處，此詩注之所以作也。近時刊本參錯謬誤。政和中，王雲得魏衍親授本，編次有序，歲月可考。今悉據依，略加緒正。詩止六卷，益以注，卷各釐爲上下。」及明弘治丁巳，石淙楊一清識此書後云：「后山自謂不及山谷。晦翁以山谷詩近浮薄，乃后山所無。予尤酷愛后山，嘗携其遺稿過漢中，憲副朱公恨世無完集，不與歐、黄並行，遂屬知府袁君宏加版刻焉。顧譌脱太甚，丙辰南歸，獲定本於江東故家。朱公喜如得重寶，復屬袁君，再版以行，精善奚翅什百。」當卽錢遵王所謂「《后山詩註》雖有舊版行世，僅而得見」。今距遵王時又二百餘年，傳本更稀，不又重可寶哉！

八千卷樓書目卷十五（錢塘丁氏）

集部別集類《後山集》二十四卷 宋陳師道撰 愛廬刊本 明刊三十卷本

《後山詩註》十二卷 宋任淵撰 弘治袁宏刊本 聚珍版本 閩刊本

皕宋樓藏書志卷七十六（陸心源）

《後山先生集》二十四卷 明弘治刊本

懷辛按：此卽弘治馬嗽本。然馬本爲三十卷，這兒録爲二十四卷，是陸氏目録的誤記，與雍正時趙駿烈所刊《後山先生集》二十四卷本混同了，馬、趙二本今日具在可證。（參閲附録「序跋題記」中傅增湘嘉靖翻刻馬嗽本《後山先生集》跋）

宋彭城陳師道履常著。茶陵陳仁子同俌編校

魏衍記曰：「……」。

懷辛案：魏記已見書首，兹不録。

王雲題記

懷辛案：王雲題已見卷首，兹不録。

任淵序

懷辛案：任序已見卷首，兹不録。馬嗽本《後山先生集》是無註本，而卷首仍把註釋者任淵的序言列入。這就是傅增湘所稱的「王雲、任淵二跋皆據宋時原刻傳録」。（詳見附録「序跋題記」馬嗽本傅跋）

王鴻儒序 弘治十二年

懷辛案：王鴻儒序見「序跋題記」欄。

何氏手跋二則

懷辛案：何焯跋見前《愛日精廬讀書志》著録

雙鑑樓善本書目卷四

《後山詩註》十二卷

明嘉靖十年光澤王藩府刊本。　版心有「梅南書屋」四字。　九行二十字。　有「籍書園周氏」印，爲沈乙盦舊藏，余收得，遂舉以贈之。

《後山詩註》十二卷

高麗古活字本，八行十七字。

《後山詩註》十二卷

南津勞用霖三鱣家塾手鈔本。　十一行二十字。　有「顧澗蘋藏書記」、「半樹齋戈氏藏書印」、「小蓮校本」、「戈襄廷檮藉觀」、「紅蕙山房」諸印。

木犀軒藏書目録丑八頁上（李盛鐸）

《後山先生詩註》十二卷宋任淵註，十三行二十三字。　宋刊本，門人袁克文手跋。　四册一匣。

《後山先生集》二十卷宋陳師道撰，明刊黑口本，季振宜舊藏。　八册。

懷辛案：此即馬暾本，「二十卷」應作「三十卷」。　或所藏僅詩十二卷，文八卷，《詩話》等不在内。

《後山先生詩註》殘本六卷明刊本，初曠翁舊藏，存卷四之六，卷十之十二。　三册。

又未八頁上（李盛鐸）

《后山詩註》十二卷宋陳師道撰，任淵註，重刊内聚珍本。

北京大學圖書館藏李氏書目（李盛鐸）

《後山先生集》二十卷宋陳師道撰，明弘治馬暾刻本。八册。

《后山詩註》一二卷（存卷四至六卷十至十二）宋陳師道撰，任淵註，明梅南書屋刻本。（書經蠹蝕，卷十有闕葉）二册。

《后山詩註》十二卷宋陳師道撰，任淵註，日本元禄三年（一六九〇）柳枝軒刻本。四册。

《后山詩註》十二卷宋陳師道撰，任淵註，清刻本。四册。

涵芬樓四部叢刊書録

《后山詩註》十二卷江安傅氏雙鑑樓藏高麗活字本。四册。

宋任淵註。首載后山門人魏衍《彭城陳先生集記》，王雲題辭。所謂「年譜」者，任淵於目録中疏其歲月，以見行藏。詩止六卷，益以註，卷各釐爲上下。今統作十二卷，不知始於何時，此高麗活字本。活字印書，高麗人早得其術，印本最多，今亦稀如星鳳矣。

善本書所見録卷四集部（羅振常）

《後山詩註》十二卷。

宋陳師道撰。前有《彭城陳先生集記》，政和五年，門人彭城魏衍撰。次日録，附年譜，天社任淵註。黑口本，白皮紙，十三行，二十三字。「葉氏養怡堂藏書」（朱圓）、「錢椎」（白方）、「嵇瑞樓」（白長方）、「嵇璜印」（白方）。

黑口本《後山先生集》三十卷

前有弘治十二年王鴻儒序。政和五年門人彭城魏衍《彭城先生集記》，政和丙申元城王雲題記，天社任淵題記。每卷端有題名四行：彭城陳師道履常著，茶陵陳仁子同湘（懷辛案：湘字誤，應作脩。）編校，後學南陽王鴻儒懋學重校，後學彭城馬暾廷震繡梓。半頁十一行，二十字。卷三十末頁有「潞州儒學廩膳生郭銘繕寫」一行，有「沈伯穀印」（白方）。

懷辛案：即馬暾本。

二、序跋題記

魏衍　彭城陳先生集記（原文見卷首）

懷辛按：魏衍是親自整理陳師道手稿，纂定陳集的編者。從紹興二年蜀大字本起，到清末的所有刊本中都保留這一篇集記。這一篇和下篇王雲的題記，記録了陳師道手稿編定和最初流傳的經過。本書卷首，冒廣生先生對這兩篇有詳細箋釋。

王雲　後山先生集題記（原文見卷首）

任淵　後山先生集序（原文見卷首）

懷辛按：任淵這一序記，説明他註陳詩所依據的，正是魏衍編定本。由於每卷加註後釐爲上下，因此以後逐漸分爲十二卷，也是從任淵開始。

任淵　黄陳詩集註序

大凡以詩名世者，一句一字，必月鍛季鍊，未嘗輕發，必有所改。昔中山劉禹錫嘗云：「詩用僻字，須要有來去處。宋改功詩云：『馬上逢寒食，春來不見餳。』嘗疑此字僻，因讀《毛詩·有瞽》註，乃知六經中唯此註有此餳字。」而宋景文公亦云：「夢得嘗作《九日》詩，欲用餻字。思六經中無此字，不復爲。」故景文《九日食餻》詩云：「劉郎不肯題餻字，虚負人間一世豪。」前輩用字如此嚴密，此詩註之所以作也。本朝山谷老人之詩，盡極騷雅之變，後山從其游，將寒冰焉。故二家之詩，一句一字有歷古人六七作者。該其學該通乎儒、釋、老、莊之奥，下至於毉、卜、百家之説，莫不摘其英華，以發之於詩。始山谷來吾鄉，徜徉於巖谷之間，余得以執經焉。暇日因取二家之詩，略註其一二。第恨寡陋，弗詳其祕。姑藏於家，以待後之君子有同好者，相與廣之。政和辛卯（一一一一年）重陽日書。

懷辛按：任淵在南宋初註陳師道詩，是和註黄庭堅詩一同進行的。這篇序載於義甯陳氏光緒二十六年（一九〇〇年）覆刻《山谷詩集註》卷首，不見於其他版本的《後山詩註》。原文和鄱陽許尹序相亲，成爲許序中的第一段。現在根據内容，可確定是任淵的手筆，因此從許序中摘録出來。

許尹　黄陳詩集註序

六經所以載道而之後世。而《詩》者，止乎禮義，道之所存也。《周詩》三百五篇，有其義而亡其辭者，六篇而已。大而天地日星之變，小而蟲鳥草木之化，嚴而君臣父子，别而夫婦男女，順而兄弟，羣而朋友，喜不至瀆，怨不至亂，諫不至訐，怒不至絶，此詩之大略也。古者登歌《清廟》，會盟諸侯，季子之所觀，鄭人之所賦，與夫士大夫交接之際，未有舍此而能達者。孔子曰：「爲此詩者其知道乎！」又曰：「不學詩無以言。」蓋詩之用於世如此。周衰，官失學廢，大雅不作久矣。由漢以來，詩道浸微陵夷，至於晉、宋、齊、梁之間，哇淫甚矣。曹、劉、沈、謝之詩，非不工也，如刻繒染縠，可施之貴介公子，而不可用之黎庶。陶淵明、韋蘇州之詩，寂寞枯槁，如叢蘭幽桂，可宜於山林，而不可置於朝廷之上，李太白、王摩詰之詩，如亂雲敷空，寒月照水，雖千變萬化，而及物之功亦少。孟郊、賈島之詩，酸寒儉陋，如蝦、蟹、蜆、蛤，一啖便了，雖咀嚼終日，而不能飽人。唯杜少陵之詩，出入今古，衣被天下，藹然有忠義之氣，後之作者，未有加焉。宋興二百年，文章之盛，追還三代。而以詩名世者，豫章黃庭堅魯直，其後學黃而不至者，後山陳師道而已。二公之詩皆本於老杜而不爲者也。其用事深密，雜以儒、佛。虞初稗官之說，雋永鴻寶之書，牢籠漁獵，取諸左右。後生晚學，此祕未覩者，往往苦其難知。三江任君子淵，博極羣書，尚友古人。暇日遂以二家詩爲之註解，且爲原本立意始末，以曉學者。非若世之箋訓，但能標題出處而已也。既成，以授僕，欲以言冠其首。予嘗患二家詩興寄高遠，讀之有不可曉者。得君之解，玩味累日，如夢而寤，如醉而醒，如瘈人之獲起也，豈不快哉！雖然，論畫者可以形似，而捧心者難言；聞絃者可以數知，而至音者難說。天下之理涉於形名度數者可傳也，其出於形名度數之表者，不可得而傳也。昔後山答秦少章云：「僕之詩，豫章之詩也。然僕所聞於豫章，願言其詳，豫章不以語僕，僕亦不能爲足下道也。」嗚呼，後山之言，殆謂是耶！今子淵既以所得於二公者筆之於書矣，若乃精微要妙，如古所謂味外味者，雖使黃、陳復生，不能以相授，子淵尚得而言乎！學者宜自得之可也。子淵名淵，嘗以文藝類試有司，爲四川第一，蓋今日之國士天下士也。紹興乙亥（一一五五）年冬十二月，鄱陽許尹謹叙。

懷辛按：這一篇序也載《山谷詩集註》卷首。其中第一段從「大凡以詩名者」到「政和辛卯重陽日書」，是任淵的序言。因此摘出另列，而恢復許序的原來面目。

謝克家　宋蜀大字本後山居士文集叙

孔子曰：「有德者必有言，有言者不必有德。」言之錯綜而奥美者爲文，文之鍛鍊而幼眇者爲詩。儒者以學成德，以德輔言。末之茂者本必深，委之廣者源必遠，盍即古之名世之士而觀之哉！棘子成曰：「君子質而已矣，何以文爲。」雖有見於一偏，於吾孔子之意，未大相遠也。子貢以言語列於四科，其病之也則宜，不曰：「皮之不存，虎豹之文安附哉！」余猶意其古之遺言也歟！抑亦有爲而言之也歟！彭城後山居士陳無己師道，苦節厲志，自其少時，早以文謁南豐曾舍人。曾一見奇之，許其必以文著。時人未之知也。元祐中，侍從合薦於朝，起爲徐州教授，除太學博士。言者謂當官嘗私至宋謁眉山蘇公，改教授潁州。紹聖初，以進非科第而罷，退居彭城者累年，復教授棣州。入秘書省爲正字以卒，實建中靖國元年也。未仕，貧無以養，寄其孥婦氏。當權者或召見之，顧非其好，不往。此豈易衣食者哉！在潁賦《六一堂》詩，有「向來一瓣香，敬爲曾南豐」之句，而太守則蘇公也。其罷而歸彭城，家益窮空，累日不炊，妻子愠見而不恤。諸經皆有訓傳，於《詩》、《禮》尤邃，爲文至多，少不中意則焚之，存者財十一也。世徒喜誦其詩文，乃若奥學至行，或莫之聞也。余於是概見之，以信夫孔子之言，尚俾來者知所先後云爾。紹興二年（一一三二年）五月十日，汝南謝克家序。

懷辛按：這一序從蜀大字本《後山居士文集》卷首録出。朱熹編《三朝名臣言行録》卷十四之五「正字陳公」目下，摘録了本文從「后山居士陳無己」到「乃若奥學至行，或莫之聞也」一段。關於謝克家，朱彝尊《杭州洞霄宫提舉題名記》有「述古殿直學士上蔡謝克家任伯」一款，時在建炎元年（一一二七年），見《曝書亭集》卷六十五。又「建炎四年命謝克家爲參知政事」，見萬斯同《宋大臣年表》。

傅增湘　宋刊殘本後山詩註跋

近日文德堂韓大頭，在西小市收得《後山詩註》七册。其人以爲明初善本也，以四十金獲之跑城人之手，持以示韓。韓固精於鑑别，頗識宋元版刻，亟益以百金轉得之，遂居爲奇貨焉。時余方避囂於暘臺山清水院，留連近旬而返。森玉、斐雲兩公皆走以相告，遂假之以歸。取覆聚珍本手自斠正，凡四日而畢，改定凡一千一百三十有餘字。原書半葉十三行，每行二十四字。註亦大字，低二格。詩題低三格。其后山自註，夾行小字。白口，左右雙闌，板心上魚尾下記己三下等字，此據所存首册言。下方記刊工姓名，可辨者有李彦、甘祖、小甘、張小四、張小五、張小八、小十諸人。又或記姓一字，爲甘、張、李、候、鄧、梁、馬、楊、申等。或記名一字，如申、秋、昇、詮等。字體古勁，與《册府元龜》、《唐人詩集》相類，斷爲蜀中所刊。宋諱缺筆止於構字，而慎、敦不缺，蓋南渡紹興刊本也。存卷三下至卷六下，凡三卷有半，適當今本卷六之十二。按《直齋書録》載《後山詩註》六卷，卽子淵自記，亦言詩止六卷，益以註，卷釐爲上下。可見今本分卷十二之非。而此殘帙標題卷爲上下，碻爲任氏舊式，卽此一端，已足貴矣。按《後山詩註》宋時本與山谷合刻，且同刻於蜀中，以同爲蜀山任氏註也。余舊藏日本五山刊《山谷詩註》大字本，考從蜀刻出。近時江西陳氏取以覆本行世。其前有序，卽題《黄陳詩註》。然此本世祇傳山谷,未見後山也。《讀書敏求記》載此集,遵王云與《山谷詩註》均宋刊本, 第未審爲大字或小字也。《愛日精廬目録》載宋刊本,鈔補前三卷,今其書歸鐵琴銅劍樓, 然觀其新印書影中所列, 及別一殘本衹存第六卷,按其自記,與鈔補者同爲一本。 核其版式行格,悉與此本合。 第細審之, 則又並非一刻。 瞿本標題作「后山」,此本作「後山」,一也。 瞿本題卷第六,此本作卷三下,二也,瞿本版心上有字數, 此本無之,三也。 瞿本詩題低五格,註低一格,此本題低三格,註低二格,四也。 依此小者推之, 知此本爲蜀中初刻,而瞿本必出於覆刊,蓋分卷爲十二,既失原式, 且刊工字體亦不如此本之氣韻古樸。 非深知版刻者,殆未足語此耳。 至瞿目中所舉各卷異字, 與此有不盡合者: 如卷六「人去此事古未有」, 此本仍作「人言」,(傳原註:瞿本謂當作「人云」, 「去」字乃「云」字之訛。)卷七「茅屋濕風霜」, 此本仍作「漏風霜」, 此尤足爲顯然兩本不同之明證矣。 余生平所見者尚有明弘治楊一清本,嘉靖梅南書屋本, 高麗古活字本, 日本古活字本。 弘治本據楊序凡兩刻。 至梅南書屋本乃明光澤王藩府嘉靖時所刻, 余曾收得一帙,沈乙盦見而好之, 因以持贈。 其源實從弘治本翻雕。 高麗本余亦有之, 今《四部叢刊》中所通行者是也,亦由弘治本出,而改易行款耳。 日本古刻,乙盦有之,與《山谷詩註》同時排印,然亦載楊序, 則亦出弘治本可知。 是此書弘治楊氏當時所按,必出於宋刻。其餘梅南書屋、高麗、日本各本,皆從弘治本孳乳而生耳。 故余取高麗本與蜀本校,其合者殆十之七八。 凡聚珍本誤者, 高麗本多不誤, 此足證高麗活字爲宋刻再傳之本矣。 茲仿瞿氏例,取卷三下蜀本與聚珍本異者排比於後。 其各卷註文尤異者, 亦略著一二,庶以見者一展卷而瞭然其得失之故焉!

公自爲德吾何取，「自爲」不作「取爲」。《寄杜侍郎》　《後漢書・地理志》南陽酈侯國。註曰：「縣北八里有菊水，飲者上壽一百二三十。漢司空王暢、太傅袁隗爲南陽令，縣月送三十餘石。」《寄杜侍郎》「菊潭之水甘且潔」句下註此文完全不同　《漢書・劉屈氂傳》不脱「氂」字。《寄杜擇之》詩註　然且云爾者，不脱「然」字，同上　不辭杖屨衝泥雪，「屨」不作「履」。《次韻晁無斁感懷》　《高僧康僧會傳》「康」不作「誌」《魏衍見過》註　簾户每宜通乳鷰，「乳鷰」不作燕子」。《次韻夏口江村》註（懷辛案：「夏口」當作「夏日」）　彼免狐兔厄，「兔」不作「貉」。同上註　麋鹿同羣歲月長，「麋」不作「麇」。《次韻夏口》註（懷辛案：「口」當作「日」）　舌端幽眇致張皇，「眇」不作「渺」。同上註文同　莫欺九尺鬢眉蒼，「鬢」不作「鬚」。同上註（懷辛案：「眉」當作「毛」）　後來出入郗嘉賓，「入」不作「人」。《送杜擇之》註　雖然得入未爲真，「入」不作「人」。同上　《蜀志・劉璋傳》曰：「慶鍾二主」，聚珍本此處引《左傳》曰云云，與此大不同。《楊夫人挽詞》註　後盧壺欲就宋氏，「壺」不作「壼」。同上　紙墨雖多，「墨不作「行」。同上　「桓山」不作「栢」山。詩題　兩雄不俱立，「俱」不作「並」。《桓山》詩註　林巒特起終爲汙，「爲汙」不作「有汙」。同上　先王謂烈武韓王，「烈武」不作「武烈」。《送高推官》註　霜黄未登俎，「未」不作「皆」。《和黄預感秋》　顧自申而不得，「申」不作「中」。同上註　幾家能有一約絲，「約」不作「鈎」。同上註　年年此日常爲客，「常」不作「長」。《和顔生游南山》註　而體便登陟，「陟」不作「涉」。同上　陽氣見於眉宇之間，不脱「於」字。《和魏衍元夜登黄鶴樓》　移彭祖廟於子城東北樓，爲彭祖樓，「子城」不作「彭城」，「爲」不作「謂」。《和元夜》註　天邊梅柳動，

「動」不作「樹」。同上 人生不滿百，「人生」不作「生年」。《和魏衍同游阻風》註 恒覺白日蔽，「恒」不作「恍」。同上 東坡雪夜獨宿詩，「夜」不作「後」。同上 朱敬則諫武后曰：疾趨者無善迹。此十三字聚珍本所無。《招黄魏二生》註「梅直講書意」下。

各卷註文與聚珍本不同，或謂所失載者，撮録於左：

卷四上

盼盼者徐之奇色。聚珍本作「盼盼者善歌舞」，《登燕子樓》題註。此條高麗本與蜀本合。

《説文》亦曰：蓫薚枝枝相值，葉葉相當。此十四字聚珍本失載，《和黄充實榴花》「葉葉自相偶」句下註。此條高麗本亦失載。

卷四下

《西京雜記》曰：長卿不似人間來。聚珍本無此文。《黄預挽詞》第二首「不似世間來」句下註。此條高麗本無之。

卷五上

《後漢・陳蕃傳》曰：惟陛下哀臣朽老，戒之在得。與原註引《南史》者不同。《晁無咎畫山水扇》。此條高麗本無之。

《莊子》曰：鵬之徒於南冥也，水擊三千里，摶扶摇而上者九萬里。蜩與鷽笑之曰：我決起而飛，搶榆枋，時則不至，而控於地而已矣。奚以之九萬里而南爲。聚珍本無此文。補《再酬》詩註「飛鷗並見上註」句下。此條高麗本與蜀本合。

卷五下

李陵書曰：「每一念至」。聚珍本無。補《雪中寄魏衍》「情生一念中」句下註。此條高麗本無之。

敬作三絶句《徐仙書》題下註。聚珍本無此五字，有「事詳後註」四字。此條高麗本與蜀本合。

卷六上

歷險見上註。貫休詩：萬水千山得得來《湖陵與劉生別》首二句註。聚珍本引温庭筠詩：馬聲特特荆門道云云。與此不同。此條高麗本與蜀本合。

《前漢書·京房傳》對元帝曰：今陛下即位以來，日月失明，星辰逆行。《夜雨》詩首二句註原文引盧仝《月蝕》詩及司馬遷書，與此不同。此條高麗本亦誤。

卷六下

《唐書》吴后啟故窆，衣皆赭色，見者謂有聖子之符。按《舊書》：初葬春明門外。《追尊皇太后挽詞》第一首「青門啟故封」句註，補入「因山託故封」註下。此條聚珍本所無，高麗本亦無之。

此書各卷鈐章，有「皇次子章」，朱文。「養正書屋」，朱文。「華雲從龍」白文。各印，審爲舊時御府散出者。籤題署「舊刊後山詩註」，不題宋刊，此亦禁中舊式。余昔年入保和殿觀避暑山莊移來書籍，中有北宋刊小字本《劉夢得文集》，亦題舊刊。意當時典領諸臣，即明知其爲宋爲元，亦不貿然斷定。故寧渾括其詞，以示矜慎之至，深恐鑒賞失真，來當宁之詰責耳。辛未（一九三一年）十月十四日藏園附志。

懷辛按：這一宋刊殘本是今尚存留的《後山詩註》中最早一個版本——蜀小字本。鐵琴銅劍樓所藏抄補前三卷的《后山詩註》乃是這一刊本的覆刻本。傅在跋文中以此本與瞿本詳加比較，例如説此本標題作「後山」，而瞿本作「后山」，以及版式的不同等等，説明這一版本在先。

周叔弢　後山詩註宋槧殘本跋

辛未（一九三一年）十月中旬，因葬妙顔夫人至北京，偶過文德堂書坊，聞新獲《後山詩註》宋槧殘本七册，爲沅叔三丈假去。翌日，造藏園請觀，紙光墨采，焕耀眼目。字體古勁中有秀逸之致，與余所藏《王摩詰集》尤近，是蜀小字本之最精者。當時因文德堂主人韓左泉索值奇昂，未敢問鼎。歲暮，韓以書來，謂可貶價。北平圖書館曾許國幣七佰元，余乃從人借貸，倍其數償之。同輩甚詫其癡而譏其太費。余則以爲人生幾何，異書難遇，後山詩又余所酷嗜，篋中舊藏任註只明弘治楊一清第二刻本，嘉靖梅南書屋本、季菘耘校瞿氏藏宋本。若宋刻則世所罕見，黄蕘翁搜訪二十餘年，僅得一卷，已稱勝逾百朋。爰日精廬鈔補前三卷本，有劉辰翁序，其雕印或在宋元之間，比之此本，固當遠遜。且以弘治本與此本校，其詳略多異。聚珍本復與弘治本不同。《後山詩註》蓋具三源，今其二皆有流衍，獨此南宋初蜀中刻本，久佚於世。恐遂爲人間孤本，真當景星卿雲，奚暇計財物邪。此本都六卷，每卷釐爲上下，今存卷三下至卷六下。沅丈據瞿氏書影，以瞿氏宋本分十二卷，與此本不同。此本獨存任氏舊式。按季氏校本跋，瞿本實分六卷，卷各爲上下。蕘翁本卷首及末，俱已剜去。取明本核之，始知爲第六卷。是書影「卷六」二字，乃黄氏所填寫。故余頗疑任註之分十二卷，蓋自弘治本始。他本因襲其誤，而不知改。臆測之詞，苦無佐證也。除夕無聊，展玩因記。弢翁。

又跋

壬申(一九三二年)十一月十四日,李木齋先生招飲,出示藏書。見《陳后山詩註》,字體峭秀,建本之精者。行款與士禮居藏本正同,而非一刻。分卷却是十二。余前跋疑自弘治本始,其言殊無依據。惟李本每卷第幾之字,似有剜改之跡,則不可解耳。叔弢記。

懷辛按:這一宋殘本,與傅沅叔所見的同爲一本。跋中所說楊一清第二刻本,就是明弘治十年袁宏刻本。又跋文中説愛日精廬抄補前三卷本有劉辰翁序,其雕印或在宋元之間。愛日精廬的抄補前三卷本,後常熟瞿氏,就是《鐵琴銅劍樓書目》中所稱的宋刊本。周叔弢認爲此本刻印或在宋元之間。至於劉辰翁序,是劉爲陳與義《簡齋詩集》所作,愛日精廬補鈔時,因劉序中有論后山詩處不少,因而誤鈔上去。跋中所稱李木齋出示的《陳后山詩註》,就是李的《木犀軒書目》中所稱宋刊本的一種。現經核對,與瞿氏藏本版式字跡全同,因此也可以鑑定爲宋元間刻本。

黄丕烈　後山詩註殘宋本跋

余爲五硯主人幹一事,主人欲酬余。謂家有殘宋本幾種,當贈子。忽忽未果,而主人已作古矣。其孤,余婿也。向未經理書籍事,屬余爲之點檢。所云殘宋本,亦甚寥寥。此《后山詩註》卻是宋刻,然止一卷。卷首及末俱已剜去,無從識别卷第。因取明刻本核之,始知是册爲第六卷。明刻註于當句下,正文與註牽接去。唯此正文與註,各自爲行,當是舊式,存此猶見廬山真面目也。庚午(一八一〇年)五月,復翁。

又跋

任子淵註山谷後山詩，據錢遵王《讀書敏求記》云。余所藏俱宋刻本，可稱合璧矣。今余搜訪二十餘年，《山谷詩註》曾于京師得一宋本，雖殘闕模糊，尚是宋刻。此外見有印本清爽者，在郡中故家，僅一觀樣本，其全否未可知？惟《後山詩註》從未見有宋刻。得此一卷，勝逾百朋。余故不惜重裝，爲殘本《山谷詩注》作匹。婿家書籍半就淪亡，而余代爲儲，聊誌我姻家以書作合，二人有同心之嗜，非書主人去，即攘爲己有，沾沾自喜也。歲暮天寒，臘雪連朝，深幾尺許。燒燭坐百宋一廛，復翁識。書計三十二番，裝直青蚨一金。（《蕘圃藏書題識》卷八）

懷辛按：這一殘本祇剩卷第六一册，實與瞿藏的一種版式相同，即傅增湘所説的題低五格，註低一格的一種，也即周叔弢在宋槧殘本跋中所稱的士禮居藏本。

楊一清　弘治袁宏本后山詩註跋

宋文承五季之弊，其詩綺靡刻削，出晚唐下。至歐陽永叔始起而變之，逮蘇子美、梅聖俞起，而詩又變。黄山谷、陳后山起，而又一變。黄、陳雖號江西派，而其風骨逼近老杜，宋詩蓋至此極矣。然予尤酷愛后山，嘗携其遺稿過漢中，令生徒録過，用便旅覽。而憲副朱公恨世無完集，不與歐、黄諸家並行，遂屬知府袁君宏加板刻焉。顧舛訛太甚，兼有脱簡。嘉其志而惜其費，蓋不獨予然也。丙辰歲，予南歸，獲定本於江東故家。朱公喜得如重寶，復以屬袁君，遂再板以行。精繕奚翅什百，而爲功爲惠，固不尠矣。自今讀后山詩，固驚其雄健清勁，幽邃雅淡，有一塵不染之氣。夷考其行，矯厲凌烈，窮餓不惘，則詩又特其緒餘耳。后山自謂不及山谷。晦翁以山谷詩近浮薄，乃后山所無。然豈獨詩哉。愛其詩而不師其人，固非二君板行之意。而況其詩未知也。弘治十年丁巳（一四九七年）秋九月朔，石淙楊一清識。

懷辛按：這是蜀小字本以後，明代出版《後山詩註》的第一種版本。就目前所知，這也是今日所存時代最早而卷帙不殘缺的唯一有註版本。其後的嘉靖梅南書屋《后山詩註》和高麗活字本《后山詩註》、日本活字本《后山詩註》中都載此跋，可見這一刻本成爲以後各種有註本后山詩的主要依據。

范文安　弘治袁宏本后山詩註跋

丁亥初夏，得義門學士手閲弘治本《后山集》卅卷，從嘉、萬間人抄本校勘補足。余卽取此本對閲一過，用墨筆改正數字於旁，其註則未校也。俟讀書有得，當更勘之。一經后人安記。

懷辛按：跋中說曾以義門學士手閲弘治本《後山集》與此本對閲。但檢書中校正極少，可稱寥寥無幾。至所說何的手閲本，可能也是過録本，不是何焯原本。

陳仁子　後山先生集序

文歷邃古之初，典謨雅麗，盤誥聱屈。近古如漢猶難之。班、揚而降，雲詭濤詭，悴爲唐，豐爲宋。唐文悴，雖經韓柳匕劑，氣息奄奄，到今猶泉下人。宋之豐，異時歐、蘇袒左海内士，若渥洼墮地，趯趯不易縶。文小技也，抑果關大氣會耶。黄峻截，秦浩蕩，晁、張深沉，游眉山門，人具一體。黼黻藻火，章施慶宇。最後後山翁縝密細膩，時人尤未易識度。偃息南榮，荷風襲人，抽卷讀記序，則靈榆古檟，偃蹇而蒼秀也。策論則泰宗封登，屑然有景光。《談叢》、《理究》，又幽蘭之自芳，美璞之小試也。人言杜陵詩高於文，世稱公詩，必曰陳、黄，至妙處不墮杜後，獨於公文壓飫《思亭記》《參寥序》，餘未覩大方，因刊本諗，四方操觚士知杜陵公蓋兼之。持較蘇門，甚矣軻之似夫子也，軻之似夫子也。雲山古迂陳仁子同備序（弘治馬暾刊無註本《后山集》卷首）

懷辛按：這一序文今存弘治馬暾刊本中未見，載於陳所著《牧萊脞語》中。傅增湘在跋文中對陳序認爲不足，因爲他祇是泛論文字升降，而於重編合併之旨，不綴一辭。陳仁子是宋末元初湖南茶陵人。《湖南通志》卷一百六十二人物三宋一轉引《一統志》説：「陳仁子字同備，天福孫。宋末膺薦舉。入元不仕。營别墅於東山，因呼爲東山陳氏。博學好古，輯《文選補遺》四十卷及《牧萊脞語》，並收入四庫。同時有王顯謨者，亦抗節隱鶩山。」他的《文選補遺》四十卷，著録於《四庫提要》集部總集類二，他的《牧萊脞語》十二卷，二稿八卷，著録於《四庫提要》集部別集類存目一。

王鴻儒　後山先生集序

《後山先生集》凡三十卷，余昔録之於仁和陳氏者也。先生天資方毅，識見過人，加以好學不倦，故其行之於言，典重峻潔，法度森然，如天球綴輅，陳列廣庭；大劍高冠，班侍左右。其孰敢狎而玩之。雖大儒先生如晦菴者，亦咨重不置，至取其《與林秀州書》列之《儀禮經傳通解》之中，以補禮文之缺，是可見矣。然先生並世有二程夫子者，倡明道學於河洛之間，摳衣之士，幾偏天下，斯誠千載之一時也。而先生方且學文於曾南豐，學詩於黄山谷，周旋於蘇東坡、秦淮海之間，而不知遊二程之門，以學其道。

是以雖有其成，而人猶有所憾，以爲持是資而能知所從，聖賢可學而至，則其所可傳者，豈止於是哉，此爲深可惜耳。潞守馬君暾者，字廷震，先生同郡之名家也。景仰高風，購求遺藳近二十年矣。此聞予有是集，欣然請録。既付梓，而併蘄序之。憶昔弘治癸丑（一四九三年）春，余以南京户部主事考績如京師。時冢宰盧氏耿公方爲大宗伯，余往候焉。公引而進之，從容誨獎，且問「頃在江南，有新收書否」？予對以所得《稽古録》、范《唐鑑》《後山集》公驚曰：「是數輩書，吾求之不得，以爲亡且久矣，乃今尚有之，歸日幸録以相惠。」余應曰：「諾。」後竟以職務悤冗，因循未報，而公逝矣。今馬君托梓以傳，實不朽之盛事，恨不令公見之。是書無别本校證，訛字頗多，觀者以意讀之可也。其每卷之首載賤姓名，而題曰重校者，蓋太史公所謂附驥之意，非事實也。先生姓陳氏，名師道，字履常，一字無己，號後山，彭城人。其言行之詳，官閥之次，《宋史》有傳，門人魏衍有記，兹不復列云。弘治十二年己未（一四九九年）夏四月二十七日，奉議大夫山西等處提刑按察司僉事南陽王鴻儒序。（宏弘馬暾刊無註本《後山集》卷首）

傅增湘　弘治馬暾本後山先生集跋

《陳後山集》三十卷，明弘治十二年己未刻本，半葉十一行，行二十字，黑口四周雙闌，每卷首葉三、四、五行題：茶陵陳仁子同俌編校，後學南陽王鴻儒懋學重校，後學彭城馬暾廷震繡梓。前有山西按察司僉事（懷辛案：僉應作僉）王鴻儒序。略言：「此本録於仁和陳氏，潞守馬君請録付梓，無别本校證訛字，觀者以意讀之可也。其卷首載賤姓名而題曰重校者，蓋附驥之意，非事實也。」次有門人魏衍記，元城王雲、天社任淵二跋皆據宋時原刻傳録。末有「潞州儒學廩生員郭銘繕寫」一行。此本傳世無多，昔年廠肆曾出一本，爲周君叔弢以重金購得，旋又歸邢君贊亭。昨歲文友書坊爲收此帙，中缺卷四、五、六各卷，因假贊亭藏本屬四姪遹謨影寫補入，遂爲完書。其原本書衣及明代簽題，皆存其舊式。余更取海苔箋染以石青裝褙外護，居然古香馣藹，可爲什襲珍藏矣。按：《後山集》卷數傳本各異。據魏衍記稱以甲丙稿（懷辛案：魏衍原文作甲乙丙稿）合而校之，得詩四百六十五篇，分爲六卷。文一百四十篇，分爲十四卷。《詩話》、《談叢》則各自爲集云。是宋本當爲二十卷矣。文淵閣著録所據爲松江趙駿烈重刊馬暾之本。近時番禺陶氏愛廬刻本因之，凡詩八卷，文九卷，《談叢》四卷，《詩話》、《理究》長短句各一卷，通爲二十四卷。據青浦王源序，（懷辛案：源當作原）言從姚太史傳鈔本或有改訂，而藝風老人乃歸咎於四庫館臣之併省，殆亦未加深考耳。余嘗觀諸家藏目，多載《後山詩註》，而馬氏三十卷本乃獨缺如。近時惟丁、陸二家有之，此外不多覯也。雍正庚戌（一七三〇年）趙駿烈重刊時，求明刊已不可得，四庫開館亦據趙本著録。蓋當時既未廣流傳，逮及今兹，已歷四百餘年，其罕祕難遇宜矣。顧此本版刻古舊，雖自可珍，而文字奪訛，宜勤校訂。昔何義門於康熙己丑（一七〇九年）得嘉靖以前鈔本，對校明刻，刊誤補佚，是正良多。嘗憤言錯本誤人，有不如不刻之歎。其手校原本，今藏静嘉堂文庫。錢唐丁氏亦有傳録之帙。别下齋蔣氏取彼異同，編爲校記，附諸《斠書隅録》（懷辛案：當作《斠補隅録》）以行。余嘗就兹帙勘之，差失至有百許條。其謬異之甚者，或誤聯二文爲一首，或遺落字句至數百，敗棘荒榛，觸目皆是。兹舉其犖犖大者，臚列左方，其詩下小註及單詞片字，尚不能悉數也。又按：世傳吴荷屋方伯藏宋刊本，繆藝風晚年曾語及之，而訪尋踪跡，竟未知歸於何氏？余昔年遊吴門，於潘世兄博山家，遍觀藏書，得見宋刊大字本，正二十卷，字大如錢，氣息樸厚。每半葉九行，行十五字。版心刻工有眉州某某刊字，前有紹興二年（一一三二年）五月十日汝南謝克家序。蓋南渡初蜀中刊板，與蘇文忠、文定二集並行，故字體行格，宛然如一。因知魏衍所編詩文之外，不附《談叢》各種者，正是此本。卷末有翁蘇齋題詩，蓋卽荷屋舊藏。披玩再三，驚喜出於意表，蓋不特爲海內孤行之帙，亦實爲後山集傳世最早之編。異時儻得一瓻見惠，從事勘讎其左右，采穫必有出於義門丹黄之外者。引領金閶，何日得酬此奢望耶。丙子（一九三六年）六月初四日，藏園老人識。

各卷奪佚撮舉大要如左：

卷十一（懷辛按：卷十一當作卷十三）《送邢居實序》「其患在於俗」下脱文三百一字。又《章善序》脱題一行，序首六十一字。又《顔長道詩序》「從游之樂」下脱九字。

卷十五《徐州學記》「祭周公孔子於學」下脱十字。「爲守攻之」下脱十字。又《是是亭記》「使世皆愚也」。「皆」下脱十二字。

卷十六《一統論》「學者所論者五焉」。「學者」下脱十三字。又《霍光論》「不學而能者道也」。「能」下脱十九字。

卷十九《賀水部傳》「今安可得耶」下脱二十字。又《代司理院獄空道場疏》「資賢守之良能」下脱十八字。

卷二十《比丘理公塔銘》「始出汝陰」下脱十六字。

又《昌樂縣君劉氏墓銘》「巽以行直」下脱十八字。

又《宋魏府君墓表》「思曠之車以叙之」。「車」下脱二十字。又《先夫人行狀》「潁公娣弟趙氏婦」下脱一百十字。又《光禄曾公神道碑》「從江南來上書曰」下脱四十六字。「非國之以幸天下」。「國之」下脱十九字。「豈足道哉」下脱一百二十九字。

卷二十一《談叢》「契丹犯澶淵」條，「以問公曰」下脱十字。

卷二十七「五世之祖」條下，脱「禮之别也」一條十九字。又「今之學者」條首，脱三十九字。

又按《斠書隅録》（懷辛按：當作《斠補隅録》）載明本第二十卷中《光禄曾公神道碑》「歷撫州宜黄」下，自「臨川尉輕俠少年」起，至「此固命之適」止，凡脱六百十字，正爲一葉。余取此本核之，其文完然俱存。知馬刻固未奪佚，義門所據之本適缺此葉耳。更可異者，近時《後山集》傳世者，以光緒乙酉（一八八五年）番禺陶福祥刊本最爲通行。陶氏自題依學稼村莊本校訂重刊，然檢《斠書隅録》逐卷證之，其奪佚文字竟無一條補列。是義門校記陶氏固未曾寓目，虚構校訂之名以自張耳。昔王氏鴻儒刻書，自序曾申明標題重校非其事實，以示不敢欺世。今陶氏沿訛襲謬，而逐葉偏題愛廬校本，吾不知其校者何在。同此一書，先後版行，以王、陶二氏所言相較，人之度量相越，豈不遠哉。初五夜，藏園再記。（《藏園羣書題記》續集卷四）

懷辛按：這一跋文中提到了何焯的校本，並説其手校原本今藏静嘉堂文庫。静嘉堂是日本岩崎氏堂名。静嘉堂曾將歸安陸氏皕宋樓十萬卷樓藏書在光緒三十三年悉數購去。陸氏的《十萬卷樓書目》中載有校本《陳后山集》並附載何焯跋兩則，（尚有三則未載）。《静嘉堂秘籍志》幾乎等於是《十萬卷樓書目》的翻版，所載校本·《陳後山詩》説明和所附何焯二跋，與陸目一式一樣。可見静嘉堂所藏也衹是陸氏的迻録本，而不是何校原本。傅這跋作於一九三六年，但是在此後，作《後山集跋》提到何焯校本時，已知静嘉堂所存的並非原本，便改稱「流轉誰氏，殆不可知」。此外傅在顧廣圻所過録何校的嘉靖翻刻馬暾本《後山先生集》的題記中，也説「義門手蹟，殆已不可追尋」，而不再提到静嘉堂文庫了。至於跋文中附引馬暾本各卷奪佚，由於是舉例，因此是不全的。而所舉例，又都是関於文集的部分，兹仍照録。

傅增湘　弘治馬暾本後山先生集又一部跋

（余新收得馬刻本，中缺第四、五、六卷，從詹亭兄假此佚影鈔補入，遂成完書。還瓻之日，特書此以志高誼。丙子（一九三六年）七月初四日，傅增湘記於藏園。

傅增湘　弘治馬暾本後山先生集又一部跋

陳後山先生（懷辛案：原文漏「集」字）。三十卷，卷一至十二詩，卷十三至二十文，卷二十一至二十六《談叢》，卷二十七《理究》，卷二十八、九詩話，卷三十長短句。此本爲明弘治己未（一四九九年）潞守馬暾所刻，以與後山爲鄉人也。版本半葉十一行，每行二十字，粗黑口四周雙闌。前有弘治十二年南陽王鴻儒序，次録魏衍、王雲、任淵等舊序跋。每卷首作者題名後列茶陵陳仁子同脩編校，後學南陽王鴻儒懋學重校，彭城馬暾廷震繡梓三行。末卷有「潞州儒學廩膳生員郭銘繕寫」一行。據鴻儒序言：「此集録之仁和陳氏。潞守馬君購求遺稿，聞余有是集，録以付梓。」展轉傳鈔，遂多訛奪。故王氏序中卽謂是書無別本校證，訛字頗多。可知明時抄本，亦爲稀覯也。此本得於文友堂魏笙甫許，喜其原刻初印，以廉價收之。原缺第四、五、六卷，屬適謨依舊本寫楷補完，然惜其繆失閎多，因取《斠補隅録》中義本（懷辛按：似當作義門）校記，逐卷勘正。私意掃盡榛蕪，可稱善本矣。今歲新正，元方趙君小集藏園，携新獲顧千里臨何校此集相示，遂發興重校，經旬畢事。訂譌補脱，爲《斠補隅録》所未及者，得一千零數十字，殊出意表。謂傳録校記偶有漏落邪，不應如是之多。謂校本先後有詳略耶，何跋固明言得嘉靖抄本外，又借斧季萬曆抄補之，不聞更據他本，其故頗難索解。余考義門原校本舊藏愛日精廬，皕宋樓亦載之。然版刻不符，又無月霄印記，仍是臨本。丁氏善本室所得亦同。惟近時張氏《適園藏書志》載此集鈔本，義門以元鈔校正，遂據以付梓，今列入《適園叢書》第六集（懷辛案：當作第九集）是也，顧以余觀之，亦未審。《愛日書志》固標明底本爲嘉靖刻，其非抄本可知。其據校者何氏自言爲嘉靖以前舊鈔，亦決非元抄可知。且《愛日書志》所記義門手跋在各卷者凡五則，今適園本祇存二則，其非原本也益審矣。由是而推，義門真本自月霄家散出，千里見於揚州五笥仙館後，其流轉誰氏，殆不可知。（傳原註：考月霄重撰藏書志序，在道光丙戌。（一八二六年）千里撰序，在道光丁亥，（一八二七年）中已有目成書散之語，是此書散出，當在丙丁之際矣。）今得千里留此校筆：補正諸家傳本之缺失，斯亦此集之厚幸也乎。歲在辛巳（一九四一年）二月三日藏園老人識。考《後山集》傳世有數本。晁志所載二十卷本，即魏衍原刻於蜀中者。千里及藝風均已爲久佚，不知其書固尚存也。案吴何屋方伯舊藏此本，翁覃谿題詠見《復初齋集》中。昔歲余遊吴門，得見於潘博山家。顔書大字，精雅絶倫，版式雕工，與大庫所出之蘇文忠、文定集絶相類。首葉心有眉州某某刊一行，可爲蜀本之確據。前有紹興二年謝克家序。蘇齋詩翰，宛然具存。此亦生平未見之書也。陳録所載三十卷本，述其卷第爲《後山集》十四卷，《外集》六卷，《談叢》六卷，《理究》一卷，《詩話》一卷，長短句兩卷。卷數雖與今本相合，而編次不免差殊。直齋謂劉孝韙刻于臨川，然此本失傳，所收外集莫由測其分合。此馬氏本亦三十卷，源出於陳仁子，其人在南宋末，最爲晚出之本，編輯自較賅備。原序馬本不載，余從《牧萊脞語》中檢得之，惜其泛論文字升降，而於重編合併之旨，不綴一辭。異時重過吴下，倘能再見蜀本，按目披稽，或可尋其究竟也。至四庫著録爲二十四卷，乃據松江趙鴻烈重刊本，爲詩八卷，文九卷，《談叢》四卷，《詩話》、《理究》、長短句各一卷。文字初無增損，第卷帙微有盈縮耳。當四庫館開，海内故家争出儲藏，上應明詔，異書佚典，鱗集祕閣。館臣不以馬本登録，而乃取重編之本，遺舊録新，未爲允當。豈馬本罕祕，當時未易訪求耶。噫，足惜矣。小病初愈，强起再識。沅叔花朝日。

懷辛按：傅跋中除詳述馬暾本内容外，主要提出顧廣圻轉録何焯校記的事。他説何校原本自從張金吾愛日精廬散出，顧廣圻在揚州五笥仙館見到以後，流傳誰氏即不可知。關於歸安陸氏售給静嘉堂的一部，傅這時已發現「版刻既不符，又無月霄（懷辛按：張金吾字月霄）印託」，所以也斷定是臨本。

何焯　弘治馬暾本後山先生集跋

（此卷弘治間刻本。《送邢居實序》脱後半，《章善序》脱前半，凡二十行。己丑（一七〇九年）康熙四十八年七月，得嘉靖以前舊鈔本對校，因爲補寫。錢牧齋蓄書非得宋刻名鈔則云無有，真細心讀書之言。如浙之某某輩，徒取盈卷帙，全不契勘。雖可汗牛馬，其實謂之無一紙可也。焯記。

《老學庵筆記》云：陳無己子豐，詩亦可喜，《晁以道集》中有《謝十二郎詩卷》是也。建炎中以無己故，特命官。李鄴守會稽，來從鄴作攝局。鄴降，豐亦被繫纍而去，無己之後遂無在江右者。豐亦不知存亡。康熙己丑（一七〇九年）秋日，從吴興鬻書人購得舊鈔《後山集》殘本，中闕三、四、五、六凡四卷。勘校一過，改正脱訛處甚多，庶幾粗爲可讀，而明人錯本誤人，真有不如不刻之歎也。焯記。

《後山集》十年前始得見，明弘治己未南陽王懋學所刊，脱誤至不可讀。訪求宋刻於藏書家，而未獲也。康熙己丑吴興鬻書人邵良臣持舊鈔殘本五册來售。余取而與弘治本互勘，則其所脱誤者皆在。雖出於元板，已非魏昌世所改詩六卷、文十四卷之舊，猶之爲善本也。其中缺第三至第六凡四卷。非仍得陳同備編校者及得上宋本，不敢妄爲補字。蓋新刻有與無均耳。不讀而充數者，尚之弗如其無也。是歲中秋日何焯記。

康熙庚寅（一七一〇年）毛十丈斧季以萬曆間人抄《后山詩》自卷第一至第六一册借閲，因略校正自第三至此卷誤字。焯記。（懷辛按：這一跋當在第六卷後）

懷辛按：以上何焯跋文五則，符合《愛日精廬藏書志》所説卷五、卷六、卷十三、十四、卷三十後均有題識的記載。顧廣圻迻録本中，五則都照抄下來。在第六卷卷末的一則跋文後，顧曾批：「此卷以上何多摘任註語，今不録，千里臨並識」。可以看出何所據的汲古閣舊抄本，是有任淵註的一種。

潘景鄭　明弘治本後山集跋

《後山集》以吾家所藏宋蜀大字本二十卷爲最古，次則當推弘治刊本。弘治本都三十卷，内詩十二卷，文八卷，《談叢》六卷，《理究》一卷，《詩話》二卷，長短句一卷。前有魏衍、王雲、任淵舊序，未有馬暾跋語。每句前題各分列四行，曰：彭城陳師道履常著，曰：茶陵陳仁子同倩編校，曰：後學南陽王鴻儒懋學重校，曰：後學彭城馬暾廷震繡梓。每半葉十一行，行二十字。按此本經馬暾刊傳竄易，已非魏衍輯本舊觀。至雍正時，雲間趙鴻烈（懷辛案：當是趙駿烈）重行編次爲二十四卷，即世所通行本者是也。提要據趙刻而遺馬本，至爲未得。前賢著録藏本，祇及弘治一刻。惟《絳雲樓書目》有二十卷之本，疑與家藏蜀本同出一源，自絳雲一炬，吾家藏本當視爲景星慶雲矣。此弘治本爲獨山莫氏舊藏，十年前以六十金易之市廛。取校宋刻，譌謬差多，實不逮宋本遠甚。然以視通行俗本，則復有霄壤之隔矣。昔義門先生以嘉靖以前舊鈔本及毛氏所藏鈔本，校此弘治一刻。拜經樓復據以傳鈔。以錢警石之博覽，猶未覩弘治原刻，蓋此本百年前已珍如吉光片羽矣。吾輩生當亂世，網羅珍籍，得此已足傲岸前賢，不其幸歟。此本首册經水漬漫漶，而馬跋已佚去，誠不免白圭之玷耳。戊寅（一九三八年）八月四日（《著硯樓書跋》）

懷辛按：這一本與傅增湘所抄補四、五、六卷的，都是馬暾刻本。又跋中所說的《絳雲樓書目》有二十卷本，可能是蜀大字本，或其他今日失傳的宋本，因爲世傳錢謙益藏書喜宋元版。但也可能祇是馬暾本的詩文部分，因爲馬本的詩文部分正是二十卷。跋中又說馬暾跋經水漫漶失去，但此書的其他存本也不見馬跋，所有各家著録也都不提馬跋，那麽可能本來就是没有的。

潘景鄭　蔣子遵手校弘治本陳後山集跋

《後山集》以吾家所藏蜀大字本爲海内第一。余曾校通行本，是正不下千百事。其次則弘治間彭城馬暾刊本，余先後凡得三本。一爲獨山莫氏舊藏，一爲陳西畇氏手跋，最後得此蔣子遵過録義門先生校本。馬刻詩文之後，又附《談叢》、《理究》、《詩話》、長短句之屬，都三十卷，最稱完善。義門先生所校則據舊鈔本。此本子遵先生即臨義門原校，依樣録寫。卷末有跋語，稱義門爲師者，考子遵先生名果，康熙癸巳進士，歷户部郎中，出知廉州府，著有《挹秀》《于京》諸集。其藏書處曰賜書樓，在吾邑飲馬橋北，俗稱蔣司馬宅者是。嘗覽《士禮居藏書題跋記》載郡中賜書樓蔣氏有宋刻三謝詩，楮墨古雅，審爲宋刻上駟云云。據是則亦吾吴藏書名家耳。藏園先生跋《後山集》云得弘治一本已稱艱覯。何幸寒齋得藏其三，已足傲岸藏園矣，奚論蜀本哉。至弘治本之内容款式則已詳余所跋莫氏藏本中，兹不復具。

（《著硯樓書跋》）

懷辛案：據跋中説蔣子遵與何焯是同時人，又稱何爲師，並且臨義門原校依樣録寫，那麽這本中何校原樣的準確程度，當與顧廣圻臨本相埒。

傅增湘　嘉靖翻刻馬暾本後山先生集跋

新春藏園小集，元方世兄新獲此集，持以見示。余昔年得弘治初印本《後山集》，曾取《斠補隅録》中義門校記照録一通。余得顧氏手蹟，乃檢前本重行勘對，其正訛補脱，溢出校記以外者，至一千數十字。同出一源，而差殊乃如是之鉅，爲之驚喜過望，以此益知名家勘本之可貴也。何校原本舊藏愛日精廬，近世《皕宋樓書目》載之，然卷數不符，刻本亦異。（傅氏原註：張志載嘉靖本三十卷。陸志載則爲弘治本二十四卷。不知後山集固無二十四卷之本也。）自無月霄印記，其爲臨本可知。丁氏《善本書志》所藏此集校本，亦爲過録，則義門手蹟殆已不可追尋。然不見中郎，得見虎賁，亦慰情於聊勝矣。且後山遺集正賴此本以正謬存真，又不僅名儒遺跡之足珍矣也。《適園叢書》所刻《後山集》，據《校補隅録》何氏校記授梓，昔當時未見此本，其漏落必多，暇當就以覆核之。歲在辛巳（一九四一年）二月朔，傅增湘識，時年七十矣。

顧氏謂：「政和五年魏衍編二十卷未知尚在世上否。」余案二十卷紹興初刻於吾蜀眉州，與内閣大庫之蘇文忠、文定集版式相同，顏體大字，楮墨皆精。有紹興二年謝克家集序，舊藏吴荷屋家。卷末有翁覃谿題詩。余見於吴門潘博山家，附志於此，用告後人。

又就此刻與余藏本對核，知此乃就弘治本翻刻。張志所載嘉靖本，殆卽指此也。書潛又識。

懷辛案：在這一翻刻的馬暾本上面由顧廣圻過録了所有的何焯校字，對於訂正陳集錯訛有參考價值。所以傅增湘感到滿意，説後山遺集正賴此本以正謬存真，又不僅名儒遺跡之足珍也。至於所稱陸志以弘治本爲二十四卷，這是《皕宋樓書目》的誤記。因馬暾本無論弘治原刻或嘉靖翻刻，都是三十卷，原書具在，可以复按。所以傅氏又説：「不知《後山集》固無二十四卷之本也。」衹是到了雍正八年，雲間趙駿烈重刻馬暾本時才改編爲二十四卷之數，後爲四庫全書著録所依據。

顧廣圻　嘉靖翻刻馬暾本《後山先生集》跋

政和五年（一一一五年）魏衍編次，記云：「離詩爲六卷，類文爲十四卷，合二十卷。目録一卷。」未知其本尚在世間否。今弘治本三十卷，詩多七至十二，文但八卷，又多廿一至卅。驗其標題有茶陵陳仁子同俌編校。卽弘治板出於此，故不同也。衎記末云：「又有《解洪範相表》、《闡微》、《彰善》、《詩話》、《叢談》各自爲集。」而陳仁子但有《詩話》、《談叢》，尤不同耳。思適居士記。

義門手閱書及門下士所過最盛，往往有源流，蓋見舊本多耳。近此道幾絶，諸家藏者散失略盡矣。偶遇是集於五笥仙館，借而臨之。道光七年（一八二七年）之閏，一雲老人記，時年六十一。

懷辛案：顧跋中所説五笥仙館，是江都秦恩復的館名。何焯校勘的原本，自此以後，就失去蹤跡。

徐時棟　嘉靖梅南書屋本后山詩註題記

宋人任淵註《陳後山詩》十二卷，目録附《年譜》一卷，四本。同治甲子（一八六四年）二月二日，城西草堂徐氏收藏。此本爲明刻本，第一本有「紅豆齋」「重遠書樓」及「惠定宇」私印。卷中朱墨批點，不知出何人。墨筆有駁朱處，是朱在墨前也。兩批當有一出惠徵君手，未識其手迹，不能定耳。乙丑（一八六五年）十有一月二十九夕時棟記。

懷辛案：徐時棟道咸時人。梅南書屋是明嘉靖時遼藩朱寵瀼的書屋名。梅南書屋刻書今日尚存的有嘉靖八年刻《東垣十書》十九卷。朱寵瀼在《重刊東垣十書序》中説：「予遼世祖簡王遷國於荆……」。可知梅南本是在湖北刊印的。《明詩綜》卷一下：「光澤榮端王寵瀼。王，遼惠王成鍊次子，高皇帝來孫。成化二十三年封，嘉靖二十五年薨。存有《博文堂藁》。〔何喬遠云：王積書萬卷，世宗賜堂曰博文〕。《明史》卷一百一，寵瀼誤寵瀼。曹溶《名人小傳》抄本卷二《光澤王傳》作寵瀼不誤。梅南書屋本的根據是弘治十年袁宏刊本，也就是所謂楊一清第二刻本，因此卷末載有楊一清跋。梅南本刻於嘉靖十年（一五三一年）。又所謂惠棟批點，都是論詩内容的，如「感悼深至」「殊覺有意味可誦」等等。然也有一些地方，不無參考價值，故皆録入箋本中。

鄧邦述　嘉靖梅南書屋本后山詩註序

此弘治本《后山詩註》世所罕見。書中朱墨淩雜，蓋先後批讀者。徐柳泉謂朱筆在前，信然。但余謂墨筆確出定宇之手，朱筆或出明末諸人。其時風尚如二馮皆喜批抹。墨筆雖有駁朱處，要之朱筆亦自知詩，非漫加點定也。讀者當能辨之。吾友顧彦聰家藏惠氏筆蹟綦富，暇時一就證焉。乙丑（一九二五年）五月自滬歸，檢而書此，正闇。

懷辛案：鄧邦述指出：「書中墨批確是惠棟手迹。朱批亦自知詩，非漫加點定」説明都有參考價值。至於把嘉靖梅南本説成弘治本，則是錯誤。

潘是仁　陳后山先生詩引

公字無己，諱師道，后山其號也。居布衣時日躭丘壑，慕古博綜，不嘗爲進取計，世亦未廣知之。業曾子固之門，甚奇之。元豐間，神宗敕曾典史牒事，曾謂編史任重，薦公爲屬。朝廷以布衣難之。方復請而以憂去。無何，張惇爲樞密，（懷辛案：當作章惇。）多之。冀來謁而薦用，終不一往。元祐初，蘇子瞻在翰林，結侍從列薦之，任教授其鄉。未幾，除太學博士。子瞻尋以被劾移海南，劾者以公與蘇契，並移彭澤令。又未幾，以母病去，絶口不言仕事。人不堪其貧，居僧舍，四壁富於圖書，與楊子雲作《太玄》同志，自謂以詩文名後世也。山谷翁嘗評公搆文如禹之治水，識其來源去注。作詩得老杜之句法，不得句之聲調。稱公才實過之，謂己不及也。公殁時年方四十有九，天下士競收遺稿。此本得焦太史所藏，詩止此。尚有《詩話》、《叢談》（懷辛案：當作《談叢》。）另梓爲集云。潘是仁識。（萬曆四十三年刻本《宋元詩》第八册《陳后山詩集》卷首）

懷辛案：潘是仁，明人。刊有《宋元名家集》，這是其中的一集。序中説焦太史所藏，當指焦竑。衹選詩一百二十二首，有古詩、律詩，没有絶句。又把章惇誤成張惇，原序如此。此外，後山詩選本元代有方回的《瀛奎律髓》本，清代有吴之振的《宋詩鈔》本和紀昀的《鏡煙堂十種》本。

吴淳還　重訂后山先生詩集序

余同里陳子雲川，年少負雋才，苦愛后山先生詩，合諸鎸本，反覆參考，補遺輯漏，排纘先後，兼訂天天，近付汗青，屬序於余。余惟後山詩學黄涪翁，涪翁詩出少陵，後山亦出少陵，瘦硬峭拔，不肯一字蹈前人。世徒以爲伐毛洗髓，功力精專所至，而不知其有本也。詩非小道，必其中具一種魁壘耿介，有不可遏抑者，槎枒於肺腑，擊撞於胸臆，而發作於夢囈病呻，勞歌溺笑，故其爲詩也有物，而可以歷久不滅磨。風騷以後，沿及李唐，凡賢人君子之爲詩莫不其然。而少陵尤忠愛蟠鬱，雖遭讒放廢，一飯不忘君，此其所以超後軼前，爲千古詩人之聖耳。後山當趙宋之季，隱居力學。曾子固領史事，薦爲屬，不果用。太學又薦其文行，乞爲學録，不就。章惇在樞密亦特薦之，冀一往見，不可得。蘇子瞻官翰林學士，與侍從列薦，始用教授於鄉。旋除太學博士，爲忌者排笮，一再謫調。時紹述之政方紛然，以憂歸。既經服闋，不出者久之。復除棣州教授，隨進祕書省正字。家素貧，從祠郊壇，衣薄中寒，遽以疾卒。其身世偪仄，時命連蹇，與少陵何以異。生平志意所挾，欝而不得攄，往往寓於詩。五言如「衰笠宜多病，衣冠錯致身」。「晨起公私迫，昏歸鴉鳥催」。七言如「孤臣白首逢新政，游子青春見故鄉」。「憔悴不堪臨楚澤，棲遲無路上燕臺。」憂時閔國，情見乎詞，未易僕數，嗚呼其可感也已。集今共二十卷，前六卷當時門人魏衍所編，仍其舊。後五卷暨詩餘一卷，則雲川偏搜他本，補所未備者也。蜀人任淵于前六卷故有註，茲置不以入者，涪翁嘗論少陵詩云：「子美詩妙處乃在無意爲文，非廣之以國風雅頌，深之以《離騷》《九歌》，安能咀嚼其意味，闖然入其室耶？」又云：「彼喜爲穿鑿者棄其大旨，取其發興于林泉草木蟲魚，以爲物物皆有所託，如世間商度隱語者，則子美之詩荒矣。」誠通人之論也。夫所謂無意而成，正其一種魁壘耿介不可遏抑者，槎枒於肺腑，撃撞於胸臆，而發作於夢囈病呻，勞歌溺笑者也，惡可以管窺隙見泥之耶。後山詩鼓吹少陵，頡頏涪翁，每無意而意已至。任註卽不至穿鑿如註杜諸家，然世有善讀者，當自能得之，可無事鄭箋爲耳。或疑後山蒙頭吟榻，極力錘鍊，小不逮意卽棄去，豈無意而成者。是又不然。少陵戴笠飯顆，苦吟瘦生，涪翁謂其無意爲文，可知苦唫也，無意爲文也，初非有二。少陵如是，卽涪翁亦如是，而何獨疑於后山？遂牽連書之，聊以復於雲川。若云卽可以序後山詩，則非愚之所敢安也。雍正三年（一七二五年）重九日，嘉善改菴道人吳淳還。（雍正嘉善陳唐補訂校刊本陳後山詩集卷首）

按：這是吳淳還爲雍正陳唐刊無註本後山詩所作的序。

王原　後山集序

宋人言詩祖杜少陵，論者推豫章爲宗子，而陳後山爲豫章之適。余以爲豫章特杜門之別傳爾。後山詩實勝豫章，未可徇時論，軒彼輊此也。要之宋人詩自以眉山爲第一，豫章倔强，思以清勁超出畦徑之外，自詡宗杜，而其實不然。少陵之詩，無所不有，學杜者罕能具體。義山、牧之，名爲善學，亦祇得其一肢。眉山才大，其學杜如昌黎之學《史記》，廬陵之學昌黎，儗議以成變化，自成一家。若後山之於杜，神明於矩矱之中，折旋於虚無之際，較蘇之馳騁跌宕，氣似稍遜，而格律精嚴過之。若黄之所有，無一不有，黄之所無，陳則精詣。其於少陵，以之具體雖未敢知，然超黄匹蘇，斷斷如也。後山文集，其門人魏衍輯，篇四百六十五篇，爲六卷。文二百四十篇，爲十四卷。任淵註其詩六卷，益爲十二卷。今所傳馬暾刻本，比魏本詩多二百一十四首，文多二十九首，又益以《談叢》、《理究》、《詩話》、長短句，釐爲二十四卷，而任淵之註不傳，方紫陽稱後山詩謝克家本有外集，今本所增殆卽謝本外集中所蒐遺也。馬氏刻版久已亡失。吾郡趙子潤川素愛其詩，從姚太史聽巖公家借得鈔藏馬氏本，中間頗有訛字，余悉爲改正，疑者闕焉。潤川好古工詩文，將謀雕版以廣其傳，屬余引其端。余聞昔人稱孫真人《千金方》一十六卷，每卷藏一仙方，後山詩無一不仙方也。潤川以是嘉惠藝林，其功偉矣。至其古文雅健峻潔，能探古人之閼鍵，其於南豐，駸駸乎登其堂而窺其突奥矣。第以其素嗜釋氏之學，差不及南豐之湛深經術爾。方之蘇氏，猶爲勝之，此尤非俗學所能知也。雍正四年（一七二六年）丙午長夏，後學青浦王原謹序。（雍正趙刻本）

懷辛案：這是王原爲雍正趙駿烈學稼村莊刊本所作的序。下一篇是趙的自序。

趙駿烈　後山集序

江西詩派始自涪翁，學之者擬議有餘，而變化不足，往往得其貌未得其神，不可謂之善學也，善學涪翁者無過陳後山，蓋後山爲東坡所薦士，而涪翁卽東坡友。而後山稍後於涪翁，猶及見涪翁，宜其學涪翁詩。顧所學者以神不以貌，嘗云：「學詩如學仙，時至骨自換。」其自道所得有如此，同時詩家莫之能及。後有任淵特爲作註，且謂：「讀後山詩如參曹洞禪，不犯正位，切忌死語。非冥搜旁引，莫窺其用意深處。」誠以其苦心深造自成一家，不拘拘於規撫涪翁，正其善於學涪翁也。夫涪翁與米元章、李伯時同爲東坡友，後米與李皆叛坡，而彼獨爲坡遠謫，瀕死不悔，大節凜然，照耀千古。後山之所模範者在是，獨詩乎哉。史載後山家酷貧，傅堯俞嘗懷金以贈，見其詞色不敢出。又傳其於元符間爲秘書正字，侍南郊，寒甚。僚婿趙挺之，熙豐黨也，借以副裘，却之不衣，寧凍而死。則介然之節直與涪翁同，而詩以人重，亦無弗同。論者以其「閉門覓句」，僅比「對客揮毫」，恐未足以盡之。余平日讀宋詩，深有意乎後山之爲人，以其善學涪翁也。獨念涪翁全集，板行於世，所在皆有，而後山全集，人每束之高閣，卽行世者亦無善本。因從姚太史聽巖先生家，借得鈔藏馬氏本，欲謀雕板，以廣其傳。而王給諫西亭先生，極爲獎賞，並爲余訂訛考異，補其殘缺，釐定爲若干卷以付梓。雖自愧學殖荒落，見聞孤陋，未能獨抒其所得以補任淵之註之所未及，而平日之讀詩尚友，其情或可藉一慰也。雍正庚戌（一七三〇年）六月，雲間後學趙駿烈書於學稼村莊。（雍正趙刻本）

紀昀　後山集鈔序

《後山集》二十卷，其門人彭城魏衍所編也。近雲間趙氏刊行之。顧衍記詩四百六十五篇，編六卷；文一百四十篇，編十四卷，今本乃詩七百六十五篇，編八卷；文一百七十一篇，編九卷。又衍記《詩話》、《談叢》各自爲集，而今本《談叢》四卷、《詩話》一卷，又《理究》一卷、長短句一卷，皆入集中，則此本又非魏氏手録之舊矣。壬午（一七六二年）六月從座師錢茶山先生借閲，令院吏毛循鈔之，循本士人，所鈔不甚誤，而原本訛脱太甚，九卷以後，尤不勝乙。因雜取各書所録後山作，鈎稽考證，粗正十之六七，乃畧可讀，因得究其大意。考江西詩派以山谷、後山、簡齋配享工部，謂之一祖三宗。而左袒西崑者，則掊擊抉摘，身無完膚，至今呶呶相詬厲。平心而論，其五言古劖削堅苦，出入於郊、島之間，意所孤詣，殆不可攀，其生硬杈枒，則不免江西惡習。七言古多效昌黎而間雜以涪翁之格，語健而不免粗，氣勁而不免直。喜以拗折爲長而不免少開合變動之妙，篇什特少，亦自知非常長耶。五言律蒼堅瘦勁，實逼少陵。其間意僻語澀者亦往往自露本質，然胎息古人，得其神髓，而不自掩其性情，此後山所以善學杜也。七言律嶔崎磊落，矯矯獨行，惟語太率而意太竭者是其短。五七言絶則純爲少陵遺興之體，合格者十不一二矣。大抵絶不如古，古不如律，律又七言不如五言。棄短取長，要不失爲北宋巨手。向來循聲附和，譽者務掩其所短，毁者並没其所長，不亦傎耶。其古文之在當日殊不擅名，然簡嚴密栗，可參置于昌黎、半山之間。雖師子固，友子瞻，而面目精神迥不相襲，似較其詩爲過之。顧世不甚傳，則爲諸公盛名所掩也。余雅愛其文，謂之不在李翺、孫樵下。又念其詩珠礫混雜，徒爲論者所藉口，因嚴爲删削，録成一編。非曰管闚之見可以進退古人，亦欲論後山者核其是非長短之實，勿徒以門户詬爭，閧然佐鬥，是則區區之志焉耳。乾隆甲申（一七六四年）七月晦日，河間紀昀書於福州使院之鏡烟堂。（紀編《鏡

烟堂十種》本《後山集鈔》卷首）

懷辛按：這是紀昀《鏡烟堂十種》中的一種，祇選詩一四八首，文四十篇。此外紀昀在批本《瀛奎律髓》中對方回所選的後山詩也有批語，箋本中大都引入。

傅增湘　光緒廣雅書局重刊殿本後山詩註跋

卷六至十二據宋蜀本校正，改訂一千一百三十四字。辛未（一九三一年）十月十三夜三鼓，藏園老人書潛氏記。

傅增湘　光緒廣雅書局重刊武英殿聚珍本《後山詩註》跋

前日校宋蜀刻殘本畢，既爲跋以詳誌之，然缺卷無由補也。昨遊廠中，至藻玉堂王芷苓許，出示校宋本《後山詩注》，識爲方地山所藏，其云盧抱經手校，亦地山所審定。余未敢以爲信。然其以宋刊對勘，則可無疑。因假歸補此前五卷，遂爲手校全帙矣。第此校本其原本與蜀本不同，文字頗有出入，似別一宋刊也。喜其幸得校完，故附志於此。辛未（一九三一年）十月廿三日校畢，藏園。

懷辛案：從以上兩跋中，可見傅曾以宋本校對這一覆刻聚珍本。卷六到十二是根據蜀小字有註本校的。卷一到卷五因爲蜀小字本殘缺，無從對校，於是根據所謂盧文弨校本來校勘。對這一校本，傅不敢肯定是否盧文弨手校，但相信校時是根據宋刊本。

張鈞衡　適園叢書本後山集跋

右《後山集》三十卷，宋陳師道無己撰。無己一字履常，彭城人，官至秘書省正字。受業於曾鞏之門，又學詩於黄山谷，又在蘇門六君子中，事蹟具《宋史·文苑傳》。是集門人彭城魏衍所編，以甲、乙、丙藁合校，得詩六卷，文十四卷，《詩話》、《談叢》各自爲集。明弘治本爲王鴻儒重校，而馬暾繡梓者，詩十二卷，文八卷，《談叢》六卷，《理究》一卷，《詩話》二卷，長短句一卷，共三十卷。雍正本松江趙鴻烈（懷辛案：趙鴻烈應作趙駿烈。）所重刊，言據明馬暾所傳，詩八卷，文九卷，《談叢》四卷，《詩話》、《理究》、長短句各一卷，共二十四卷。四庫即收此而并省卷第。此舊鈔本過臨義門先生校本，即別下齋《校補隅録》所據，實比刻本爲佳，讀義門兩跋便知其勝處。今據之刊行，固高出於弘治本，更非趙本之可及矣。吴荷屋方伯藏宋刻本，首有紹興二年謝克家序，即魏衍所編，今不知落誰手。他日如見，當再校之，歲在甲寅（一九一四年）烏程張鈞衡跋。（《適園叢書》第九集卷一二九《陳後山集》卷末）

懷辛案：這一部《後山集》編入《適園叢書》第九集中。據跋本説，曾經用載有何焯校勘的舊鈔本刊刻。據傳增湘馬暾本跋中的考查，舊鈔本所據也不是何焯原本。

葉景葵　后山詩註跋

辛未一九三一年仲冬以此本校雍正雲間趙氏刻本，詩四百六十五篇。遇此本譌字及與趙本互異之字，亦分別註於書眉，以備參考。景葵記。（《卷盦書跋》）

葉景葵　陳後山集跋

此書經乙盦先生詳校，所據有明本，有何校，有蔣校。所惜者無跋文叙述來歷。卷十六《光禄曾公神道碑》蔣校脱文兩段，一六百餘字，一一百二十九字，未曾詳録。中間有乙盦校誤甚多，蓋曾細心紬繹，功候深矣。惟詩集無校，當另有讀本。庚辰（一九四〇年）冬乙盦遺書盡出，精本爲中央圖書館搜盡，喜得其所。起潛搜遺，得此本。辛巳（一九四一年）正月二十一日撰初記。

懷辛案：這兩個跋，一個是對《后山詩註》，一個是對《後山集》所作的，但未知是什麽版本。第二跋中所説沈曾植的依據有何校，有蔣校，疑二者卽爲一者。因爲無論是據蔣子遵過録校本，或是蔣光煦《斠補隅録》本，這兩種都是何校的迻録。

三、版本源流表

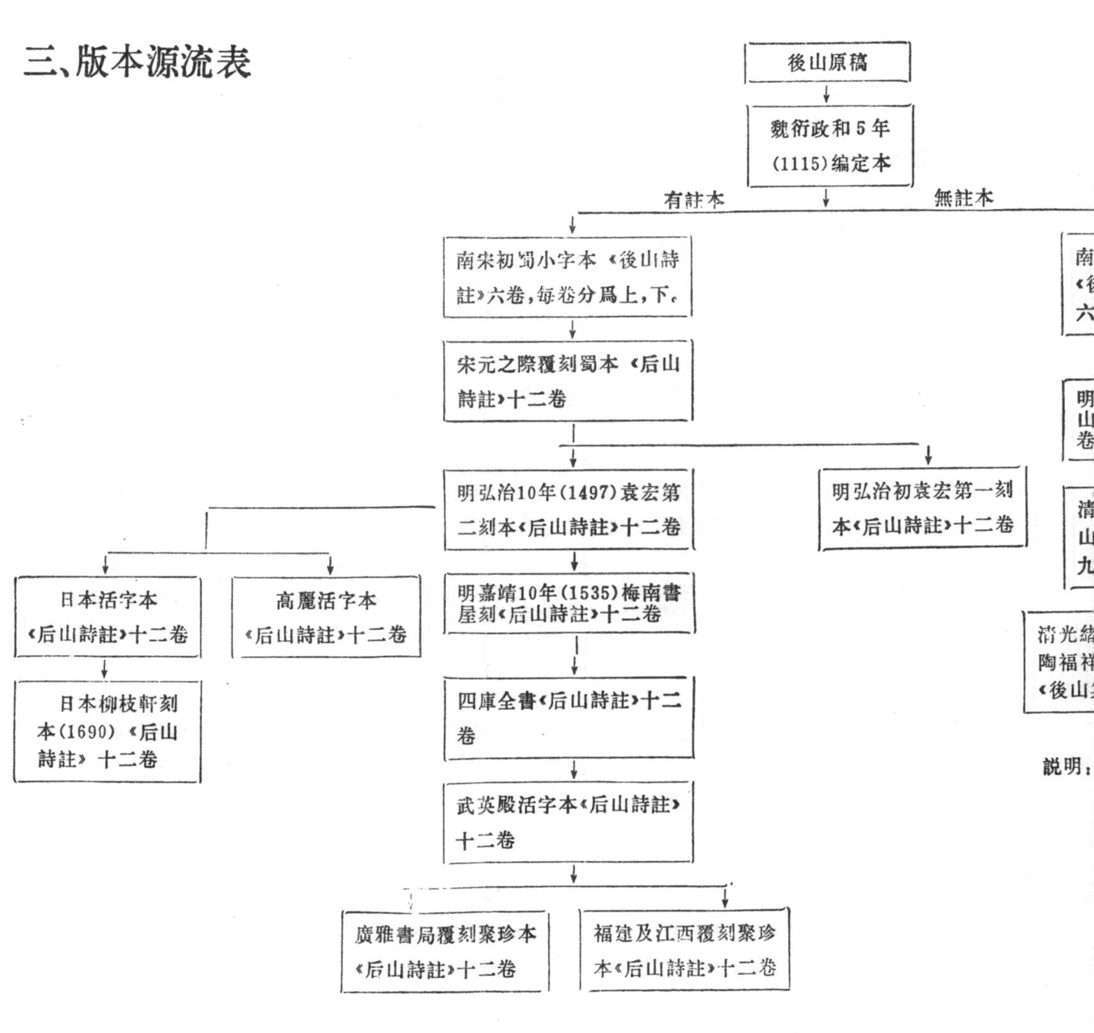

後山原稿
魏衍政和5年(1115)编定本
有註本
無註本
南宋初蜀小字本《後山詩註》六卷，每卷分爲上，下。
宋元之際覆刻蜀本《后山詩註》十二卷
明弘治10年(1497)袁宏第二刻本《后山詩註》十二卷
明弘治初袁宏第一刻本《后山詩註》十二卷
日本活字本《后山詩註》十二卷
高麗活字本《后山詩註》十二卷
日本柳枝軒刻本(1690)《后山詩註》十二卷
明嘉靖10年(1535)梅南書屋刻《后山詩註》十二卷
四庫全書《后山詩註》十二卷
武英殿活字本《后山詩註》十二卷
廣雅書局覆刻聚珍本《后山詩註》十二卷
福建及江西覆刻聚珍本《后山詩註》十二卷

說明：

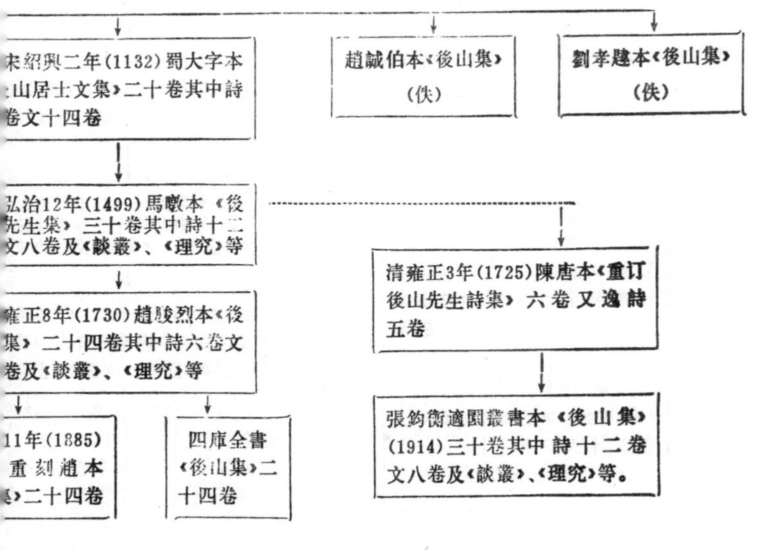

1.劉孝韙本著録,見《直齋書録解題》别集類中。

2.趙誠伯本見本書卷十一《絶句》任註。

3.其餘各版本内容説明均見附録"書目著録"及"序跋題記"。

4.商務印書館1936年四部叢刊影印本《后山詩註》即高麗活字本，中華書局1936年四部備要排字本《後山先生集》即雍正趙駿烈本,這兩種版本没有列入表内。

5.凡無註本,除雍正陳唐本外,皆與文集及他作合刊。

後記

祖父去世前來信二則摘録如下：一、「你抓紧時間，努力研究所學，不獨惜寸陰分陰，即秒陰亦當愛惜。」二、「當抓紧時間好之用功，吾忍死以待爾業成也。」我是研究中國思想史的。三十餘年来我遵照祖父的遺愿，整理了他主要著作两部：一爲《冒鹤亭詞曲論文集》六十八萬字，一九九二年上海古籍出版社出版；一爲《後山詩注補箋》，由中華書局出版。記祖父之言於此，作爲今後自强之鼓勵。

冒懷辛　一九九四年十月